《终章》

三更鼓 桃娘传

上

文安初心忆故人 著

中国出版集团 现代出版社

三更鼓
桃娘传

〈终章〉

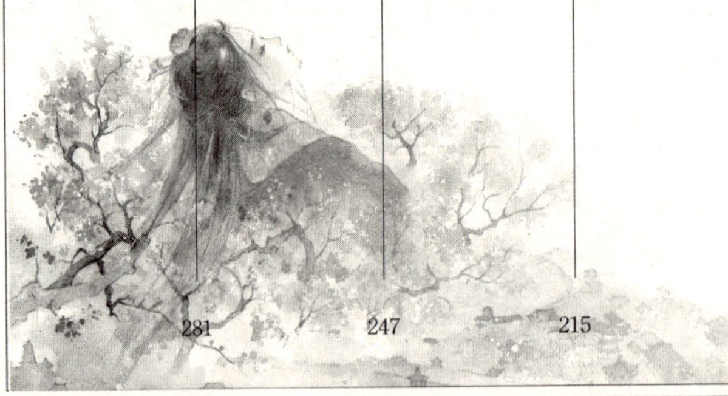

目录

第二十章

以死相挟救故交
人离乡贱暗伤魂

祁正修唇角向上扬了扬，点头道："只要你愿意，就可以。"又补了一句，"上次你是在送到军营的路上被劫去的，如今回去便也无须再向教坊报备。只要改个名字，重新过活就好。"祁正修的这番话，是告诉小桃再回大唐，可以不必做官妓。小桃的丢失是教坊押送失职，再回去只要不被熟人报官，便可平安无事。

小桃的思绪一片混乱，只是紧紧盯着祁正修的脸看了许久，才低下了头，语气有些哀伤："祁公子，我在病重的时候，已经……"她要怎么去说她和赵匡义的关系？过了许久，才吐出几个字，"我把别人错认作了公子。"话没说完，眼泪已经扑簌着流了下来。这其中的经历，绝望无门的滋味，小桃不知道怎么去向祁公子描述。只有她自己知道，在那段溺水的日子，她需要一个祁公子，才有勇气活得下去。

祁正修看着小桃，她话里的意思他听懂了。她把别人认作了他，那个别人，是赵匡义吧。否则，她也不会一直跟着他。祁正修忽然有种难言的憋屈，好像属于自己的东西，不知道什么时候被人撬走了一般。当时自己生死未卜，能有个人收留小桃，带她免受流离之苦，他又能怪怨谁？

过了半晌，小桃只觉得自己像听宣判的犯人一般，心情忐忑到了极致。她不知道祁公子会是什么反应。他应该嫌弃她了。一个不洁的女人，先被钱弘仪侮辱，又委身于他人。小桃看着祁正修随风摆起的白色衣袂，只觉得那么干净，与之相比，自己似乎太脏了些。

祁正修缓缓伸出手，牵上了小桃的手，语气笃定地重复了一次：“只要你愿意，就可以。”祁正修的话像一记重锤，敲在了小桃的心上，敲得她的心扑通乱跳。祁正修的声音有些悲凉：“怪我，没有办法照顾你。”

祁正修最后一句话，好像一股洪流，向小桃袭了过来。从手脚，到四肢，到心里，暖暖地流过。祁正修很少说什么深情的话，却是这句，让小桃第一次有种归属感，原来在祁公子心里，照顾自己是他认为应该而愿意的。小桃抬眸看着祁正修，想挤出个笑，却偏偏眼泪先流了下来。

祁正修手里一个用力，已经把小桃揽进了怀里。多久的相思，祁正修不由手中用力，只想把小桃紧紧拥着，再也不放开。国家危亡，他顾及不暇，他也知道自己没有资格没有能力守护好小桃，可如果在他生命里，有这么一刻，他能静静拥着心爱的女人，听山风吹吟，也是奢侈的幸福。

忽然山间的风疾了一些，一声冷冷的“要去哪儿啊”响了起来。

祁正修迅速地把小桃松开，眼前却已经是赵匡胤带了上百精兵无声无息地冒了出来，身后跟着赵匡义和赵普，而陈述也被他们押着。赵匡义紧紧盯着刚刚分开的小桃和祁正修，脸色铁青。

小桃的脸刷地白了，他们是要抓祁公子吗？

赵匡胤看着祁正修，朗声笑道：“久违了，祁正修。没想到你的命真大，从那么高的崖上掉下去，还能毫发无损地站在这儿。”

祁正修拱了拱手，淡淡道：“托大唐先祖的福。”

赵匡胤的面色一沉，冷笑道：“知道你一向会说。我说不过你。不过，你今天倒解释解释，你一个唐人，又不是使臣，没有通关文牒，没有公文，你是怎么混进大周的都城来的？你又有什么企图？”

祁正修微微一笑：“如今大唐都已经臣服大周，民心归属。我自然顺应形势，来大周都城开封府观摩一番，也是人之常情。开封府铜墙铁壁，戒卫森严，我岂敢有觊觎之心。至于关文，我如今只是百姓身份前来观瞻游玩，又非大唐官员身份，何需关文？”

赵匡胤被祁正修一番话说得张口结舌，他哪里是祁正修的对手。说道理，祁正修远远有一百条引经据典的话在等着他。赵匡胤不由看了看赵普，赵普虽说足智多谋，但祁正修这番话，赵普也应对不来，只好无奈地看着赵匡胤叹了口气。妈的，赵匡胤暗暗骂道，这家伙要是大周的臣子就好了，他非用尽一切力量拉到麾下，如果那样，想推倒小皇帝这家伙一定能想出一堆理由。可惜了，他是唐人。

赵匡胤又看向赵匡义，不中用的，压根心思就不在这上面，只知道紧紧盯着那个南唐女人。赵匡胤看着就生气。罢了，反正说不过，就不说了，硬来还能怎的？赵匡胤索性不讲道理起来：“好好好，祁正修果然名不虚传，能言善辩。我不和你讲道理。但你，随我走一趟吧。咱们进了开封城再好好叙叙。”

祁正修冷冷一笑：“那就看赵大人的本事了。”说着一撩袍子，把小桃轻轻带到了紫云台的一边，准备开战。

陈述在一旁对赵匡胤说道：“大人，开封府又不是什么禁地，子介不过是进城来看看，难道大周抓人也兴出师无名？”

赵匡胤冷哼一声：“这里是大周，有名无名，我说了算。”他就是想抓祁正修，别管他找什么借口，这个人不除，唐人就永远是哽在喉咙的刺。

说完赵匡胤一挥手，手下的精兵已经冲了上来要擒住祁正修。祁正修身手极好，敏捷地来回躲闪着。紫云台虽然是山上的一处平台，但终究地势狭小，一群人围攻祁正修便有些放不开手脚，来回打架。反而祁正修来回躲闪得灵活。如此这么折腾了半个时辰，祁正修毫发无伤，倒是有几个士兵被踹在了一边，动弹不得。

赵匡义看得火气腾地上窜，忍不住冲了上去。赵匡义和祁正修的功夫本就不相上下。但祁正修已经疲于应付围攻上来的士兵，耗费了不少体力。而赵匡义是初试身手，还带着火气，更是招招狠戾，攻势极猛。还没过十几招，祁正修已经有些抵抗不过，节节后退，只有躲闪的能力，却没有还手的余地。

赵匡义更加步步紧逼，几招已经把祁正修逼到了紫云台的角落，小桃的心扯了起来，他们难道要再逼着祁正修跳下去？不由大声喊着：“不要，廷宜，不要啊！”

赵匡义的心一颤，廷宜？她多久没这么喊自己了？她原来，已经全部恢复了记忆，把各人都归到各位了。赵匡义一个走神，祁正修已经还过手来，冲着赵匡义用力反踢了过去，狠狠踹到了赵匡义的胸口，赵匡义倒在了一边。

赵匡胤赶忙过去把赵匡义扶了起来，急切地问着：“怎么样？”

赵匡义踉跄地站起身来，摇了摇头：“我没事。”还要再冲祁正修过去，赵匡胤用手一挡，自己对祁正修开了战。赵匡胤的功夫并不在赵匡义之下，而且更擅长徒手搏战，已经疲于应付的祁正修面对赵匡胤的咄咄攻势有些招架不来，被赵匡胤踢到了亭子边，皱眉向亭子侧的山脚看了一眼。

赵普适时地补了一句：“祁公子，我们料想你是想从这里逃的，所以在山脚下也布了三千兵马，如果你纵身跃下，虽然紫云台不高，以你的身手，下去绝对没有生命危险，却一定逃不出三千兵马的追搜。所以你还是保存体力，不要多费事了。就在这里跟我们回去，岂不是都省事？”

祁正修淡淡笑了笑，赵普这招心理战对他来说没用。紫云台的地势他早已看好了，这里跃下不会伤及性命，而且山下是密林丛丛，又沟沟壑壑，纵然真布了三千兵马，也不见得能搜寻得到。赵普不过是吓唬人罢了。祁正修站了起来，心里已经有了主意。只是可惜，这次无法带走小桃。但只要知道她在这里，便还有机会。

祁正修定定看了眼小桃，轻声道：“保重。”说着正要纵身跃下，却忽然被人用力扯住了。祁正修转过身子，小桃已经一个箭步冲了过来把他扯了回来。小桃满眼是泪：“不要跳，不要！”祁正修已经被逼着跳过一次悬崖了，九死一生才把命夺了回来。这次的紫云台，她不知道有多高，下去到底有没有危险。但她不能眼睁睁看着祁正修跳下去。

小桃护在了祁正修面前，看着赵匡义泪眼迷离：“廷宜，我求求你，放过祁公子吧。大唐不是已经降了吗？为什么还要逼死他？”

赵匡义看着小桃眉头皱得紧紧：“桃宜，你不要管这些。这不是你能管得了的。”

小桃拼命摇着头：“我管不了大唐投降，我管不了你们要抓谁打谁，但我不能眼睁睁看着祁公子死。我真的不能。”

赵匡胤冷笑了一声：“没看出来，你这么忠心护主呢。要说你不是唐人的细作，我都不信。”说完怒喝一声，“滚过去！看在你是匡义的人的份上，我回去再找你算账，再挡在这碍手碍脚，仔细连你一起收拾！”说着吩咐后面的士兵再次冲上来。

小桃看着乌泱泱又要扑过来的士兵，心一横，从头上拔出了一枚珠钗抵到了自己的脖子上。这珠钗还是赵匡义带她参加赵匡胤的家宴时特意为她买的。只是她没想到，这装扮人的钗，也可以当成一支武器。那钗是青铜鎏金的，钗头攒了珍珠和玳瑁在上面，而钗身是锋利的薄片，最末端为了插入头发方面，削成了尖利的锥形，刺入喉咙，不亚于匕首的力量。

赵匡义的心一扯，大步冲到了小桃的面前：“放下！那钗锋利得很，你不要命了？！”

小桃含泪看着赵匡义，声音满是祈求：“廷宜，放了祁公子。我同你回去，我哪里也不去。你放了他好不好？”

小桃的声音绵绵软软，却每一句都像针一样刺了进去。她在拿陪着他作为交换吗？如果不是为了祁正修活着，是不是她就不肯在他身边了？赵匡义忽然觉得心里空落落的，像有什么东西用力一扫，把他的心全都扫空了。赵匡义看着小桃，忽然冷笑了起来：“你求我？你在为了他求我？”

小桃下意识地点头，看着赵匡义铁青的脸又赶忙摇头：“不是，廷宜，只要放了祁公子，让我怎么样都行。你们如果非要抓他——”小桃的手哆嗦着又紧了紧，脖子被锋利的钗划出了血，小桃却毫无知觉。赵匡义看得心一疼，不由又上前迈了几步。

祁正修反手把小桃的手用力放了下去，眸子有丝痛苦，看着她用力道：“不要为了我这样。”他无法看着小桃为了他以性命相逼，去求另一个男人。说完用力把小桃往一旁推过去，自己纵身跳下了紫云台。

“啊！”小桃撕心裂肺地喊了出来，眼睁睁看着祁正修再次跳下去，小桃只觉得自己的心也跟着他坠下了高台。小桃腿软得站不起来，连爬带挪到了紫云台边，只有一片一片山上的树丛，她什么也看不到。只是从这里看下去，紫云台并不高，小桃的心也些微缓了缓。

赵匡胤也追到紫云台边上，看着云雾迷绕的山下，骂道：“又让他跑了，赶紧继续追。”

小桃这才回过神，手里的钗再度举了起来，直刺得自己的脖子凉凉，看着赵匡义目光有些冷："能放过他吗？"说着语气变得郑重，一字一句道，"我求你，放了他。"

赵匡义的心一扯，眉头重重锁了起来，小桃手里的力气更大了些，脖子上的血珠顺着钗滴了下来，却感受不到一丝疼痛，只是全身都在微微抖着。

赵匡义的脸随着滴落下的血珠更加泛青，猛地把要冲下山的赵匡胤拦住，冷声道："别追了。"

赵匡胤一怔，随即暴跳起来："你说什么？不追？"

赵匡义鬓角的青筋跳突了几下，用力点了点头，生硬地吐出几个字："放了祁正修。"

"你疯了？"赵匡胤几乎不相信自己的耳朵，赵匡义竟然不顾国祚，要放了祁正修？他脑子被驴踢了吗？赵匡胤狠狠把赵匡义拦着的胳膊摔下："这是千载难逢捉着祁正修的机会。你竟然妇人之仁，要放了他？你有没有想过日后他会成为南唐最难碾的一只臭虫？你把大周的社稷放在哪儿？"

赵匡义冷冷说道："不过就是一个祁正修，放了他又能怎么样？当初他不也被我三千骑兵追得跳了崖？难道他就能影响大周社稷？那大周的社稷也太脆弱了。"

小桃听到赵匡义这句话心又是一痛，原来祁公子是被赵匡义亲手逼得跳崖。今天他终于自己说出来了。小桃只觉得心被扯得来回揪疼，她知道大周和大唐互为敌国，可为什么是赵匡义逼得祁公子跳崖？她竟然跟了差点逼死祁公子的人……小桃说不上什么心情，只觉得老天似乎和她开了个最大的玩笑。小桃的眼泪止不住地滑落了下来，攥着金钗的手抖得更厉害。

赵匡胤被赵匡义堵得说不上话，索性不想和他继续废话，直接向着山下冲去，赵匡义伸手夺过一个士兵手里的长枪，横在了赵匡胤的前头，语气无奈中带着丝苦涩，却又极为笃定："二哥，就听我这一次。算我欠你的，以后我纵然出生入死，一定偿还了你这个人情。"

赵匡胤被赵匡义这句话气得胸闷，兄弟两个，竟然还讲起人情来了。还他的人情？赵匡胤分明感觉到在赵匡义心中的天平上，那个妓女把自己这头狠狠压了下去。赵匡胤看小桃还在拿金钗比画着，气不打一处来，手里提着枪扭头冲着小桃戳了过去："贱人，早灭了你这个祸害，匡义才能清醒。"

小桃还没看清楚，一杆明晃晃的枪已经冲着她的胸口直刺了过来，小桃下意识地向后闪了一下，赵匡胤下了狠劲儿，用了一招毙命的架势。赵匡义没有任何思索，一个箭步扑上去，用力去夺赵匡胤的枪。

枪在离小桃胸口还有一寸的距离，被赵匡义硬生生地掰了过去。赵匡义情急之下也顾不得用枪去驳赵匡胤的枪，直接上手去夺，而赵匡胤刚才的劲极大，赵匡义震得虎口都裂开了，血绽了出来。赵匡义第一次用冰冷而狠戾的表情看着赵匡胤："不要让我恨你。"

赵匡胤怔住了，他第一次在这个同胞弟弟的脸上看到这种表情，陌生、愤怒以及阴冷。他甚至觉得，如果他把这个女人杀了，赵匡义一定会毫不犹豫地反手把枪刺进他的胸膛。他第一次对赵匡义有了种畏惧的情绪。

但那感觉只有一瞬间，赵匡胤很快恢复过来，还想再争执，一旁的赵普已经大步走了过来，把赵匡胤和赵匡义分开，温声对赵匡胤说道："大人，少将军既然这么说，就别去追了。那祁正修也未见得就能给大周带来多大的祸害，再者紫云台下的地势复杂，追了只怕也徒劳无功，捉不到的。何必为了这么点小事伤了兄弟和气。"

这是小事？！赵匡胤还想再说，手被赵普死死地压着，拼命地劝和着：“先回去吧，这事改天，改天再说。”赵匡胤虽然脾气大，但对赵普的智谋倒是极其信服，此刻心知赵普一定又有了别的谋划，便也只好作罢，但心中到底气不忿，也没再看赵匡义一眼，快走了几步低吼一句：“回营！”已经带头下山，打马而去。

小桃这才缓过劲儿来，手里的钗“哐当”一声掉在了地上，身子软绵绵地出溜了下去，坐在了地上。赵匡义看着小桃，一步，一步，缓缓走了过去，步子很沉。赵匡义走到小桃面前，俯身把地上的金钗捡了起来，看着小桃，一种莫名的心灰意冷袭了上来，半晌，冷笑了一声道：“原来我送你的钗，你是这么用的。”当首饰不再是首饰，成了自残自伤的工具，只为胁迫自己，那这钗留着还有什么用？赵匡义的手一扬，钗在空中划了个弧线，飞出了紫云台。赵匡义转身向山下走去，吩咐手下的士兵把小桃带回去。

刚才的一切，都发生得太快，陈述此时才从惊心动魄中回过神来，不要命的祁正修，不要命的叶小桃，同样不要命的赵匡义，他只看得身上一阵一阵地血气上涌。周人的军队都撤离了紫云台，陈述也跟着飞奔下去，在刚才祁正修跳下去的地方细细搜寻着，这地方不高，按理没事啊，却是反复找了许久也没有找到，眼看日头已经偏西，陈述看看情况不妙，赶紧返回驿站，正准备再找些大唐跟来的士兵一起去搜索，却有一个陌生人塞给了他一个便条，里面是祁正修的字迹“已安，先回唐”。陈述的心这才放了下来，却也想不明白祁正修是怎么那么快就转危为安的。

小桃被士兵带回了赵匡义的府邸，四周又加派了许多士兵看守。他们是怕自己跑掉吧？小桃缩在了床上，全身一点力气都没有，今天的一切都像一场梦。小桃在忧虑和担心中有些恍惚，很快就睡着了。迷迷糊糊中，小桃只觉得身上很沉，抬眼一看，天不知道什么时候已经黑了，屋里上了蜡烛，一身酒气的赵匡义坐在床边的凳子上，却把头枕在她身上睡着了。

小桃看着醉得一塌糊涂的赵匡义，心里百转纠结，如果祁公子不出现，也许她和他在云湾村，可以做世上最幸福的小夫妻吧？可是，一切都变了，祁公子没死，而元凶就是趴在她身上的这个人。小桃心里一疼，伸手用力推了推赵匡义，低声道："该睡了。"

赵匡义因想着赵家还没有给小桃名分，便在府邸里另一处卧房睡。此刻赵匡义睁开发红的眼睛，看着一脸纠结的小桃，心里的寒意泛上了一层又一层。赵匡义摇晃着站起身来，把外袍解下随手扔在了地上，又跌坐在了床上。用手扶了扶额头，转身倒在了小桃身边："就睡这儿了。"

小桃往床里躲了躲："让下人去把你的卧房收拾……"

话没说完，赵匡义已经翻身压上了小桃的胳膊："不想跟我了？"看小桃沉默的表情，赵匡义的手跟着心一起凉了下来，"在紫云台，是谁说只要放了祁正修，让她怎么样都行？"说着赵匡义的唇掠上了小桃的脸颊，从脸颊滑到唇，赵匡义难以克制自己的冲动。

小桃有些慌乱地瑟缩着，躲闪着："公子，你喝醉了。"

赵匡义的火更燃了起来，俯身压上了小桃，呼吸都变得滚烫，可话语出来却冰凉："不要叫我公子，叫我的名字。"

小桃咬了咬唇，没有吭声。赵匡义没再说话，俯身不管不顾地开始侵入了小桃的唇舌，唇齿交缠间，赵匡义把小桃的襦裙解了开来，手用力揉了上去。小桃拼力挣扎着："廷宜，不要。我很累……你醉了……"

赵匡义听到小桃叫他的名字，全身都发烫起来，手继续用力着，加上喝了酒力气不知不觉就比平时大了许多，一手压上了小桃的双手，一手已经用力抚上小桃的身体。

小桃挣扎不动，身下一疼，心也随着撕扯得疼痛。小桃没有继续挣扎，只是空洞地看着头顶上的雕花床随着帘幔在晃动，眼泪也模糊了起来。赵匡义感觉到小桃的木然，心也越加寒凉。她终究是不肯接受他的。赵匡义的动作有些疯狂起来，是不是这样，才能唤起小桃对他的知觉？

赵匡义酒后的力气不觉地大，小桃被他的用力弄得很痛，挣扎又挣扎不动，可她对赵匡义，终究不能死命抗争，毕竟从前，她是情愿的。小桃随着赵匡义的动作机械地做着反应，却拼力咬着唇没有吭一声。

感觉到小桃的木然，赵匡义的动作便更用力，喘息间声音阴沉："叫我的名字。"

小桃痛得一颤，她喊不出口，只是把唇咬得更紧，渗出了甜腥的味道。赵匡义的唇胡乱地吻着，吮吸到小桃唇上的血腥味，忽然勾唇笑了，斜睨看向小桃道："叫不出来是不是？"

小桃的睫毛忽闪了一下，无力地闭上了眼睛。她的确叫不出来，她没有办法在知道祁正修还活着，而且当初是被赵匡义逼下了悬崖后，还能动情地喊着赵廷宜的名字在他身下承欢。她没有办法去恨赵匡义，这个男人为自己付出了太多，可她也没办法像从前一样去接受他，祁正修的出现，已经像一个华丽的闪电一样，把她内心所有晦涩不明的地方照得清晰亮堂，然后把她的心扯回了南唐。

小桃的闭目无声像一攒明火，把赵匡义本就酒后燥热的心腾地点燃，烧得灼痛。他不是计较自己付出了多少，他不是在乎他失去了什么，他只是悲凉，从头到尾，他只是个替身。尽管中间有一段时间，他曾经以为小桃爱上了他，因为从她开始的抵触到后来的接受，这个过程是他陪着她度过的。但现在看来，那仍然是个幻觉。她爱的，彻头彻尾只有祁正修一个人。

赵匡义的悲凉，一点点地化成了不甘和愤怒。他受不了小桃看到祁正修的那个样子。只要她看到祁正修，眼睛里就好像虚无万物，一双如水的眸子里，只有祁正修的影子。从前是，现在还是。平日里的小桃是娇俏的，温柔的，但一碰到伤害祁正修的事，她立马就像疯了一样炸了刺，她可以随手就扯起一样东西去拼命。可她对他，从来就没有过这个样子。想到这里，赵匡义忽然忍不住用力在小桃身上冲击起来，手指碰到小桃如水如瓷的肌肤，就是狠狠掐了上去，小桃疼得一个激灵，出了一身又一身的汗，直到赵匡义终于偃旗息鼓，才舒了口气躺在了他的身边。小桃的心忽然轻松了一些，似乎这样的疼痛，才能多少解脱一些自己心里的歉疚。她对许多人都有着歉疚，她对不起祁公子，可她也同样对不起身边的这个人。

第二天直到日上三竿，赵匡义才醒来，昨晚的酒喝得太多，直到现在还是头痛欲裂。小桃已经起床，看赵匡义睁开眼睛，便吩咐了侍婢进来服侍赵匡义盥洗。

赵匡义揉了揉疼得发紧的额头，昨夜的事他隐隐还有些印象，看小桃立在一旁，直接把她的胳膊拉了过来，用力掀开袖子一看，触目惊心的乌青让赵匡义的心沉了一下。倒是小桃把袖子扯了下去，淡淡笑了笑："不碍事。"

小桃的笑刺得赵匡义的心又是一阵锥疼，如果此时小桃是含着眼泪怨怼地看他，也许他的内心还更好受些。起码说明她怨恨自己，怨恨也是一种情绪，总比现在这种淡淡好，这更像一种无声的抗议，好像自己怎么做都不会让她难受。除了收拾祁正修。

这种感觉让赵匡义本已平静下去的心又有些狂躁，他抬眸看着小桃冷冷道：“看来对你，果然用不着太好。”

小桃愣了一下，有些客气地回应着：“怎样对待小桃，随公子的意便好。”

赵匡义的身子一僵，抹了手的巾子狠狠摔到了盆里，大步走了出去。屋里，压抑得他喘不上气，还不如去军营里操练士兵来得痛快。

赵匡胤昨日从紫云台下来便在抱怨赵普：“你也帮着匡义拦着，白白放走了祁正修，你知不知道寻常人的心有七窍，他得比别人多三窍？最是个祸害。”

赵普定定笑着：“大人操之过急了。其实少将军说的也没错，一个祁正修，也不可能力博天地，扭转乾坤。不过让我们再费些心思罢了。可大人昨天放了祁正修，收获却大多了。”

“收获？”赵匡胤皱着眉头，“我收获了一肚子气。自家兄弟，还比不上一个妓女。”

“诶，大人此言差矣。”赵普摇头，“人各有志，在大人眼里，兄弟情义是重的，但在少将军眼里，鹣鲽情深是重的。大人如果一直用兄弟道义去劝说，只会让少将军反感。但昨天放了祁正修，少将军不是亲口答应欠大人人情，出生入死也还的吗？大人的大业，少将军还一直没有正式答应呢。如今这话，不就意味着少将军和大人，在大业上已经是一条线了吗？”

赵匡胤眸子一转，沉着的脸终于放了一丝晴：“这么说倒是对。过阵子小皇帝要去谒陵，我又要去应付蜀地的纷扰，正愁没人陪王伴驾。”赵匡胤的话说得含蓄，与其说陪王伴驾，不如说是监督小皇帝。皇帝年纪小，身边辅政的大臣忌惮赵匡胤的兵权，赵匡胤也同样忌惮他们背后使阴招。谒陵这事，说大不大，说小不小，但凡身份地位尊贵的王公贵胄都会陪着小皇帝去谒陵。这时要是小皇帝在那帮大臣的撺掇下，勾结一些武将来个兴兵夺权，赵匡胤可吃不消。可偏偏自己又要应付蜀地那摊子烂事分身乏术。所以此时派赵匡义过去，是最好不过。没人能比赵匡义更让他放心了。

赵普点头：“这便是了。南唐的事先放一边，对大人来说，目前最重要的事情是大业，而不是伐唐。大人由此添了少将军的襄助，还不是如虎添翼吗？”

赵匡胤的神色彻底回转了过来，赵普果然是个有脑子的，轻重缓急分得清楚。赵匡胤不得不服气，但还是说着：“不过那个南唐的妓女怎么才能除了？有她在一天，匡义的脑子就不会清楚。我实在看着烦心。说起这个我又来气，匡义回来多少天了，天天守着那个妓女，对正妻不闻不问，符大小姐现在还在娘家住着，匡义不去接，我也不好去催。但这么下去，把魏王惹毛了，起兵抗衡可得不偿失了。”

赵普微微一笑：“这事我已经想了很久。的确如大人所言，有了叶氏，不少事情有了障碍。而且叶氏还是唐人，少将军的房里收个唐人，给别人落了口实。但是要除叶氏，大人万万不可直接出手，否则少将军会拼命的。到时就真的覆水难收了。”

“那谁除？”赵匡胤的眉头皱了起来，“而且要快，除了叶氏，才好和魏王谈共谋大业的事。”

赵普点头道：“大人，无需着急。除女人，自然还要女人动手。哪有男人动手的道理。”说着在赵匡胤一侧附耳一番。赵匡胤听得频频点头。心里不得不更服了赵普，这家伙，连女人那点心思都算计得够准。

赵匡义这几天陷入了一种混乱而狂躁的情绪里。他虽年轻，但行事到如今，一直是沉稳的，很少有人或事能让他不知道怎么用理智去思考。每天集营训练完士兵，处理过公务，按理他该回去了。但想到回去见小桃，他的心又空，又疼。而那晚那种酒后的奇特感觉，让他仿佛上了瘾一般，似乎只有那种行为，才能证明，他拥有着他想要的女人。

但不喝酒的时候，他又没有办法碰小桃一下，一个心里没自己的女人，他没有办法去触碰。于是赵匡义陷入了一种狂乱，每晚都喝得酩酊大醉，然后回到府里，用他的方式占据着小桃，像一种难戒的瘾，明明噬得他心疼，却又必须用这种方式证明着存在。

第二天醒来看着满身淤青的小桃心里又疼，那种痛苦让赵匡义喘息一口都觉得痛，可是小桃一脸的无所谓让他又怒不可遏，这种情绪像冰火的交织，赵匡义只觉得头痛一天比一天厉害，整个人都要陷入崩溃。

此时赵匡胤提出让他带着兵马陪同小皇帝去谒陵，赵匡义毫不犹豫地答应了。与其说是答应，不如说是去逃。赵匡义迫不及待地需要一个地方去逃。他只是有些担心，谒陵礼仪浩繁，至少也要一个月。让小桃一个人在府里，无人照看，他有些不放心。

赵匡胤道：“你府上那个，我也想过了，先接到娘那里住着吧。我那里不方便。反正娘也是一个人，正好有个人做伴。早晚要过门，不如早点先去侍奉。我会再派些士兵过去守卫。不用担心唐人去劫。”

赵匡义想了想，便也点头同意。娘不是不通情理颐指气使的老妇人，和赵匡胤的几个妻妾也相处愉快。如果让小桃住到那里，倒是个安全之处。赵匡义点了点头。

辞别了赵匡胤，赵匡义心事重重地回到了府里。小桃在书房里练字，但还不如说在发呆。笔墨纸砚铺陈了一堆，人却窝在椅子里双目盯着桌上的一架石屏风在出神，眉头皱得紧紧的，不知在想些什么。

赵匡义重重咳了一声，小桃一下子从椅子上蹦了起来，神情极为慌乱，却又很快地镇定下来，对着赵匡义努力笑道：“公子，回来了。”

赵匡义忍着心里的别扭，竭力平和着语气："半个月后，我要伴驾去谒陵。"

"嗯？"小桃没有听懂。

"陪皇上去谒陵，大约一个多月。"赵匡义补充道。却看到了小桃脸上很明显松了一口气的释然，心里又别扭起来，冷冷接着说道，"府里你一个人待着不便，到时你住到我娘那里就好。"

小桃刚刚松下的心情又紧张了起来，和赵匡义的娘住一起？她的心无端慌乱起来，手攥着衣襟来回揉着："不必了吧。我自己也可以的。去那里，多添麻烦。"

"麻烦？"赵匡义的唇际勾了上去，眼神却很锋利，"是给我娘添麻烦，还是你自己会有麻烦？不能时时出神去想些不该想的？"

小桃被赵匡义的话狠狠堵上了，不该想的？她是在想不该想的，但她也控制不住。从紫云台回来她就想打听祁公子的消息，即便没有性命之忧，有没有受伤？顺利回大唐了吗？可赵匡义派人把府邸看得森严，小桃一步也迈不出去。即便是陈述，她也再没有机会见到。只是赵匡义一次醉酒后无意冷冷地告诉她"他没事"才让她一直悬着的心放了下来。可是，她怎么能快刀斩乱麻地说不想就不想？

小桃看着言辞刻薄的赵匡义，想说什么，还是收了回去，只化作了一句低眉顺眼的"好，那我去就是了。"

可连这句话里，赵匡义也听出了不情愿的滋味。这滋味同样惹得他眉头蹙了一下，赵匡义抬出手去，本想拍拍小桃的肩，小桃却吓得向后连退了两步，脸也随着变白了。

小桃的害怕让赵匡义伸出去的手僵了一下，随即收了回来，面上没有任何表情地走了出去。

夜里，依旧是半醉半醒，依旧是用力挣扎。这是因痛成瘾，还是因瘾成痛？赵匡义自己也分不清了。

而小桃依旧喊不出赵廷宜的名字，只是痛得紧了便倒吸着凉气，在喉咙里闷声低吟着，这样的日子，于她而言，也早已分不清是否已痛成了习惯。

离出发的日子越来越近，赵匡义回来得少了，军营里对士兵的操练也加强了许多。以前是只练一上午，如今上下午都要严苛训练。赵匡义有时晚了就直接住在军营里。小桃也些微轻松些。

日子不觉到了九月末，秋风渐起。开封的秋比江南的秋来得早，小桃已经觉得有些瑟缩。这个时候的江南，应该还是秋草未凋吧？冷冷清清的季节让小桃有些想家，却又有些怆然。家，哪里才是她的家？

小桃起身去后院的库房，打算找找看有什么布匹，可以拿来缝制一件厚点的衣服。她这副江南人的身子骨已经有些扛不住。小桃没有惊动下人，从管家那里拿来钥匙，自己去到库房来回找着。小桃找了一个多时辰也没找出布匹放在哪里。这才明白为什么深宅大院都要用那么多人服侍，光这库房，就得个专人看管。

小桃掸了掸身上的尘土，正打算出去找个婢子过来帮忙，旁边走过去两个粗使的下人，都是短衣襟打扮，边走边聊着“你还真别说世上没鬼神。”“是啊，鬼神一定是有的，还有的现世报呢。”“可不是，你说南唐的太子多尊贵，不也被鬼神索命了么……”

小桃听到“南唐太子”，心猛地怦怦跳了两下，太子？忙把刚才过去的两个人喊着：“等一等。”

待那两人站着，小桃迫不及待地跑了过去问道：“你们刚才说什么南唐太子？”

那两个下人面面相觑，只恨自己多嘴忘了形，这宅子的正主是个唐人怎么就给忘了。相互看着，没敢说话。

小桃急迫地又问着："太子怎么了？"祁公子是太子的人，如果太子出事，那祁公子呢？

下人看小桃着急，不敢再支吾，其中一个大着胆子说道："我们也是道听途说，之前南唐的晋王李景遂不是突然死了吗？如今南唐的太子也死了，说是死之前就疯了，不仅承认了李景遂是他下毒毒死的，还一个劲地嚷嚷李景遂的鬼魂来找他索命。这可不就是鬼神显灵了么？"

鬼魂索命？小桃有些不相信地问道："真的吗？"

下人看着小桃道："是不是真的我们就不知道了。但那位太子是真的死了，如今全天下都知道了。而且还传得越来越悬，说是太子每天都做噩梦梦见鬼魂索命，披头散发整个皇宫到处跑，还说地上到处都是血……"

下人的语气低沉，小桃听得全身一阵鸡皮疙瘩，唇也开始哆嗦："好了，别再说了。"吩咐下人退下后，也无心再去找布匹了，回到了屋里，忍不住继续发着呆。

太子是被鬼魂索命的？小桃对鬼怪之说，素来半信半疑，谁也没亲眼见过，而且如果真的有鬼，娘怎么舍得不回来看看她？可太子若真是这么死了，不是打仗，不是被罚，那祁公子应该没事吧？

想到太子，小桃的思绪飞到了很远。还记得是在濠州的时候，小桃第一次见到太子，印象里的太子是个豪爽的人，还在她生辰的时候赏了她金锞子。好大的一份赏金。可是，为什么这样的人也要死呢？他的年纪也并不大啊。小桃的心里难免生出几分伤怀，尤其在开封这个异国他乡的地方，小桃这份悲悯来得更加强烈了些，眼角也有些发潮。

不知过了多久，小桃的耳边传来一阵沉沉的脚步声，忙抹了抹眼睛抬起了眸子。好奇怪，每次自己心里想事的时候，赵匡义都会适时地回来。小桃勉强挤出个笑，还没有说话，赵匡义的冷笑已经先传了过来："今天不仅在想，还哭了？"

小桃咬了咬唇，转了话题："吃饭了吗？吩咐下人备饭吧？"

赵匡义紧紧盯着小桃看了一眼，半晌淡淡道："还没吃。"说完转身出了外间去洗手换衣服。小桃快步走出去吩咐下人备饭。

不多时，饭菜都摆上了桌，赵匡义和小桃对坐在偌大的桌子两旁，静静地扒拉着饭，屋里都不闻一丝其他的动静。小桃只觉得连呼吸都静得能听到回音似的，不由又开始出神。

赵匡义看着小桃又在游离，眉头皱了一下，说道："明天我就要出发了。"

"哦。"小桃回过神来，懒懒地应了一声，继续扒着饭。

赵匡义分不清她到底是听到了还是没有听到，心里有些失落。明天就要陪着皇上去谒陵，不指望小桃能够帮他收拾行装，准备妥帖，好歹有句安心的话也好。但小桃像个没有灵魂的躯壳，似乎所有的精神都在游离。赵匡义直看得心里往外冒火，追问了一句："你听到了吗？"

小桃一愣，咬着唇说不出话，方才他的话还真的没有落在心里。看着小桃张口结舌的样子，赵匡义的眼神有些冷："你在想什么？嗯？"说罢把筷子放了下来。

在想什么？小桃的神经都紧张了起来，看赵匡义紧紧盯着自己，大有不问出来不罢休的架势，小桃抿了抿唇，轻声开了口："大唐的太子，是不是——死了？"

赵匡义眉间一蹙，眼神锐利地在小桃身上扫了一眼，衣服和鞋子都是干净的，不像有出过门的迹象，那是怎么知道大唐太子薨了的事？难道南唐的人还能送信到这里？不禁问道："你怎么知道？"声音有丝凌厉。

小桃低眉道："听下人们说的。"顿了顿又道，"那就是真的了？"话问出来又不由秃噜了嘴多了一句，"皇上有没有怪罪？"

赵匡义的眼睛上蒙了一层寒冰，唇角却上扬着笑了，小桃真是越来越出息了，打探消息都比原来聪明得多，有水平得多。赵匡义勾唇笑道：“皇上？唐如今奉周的年号，李璟只能叫江南国主。”

小桃的脸在听到这句话的时候突然变红了，虽然她对那个叫李璟的皇帝没有什么好感，但是身为一个唐人，赵匡义这句话刺得她的心第一次有点疼痛，这种疼痛无关情爱，而是自尊。尽管她也说不明这份自尊从哪里来的。但她听到赵匡义说李璟只能叫国主的时候，她的确在脸红心跳。小桃挺了挺脊背，虽然她不知道该怎么应答，但眼神却也随着冷了下去。

赵匡义看着小桃的表情变化，冷哼了一声：“你关心李璟有没有怪罪谁？你觉得谁会因为太子的暴毙而被怪罪？”

小桃看着赵匡义，忽然有些陌生，这不是她认识的赵匡义，以前的赵廷宜虽然冷，却并不尖刻，可如今的赵匡义，身上像长了无数的刺，不把她刺得遍体鳞伤就不罢休。小桃淡淡应着：“你认为是谁，就是谁吧。”

小桃这副柔中带刚的硬骨头让赵匡义的火又窜得更高，赵匡义猛地一拍桌子，起身大步走了出去，到了后院，吩咐管家把家中的下人全都喊来，冷冷问着下午是谁告诉了小桃南唐太子暴毙的消息。没人承认就一个个打过去。

不出一炷香的时间，一个下人偷偷指着另一个向管家禀告了去。还把过程详细说了一遍。管家如实禀告了赵匡义。赵匡义二话没说，只吩咐了守卫的士兵进来给了那个向小桃讲了太子的事的下人三十军棍。

军棍不同于平时家法里的板子，不仅更加结实粗硬，而且执行杖责的都是经过一番训练的士兵，力气比寻常的下人不知道大了多少倍，即便是军营里的那些皮糙肉厚久经训练的士兵，挨三十军棍后也皮开肉绽痛得要晕过去，何况是个普通的下人。刚十记军棍下去，已经大声号叫着晕了过去。赵匡义命人抬了冷水泼了过去，继续杖责。

小桃在屋里听到外面的动静也走了出去，平日里赵匡义很少训斥下人，方才他负气出去小桃只道他要去书房，到了后院不禁吓了一跳。下午还和她聊天的下人，已经被五花大绑在了地上的一扇废弃的门板上，屁股被军棍打得血迹斑斑，皮开肉绽。旁边的下人正好拎了一桶冷水过来，全浇在了那人身上。那人一个激灵，哆嗦着又醒了过来。

赵匡义看着冲过来的小桃，声音像淬了冰的剑："以后谁再敢在府里搬弄南唐的是非，这就是下场。有想试试的，尽管讲。"

原来只是因为和她讲了大唐的事情，就要受到这种责罚？小桃只觉得全身的血气都涌了上来，不禁小步跑到了赵匡义的面前，看着赵匡义倔强地说道："不过就是说了些大唐的事情，就要受到这种惩罚吗？"

赵匡义紧紧盯着小桃道："国有国法，家有家规。这府里的规矩，就是任何人不得讲关于南唐的任何人的任何事。"说着继续看向执行的士兵道，"继续！"

话音刚落，士兵们又举起军棍重重落了下去，那下人哀号着，伤痕处的血似乎都能随着军棍落下的声音飞溅了出来。小桃看得血肉模糊一阵反胃，转过身扶着一旁的树干呕了起来。晚上的饭也被她吐出了不少，直吐得连胃里的酸水都沁了出来。

赵匡义冷脸吩咐着侍婢把小桃扶回了卧房，继续监督着剩余的军棍执行完毕才回到了房间。

小桃被刚才的惨烈震惊得脸色惨白，看到赵匡义进来，似乎都能闻到他身上的血腥味，胃里一反，又开始干呕起来，却已经没得可吐，只吐了些酸水出去。守着的婢子忙过来服侍。

赵匡义看得心里难受，他没有想到小桃会有这么大的反应。但他的确不要小桃再接触到一丝一毫南唐的消息，哪怕是一点点，都让他有种难言的不安。似乎每一点消息，都能把小桃本就游离的心，又扯走了一丝。赵匡义接过了婢子递来的水，递给了小桃。

小桃用帕子捂着嘴，含了水漱了漱，缓过些精神，看着赵匡义目光凄凉："又何必这么大费周章？任何人不得讲南唐的任何人和任何事……"小桃的声音低了下去，"我就是个唐人，骨头和血都是南唐的。他们是不是也别讲我，也别和我讲话？那把我送走才是正经。"

小桃第一次有种屈辱的感觉，不是为自己，而是为自己唐人的身份。可赵匡义听这句话的重点却在后面，把她送走？赵匡义一把伸手捏上了小桃的下巴，声音狠戾："想都不要想。"说着冷笑了一声，"那天在紫云台你说了，让你做什么都行。我怎么能送走你？你就安安心心在这里待一辈子吧。"

赵匡义一夜无眠，明明想的是临别前和小桃好好过一晚，怎么最后又成了这个样子。天快亮的时候，赵匡义起身换好衣服，今天便出发，他要及早过去带兵先到皇宫接了皇上，举行过仪式后，再向陵墓出发。赵匡义抬手，很想抚一抚熟睡中的小桃，犹豫了片刻，还是把手放了下去，转身出了门。

小桃醒来的时候，已经日渐中午。侍婢进来服侍过后，下午便有赵匡胤派来的士兵接小桃去杜老夫人的府邸。小桃这才知道赵匡义今天已经走了。急忙把日常用的东西收拾好，也没有时间准备和杜老夫人初次见面的礼物，小桃收拾了一个小小的包袱，便坐在轿子里，被抬到了杜老夫人的府邸。

杜老夫人的府在开封较为热闹的城中心，但院子的格局却是清静别致，进来后和外面的喧闹截然不同，整个人都清凉了下来，闹中求静的典范。小桃走了进来就有些手脚不知怎么放，第一次见杜老夫人，她全身都在紧张。方才在轿子里她一点也没敢闲着，一直在想该说什么。

被下人领着走了几个廊子，绕过一片山石，又绕了一个池子，才到了后院的一处阁楼，下人到了楼门口将帘子挑开，小桃迈着小步走了进去。没敢抬头，小桃先跪下行了三个长叩大礼。

杜老夫人也在仔细打量着小桃，身形婀娜，模样妖娆，也难怪匡义迷恋。杜老夫人伸出手，温和地说道："快起来，不要多礼。"说罢招呼着小桃，"来，过来让我看看。"

小桃站起身来，这才敢细细打量了一番杜老夫人。杜老夫人身形清瘦，眉眼之间和赵匡义有几分相似，却更显慈祥。一身浅紫色的锦缎长袍，彰显着富丽华贵。杜老夫人保养得很好，全身都透着一股淡淡的雍容和贵气。小桃方才的紧张褪了些，随之升起许多敬畏之心，这样的气度，一看便不是小家小户没见过世面的老太太，而是阅历丰富后练就的气定神闲。小桃向前走了几步到了杜老夫人跟前，低下了头。

杜老夫人拿起小桃的手，细细打量了一番，温温地笑道："好俊的模样，手也细软，好守财，是福相。"

小桃听到杜老夫人这话，心才踏实了些。夸赞女人漂亮，温柔，有才学，都终究比不过一句"旺夫"让人更加安稳。小桃露出一个浅浅的笑："多谢老夫人。"

杜老夫人拍了拍小桃的手，也随之笑道："只是太瘦了。这些日子在我这里，我让厨房多做些好菜，正好养一养。"

杜老夫人的话让小桃方才的忐忑和一丝敬畏都完全消失了，眼前的这个妇人，更像一个慈爱的母亲，把她对赵匡义的关切爱屋及乌地移到了她身上。许久没有感受这份孺慕之情的小桃不觉心里一阵激荡，这次是真心实意地跪了下去："谢谢老夫人。桃宜感怀不尽。"

杜老夫人把小桃拉了起来："一家人，不要说两家话。西院的阁楼已经收拾好了，你随下人过去看看是否喜欢，要是有什么需要，直接找我就好，或是找兰姑。”说着指了指身边的一个妇人。

小桃看过去，那个叫兰姑的，也是个五十多岁的老妇人，想必服侍了老太太很多年。小桃又微微屈膝拜了拜，杜老夫人的细心周到是她没有想到的。

拜别了杜老夫人，在下人的带领下，小桃到了西院。这里相比杜老夫人住的阁楼，略荒远了些。不但屋檐低了许多，庭院里的布局也更为简单。小桃没有在意这些，屋里的装饰简单清雅，小桃已经觉得很窝心。带她来的下人简单交代了几句，便出去了。小桃躺在床上，竟有些犯懒，带来的包袱东西还没有收拾，已经昏昏沉沉睡着了。

看着小桃走出去的身影，兰姑问着杜老夫人："您觉得她怎么样？"

杜老夫人的眉头微微蹙了蹙，没有吭声。她的心里并不喜欢这个女子，下巴尖人中短，一看不是有福的相。身段妖娆，不愧是做过官妓的，扭捏中全是一副勾男人的情态，那副低眉顺眼看人眼色的样子也够低贱。但是她一向不是个嘴上刻薄的人，尤其这个女子是匡义心尖上的，她便有十二分的不喜欢，也得做出六分的喜欢来。杜老夫人揉了揉眉心："不怎么样。不过好在看着不是个难对付的。把凝神丹拿来。以后饭菜都让厨房端到她房间里，不必一起吃。"

兰姑心下了然，看来这个女子，并不讨老夫人的欢心。

小桃在杜老夫人府上住了几天，每天早上去给老夫人问安，上午陪着老夫人在园子里转转，说说话聊聊天，中午回到自己屋里吃饭，下午写写字练练舞，待到傍晚便又在屋里吃过晚饭。日复一日地重复着。

杜老夫人也没有很多的规矩和要求让她恪守。这样的日子，比小桃原想的要轻松不少。和老夫人也逐渐熟悉起来，会主动和老夫人讲讲她和赵匡义的一些事，比如赵匡义带着她求医问药，比如她进山里帮赵匡义找五火地玄参……听得杜老夫人时而紧张，时而愤愤，面上却一直微笑如故。

赵匡义有写回来的书信，说道谒陵之前有官员查看陵墓的情况，发现有几方陵墓灌了水，皇上下令紧急修缮，预计回来的时间又要晚一个多月。

杜老夫人叹了口气："又要晚了。"回信的时候，问小桃有没有什么要额外写的。小桃只淡淡笑着摇头："这里生活一切都好，老夫人回公子便是了。"

给赵匡义的书信寄了回去，杜老夫人对小桃微笑道："匡义这一走，少也得两个多月。比之前预料的又多了一个月。你还得多陪我这个老婆子一阵子了。"

小桃低下了头笑道："老夫人说笑了，是老夫人照顾我才是。这是小桃的福气。若是自己待在府中，只怕心惊胆战觉也睡不好。"

杜老夫人微笑着点点头："你这么说倒也是实情。一个女子守着一个府邸，也多有不便。"说着叹了口气，对小桃道，"其实说起来，雪嬋也是一个人在府里。"

听到符雪嬋的名字，小桃的心猛地揪了一下。对符雪嬋的印象还是几年前，在赵家旧宅的那冷傲一瞥。如今是什么情形，小桃从没敢想过。只是符雪嬋在府里吗？之前她的耳朵里收留到的只言片语里，她不是一直在娘家魏王的府里吗？

看小桃不语，面露疑惑，杜老夫人接着说道："本来她是住魏王府里的，但毕竟是成了亲的，岂能久住娘家，如今匡义也回来了，再住在魏王府显然说不过去，我便私自做了主，把她接回了府里。本想着匡义再有些日子也该回来了，没曾想，修缮的工期一耽搁，又得一个多月。这下让雪嬋一个人在府里，倒是我的不是了。"

小桃不知道怎么接话，只是看着杜老夫人，手心攥得紧紧的。杜老夫人牵起小桃的手笑道："怎么这么紧张？说起雪婵心里别扭了？"

小桃忙摇头："没有。"她不过是个身份不明的妻不妻妾不妾的人，有什么资格说起赵匡义的正妻别扭？那不是她该有的姿态。小桃竭力挤出个笑，低声补了一句，"老夫人说的是。"

杜老夫人面露赞许之色，对小桃说道："我有个想法。如今雪婵在府里一个人，不如把她也接到这里来，一来也放心踏实些，对魏王那里也好交代；二来府里多个人，也热闹些。"说着拍了拍小桃的手，"最主要的，早晚是一家人，你也好早些和她相处，将来生活在一起也彼此更融洽，你说呢？"

小桃的头嗡的一声炸了开来，符雪婵也要来？小桃的心慌乱了起来，面对赵匡义的正妻，小桃有种想拔腿而逃的感觉。早知道符雪婵要来，她无论如何也不会来的。可这事情，偏偏自己先来，如今杜老夫人提出把符雪婵接过来，理由也充分得不得了，小桃哪有置喙的权利。可是天知道她的心多么忐忑不安。小桃忍不住咬着唇下意识地在摇头，看到杜老夫人征询的目光，忽地醒过神来，对着杜老夫人勉强笑道："小桃听从老夫人安排，怎样都好。"

杜老夫人笑着点点头："你也是个识大体的好孩子。"说着捏了捏小桃的手，"听下人说你胃口不好，吃得很少，可是府里的饭不合胃口？"

小桃忙摇头："没有。最近许是天凉，吃什么都吃不下。过阵子就好了。"老夫人的关切，让小桃方才忐忑的心略微沉稳了一些，在老夫人的府上，杜老夫人又是这么慈爱和善，符雪婵应该不会怎么为难自己吧。这么想着，心里也稍微舒展了些。

杜老夫人办事雷厉风行。才刚说完要接符雪婵过来，还不到两天，就已经通知小桃符雪婵到了。

符雪婵的排场终究是不同的，和小桃的一顶小轿不同，符雪婵坐着雕花的六人抬的大轿子，后面还扛了不少东西，长长的队伍排出二里地去。听说这些都是符雪婵常用的东西。小桃不禁直咋舌，她很难想象是什么样的生活，每天能用到这么多东西。哪像自己，几身换洗的衣裳，两盒胭脂水粉，就是全部了。

符雪婵的队伍，中午时分浩浩荡荡地从正门走进了杜老夫人的府邸，小桃立在一侧的廊子上，看着一身大红襦裙的符雪婵从轿子里迈下了脚，一脸冰霜傲气，心里就是一凛。这符大小姐，只怕不好相与。

符雪婵到了后院给杜老夫人行了礼，问候了些家常，杜老夫人看着符雪婵笑道："想必你也听说了，匡义在外头，另置了一房妾室，只是还没正式过门。"

符雪婵的脸上浮现了一层嘲讽的冷意，浅浅勾了勾唇，但对着杜老夫人也没说什么，只是点了点头。

杜老夫人温声说道："凡是家中，都会纳几房姬妾，这是常事。你也必然有这个雅量容她。"

符雪婵冷哼了一声，雅量？她可没有。赵匡义撵下家一走就是一年，和那个妓女淫奔，连下落都不知道，成了所有茶楼酒肆的谈资，整个开封，整个大周都传得沸沸扬扬，让她的脸往哪搁？他们不要脸，她还要脸呢。

如果说以前她对小桃只是心里芥蒂，如今可就是满满的恨意。一个妓女，贱人，竟然把她给比下去了，还抢了她的丈夫一起双宿双飞过小日子。那段时间，她夜夜失眠，不到三个月头发就开始大把大把地掉，脸色蜡黄，形容憔悴。她不知道赵匡义还回不回来？万一他一辈子都不回来，难道她要等一辈子？一天一天过去，她几乎要崩溃。赵匡义到底在哪里？她恨不得把他从地缝里揪出来，凭什么，他要抛下她？凭什么，他要这么误她？她难道要守一辈子活寡？这一年都在这种焦虑中度过，符雪婵变得甚至有些神经兮兮，吓得魏王请了不少名医诊治，才没让情况恶化下去。

好容易盼着赵匡义回来了，但是他没来接自己，甚至没来看望自己。符雪婵气得在家里不停地摔着东西。好在魏王夫人不停安慰着她“回来就好。这段日子他恢复了兵权在忙，等忙过了就自然来接你，怎么会不管你。”

符雪婵苦苦等着，有几次差点就忍不住想冲到军营里去找赵匡义，问问他还到底要不要她这个妻子。但是，出身尊贵的她，终究是抹不下脸，只好继续等着，等到一腔的期盼变成了愤怒，等到所有的煎熬淬成了恨意。

终于等到人来接她了，却不是赵匡义，而是赵匡胤的手下。魏王本来也是一肚子的气准备责问一番，却被夫人死命拦住了：“好了，就不要再怄气了，难道你想让雪婵在家住一辈子吗？人家已经给了台阶就赶紧顺着台阶下吧，哪里轮到我们耍脾气使性子了？”

于是符雪婵被接到了赵府，没过两天又接到了杜老夫人的府上。在来之前，符雪婵才知道那个贱妓竟然也在这里，赵家这是什么意思？

如今杜老夫人和她提雅量，她对谁都可以有雅量，唯独对这个贱妓，她不可能有。符雪婵看着杜老夫人，问得很直接：“老夫人，之前我听闻匡义有收她做平妻的打算。我只想问一句，在这个家中，我为大，还是和她平起平坐？”

符雪婵的直接让杜老夫人怔了一下，随即温声笑道：“雪婵，且不说你出身高贵，便是这通体的大家闺秀气度和做派，你竟拿自己和她去比，就降了身份。做人首先要识得清自己的位置，该高不能伏低，该低也不能攀高。”

杜老夫人的语气温和中带着笃定，有种不能撼动的威严感，说得符雪婵心中一阵熨帖，对杜老夫人也自然生出了亲近之感，方才脸上的冰寒和倨傲稍稍下了些，对杜老夫人微微点头道：“您说的是。”

杜老夫人接着道：“你是匡义明媒正娶的妻子，家里的事自然你做主。没人可以置喙。”

杜老夫人这句话让符雪婵心中更加舒适，这无疑是给了符雪婵一张令牌。赵家做主的，终究是她符雪婵。杜老夫人顿了一下，又说道：“不过，叶氏虽是妾，但到底也是赵家的人，又是匡义极其重视的，就算看在匡义的面子上，也要做得过得去。匡义心里舒坦了，我们心里才能跟着舒坦，你说呢？”

杜老夫人最后这句话说得意味深长，符雪婵把这句话在脑子里细细转了转，勾唇笑了：“我知道了，娘。”符雪婵并不傻，他们把她和贱妓都接到这里的动机，再加上杜老夫人的一番话，让符雪婵心里早已有了谱。对那个贱妓，不是不收拾，是要收拾得聪明些。

第二十一章

风刀霜剑日难容
夜半鬼魅阴谋生

杜老夫人把符雪婵安排在了东院，离杜老夫人的院子更近一些，而且更加气派堂皇。符雪婵第一天主要是吩咐下人把院落收拾安顿好，把带来的琉璃八宝屏风，紫檀百宝阁，香软贵妃榻，全都安放妥当，以及各种日常用的器具，都一一摆放妥帖。

第二天一早，符雪婵和小桃都去向杜老夫人问安。符雪婵先去的，却故意聊了许久都没有走，直等到小桃进去。小桃看到符雪婵心里狠狠扯了一下，但还是竭力平稳了自己的情绪，给杜老夫人问安行礼后，对着符雪婵拜了下去："见过夫人。"

符雪婵看到小桃心里就是一阵反胃，果然还是那副病西施似的贱相，赵匡义也不在，真不知道扭捏给谁看。符雪婵的拳紧握着，用了很大力气才忍着心里的愤恨，对小桃努力撑出个淡淡的笑："无须多礼。几时到的？"

"十天前。"小桃如实答着。

杜老夫人接着小桃的话说道："可苦了这孩子，陪我这个老太婆天天聊佛经，听我说些千年万古的话题，该憋坏了。如今雪婵来了正好，你们年纪相仿，最是有的聊，我也就省心了。"说着站起身来，"我也乏了，你们继续聊着吧。"

兰姑走过来把杜老夫人扶进了后堂。符雪婵脸上的笑有些凝滞，看着小桃语气生硬道："那我们也别占着老夫人的屋子了，我那里刚收拾好，你去看看？"

小桃不想给自己惹麻烦："我还是不打扰夫人了。改天再去看吧。"

符雪婵忍不住了，憋了半天的尖刻涌了出来："不愿意去？嫌我的地方配不上你这高贵的身份？"

小桃看符雪婵生了气，只好咬了咬唇道："没有。我只是不想打扰夫人，既然夫人盛情，那便恭敬不如从命。"

符雪婵懒得继续做戏，在前面大步走了出去。小桃只好紧紧跟上。出了杜老夫人的庭院，向右转过一座白玉小桥，便到了符雪婵的东院。

进了屋子，符雪婵往贵妃榻上一靠，早有服侍的侍婢端来了茶水和茶点。还有过来服侍符雪婵盥手的。

小桃四下打量了一下，对符雪婵说道："夫人这里的物件一应都很好。"

符雪婵从身旁的碟子里捏了一块茶点，一边吃着，一边漫不经心地说道："随便从家里拿了些不值钱的东西摆着罢了。对了，我这里的绣娘要绣一幅美人图，只是一直没样子。如今你来不就是现成的样子吗？你坐在那儿，让绣娘照着你描个花样子，然后绣出来。"符雪婵的语气越来越生硬，根本没有给小桃置辩的时间和空间。

小桃只好点点头："好。"符雪婵指着窗下的一个板凳，吩咐小桃坐了下去。让侍婢去后堂把绣娘找来，说道："这就是美人图的花样子，你照着描吧。"绣娘低头应诺了一声，随即坐在小桃侧面的椅子上，照着小桃细细描画了起来。

符雪婵斜躺在后面的贵妃榻上，看着不远处小桃的侧影，眸子里射出一缕缕坚硬的寒冰，直接都刺了过去。从今往后，可有了事干。叶小桃带给她的痛，带给她的伤，那些无法入眠的夜，那些疯狂崩溃的寂寞，她要一样样地讨回来。符雪婵拈了一刻葡萄放进嘴里，冷冷把皮吐了出去。

小桃在凳子上直挺挺地坐着，日头一点点地往西走，小桃看着窗下的影子一点点西斜，不知道那绣娘画了多久。有时太累想动一动，绣娘的声音便马上传了过来：“别动。你一动就画不好了。”小桃只好继续挺着腰坐着。一炷香，两炷香，一个时辰，两个时辰，小桃不知道自己坐了多久，只觉得腰都好像不是自己的。那绣娘却还在细细看着她描画。

小桃饿得两眼发昏，中午都没吃饭，已经快傍晚了，却丝毫没有停止的趋势。小桃不由哆嗦着问道：“夫人，可以了吗？”

符雪婵拨弄着眼前的叶子，冷冷道：“可以了自然会喊停。难道连做这么点事你都不愿意？还是你们唐人的骨骼都太娇贵了？打仗软骨头，连当个描花样子，都得找个专人给你扶着腰吗？”

小桃被符雪婵尖刻的话刺得有些疼，不由挺直了腰板。又画了好久，屋里的光线都昏暗不明看不清了，绣娘才终于说道：“画好了。”

小桃想站起来，却刚一挺身站起来，已经一个跟头跌在了地上。

符雪婵冷笑道：“哟，要是不知道底细的，还真当是个千金尊贵的大小姐呢。屋里也没别人，做个病恹恹的样子给谁看呢？”

小桃从地上挣扎着站起来，对着符雪婵做了个礼道：“是我笨拙。”

符雪婵哼了一声，道：“回去吧。”说着起身回到了后屋。

小桃扶着困乏的腰，缓缓挪回了自己所住的西院。这才是第一天，符雪婵便来了这么一招下马威。小桃隐隐感到以后的日子，只怕是要陷入无穷的困境中。符雪婵才是赵匡义明媒正娶的妻子，是这个家里说话有分量的人，她没有任何力量反抗。赵匡义什么时候才能回来呢？小桃心里开始了煎熬的等待和期盼。

晚上兰姑和杜老夫人闲聊着道：“听说今天符家那位，让叶氏坐了大半天。看来她终究是容不下叶氏。”

杜老夫人摇摇头道："她哪是容得下叶氏的人。"

兰姑叹了口气："这么闹着，等匡义回来，不知道又是多大的脾气呢。要我说，这符小姐还是不会做人，对叶氏客气些，匡义不也会对她客气些吗？"兰姑是一直跟着杜老夫人的，看着赵匡义从小长大，喊名字也不拘礼数。

杜老夫人淡淡勾了勾唇，没有吭声。这叶氏，还不知道能不能活到匡义回来。从赵匡胤和她说要把叶氏先接来，再把符雪婵接来，她就明白赵匡胤打的是什么主意。借符雪婵的手除了叶小桃，借刀杀人而已。还非得在她的府上，让匡义说不出话来。

这两个儿子，杜老夫人都了解。匡胤外向，有野心，够狠辣，他想除的人，一定有他的目的，看来叶氏的存在已经碍着他了。而匡义内向，有谋略，却重情义。为了叶氏做出那些惊天动地的事，她也不觉得奇怪，按着匡义的性格，爱美人不要江山是他的选择。但从她来讲，自然是不希望儿子为了一个女人什么都不管不顾，像着了魔一样。而且一个是手握重兵魏王的女儿，一个是敌国的官妓，孰轻孰重一目了然。因此对于赵匡胤的心思，她也就顺水推舟了。只是接下来的这两个月，还不知道符雪婵会用些什么手段。杜老夫人缓了缓道："再拿凝神丹来吧，我被她们搅得头都疼。"

符雪婵的报复，来得循序渐进。起初的几天，只是让小桃帮她做些耗时的活计。比如符雪婵说要刺绣，让小桃把乱成一团的丝线，细细捋出来，按颜色绕成团，那丝线都是二三十团搅在一起，看着就没有头绪。符雪婵还在一旁盯着，根本不让下人插手。小桃只好坐在那里一点点地捋着线头，这一坐，又是大半天三四个时辰，才把线团理清楚；再比如，符雪婵要弹琴，让小桃去调弦，调半天，说高了，再调，又低了，反反复复折腾几个时辰，二十五根弦每根都调了几十遍；再比如符雪婵要写字，却嫌墨在桌上的位置不合适，便让小桃捧着砚台，一捧又是一天……

符雪婵总有千百种方法让小桃要么一动不动僵坐着或僵站着，要么不停地手脚忙碌着。小桃但凡有一丝倦怠，符雪婵便是一阵厉色：“不要在我这里装可怜。就这么点活儿都能累着你么？还是去老夫人那里评评理？”或者又是冷嘲热讽，“你们唐人骨子真娇贵，难怪一打仗枪还没挥过去，骨头就折了，哈哈哈……”

后者尤其让小桃听得心痛，大唐的败阵，在符雪婵绘声绘色地描绘下，让小桃身上像扎了无数的针似的疼痛。符雪婵讲这些的时候，专挑下人多的时候说，看着下人掩口而笑的神色，小桃只觉得全身都寒得彻骨，痛得麻木。

而杜老夫人也在小桃问安的时候不时地提点着：“难得你和雪婵能同时在我这里，正是你们好好相处的机会。雪婵虽说是大小姐娇惯些，但心地善良。匡义之前对她百般辜负，难免她心浮气躁。你在她面前多忍让、担待些，假以时日，总会相处好的。日后在一个屋檐下生活，不也就没了芥蒂么？”

杜老夫人这么说，小桃纵然想把这几天的事情倾吐一番，却又说不出口了。该怎么说呢？符雪婵让自己做的活，故意刁难，刻意重复，却又无法放到台面上说。小桃只好怯懦地应一句：“好。”假以时日，符雪婵就能容得下她吗？

小桃的容忍，并不能让符雪婵罢手。而事实上，不论小桃是什么态度，符雪婵都不会罢手。她被赵匡义折磨了这么久，怎么肯放过小桃？而先前的方式，符雪婵已经不满足了，时不时变本加厉让小桃更加受罪。

十月底的开封，已经冬意深深。一场雪下过去，四处都是萧索一片。小桃来到杜老夫人这里的时候没有准备冬衣，到现在还是夹袄。杜老夫人也睁只眼闭着眼，装着没有看见。

府里的下人最是识眼色的，看符雪婵整天挑小桃的麻烦，连带着也对小桃不恭起来。不仅平日的吃穿用度克扣了下来，就连冬天的炭火，也给得不够。隔三差五才给一点，用两晚上就没有了。小桃缩在床上，整夜瑟瑟发抖没个地方取暖。冷，从四面八方涌了过来，直让她没地方躲，没地方钻。

这样的日子，是小桃没有遇到过的，江南没有这么冷，即便在花月坊，冬天的炭火也是给足的，何曾天天受冻。

小桃实在忍不住，在向杜老夫人问安的时候，提了一句，能不能多给她赏拨一些炭火，或是棉衣。杜老夫人淡淡一笑："好，如今府里的事我也疏忽了。都是雪婵在帮我打理。我去同她说。"

小桃心里一梗，杜老夫人的话等于没有说。符雪婵怎么会给她炭火和棉衣？看着杜老夫人依旧温和的脸，小桃只好苦笑道："好。"好温和的脸，小桃已经分不清到底这张脸下是糊涂，还是伪善了。

下午符雪婵便把小桃叫到了东院的屋里，看着小桃冷笑道："听说你觉得冷了？"

小桃垂下了眸子，应道："是。开封气候寒冷，屋里夜夜少不了炭火。"

符雪婵笑了两声道："对，忘了你是唐人了，生在江南之地，怕冷。"说着站起身来上下打量着小桃，拍了拍小桃的肩，"瞧瞧这身子骨，风一吹就倒了。这可不行。你那么得宠，往后赵家的子嗣可不得靠你了？这么柔弱可怎么是好。"说着看了看外面阴霾的天道，"炭火以后每天给你多拨些，但你也不能光靠着炭火，得把身子练好。像我们，从小就在雪里打滚儿，风里扑腾，倒不觉得冷。这样吧，你从今天开始，就好好练练。到外面站站去，练练身子。"

小桃不由往后退了两步，看着符雪婵微微摇头道："今天很冷。我会注意的，以后自己去练练。”

符雪婵勾唇笑道：“看，你就是总舍不得这副身子，才总病歪歪的。今天冷才是练的好日子。”说着对下人使了个眼色，“快扶着桃姑娘出去站一会。”

两个膀大腰圆的妇人上来，不等小桃说话，已经生生拽着小桃的手，把小桃拖出了屋子。小桃想挣扎，却根本不是那两个人的对手。出了院子也仍然紧紧压着小桃的手，小桃动弹不得。屋外的风像刀子一样刮了过来，小桃只觉得脸上生疼，身上不厚的夹袄被风一吹透骨的凉。小桃全身都在哆嗦，挣扎着：“夫人！我要去见老夫人！”

符雪婵冷哼了一声，吩咐下人搬了把椅子出来，披着银狐大氅，也坐在了外头，手里捂着手炉道：“啧啧，拼上命地嚎了。说你们唐人骨头软，还真是没出息。难怪除了吃败仗一无所能。这天算冷吗？你要觉着冷，我陪你坐着。怎么我就不觉着冷呢？”

符雪婵冷冷盯着小桃，小桃被她的话激得全身发抖。符雪婵发现每次提到南唐吃败仗，小桃都会一副面红耳赤的模样，索性便每次都拿这话激她。果然，提到唐人骨头软，小桃就不喊也不闹了，只是立在外头，死死盯着符雪婵。

过了大约半个时辰，天上飘起了雪花，符雪婵的手在手炉上来回绕着，也有点凉，符雪婵一撩手：“罢了，今天就到这儿吧。明天再练。”看着小桃笑笑，“给桃姑娘屋里好好生上炭火。”说完转身回了屋里。这天，还真够冷。

小桃的手脚已经冻得僵硬，过了许久，才缓缓把身子放松了些，揉了揉已经麻木的腿脚，一点点地挪回了屋里。下人得了令，在小桃屋里热热地生了两盆炭火，小桃一进门，一股热浪已经扑了过来。

外面的冷和屋里的热同时夹击上来，小桃冻得麻木的身体有些禁受不住，只觉得头晕眼花，倒在了床上昏昏欲睡。晚饭也没有吃，便已经和衣而卧睡了过去。

下人把两盆炭火生完，没有再加炭，任由盆里的火熄灭便退了下去。小桃睡到后半夜，屋里少了炭火又开始发冷，冻了醒来。起先小桃还冻得直激灵，微微打着哆嗦，到了后来，就已经迷迷糊糊，又做起了梦。梦里，是无底的湖水，很冷。小桃想抓，却是四周一片冰凉的水，怎么也抓不到。祁公子在哪里？如果祁公子在，会不会像以前那样度口气给她，她真的要窒息了。她想回大唐，想祁公子，想窅娘。

第二天日上三竿，小桃还没有去给杜老夫人问安。符雪婵笑道："真是越来越懒了，给娘问安，她都推脱着不肯好好来。真是仗着匡义的宠爱无法无天了呢。"

杜老夫人拍拍符雪婵的手："自然是你更贴心。"

待符雪婵走后，杜老夫人皱眉对兰姑说道："你去西院看看，她是不是生病了？"兰姑忙带了个婢子赶了过去。

推门一进，屋里冷得让兰姑打了个哆嗦，赶忙走到小桃的床榻前，只见小桃双眼紧紧闭着，脸颊泛着潮红，嘴唇却白得吓人。兰姑赶紧伸手摸上去，小桃的脸上，身上都烫得像火炉似的。兰姑忙摇着小桃："桃姑娘，醒醒，醒醒。"

小桃无力地睁开眼睛，看是兰姑，想说话，喉咙却像被千斤重担压着似的张不开嘴，而且嗓子疼得厉害。小桃只无力地看着兰姑，眼角滑了几滴泪水。

兰姑心里有些难受，她并不觉得小桃哪里不好。她不懂这里面的利益纷争，她只是觉得匡义喜欢，那她也喜欢，更何况小桃温柔听话，就是身份低些，又有什么紧要呢。兰姑摸着小桃的额头："这么烫，是不是中了风寒？这屋里也太冷了。"

说着把屋外伺候小桃的下人喊了进来骂道："你们这几个眼皮子浅的，还不赶紧给桃姑娘生上炭火？人已经病了你们还吊儿郎当，当心老夫人重罚你们。"

下人都知道兰姑是杜老夫人的心腹，她的话她们不敢不听。但符雪婵的吩咐她们也不敢违逆。有一个年纪大些的，把兰姑请到一边，细细说了昨天的事，道："夫人只说炭火灭了，再不许给她生了。如今可怎么是好？"

兰姑冷笑道："这府邸还是老夫人的。你说听谁的？快准备炭火。"下人们看兰姑坚持，只好去找了炭火生起来。兰姑摸着小桃的手道："你好好休息，我这就去禀告老夫人，去请郎中给你瞧瞧。"

兰姑说完赶忙回到了杜老夫人的院里，禀告道："这下糟了，桃姑娘怕是得了风寒，全身烫得像火，该赶紧请个郎中过来了。"

"风寒？"杜老夫人皱眉，"怎么会？"

"谁说不会呢，屋子冷得像个冰窖。"兰姑叹气道，"我进去都是一哆嗦。下人们也不生炭火。听说昨天符家那位，让她在院子里站了半个时辰。那么冷的天。"

杜老夫人沉默了。符雪婵的手段越来越直接了。半晌，杜老夫人说道："派个下人，告诉雪婵叶氏病了，让她定夺吧。"

"啊？"兰姑有些惊讶，"让她定夺，她必然不会请郎中啊。"

杜老夫人淡淡摇头道："都随她吧。"说完重重叹了口气。从赵匡胤让她们都住到府上来的那天起，小桃的命就在符雪婵手里攥着了。她不过是个幌子而已。

兰姑看杜老夫人语气坚决，也没法再说。心里却是一万个不解。杜老夫人一向慈善心肠，怎么对小桃就这么硬呢？难道真要眼睁睁看着她被符家那位整死？要照这么个整法，可真的离出人命不远了。

但她终究也是个下人，也没什么办法，只好派了个下人禀告符雪婵小桃病了。兰姑还是不忍心，她没有再禀告老夫人，偷偷从自己屋里抱了一床被子到小桃的屋里，给她盖了上去，又熬了些姜汤，喂小桃喝了下去。看小桃喝完后出了一层薄薄的汗，才放下心来。

符雪婵听到小桃生病的消息时，正在屋里看着新买来的画，不由就是一哼："真够娇弱的。这么不经玩儿。我还想再玩玩呢。"

下人怯怯地问道："要请郎中吗？"

符雪婵把手里得画卷了起来："罢了，我也乏了。没力气再和她玩了。"说着柳眉倒竖了起来，恨恨道，"请什么郎中？天要收，就收了吧。这可不是我的缘故，是上天都看不惯她的妖气，要收人了。"说完冷笑了两声，苍天有眼。

兰姑心里还存着一点幻想，符雪婵会不会良心发现，给小桃请个郎中，但眼睁睁过去了三天，还是郎中的影子都没有。兰姑只好晚上去偷偷送些姜汤过去，热热地让小桃喝下。小桃的风寒没有太大的起色，不过幸亏有了兰姑的姜汤，也没有恶化下去。早晨好一些，到了下午又开始发烧。

兰姑摸着小桃的手，发愁道："这可怎么是好？你捂着被子发发汗呢？"

小桃无力地摇摇头："发完汗轻松一些，但到了下午，便又不行了，身上烫得厉害。"话刚说完，胃里忽然一反，刚喝下的姜汤又吐了出来，干呕个不停。小桃抹了抹嘴对兰姑一脸抱歉道："不好意思，最近总是这样，动不动就想吐，不是您的姜汤不好喝。"

兰姑是过来人，心里一惊，顾不得听小桃说，忙问道："这样多久了？是不是身上还犯懒，犯困？月事多久没来了？"

小桃的脸一红，仔细想了想道："月事，两个月没来了。最近也没有注意。是有些犯困。”

兰姑一拍大腿：“傻姑娘，十有八九你是有喜了。赶紧好好保重身子。我这就去禀告老夫人。”说完给小桃把被角掖了掖，赶忙跑去杜老夫人的院里。

小桃一愣，有喜？忽然，全身都像有一股暖流似的涌了上来。她有孩子了？小桃不由把手放到了小腹上，轻轻摸了摸，是有些硬硬的呢。一瞬间，她忽然有些想哭。这种感觉太奇妙了，有个小东西在她肚子里，会是什么样呢？有小手小脚了吗？想到一个小小的生命要靠她来生存，要靠她保护，小桃有种前所未有的责任感，她要尽快让身体好起来。

再想到赵匡义，小桃原本淡漠、疏离的心萌动了一丝温暖，这种感觉让她有些脸红心跳，还有些措手不及。那一夜，小桃都没有睡着，满脑子想的都是小家伙会长什么样子，会不会像自己。那夜，小桃破天荒地第一次没有想祁公子。

杜老夫人听到兰姑的禀告，心里狠狠一震。孩子？这还得了。如果说之前任由符雪婵折磨小桃也就罢了，但如今有了孩子，那一切就不同了，匡义还没子嗣呢。杜老夫人声音都有些微颤：“明天一早，赶紧请郎中来。确诊是不是有孕了。”说完舒了口气，“如果有，这可是匡义的第一个子嗣。”顿了顿又道，“明天一早让匡胤过来。”

赵匡胤由于准备后蜀的征讨，留在开封并没有随着皇帝去谒陵。本打算过几天就出发，却是接到杜老夫人的传话，一早去了杜老夫人的府上。

杜老夫人一脸的喜气，看到赵匡胤便道：“这回可是有喜事了，匡义有后了。”

“什么？”赵匡胤一脸茫然。

“叶氏有喜了。”杜老夫人笑道，“郎中刚刚确诊过。已经有孕两个多月了。喜脉，看来以后得给叶氏好好补补身子。”转而看着赵匡胤道，“我也不和你绕圈子。找你来就是告诉你，既然叶氏有喜，雪婵再在这里只会扰得她身心受累，我纵然护着，也怕护不周全。以前她们争风吃醋也就罢了，涉及子嗣的事，我不能坐视不管。你不是过几日也要去蜀地了吗？正好让慧娘把雪婵接到府上去住陪着她，也是很好的理由。”

慧娘是赵匡胤的正妻。赵匡胤听了后直皱眉，该死，本来已经好好的计划怎么半道杀出个程咬金？冒出个孩子，让杜老夫人都要必须插手管。真是早不来晚不来，偏偏这个时候来，两个多月——嗯，不对？孩子，两个多月？赵匡胤的心一沉，不由冷笑道：“娘，您先别激动。谁的种还不一定呢。”两个多月前，那叶小桃就和祁正修相见，又在唐人驿馆偷偷摸摸，谁知道是不是早就有了苟且之事？

“什么？！”杜老夫人恍如晴天霹雳一般，看着赵匡胤沉声道，“我知道你的心思，但这事可不能胡说。这是匡义的子嗣，事关重大。”

赵匡胤一皱眉：“娘，你把我想成什么人了。是，我是烦透了叶氏，你是没看到匡义为了她要死要活，一副扶不起的阿斗样，你看见了也得恨绝了叶氏。但事关子嗣，这是我们赵家的后代，我怎么会儿戏？叶氏这孩子怀得巧，她和匡义在一起一年多了，早就有了夫妻之实，早不怀，晚不怀，偏偏两个多月前怀了。可那个时候，她见了他们南唐的一个人。”

“谁？”杜老夫人的头皮有些发麻。

“祁正修。”赵匡胤的声音很冷，“叶氏在南唐时，上家犯了事，她跟着充了官妓，曾经跟过这个祁正修。匡义不嫌她脏，也就罢了。可她还是不安于室，和那个祁正修暗通款曲。之前在唐人驿馆，偷偷摸摸不知道做了什么，她待了许久才出来，我们要抓祁正修，她竟然以死相逼。依我看，只怕是做了那苟且之事，否则怎么会拼死相护？那恰好就是两个多月前，怎么就那么巧，她这孩子就是两个多月？她和匡义在一起多久了，怎么就偏偏那个时候怀？”

杜老夫人听了赵匡胤的话，只觉得全身都僵住了。这些话像一记闷棍，狠狠敲在了她的心上，是啊，怎么会那么巧？匡义和雪婵也在一起，怎么雪婵没有孩子？匡义和叶氏在一起那么久，也没孩子，怎么就偏偏那时候有了？杜老夫人有些喘息不上，吩咐着兰姑："凝神丹快拿来。"她的心几乎要蹦了出来。

赵匡胤赶忙过去扶着杜老夫人："娘，您没事吧？千万别气坏了身子。家门不幸。"

杜老夫人眉头皱得紧紧："怎么会这样？匡义怎么能看上这样的女人？！"

赵匡胤懊恼道："他已经鬼迷心窍，昏了头了。照我说，这孩子不能要，来历不明，不干不净，难道我们赵家要给别人养孩子？这简直成了天大的笑话。不如除了，好歹要个来历干净的。"

杜老夫人服了兰姑拿来的凝神丹，稍稍舒服了一些，凝神想了许久，说道："我看，还是给匡义写封信再说吧，毕竟他们两个的事，他自己最清楚，什么时候有的夫妻之实，什么时候要的孩子，他是明白的。至于这孩子是要还是不要，他来决断。"

赵匡胤直摇头："他自己也不一定清楚。他早就被那个叶氏迷得糊涂了。"

"好了。"杜老夫人叹口气，"赶紧给匡义写信去吧。"说完捂着额头，"让我清静清静。"

赵匡胤又嘱咐了兰姑照顾好杜老夫人，匆匆出了门。他得找赵普商量商量，这么处理这个半路出来的孩子。

赵普正在府里卜着爻卦，看见赵匡胤风风火火地进来，忙站起了身，还没行礼，赵匡胤已经一屁股坐到了椅子上："家门不幸，这个节骨眼，出了这档子事。"说完把叶氏有孕杜老夫人的交代统统说了一遍，"你说现在怎么办？给匡义写信，那不是之前的力气都白费了？符雪婵也真是够磨磨蹭蹭的，磨到现在，磨出个孩子，如今老夫人不干了。”

赵普听完赵匡胤这番话，已经有了打算，微微笑着问道：“大人，叶氏的孩子，你是只怀疑来路不正？还是不论是不是少将军的孩子，都要一起除掉？”

赵匡胤没有犹豫：“除掉。叶氏如今都兴风作浪，再来个孩子，更不知道要折腾出多大的幺蛾子。而且她那孩子，来路正不了。不能让匡义担这风险。”

“要是这么着，”赵普顿了下道，“给少将军的信，要写，但是措辞要斟酌斟酌。老夫人那里，既然她在意那个孩子，还要再做做工夫。”

“怎么做？”赵匡胤问道。

“放出叶氏怀孕的消息，引祁正修上门，老夫人就自然不会对那个孩子那么热切了。”赵普说得肯定。

“那祁正修要是不来呢？”赵匡胤皱着眉说道，“上次从紫云台上跳下去也没事，他贼得很，怎么会自投罗网。”

赵普哈哈笑道：“不来自然有不来的办法。谁说一定要来呢？”说完在赵匡胤耳边附着说了几句。

赵匡胤的眉头皱得更紧：“能行吗这？”想想又道，“真是麻烦，直接一下了断了多省事。”

“万万不可。”赵普大惊失色，“大人，如果那么鲁莽结果了叶氏，少将军那里交代不了，只怕反目成仇，可就成大祸了。如今老夫人也对孩子上了心，更得事事谨慎，步步算计，一步失策，就是大麻烦。”

“好。”赵匡胤叹了口气，“听你的。”

杜老夫人在府里琢磨了一番，虽说叶氏这个孩子怀的时间蹊跷，但如今没有匡义的定夺，也没有证据说明孩子不是匡义的，那还是要小心以待。杜老夫人把小桃住的西院派人多守了几层，除了自己不许其他人去探视。屋里的炭火生了起来，保持着日日暖和，饭菜也上了心，做得精致。还赐了几件过冬的棉衣、披风、大氅。风寒更是按照郎中的吩咐，熬了进补驱寒的汤药，亲自看着小桃服下。

小桃的精神渐渐好了些，对杜老夫人态度的转变，她有些好奇。从自己居住环境，及日常饮食服装的改善，很明显老夫人是看在孩子的分上做了这番工夫；但老夫人看着她，却又常常眉头紧锁出神，从前还有几句客套，如今连客套都没有了。小桃有些捉摸不透，但她已全身心沉浸在自己身体里有个小生命的喜悦里，对杜老夫人的变化，也无暇去细琢磨。

小生命的到来真的太神奇了，她会胃口变差，而且口味也会变。以前小桃爱吃烧肉和鸡，如今却闻到那些味儿就想吐，反倒是以前不爱吃的笋、酸梅，现在爱吃得不得了。是不是孩子喜欢吃，自己才喜欢呢？小桃对身体的每一个变化都充满好奇和欣喜。

府里最为不快的自然是符雪婵，听到小桃有喜的早晨，符雪婵已经把屋里的东西砸了个遍，值钱的不值钱的，统统不管了。她好恨，都怪自己手太软，总想着把那个妓女折磨够了再要她的命，却人算不如天算，来个孩子救命。如今杜老夫人把西院守得严严实实，她连进都进不去，再也没有机会接近小桃。她更恨，凭什么叶小桃可以先有孩子？一个妓女，怀的是谁的野种都不知道，凭什么把她当个宝似地供起来？符雪婵越想越想不开，焦虑、暴躁，让她夜夜不眠，心里想了一万种方法把小桃和孩子除掉，但当阳光射进来的时候，又发觉那些方法不可行。

赵匡胤把小桃怀孕的消息四处放了出去，有几个朝中同僚的夫人，还备了礼金前来探望杜老夫人，一则是借机拍赵匡胤兄弟的马屁，二则也不乏好奇多嘴的，想来看看传说中让赵匡义带着私奔的南唐官妓，到底长得什么模样。

杜老夫人看着这个阵仗极为苦恼，小桃肚子里那个还说不好是谁的，倒来了这么多看热闹的。将来要是匡义也认定孩子不是自己的，不是闹了大笑话？杜老夫人有些着急上火，索性闭门谢客，打算到城郊的宁远寺躲几天清静。

小桃听说杜老夫人要去宁远寺，忙也要随着一起去。否则府里只有符雪婵和她，还指不定会有什么事发生。她又没有一丝力量能和符雪婵抵抗。杜老夫人本不打算带着小桃，但无奈小桃反复哀求，想想符雪婵在府里虎视眈眈也是麻烦，只好带着小桃一起，只留符雪婵一人在家中料理。

宁远寺在开封的城郊，杜老夫人带着小桃、兰姑和几个贴身服侍的侍婢坐着马车过去。寺里已经腾出了一处独立成院子的厢房，供杜老夫人居住。杜老夫人居北，小桃在东，其余的侍婢和下人住在南侧的房间里。

用了一两天安顿好后，杜老夫人每天一早便抄经诵佛，听住持讲经论道，无暇理会小桃。小桃便也随意找了本经书，照着抄写起来，顺便练着字，度过这些无聊空闲的日子。

住在城郊七八天，每天吃素，小桃渐渐觉得有些肚子空落落的，尤其是一到了晚上，都饿得睡不着。

而此时，赵匡胤才给陪着皇帝谒陵的赵匡义去了一封信。信里只说了叶氏有孕，已经两个多月，又轻描淡写地提了几句，赵匡义和小桃在一起这么久，才终于得了身孕，也是不易。在结尾处提了听说祁正修已经安全回到了大唐，看来从紫云台上摔下也没事。其余的便都是些朝中、军情的事。

这封信是赵普写了、赵匡胤照着摹的。赵匡义看完后，整个人都怔在了那里。小桃怀了身孕！这个消息像一记重拳，狠狠砸在了他心上。几乎是一阵狂喜，让他从头到脚都酥麻了起来。孩子，他和小桃的孩子，赵匡义的心整个被揉了起来，那个小小的，娇怯的女子，如今怀了他的孩子。

他说不上是一种什么感觉，曾经空洞的心忽然被什么充满了。

这一个多月的谒陵，他是最为认真专注的。他努力不去让自己的脑子里想别的东西，不去想小桃，不去想开封。每天一早便点兵，皇上有什么吩咐，他都是亲力亲为。忙碌起来，心就没那么痛了，只是有点空。

可如今的这封信，好像拨开了他心上的许多阴霾。有了孩子，有了他和她的牵系，是不是一切都会不同？赵匡义真想立即飞奔回开封，他盘算了一下，打着快马回去，一天一夜就够了。这里等着修缮，让别人代为照管两三天没有问题。赵匡义打定了主意，吩咐下去："备马，再备两天的干粮。让许大人来一趟。"

赵匡义安顿完毕，命侍从煮了一盏茶，坐在椅子上，啜了口茶，拿出信又细细读了一遍，他要再感受一次那种酥麻的喜悦。

可这次认真读下来，味道似乎不同了。赵普很会措辞，初看不觉得什么，可仔细看来，字字都有内涵，而且还不点破，却让人遐想无限。赵匡义的眉头微微蹙了起来，把信又反复看了几遍，心情再也没有了刚才的喜悦，反而成了沉郁。

赵匡义的目光看向了远处，他和小桃在一起很久了，在云湾村的时候，他们是最快乐的。那时，他想要个孩子，小桃也不反对，在小木屋里，桃树下，情浓到深处，化也化不开。那时他们的温柔缱绻，试过多少次，却总是没有结果。他甚至想过要带小桃再为这事去看看郎中。

可如今，小桃有了。两个多月，赵匡胤还在信的结尾提到了祁正修从紫云台回去，好像生怕他想不起来祁正修和小桃那次见面就是两个多月前似的。赵匡义的手有些微颤，把信放到了桌上，用力抹了一把脸，再抬起眸子的时候，方才的喜悦已经全部散了去，转而浮上脸庞的，是深深的纠结和痛苦。他闭上眼，满脑子都是小桃在紫云台上撕心裂肺痛苦的呼喊"只要能放了他，让我怎么样都可以""求你，放了他"……

赵匡义额上的青筋跳突了许久，拳紧紧攥了起来，胸口好像压了千斤重的巨石，压得他喘息不上，压得他很想大声嘶吼。赵匡义用力咬上了自己的唇，浓浓的血腥，也没有了知觉。

不多时，副节度使许大人走了进来，却看到赵匡义坐在椅子里，弓着身子，头埋得很低。斜阳在他身边拉了一道长长的影子，显得格外落寞。许大人愣了一下，冲赵匡义一抱拳："少将，你找我？"

赵匡义缓缓抬起头来，没有看许大人，只是把头侧向了一边，声音沉沉："现在没事了，你回去吧。"

许大人微微蹙了下眉，想再问问，却看着赵匡义有些吓人的神色，还是没张口，只是默默退出了营帐。

信件发出了三天后，赵普对赵匡胤说道："信应该前天下午就到了，如果少将想回来，那今天一早已经到了。不过现在还没到，那兴许，是不会回来了。"

赵匡胤点头："那我便可以去宁远寺了。"

第二天下午，赵匡胤带了几个人来到了宁远寺，马上要去蜀地，赵匡胤来拜别杜老夫人。在厢房和杜老夫人聊了许久，天已经黑了，赵匡胤索性在空着的西厢房住下，准备第二天一早回去。

晚上赵匡胤和杜老夫人在北屋一起吃饭，小桃不便过去，便只在自己住的东厢吃了些下人端过来的食物，却是吃完了还不够，本想多要点，下人为难道："大人过来了，准备的晚饭不够，姑娘且将就将就。"小桃只好作罢。

到了后半夜，小桃饿醒了，在床上翻来覆去，肚子饿得火烧火燎的，小桃实在忍受不住，索性坐了起来。如今拖着孩子，吃了吐，吐了又饿，饿了还没得忍。偏偏晚上还没吃饱。小桃穿上外衣，披了件披风，准备去厨房看看有没有什么剩的可以吃。

出了门，似乎有片黑影闪过，小桃揉了揉眼睛，离十五月圆还有好几天，半轮月亮悬在天上，朦朦胧胧罩在地上。似乎什么也没有。小桃只当自己眼花了，继续向厨房走去。

转过一座钟楼，又绕过一座藏经塔，厨房有些远，小桃走了许久，才走到一处花圃前，如今是冬天，花圃的花也落了，只剩下了光秃秃的地。小桃忽然看到地上的影子有两个，心里一惊，下意识地停住了脚步，正想扭头看看是谁，已经被一只手掩着嘴拖到了旁边的松树后面。

小桃惊恐得忘了叫喊，却看到来人在月下，一袭青白的袍子分外亮眼。只是那人头上戴了一顶大斗笠，看不见眉眼。小桃的心砰地揪了起来，是祁公子吗？却是想说话，嘴被掩着，发不出声。

那人似乎在等着什么，并没有看小桃，只是用力捂着小桃的嘴，另只手在小桃的肩上紧紧压着，小桃背靠着那株粗壮的松树上下仔细打量着来人，方才的害怕已经变成了忐忑，心跳得好快，白色袍子，是祁公子吗？却又看不真切。那人却好像知道小桃在想什么，冲小桃点了点头。他点头的意思是他是祁公子？小桃把手伸了上去，想把那人脸上的斗笠拿开。

那人一侧脸，压着小桃的手松了松，来回之间的动静在宁静的寺院里分外清晰，不远处传来一声喊叫："谁？什么人？"

很快巡夜的僧人持着火把赶了过来，那人抬头看了看赶过来的僧人，却并不急着逃走，反而转身冲着小桃的方向看了许久，把捂着小桃的手松开。小桃急忙问道："你是祁公子吗？"

那人点了点头，伸手拍了拍小桃的肩，却手突然下滑，向着小桃的腹部挥了过来。小桃没有防备，本能地向旁边一闪，脱口而出："祁公子，你要做什么……"

话还没有说完，那人却一手紧紧又压上了小桃的肩，另一只手向小桃的腹部劈了过来，小桃情急之下没处可躲，只好向后弓起了身子，但是身后是树，即便弓了身子，还是挨了那人一掌。那人的手劲很大，小桃向后弓着的身子缓解了一部分力量，却还是一阵剧痛，小桃痛得“啊”的一声叫，顺着树滑下了身子。那人抬起脚还要继续，持着火把的僧人跑了过来，后面还跟着几个士兵。

那人把脚收住，俯下身子摸了摸小桃的脸，转身向一侧跑去。小桃痛得已经呼吸不上，肚子像刀绞似的疼，一股热热的液体顺着下身流了下来。小桃伏在地上，只听见追赶声，叫喊声。额上豆大的汗珠出了好几层，小桃一动也动不了。

那人步子顿了顿，又转身向小桃的方向看了看，转而飞快地向墙边跑去，僧人和士兵在后面追，却是追到墙角，那人白色的身影向墙上一腾，已经不见了踪影。

僧人赶忙把侧门打开，又拿着棍子追了出去。小桃听到身边多了凌乱的脚步声，用力睁开了眼，却是一脸怒气的赵匡胤和杜老夫人，并几个下人。

小桃把嘴唇都咬出了血，低声喘息着，勉强吐出几个字：“救……救我……”

杜老夫人和赵匡胤像两尊铁塔似的站在她身边，脸上却没有一丝同情之色。赵匡胤怒斥道：“你还有脸说！大半夜躲到这里和男人私会，来人，把她绑了，拖出去喂狗。”

杜老夫人也一脸冷漠，声音满是厌弃和嫌恶：“难怪你非要随着我到宁远寺，原来是抱着这个目的。”

小桃痛得说不出话，只是徒劳地伸出了手：“救我……老夫人……”

士兵听到赵匡胤的命令已经大步走了过来，把小桃从地上拖了起来，杜老夫人皱眉看了看小桃，头发散乱着，鹅黄的裙子下有一团污渍，在月色下看不甚分明，却还在淅淅沥沥向外洇着。

不是装的！杜老夫人忙一抬手："慢着！"转而吩咐着侍婢，"把她扶回房间里。再找个郎中过来。"

"娘！"赵匡胤皱眉道，"还看什么。这个女人卑贱难改，已经跟了匡义还不停和唐人幽会，被我们逮个正着，还有什么可姑息的？"

杜老夫人叹口气道："她的这些乱七八糟的事，只告诉匡义定夺。孩子不能在我们眼皮子底下没了。"

赵匡胤气急道："她如果不是和奸夫做些苟且的事，怎么会成了这样？这样的淫妇还有什么可留着的？"

杜老夫人听得一阵堵心，刚才听到动静，她也很快起来了。看着赵匡胤在她前面走，便也跟了过来，只是没想到她看到的就是那个白袍的男人蹲下抚摸了小桃的脸后，便一跃从墙上逃了出去。看得她几乎要气血逆流。这种龌龊的事竟然被她堵个正着，而且匡胤说的没错，这两个人做了什么事还这么大动静，以至于小桃成了这样子？杜老夫人的头都要炸了，但是最后的一丝清醒仍然提醒着她，要把孩子保住，别的都好说，孩子没了就再也无法补救了。至于小桃和孩子，都由匡义处理罢了。

杜老夫人无力地摆了摆手："好了，别说了，把人抬回去。"手下的下人和侍婢走过来，把小桃连扶带扛，拖回了厢房。赵匡胤看拧不过杜老夫人，也只好跟了过去。

这么一闹，寺庙里所有的僧人也都被惊动了起来。一部分僧人和赵匡胤带来的士兵一起在附近的山林里搜寻着刚才那个白衣的人。住持带了几个弟子来到杜老夫人所在的厢房探望。

杜老夫人看到住持便忙问道："哪里能请到郎中？带来的女眷，本来是有了身子的，现在怕是出了问题。"

住持想了想道："山下倒是有一个郎中，医术还不错。"说着赶忙吩咐身边的弟子下山去请。

小桃躺在床上，方才的疼痛稍稍缓解了些。绞痛变成了缓缓的疼，时不时跳突一下。小桃额上的汗渐渐下去了，盖着被子，晕晕乎乎的头脑一片混乱。

过了不多时，郎中被请来了。给小桃把了脉，忙从随身带着的行囊里拿出银针，在小桃身上的几个穴位扎了进去。小桃只觉得身上的气血好像流得慢了，刚才身下的热流也不再继续了。郎中从行囊里又取出几颗药丸让小桃服了下去，对杜老夫人说道："这位夫人是受了撞击吧，导致胎象不稳。好在伤势不算太重，再加上我家中对稳固胎象有些独门的配方，这丸药服下去，应当是没什么大碍。"

杜老夫人悬着的心缓了下来，一切都是天注定，这样都能没事，可见这孩子算命大的。虽然还说不准是谁的孩子，看着之前的情形，她几乎都要笃定这一定是那个白袍男人的孩子，但是关乎孩子的性命，她最终还是没有被愤怒冲昏头脑。先留下命，再去慢慢算账。

小桃终于把心放下来，刚才服的药丸也渐渐起了作用。小桃的肚子渐渐舒缓，疼痛也在慢慢降低。小桃抚着肚子，闭上了眼睛。

过了一炷香的工夫，郎中把小桃身上的针取下。开了个方子，对杜老夫人说道："照这个方子抓几服药，好好调养试试看。但是一定要静养，切不可再惊动了。"

杜老夫人点头，吩咐兰姑给了郎中一锭银子打赏。又嘱咐下人连夜下山去开封的药铺抓药，再没看小桃一眼，起身回屋去。小桃在身后缓缓吐出了几个字："多谢老夫人。"杜老夫人仿佛没有听见，步子也没有滞一步。如果不是为了匡义，为了孩子，她连看小桃一眼都觉得厌恶。

赵匡胤在屋外正和士兵说着什么，看杜老夫人出来，迎了上去："娘。"

杜老妇人摆了摆手："我头疼得厉害。"

赵匡胤上前扶上杜老夫人："娘，我就先回去了。这么一折腾，我也睡不着。明天上午还得出发去后蜀，就不在这浪费时间了。您多保重身子，别为了卑贱之人伤了身体。"

"这么早就走？"杜老夫人有些惊讶，现在还不到寅时，半轮月亮还悬在天上，"等天亮了再走吧。"

"不了。"赵匡胤摇头，"睡不了一个时辰就得起。还不如早些回去点了兵就出发。娘再进去睡会吧，休养几天就回去。别在这寺庙里待着了，偏僻幽闭，不安全。我若是不在，更不放心你们在这里。下次那奸夫再来，还指不定能做出什么事情来。"

杜老夫人听着就头疼欲裂，拍了拍赵匡胤道："好了，我有分寸。你路上小心。"又整了整赵匡胤的衣襟，"多带些药材，到了蜀地不适应气候就赶紧回来。"

赵匡胤的眼睛有些发潮，冲杜老夫人抱了个拳，转身大步离开。士兵们也都跟着连夜出了宁远寺下了山。

杜老夫人直看得赵匡胤的背影消失在月色里，这才转回到北面的房间，头疼得再难入眠，只好让兰姑又拿了两颗凝神丹服了，在药力的作用下才缓缓进入了睡眠。

屋里的人都走了，只有一两个下人在门外围炉生火准备熬药，小桃刚经历过一场劫难，此刻全身没有一丝力气，听着屋外的动静，昏昏沉沉地很快睡着了。

不知道睡了多久，隐隐听到耳边有人在窃窃私语"怎么弄？""你先压着她的胳膊……"小桃拼力睁了睁眼，却睁不开，一定在做梦了。小桃想翻个身，却动弹不了，情急之下猛地睁开眼，天刚蒙蒙亮，映入眼帘的是两个下人打扮的三十多岁的妇人，模样却很陌生，小桃不记得在哪里见过。其中一个正坐在床边，用力压着她的两只胳膊，而另一个端着一碗不知什么东西，正要灌到她的嘴里。

小桃想挣扎却挣扎不动，拿着碗的人看小桃睁开眼，赶忙用另只手把小桃的嘴捂上了，看着另一个妇人有些惊慌：“你好好压着，我这就灌进去了。”

那个妇人定神道：“赶紧的吧，磨蹭什么！”先前的妇人拿着碗往小桃嘴里灌了下去。

小桃用力扑腾着，嘴巴来回扭着：“你们是谁？要做什么？”

没人回答她，那妇人发了急一般一手捏着小桃的嘴，一手把碗使劲冲着她的嘴里灌去，浓浓的药味，呛得小桃就是一阵咳嗽：“什么药？你们要灌我喝什么？”

压着她的妇人低声喝道：“扑腾什么，喝不死你，别在这白费力气了。一个淫妇，还有什么脸折腾。”另一个妇人又拿着药碗猛力灌着小桃。

小桃用力一挣，拼尽力气的小桃还是有几分蛮力，加上拿药碗的妇人一直紧张，抵不过小桃的挣扎，手里的碗掉到了地上，黑乎乎的药汤洒了一地。

屋里的动静惊动了外面，门忽然开了，赵匡胤和侍从走了进来，侍从随后把房门关上。赵匡胤看着地上摔碎的药碗，眉头一皱，低声吼道：“蠢材，这么点事也做不好。”

小桃看着破门而入的赵匡胤，心里一哆嗦，全身都拼力想缩回去，低声喃喃道：“你怎么进来了，你要做什么……”

那妇人赶紧从小桃的床边小跑了过来，从桌上拿起另只碗，低声道：“还有一碗。”说完哆嗦着就要拿起药碗，赵匡胤看不过，一把把那妇人推开，亲手端起了药碗：“我来。”

说完两个大步迈到了小桃的床边，一手捏住小桃的脸，赵匡胤的力气极大，伸手下去，小桃的嘴已经张开，另一手端着药碗一股脑地灌了进去。小桃拼死了力气挣扎，但是无奈她和赵匡胤的力量太悬殊，她拼尽了全身的力气，赵匡胤依然像座铁塔似的纹丝不动。

小桃的眼睛瞪得很大，死死盯着赵匡胤，从开始的愤怒，到后来的哀求，赵匡胤却压根不看小桃的眼睛，只是猛地往里灌着药。小桃的眼泪，一颗一颗，无力地滚落了下来。赵匡胤的药很快灌完了，小桃绝望地闭上了眼睛。压着小桃的妇人从床上拿起一根带子缠在了小桃的嘴上，然后继续压着小桃。

小桃想挣扎，动弹不了，想让自己吐出来，嘴被缠着，吐不出来。很快，肚子里的绞痛排山倒海地袭了过来，小桃的眼睛再次瞪大了，这次满是撕裂的痛苦，脖子上的青筋都暴了起来，全身豆大的汗珠很快打湿了衣衫，小桃拼死猛地一挣，竟把压在她身上的妇人推了开来。

“为什么？”小桃瞪着赵匡胤，使劲挣出一口气问道。

“唐人至贱，至淫！”赵匡胤恨恨说了一声，没有再看小桃，大步向屋外走去，心里一阵轻松，这个不明来历的孽种，可算除了。屋里的两个妇人也跟着一起走了出去。

“啊——”撕心裂肺的疼痛袭来，小桃捂着肚子叫了出来。绞痛来得像火苗一样乱窜，而身下的洪流像崩塌了似的倾泻下来，小桃看着床上的褥子很快成了一片血红，小桃滚到了地上，挣扎着爬到门口，用力推开门撕扯着喊道：“来人，救命啊……”

清晨的寺庙，本该是宁静的。早在盛唐时期，便有“清晨入古寺，初日照高林。万籁此俱寂，但馀钟磬音。”的诗句，但宁远寺在这个清晨，却并不像它的名字那么安宁深远，天空刚刚泛白，就被一声凄厉的惨叫划破了长空。

第一个反应过来的是兰姑，急忙披上外袍冲出了厢房，却被眼前的一幕吓得心惊胆战，一身素白中衣的小桃，披散着头发，从东厢房里爬了出来，身后拖着长长的血印，看到兰姑，只微微抬了抬手，就倒在了地上。

兰姑看得心都疼得裂了开来，在这府里这么多年，从没见过这么血淋淋的场面，兰姑忙跑到小桃身边摇晃着：“桃姑娘，你怎么了？说话呀……”看小桃晕了过去，兰姑又赶紧去拍杜老夫人的门：“老夫人，快开门，出事了。”

杜老夫人晕晕沉沉地起来，披着衣服刚站到门口，就被眼前的景象吓得靠着门跌在了那里，半晌才颤抖着声音：“快去，再把郎中叫来。”

不到半个时辰，昨晚的郎中再次到了宁远寺，赶紧用银针刺到穴位里，止住了血。给小桃仔细把了把脉，微微叹了口气道：“孩子没了。大人……也难说吉凶。”

“怎么会这样？”杜老夫人皱眉道，“你昨晚不是说静养就没事了吗？”

郎中的目光有些躲闪，低声说道：“事出有变，很多事情也是难以预料的。兴许……兴许我昨晚误诊了吧……”

杜老夫人跌在了椅子上，误诊——不由看着郎中拼尽最后一丝希望问道：“孩子确实没了？还有没有什么方法能保得住？昨晚也出了血，你不是就化解了吗？只要能保住孩子，我有重赏。”

郎中的面色有些泛白，半晌才说道：“真的没有办法了。”提笔匆匆写了个方子道，“就按这个抓药补补身子吧。兴许大人还有得救。”说完面上露出一丝尴尬之色，也没再等杜老夫人发话，已经背起行囊匆匆出了宁远寺。

杜老夫人紧紧盯着躺在床上的小桃，心里泛起了无数疑问，到底是怎么回事？昨晚明明没事了，怎么又突然成了这样？兰姑看杜老夫人凝神不语，不由问道：“老夫人，该去抓药了吧？”

杜老夫人猛地回过神来，多年的历练让这个老妇人也并不像一般的无知之辈好糊弄，杜老夫人转身对兰姑道：“且慢。先不要抓药，你赶快派人回开封，把安和堂的老郎中请来，就是常来府里诊治那个。”

兰姑赶忙应是，小步跑出去吩咐下人赶快去开封。杜老夫人吩咐下人把小桃屋里的所有窗户都关起来封上，又命人在屋里再生了一个炭火盆子保着暖和。

过了大约一个多时辰，下人带着安和堂的老郎中赶回了寺庙里。老郎中和杜老夫人打了个招呼，顾不得多客套，赶忙给小桃把脉看了情况，小桃的脉象已经极度不稳，跳脱得厉害，老郎中皱着眉头切了很久，始终没有吭声。

杜老夫人问道：“怎么样？孩子还有救吗？”

老郎中摇摇头，看着杜老夫人叹气道：“能把这位夫人的命保住就不错了，还谈什么孩子。孩子是断然没了的。夫人的脉象很奇怪，除了虚浮，好像有什么药力在作用冲撞气血似的，不停跳突，照这么下去，很快就精血尽亡了。”说完拿出银针定了小桃几个穴位，又从行囊里拿出一盒药粉，撒到了炭火盆里，“这种药燃着后，挥发出的味道也可以凝神静气。”

这时杜老夫人拿着之前山下那位郎中的药方递给了老郎中：“您看这个方子可行吗？”

老郎中看了一眼，面色就是一变，定了定说道：“同行成冤，我不好评价他的方子，但对夫人的情形，是绝没有益处的。还是弃了这方子吧，我再开一个。”说完坐下重新写了一个方子交给了杜老夫人，“照着这个抓几服药，按时服了，赶紧调理夫人的身体要紧。孩子已经无能为力了，不要再让大人受罪了。”

杜老夫人点了点头，微笑着命人打赏送走了老郎中。屋里空空的，杜老夫人手里捏着两个药方，无力地靠在了床榻上，头痛得厉害。

小桃好像做了一个好长的梦，梦里是桃花烂漫的云湾村，一个小小的男孩子，穿着红红的肚兜，摇摇晃晃摆着小手向她跑来，大大的眼睛像年画里的娃娃似的，小桃伸手想去抱那孩子，却怎么也抱不上。每次她要碰到那孩子的时候，就出现一团重重的雾，让她什么也看不见。她想穿过雾去找孩子，可是却偏偏看不见，急出了一身汗。

小桃四处扒拉着，孩子不见了，半隐半现在雾里头的，是一张张她不想看见的脸，符雪婵的，杜老夫人的，还有赵匡胤的，小桃吓得跌在了一旁，下意识地就想往出爬，但赵匡胤的脸一直在她眼前，像追魂的无常，任她怎么跑，怎么逃，都在脸旁，小桃身上的冷汗一层又一层，用力想把赵匡胤挥走，却也无能为力，一急之下，挣扎着醒了过来。

屋里有些凉，小桃虚弱地睁开眼睛看着四周，天黑了，她睡了整整一天吗？全身酸疼得像被重重打了一顿，屋里没有人，只有一盏烧了半截的蜡烛，在摇曳着火苗，凄清得望不到头。小桃心里一酸，嘶哑着喊出了声："有人吗？来人啊……"没有人答应，只有空落落的屋子，似乎还能听到回音。

过了许久，终于有人的脚步在屋前经过，小桃忙又喊了两声，门外的步子顿住了，很快门打开了，映入小桃眼睛的，是一脸欣喜的兰姑："桃姑娘，你可算醒了。我睡前还是不放心来看看，可巧你真的醒了。"说着快步走到小桃的身边，把她扶起来，"姑娘等等我。"

过了片刻，兰姑很快地端了些粥饭过来，并一壶茶水。小桃迫不及待地把水喝下，露出丝苦涩的笑："多谢，渴得要紧。"

兰姑递过来一碗粥："吃些吧，伤了元气，先吃些软和的。"

小桃接过粥很快地吃起来，她也的确饿了，一边吃一边问道："我睡了一整天，真饿了。"

兰姑一愣，随即叹口气道："姑娘，你已经睡了整整三天了。"后面的却不好说出来。小桃昏了三天，她们都怕她醒不过来。

兰姑本想照着郎中的方子去抓药，请示杜老夫人，老夫人却只有凉凉的一句话："孩子都没了，还有什么可治的。看她的造化吧。"兰姑不敢违逆老夫人的意思，但她怎么都想不通，杜老夫人并不缺抓药的钱，救人一命胜造七级浮屠，整天吃斋念佛的老夫人怎么就能眼睁睁看着小桃躺在那儿无动于衷呢？

如今可算天可怜见，小桃自己醒了。兰姑都有些激动得眼睛泛潮："姑娘先吃着，我去禀告老夫人。"说着擦了擦眼睛走了出去。

小桃吃了一会粥，有些虚浮无力，三天，她竟然昏了三天。如果这么睡过去再不醒来就好了。可她还是醒了，那些像噩梦一样的事又开始缠绕着她。小桃没有了吃粥的心思，把剩下的半碗放到了床边的柜子上，靠着床头喘息着。

杜老夫人正在念着佛，她希望佛祖能保佑匡胤，也能保佑匡义。匡胤别在战场受伤，匡义别再被这些混杂的肮脏事缠身。却刚放下佛珠，兰姑就急匆匆地进来禀告说小桃醒了。的确够命大。杜老夫人心里有些沉甸甸的，出神了好久，才对兰姑说道："扶我过去看看。"兰姑急忙应是。

兰姑扶着杜老夫人到了小桃的房里，看着小桃靠在床头，脸上没有一丝血色，头发凌乱地披散着，杜老夫人心里又是一堵，她真的不想看见这个唐人，但没有办法，她还有些话，必须要问清楚。

第二十二章

守口如瓶求生路
疑窦丛生两心离

小桃听到脚步声，抬眸看了看，麻木而机械地出了一声："老夫人。"

杜老夫人"哼"了一声，算是应了，紧接着说道："事已至此，别的就不说了，我且有几个问题问你。"看小桃呆呆的没有反应，杜老夫人直截了当地问道，"那夜到底出了什么事？本来不是已经把孩子保住了吗？怎么突然又没了？"

孩子……小桃的心像滴血一样，这两个字锥得她的心痛得几乎呼吸不上来，那个小小的生命，在她的肚子里还没有成形，就没了。小桃只觉得全身像浸在冰凉的水里，没有一处能喘息上来的缝隙，整个人脑子都是木的，杜老夫人的问题她木然地重复着："怎么没了……怎么没了呢……"

杜老夫人不耐烦地咳了两声："我在问你，怎么没了？是突然没了，还是发生了什么我们不知道的事情？"

发生了什么？小桃的记忆再次被掀开，洪流翻滚，她不想回忆的疼痛再一次撕裂，那两个按着她的妇人，像铁塔一样用力灌到她嘴里药的赵匡胤……小桃缓缓地转过头，目光幽幽地盯着杜老夫人，她是赵匡胤的娘，她竟然问孩子是怎么没的？

杜老夫人被她看得几分不自在，低头看了看自己皱起了眉头："放肆！我在问你话，你不回答，这么死盯着我做什么？"

小桃的眼前飞出几百幅画面，有夜里白袍的，有梦里闪躲的，而最清晰的莫过于梦里闪着大眼睛的孩子，小桃把身子蜷缩了起来，把头深深埋进了膝盖里，不想再看任何人，只有嗓子里压低的呜咽声，和抽动的肩膀，能看得出她在哭，只是那声音，凄凉得像夜半的鬼魅。

杜老夫人嘴角向上勾了勾，她实在看不了这副样子，兰姑心里发酸，坐到床边轻轻拍了拍小桃的肩，劝解道："桃姑娘，老夫人也知道你心里难过，但事情已经这样了，你就节哀吧。要是那夜病情突然不好了，那也是天意，就不说了；要是有人对你做了手脚，你快告诉老夫人，老夫人好给你做主啊。快别哭了，哭坏了身子，就什么指望都没了。啊？"

兰姑最后的几句话让小桃的肩膀一震，哭声渐渐低了下去。老夫人会给她做主吗？小桃抬起了头，泪眼中全是迷茫，竭力平息了会儿，看着老夫人问得疑惑："老夫人真的可以做主？"

杜老夫人蹙眉没有说话，兰姑拢了拢小桃肩上的乱发温声道："老夫人是一家之主，又那么在意你的孩子，当然会做主了。你忘了那晚是老夫人一再帮你保着孩子的？"

小桃缓缓止住了哭声，定了定，紧紧看着杜老夫人一字一句地说道："那晚到了凌晨，是赵匡胤大人进来，还带了下人，对我灌了一碗药，孩子……"

"啊？"兰姑轻呼了一声，捂住了嘴，看向了杜老夫人。杜老夫人的身子晃了一晃，几乎站立不稳，斜靠在了桌子旁。兰姑赶紧起身把杜老夫人扶好，着急地喊了一声，"老夫人！"

杜老夫人摆了摆手，死死瞪着小桃："你说的可是真话？没有半句虚假？"

小桃也紧紧回看着杜老夫人，字字清晰："我如果有半句谎言，让我不得好死。"

杜老夫人和小桃就这么相互看着，兰姑赶忙把门口候着的下人都撵了出去，自己也退了出去，把门关上。

杜老夫人看着小桃已经气若游丝的身体，却唯独一双眼睛清明中还带着认真的倔强。她担心的事情，还是发生了。她就觉得山下郎中的表现前后很不一样，之前信心满满，又说什么家传的安胎秘方，又说伤情不是很重，已经有了把握，怎么第二天又那副束手无策的样子，只怕匡胤那晚下山就把郎中也打点过了。没准连那药，都是找那郎中配的，否则那晚他哪有时间那么快地准备好药？

杜老夫人的手心里紧紧捏出了一把汗，匡胤容不下小桃她知道，甚至打算用符雪婵借刀杀人她也知道，可他亲自下手，甚至骗她要回去却又折回来，这些心机阴狠让她这个做母亲的都有些胆寒。尽管看到这个女人和那白袍男人在一起他们都恨，但匡胤能下了这个手，也着实出乎她的意料。只是他这么做要是被匡义知道了，兄弟两会不会为了这事反目成仇？想想匡义的性格，曾经为了这个贱人是会拼命的，杜老夫人不敢往下想了。不能让匡义知道，想到这里，杜老夫人抬起头，却正迎上了小桃清亮的目光，杜老夫人甩手就是一巴掌，狠狠扇在了小桃的脸上。

小桃被这突如其来的巴掌打得就是一愣，也顾不上捂脸，只是看着杜老夫人不解，又气又急地全身微微发抖。

杜老夫人的声音有些阴森："好个大胆的贱妇！自己做的好事，现在竟然要诬陷匡胤。我告诉你，匡胤那晚不到寅时就走了，他要回开封准备第二天去蜀地，我亲眼看着他走，还有一众下人，一众士兵都看到了。你竟然撒这种弥天大谎，你安的什么心？"

小桃愣在了那里，赵匡胤走了？可那晚明明就是赵匡胤啊，她不可能看错，更不可能记错。小桃咬了咬唇，仍旧看着杜老夫人倔强地说道："我没有撒谎！"

杜老夫人反手又是一掌，由于心急，这掌更重："贱妓，你和唐人勾搭成奸在先，又在这寺庙的清净之地仍然不忘做苟且之事，事发被人撞破，孩子不保，你怕匡义回来怪罪，就想出这种恶毒的借口来保全自己，你还有没有一点廉耻？"

看着杜老夫人指着自己大骂得气急败坏，小桃的心被这些话一句句地凌迟，百口莫辩让她不知道该从哪里开口解释，只是一个劲喃喃地说着："我没有，不是这样的，我没有……"

杜老夫人指着小桃道："孩子没了，你又是如此淫乱不堪，按着家法我不需要等匡义回来，就能把你沉湖处置了。但我一个吃斋念佛的人，下不了这个手。你就最好闭上你的嘴，断了你那恶毒的心思，等着匡义回来处置。你可明白？"

小桃噤了声，杜老夫人的意思，她再糊涂也该明白了，如果还说是赵匡胤做的，她就剩死路一条。如果她识相，兴许还能活到赵匡义回来。小桃咬唇看了杜老夫人许久，但杜老夫人始终凌厉地盯着她，没有一丝妥协和退让。小桃无奈地勾了勾唇，低低说道："明白。小桃是半夜状况突然不好的，没见过任何人。"

杜老夫人面色缓和了些，看着小桃冷声道："既然你现在和我这么说，那你就要记得，在任何人面前都是这么说。"说完转身走了出去，只是步子有些不稳。看杜老夫人出来，兰姑忙上前扶着。杜老夫人的声音很阴寒："方才她的那些胡言乱语，不得让任何人传出去。"

兰姑点头，她不相信一向爽朗利落的赵匡胤会下这种狠手，但她也不相信刚经历了失子之痛的小桃会撒这种谎。到底该信谁，兰姑迷茫了。

杜老夫人躺在床上思忖着小桃的话，越想越觉得心里不安。匡义对这个女人的情意非同一般，她实在没有把握小桃不会说出是匡胤做的，更没把握匡义就不会相信小桃。那要不要顺水推舟，反正小桃刚没了孩子身体弱，说是失了孩子大出血没了也不会有人怀疑吧？杜老夫人被自己的想法吓了一跳，以前她顶多是袖手旁观，如今让她亲自下手结果一个人，还是下不去手。

杜老夫人有些懊悔，早知道就不该去请开封府安和堂的老郎中，就依着匡胤的计策用山下那个郎中的药，也许现在小桃早就没了。只怪自己一心想着孩子还有一丝希望保住，错过了机会。杜老夫人就这么反复度量着，权衡着最合适的办法。

小桃躺在床上，眼睛直勾勾地盯着屋顶的横梁。事情来得太快，太复杂。人心原来真的可以如此歹毒，如此不分是非黑白。只因为她是唐人，她是官妓，她就是淫贱的。不管真相是什么，都是她的错，她的孽。甚至都不肯放过她肚子里的孩子。而如今，为了活命，连谁要了她孩子的命，她也不敢说。小桃的眼泪顺着眼角滑了下来，这样，他们就会给她一条活路吗？

杜老夫人想了一夜，还是不放心。留着小桃，匡义就总有一天会知道真相。何况这样淫贱混乱的女人的确早该除去才能家宅安宁。杜老夫人打定了主意，把兰姑喊了进来。

兰姑起了个大早，给小桃炖了点滋补身体的鸡汤。她是从心底里心疼那个丫头。她不信那么个白袍子的男人一闪就是苟且，而且如果两人有私，怎么还会让小桃动了胎气？只是连她这个下人都能看懂的道理，聪敏又世故的老夫人和大人却看不懂。也不知道他们是被什么遮蔽了眼睛？难道只因为小桃是唐人，又曾经被迫做过官妓？兰姑想不通，也管不了主家的事情，只能尽自己一点力量安顿好小桃。

兰姑刚把鸡汤送到小桃的屋里还没来得及说话，就被叫回了老太太那里。老太太被她一身的饭味儿叮了一下，问道："大清早的做什么去了？"

兰姑如实禀告着："给桃姑娘炖了点吃的。"

杜老夫人眉头皱了一下，本想说的话咽了下去，只看着兰姑淡淡道：“吩咐下去，把山下那个郎中再请上来。”那个郎中是个好打点的，只要给了银子，必然能用。

“是。”兰姑有些疑惑，怎么又要请那个郎中？但也没敢多问，照着杜老夫人的吩咐安顿了下去。

不多时郎中请来了，给小桃切脉诊治了一番后，却并没有当着小桃说什么，而是进了杜老夫人的屋里商量着。杜老夫人更是连兰姑都屏退了出去，屋里没有留任何人服侍。过了半晌，郎中走了，杜老夫人拿着方子交给兰姑吩咐照方抓药，给小桃调理身子。

兰姑舒了口气，老夫人总算是在意桃姑娘的命了。她都担心照这么不管不顾下去，桃姑娘的身子都该废了，忙满心欢喜地照着杜老夫人的吩咐去抓药。

小桃昏昏沉沉地睡了又醒，醒了又睡，这几天的事倒像是一辈子最难熬的记忆，反复不停地在她脑海里上演着。她有时甚至分不清自己到底是在做梦，还是醒了。

门吱呀一声开了，夹着门进来的寒风让小桃身上一凛，清醒了过来，这不是梦，连做梦都梦不到这么凄凉的状况呢。兰姑端着一碗药喜滋滋地走了进来：“桃姑娘，快喝了吧。这可是老夫人发慈悲找郎中给你瞧了后开的方子。”说着把药端到了小桃的身边。

小桃下意识地接了过来，看着黑乎乎得药汤就是一阵反胃，不由得又想起赵匡胤的那碗药，手抖了起来。

兰姑扶着小桃的手：“姑娘，喝了吧，不喝身体怎么能好呢？”

喝了就能好？谁说药就是救命的呢？小桃以前也单纯地以为，药是救命，可如今才知道，药也可以要命的！小桃木然地问了一句：“是杜老夫人吩咐你抓的药吗？”

兰姑点点头："老夫人一番好意。我亲自跟着去抓的，就怕下人们不利索弄错。"

小桃凄然笑笑："你对我的心意，我知道的，谢谢。"转而道，"药有些烫，先放一会儿，我待会喝完了喊你。"

兰姑点头："也好。我还要给老夫人送碗汤去，待会就来你这里。"说着转身出去。

小桃拿起那碗药，苦笑了一声，这是药？还是毒？她如今再不敢相信任何人，大周的每一个人都让她如临深渊如履薄冰。她已经用孩子的命给自己的愚蠢做了代价，她不要再赔上自己的命。想着杜老夫人阴森森盯着她让她不许说赵匡胤来过的事，小桃就是一个寒噤。只怕这药，不喝还活得长些。

小桃挣扎着站起身来，端着那碗药，挪到了桌边，把药倒进了花盆里，用剩余的几滴蘸在唇上润了润，把碗放到了桌上，又蹒跚着挪回了床上。

不多时，兰姑走了进来，看着空碗问道："姑娘把药喝了？"

小桃抹了抹嘴，勉强勾唇道："喝了。"

兰姑看了看小桃唇上的药渍，也放了心，又嘱咐了小桃几句，拿着碗走了出去。屋门关上，小桃无力地瘫在了床上，眼泪滑了下来，这个世道，是不是只有用谎话伪装起来，用虚情假意包裹起来，才活得下去？

杜老夫人看兰姑回来，把手里的佛珠用力攥了一下，声音有些紧张："她喝了？"

"喝了。"兰姑答着。

杜老夫人闭上了眼睛，就这样吧，照着郎中说的，这药一下子要不了命，但是每天服用，亏了气血，和大出血后自然而亡没什么差别。本来她就是因为私通才失了孩子的，如今这样也是活该。杜老夫人竭力平息着自己忐忑的心思。

赵匡胤派人去询问郎中小桃的情况，本来由于杜老夫人找了安和堂的老郎中坏了事有些担忧，后来却又听得杜老夫人找先前的郎中开了药，不禁叹道老夫人也不愧是历练过的，便放心地赶赴后蜀。

十多天过去了，小桃整天卧床不起，脸色惨白，杜老夫人也看不出小桃的身体如何，但是一点也没有气竭而亡的迹象。杜老夫人有些不踏实，忙又把郎中找了来。

郎中给小桃把脉之后，蹙着眉头没有说话，到了杜老夫人的屋里，才低声说道："如今，那姑娘的身体不但没任何损伤，反而已经没什么大碍了。"

"怎么会？"杜老夫人诧异，"她每天都喝你开的那药啊。"

"不可能。"郎中摇头，"任何人喝了那药都会气血阴亏，气竭而亡。不会像她那么脉象平稳。"顿了顿问道，"你们亲眼看到她喝了吗？"

杜老夫人语塞，谁还整天盯着她喝药啊？只道她病恹恹的会不计较什么药都喝下去，谁知道竟然还藏着这么机敏的心眼。杜老夫人攥了攥手心，她真是小瞧那个官妓的心机了。也是，她若是没心机怎么会把匡义整得服服帖帖？杜老夫人心里对小桃更加厌弃。

郎中想了想道："要是想快，我再开服方子，喝了就能暴毙而亡，但是会露出痕迹。"

杜老夫人心里有些混乱："你先把方子开了，至于怎么用，我再想想。"

郎中低头把方子写好，递给杜老夫人："这个方子，可比之前的值钱。"

杜老夫人皱了下眉，又拿出两锭银子递给郎中，摆了摆手："你先回去吧。"

郎中拿着银子满意地出去，杜老夫人捏着那张要命的方子，心里极为忐忑，到底是去抓药，还是不抓？正犹豫着，兰姑进来禀告事情，杜老夫人不由问道：“你是每天服侍叶氏喝药的，可亲眼看见她喝了？”

兰姑一愣，她倒是没有亲眼看见，每次小桃都说要晾凉了喝，即便她端去是温温的，她也要等一会儿。如今看杜老夫人这么问，不觉反问道：“她没喝？”

杜老夫人冷哼了一声：“郎中说看她的脉象，压根就没喝。”

兰姑脑子一懵，有些气浮道：“我去问她。”说完转身小步跑了出去，到了小桃的房门口，也没顾得上敲门，就推门进去，“桃姑娘，我倒问问你，我每天给你的药，你都喝了吗？”

小桃被兰姑的问题问得怔了一下，没有回答，只是垂下了眸子。兰姑长长叹了口气：“难怪她们都说唐人狡诈，我还不信。你连我都信不过。”说完转身走了出去。

小桃的手紧紧攥住了被子，她狡诈吗？她如果狡诈，怎么会没了自己的孩子？怎么会被人步步算计？只因为她是唐人，就连自保也成了狡诈？是不是打上唐人的烙印，在这大周做什么都是错的？除了奉上自己的命？！

杜老夫人犹豫了两天，这两天小桃的日子也不好过，如今连兰姑也懒得去照拂她，每天只有几个粗使的下人端些简单的斋饭给她吃，小桃的身体本来也不利索，更是体虚气衰。

到了第三天，杜老夫人正捏着方子准备痛下决心，门外却传来了下人快跑进来的禀告声：“老夫人，赵大人回来了。”

“哪个赵大人？”杜老夫人心里一惊，把手里的方子攥紧了。

“匡义大人。”下人说道。杜老夫人慌忙把手里的方子扔到了炭火盆里。整了整衣襟，刚走出房门，一身戎装的赵匡义已经大步走了进来，看到杜老夫人就是一拜："儿子回来了。"

杜老夫人赶忙把赵匡义扶起来，拍了拍他的肩一起进了屋子："不是说要两个月吗？怎么提前了十多天？"

赵匡义答着："修缮很快，所以提前了。"谒陵结束，赵匡义便随着小皇帝一起回到了开封，他的心情很矛盾，说不想回，却很想迫切地看看小桃，有了孩子的小桃；可说想回，他又有些怕见到小桃。就这么纠结矛盾着，还是来了宁远寺。

杜老夫人询问了赵匡义几句行程的事，看赵匡义似乎有些心不在焉，心一横，索性先发制人："匡义，匡胤给你去信了吧，叶氏有孕了。"

赵匡义点点头，眉头蹙了一下，看着杜老夫人嘴角扯了扯："我知道。"

杜老夫人说道："还有个消息，一直没有敢告诉你。本想过几天给你去书信，但没想到你提前回来。"顿了顿声音有些低沉，"孩子，没了。"

赵匡义一愣："什么？"他直以为自己听错了。

杜老夫人叹了口气，沉沉看着赵匡义道："孩子没了。"

赵匡义的脸瞬间成了灰白色，手里握着的茶盏裂成了碎片，和着手上的血，看着触目惊心。赵匡义紧紧盯着杜老夫人，声音清冷："没了？"紧接着下意识地问道，"那桃宜呢？"

杜老夫人看着心疼，忙把赵匡义的手掰了开来，用帕子把碎瓷片轻轻拂去，语气焦急："她很好。你这是做什么？虽说孩子没了是很难过，但哪里就值得你这样了？你都不知道……"杜老夫人说到这里把话打住了，欲言又止，最终还是没有继续说，只是吩咐兰姑拿些止血的创伤药来。

赵匡义听着杜老夫人吞吞吐吐的神色更加起疑着急，反手紧紧攥着杜老夫人的手，声音像一柄清寒磨光的剑逼了过来："娘，到底是怎么回事，告诉我。”

杜老夫人犹豫了一下，待兰姑把创伤药拿来，屏退了所有的下人，屋里只剩母子二人，杜老夫人叹了口气道：“家门不幸。对叶氏，我本来也是怜惜的，一来她一个唐人孤身来到大周，势必处处不适应；二来你喜欢的人，我自会分外关照。所以来这宁远寺，也带着她，就怕她和孩子出什么意外。可谁知道，怎么防，也防不住她自己啊。”于是杜老夫人把那晚快要躺下睡觉，被院子里的动静惊醒，追到后院却看到她和一个白袍男子拉拉扯扯，那男子和小桃的动作亲昵不堪，有伤风化。看到来了人那男子便先逃了，而且功夫极好，一众人都没追上。而小桃就这么动了胎气，孩子没了。

杜老夫人说得很缓慢，尤其说到小桃和白袍男子举止不雅的地方，更是唉声叹气，几度欲言又止，捂着头直皱眉，赵匡义的拳攥了起来，额上的青筋跳突得厉害，面色更加难看。杜老夫人擦了擦眼角，声音有些微颤：“匡义，娘年纪大了，你爹也去了。如今只盼着家宅和睦，能多抱几个孙子就是福分。匡胤已经让我放心了，只有你，娘真的是既担心，又心疼啊。放着荣华富贵不去享，和叶氏在外面受罪，也罢，如今我们也接受了叶氏，她又给赵家添了后，可她……唉！匡胤当时就急了，他说那穿白袍子的是个唐人。叶氏怎么和唐人还有瓜葛？到底怎么回事，怎么这么复杂？”

赵匡义的头开始发晕，杜老夫人后面的话他一个字都听不进去了，白袍子的？唐人？祁正修又来了。赵匡义只觉得自己的心让摘了出去，血淋淋的，却已经感觉不到疼，只是空得厉害，空得都有些慌乱，空得让他头脑一片空白。

赵匡义伸手扶上了头，头痛得要炸裂，杜老夫人看赵匡义痛苦的神情，忙止住了话，起身抚摸着赵匡义的头，焦急不堪：“匡义，怎么了？

不要吓我。”

赵匡义抬手摇了摇，挤出几个字：“我没事。”顿了顿问道，“孩子，就是这么没的？”

杜老夫人长叹道：“众目睽睽，大家都看到了。宁远寺的僧人都看到了。真是丢脸丢到了家。也不知他们做了什么动了胎气，当时叶氏就不行了，找了郎中来，也不甚乐观。针灸汤药都试过，本来稍稍有些起色，到了后半夜却突然恶化了，孩子彻底没了。”

杜老夫人捂着胸口，眼角泛潮：“我那么用力想保住这个孩子，但还是不行。这是你的第一个子嗣啊。本来是有起色的……”

赵匡义的眉头皱得更紧：“没有旁人进去过吗？”

杜老夫人的心一突，摇头道：“匡胤急着回开封要一早带兵去蜀地，郎中刚来他便走了。叶氏的屋外，我派了许多下人看守，绝不会有差错。只是那叶氏自从孩子没了后，不知是心里有愧，还是神智混乱，一会说有人给她灌药了，一会又说她自己不想要孩子，乱七八糟的也不知哪句是真。”

不想要孩子？赵匡义的心里一疼，出了一层薄汗。

屋里寂静一片，杜老夫人的话音落了后便是一片沉默，好像静寂夜里深巷般死沉。过了许久，杜老夫人长长叹息了一声道：“也许这孩子和赵家无缘。你和叶氏在一起也那么久，也没个一男半女。偏偏刚有了孩子，又发生这种事。”

杜老夫人最后这句话让赵匡义的心结又绷了起来。是啊，好容易有的孩子。一个好容易在小桃和祁正修见面后就有了的孩子，却又这么巧不巧的，没了。杜老夫人的话都不重，却像一记记闷棍，敲得赵匡义心头一阵阵滴血般的颤抖。那是他的亲娘，从小到大疼爱他的娘，对别人的话他会质疑几分，可对娘的话，他不会质疑。赵匡义没了思绪，没了理智，只觉得心里像有一千匹马在狂奔，太多的疑惑，太多的不甘。赵匡义终于忍不住，站起身来冲着屋外大步走去。杜老夫人一急，也忙跟了出去。

赵匡义不知道小桃住哪间屋子，踹开两间后都不是，第三次把门用力踹开，一脸苍白的小桃被突然破门而入的阳光晃得有些刺眼，用手挡了挡直刺过来的光线，看到了立在门口一身戎装的赵匡义。小桃的心猛地跳了一下，再没有说话，只是定定地看着那个身影。

赵匡义看到床上斜靠着的小桃，一脸的憔悴与苍白，赵匡义的心像被什么狠狠扯了一下，不是已经空了吗？怎么看到她，还是疼得这么厉害？

赵匡义步子都有些不稳，反手把门用力关上，一步，一步走到了小桃的身边，盯着面前的女人，心都在抽着凉气。过了许久，才缓缓地张了口，声音都有些嘶哑："桃宜。"面色却是铁青的严肃。

小桃勾了勾唇，看着赵匡义，心里翻江倒海，如果是以前，她应该会扑在他的怀里号啕大哭，把她的委屈都哭出来。可是现在，经历了那么多的事，她忽然发现自己哭不出来了，只是就那么定定地看着他，心里在揣度，他在想什么？老夫人应该已经和他说了很多事吧？一定是添油加醋，甚至颠倒事实，他会信吗？小桃的手紧紧攥着被子，都有些出汗，抿了抿唇，没有吭声。

赵匡义看着沉默的小桃，她的冷静、淡然出乎他的意料，她对孩子的失去无动于衷吗？还是有人已经安抚好了她？赵匡义的声音有些冰冷而生硬："你是不是应该有话要和我说？"

小桃苦涩地扯了扯嘴角："应该已经有人和你讲过了，孩子没了。"

赵匡义的心狠狠一疼，不由抬手掐上了小桃的下巴，手背上的青筋都在跳突："我要听你说一遍。"

小桃用力挣了一下，全身都喘着粗气，如今动一动，就像抽空似的需要好大的力气。她挣不脱赵匡义的力气，只好看着赵匡义喘息道：“我不想说。放开我，好难受。”

“难受？”赵匡义顺着床俯下了身子，“现在知道难受，当初去见祁正修的时候，难受吗？还是迫不及待？”

小桃的心狠狠颤了一下，那个白袍子的，怎么会是祁正修？如果是祁公子，怎么会伤她？小桃微微摇头，冷笑看着赵匡义：“穿白袍子的，就是祁正修？你也曾穿过白袍子。”

赵匡义听到白袍子三个就是一阵疼痛，那是他倾尽了全力，倾尽了所有的尊严，去扮演一个他最不愿意扮演的人，可小桃如今竟狠狠用这个刺了过来，赵匡义手里的力气更重了，笑得有些阴鸷：“你说得对，我穿过。那是我做过最蠢的事。”是不是自己付出的真心太多了，以至于在她的心里，不仅是蠢，而且是廉价？廉价到他的心就可以被随意地践踏？

赵匡义的话让小桃一愣，身上像拂过一层寒气，他后悔了？看着赵匡义眸子里痛苦的神色，小桃的心里百转纠结，咬了咬唇道：“你心里已经有结论了，还要我说什么？我没话可说。”顿了顿，本想再补一句，等他心情平复后再细说。

却没等她开口，赵匡义的话已经像利剑一般刺了过来：“你不想说？好，我只问你一句。”顿了顿，赵匡义看着小桃问道，“是我的孩子吗？”

小桃怔住了，她想过赵匡义会问的千百种问题，却唯独没想到，他会怀疑是谁的孩子？小桃的头像被重锤锤了一下，愣在那里，紧紧看着赵匡义，赵匡义看着她的神色有些微微的紧张，看来她真的很不确定这个答案。

小桃忽然哈哈大笑起来，笑得浑身颤抖，笑得眼泪肆意，笑得喘息不上。难怪孩子会没有，孩子的存在就是个笑话。赵匡义看着忽然发笑的小桃，心也跟着一抽一紧。笑了许久，小桃缓缓止住了笑，盯着赵匡义从头细细看了一遍，闭上了眼睛，半晌，对赵匡义淡淡说道："送我回南唐吧。"

小桃的这句话宛如火上浇油，把赵匡义心里所有的疼痛和戾气一把点燃，赵匡义盯着小桃声音冰冷："再说一次。"

"送我回南唐。"小桃也冷冷地重复，没有再看赵匡义。她忽然觉得好冷，从心里向外地发寒。在这个独在异乡为异客的大周，所有的人都对她充满了怀疑，充满了抵触，只有他，是她唯一的依靠，小桃是依靠着赵匡义的温度，才能在这个充满觊觎和荆棘的地方活下去。可如今，连这一点温度，也成了反攻她的刀戈，那她为什么还要留在大周？就为了看他们一个个的脸色？这里也不是她的家，她是唐人，她的家，在大唐。

"很好。"赵匡义的心像被烈火焚噬般灼疼，她还是要走。他已经尽了自己最大的努力去爱一个人，甚至奉上自己的命，可最后却落了这么个下场。

赵匡义伸手紧紧捏上小桃的肩，几乎要把她的骨头捏碎，眸中是小桃从未见过的疼痛："你没心。"过了半晌，赵匡义眼中的疼痛散去，转而罩上了一层冰冷的严酷，"是我对你一直的纵容，让你觉得你想怎样，我都会没有底线地容忍，是不是？回南唐？"赵匡义的声音嘶哑，"去找祁正修是吗？孩子是他的是吗？所以他来要带着你走？所以孩子没了你看着我无动于衷？"

好严密的逻辑，小桃顿时觉得自己百口莫辩。赵匡义的话像一把锋利的刀，把小桃的心凌迟了一遍，小桃从脚底开始冰凉，紧紧抱着膝，身子都在抖，看着赵匡义眸子都是碎裂。这个世界，真是可笑。既然不信她，又何必让她怀上他的孩子？

赵匡义声音发紧："告诉我，是不是？嗯？"

小桃咬着唇，脸色发白，看着赵匡义笑得惨然："是啊，你们不都说是吗？我说不是有用吗……"话没说完，脸上已经挨了重重一个巴掌。

"贱人！"赵匡义听到"是"字，全身气血都涌了上来，只想下意识地把那个"是"字打回去。却在"啪"地一掌过后，看着小桃惨白的脸，再也伸不出手去。

小桃怔了一下，继而是剜心刺骨的痛。她这辈子，挨过不少的巴掌，谁让她身份低贱，是个人都有权利打她？可是，这是最疼的一个，嘴里还有甜腥的味道。小桃看着赵匡义目光变得锋利，却勾唇笑了："在你们周人眼里，唐人不都是贱人吗？何况我不仅是唐人，还是唐人里的官妓，更是淫贱不堪。所以我很贱，我贱到躺在你身边想着别的男人，贱到见了别人就要迫不及待地苟且，贱到怀了别人的孩子还赖在你头上……"小桃越说越快，到了后面几乎是在低声地嘶吼，直说得自己全身颤抖，眼泪不止。

赵匡义也微微抖着，小桃的每一句话都狠狠抽在了他心上，他一拳砸在墙上，低吼着："够了！"他不想再听了，他怕他忍不住杀了她。

小桃用力咬着唇，没有继续说下去，却止不住眼泪肆意。过了半晌，小桃抹了抹眼泪，轻声说道："所以，就把我这个淫贱的唐人，送回唐地吧。"

赵匡义转过身来，定定看着小桃，木然地笑了笑："想都不要想。"

小桃的心疼了一下，转而看着赵匡义道："为什么？我没有正式许了公子做妾，为什么不能回我的家？"

赵匡义捏上了小桃的下巴，笑得阴冷："你的家？"赵匡义勾起的唇角里是小桃没有见过的冷漠和冰寒，"做我赵匡义的女人一天，就一辈子是我的人。就是死，也要死在我的府里。"赵匡义把手收了回来，没有再看小桃，转身大步走出了房门，冷冷吩咐着下人：“把她看好了。如果不见了，你们自己找个地方了断。”

冬日的阳光打在了赵匡义的背上，却没有一丝暖意。只拉出了他长长的影子，孤独而落寞。够了，他受够了。他拼尽了自己的一切，想走进她的心里，却从头到尾都是他的一厢情愿。如今，她耗干了他的所有热情，要回唐地，去找祁正修吗？他没有那么大方。她把他的感情揉捏了一番又甩开，那么他偏要把她留在身边，没有灵魂的躯壳，他也要定了。

只是那个孩子……想到孩子，赵匡义只觉得全身发寒，像有一个无底的黑洞吞噬着他。赵匡义头痛得厉害，把自己关在厢房里定定坐了许久，闭上眼就是各种纷扰的画面，让他的心也跟着疼痛，甚至比头还痛。

杜老夫人看赵匡义把自己关着不出来，不由担心，命兰姑给赵匡义送茶过去。兰姑看着赵匡义的憔悴极是心疼：“别为难自己了，喝茶吧。”

赵匡义伸手接过茶盏，神情有些木然地问道：“那晚，你也在吗？”看兰姑愕然的样子，补了一句，“是有白袍子的男人吗？”

兰姑点点头：“是。所有人都看到了。唉，唐人狡诈，用了真心，她也是块捂不过来的石头啊。”兰姑是看着赵匡义长大的，赵匡义对兰姑也一直尊重亲近。如今兰姑的话让赵匡义的本已伤痕累累的心又被狠狠戳了一刀，以至于疼得麻木。

赵匡义只觉得再想下去只会窒息，索性起身走到杜老夫人的房里，商议着何时回开封府的事。毕竟宁远寺不能一直住着。杜老夫人看着形容枯槁的儿子，心也跟着阵阵发疼。之前看他去找叶氏，会担心他听了叶氏的话和匡胤分崩；如今听下人说他让看着叶氏，便知道他和叶氏情分已断。

杜老夫人叹了口气道：“开封随时都能回去。但是回去怎么办呢？”

顿了顿，问道，“叶氏呢？也带回去吗？”

赵匡义点点头，只说了一个字：“带。”

杜老夫人温声道：“我不知道你们之间是怎么回事。但她和那个白袍子的唐人拉拉扯扯，我却看得清楚。我们赵家是仁厚之家，做不出酷刑惩处的事情。那不如把她送回唐地呢？也省得不干不净，坏了门庭。”

杜老夫人的话让赵匡义的心扯来扯去地痛，却仍然铁青着脸道：“那不可能。我不会放走她。”

杜老夫人看赵匡义语气坚决，也不便再提送走小桃的事，只好拍着赵匡义的肩道，“家还是得有个家的样子。你之前为了叶氏弄得乌七八糟，把雪婵气回娘家不闻不问，魏王大怒，如今在朝中和匡胤处处作对。雪婵已经娶了，人家也没犯什么过错，你不能休妻。纵然你不能像宠叶氏那么宠她……”

赵匡义听杜老夫人口中不停说着小桃，每听一次，心就跟着绞疼一下，不由沉声道：“别再提她！”

杜老夫人一愣，是别提谁？雪婵还是叶氏？想了想心下明了，对赵匡义继续道：“躲避也不是长久之计，还是一家人都住在一起吧。雪婵如果嫁了别人，兴许现在每天可以抱着孩子，和夫君恩爱非常。可她现在过的什么日子？她又错在哪呢？你都能容得下失节的叶氏，怎么就容不下雪婵？”

杜老夫人的话字字锥心，赵匡义本就心情混乱，更是被这番话搅得疼痛刺骨，逃避似的一挥手：“您说怎样就怎样吧。”说着转身出去吩咐下人，准备收拾东西回到开封。一切安排妥帖，赵匡义骑马回到了军营，只有那里，似乎才能让他的心喘息几分。

杜老夫人带着一众人回到了开封，既然赵匡义说她可以决断，杜老夫人便把小桃安排进了之前赵匡义和符雪婵的府邸，那里是先皇钦赐的大宅，住着宽敞。后院有一处独立的小院静淑苑，杜老夫人把小桃安置在了那里。

杜老夫人再三叮嘱着符雪婵，如今小桃失宠，正是她和赵匡义修补情感的好机会，一定要把握，重新开始。不要再横生枝节。符雪婵没有吭声，只是微微点了点头。

符雪婵已经有一年多没有见到赵匡义了，她怨恨过，愤怒过。可一年多的冷落也磨了她许多的棱角。她也终于明白了一件事，她挟制不住那个男人，而那个男人却是她的天，没了他，她的日子并不好过。符雪婵竭力压制了心底所有的不快，一切能重新开始吗？

赵匡义晚上回来，先到了之前和小桃在一起的府第，看到清冷的门庭才意识到母亲应该把小桃安排回了另一处府邸，毕竟那里才是他正儿八经，经过先皇钦赐的“赵府”。赵匡义转身打马又向着那里奔去，只是越靠近，心里越有种说不出的压力。到了门口，把马交给下人，硬着头皮走了进去。

刚走到后宅，一身浅红的符雪婵已经对着他盈盈走了过来，离他还有几步的时候，符雪婵顿住了步子。赵匡义看符雪婵不动，心里疑惑，只继续向前走着。他哪里知道，符雪婵心里早已经翻江倒海。

赵匡义走到了符雪婵跟前，符雪婵眼角泛潮，声音微微有些颤：“许久不见。”

赵匡义有些尴尬，只客气地淡淡勾了勾唇：“进去吧，外面冷。”说完继续在前面大步走着。

情感天平的不对等，往往就是如此，一方心里早已经波涛翻滚，逐浪滔天，而另一方还只是细雨微风，甚至毫无知觉。

屋里点着蜡烛，照得四壁亮堂。符雪婵跟着赵匡义走进去，看着坐下的赵匡义，一时也不知该说些什么。又不想过分殷切让他看低了自己，又不敢言辞酸刻让他心生芥蒂。半晌，也尽量做出客气的语气：“还没吃饭吧？让下人把饭菜端上来？”

赵匡义点点头：“好。辛苦了。”

符雪婵忙命人去端饭菜，看着赵匡义试探着问道：“叶氏，也一同来吃吗？”她倒想看看，如今的叶氏，在赵匡义心里是个什么地位。

赵匡义的心跳了一下，随即摆摆手：“算了。按规矩来。”按规矩，小桃的身份便是不够资格上饭桌吃饭的。

符雪婵听了这句心里砰地轻松了许多，看来叶氏是真失了宠，不由心里舒爽。赵匡义顿了下问道：“把她安排到哪了？”

符雪婵刚松下的心又是一陡：“静淑苑。”静淑苑在府邸的后院偏西，绕过池塘和假山，隐在一片竹林后，极为荒凉偏僻。符雪婵的语气又有些硬，颇带嘲讽道：“不合适吗？”

赵匡义却并没有注意符雪婵的语气，只是淡淡道：“就那里吧。很好。”

符雪婵的心这下全舒展了开来。风水轮流转，看来谁也不能恃宠一辈子啊。那叶氏才风光了一年如今就落得住静淑苑的下场，真是痛快。符雪婵脸上添了笑意，下人端了晚饭上来，符雪婵便和赵匡义坐在圆桌对侧，一同吃着晚饭，虽然有一搭没一搭说不了几句话，却也是这几年来难得的和平相处的时光。只是符雪婵小心翼翼，而赵匡义心不在焉。

饭后赵匡义便去了书房，符雪婵在屋里等了半宿，却只等到下人过来禀告之赵匡义要在书房就寝的消息。符雪婵的心一凛，咬了咬牙提着裙子走进了书房。

赵匡义已经脱了外袍，看到推门而入的符雪婵一愣，又把外袍披上了，淡淡问道：“没有睡？”

符雪婵把下人遣了下去，屋里只有她和赵匡义，符雪婵把门关上，定定看着赵匡义，以前的她，心气高傲，可是一年多的消磨，让她彻底清醒了。当赵匡义带着小桃音讯全无的时候，她第一次体会到了恐惧的滋味。原来有一种正妻，叫弃妇。她恨，她怨，她恨不得把赵匡义和叶小桃揪出来统统凌迟，但她不能。原来嫁了人，就真的夫为天了。

这次赵匡义回来，娘劝过她，杜老夫人劝过她，都劝她要学着改善和赵匡义的关系，她嘴上犟着没有吭声，但心里却已经在犹豫。她想了很久，也想了许多。从她和赵匡义第一次见面想到她们婚后，想到现在。她不得不承认，赵匡义是个比她还骨头硬的人。于是她咬牙鼓着勇气来了，她豁出去了自己所有的矜持和高贵，来到了赵匡义的书房，想试试如果她能放低姿态，是不是真的能改善？

符雪婵看着赵匡义，声音很轻："睡不着，来看看你。"

赵匡义一时不知如何接下句，顿了顿说道："不早了，去睡吧。我让下人送你过去。"说着就要向门口走去。

符雪婵一抬手，拽住了赵匡义的袖子，声音由于微微紧张而有些打战："我想和你说几句话。"

赵匡义的身子一僵，站在了原地，声音很平："你说。"

符雪婵犹豫了许久，艰难地开了口："以前，我……"她本想像娘教她的那样，说自己做得不甚妥帖，却怎么也开不了口，她哪有不妥帖？半晌，吐出了一句话，"以后，我会尽力做好。你也要以国事家事为重，朝廷，府里，都缺不得你。"

赵匡义听符雪婵说完，很短的一句话也说得很费力，而且说完脸也红了。可见让她说句软和的话真是不容易。赵匡义也有些动容，拍了拍符雪婵的肩，温声道："我知道了。"

符雪婵的肩触到赵匡义的温度，心里不由一跳，靠得赵匡义更近了些，符雪婵伸手牵上了赵匡义的手："书房太冷，还是回卧房吧。"

赵匡义的脑子木了一下，跟着符雪婵回到了卧房。下人们识相地纷纷退出去，屋里灯烛摇曳着昏昧的光，符雪婵把自己的外袍解了下去，却没有躺上床，只是定定看着赵匡义，似乎在等着什么。

赵匡义自然知道她等着什么，抬手抚上了符雪婵的肩，符雪婵闭上了眼睛，赵匡义有些木然地解着她中衣的带子，眼前却不停地闪过小桃的眼睛，天真的，俏笑的，幽怨的……赵匡义闭上了眼睛，用力把符雪婵的衣服解开，把她抱上了床。

她是他的妻子，他是有义务也有责任，要一个嫡出的孩子的。起码，这个孩子一定是他的，而不用怀疑到底是谁的。赵匡义的心忽然又扯得疼了起来，抚上符雪婵的手，却无论如何也伸不下去。挣扎了许久，缓缓对符雪婵说道："今天太累了。"说完把手放了下去，转过了身子。

符雪婵刚腾起如火的热情，就这么被一瓢水浇得凉得彻底，却也没有办法，她总不能自己硬去索取。符雪婵也转过了身。这一夜，两人都是辗转反侧，谁也睡不着，各自想着心事。

天已经蒙蒙亮，赵匡义还是无眠，索性坐了起来，符雪婵也跟着起来，吩咐下人进来服侍赵匡义盥洗。赵匡义整好装束，本想着直接骑马去军营里，却看了看已经升起的太阳，走到前院又折了回去，到了静淑苑。

小桃身边只有两个服侍的下人，一个五十多的妇人，一个十几岁的小丫头锦儿，原本都是府里粗使的，昨天杜老夫人把小桃安顿在这里时随手指了两个。这两个老的老，小的小，也不甚尽心。小桃唤几声打水端饭，都要等许久才能来。

静淑苑里太安静了，安静得闻不到一丝人气，小桃更是一夜难眠，所有的事像噩梦一样让她喘息不上，天没亮便已经起床，却怎么喊也没有下人过来服侍。直到天亮，锦儿才揉着眼过来给小桃打了一盆盥洗的水。

小桃把手伸进去，水凉得就是一哆嗦，本来就不利索的身子又淅淅沥沥渗了不少血出来。小桃不禁问道："能兑些热的吗？"

锦儿乜了小桃一眼冷笑道："有水就不错了。"说完转身出去，嘀嘀咕咕的话也落进了小桃的耳朵里，"真当自己是二夫人呢，大人昨晚都在夫人房里睡了，还这么拎不清。"

小桃的心没来由地疼了一下，赵匡义和符雪婵和好了？不由又摇头笑自己傻气，人家本就是夫妻，怎么恩爱都不为过，不是吗？小桃咬着牙就着冷水把脸擦了擦，挪到桌前，倒了一盏茶，也是凉的，渴得实在厉害，也顾不得冷热一股脑喝了进去。

刚放下茶盏，赵匡义迈步走了进来。小桃怔了一下，赵匡义不是昨晚和符雪婵恩爱非常吗？一早又来做什么？小桃冷冷扫了赵匡义一眼，没有做礼，没有吭声，转身回到了床上，靠在床头直视着前方。

看着清冷的小桃，赵匡义没来由一阵火气窜了上来，自己真是昏了头了，一大早跑来看她的脸色，不由走了两步到了小桃的床边，伸手抻在帘幔旁的床架上，一脸凉意地俯瞰着小桃。

小桃没有抬眸，静静说道："我要休息了。大人回夫人那里去吧。"

赵匡义的拳微微攥紧了，昨夜他对符雪婵的无心无力已经让他够恼火了，他如今连和另外一个女人同房都做不到，她竟然还是这个样子？而更让赵匡义惊讶的是，尽管他生气、愤怒，但是看到一袭素衣的小桃，他仍然有种莫名的冲动。赵匡义苦笑了一声："你想让我回去？"

小桃的目光依然很空："随你。"

赵匡义转过了身，把桌上的茶盏抬手扫了下去，瓷片在地上碎开迸溅到四处，屋外等着服侍的下人都是一惊。赵匡义的声音寒凉："那你就在这里好好待着吧。"说完大步走了出去。赵匡义出去便派了一队侍卫紧紧守在了静淑苑的门口，不许任何人进去，只许服侍的下人来回送些吃喝。吩咐后就上马去了营里。

符雪婵还在屋里，贴身侍婢瑶琴便已经喜滋滋进来禀告："小姐，那叶氏真的失了宠呢，大人一早过去就是一阵脾气，把茶盏都摔了。"

符雪婵听了不由唇角一扬，她也有今天？忍不住问着瑶琴："你细说说。"瑶琴便把听来的赵匡义一早过去怎么摔茶盏，怎么吩咐人看着小桃都细细说给符雪婵听。

符雪婵仍意犹未尽，问道："还有吗？"

瑶琴想了想道："没了。哦，对了，连带服侍叶氏的下人也跟着倒霉，都被大人骂了出去，换了两个大丫头。"顿了顿，瑶琴说道："没想到叶氏失宠还不及旁人呢，大人都不肯放她出来，就那么关起来了。"

符雪婵心里一阵熨帖，也不由感慨男人的心，说变就变。当初爱了个轰轰烈烈，最后也落得横眉冷对。符雪婵心情大好，吩咐瑶琴拿出几匹珍藏的绸缎，请了开封府有名的师傅过来量了身子做新装。女为悦己者容，符雪婵终于有了心情打扮自己。

那晚赵匡义却在军营里没有回来，符雪婵心里有些失落。后面的日子，赵匡义隔三岔五地会回来住一夜，却总是吃过饭倒头便呼呼大睡。对符雪婵也是客套礼貌有余，亲热温存不足。符雪婵有时刻意想亲近一番，却刚碰到赵匡义，就被他不露痕迹地躲了开来。即便偶尔拍拍符雪婵的手和肩，也只是客气般地意思一下，符雪婵感觉不到一丝的情动和热诚。

赵匡义每次回来，都必然会去静淑苑，只是每次皱着眉头进去，铁青着脸出来。有时控制不住情绪还会大发脾气，静淑苑的下人跟着遭殃，杯盘碗盏、花草器具都跟着一通遭殃。府里的人都知道静淑苑那位不得宠，却也纳闷一向沉稳的大人怎么偏偏对那位有发不完的火。

符雪婵起初看到赵匡义对小桃的态度，还有些沾沾自喜。但时间长了，心里却渐渐不是滋味。一天晚上，赵匡义又从静淑苑青着脸回来，正好是晚饭的时候，符雪婵很清晰地看到了赵匡义额角跳突的青筋，微微发颤的手，连拿筷子都有些不稳，烛影落在赵匡义的侧面，整个人都有几分萧索的落寞。那一瞬，符雪婵的心忽然很疼，她羡慕小桃，小桃竟然有这样的本事，能把赵匡义气成这个样子。在他身上，不仅是生气，还有一种滋味，是“伤心”。而这个“伤心”，却不是别人能做到的。

符雪婵也不禁几分落寞，紧盯着赵匡义道：“大人又何必为了不值得生气的人生气？”

赵匡义眉头皱了一下，没有应答。符雪婵顿了顿，又说道：“今天我本想着帮你收拾书房，却不留神把你最钟爱的琉璃镇纸打碎了。”那个琉璃镇纸伴随了赵匡义很多年。

赵匡义“嗯”了一声，面色没一丝改变：“碎了就碎了吧。再买一个就是了。”

符雪婵的心有些烦躁，又道：“前天娘的身子不好，我回去探望，顺便和爹聊了几句，谈到二哥，听爹的意思，似乎朝中不少人对他都有些微词。”符雪婵所说的二哥，是指赵匡义的二哥赵匡胤。

赵匡义问道：“那魏王是什么意思？”

符雪婵试探着说道：“自然也是有些看法的。依我之见，还不如让二哥和爹主动多些来往。”

赵匡义冷哼了一声，缓缓道：“这些事，你还是少操心。”说完继续夹着菜，也没有什么表情。

符雪婵咬了咬牙，又说道：“叶氏——”刚吐了两个字，赵匡义夹菜的手就是一颤，符雪婵继续道，“叶氏那里也不知道下人服侍得妥帖与否，眼看到了腊月，炭火、冬衣够不够？”说完看着赵匡义阴晴不定的面孔笑道，“你如果不待见她，索性就苛刻些，让她遭点罪，也好让她知道得宠的好处。”

话还没有说完，赵匡义已经眉头紧锁，猛地把筷子用力一放，看着符雪婵的神情便是严肃得发青：“她的事，不消你费心思。”

“话不是这么说。”符雪婵从袖子里拿出一方帕子揪扯着，似漫不经心地说道，“你我夫妻一场，你的不痛快就是我的不痛快，既然叶氏不知道让你开心，那我就有义务教导她。你说呢？”

赵匡义伸手钳住了符雪婵的胳膊，眸子里闪过一丝厉色：“做好你自己。叶氏那里，你一丝念头都别动。”

符雪婵再也忍不住，猛地站起身来，她受够了。符雪婵看着赵匡义冷笑道：“你终于生气了？我还以为你对我都发不起脾气来呢。我摔了你心爱的镇纸你不生气，我胡乱说朝廷之事你也不生气，怎么我只说了一句叶氏你就生气了？看来只有叶氏能惹了你的火气。”赵匡义看着符雪婵勾了勾唇际，没有吭声。

符雪婵不知自己哪来的气，竟然气得全身发抖：“这些天来，我努力地伏低做小讨好你，我学着温柔，学着和顺，可最后全是没用，全是白搭。我做的一切，还抵不上一个和人私通给你扣绿帽子甚至还怀了野种的女人在你心里的分……”

话没说完，符雪婵只觉得自己气都要喘息不上来了。赵匡义的手紧紧掐上了她的脖子，那个她说什么都没太大反应的男人，给了她最大的反应，赵匡义的眸子里闪过刀锋一般的寒栗，声音不大，却很沉：“不想死，就不要乱说话。”

符雪婵看着赵匡义眼睛瞪得老大，一口气都喘不上，憋得脸都青紫。赵匡义猛地松开了手，转身大步走了出去。符雪婵跌在了地上，不停地连喘带咳，瑶琴在外间听到动静赶忙进来给符雪婵又是倒水又是捶背，一脸的痛惜："小姐，好好地怎么又吵了？"符雪婵的眼泪忍不住流了出来，抱着瑶琴大声哭了出来。她憋了太久，太难受。

瑶琴方才在外间也断断续续听到几句，此时一边轻轻抚拍着符雪婵的背一边说道："小姐，又是何苦呢，大人不对你发脾气不是好事吗？怎么你倒怪怨他了？难道非要让他像对叶氏那么对你才好吗？"

"你不懂！你不懂！"符雪婵哭得直打战。瑶琴怎么会懂？只有心里在意了，才会生气，才会伤心。赵匡义对她不生气好脾气只是因为他的心里根本就没有过她。只有在她提及叶氏的时候，才能触动他心底的那根弦。凭什么，到底凭什么啊？符雪婵哭着问道："为什么他的心里宁肯放一个对他不忠的女人，都不放我？男人不是最容不得这个么？"瑶琴抚着符雪婵，一时也不知道怎么答。叶氏的事她也有所耳闻，但她更不懂这些男女的情事。

赵匡义一怒之下又回到了军营。符雪婵哭过之后，忍不住冲到静淑苑想去看看小桃。她没有办法奈何赵匡义，用小桃出出气也是好的。却被守值的侍卫挡在了门口："大人有令，任何人都不得入内。"

符雪婵冷声喝道："放肆，这是赵府，连我也不能入内？"

侍卫一抱拳："对不起夫人，大人有令在先。任何人不得入内，包括您。"

符雪婵后退了几步，此刻她才发现，她本来引以为乐的"圈禁"，竟然也是种保护。令她这个赵府的女主人，对一个妾不妾婢不婢的女人无可奈何。符雪婵不知道怎么回的卧房，想了想又命人把之前服侍小桃的下人喊来，那两个老夫人和小丫头，符雪婵厉声问道："我只问你们，大人为什么把你们赶出了静淑苑？"

那两个人互相看了看，老妇人还弄不清状况遮遮掩掩："许是大人找到了更合适的。”

“说实话！”符雪婵猛地一拍桌子，声音尖利。

小丫头一哆嗦，抢着交代道：“都怪我们服侍不妥帖。大人摔茶杯的时候发现茶水是冷的，骂我们连壶热茶都不会烧还能做什么，就撵了出来。”

符雪婵彻底寒凉了起来，从脚底，到四肢，到心。她以为叶氏失了宠，却没有料到她在赵匡义心里扎得那么深。这叫失宠？还是变相的恩爱？

符雪婵胡乱地把下人打发了出去，伏在床上再次哭得全身颤抖。只是这次却少了眼泪，多了怒火。瑶琴守在一边，也不知怎么安慰。

符雪婵眼神有些空洞：“为什么赵匡义会那么在意她？到底她哪里好？出身低贱，长得一般，小家子气，还是个人尽可夫的妓女，她到底哪里好？”

瑶琴叹了口气道：“该不会是个妖吧，听说男人要是被妖迷了眼，就什么都分不清。眼里心里只有她一个了。就是让他死他也乐的呢。”

符雪婵一愣，妖？她自幼读书，很少听说过妖狐鬼怪的传说，听瑶琴这么一说，倒像抓上了救命稻草，是啊，人怎么能比得上妖的法力？

人心往往在最脆弱的时候，容易相信怪力乱神的说法，以给自己的彷徨无助找个出口，抑或给自己的无能为力找个借口。而对于此时的符雪婵，小桃是“妖”的这个说法，显然能解开她的许多心结，更能解释为什么出身高贵姿容不逊的她，怎么也敌不过看似平凡的小桃，因为她是妖，她有妖术。

这个想法虽说是瑶琴无意提出的，但在符雪婵的心里，却是一点点发酵放大起来。起初还只是半信半疑，却连着几天做噩梦，梦里全是一身妖气的小桃披着头发冲她狞笑。醒来就是一身冷汗。符雪婵越想越怕，找了些野狐鬼怪的传说来看，越看越陷在其中不能自拔。

什么海上方士，什么妖狐报恩，什么蛇精惑主……看得她心惊肉跳，不由吩咐瑶琴出去找个道行高深的道士来府里一趟，看看到底有没有什么鬼怪。

瑶琴一直随着符雪婵在侯门大院，也不知道到哪里去找道士，又向府里年长的下人们打听，有那平日活泛的，便毛遂自荐帮着去找。开封城里以给人看宅护院、趋吉避凶为业的人并不少，下人找了个和自己熟络的，约了时间去府里。那道士自然向下人仔细打听了府里的情况，以及到底为什么要兴这事。探问清楚了底细，心中有了谱。

过了几天，那道士如约到了赵匡义的府上，符雪婵一脸殷切地同他客套了几句，正准备切入主题，那道士一伸手："夫人先别讲，让贫道来猜猜夫人的为难事。"

符雪婵连连点头。道士绕着符雪婵转了三圈，口中念念有词，又伸手掐算了一番，看了看天象四周，盯着符雪婵道："夫人面色发青，阴气甚靡，坎位空虚，莫不是闺闱失和？"

符雪婵心里一喜，这道士还真有些本事，一下就说中了关键。忙点头应是，把道士请到了客堂，命下人拿出极品的贡茶招待。屏退了四下，对道士说道："法师说的极是。不知道是什么原因？"

道士微微笑道："大人不常回家？回家也是横眉冷对，看夫人这里处处不入眼，却对旁人百般宠爱？"

符雪婵听了心里一疼，尽管她不想承认，却不得不承认就是事实，低低叹了口气道："正是这样。"顿了顿不由好奇问道，"法师怎么知道？"

道士又掐指算了算道："这府里的阴气已经过盛，方才在宅子外几里之处已经看到黑云缭绕。再进来一看便已经知道。府里有些异于寻常的东西在。"

符雪婵全身起了层鸡皮疙瘩：“异于寻常？”

“一股浊气在来回环绕。这种浊气不是阳间常人的气息，倒更像是南方树木花草的精怪之气。冒昧地问一句，府里有南方人吧？”道士问道。

符雪婵点头：“有几个唐人。”

“唉！难怪。”道士叹气道，“唐地战乱，不少人死于非命，阴气太重，连带着花草树木都得了阴气，成精作怪。府上现在已经不是散流之气，而是聚集成形，迷乱心智。就是寻常说的妖气。大人就是被这妖气迷惑，才会和夫人闺闹失和。”

符雪婵听得一阵一阵的心惊，南唐，花草树木，妖气，可不就是小桃吗？真的是妖？符雪婵身子都微微颤抖起来：“那怎么办？”

道士沉吟片刻：“办法倒是有，只是如今那浊气成了气候，要想驱散，得耗费不少内力，也得耗费不少法力——”

符雪婵忙点头：“那是自然，只要能除了妖，无论多少银子，我都能出的。”

道士板下了脸：“夫人此言差矣，贫道不是为了钱财，只是请神敬献，祭坛做法，都是要礼数周全的。”

“知道，那是自然。”符雪婵面上有了几分惭色，生怕玷污了神灵。赶忙吩咐瑶琴进来，给道士封了一份赏银，“没有别的意思，只是对神明的尊重，还请法师尽快开坛做法，祛除妖气。”

道士点头，伸手指着院子里许多盆景摆件的摆放都有问题，符雪婵赶忙命下人按照道士的卦位重新对物件摆位，直折腾了一个上午。

正午时分，阳气最旺。道士开始开坛做法。又是酒又是水又是火地舞弄了一番，下人们也都跑过来看热闹。道士指着小桃所住的静淑苑的位置大喊妖气重，直泼了半盆的鸡血，又让跟随的小道士们念了两个时辰的咒才算了事。

符雪婵还不放心，又让道士在府里的各处贴了符，尤其是静淑苑的外头更是满满贴上了大大小小的符咒。

小桃这些日子一直在静淑苑静养着。换了下人，服侍得很尽心。但小桃没有一晚上能睡好，闭上眼睛就是孩子哭泣的声音，旁人咒骂的声音。小桃不知道自己血痕斑斑的身心，该怎么休养。

这天下午，听到外面的动静，小桃不由问着："出了什么事？"

服侍小桃的两个大丫头一个叫宝珠，一个叫书玉，书玉更大一些，性子也更温和些，回答小桃道："没什么，许是夫人身子不爽利，找了道士做法呢。"

"做法？"小桃有些好奇，"做了这么久？"又侧耳仔细听了听道，"怎么还有人哭的声音？"

书玉给小桃递了盏茶笑道："姑娘快别疑心重了，哪有什么哭声。无非是活人心里不太平，倒把这些事情的缘由都推给了神鬼。"

小桃听书玉说得有理，是啊，都是活人心里有鬼。却也不由心里一动，自己那个可怜的孩子，不知道到了那边有没有人照料。不由撑着身子坐了起来，说话还是很虚弱："扶我去门口看看，那道士做完法，能不能请进来，给我们也做一做？"

一旁的宝珠正在擦拭梅瓶，宝珠年纪小又心直口快，听到小桃这么说不由插话道："姑娘快别自找不痛快了。我们还做？人家夫人做法就是做我们呢。"

书玉给了宝珠一个眼色，嗔道："瞎说什么。干活还堵不住你的嘴。"

小桃一愣："做我们？什么意思？"看着又要阻止宝珠的书玉，伸手拦道，"书玉，你不要管，让宝珠说。"

宝珠看小桃要听，索性把手里的抹布扔到地上，愤愤道："不知道哪个黑了心的出的劳什子主意，请了这么个满嘴胡言乱语的道士。非说府里有妖气，还是唐人带来的，现在府里那几个从唐地来的下人，都被泼了一身鸡血，贴上乱七八糟的符在外面跪着呢，那道士还用蘸了水的桃木剑去砍，有几个身上都被砍得血淋淋的。真是看都不忍心看。什么破道士，我看就是个江湖骗子。”

小桃刚站起的身子，又“砰”地跌回了床上，不禁喃喃道：“唐人？”外面的哭声，夹杂着念咒的声音，又传了进来，似乎比刚才还要清晰，小桃的眼圈红了，“她们要除的唐人，是我，又何苦拿别人作践？”

书玉忙抚着小桃的背说道：“姑娘别多心，哪是说你。许是那道士胡乱扯的。夫人就信了。大家小姐没听过这种江湖话，最容易乱信。”

宝珠撇撇嘴道：“姑娘以为我们这里能好到哪里去？只是门口有大人的侍卫守着，那道士才进不来。即便这样，门口都快让鸡血淹了，符贴得到处都是。让人怎么活。”

书玉喝道：“好了！怎么就活不下你？赶快手脚麻利些去干活。仔细大人回来撵你出去。”宝珠鼓着嘴继续擦着梅瓶。

小桃挪着身子走到了门口，推开了门，书玉走过来道：“姑娘，外面风大，别出去了。”

小桃没有回答，只是继续往院子里走着，风里扑面来的都是香烛的味道，还有一丝丝血腥味。有人在哭，有人在哀号，有人在念咒，还有击打的声音，求饶的声音……小桃都辨识不清，只有隐隐的几句“妖生南方，草木俱涅……”传到了耳朵里。妖生南方？！小桃靠着院里的枯树闭上了眼睛，周人都说唐人至贱，唐人至淫，如今，唐人连人都不算了？小桃的眼泪流了出来，她想回家，好想。

符雪婵看着被击打得血痕斑斑的唐人，还是不解恨。唐人该死，可最该死的那个，她却偏偏动不了。道士看着符雪婵道：“夫人，这一番做法，情况必然改善。三天后，我再来给夫人做一次法，妖气就可消除。”

符雪婵连连点头，这几乎是她最后的救命稻草。给了道士重重的封赏，符雪婵满心期待着三天后的到来。到时叶氏的妖气除了，她就再也没法迷惑赵匡义了。

第二天晚上，赵匡义却突然回来了。看到府里贴得七七八八的符就是一愣，不禁大步走到了静淑苑，门口的石门墩上还有泼洒的已经干了的血渍。心就是一颤，忙快步走进了小桃的卧房，一把推开冲了进去。

第二十三章

妖生南方心不净
血泪凝噎别开封

小桃长长的头发披散着，脸白得像纸一样，正靠在床头，眼神空空地看着前方。这两天她的日子过得更加凄惶。符雪婵每天战战兢兢神神怪怪，时不时就拿府里唐地来的下人撒气。来来回回的议论声传到小桃的耳朵里，直扯得她心疼。从下人，到官妓，如今是妖，连人都做不得了。小桃不知道自己的命运到底是怎么了。再想到自己带累其他的唐人，心里就更加灼痛。符雪婵恨的，无非就是她而已。小桃只觉得一刻都不想在这里继续待下去。

赵匡义推门进来的瞬间，小桃有些恍惚，待看清来人，缓缓地挪着下床。赵匡义看小桃安好，刚才揪着的心放了下来。看小桃向自己走来，有些微微讶异，站在原地没有动。

小桃走到赵匡义面前，忽然跪了下来，大大的眼睛空洞而凄凉地看着赵匡义："大人，求你放了小桃，让我回唐地吧。"

赵匡义定住了，从指尖到心底，瞬间凉透。赵匡义蹲了下去，抬起小桃的下巴，没有表情："为什么？"

小桃拼命摇着头，眼泪扑簌："放了我，放了我吧。我熬不下去了。"

"熬？"这个字刺得赵匡义很疼痛，和他在一起是熬？他怕符雪婵伤了她，想了一切办法护着她，最后竟成了"熬"。赵匡义盯着小桃问道："有人进来了？欺负你？"小桃摇头。赵匡义接着问："有人打你，骂你？”

小桃摇头，符雪婵没有打她骂她，却比打骂她还难受。赵匡义继续问道：“没吃饱？没穿暖？”赵匡义的语速加快，“还是书玉宝珠没有服侍好？”

“不是，都不是。”小桃拼命摇着头，她不知道怎么说，只是不停重复着，“我待不下去了。”

赵匡义低吼着：“都不是，那是为什么？”赵匡义捏着小桃的手力气不由大了，“要去见他吗？”

小桃的心一紧，没有再说话。只是看着赵匡义，眼神里除了空洞，就是陌生。这样的神情刺得赵匡义更疼，看着小桃淡淡笑了：“不要想。我说过，你就是死，也要死在我的府里。我不会放你回去的。”说完起身大步走了出去。

小桃跌在了原地，脑子一片嗡嗡声，她不想死，可是怎么才能离开这里啊？！

赵匡义一脸铁青地回到符雪婵的卧房，却刚进门就被满屋的符咒看得眼花缭乱，皱眉问道：“你这是做什么？”

符雪婵忙把手放在唇上：“嘘。”继而低低说道，“别大声说话，亵渎神灵。我请了法师做法，如今我们的卧房八个方位法师都贴上了符，百毒不侵。妖气再也没法侵入了。”

“妖气？你乱七八糟说些什么？”赵匡义素来不信怪力乱神之说，有些反感。

符雪婵不满：“你再继续亵渎神灵，就该不灵了。你知不知道如今府里已经被妖气侵袭，你自己都是浊气缠身。法师说了，妖生南方，草木俱涅，我们府里就是南方的草木之妖……”

“荒唐！”赵匡义用力一拍桌子，紧盯着符雪婵问道，“妖生南方？叶氏是妖？”

符雪婵看赵匡义生气，勾唇冷笑道：“我可没那么说，但府里的唐人，是该都去去晦气。我已经给下人们做过法了。你的叶氏，我可一个指头都没碰。不过这屋前屋后，该贴符咒，该泼圣血的地方，我都一个没落泼了。”

赵匡义的眉头皱得更紧，也不禁冷笑：“你真是越来越不可理喻。你不是大字不识的村妇，怎么如今的行为这么可笑？”赵匡义心中有些了然，难怪小桃想走，符雪婵这种装神弄鬼的确让人心里不适，但是就这点小事，就值得要走？赵匡义仍旧无法理解。

符雪婵却是一下子弹了起来：“我不可理喻？你鬼迷心窍才对。被妖迷惑了心智，还没有察觉。”说完从袖子里拿出一张符，用力塞到赵匡义的手里，“拿着这个，妖鬼都无法近身了。”

“胡闹！”赵匡义把符雪婵的手甩开，指着屋外道，“赶紧把你那些乱七八糟的咒符撕掉，这里是赵府，不是道场。”

符雪婵塞给赵匡义的符在争执中掉进了炭火盆里，符雪婵的脸瞬间变得灰白，赵匡义身上的妖气太厉害了，竟然能把符咒都驱走。符雪婵来不及和赵匡义争辩，顾不得炭火盆里火苗炽热就伸手去拿符，但符已经见火成灰，符雪婵的手烫得狠狠吃痛了一下，也没有拿出来。符雪婵心急，喃喃自语道：“糟了，妖气太厉害，真应该听法师的话，再拿把桃木剑斩斩妖气。”

“够了！”赵匡义对符雪婵的疯魔彻底失去了耐心，把门外候着的下人喝进来，吩咐着把所有的咒符全都撕下来，乱七八糟的血渍清洗干净，尤其是静淑苑门口的。

下人岂敢不听赵匡义的话，赶忙听命去做。符雪婵急忙冲过去拦着，看着那些咒符被撕下来，符雪婵只觉得心底的希望被一簇一簇地扑灭。符雪婵扑到一个贴着咒符的柱子上，用身体挡着下人，癫狂地嘶喊着："赵匡义，我是这府里的女主人，凭什么连贴张符的权利都没有？"

赵匡义看着一旁吓呆的瑶琴皱眉喝道："还不把她拽下来？你是死的？"

瑶琴赶紧回过神，把符雪婵连拉带拽地扶了下来："小姐，大人不许，就先不弄了。别惹大人生气。"

符雪婵冷冷地紧盯着赵匡义："我从来就没惹他高兴过。他心里住着一只妖，怎么做都是枉然。我只恨不能冲进去用桃木剑砍死那只妖。"

赵匡义的眸子瞬间变得冰寒无比，看向符雪婵全是锋利的寒光："我看你需要冷静冷静。"说完大步走出了卧房，冷声吩咐下人道："夫人禁足，敢违者，杖毙。"

守卫的士兵已经哗地站到院子门口，把符雪婵住的后院整个围起来。符雪婵冲出去吼道："赵匡义，你是个疯子！活该你做王八……"瑶琴吓得在后面拼命捂上符雪婵的嘴："我的好小姐，你就歇歇吧，不要命了啊。"

赵匡义的拳捏紧了，声音更冷："禁食一天。学学怎么说话。"赵匡义走出了赵府，回首看着月色中矗立的这栋宅子，心里说不出的悲凉，一处宅子，两个女人，都被圈禁着。这世界是怎么了？赵匡义骑马回到了军营，喝得烂醉。

符雪婵虽然被禁足，但赵府里有不少下人是符雪婵出嫁时从魏王府里带来的。自然早有人跑回府里告诉了魏王夫妇。魏王顿时勃然大怒，夫人也慌了神："又是禁足又是禁食，匡义也太过分了。"

魏王冷笑道："我看赵家是猖狂得过了头。"说完拿出兵符，立即遣了两支人马，带着进了宫。拜见了皇上，谈及如今皇上登基不久，应当加强宫里的守卫，自己的这两队人马听任皇上差遣。

皇上只有八岁，还懵懵懂懂听不懂他说什么，太后又是魏王的女儿，自然魏王怎么说便依照行事。

到了下午，赵匡胤便急急赶到魏王府里来了。他前阵子刚从蜀地平息战事回来，还没来得及整顿好兵马，就听到了魏王在宫里私设守卫的消息。这可不是好兆头，派了亲兵在小皇上身边，有点挟天子令诸侯的意思。对他的大计等于公开挑衅的第一招。但之前魏王的态度一直是暧昧不明的，尤其是赵匡义回来并把符雪婵接回去后，魏王几乎默认了他的许多动作，诸如他在朝中关键的位置换上了自己的心腹，魏王也并没有任何异议。如今这又是为什么？

赵匡胤带着赵普赶到魏王府里，等了半晌，魏王才黑着脸走了出来。赵匡胤站起来拱手笑道："许久不曾拜见魏王，今日特意备了些薄礼……"

赵匡胤的客套话还没说完，魏王一摆手，让两人先坐下，直接开门见山说道："我也不和赵大人多客气。薄礼我就享受不起了，我那娇生惯养的女儿雪婵，还正在你们赵家的府上被禁足着，今天还被禁食一天。她饿着肚子，我这当爹的，能吃得下什么？更别说这些薄礼厚礼。"

赵匡胤的脸顿时青了下来，魏王这不顾情面的话狠狠击了他一番，难怪魏王会有此番动作，这个匡义，怎么关键时刻总办糊涂事。赵匡胤道："我不知道还有这种事。待我回去问问匡义，定会给雪婵个公道。魏王无需劳心。"说完又和魏王虚客套了几句，也无暇多待，赵匡胤从魏王府里出来，准备去军中找赵匡义质问，却被赵普拉住了："大人，从长计议。"

赵匡胤停住了步子："怎么说？难道能放任着符家小姐还被那个混账禁足？你看魏王那脸色，能答应吗？"

赵普摇摇头："大人，清官难断家务事。匡义和符家小姐，再加上叶氏，这其中的恩怨猜也能猜出几分。无非是符家小姐嫉妒叶氏得宠，做了什么不该做的，被匡义禁足。大人这么过去责怪，还是解决不了问题，反而让匡义心里更不痛快，万一回去再责怪符家小姐，就弄巧成拙了。毕竟现在是大人在乎魏王的态度，而匡义，并没有那么在乎魏王是黑脸还是红脸。”

赵普的话说中了要害，赵匡胤叹了口气，是啊，想成大计的是自己，又不是匡义。纵然他会帮自己，也并不像自己那么殷切渴望。而且凡是遇到叶氏的事，也怪了，怎么说匡义都不听。赵匡胤看着赵普：“那怎么办？不管吗？”

“当然不是。”赵普微微笑道，“要管，魏王是大人大计中必须拉拢的一方，匡义又是大人必须倚仗的心腹，这两人，都是这盘棋上最重要的角色，任何一方都要稳得妥帖。所以这事，要管得巧妙。”说完在赵匡胤耳边低声说了几句。

赵匡胤的眉眼舒展了开来，用力拍了拍赵普的肩：“这法子要是真成了，那是绝好的一步棋。”

赵普笑而温言：“所以第一步，先要把匡义支开，做什么事，也才方便。时至腊月，这网，也该正式收了。”

赵普的最后一句话点燃了赵匡胤胸中一直蠢蠢欲动的那份激情，不由有些摩拳擦掌，所有的准备，都为了这一天的博弈。那就尽快开始吧。

赵匡胤直接去军营找了赵匡义，不说符雪婵或是小桃的事，而是同他商量，要派他去河阳，河阳在黄河之北。

魏王符彦卿麾下的军队驻守河朔三镇。河朔三镇分别是卢龙镇、成德镇、魏博镇，都位于幽州之南，在黄河之北。为的是抵抗北边辽国的侵犯。而开封是在黄河之南，赵匡胤想成大计，虽说要安稳好魏王符彦卿，但他最不放心的也是符彦卿，一则是他手下的兵力是最大的威胁，二则他若起事，河朔三镇的兵力动荡，无疑北方的门户大开，如果辽兵趁机作乱，内忧外患实在不堪其扰；三则符彦卿和如今小皇帝及太后的关系，也让赵匡胤心中最为担忧。所以要想成就大计，必须得派人守在黄河以北，一旦发现符彦卿军队的异动，也好立即做出应对。

而这个重任，赵匡胤准备交给赵匡义。赵匡义有些迟疑，他对赵匡胤的大计，虽说是答应襄助的，但始终还是很难过自己心里那一关。赵匡义犹豫道："我的兵力抗衡符彦卿不是太容易，殿前都点检慕容延钊岂不是更有震慑力？"

赵匡胤摇头："慕容延钊的目标太大，而且调动他的军队势必惊动皇上，师出无名。你这次是私自带兵过去，无需太多，两千人马足够，不用和符彦卿的兵力抗衡，只在河阳监督动向即可。"

赵匡义心中还在徘徊，赵匡胤拍拍他的肩："你走了后，家里的事你放心。我会请娘到你府上住着照顾你府中的家眷，直到你回来，可好？大计要紧，这一战，胜者为王，败者，就怕满门抄斩了。所以除了你，我还能放心谁？"

赵匡义身上绷得有些紧，纵然他心里不怎么赞同赵匡胤的大计，但兄弟同根，一荣俱荣，一损俱损，也是无可奈何的事。赵匡义问道："什么时候出发？"

"越快越好。三日后。"赵匡胤说道，"有什么需要安顿的尽管告诉我。"赵匡义点了点头。

三天紧急的挑选兵马后，赵匡义安顿好军中的事，骑马到了杜老夫人的府里。赵匡义要先遣去河阳的事，赵匡胤已经和杜老夫人通过气。见到赵匡义，杜老夫人又是仔细的一番叮嘱。

赵匡义同杜老夫人叙了半晌后，看着杜老夫人道："儿子此次来，只有一件事求母亲。"

杜老夫人心里一凛，赵匡义要说的话她能猜到，但还是对赵匡义这番郑重有些惊讶，拍了拍赵匡义的手道："有什么事尽管说，和娘还用得着求这个字吗？”

赵匡义目色笃定，沉声道：“这件事，对我来说，是最挂心，和我的性命一样要紧。”顿了顿道，“儿子只求母亲，确保桃宜无恙。”

杜老夫人面色微微变了，看着赵匡义的神色几分伤感：“叶氏那里，我自会尽心。再说都是一家人，谁还能对她怎样？你何必说得性命攸关这么吓人，你让为娘的听了，心里是个什么滋味？”

赵匡义对着杜老夫人半跪了下来，沉声道：“儿子不孝。”说完抬眸看向杜老夫人神色坚定，“只是儿子并没有虚张声势。桃宜安好，儿子便安好。否则不论是谁，儿子都决不轻饶。求母亲答应。”

杜老夫人听得心惊，一把扶起赵匡义，重重叹了口气道：“我答应你。等你回来，叶氏一定活蹦乱跳的。好了吧？”

赵匡义的目光泛出一丝柔色，唇角向上扬了扬。这不经意的动作，却看得杜老夫人心里发酸。她此刻才真正地看出叶氏在赵匡义心里的分量，不论她做了什么，纵然是背叛，他依然不舍得她受一丝伤害。杜老夫人有种说不出的落寞，和心紧的担忧。

赵匡义看外面天色已晚，便匆忙告辞，赶回了府里。明天就要出发去河阳，赵匡义一进门便直接去了静淑苑。

静淑苑里静悄悄的，小桃的房间里烛火昏昧，赵匡义推门进去，宝珠正在外间往香炉里添着香片，看赵匡义进来就要行礼，赵匡义一摆手，声音很低：“睡了吗？”

外间和里间隔着一个雕花红木的玄关，两侧有帘幔，平日帘幔拢着，如今天气冷了，帘幔便拉上了，把里间和外间完全隔了开来。赵匡义也看不到里面的情形。宝珠正要说话，里面的烛火“噗”地灭了。宝珠几分尴尬，不知该说睡了还是没睡。明明刚才还没睡，听到赵匡义的声音就灭了灯烛，分明就是拒之门外的意思。赵匡义的手微微动了动，心也随着

“噗”的一声灭得彻底。赵匡义脸色泛青，转身出了房门。

帘幔里书玉一边往盆里添着炭火，一边看着小桃柔声道：“听说大人要出兵，明天就走，姑娘真的不见见么？”

小桃木然地靠着床边，没有吭声。有时，相见真如不见，有情不如无情。

第二天一早，天还没有亮，赵匡义已带了两千精兵启程奔向河阳。中午时分，杜老夫人便坐着轿子到了赵匡义的府上。

赵匡义走时已经解除了符雪婵的禁足。杜老夫人到了赵府，第一件事便急着去看符雪婵。被禁足了几天的符雪婵精神委顿，蓬头垢面也无心收拾。由于被赵匡义禁足误了道士的第二次做法，符雪婵正在懊恼。看到杜老夫人进来只虚礼问安了一番，又开始那番神鬼之说：“娘，你感觉到府里的妖孽之气了吗？法师说是妖生南方，娘，你看到没？就那边，”符雪婵指着小桃后院在的位置，“就那里，有一团黑气，本来都祛除得差不多了，却被匡义坏了事。”

杜老夫人看着双目都有些浑浊的符雪婵，说不上的揪心，拉着符雪婵温言软语安慰了一番，符雪婵却始终听不进去别的话，只是沉浸在自己的神鬼世界里，忽然像想起什么似的，吩咐瑶琴道：“对了，你快把上次那个法师再请来。”说完看着杜老夫人急切道，“如今匡义走了，娘来了就好，该把静淑苑清理清理了。”说完不管不顾地拉着杜老夫人向静淑苑走去：“我们现在就过去。”

杜老夫人挣不过，再者也想去看看叶氏如今怎样，便随着符雪婵到了静淑苑，却在门口被守着的士兵拦了下来。

符雪婵冷声喝道：“大胆，这是老夫人，你们也敢拦？大人不在，这里老夫人为尊。”

守卫的士兵声音尊敬，却没有一丝退让：“抱歉夫人，大人有令，任何人不得进入。”说罢不论符雪婵怎样疾言厉色，仍然不肯挪动一分。

杜老夫人已经心知肚明，赵匡义留在这里的守值，都是心腹死忠，是绝不会让小桃出任何纰漏的，拍了拍符雪婵的手：“好了，回去吧。不要在这里浪费工夫了。我们娘儿俩回去好好说说话。”

符雪婵眼睛瞪得很大，却也无可奈何。只好随着杜老夫人回了前院。杜老夫人住在前院一处安静富贵的“颐顺院”里，符雪婵也到了颐顺院。

不多时，先前的道士又请了来，一进门便直摇头：“夫人，妖气更重了。上次本该接着做法，这一间断，反而给了妖孽养精蓄锐的时机，要除更难了。”

杜老夫人听着这番说辞便是一皱眉，符雪婵却连连点头：“还要劳烦法师，需要多少银子尽管说。”

没等道士答话，杜老夫人便锋利地瞅了他一眼说道：“没有金刚钻别揽瓷器活，这里是赵府，不是招摇撞骗的地方。”

道士的心一凛，这个老夫人虽然年纪大，但一双眼睛里全是精明和了然。道士本来就只想糊弄些银子，发发财。如今看这老夫人起了疑心，他也深知赵家不是他能得罪起的，转了转眼珠说道：“那是自然。所以这次要格外慎重。”

说完拿着罗盘在府里装模作样地绕了一圈，走到静淑苑门口连连叹气：“这里妖根深种，妖气太旺，很难啊。”

符雪婵在一旁着急道：“什么妖根妖气，大师，无论如何，一定要把妖气除掉。银子花多少都不妨事。”说完又吩咐下人去账房支了银子给道士端了来。

道士一边用罗盘来回测着，一边用纸笔记了些符雪婵看不懂的符号，过了很久，对符雪婵道：“夫人，贫道已把这里的情形记了下来，回去仔细琢磨一个阵法，三日后再来，一定把妖气除尽。”符雪婵再三感谢地送走了道士，还命下人把银子送到了道士的住处。

符雪婵焦急地等了三天，心里满怀着希望，如果真的能把妖孽除了，她以后的日子就能过得翻身顺利了。三天过去了，一直等到傍晚，道士也没有来，符雪婵又派了人去请，莫非那道士忘记了？

下人不到一顿饭的工夫回来急急禀告着："夫人，那道士不见了，听人说前两天他就收拾行装细软跑了。"符雪婵听到这个消息呆在了那里。杜老夫人倒不意外，那人一看便是个江湖骗子，只是符雪婵久居深宅大院看不出罢了。符雪婵整个人都僵了，满满的希望瞬间落空，她像被狠狠抽了一鞭子，反应不过来。

杜老夫人劝道："不过是个骗子，不用在意。"

符雪婵惨白着脸，声音喃喃："一定是妖气太厉害，把大师都吓跑了。"

杜老夫人愣住了，她没有想到如今的符雪婵已经被妖言迷惑到这种地步，却一时也不知道怎么劝说，只好又敷衍了两句了事。

夜静了，冬天的夜尤其静燥，风吹着枯树哗哗作响的声音都历历在耳。符雪婵睡不着，闭上眼睛，便是桃花般的妖孽缠上她的脖子，让她喘息不来。到了后半夜，符雪婵忍不住坐了起来，大口喘着气。外间的瑶琴听到动静醒来，披着衣服过来问道："小姐，怎么了？"

符雪婵用力捶着头，满是痛苦："一闭上眼，就都是那个贱妓化成妖的样子。"说完眼睛空洞地看着瑶琴，"怎么办？我是不是只能被她折磨？如今连大师也奈何不了她，不帮我了。"

瑶琴轻轻抚拍着符雪婵的背，跟着心酸，女怕嫁错郎，何况府里还有一个妖，她那骄傲明艳的大小姐，生生被折磨成了这副憔悴的样子。瑶琴叹了口气道："大人把她保护在后院，就像铜墙壁垒，谁也不能把她怎么样。"

符雪婵听了更是牙根痒痒，是啊，她被一圈士兵守着，连杜老夫人的情面都不给，自己能怎么样。符雪婵出着神，眼前的烛花猛地窜了一下，她本能地向后一闪，却忽然心里一亮，看着瑶琴阴阴道："谁说铜墙壁垒就不能奈何？"说完附在瑶琴耳边说了几句，瑶琴连连点头。

丑时，上弦月悄悄移到了西边，开封城里静谧得除了风声，便是偶尔一两声的狗吠。忽然，赵府骚动起来，呼喊声，奔跑声，伴着"哔哔的声音，杜老夫人猛地从梦里惊醒，兰姑披着衣服冲了进来，大声喊道："老夫人，不好了，走水了。"

杜老夫人惊得心都怦怦跳，急忙边穿衣服边问道："是哪儿窜起的火？"

兰姑赶紧蹲下给杜老夫人把鞋穿上："听说是静淑苑先烧起来的，今天晚上风大，现在半个府都被火吞了，老夫人赶紧逃命要紧啊。"

杜老夫人穿好衣服快步走了出去，颐顺院在前，还没有被火势波及。却一出门也闻到了浓浓的烟熏味，后面火光冲天，半个天空都被烧得发亮。下人来来回回跑着从井里打水灭火。

杜老夫人着急地一边往后走一边问着："人呢？人怎么样？雪婵有没有事？"边说着边已经到了后院，看着立在一边目光呆滞却唇角扬起的符雪婵，杜老夫人舒了口气，猛地又想起来问道："叶氏呢？叶氏救出来了吗？"

没有人回答，杜老夫人忙向静淑苑的方向走去，却发现静淑苑的门已经完全被火光吞噬，烟雾缭绕得什么都看不见，只看见进进出出的下人在救火，杜老夫人的心揪紧了，自己答应了匡义让叶氏无恙，这要出个三长两短可怎么向匡义交代？杜老夫人竭力喊着："救人要紧，赶紧把叶氏救出来！"

又过了半晌，终于有两个士兵拖着奄奄一息的小桃走了出来，小桃头发散乱，白色的中衣已经乌漆墨黑看不出模样，看到杜老夫人，其中一个说道："桃姑娘被火熏倒在了屋里，刚找到。"

杜老夫人赶忙下令把小桃扶到她住的颐顺院。符雪婵也跟了来，步子无比地急快，妖孽终于出来了，赵匡义给她筑起的铜墙铁壁也敌不过一把火，她还是出来了。只是她的命真大，火也奈何不了。妖就是妖啊。

士兵被挡在了门外，屋里的侍婢把小桃接了过来，正要往床上拖，杜老夫人看了看一身烟熏乌黑的小桃说道："换身干净的再上床。"

兰姑忙关上房门，把小桃的中衣扯了下来，又拿了身干净的很快换上，把小桃扶上了床。符雪婵立在一旁，看着小桃的中衣被扯下，颈下那一片明艳如桃李的胎记，心被狠狠击了一下，全身都微微颤了起来。难怪大师说妖根深种，原来她身上真的有妖根，那明艳的胎记，分明就在冲着她嘲笑。符雪婵忍不住冲出了房间，蹲下去干呕起来。

下人用凉水给小桃擦了擦脸，小桃悠悠缓过了气，无力地看了看四周，猛地想起什么似的喊道："书玉，快去救书玉，她也在屋里啊。"

杜老夫人皱起了眉头："自然有人去救，你就安心待着吧。"要不是答应了匡义，真是让她多看一眼小桃她都不愿意。

小桃没了声音，想挣扎着起来，却一丝力气也没有。焦急地听着外面的动静，小桃的心跳得极快，身上出了一身又一身的虚汗，悠悠又睡了过去。

杜老夫人出去又看着火势，水火无情，走水是一个家里最害怕的事情，万一运气不好，那就整个家都完了。只是这火来的蹊跷，静淑苑怎么好好的就起火了呢？

好在府里有不少赵匡义留下的士兵，又有人去了赵匡胤的府里通报，赵匡胤很快也带着士兵过来一起救火，到了天亮，火势终于被扑灭了。赵匡胤看着疲惫的众人，对杜老夫人道："这里已经被烧成了这个样子，住不得了，娘的府上回去还得收拾，不如都先住到我那里吧。”

杜老夫人点头同意。除了留下士兵和粗使的下人在府里收拾残垣，其余的人中午之前便都到了赵匡胤的府上。如此一番折腾，赵匡义留下的护着小桃的士兵也无法继续跟着。

符雪婵和小桃也一并搬了过去，安顿到了一处独立的宅院，符雪婵住正房，小桃则被安排在了东侧厢房。

小桃昏昏沉沉地，只知道自己到了赵匡胤的府上，身边有宝珠服侍着。也没有见过赵匡胤府上的任何人。符雪婵到了赵匡胤的府上，便和杜老夫人一起，见过赵匡胤的妻室，又坐在一处叙了半晌，才回到了院中。

傍晚时分下人端来了晚饭，小桃坐起身吃了些，昨晚的惊吓和火情让小桃整个人都发虚，简单吃了几口便又躺下。外面一阵喧哗之声，小桃想着是符雪婵回来了，便也没有在意。

忽然门开了，符雪婵带了一个上了年纪的妇人并几个下人走了进来，其中一个下人还端着漆盘，盘子里不知道放着什么。小桃看到符雪婵心就是一颤，挣扎着欠了欠身道：“夫人，有事吗？”

符雪婵紧紧盯着小桃的脖子，眼神像要吞掉一般专注，冷冷勾了勾唇道：“有事，没事我来干吗？”说完吩咐下人把门关上，阴阴道，“我要先除了妖根。”

话音刚落，几个下人已经过来把小桃按上，那个上了年纪的妇人从漆盘上拿出一个布袋，又打开一个雕着花纹的小盒，声音幽幽：“姑娘别怕，很快就好。”

宝珠想要跑出去找杜老夫人，却还没出去已经被两个身形壮硕的下人扯住，随即往嘴里塞了一块破布：“姑娘还是省省。”

小桃的嘴也同样被堵上了，那老妇人从布袋上取下银针，从小盒里蘸上墨，向着小桃颈下鲜红的胎记刺了过去。

小桃疼得全身一紧，嘴巴被堵着说不出话，只是死死盯着符雪婵，身上的冷汗一层紧跟着一层。符雪婵却没有工夫看小桃的脸，只是一个劲地盯着小桃颈下的胎记。这就是妖根，去了这妖根，看赵匡义还怎么被这个妖孽迷惑。

符雪婵找来的老妇人是原先在牢里给犯人做“黥刑”的。有的犯人被施以黥刑，便会被脸上或是身上用针蘸上墨汁，有的是刺字，有的是纹图案。而用的墨汁也不是普通的墨汁，是加了松青石粉的，无论怎么清洗也洗不掉，一旦施以黥刑，就将伴随一身。所以这种刑罚不禁对犯人是肉体的疼痛，更是一种侮辱。像烙印一样终身不改，让人一看便知道是囚犯。

老妇人做了一辈子这种刑罚，手脚极其麻利，那针又快又准又密，不到一炷香的工夫已经把小桃的胎记全部点好了，原本鲜艳如花的胎记变得漆黑一片，还渗着血珠。小桃疼得厉害，不停挣扎着，手脚却被下人按得死死。符雪婵在一边冷声道：“挣什么挣，我已经对你不错了。要是心狠一点，就该找人用刀剜了你这块皮。”

小桃看着面孔扭曲的符雪婵，眼睛瞪得很大，却很空，那目光里除了怨、恨、恐惧，更多的就是空洞，疼得麻木，疼得空洞。

符雪婵问着老妇人：“这样就好了？”

老妇人低声道：“还要再刺一次，才更密些，不易掉色。”说完拿着针又细细密密地刺了一次，把之前漏掉的地方补上。她每刺一下，小桃疼得一哆嗦，到了后来，疼得麻木，便只是不停地打着摆子，身上像被水泡了一样湿漉漉。老妇人终于把胎记上所有的地方全都密密刺过，又用蜡油封了，才长吁了一口气：“终于好了。”

小桃疼得已经晕了过去，符雪婵看着小桃颈下漆黑一片，胃里就是翻江倒海的恶心。本来鲜红美艳如桃花的胎记才会惹得人惊奇怜爱，如果变成黑乎乎一团，任是谁也会倒胃口。符雪婵笑了，笑得很开心，妖根终于除了。她不信赵匡义对着这团黑还能爱得起来，还能吻得上去。符雪婵忽然很得意自己这个妙招，她也是在昨夜起火后看到小桃中衣上的灰渍才想起了这个主意，没想到做出来效果这么好。

符雪婵满意地带着老妇人和下人出去，又赏了重重的赏银。宝珠连滚带爬跑到小桃床边，轻轻拍着小桃的脸，看着她颈下惨不忍睹的伤痕，手都在抖："姑娘，醒醒啊。"

小桃悠悠地缓过一口气，颈下针刺的疼痛仍然在丝丝缕缕地继续，小桃闭上了眼，心里很酸，眼泪却出不来了，为什么不索性弄死她呢？死了，是不是就不用受罪了？

宝珠摸了摸小桃身上，全是汗，还在抖着，宝珠咬了咬牙，向前院杜老夫人的住处跑了过去。

杜老夫人正捏着佛珠闭目养神，被宝珠进来一顿连哭带说的哭诉，弄得心惊肉跳。用针刺，杜老夫人做梦也想不到，雪婵怎么会有这么狠毒的做法。忙赶紧向小桃住的院子走了过去。推开房门，纵然杜老夫人心里已经想象了好几遍会是什么样子，可眼前的场景还是把她吓了一跳，小桃颈下的那团黑，让她也是一阵干呕。杜老夫人赶紧派人请了个郎中过来，开了些安神补气的药。

小桃睁开眼，看着一旁皱着眉头的杜老夫人，唇际向上淡淡勾了勾，没有说说话。

小桃清冷而空洞的眼神让杜老夫人心里一紧，这要是等匡义回来告状，还指不定又是怎样的风波，便放缓了声音道："你的伤口，也不大要紧，过些日子，再找人给你洗洗，听说能洗掉的。"

小桃并没有因为这句话有任何表情，只是继续很空洞地看着杜老夫人，蓦地开了口："老夫人如果真的可怜小桃，就把我放回唐地吧。"

杜老夫人一愣："回唐地？那怎么行？"

小桃木然地答着:“我在这里，是个多余的人，不仅多余，还惹人恨。应该人人都巴不得我消失吧。既然这样，何不做做好事，把我送走?”

小桃从未用这种略带嘲讽的口气和杜老夫人说话，一时倒把她噎在了那里。杜老夫人没有回答，起身走了出去。她要找赵匡胤商量商量，如今倒是怎么办。她答应匡义照顾叶氏，可一转眼又是失火，又是刺青。失火还好解释，意外嘛。这刺青可怎么办?

赵匡胤听了事情的缘由，心里一喜，不禁都想拍手叫好。本来赵普出的主意还正愁没个由头，没想到符雪婵这就把这由头送来了。赵匡胤对杜老夫人笑道:“福祸相倚，娘就别操心了，这事交给我去办。”

杜老夫人叹了口气，回想起小桃颈下的胎记，虽然被符雪婵刺得一片漆黑，但那桃花的形状，料想原来鲜红时还不知是怎么个情状。果然是个不祥之人，连着带累匡义颠沛流离，事事不顺。

时值腊月，大唐的使臣又照例来周朝送过年的朝贡，以及皇帝李璟的亲笔恭词。使臣已经住了十几天，准备再过几天回去。

这天一大早，大唐使臣正在和周朝派来接待的外使张崇谈着回礼的事。按常理，唐向周纳贡，周朝自然也要回赠一些，虽然比不上唐的丰厚，但也要意思意思。二人正在驿馆的正厅聊着，忽然门外守值的侍从进来，转递给唐使臣一封信，只说是门外有人送进来的，指明要给他。使臣有些好奇，自己在周朝并没有人熟识，怎么还会有信?

张崇一抬手笑道:“你先看信。我正好喝口茶。”说着把手边的茶盏端起。

大唐使臣打开信扫了一眼，脸色却有点变了。这是一封求助的信，信中说自己本是唐地的官妓，由于战乱流离被人掳到大周，如今在赵匡义的府上备受虐待，恳求使臣可以把自己带回唐。如果使臣为难，可以把信转给祁正修大人，她和祁正修是故交，请祁正修大人定夺帮忙也可。

大唐使臣看着这封信像个烫手的山芋，他怎么敢接这档子事。别说如今唐在周朝面前没什么地位，即便有地位，一个官妓的身份还不足以惊动周朝放人，更何况这位也不是在周朝一个平头百姓家里，而是赵匡义的府上。可也不能对这封信不理不睬，毕竟她自称和祁正修熟识，祁正修也不是他敢得罪的。

看使臣面露难色，张崇笑道："什么事让你这么为难？不知道信能否给我看看？"

使臣把信递给了张崇。张崇看了后大惊失色："啊呀，这可是大事。岂是你我能做得了主的。必须得向上再请示。"

使臣看张崇这么在意，有些心虚："不过是一个官妓罢了，何况又在赵大人府上，就算是赵大人的人了。这事，我看就算了。就当你我都没有看到过这封信。"

"话可不是这么说。"张崇把信折好放到了自己的袖中，一本正经道，"你这里是驿馆，代表的就是你们大唐。她既然能让人把信送到这里，这事就已经不是私事，是两国的国事了。万一处理不好，对两国的邦交都有影响。所以这绝不是小事。更何况，如果信中所言属实，这女子是官妓，身份虽低微，却是朝廷直管的人，吃着朝廷饭的，不是寻常百姓。我们岂敢就这么不了了之？"

使臣听张崇这么一说，也有些没主意，张崇说的是事实，他犹豫的也正在这里："那赵匡义大人那里可怎么交代？"

张崇想了想道："赵大人身份高贵，不是我等能做得了主。这样吧，我把这封信先带回去，交给鸿胪寺处置。你看可好？"鸿胪寺负责对外邦交事宜。

使臣点头："那也只能这样了。"

张崇把信交给了鸿胪寺卿，鸿胪寺卿一看是赵匡义的家事，哪里敢多嘴半分，找赵匡胤密谈了之后，把信呈给了小皇帝柴宗训。

柴宗训还是个孩子，这信里的门道自然看不明白，太后又是一介女流，更没了主意，索性把赵匡胤和魏王符彦卿都传进了宫。一则赵匡义府上的事，赵匡义不在开封，那势必要赵匡胤知道的；二则魏王是太后的父亲，也是符雪婵的父亲，他的意见太后才能信任。

符彦卿和赵匡胤连夜入宫，听太后说了事情的来龙去脉，赵匡胤先冷哼一声："不愧是唐人的官妓，至贱无德。竟为了自己的一点委屈告状告到驿馆，让大周的脸放在哪里？她这么一说，倒像雪婵欺负了她似的。还真不如陛下一纸令下，索性结果了她这个祸害。"

符彦卿心里当然巴不得小桃被处置，可是看到赵匡胤先义愤填膺急哄哄地说了这主意，符彦卿不由仔细想了想，要是皇上真的下令处决了那女子，一来不合情理，皇上岂能干涉赵匡义的家事？二来万一得罪了赵匡义，罪魁祸首就是皇上和符雪婵。符雪婵的日子只怕更难过。

符彦卿淡淡道："那个官妓如今算你们赵家的人，赵大人用家法处置便好。不过，只怕赵大人也没有权力越界去管匡义的家事吧？"

赵匡胤被符彦卿呛得几分尴尬，说道："我只是随口说说，叶氏做事不地道罢了。"

符彦卿正色道："这事，要看按国事办，还是按家事办。要是按家事，自然等匡义回来，把这事告诉他，看他想怎么处置叶氏，我们只当没收过这信。要是按国事办，我大周自然不该把唐人的官妓收留府中。那就给李璟去一封函，再把叶氏送回去。"说完看着赵匡胤道，"赵大人，你说呢？"符彦卿的心里恨不得立刻把那个官妓送回去，但这事他又不能表现得急吼吼，免得将赵匡义知道了怪罪，他是不怕，只怕赵匡义迁怒于符雪婵。

赵匡胤看符彦卿把球踢到自己这里，只得咬咬牙看着太后和皇上道：

“依臣之见，既然这信是从唐人的驿馆呈上来，就按国事办吧。家事不敌国事要紧。”

太后看了眼符彦卿，符彦卿微微点头。太后淡淡笑道：“那就依大人之见。陛下看呢？”

柴宗训打了个哈欠，看了看太后，像模像样地对赵匡胤说道：“爱卿言之有理。”又道，“命鸿胪寺拟旨，将叶氏送回。”说完看着太后，“母后，我困了。”

太后尴尬地笑了笑，符彦卿和赵匡胤忙起身拜别。太后带着皇上向内室走去。

赵匡胤担心夜长梦多，出了宫门便立刻赶往鸿胪寺卿那里，把皇上的口谕传达了。鸿胪寺卿连夜拟旨，第二天上早朝的时候向皇上呈上，盖了玉玺，又向赵匡义颁了下去。由于赵匡义没有在开封，赵匡胤以事出紧急为由，代赵匡义领了旨。

临近中午，小桃便接到了大周皇帝的圣旨，命她三日内随着唐使臣一同回去。听到宣旨的时候，小桃有一刹那的恍惚，这圣旨来得太突然。而且她也不明白自己何德何能，竟然能惊动大周的皇帝给自己颁发圣旨。

过了好久，小桃才渐渐缓过了神。也许是赵匡胤或者是杜老夫人进宫求得圣旨吧。这样冠冕堂皇地走一道，才好行事。不管怎么说，自己在大周的罪终于受出来了，可以回家了。小桃像卸下什么似的松了口气，却很快发现，自己并没有那么高兴，除了空洞，心疼得好厉害。小桃坐在凳子上，木然地看着炭火盆子，心不知道飘到了哪里。赵匡义知道自己回唐吗？不会的，他一定不知道，他说过，自己就是死也要死在他的府上。那以后万一他知道自己走了，会不会大发雷霆？……小桃甩了甩头，还想这些做什么。

门忽然开了，杜老夫人走了进来，看着发呆的小桃，她的心里有些说不上的滋味。纵然她嫌恶小桃，厌弃小桃，可想起赵匡义这次临走跪求她护小桃无恙的情形，心就有些酸疼，有些内疚。

小桃看着杜老夫人，并没有跪下行礼，只是微微点了点头，淡淡笑道："老夫人，多谢，我终于要走了。"

杜老夫人蹙了一下眉头，声音冷淡："这么盼着回去？看来匡义是白操了心，你压根就不愿意和他好好过下去吧？"

小桃怔了一下，随即唇角浮出个凄凉的笑，她不愿意吗？她只记得云湾村的日子好快乐，那时她也是真心想和身边的这个人携手白头的。哪怕就在那小村子里，就在那小木屋里，生几个孩子，就那么平平淡淡地下去，不要什么荣华富贵，不要什么大唐大周。可惜，世事不由人。孩子，连他们好容易求得的孩子，都留不住。小桃有些失神，只是轻声地说了句："那个孩子，是廷宜的，您说我愿意吗？"

杜老夫人被梗在了那里，小桃的话刺得她有些疼，却也并没有为她这句并不恭顺的话生气。只是隐隐地有点怯意、有点懊悔、有点疼痛，很复杂的情感。屋里只有她和小桃，看着小桃瘦弱的身子和苍凉的语调，那一瞬她信了小桃的话。可相信小桃的话就意味着曾经她的所作所为都是错的——不可以！杜老夫人的笑有些僵："赶紧收拾东西吧，我会吩咐下人给你多带些东西，回去也好过活。"说完，看了看小桃，转身走了出去。

院子里有些冷，杜老夫人一出门就被风吹得瑟缩，心也跟着那寒风一起瑟缩起来。符雪婵的屋子也在这个院子，此刻里面传来阵阵欢喜的笑声，杜老夫人忽然觉得那笑声有些刺耳，转身出了这处院子。

符雪婵此时的确是高兴的，一双枯竭的眸子也有了神采，握着瑶琴的手都分外有力："真的管用了，妖根才刚去除，竟然就天降喜事，那个贱人终于要走了，立竿见影。传下去，要赏那天那个除妖根的婆子要赏，牵线的下人要赏，那个法师要是找着了，也要赏。"

瑶琴也跟着激动:“好，小姐，都赏，都赏……”

小桃在屋里缓缓收拾着东西，却也没有什么好收拾的。几件珠钗，是当初赵匡义送了她的，小桃随手捡起一支镶了碧玉的素钗，别到了头上。很好看，衬得她的肤色很白，不得不说，赵匡义是用了心的，选的珠钗都很适合她。

宝珠走了进来，鼻子有些酸:“姑娘，真的要走吗？”

小桃勉力撑着站了起来，握上宝珠的手，点了点头:“我回去了。回去也好，省得你们在这里服侍我，跟着受气。”

宝珠眼圈泛潮:“姑娘这一走，不知道以后还能不能见面。大人回来，一定会再想办法接姑娘回来的。”看小桃没有吭声若有所思，宝珠接着说道，“大人虽然把姑娘关起来，吃穿用度却什么都不曾少的，反而嘱咐得尽心，但凡有一点服侍得不周到，大人都会怪罪……”

“好了。”小桃颤声打断了宝珠的话，勾了勾唇角，“书玉呢？这两天怎么都没有看到书玉？”

宝珠咬了咬唇，眼泪流了下来:“书玉的腿在那天的火里烧伤了……”

“啊？”小桃的心揪了起来，忙问道:“要不要紧？书玉现在在哪儿？”

宝珠抹着眼泪:“那天火势太大太乱，人人顾着自己，我找你和书玉都找不见，后来听人说你被士兵救出去了，我又求人去救书玉，可是书玉的腿已经被倒下来的横梁压上了。如今书玉还在赵府的宅子里，她受了伤，是没法跟着过来的。”

小桃的心被狠狠撕扯着，自己的无能，无用，不仅连自己护不了，自己的孩子护不了，连跟着的下人也护不了。小桃把桌上的首饰一股脑地包起来塞到了宝珠的手里:“拿着这个，以后若是给书玉请郎中抓药有用的着的，就拿去当了或是换些银子。”

“不，姑娘，这些是你的……”宝珠推辞着。小桃的家当宝珠和书玉都知道，除了几件衣裳，就是不多的几件首饰，她回唐还指不定是什么日子。

“拿着。”小桃固执地把首饰继续塞给宝珠，把头上的那支素钗也拔了下来，“我没有别的，只有这点。不要嫌弃。”小桃心里是愧疚的，赵府好好的，突然会起火，还是从她的静淑苑开始，她自然知道是有人动的手脚。如果不是因为自己是一众人的眼中钉，书玉也不会跟着倒霉。宝珠看挣不过小桃，只好先把首饰收着，放到了一边，含着泪帮小桃打点着行装。

门外的寒风，更加肆虐。小桃抚着颈上的伤口，还在隐隐刺痛，她不知道该喜，该悲，该怨还是该恨。

三天后，一身浅灰的小桃，披了一件黑色的斗篷，怀里抱着一个很小的行囊，踏上了回唐的路途。小桃是一早走的，天边的月还悬着。马车停在赵匡胤府邸的侧门外头，只有宝珠把小桃送了出来，又塞了一盒点心给小桃，含泪哽咽道：“姑娘路上饿了有个垫补。”

小桃拍了拍宝珠的手，声音空洞：“保重，记得照顾好书玉。”说完刚要踏上马车，身后又是一句：“等一等。”

小桃扭过头来，兰姑提了两个大包袱走了过来，匆匆看了眼小桃，把包袱塞到了马车上，很快地说道：“这是老夫人给姑娘的。”自从上次知道小桃防着她，兰姑一直懊恼，可如今小桃要走了，她心里也不是滋味，过了半晌，又对小桃说道，“姑娘保重。”

小桃淡淡笑了，捏了捏兰姑的手，又捏了捏宝珠的手：“你们都保重。我回到大唐，一样会惦着你们。”说完咬了咬牙，抬腿上了马车，再也没有敢看外面。

马车很快地驶到了大唐在开封的驿馆，等了片刻，唐使臣的马车也已经安顿好，一行人离开了开封，向着金陵赶去。

大唐使臣已经提前给李璟去了密函，告知了大周发生的一切事情。李璟有些摸不着头脑，本来战乱时期，粮草兵马都丢了多少，何况一个官妓。尤其又是到了赵匡义的府上，谁敢追究，谁又懒得追究。可大周偏偏煞有介事地来函把这个官妓送了回来，弄得李璟莫名其妙，收到密函连夜和朝中大臣商量了半夜也没商量出个究竟，这到底是大周要来试探口风？还是什么计策？一时也弄不清，但最终商量的结果，既然送回来，那就收着，还得好好收着。值得大周这么兴师动众的，恐怕有些缘故。

小桃坐在马车上，一路颠簸。没有什么服侍的人，只有大唐使臣在休息的时候派人过来送了些干粮和水，小桃慢慢吃下。

唐使臣远远打量了半晌小桃，这就是那个敢给自己写信的女子？一件黑色的斗篷里面穿着灰色的长裙，整个人看着又憔悴又苍老，得有三十岁了吧？似乎还有什么不足之症病病歪歪，就这样的还能到赵匡义的府上？使臣怎么看也没看出小桃的可人之处。使臣和小桃问着话：“姑娘到赵大人府上几年了？”

几年？小桃有些糊涂，应该是两年吧，但有一年多都是在外流浪着，而余下的这半年，却是度日如年。小桃没有回答，只是失神地问着：“离大唐还有多远？”

冬天的风吹得有些凛冽，使臣只觉得脸都要裂了，随口答着：“再过了前面那个村子，就到了大唐的地界了。不过到金陵，还得一天一夜。这鬼天气，真冷。”说着向前大步走去，赶紧钻进了马车里。

小桃忽然抿唇笑了，终于有人和她一样，也觉着这地方冷了。开封的人都是久居习惯的，从来在他们的嘴里很少听到这种抱怨，而大唐使臣的抱怨让小桃有种亲切的熟悉。小桃也上了马车，马车里冷冷清清，小桃把斗篷往紧系了系，肚子有些饿，小桃把宝珠给她带的点心打开吃了一块，吃着吃着，刚才的心情忽然荡然无存，眼泪一颗一颗地落了下来。小桃伸手去抹，却怎么也抹不干净，嘴里的点心再也吃不下去，小桃缩在斗篷里，捂着嘴泪流满面。她不知道自己哭什么，为什么临到走时，不是解脱，不是欢欣，不是愉快，而是心酸和心疼？到底自己还有什么不舍的？她回答不出来。

第二十四章

风雪故人迎车马
黄袍加身天下易

小桃不知道自己哭了多久，马车又继续向前赶路了。小桃擦掉眼泪，偶尔挑起马车的帘子看着外面的树木村庄都从她身边向后飞奔，心里一片空落。前方马上就是大唐的地界了，使臣也有几分欢欣，吩咐打马快走，却忽然愣住了。

就在大唐和大周交界的地方，立着几驾马车，后面还有几十个随从。像是在等什么人。看着高头大马和装饰考究的马车，不像是寻常人家。看着他们的马车靠近，最前面的一驾马车的帘子掀开，走出来一个人。

使臣急忙命令车夫把队伍停下，定睛一看，最前面走出来的是一个白衣白袍的公子，披着一件青色的大氅，使臣赶忙从马车里走出来，对着来人拱手道："祁大人。"

小桃感到队伍停下，也把马车的帘子掀开，却愣在了那里。那幅景象，实在很慑人心魄。一袭白衣的祁正修，头发束在青玉冠中，面色温和，正定定而清雅地立在风中，呼呼的北风卷着地上的黄沙还夹着雪粒，都没有办法遮挡他的光华。他的那袭白，扬起的衣袂，让这一切都变得恍如无物，只看得到那一身的干净。他还是好干净，小桃的心揪了起来，他怎么会来？小桃不自觉地往后缩了缩，恨不得用那件黑披风把自己整个裹起来。如今的自己，哪里还有一丝一毫能看？

祁正修向后看了一眼，也对使臣拱了拱手："一路辛苦。"

使臣有些好奇:“大人这是?”

祁正修的声音很温，却很笃定:“我来接你们。”

使臣看了看祁正修带的队伍，没有旌旗、没有仪仗，可见不是奉皇上的旨来接，那便是祁正修自己来接。说的是接他们，只怕要接的是后头马车那位。看来那个官妓信里说的没错，果然祁正修和她有交情，还不浅。使臣会意地一笑:“大人请便。”

祁正修没有客气，冲使臣微微一笑，径直走到后面，掀开了小桃的帘子，却只看到一双惊慌的眸子，又仔细一看，祁正修只觉得自己的心被狠狠撞了一下，闷闷的，酸酸的。他甚至很难把眼前这个苍白憔悴枯槁的女人，和清秀可人的小桃联系在一起。过了半晌，祁正修才竭力控制着声音不抖，淡笑道:“小桃，我来接你。”

小桃的表情很纠结，不安、忐忑、又有丝渴望、有丝激动，最后混合成了一个很复杂的微笑:“谢谢。”

一句谢谢，让祁正修心里不是滋味，知道她要回来，无论是什么天气、什么情形，他都会来接她。可一句谢谢似乎拉开了很多距离。祁正修面上却依然微笑:“坐到我的马车里吧，里面有炭火。暖和些。”

“我不冷，不必了。”小桃又往后缩了缩。

“走吧。你这里地方小，放不下炭火盆。”祁正修温声道，“难道让我和你一起坐在这里?”

“不，不。”小桃怎么能让祁正修和她一起坐着这冰冷的马车里。看祁正修坚持，小桃只好站起了身，抱着自己的小包裹，走下了马车，随着祁正修走到了他的马车里。

祁正修对使臣笑道:“等到了金陵，我自会让桃姑娘随你一处。陛下会有旨意。”

使臣拱手道:“是。”

祁正修的马车很大，坐三四个人都绰绰有余。小桃上去后不久，祁正修也跟了上来。两人各坐在马车的一边，里面的确很暖和，小桃的手脚渐渐舒缓了过来，没有那么僵硬了。祁正修仔细打量了小桃许久，小桃却侧过脸没有敢与祁正修对视。

半晌，祁正修轻声问道："你，还好吗？"问了这句却又后悔，她的全身上下，哪里写着一个"好"字。没有等小桃回答，祁正修又说道，"一路劳顿，歇一会吧。等有精神了再聊。我们以后会有很多时间。"

祁正修的最后一句话说的小桃的心"砰"地一跳，我们以后会有很多时间，好美的一句话。小桃却有种说不出的空落，匆匆扫了一眼祁正修，很快地答道："好。我先歇会儿。"说完靠在了马车的一侧，闭上了眼睛。

马车里暖意融融，小桃的心虽然忐忑，却也是前所未有的安宁。起码这里，不会再有伤害。这里是大唐的地界，这里有祁公子，是不是一切，都能静好？大周已经远了，不知道赵匡义什么时候回开封，他看到自己不见，会不会很急？又想这些做什么？！小桃拼命把那身黑色阴霾的赵匡义从自己脑子里赶出去，偷偷眯眼看了一眼白衣的祁正修，看了白衣的祁正修，就不会想黑衣的赵匡义了。看了一眼，又一眼，又一眼……小桃看得有些累，头也昏昏沉沉的，很快迷糊地睡了过去。

马车里有些热，小桃的斗篷渐渐滑了下去，祁正修把斗篷捡了起来，准备给小桃搭上，却忽然看到了小桃敞开的衣领下的那团黑色。心像被狠狠刺了一下，全身的血液都像凝固了一般冰寒。祁正修用力闭上了眼睛。这个女人都遭遇了些什么？

祁正修把斗篷给小桃搭上，伸手轻轻握上了小桃的手，他问自己，能不能以后护着她安然？却依然回答不出来。马车颠了一下，小桃的手顺势从祁正修的手里滑了出去，缩进了袖子里。

祁正修苦笑了一下，坐在了马车对面，看着炭火盆，思绪飘忽得有些远。

马车行了一天一夜，小桃似乎很累，一路上都在睡，偶尔醒来，也是和祁正修随意地聊几句。小桃问祁正修当初是怎么从悬崖下逃命的，陈述徐锴可好，窅娘好不好……把一圈人都问候遍了，小桃才安心。小桃本来还想问问大小姐何之棠好不好，却没有问出口。何之棠的消息，她还是从别人的嘴里打听吧。

行到金陵，小桃坐回了使臣的马车。马车行到官邸，使臣进宫面见皇上李璟，禀告着这次出使大周的一系列事情，包括进贡回礼的事。最后说到小桃的事，李璟顿了顿道："既然是大周朝廷亲自拟旨送回，又曾在赵匡义的府里，这样吧，还是回教坊，但是赐从四品的鱼袋行走，再赐一处独门院子。"

李璟准备先好好安抚着，以后等弄清楚到底什么门道再做打算。大周皇帝下旨送回，既不能随意免了官妓的身份，却也无法薄待。

小桃又回到了花月坊，只是她从没有想过自己能跻身于有身份的官妓一列。从四品的鱼袋，从四品的品阶，是她做梦都不敢想的。在教坊里，她便是响当当的人物了。不止花月坊，整个教坊都知道有这么一位皇上钦赐鱼袋、得了官阶的官妓。

小桃的独门小院在花月坊后院里，原本是一处教习歌舞的地方，特意收拾整理出来给小桃用。

红姑依然是花月坊上三堂的管事，小桃回来的那天，她带着几个花月坊当红的官妓亲自到三里外的牌楼口去接，却看着一身青灰的小桃，惊得眼珠子都险些掉出来。她以为皇上钦赐了品阶，起码国色天香容貌非凡，却是这么个瘦瘦巴巴，面容枯槁的女人，而当这女人走近后，她更加震惊得发现，原来是个故人。世事难料，这真是她做花月坊掌事多少年都没有的奇遇。

红姑有些尴尬，毕竟当初她对小桃是严苛极了的，让她失身于钱弘仪、把她发配去当营妓也是自己干的，可如今她哪里还敢得罪小桃，只好赔笑道：“水莲，原来是你，太巧了。当初就看出你不是一般的人……”

小桃看着红姑，往昔的噩梦在她恢复记忆后不止一次浮上心头，她笑不出来，只是木然地问道：“如今，我有没有资格不叫水莲？”

红姑的脸一红，当初小桃嫌水莲难听，她曾嘲讽将来她成了当红花魁的一天才有资格提改名的事，可如今，她虽没有成花魁，却是带着官帽子来了。红姑讪讪笑道：“自然，自然，姑娘想叫什么，都随姑娘。”

小桃淡淡道：“我叫小桃。”说着走在了前面。跟在红姑身后的姑娘，她仔细都看了看，却没有看到何之棠，不由问道，“大小姐……哦，不，采樱姑娘呢？”

红姑答着：“前阵子被七皇子接出去了。”七皇子接出去，便不用在花月坊里迎来送往，想来也是好事。小桃便也没有再问。

回到花月坊，小桃住进了专门给她安排的小院里，门口挂了个木牌“桃苑”。红姑安排了两个丫头秀菊和连翘服侍。小桃只觉得终于可以好好歇歇了，害怕，担忧，惊惧，伤心……是不是都暂时远离了她？这里没有呼啸的北风，没有鹅毛般飘洒的大雪，也没有她听不清晰口音的话，一切都熟悉而安宁。小桃每天便只在房间里待着睡觉、休息，休息好了发呆，有时写写字，却是写完字就开始叹气，叹气后又是垂泪，整个人像一具没有灵魂的躯壳，所有人都不知道她在想什么。

赵匡义在河阳带着士兵留意着河朔三镇魏王兵力的动静，一直没有异动，赵匡义也稍稍放了心。临近除夕，赵匡义惦记着开封，不知道赵府准备怎么过年，不知道她还好不好？赵匡义给赵匡胤去了封信，打算过年前回开封，毕竟“年”这个字眼，意味着团圆。赵匡胤去只给了他一封简短的密函回复：“风大勿动。”

这四个字让赵匡义心里一紧，大事，只怕即日就要起了。

除夕，对普通人家来说，是个阖家团聚喜气洋洋的日子，但对赵匡胤兄弟，以及金陵城里的小桃，都喜气不起来。人生有时就如一条单行爬山道，越往上，越艰难，越孤单，越享受不到平凡的快乐。

赵匡胤忙着和赵普商量最后的布局，赵匡义接到赵匡胤的又一封密函后在秘密从河阳往陈桥赶。

金陵城里，花月坊里仍然热闹，小桃的桃苑却在闹中取静，难得的清静。却是快到戌时，祁正修和陈述徐锴到了桃苑。小桃有些意外，却也难得地展了笑颜，吩咐秀菊和连翘端了上好的茶和点心。陈述之前在开封见过小桃，如今又见面，自然话也多了起来：“真没想到，你这么快就能回来。如今可好了，我们又能在一处吃饭，一起聊天。”

徐锴并不知道小桃在周朝的处境，问着小桃：“前阵子就想来看你，子介说你舟车劳顿要休息，所以一直等到今天。你这几年都在开封？做了些什么？”

话没说完陈述暗暗给徐锴使了个眼色，虽说他也好奇，但必然这其中的曲折，只怕是不能向外人说的。小桃微微笑了笑，声音很淡，却很稳：“都过去了，现在不是很好地又站在这里了吗？”

陈述朗声笑道：“桃姑娘是真长大了，说话的口气都变了。”

小桃浅浅一笑。谁不会长大呢？只不过每个人成长的代价不一样，自己的代价已经够大了。

祁正修也扬起唇角笑笑，静静看着小桃，今天的小桃一袭藕色的襦裙，外披一件银色暗纹的披风，领口处是密密的一圈锦鼠毛，遮得不露一丝。祁正修的心颤了一下。

四人相互问候闲聊了一番，陈述徐锴要回家去年夜饭，只祁正修留了下来，看着小桃温声问道："我能不能在这里吃晚饭？"

小桃的心跳了一下，看向一旁声音有些微颤："这是年夜饭。"年夜饭是要和家人在一起吃。

"我知道。"祁正修的声音温和却给人一种沉定的感觉，"所以想和你一起吃。"

小桃没有再说话，只是吩咐秀菊："多备一副碗筷。"

那顿饭吃得很安静，两个人的话都很少，却也不觉尴尬，好像安静也是一种自然。小桃只吃着面前的几个菜，祁正修偶尔会给她夹些，小桃却像突然反应过来似的，从不时的出神中清醒过来，看着祁正修笑笑。

祁正修若有所思地凝神片刻，看着小桃浅笑道："回来还适应吧？有没有什么缺的？"

小桃摇头："没有。"随即轻叹道，"我本就是唐人，回到这里，有什么不适应的。"

"是啊，一切都没变，还是老样子。"祁正修的声音不紧不慢，"花月坊也和从前一样，大唐的所有都如旧。我也如旧，你呢？"

小桃一愣，抬眸看向祁正修的脸，那如玉清雅的面庞时至今日看起来，仍然心会"嗵嗵"跳突。他还如旧？小桃此刻才惊讶地发现，自己回来这么久，竟从未想过祁公子有没有成家，虽然脑子里胡思乱想整天不停跑马，却唯独没想起这个问题。如今祁公子说他如旧，小桃也并无意外。因为她原本就没有做出过预料。可是祁公子问她呢，小桃想了想，沉吟道："我无法如旧。"她的身上，已经发生了太多忘不了、抛不下、无法逆转的事情。

祁正修的眉间蹙了一下，随即微笑道："不要紧。"

饭后又喝了一盏茶，祁正修起身回去。小桃看着他远去的背影，竟然微微松了口气，斜靠在床头上，听着耳边此起彼伏的爆竹声，小桃的思绪又跑远了，开封有没有下雪？赵匡义该回去了吧？他是不是也在吃饭，和符雪婵一起吗？

小桃的眼神依旧很空洞，心里却已经上演出了无数幕的情景剧。连翘进来，小桃才猛地回过神。这才注意到，今晚的连翘，打扮得分外妖娆，鬓角还戴了一朵黄色的小花。小桃皱了皱眉，没有说什么。

正月初一一早，开封城内早起的小童正在顽皮地点着爆竹，在宁静的早晨激起一阵阵回声。而大周的皇宫内，却紧急召来了文武百官商量着大事。传闻辽国和北汉勾结，一起从北方大举入侵大周，已经到达了大周的边界。

太后一介女流，一点主意也没有，急忙召来百官商议。宰相范质说道："魏王的军队不是驻守在河朔三镇吗？那里距辽很近，有没有听到异动？"

魏王皱眉道："并未听说，还需查探事实。"

慕容延钊说道："魏王久居京城，河朔三镇的军情也需从驿站一个接一个传来，时间有误也是有可能的。辽国犯界，关系大周存亡，难道要等到打到开封才去应对？"魏王没有吭声，此番军情紧急，他又在京城，的确难辨军情的真假。

赵匡胤抱拳道："陛下，辽人犯界，若不及时出兵应对，只怕疆土有失。丢了城池，到时就晚了。"赵匡胤的话一出，立即有不少人附和，更加听得太后心慌慌。

范质说道："不论怎样，必须调动兵马前去一探究竟，抵御辽人入侵。"说完转看向符彦卿，"魏王的军队就在河朔三镇，调动起来最为方便。”

符彦卿的眉头皱了起来，他不是不愿意带兵打仗，更何况当朝太后还是他女儿，可是这次辽人和北汉入侵的消息，虚实难辨，而他和赵匡胤的关系又很微妙，虽然这次他们把叶氏送走让他心里舒了很大一口气，不再强硬和赵匡胤对着干。但还是有所顾虑和防范，会不会是赵匡胤的什么计策？在他出征途中使绊子？再者万一真的是辽人入侵，他带兵抵抗势必会有折损，本就麾下的军力敌不过赵匡胤，要是再折损，那他的地位就岌岌可危了。想到这里，符彦卿直摇头。

符彦卿抱拳道：“陛下，臣的兵力薄弱，一则不是辽人的对手，二则，辽人这次的路线还不得而知，如果擅自调动了河朔三镇的守卫，万一辽人声东击西，我们岂不是中计？而且河朔三镇是东北方向一线的门户，一旦有异，后果不堪设想。”

魏王的年纪和皇亲国戚的身份在那里，范质也不好勉强，只好看着赵匡胤道：“那就只能劳烦赵大人了。”论带兵打仗，赵匡胤的能力远在魏王之上，从一口气攻下唐以及北伐前期赵匡胤的威名就已经大震。只不过赵匡胤自从先帝柴荣驾崩后动作太多，范质实在不放心。

赵匡胤淡淡一笑：“臣必当尽力。”赵匡胤的兵力也分布在不同的地方驻守，赵匡胤缺的就是调兵的理由。如果没有战乱擅自往京城附近调兵，无疑是逼宫谋逆的先兆，如今才是绝好的机会，可以把所有的兵力都调到开封城外。

符彦卿看赵匡胤这么顺畅答应下来，又有些不放心，补了一句：“赵大人先行，我三日后也出发，给赵大人援后。”符彦卿既不愿自己带兵，却也怕赵匡胤调集来那么多兵力生事。

赵匡胤转身极为诚恳地看着符彦卿，一脸热忱：“那再好不过。”一瞬间，老奸巨猾的符彦卿也几乎要怀疑自己的判断。

两天后，赵匡胤的军队已经全部集齐，正月初三一早，赵匡胤带着赵普等人，带兵向开封城东北的陈桥驿急行而去。傍晚时分，赵匡胤到了陈桥，和早已等在那里的赵匡义汇合。赵匡义已经备好酒菜，赵匡胤和赵普同赵匡义一起在内室用饭。赵匡胤也吩咐给劳顿了一天的士兵加些酒菜。

内室中，三人吃饭喝酒到半晌，赵匡义看着赵匡胤若有所思道：“传闻辽人和北汉一起进犯我大周北疆，却不知路线，也不知兵力，这次的进犯，很蹊跷。”

赵匡胤哈哈大笑了两声道：“我知道。可不用这个借口，怎么调兵？”赵匡义的脸色变了一下，虽然他已经猜到应该是赵匡胤故意放出去的谣言，可如今听赵匡胤亲口承认，还是吃了一惊。谎报军情谣言祸国是死罪。

赵普用筷子蘸了酒，在桌上写了一个“天”字，又很快擦去。赵匡义的心一突，看来是大计要立即实施了。赵匡义看着赵匡胤沉声道：“二哥，如果事情失败，可是诛九族的大罪，你想好了。”

赵匡胤拍拍赵匡义的肩：“匡义，所有的结果，我都想过了。但我必须要背水一战。如今朝堂上皇帝太小，根本压不住阵，太后女流之辈又软弱无主见，多少人都在虎视眈眈，如果我们不行动，等有一天别人行动，我们只有被灭掉的份儿。”

赵匡义摇头道：“不见得。兵权在我们手上，总不会受制于人，又何必非得铤而走险？”

赵匡胤叹气道：“我们有兵权，别人也有，而且只怕假以时日别人把兵力豢养强壮了倒戈一击。匡义，你记着，权力只有握在自己手上，才有自由、有资格做自己想做的事，否则你连自己的家人都保护不了，还谈什么？”

赵匡义的心一凛，看向赵匡胤的神色像尖刀一般锋利：“你说什么？”

赵匡胤长吁了一口气，赵普开口道："少将，皇上已经下旨，把叶姑娘送回了唐地。"

赵普的一句话，狠狠砸在了赵匡义的心上，赵匡义的脑子空了半晌，猛地钳住赵普的胳膊，几乎要把骨头捏碎，咬牙道："他凭什么？"

赵普沉声道："那位叶姑娘给唐的使臣写了一封信求使臣带她回唐地，使臣把信给了鸿胪寺，鸿胪寺请皇上的示下，皇上便下旨把叶氏送了回去。"

赵匡义不可置信道："陛下还只是个孩子，怎么会为这种事拿主意？"

赵普道："陛下是孩子，可太后和魏王不是孩子啊，这事自然无论魏王还是太后，都希望叶氏回去，这样符小姐才能在少将府上待得安宁。"

赵匡胤也附和道："雪婵还被你禁足，禁食，魏王都知道，你以为他能坐视不管？说来说去，还是我赵家无权无势，魏王是皇亲国戚，自然凡事都要顺着他的意，在他看来，你能娶他的女儿已经是烧了高香了。再和叶氏弄这么一出，他还不逮着机会仗势凌人？"

赵匡义把赵普松开，拳头紧紧攥着，全身都有些微颤，她走了？回唐地了？赵匡义的心瞬间绞痛得几乎呼吸不上。凭什么？那是他的女人，他们凭什么送走她？赵匡义的眼神有丝狠辣："谁接的旨？"话说完突然桌上的杯子掼了出去，低吼道，"谁允许接旨的？"杯子碎在了地上，飞溅起细碎的瓷片。

赵匡胤一愣，赵普赶忙圆和道："少将，皇上的旨，谁敢不接啊。直接把旨传到了大人的府上，能不接吗？这不仅是对少将的侮辱，也是整个赵家的侮辱，叶氏已经成了少将的家眷，却被皇上一纸令下就送回去，也是在打匡胤大人的脸啊。"

赵匡胤说道："所以我说，权力只有握在自己手上，才有资格做自己想做的事。如果这天下姓了赵，别说我们不送叶氏回去，就是现在给李璟去封手函，他能不乖乖地把人送回来？”

赵匡义看着赵匡胤，忽然冷笑了一声：“你会同意把桃宜接回来？”

赵匡胤还没想好怎么答，赵普已经抢先道：“少将，你喜欢谁，愿意恩宠谁，大人怎么会干涉？之前即便对叶氏有些微词，也不过是因为魏王和符小姐的缘故，大人不愿意得罪魏王罢了，如果不再有制衡，少将愿意宠爱谁当然是少将的自由。”

赵匡胤也点头道：“魏王哪是能得罪的，之前你给符小姐禁食，魏王已经私自调了一支军驻守在了陛下身边挟天子以令诸侯了。如果不是怕魏王生事，我怎么会管你的事情？别说是把叶氏接回来，你就是休了符雪婵，把叶氏立为正妻，我也不会管你。”

赵匡义的心铮铮发疼，就为了这把破龙椅，就为了九五至尊俯瞰天下的权力，他就得牺牲自己爱的人？是不是只有把这份权力握住，才真的有资格做自己想做的事，留自己想留的人？赵匡义的头嗡嗡作响，转身走了出去。他要透透气。

外面的天气很冷，风不大，却冷得丝丝缝缝都疼，士兵们三个一群五个一伙都在热热闹闹喝着酒，赵匡义的脑子一片空白，心也疼得空白，只是攥着拳。

过了很久，外面的士兵已经喝得酒兴盎然，趁着酒兴，吵吵嚷嚷的声音传进了赵匡义的耳朵“我们如今出生入死地卖命，守天下，那小皇帝却在皇宫里，哪知道咱们的一点辛苦？”“小皇帝还在吃奶吧？还不是魏王和太后父女说了算。去打辽国，魏王怎么舍不得出他的兵？”“人家的兵是金子做的，舍不得打仗磕了碰了，我们就是那贱命，被辽人踩死。”“除了赵大人，没人知道我们辛苦。”“那小皇帝一个吃奶娃娃，什么也不懂，凭啥坐在龙椅上？”“就是，打南唐，打后蜀，都是赵大人出马，赵大人才是该坐在龙椅上的。”

赵匡义的心怦怦地跳了起来，是啊，权力攥在自己手里，才是最好使的。赵匡义转身回了内室，守在门口的赵普看着一脸阴鸷的赵匡义微笑道："少将想好了？"

赵匡义点头。赵普随即从一旁的盒子里拿出一件龙袍走了出去，赵匡义紧跟其后，到了一众将士面前，赵匡义开口道："既然明知道皇上和魏王不拿我们的命当命，为什么不把这天改了姓？"

赵匡胤的兵对赵匡义都熟悉，有不少人甚至是原先赵匡义被柴荣收了兵权前的部下，自然对赵匡义的话也深深敬畏。再加上赵匡义素来说话极有气魄，这个煽动军心的力量，除了赵匡义，别人万万没有这个能耐。

在此情此景下，将士们只觉得全身的血都被这句话点燃了起来。看着赵匡义身后赵普手里的龙袍，一个五大三粗的将领抢过龙袍向赵匡胤所在的内室大步走了进去，旁边的士兵也跟着进去。

赵匡胤在内室的榻上。听到动静缓缓起身，一副刚刚酒醒的样子，将士把龙袍披在赵匡胤的身上，跪下喊道："万岁！"

赵匡胤一脸惊恐的样子，要把龙袍扯下："你们这是做什么？"

领头的将士大声道："大人，我们都跟着您出生入死这么多年，如今小皇上不分忠奸，罔顾大人和将士的性命，不如大人取而代之。"

赵匡胤懒得再去推辞，也卸下了刚才的矜持，环顾了下四周说道："我自己倒是无所谓，这么多年奔命也习惯了，苦了跟着我的将士们。只是这事一旦起了，你们就要一条心，必须听从我的命令了。"

一众将士叩头道："唯大人的命令是从！"

赵匡胤看时机成熟，便顺势说道："既然如此，传令下去给将士们，明天就回开封。打辽人这种提着脑袋玩儿命的事，让别人去做。"顿了顿又道，"不过军纪一定要严明，路上不准欺凌老百姓，回去后，对大臣、对太后和皇上，也不得无礼。"

将士们齐声道："是。"

赵匡胤浩浩荡荡带出来的人马，只到了陈桥驿便又原封不动地回去，只是出来时是保家卫国的守军，而回去，已经是叛军。正月初四的下午，已经到了开封城下。而守城的将领王审琦等人，正是赵匡胤的布衣之交，在先帝柴荣驾崩后，赵匡胤已经把这些关键位置上都摆上了自己棋子。如今看到赵匡胤带兵回来，没有任何抵抗和禀告，直接开了城门迎接赵匡胤的大军入城。

皇宫里，太后正抱着手炉，看着柴宗训正满是稚气地念着《中庸》，忽然就听得门外急匆匆的脚步声，紧接着宦官冲了进来大惊失色地禀告着："陛下，太后，不好了，赵匡胤的军队冲进来了，怕是反了啊！"

柴宗训一怔，躲进了太后的怀里，太后的声音颤抖着："点检何在？慕容延钊呢？"

殿前都点检的正职是赵匡胤，副职是慕容延钊，掌管着中央禁军，保卫着皇帝的安全，此刻太后的第一反应就是找慕容延钊。宦官跺脚道："陛下，太后，那慕容延钊本就是赵匡胤的亲信，此时早穿一条裤子——"话没说完，那宦官扑通一声向前栽了下去。身后是提着一把血淋淋的剑的赵匡胤。

柴宗训惊恐得全身发抖，喊都喊不出来，只是瞪大眼睛看着这一切，太后的脸上没了血色，紧紧搂着柴宗训盯着赵匡胤直往后躲："你要做什么？"

赵匡胤提着剑，缓缓地向内室走来，身后的大门敞开着，黑压压的军队跟着，望不到头，而为首的是目光精明的赵普和一脸麻木的赵匡义。赵匡胤的步子很沉，没有什么表情，一步，一步，每一步踏在空旷的宫室里，都仿佛能激起回响，震下横梁上的尘埃。

赵匡胤每向前一步，太后就往后退一步，声音更抖："你，你是要谋逆吗？”

赵匡胤顿住了步子，脸上闪过了一丝玩味的笑意，忽然，他扑通单腿跪了下来，看着太后和柴宗训声音沉重：“臣无能，不能再为先帝守着大周的江山。如今军中将士血气方刚，全都不肯再为大周效力。所以臣斗胆恳请皇上，把这天子的位置，禅让出来。”

太后只觉得从脚底窜上的凉气，瞬间已经蔓延到了全身。禅让？提着血淋淋的剑提禅让？这和逼宫又有什么区别？许久，太后都没有说出一个字。时间一点一点过去，太后有些焦灼，不知道魏王现在在哪里？他应该进宫来救驾的啊。

柴宗训渐渐缓过些神，看着赵匡胤结结巴巴喝道：“大胆，你，你是要谋反——”话没说完，嘴已经被太后捂上。

赵匡胤的眸子射出一丝寒光，冷笑道：“陛下严重了，我只是顺应时势。”

这时一个将领从后面跑了过来，在赵匡义的耳边说了几句话。赵匡义大步走了进来，没有什么表情地对赵匡胤说道：“皇宫的守卫已经全都撤下，只有韩通韩大人，违逆时势，被将士手刃了。”韩通是侍卫亲军的步兵副指挥使，负责着皇宫的步兵统领。

听到赵匡义的话，太后和皇上又是一抖。赵匡胤勾勾唇笑道：“魏王的大部兵力都在河朔三镇，赶过来是来不及了。魏王本人也被将士圈在了魏王府，只看太后和皇上的意思了。”

赵匡胤的这句话说完，太后再也站立不住，靠着身后的柱子滑了下去，刚才竭力挺着的脊背再也挺不起来。她还等着魏王来救，可魏王却被关在了府里。如果她不答应禅位，那么不止她和柴宗训，连魏王，只怕也难逃一死。

太后的脸色像死灰一样，许久，都没有吭声。空气像凝滞了一般，赵匡胤在这件事上很有耐心，一直立在原地等着。

不知过了多久，太阳已经西坠，屋里昏暗得看不出脸的轮廓，太后的心也随着西坠的斜阳，沉进了看不见底的黑暗。她盼着魏王被圈的消息是假的，可已经现在了魏王还没有进宫，她已经无法祈求魏王能来救她，只能祈求魏王还活着。

天，完全黑了下来，黑暗中，太后幽幽地吐了一声："赵大人，备纸笔吧，陛下要写禅位诏书。"

"好！"赵匡胤朗声道，随即吩咐宫人进来把灯烛点上，赵普走了进来，从袖中拿出早准备好的禅位诏书递给太后。赵匡胤道："我只担心陛下匆忙之间写不出来，所以已经拟了一份，请太后过目。如果可以，盖上玉玺就成了。"

太后苦笑了一声，原来连退位诏书都写好了，还装什么无意起事呢？太后匆匆扫了一眼，从内室拿出皇上的玉玺，颤抖着手却怎么也盖不下去。这一盖，大周的基业就毁在了她手里，自己的夫君辛辛苦苦征战的疆土就都拱手送给了他人。太后无论如何也下不去手，她觉得自己是个罪人。

赵匡胤看到玉玺，已经等待不及，大步上去握着符太后的手用力盖了下去。从此，大周的天下，姓了赵。而大周，不再是大周，改了国号为"宋"。

正月的金陵，依旧是丝竹绵绵，江南韵致。大唐的朝廷，也成了一锅粥，赵匡胤篡权，废周建宋，是惊动天下的大事。自然在大唐引起的动静也不小。只是震动过后，朝廷上下又恢复了平静。毕竟不管大周的天变成了什么样，对于大唐来说，依然没有反抗之力，依然是臣服的地位，依然要纳贡称臣。

李璟给赵匡胤去了国书，承认赵匡胤建立的大宋为正统，尊大宋的年号“建隆”为南唐的年号，充分示好。赵匡胤自然欣然接受。

小桃在花月坊里，虽然独居一个小院，但是花月坊最是消息散播得快的地方，大到国家大事，小到街头巷闻，没有什么花月坊不知道的。所以在下人聊得热火朝天中，小桃知道了大周灭亡，知道了大宋建立，赵匡胤做了大宋的皇帝。而原先的皇帝柴宗训，成了郑王，和太后一起迁出了皇宫。

而赵匡义，从赵匡胤登基的那天起，为了避讳，已经改名叫赵光义，并被封为了殿前都虞侯。这是个什么职位，小桃不清楚，但一定比原先要尊贵许多。她说不上心里是个什么滋味，除了第一次听到的震惊，再往后便全是空落。他的身份更高贵了，原先自己就攀不上，以后就更是鸿泥之别了。

小桃甩甩头，瞎想什么，已经再不相见，又白想这些做什么。小桃忽地想起祁公子也许久没有到花月坊了，应该也是忙于应付朝廷里的事吧？大周变了天，大唐也会跟着忙乎吧？

小桃在晕晕乎乎中过了正月，转眼已经到了二月，花月坊的生意不像正月那么热闹。红姑也不高兴了。虽说小桃是皇上钦赐了从四品鱼袋带着头衔下来的官妓，那也不能什么都不干吃白饭，天天混吃等死啊。这花月坊上下，就她一个闲人。

做官妓，又不是做尼姑清修，天天窝在小院不出来，即便是朝廷以前钦赐了鱼袋的姑娘，也没有不接客的，只不过从前接的小官小吏，之后便是接的显贵。哪有那么安逸的事？更何况，已经有不知道多少达官显贵向红姑打听小桃了，都想亲眼看看皇上赐了品阶的官妓长什么样。红姑再拒绝下去，要把这些显贵都得罪了，花月坊的生意不用做不说，红姑的脑袋也危险了。

于是正月后，红姑每天得了闲就去桃苑和小桃聊聊，无非是旁敲侧击小桃什么时候打算接客。即便不肯陪客人，去做清倌人，每晚去台上有个表演也好。

小桃却总是木然的一句话："再说吧。"不肯再接下茬。红姑无奈，如今的小桃打不得骂不得，红姑除了冷脸子，吃穿用度上克扣些，别的也不敢过分。

赵匡胤登基后，赵光义第一个请求便是要去唐地把小桃接回来。小桃是唐人，必须已经做了皇上的赵匡胤下旨给南唐，才能光明正大地接回来。但赵匡胤却以大宋刚刚建立，诸事繁多，和唐的国事也多，不宜现在提一个官妓的事。而且魏王符彦卿的兵力暂时还没法消除，蠢蠢欲动，更不宜立即把小桃接回来刺激他。赵匡胤和赵光义说来日方长，不要急在一时。

赵光义淡淡笑了，没有说其他。他不想再去和赵匡胤辩驳，没意义。现在的借口是大宋初定和符彦卿，之后必然还有其他的借口，小桃的官妓身份，皇家的颜面，都是理由。也许他说得对，只有权力在自己手上，才有资格去要求。

赵匡胤的皇位得来不算困难，但起初坐得也不是很安稳。朝廷里虽说大家不敢明着有任何怨言，但背后却议论纷纷。一个带兵的武将就这么夺了孤儿寡母的政权，总是让人容易腹诽的。而在京城之外的武将，已经有些蠢蠢欲动的。太尉李筠驻守潞州，曾因抗辽有功得到先帝的加封。如今赵匡胤称帝，派了使节前去潞州，一来算是探听风声，二来是请李筠入大宋的朝廷。李筠虽然迫于压力迎接了使节，却在酒宴后把大周先帝郭威的画像挂了起来，对着又哭又骂耍酒疯，把赵匡胤骂了个狗血淋头。而赵匡胤听使节回来禀告，心里再恼火也没有办法发怒，只得自我解嘲道："喝醉了的话，不用听。”

这样的事情虽不大，却也是按下葫芦起了瓢，时不时有发生，只挠得赵匡胤心里膈应。但他才刚刚坐上皇位，如果采取铁腕政策，只怕引起反抗更多。而且以他的兵力，再加上赵光义、慕容延钊、石守信、王审琦等人，应对大周的遗兵遗将，也是件耗时耗力的事。所以赵匡胤只得睁一只眼闭一只眼。在这样的情势下，他更得好言好语安抚符彦卿，以免符彦卿和李筠他们走到一起，两支重兵联合，那他可应对不来。赵匡胤不仅给符彦卿另赐了府邸，而且加封为太师，给了至高的恩遇。

对赵匡胤的做法，赵光义能理解，情感上却总是有些吝色。一如他知道接小桃回来是个需要时间铺垫的事，但如果可以，他真的很想像当年那样，一匹马，一个人，就把小桃从树林里劫到自己的大营。可现在，他不可以。他是大宋皇帝的弟弟，他是殿前都虞侯，不知道有多少眼睛盯着自己，而自己的行为又会造成多大的动静。越往高走，越身不由己。

被火烧了的府邸没有继续修缮，赵匡胤给赵光义另赐了新的府邸，比之前的金碧辉煌，离皇宫也近。只有符雪婵住了进去。而杜老夫人，如今成了杜太后，住进了宫中。

赵光义有时会回到那破败的旧府看看，静淑苑是被烧得最厉害的，满院子断井残垣，房间的横梁也倒了下来，残破得嗅不出一丝曾经的气息。赵光义每每走着，心里都会堵得难受。

书玉的腿伤还没有好，仍旧住在静淑苑旁边的下人房里。赵光义有时会进去坐坐，听书玉讲讲失火的那晚到底是什么情形，又或者是书玉嘴里小桃的日常。书玉虽说能言善道，但总讲总讲，翻来覆去也就那些话。但赵光义却像听不够一般，总让书玉从头讲一遍。而他则坐在一旁皱着眉头听得若有所思，全然不顾下人异样的惊讶。

小桃在花月坊的日子也越加难过。红姑不停地催着小桃出去撑场子，甚至说道："我的姑奶奶，不用你去陪客，哪怕就晚上出去舞一曲呢。你不知道有几个大人已经在我耳朵边说了好多次，你再不出去就真的翻脸了。如今你名声在外，总在这桃苑里缩着，我肯别人也不肯啊。"

小桃却总是不吭一声，只往床里缩一缩，勉强扯个笑道："辛苦红姑帮我挡一挡。"

一两个月下来，红姑最终也没了耐心，一个晚上花月坊里来了礼部的一个官员秦大人，指名要见那个封了从四品鱼袋的姑娘。红姑一狠心，带了两个身强力壮的大丫头到了小桃屋里，把小桃从床上硬扯了下来："姑娘，不要怪我心狠。今晚你就算去前堂陪秦大人坐坐，只喝两杯，也必须得去了。"

小桃挣扎着，眼睛里除了惊恐，还有一丝绝望的自卑："红姑，我不能，我真的不能。"

红姑又好笑又好气道："你怎么了就不能？"

小桃沉默了，看着红姑咬了咬唇道："我真的不能。你让我去陪客人，一定会被怪罪的。还不如不让我出去。"

红姑一抬手："给桃姑娘换身干净衣裳，带到前堂。给秦大人舞一曲，或是陪着喝喝酒。"

手下的丫头听到红姑的命令，一个钳住小桃的手，另一个去拽小桃的衣服。小桃用力挣扎着，闪躲着，声音急切："红姑，不要——"话还没有说完，带着锦毛鼠围领的上披已经被丫头们哧啦一声扯了下去，露出了白色的低领中衣，脖子上的黑色胎记也分外地刺眼。

拽下小桃衣服的丫头低声呼了一句"啊！"也被吓得倒退了两步，那胎记被针刺过后，比原先还大了许多，黑乎乎的让人直反胃。

红姑的胃一顶，忙从袖子里抽出帕子捂上了嘴，看着小桃惊讶地问道："这是怎么弄的？"

小桃把扯下的衣服捡了起来，捂在了胎记上，无奈地扯了扯唇角："如今就是这个样子了，擦不掉，洗不掉。这样去见客人，哪个客人会喜欢？"

红姑愣在了那里，完了，这下真的全完了。就这个样子出去见人，还不把客人都恶心跑了？即便是捂得严实，但如果真的跳舞，来回舞动之间难免会露出来。

红姑一脸的懊恼，看着小桃跺跺脚骂道："没用的东西。"说完气急败坏地走出了门，到了前堂和秦大人又是一番解释。

小桃缓缓把锦鼠毛的上披又围上，这辈子，她只怕离不开这个东西了。冬天还好说。夏天可怎么办？颈上的这片刺青，像一个烙印一样，时刻刺着她，提醒着她所有痛苦的过去。

红姑实在是气恼，白白养了一个废物，索性把服侍小桃的丫头全都撤走，只留个空空的院子给小桃。那是皇上御赐的，没办法收回。别的吃穿用度，一律减了下来。小桃只得自给自足，吃饭自己去厨房拿出一份来，还是和下人一样的配给，洗衣服、收拾整理、缝缝补补全是自己的活儿。小桃的身子一直也恢复得不利索，总是气虚体弱，红姑自然不会找郎中给她调理。如今这些日常的活计也要自己做，小桃的身体渐渐有些撑不来。这里比起赵家唯一的好处，便是心的安宁，不会再有阴谋算计，不会再有骨肉血泪，不会再有撕心裂肺，更不会有侮辱唐人的刺痛，这些，就足够了。

祁正修再去见小桃的时候，是三月初。本是烟花江南的季节，小桃却像枝枯萎的残花一般，全身瘦得皮包着骨头。祁正修走进桃苑的时候，小桃正坐在树下的椅子上闭着眼睛半睡着。屋里比外头冷，外头的春风吹在身上，暖意融融。

小桃听到脚步，睁眼一看是祁正修，想站起来，却是刚站起来就无力地又跌在了椅子上，只得虚弱地看着祁正修笑笑：“公子来了。”

祁正修的眼前，是一幅很不协调的画面，柳树吐着嫩绿的新芽，桃花梨花争相次第地开着，而一身青灰的小桃，面容枯槁，头上竟然还有几丝白发。她才多大？祁正修缓步走到小桃的身边，把她扶进了屋子。

屋里又凉又潮，有的地方还长出了青苔。祁正修把窗户打开，屋外的暖风吹了进来，不多时，有了丝丝热气。祁正修看着小桃，目光有些复杂，他不知道她经历了什么，能让她把活着变成了只是喘气。好像除了喘口气，她再也没有任何活着的乐趣。半晌，祁正修看着小桃开了口：“是不是暖和一些？”

小桃点点头，屋里多了个人，又开了窗户，是暖和多了。以至于她脖子上的锦鼠毛围领有点热，小桃微微把围领调整了个方向，继续戴着。

祁正修眉头蹙了蹙，对小桃颔首笑道：“你等我一下，我去去就来。”

小桃点头，看着祁正修的背影远去，小桃靠在床上不觉又有些困意。

等到她再醒来，日头偏了西，一袭白衣的祁正修就坐在她的床边，看她睁开眼，微微一笑：“醒了？”

小桃有些不好意思：“我是不是睡了很久？”

祁正修淡淡勾唇，没有回答。只是定定看着小桃，上下打量了一番。小桃把腿往被子里缩了缩，傍晚的阳光似乎还是很热，小桃不知是阳光热还是被祁正修看得燥热，把脖子上的围领又转了转。

祁正修忽地抬起手，伸手去解小桃的围领：“太热了，解了吧。”

小桃惊慌得直往后挪：“公子，不要。”一边伸出手拼命地拽着围领。

祁正修停住手，看着小桃声音很沉：“听我的，解开它。”祁正修的目光很温和，却有种说不出的安稳的力量，就那么直直地看着小桃。小桃跳突的心在祁正修的目光下渐渐平缓了些，犹豫了许久，还是把手松开了。

祁正修把小桃的锦鼠毛围领解下，很快又把中衣的衣领往下拽了拽，毫无防备的小桃全身都开始抖了起来，那团漆黑的刺青就那么毫无遮拦地显露在了祁公子面前，小桃已经忘了害羞和脸红，只是脸色煞白地看着祁正修。自己最丑陋的一个角落暴露在了那么干净的祁公子面前，小桃的脑子一片空白。

祁正修的目光从小桃的脸上移到了脖子上，小桃只觉得像被刀割上去似的疼，所有看过她这片刺青的人，没有不被吓到或是直捂嘴的。那种屈辱和羞愧，是小桃最害怕的刺痛。如今祁正修在看，小桃抖着身子很快把手捂在了自己的颈下，没有敢看祁正修，只是快速而匆忙地说着："公子转过去吧，不干净。会惊了公子。"

祁正修的心有些莫名地酸涩，那片刺青，他终于看清了，细细密密的针留下的痕迹还能看得到，当初小桃一定很疼。祁正修只觉得身上都有些麻，而小桃闪躲的样子让他的心更加撕扯，就是这个烙印，把那个昔日纯真、娇俏的女子变得这么自卑、枯槁、苍老吗？祁正修的动作很快，按上了小桃的手，声音温和而笃定："让我看看。不要逃。"

祁正修越这么说，小桃越往后挣，一丝不安和惶恐窜了上来，她没有办法在他面前气定神闲，从来都无法做到。

祁正修却是用力按着小桃，任她怎么挣扎也动弹不了半分，小桃无奈，只得抬头，眼角泛潮地看着祁正修哀求道："公子，饶了我吧，别看了。"给她留最后一点自尊也好。

祁正修没有说话，只是伸手轻轻抚上了小桃的脖颈，他的动作很轻，像春风滑过一般，指尖有些微凉。

小桃没有想到祁正修会伸手上来，全身都僵住了，瞪大眼睛不相信似的看着祁正修，他不怕脏吗？祁正修的指尖每滑过一寸，所经之处便是一阵酥麻。

祁正修看着怔住的小桃，声音温和中带些凄凉：“不要躲开我，像以前那样，不好吗？”

以前那样，是哪样？小桃的脑子继续空着，只是机械地看着祁正修转过身去，从床边的桌上打开一个盒子，那个盒子应该是祁正修带来的，小桃看着很陌生。祁正修从盒子里拿出一支笔，蘸上旁边的一个小盒里的东西，向小桃转过来，微微笑道：“不要动。”

说完抬手，笔在小桃的颈下细细描了起来。祁正修手里的笔很小，不是一般写字用的笔，却比写字的笔稍稍硬些，蘸着盒子里的颜料，一点点，一丝丝地，在小桃的颈上绘着。

小桃的脖子凉丝丝的，心里却翻江倒海一般。祁公子在帮她画那片刺青？她几乎不敢相信自己的眼睛。愣了许久，才看着祁正修问道：“公子，怎么会想到这样？”

祁正修没有回答，依旧很专注地看着小桃的脖子，非常细致地描绘着。那一瞬，小桃的鼻子有点酸，眼睛也有些泛潮。这是第一个不嫌弃她的人，一如他从前的不嫌弃。小桃的心，一点点，一点点地翻滚起来，祁正修脸上毫不介怀的神情，全神贯注的神情，像看着什么艺术品般珍惜小心的神情，让小桃的心颤悠悠地感动着。

过了许久，祁正修终于把那片刺青全描好了，祁正修满意地看着自己的手笔笑了笑，把镜子递给小桃。

小桃有些微颤着手接过镜子，定在了那里。里面的自己，颈下的桃花，就像外面阳春三月树上的一般，绽开得妖娆。再也不见墨痕，再也不见刺青。小桃简直有些喜形于色了。

祁正修放下笔，这才浅浅说道：“总不能一辈子把脖子遮起来。如果再用针刺朱砂进去，一来不一定能掩盖墨痕，二来会很痛。所以我找人讨教了一番，兑成了这种颜料，给你描上。这些日子，除了朝堂的事，我便一直在试这个配方，看怎样可以不褪色。”

小桃这次彻底呆在了原地，祁公子这些日子没有来。她也没有太在意，祁公子如今朝政很忙，又怎么会时时惦念她这个卑微不堪的人，却没有想到他会为自己研制可以遮盖刺青的颜料。小桃看着祁正修，空洞的眸子里终于有了一丝神采，微颤着声音道：“公子的恩情，小桃不知道该怎么报答。”

“报答？”祁正修的眉眼划过了一丝落寞，轻声叹道，“如果要报答，我又怎么报答你割腕相救，在我看不见时的守候？”

小桃的脸有些红，那些过往被祁正修说出来，每一句都让她的心跳得好快，却有些异样的尴尬，小桃转着话题问道：“这样绘上，便可以不褪色吗？”

祁正修的神色黯淡了一下，随即勾唇笑道：“如今这颜料是不怕水的，你日常洗澡或是见水都不打紧的。只是时间久了，需要再补色描一描。”

小桃把镜子拿得更近了些，细细来回看了许久，终于抿唇笑了。漆黑过去，是不是就可以从头来过？

祁正修走了，临走前给红姑塞了不少银子，叮嘱她照顾好小桃，如果有什么吃穿用度不够，只管向他去要。红姑有些吃惊，本以为祁正修好些日子没来，是把小桃扔在脑后了，如今看祁正修又是这般大手笔，红姑忙应道：“大人尽管放心，桃姑娘在我们这里，那就是手心的宝贝，我会紧着照料。”待祁正修走后，又把秀菊和连翘给小桃安排了回去。反正有人给银子，红姑这才平衡。

花月坊是个捧高踩低的地方，当红的姑娘，红姑善待，众人也尊重；不得势的姑娘，人人都不屑一顾。对小桃，自然是不服气的。没什么本事和手段，就靠着狗屎运得了皇上的封赏，如今又有人莫名地撑腰，那些姑娘对小桃都明着暗着给两句，小桃只麻木地听着。这些对她来说，早已不算什么了。

赵光义在开封，偶尔会有大唐的使臣来，赵光义便会请使臣去吃饭喝酒，宴席上赵光义只管和使臣不停地喝酒，待使臣喝得七荤八素醉意朦胧时，赵光义便打听小桃在花月坊的近况。从使臣半醉的话里，知道了小桃又回到了花月坊，赐了从四品的鱼袋和院子，甚至是跟了祁正修，不再接客。

赵光义的心扯得很疼，一口接一口的酒把自己灌得酩酊大醉。是啊，她回到了唐地，自然会跟了祁正修，她对祁正修是那么痴迷，痴迷得一见到祁正修眼里连天和地都抛却了。自己又算个什么？！自从知道小桃跟了祁正修，赵光义也不再去找大唐的使臣了。他怕听到自己不想听的东西。

四月，李筠派军攻打泽州，正式对大宋开战。李筠担心自己一支队伍的力量太薄弱，和北汉进行了联盟。北汉皇帝本就对大宋虎视眈眈，和李筠一拍即合，大开海口答应给李筠派增兵援助。

赵光义这次主动请命去平叛，赵匡胤答应了，并派了慕容延钊和石守信作为后援。李筠驻守的是潞州，在晋南。赵光义查看了地势，如果从北边攻打，北汉会从北面回应李筠，到时两方夹击，很难攻取；而从东侧，上有辽，下有南唐，也不便于行事；只有从秦地一带向北攻是最好的办法。而驻守秦地乾州的李英手里还有兵力，万一攻打的力量不够还可以做增援。

于是赵光义给李英去了书信，信中说明会借道去攻打潞州。李英过了许久才回函同意。李英此时的态度是犹豫而纠结的。他本是大周的部下，也深得先帝柴荣的赏识，对于赵匡胤的篡位，他是心中不平的。但他生性软弱，自然不会像李筠那样旗帜鲜明地反叛。李英本想看李筠揭竿而起后的情势，如果深得民心，响应者很多，那他也自然加入抗宋一派。但前期这不知死活的事儿，他也不敢掺和。

可是这个墙头草还没做几天，赵光义就派来了急函借道。这下墙头草也做不成了，不借，就是明着和大宋作对，没准赵光义顺道把他灭了；借了，那他就是归顺大宋。思来想去，李英还是决定先借道再说，日后抗宋力量壮大后再反悔也不迟。眼下的赵光义慕容延钊等人，他可得罪不起。

第二十五章

军情临危订婚约
免陷污淖入幕宾

赵光义先行带兵到了乾州，李英亲自出城相迎。到了的时间已经是傍晚，李英自然设宴款待。赵光义和部下在乾州修整几天，顺便等等慕容延钊等人。

李月娥听说赵光义到了，早已按捺不住。死磨硬泡了李英许久，李英也没有带她出去，甚至没有告诉她在哪里设宴。李月娥从李英出去就开始百爪挠心，也不知道赵光义这次在这里待多久，万一只是一晚上，那明天早晨就走了。不行，不能这么等下去。

李月娥换了身轻便的衣服，从侧门偷偷跑出了府邸。反正乾州城就这么大的地方，大不了一处处地找。李月娥把城中的酒楼找了个遍，也没有找到。转念一想，赵光义的身份如今更尊贵了，势必不会在酒楼里宴请，兴许在军营里。李月娥忙又雇了马车向郊外奔去。

当赵光义和李英在营帐里觥筹交错结束的时候，送走了各路陪宴的官员，一头雨水的李月娥就这么湿淋淋地冲到了赵光义的眼前。

李月娥还是一身大红风风火火，看到赵光义的时候把额前湿得一绺一绺的头发往旁边大剌剌地那么一扒拉，就冲着赵光义嘻嘻笑了起来："公子，我们又见面了。"

李月娥那副什么都不顾的样子令赵光义的心忽然软了一下，还没有说话，一旁的李英已经皱着眉头赶紧把李月娥扯到了营帐里："真是越来越胆子大，这地方是你来的？他们怎么就把你放进来了？”

李月娥吐了吐舌头笑道：“他们如果连我都不认识，还怎么跟着爹爹您混日子？”说罢看着赵光义就是一通问题，“公子是什么时候来的？要住多久啊？这一路辛不辛苦？”

赵光义微微拱手：“多谢李姑娘记挂，一路还好。这次来，调整两天再走。”

还有两天？早知道就不用这么急了嘛。害得她还一路颠颠地追过来，还赶上了春雨。李月娥嘿嘿笑了两声，又问道：“桃姑娘呢？来了没有？”

赵光义的脸色变了一下，勉强勾了勾唇，吐出两个字：“没有。”

李月娥有些遗憾地叹了口气，追问道：“怎么不带来呢？公子有事可以让桃姑娘住在我这里嘛。很久没见她了，还真记挂她。公子何不让人接桃姑娘过来住几天呢？”

赵光义的脸色更加泛青，打断了李月娥的问话道：“姑娘呢？向来可好？”

“我啊？”李月娥笑道，“好，吃得好睡得好。就是无聊。要是公子不嫌弃，回去的时候带我回开封玩才好。”

话没说完已经被皱着眉头的李英接过了话头：“好了，叽叽呱呱惹得人心烦。今天不早了，我们该回去了。”说完扯着李月娥对赵光义道，“下官先行告退。”说完便一切向营帐外走去。

李月娥一边走还一边频频回头说道：“公子好好休息。明天我们再聚。”

赵光义不禁有些蹙额微笑，这个女子一点也没变，还是那么大大咧咧心无城府。这份叽叽咕咕的样子，有点像云湾村小桃的样子。想到小桃，赵光义的心又开始扯痛起来。如今的小桃，会是什么样子？

一出军营，李月娥便冲李英抱怨道：“爹，你急什么急嘛，好容易看到赵公子，还没说几句话，就被你像拎小鸡一样扯了出来，能不能给你女儿留点面子？”

李英扯着李月娥上了轿子，才皱眉说道：“你要面子做什么？一个姑娘家，追到军营里，幸亏其他同僚都先走了，否则让人看到才叫丢人。面子？哼！”

李月娥不服气道：“我不过就是来看看赵公子，这有什么丢人？”

李英翘着胡子粗声道：“还犟嘴，别以为我不知道你的小心思。这些日子，给你张罗过多少亲事，你都不满意，说人家张家的儿子纨绔子弟不学好，恶名在外；李家的儿子是个病秧子，和床离不了身；魏家的婆婆太恶毒；柳家的宅子阴气重，你这都是些什么理由？还不是惦记着赵光义。”

看李月娥垂着头不吭声，李英叹气道：“问题人家不愿意，能怎么办？如今又成了都虞侯，身份更是我们高攀不起。你就快死了那念头吧。”说到这里，李英也有些气恼，明明赵匡胤答应好的亲事，却变卦成这样。看着李月娥对赵光义心心念念，李英的心里不由愤恨。如果不是那个家伙冷面无情，月娥也不至于这么难过。

李月娥嘟着嘴道：“你可真啰唆。人老话多。我不过是去看看赵公子你就嘟噜出这么多话。还扯七扯八的，我哪有心里惦记赵公子。我是……我是想去见桃姑娘，还以为桃姑娘来了。”

李英又好气又好笑：“你也不动动脑子？行军打仗能带女人？再说那个什么桃姑娘，早被送回唐地去了还怎么带。”

“什么？”李月娥的嘴巴张的老大，“送回唐地？为什么？”这下李月娥的惊讶不亚于看见一头大象。赵光义那么珍爱小桃，连自己的命都可以不要，怎么能把她送回去？“是送回去住一段时间吗？”问完李月娥又直摇头。不可能，小桃在唐地是个官妓，有什么好住的。李月娥直扯着李英的胳膊：“到底怎么回事？爹你怎么没向我透过一丝风呢？”

透风？透一丝风你就得癫疯。李英心下纠结，他年前就知道了这消息，小皇帝下旨把小桃送回唐地的事是经了鸿胪寺的，自然一传十十传百，再加上赵匡胤兄弟叛乱，不少人暗暗都说是小皇帝太不给赵家脸才惹得最终亡国。只是李英没敢告诉李月娥，怕她听了这个又想入非非。今天话说到这里才不留神吐了出去。李月娥一个劲地缠磨，李英只好把自己听到的消息，和李月娥说了一遍。只说小皇帝柴宗训下旨把小桃交给了大唐使臣，带回了唐。

李月娥听得一愣一愣，罢了直叹气："这可怎么是好。这么下旨送回去，不还得做官妓吗？那过的什么日子？真是，怎么能这样？赵公子一定很难过，可怎么不去接她呢？"

李英听着李月娥的自言自语有些气怔，不由用力拍了李月娥的脑袋一巴掌："你还真有闲心给人家操心，关你什么事！"

正说着，已经到了府里，父女俩只得下了轿子，正要说话，却从府门口的另一处传来一声清朗的声音："大人留步。"

李英转头一看，对李月娥道："你先进去。"转而冲着那人拱手过去，"不想是大人，快请进屋里。"

李月娥趴在门边瞅了瞅，来人很高大，披着一个黑色的斗篷，在夜里也看不清五官，但和父亲应该是熟识的。李月娥便在前面先回到了自己的卧房。

回去之后，李月娥也不想睡，侍婢点了蜡烛，李月娥直盯着蜡烛出神，怎么会这样呢？那么珍爱桃姑娘的赵公子，就这么算了？到底是因为什么，怎么会惊动皇上？李月娥心里有一百个问题，不行，她一刻也等不了。恨不得现在就跑到军营里找赵光义问问是怎么回事。

李月娥换了身深色的衣服，蹑手蹑脚地从卧房里出来。侧门都已经锁了，从后院的卧房出去要经过客堂，方才来了客人，爹一定是和客人在客堂聊天。李月娥怕惊动了李英便出不去，转身向西一拐，拐到了李英的书房。这里绕过去再通两个廊子有个侧门是下人进出搬运东西的，没准还可以出去。

李月娥悄悄地进了书房所在的院子，守着的士兵看着李月娥正要说话，李月娥赶忙“嘘”了一声，士兵都是熟识李月娥的，便也不好吭声。李月娥蹑手捏脚从书房的后面走过，书房有亮光，除了爹别人不会进来。难道他们在书房聊？这下李月娥好奇了，通常来了客人都是在客堂聊，这个客人奇怪，在书房聊。李月娥从屋后悄悄移步过去，蹲在了后窗下。

屋里的来人，是李筠的从事闾丘仲卿。闾丘是个很罕见的复姓，此人很有谋划，深得李筠的器重，此次来找李英，带着李筠的亲笔密函。闾丘仲卿对李英说道：“大人在信中都已经讲明了。如今天下大变，逆臣贼子当道，您和大人都是大周的忠臣，曾经和先帝一起在沙场为了大周的疆土拼了性命的，怎么能看着这大周的天下被人篡位？”

李英吓出了一头冷汗，低声道：“这话可不敢乱说。”虽说这里是他的家，可话有时就是伤人害命的利剑。他也得提防。

闾丘仲卿淡淡笑道：“李筠李大人和您同朝为官几十载，深知您的品性，虽然面上不显露，但内里最是忠心护主，否则也不会派我来了。此次赵贼篡位的速度太快，让人来不及反应，如今表面看不出，其实很多人是和李大人一样，想诛杀叛贼的。驻守江南的李重进也已经和李筠大人通过了密函，会随后响应，魏王符彦卿大人正在从河朔三镇调兵回京，在京城和李大人会合。”

“果真？”李英开始动摇，如果真的如此，李筠加上李重进和魏王符彦卿的兵力，再有北汉的援兵，再加上自己，应对赵匡胤便不成问题。“魏王也同意？”

闾丘仲卿点头：“魏王的女儿是太后啊，自然同意。虽说还有个女儿嫁了赵贼的弟弟赵光义，但不得宠，正因此和赵贼怄了一肚子气。所以大人还有何顾虑呢？”

李英顿了顿道:“那该如何？”

闾丘仲卿低声说道:“赵光义如今率兵要灭掉李筠大人，到了乾州，千载难逢的机会，趁着援兵还没到，把他捉拿下来。再等慕容延钊和石守信过来，各个击破，那赵贼的大部分兵力就已经被我们消灭了。再攻京城，又有何难？”

李英问道:“你带兵来了吗？”

闾丘仲卿答道:“带了五千兵马，在城外。如果大人能就此和李筠大人结盟，出兵襄助，那再好不过。我的五千兵马也不必进城，我们立即赶往军营活捉赵光义。如果大人还心存犹豫，那只要装不知道，借道给我，我带五千兵马去找赵光义。”

闾丘仲卿的话像一记石头激起千层浪，让李英沉默半晌不能言语。是借道？还是不借？如果借道，一旦失手，自己就成了大宋的叛贼，没得活路；如果不借，将来李筠等人真的起义成功，把赵匡胤兄弟灭了，自己也没得活路；如果借了，五千兵马恐怕还不时赵光义的对手，要再派些自己的人马襄助；可如果不借，这是最好的机会，难得只有赵光义一支队伍，要是等慕容延钊石守信他们来了就更没机会了……政治投机是最难的抉择，李英一时热血沸腾想听从闾丘仲卿的建议，一时又冷静下来畏首畏尾。

闾丘仲卿沉声劝道:“李大人，不要再犹豫了。要起事就要快，如果不趁着今夜这绝好的机会除了赵光义，万一援兵来了就再没有机会。你别忘了赵贼也是一夜就黄袍加身，把当今的皇上赶下了台啊。机不可失！”

看李英还在犹豫，闾丘仲卿索性从袖中摸出地图，将如今的军事要地细细分析给李英，李月娥在窗下听得心惊胆战，此时也顾不得继续听下去，踮着脚匆匆忙忙跑到侧门溜了出去。

赵光义今夜又是难眠，他已经很久都没有睡过一个安稳觉了。闭上眼睛，朝廷的事，家中的事，都让他心里沉甸甸的。一夜之间，这江山就成了赵家的，这事总让他有些不踏实，他不知道二哥赵匡胤能不能睡踏实。赵光义总觉得自己走过的每一寸土地，都弥漫着周朝遗留的气息，虽说这场政变是不见血光而且快稳准的，但背后又有多少看不见的蠢蠢欲动，赵光义不敢想象。一如如今他来的乾州，以前是毫无芥蒂的，可现在，他也断定不了这里是不是个安全的地方。

正辗转着，营帐外的士兵禀告着："大人，有位叫李月娥的姑娘求见。说是有天大的急事。"

李月娥又回来了？赵光义忙坐起身披上衣服："让她进来。"营帐外有下人进来点上灯烛。

李月娥急匆匆地就跑进来了。兴许是路上跑得急，脚上的鞋子湿漉漉的还沾着泥，头发也一绺一绺，胸口一起一伏地直喘。看到赵光义也顾不得行礼，双手扶着腿大大喘了几口气，边喘边说道："公，公子，快跑，有人要来抓你……"

赵光义一怔，随即淡淡勾唇道："慢慢说，先坐下歇着。"

李月娥大步向前走了两步，也不客气，一屁股坐到了赵光义的床上，用力喘息了许久，才稍稍呼吸平静了些，看着赵光义着急道："我说的都是实话，快跑吧，李筠的部下来了，要趁着今夜抓公子呢。"

赵光义"哦"了一声，立在几步开外，吩咐下人端茶进来，又问着李月娥："带了多少人马？"

"五千。"李月娥答着。

"那不足惧。"赵光义挑了挑唇际，五千兵马就想捉他？

“哎呀，不只是五千……”李月娥吞吞吐吐有些说不出口，五千只是闾丘仲卿带来的，如果父亲李英糊涂，施以援手，那就不是五千而是好几万兵马了。只是她怎么和赵光义说啊，总不能说自己的亲爹也有可能会带兵过来，那不是落实了爹的谋反之罪？李月娥纠结着。

赵光义看着李月娥问道：“还有？莫非李大人也会为虎作伥，帮李筠一起？”

李月娥低下了头，咬了咬唇，猛地抬头道：“我想我爹不会那么糊涂的，只是李筠的部下不停嗾使。公子还是不要询问这些了，赶紧想想怎么逃脱是真。”

赵光义沉默不语。此次前来乾州，一方面这里攻打潞州是最合适的地理位置；再者，之所以三路兵力没有会同出发，而是选择赵光义先到乾州，等慕容延钊和石守信后到，固然有调动兵力需要时间的原因，但最主要也就是试探李英的动向。毕竟大宋初建，先前周朝的旧臣都是什么心思不得而知，只有这么一轮一轮，一次一次地试验，淬炼，才知道谁有叛逆之心，谁能收为己用。只是没想到，李英也会和李筠沆瀣一气，赵光义有些惋惜。

李月娥看赵光义不吭声，舒了口气，正要说话，忽然外面已经嘈杂起来，有士兵来回跑动的声音，兵戈相击的声音。一个士兵冲进来禀告道：“大人，有人偷袭大营。”

赵光义看了看李月娥，冷声道：“抓活的。”士兵应声出去。

李月娥的心又揪了起来，不会爹也亲自来了吧？此时的她最是纠结，又怕有人冲进来绑了赵光义，又怕爹在外面被人伤了，李月娥急得从床上蹿了起来，来来回回走着。

不过片刻，士兵又冲进来禀告着：“大人，不好了。乾州的堤坝被人放开了，现在水把桥淹了，我们河对岸的士兵过不来了。现在正在找船过河。”

赵光义带的人马分三处驻扎着，赵光义这边又是挨着乾州城，另外的两处在一河之隔。本来春天是不用担心水流上涨无法渡河这种问题的。但这条河的上游是个蓄水的堤坝，如今李英也是豁出去了，竟然把堤坝都泻了。赵光义眉头皱得紧紧：“亡命之徒。随意决堤放水，他就不怕淹了两岸的百姓吗？”

李月娥又羞又臊，这种事爹也做的出来。但也无可奈何。赵光义急忙吩咐下去：“命令士兵不要渡河，赶快去上游把堤坝拦住。以免水继续冲下来伤了无辜的百姓民宅。”

士兵有些犹豫：“可如果只有我们这里的兵力，只怕不足以抵抗叛军。”

赵光义冷冷抽了抽嘴角：“违令者斩。”士兵没敢继续回嘴，忙照赵光义吩咐的去做。

兵戈相向的声音越来越近，似乎是要打进来了。赵光义从营帐门口拿了枪冲了出去。外面黑压压的敌军围了进来，赵光义掂了掂手里的枪，正准备冲上去。一声沉闷的声音响起：“赵大人，何必还做殊死相抗呢？不如束手就擒岂不是大家都省事？”

赵光义抬眸一看，闾丘仲卿和李英从外面阔步走了进来。闾丘仲卿一脸成功在即的喜色，李英却是神色阴晴不定。赵光义不由冷哼了一声：“李大人，晚上我们才喝过酒，又见面了。”

李英脸上一丝尴尬，没有接话。闾丘仲卿说道：“赵大人若是就此停手，我们一起喝酒才好。”转而阴沉道，“若是不肯，那只怕这辈子都再也喝不到酒了。”

赵光义冷笑了一声，刚要说话，从身后传来俏生生的一句：“爹！”

李英一愣，定睛一看，只觉得全身都僵住了，血都要倒流回去。李月娥不知道什么时候已经把外袍脱了，只穿着中衣从赵光义的营帐里走了出来，脖子处还敞着，李英急得一个箭步冲上去：“你怎么跑到这儿了？”

李月娥忙躲到了赵光义的身后，声音几分轻颤：“我就来了嘛，你说怎么跑来了？倒是爹，你怎么来了？还带着这么多人？”

李英抖着手指着李月娥：“你，你，你个姑娘家，这，这算什么？”

李月娥甩了甩额前的头发道：“我对赵公子的心意，爹一直都知道嘛。再说当年皇上还曾许了我和赵公子的婚事呢。如今我和赵公子情投意合，做什么也不算逾矩啊。”

李月娥说得干脆，李英听得脑子轰的一声响。李月娥心许赵光义他是知道，可他万万没想到李月娥竟然能半夜跑到赵光义的营帐里，还……这让他的老脸真没地方搁了。李英抬手就想给李月娥一巴掌，李月娥往后一缩，轻轻挽上了赵光义的胳膊。

闾丘仲卿没有想到会有这么一出，看着李英微蹙眉道：“李大人，令千金还真是个不拘小节的人。”

李英的脸都羞臊得发烫，他虽说是个武将，可自己未出阁的女儿公然从一个男人的营帐出来，完全不顾礼法，简直颜面扫地。李英看着赵光义怒喝道：“没想到你是这么不顾廉耻之人。我这就替月娥主持公道，取了你的性命！”说着就对着赵光义冲了上去。

赵光义向后轻轻退了两步，李月娥大声喊道：“爹，你糊涂了啊！女儿已经是赵公子的人了，你要是取了他的性命，我就是寡妇，这辈子都没的好日子了。爹！你好好想想吧！”

李英冲着赵光义劈过去的掌又生生收了回来，咬了咬牙拍在了自己的大腿上，一声长叹“唉，孽障！”

闾丘仲卿看情况不妙，急忙说道：“李大人，家事回去再议，先把赵光义捉了要紧。”随即向后吩咐道，“把他拿下！”

李月娥挡了上来，冲着李英大声道："爹，我已经跟了赵公子，以后无法再嫁。你要是捉了他，女儿也没法活了。"

李英听得气血上涌，一个女孩家，在这么多将士面前没羞没臊，他恨不得把李月娥揪回去狠狠甩几百鞭子才解气。但气归气，有一点至关重要，那就是李月娥跟了赵光义，那赵光义就成了他女婿，他还怎么能捉他？

闾丘仲卿的兵已经要冲上来，李英只得大手一挥："停下！"转而对闾丘仲卿道，"恕我不能从命了。"说着对着自己带来的将士大声吩咐道，"保护都虞侯。不得有误！"

身后黑压压的将士立即分成了两个阵营，一队是闾丘仲卿带来的兵马，一队是李英的兵马，闾丘仲卿一看不妙。按照之前的了解，李英即便不会出兵襄助，也断不会操戈相向。如今这一招反转让闾丘仲卿实在没想到。闾丘仲卿看着李英冷笑道："李大人可要想清楚了。今日的机会错过，再没有退路。"

李英此刻哪还能想到什么机会不机会，李月娥和赵光义生米煮成熟饭，哪还容得下他去考虑什么天下大义的。李英回看着闾丘仲卿道："我已经想好了。冒犯了。"话音落下，一个手势，手下的将士已经纷纷跑到赵光义的前面，和闾丘仲卿的将士拉开了架势。

闾丘仲卿此刻走到这个地步，硬着头皮也得上，指挥着士兵一边开战，一边躲着战局找了个不起眼的地方，趁人不备，带了几个随身护卫的士兵杀了条血路出去连夜逃回潞州。

李英本想派人去追，被赵光义拦了下来："既然胜败已成定局，就不要浪费兵力再去追击残兵败将。保留军力，过几天全力攻往潞州。"

李英点头，待手下的将士收拾残局后，自己走进了赵光义的营帐。赵光义命人搬了椅子进来，给李英上座的优待："这次要多亏李大人赤胆忠心，才能击退叛军。”

李英没有客气，在椅子上坐了下来，回看向赵光义，声音还有些气粗：“都虞侯不用谢我，要不是小女不成器，我也不会受制于人。还望都虞侯日后能善待小女，也算功德一件。”

立在营帐门口的李月娥早穿上了外袍，对李英笑道：“爹，方才那是情急之下的权宜之计，你可别想歪了。”

“什么？”李英的头又是一晕，“什么权宜之计？”

李月娥大步走到李英面前，给他递了盏茶水道：“爹才是糊涂，被奸人的巧言令色蒙蔽，那种情急之下，我如果不出那个招数，爹怎么能翻下脸救赵公子？所以我才乱说一气的，其实我和赵公子没什么的。”

“混账！”李英没等李月娥说完，已经一掌拍到了桌子上，“你怎么能说出这么没有廉耻的话？你把女儿家的贞洁名声当什么了？当着那么多的将士，你就那么大剌剌地说自己和都虞侯有私，如今你又说是权宜之计？你的名声都毁了还怎么权宜？你当那么多的将士是瞎的还是聋的、哑的？”

说完李英气冲冲地看着赵光义道：“赵大人，都虞侯，我知道你身份高贵，月娥一直是痴心妄想。我也没有打算把女儿许给你。但今天的事，木已成舟，月娥的名声都毁了，为了帮你解除一时的困境，她把自己的名节都不要了。你说日后她怎么嫁人？如果你当初不打算要她，又何不站出来澄清？现在弄成这样，她这一辈子，都完了。今日你必须要给我个说法，如果你肯要了月娥还好，如果不要，我李英这乾州的十万将士，也不答应！”

赵光义看着一脸怒气的李英，又看了看在一旁面红耳赤的李月娥，对李英拱手道：“李大人，请容我和月娥姑娘聊几句。”

李英看了看赵光义，怒哼了一声，向营帐外走去。

偌大的营帐里，只有赵光义和李月娥两个人，呼吸都彼此可闻，李月娥的心扑通扑通跳了起来，跳得好快。李月娥低下了头，一脸绯红。

赵光义的眉头紧紧蹙着，像在思索着什么。过了许久，才看着李月娥说道："今天的事，要多谢姑娘。"说完向李月娥深深作了个揖。

李月娥忙摆手道："公子太客气了。使不得这么大的礼。"说得匆忙，手指碰到了赵光义的手，又忙缩了回来。

赵光义的声音很平："无论如何，不该用姑娘的名声来做筹码。如今，事已至此，诚如李大人所言，如果要我负责，也是可以的。"

李月娥听到这句话，心像揣了只小鹿般扑通欢脱，红着脸却说不出一个字。半晌才轻声说道："如此，那就是月娥的福分了。"

赵光义浅浅勾了勾唇，咀嚼着那两个字："福分……"半晌，声音有些艰涩，"其实，姑娘也可以和我回开封，待我把实情禀明皇上，再给姑娘御赐良配。跟了我，不是什么福分。"

李月娥的脸上顿时没了血色，抬眸看向赵光义，眼睛是丝绝望的落寞："公子不肯要我？"

赵光义轻轻摇头，声音很沉重："我讲的是实情。以姑娘的出身门第，若是许了别人，都可做正妻。但我家中已有妻室，姑娘过门只能做妾。委屈了姑娘。再者……"赵光义长叹了一声，"我的心里，容不下别人。"

李月娥听到赵光义的话，前半句她倒是无所谓，做妾不要紧，看是谁的妾。但后半句却让她的心都疼了起来。他的心里，容不下别人。容得下谁，她心知肚明。李月娥抬眸看着赵光义，倔强地回了一句："人的一辈子很长，不走到最后，谁能笃定呢？"

赵光义的目光落到李月娥的身上，像问李月娥也像问自己："用一辈子打一个赌，值吗？"

李月娥没有犹豫地点着头："值！我这辈子，就赌这一次了。"说完又缓了缓声音道，“至于公子说的禀告皇上的法子，虽说皇上如果能御赐姻缘自然是福分，但今晚的事定会传遍天下，纵然谁家再娶月娥，心里都会不痛快。与其在别人家委委屈屈，何不在公子身边相伴？就算公子心里没有月娥，但月娥能看到公子，就很知足了。”

“哪怕，”赵光义还是艰难地开了口，“哪怕没有子嗣？”

李月娥的脸腾地红了，声音很小：“能看着公子就好。不用子嗣。”

赵光义的心微微颤了一下，看着眼前的李月娥，一脸毫不掩饰的急迫，一夜为了自己奔波而浮肿的眼睛，说喜欢谈不上，但的确心有亏欠。更何况门外还有李英的十万大军压着。赵光义摸了摸身上，也没有什么可相赠的，只得走到桌前，把自己常用的笔递给了李月娥：“出来得匆忙，身无长物。这支笔送给姑娘当信物，待我潞州告捷后，便回来接姑娘。”

李月娥接过笔，全身都晃了一晃。幸福来得太突然，太快。她一度都不敢想自己能嫁给赵光义。可如今，就这么一夜之间，所有的情势都变了。也许，他是迫于爹爹的压力，也许是感恩，也许是内疚……但都不要紧，他终于肯要自己了。李月娥简直想大声欢呼一嗓子，但还是忍住了。眉眼都不觉笑开，看着手里的笔笑道：“不打紧。不过公子特别，送的信物也特别，还从没见过人拿笔当信物的。”话说完瞟到了赵光义的玉佩，不由道，“还不如公子的玉佩更妥帖。”

赵光义腰上的玉佩很惹眼，白玉泽兰，尤其今晚赵光义穿着玄色的袍子，更显得玉佩莹润光洁。赵光义的眉头却突然蹙起，好像李月娥提了个什么非分的请求，面色清冷如霜，冷冷道：“请李大人进来吧。”

李月娥吐了吐舌头出去，早已是眉眼泛喜乐开了花，扯着李英笑道：“公子请你进去。”说完就低着头羞红脸跑开。看李月娥这情势，李英已经知道赵光义应该是同意了。

第二天，慕容延钊和石守信的援军到达，三军齐发，向潞州冲进。

三个月过去，金陵的夏天也即将走到了尽头。七月流火，小桃已经在花月坊又待了半年多。从开始的空洞，到现在的淡然，小桃觉得自己变了，又似乎没变。颈上的刺青不再是她的耻辱，终于使得她在烈日炎炎的夏天也不必捂着围领难过。小桃在花月坊的日子说不上好，也不算不好。有了祁公子的打点，红姑没有再为难小桃，秀菊和连翘仍在服侍着小桃。秀菊老实，连翘却是不安分的。常常明着暗着抱怨自己跟错了人，别人都能人前人后风光，自己却要待在桃苑像进了坟墓。

小桃只当没有听到，每日闲来写写字，练练舞。如今小桃的字更加炉火纯青，行云流水。练舞则去东院的舞场，有时新来的舞姬还会找小桃请教一二。小桃喜欢在晚上大家都睡去的时候练，没有人，只有天地间的风会伴着她，那伏贴在肌肤上的滋味，好像当初在所有他在她身边的日子。她在舞，他在看。

到了七月中，花月坊分外热闹起来。红姑选派了一批歌姬舞姬，据说要随着使臣一起到大宋去。小桃不明所以问秀菊，连翘在一旁撇了个白眼："花月坊能干的，都跟着去大宋见世面去了。听说大宋平定了潞州的叛乱，皇上可不又上赶着派使臣去恭贺了。"

小桃"哦"了一声。李璟和大宋的往来很频繁，总是在适时的时候，多往来函件，多送礼品，多纳贡，总之就是多讨好。尤其从大周到大宋的改弦更张，李璟更加战战兢兢，对柴荣还好，对赵匡胤更摸不清是什么品性，只能先行示好。眼下潞州平叛胜利，李筠兵败自焚，李璟更是及时恭贺，除了几车礼品，歌姬舞姬前去助兴，更是派了七皇子李从善陪同使臣亲自前去恭贺。

八月初，七皇子和使臣回来。花月坊之前派去的姑娘们也回来了，一回来便成了花月坊的香饽饽，走到哪里都是众星捧月，都想听她们说说大宋是什么样子，汴梁和金陵有什么不同。

小桃有时走来走去，也听到了几句。听着她们讲着皇宫的气派，马行街的热闹，小桃的神情飘得有些远。开封对她来说，记忆太多，有甜的醇香的，也有撕心裂肺的，更有恐怖刺痛的……小桃的心有些疼，正要移步走开，却有一句话飘到了她的耳朵里："这次去真是见了不少场面呢。正巧赶上都虞侯纳妾，我们也去排演助兴。真真是皇家气派，纳个妾还那么大阵仗。"

旁边的人早已迫不及待插嘴道："纳妾不就是一顶小轿子从侧门抬进去就好了吗？难不成大宴宾客？"

先前的人"啧啧"道："小户人家才那么做。人家是谁？殿前都虞侯，大宋皇上的亲弟弟，纳个妾能像普通人吗？又是宴席又是歌舞，皇上都亲自去了呢。除了没拜天地，我看和明媒正娶也差不离了。"

都虞侯三个字像针一样刺得小桃的心狠狠疼了几下，木然地问着说话的人："都虞侯是谁？赵匡义吗？"

说话的人愣了一下，看了看小桃，嘻嘻笑道："我道谁呢，敢对都虞侯呼名道姓的，原来是桃姑娘，那自然是了。就是桃姑娘的故主呢。"花月坊的姑娘最是八卦的，早有人从迎来送往的官员嘴里知道了小桃在开封的故事，私下里编排得活色生香。只是小桃平日常躲在桃苑，听不到罢了。

如今这么直刺刺地冲她说来，小桃只觉得全身的皮都像被揭了似的疼痛。小桃的脸微微抽动了几下，木然地转过了身子，一点一点，向桃苑挪着。

背后是几个姑娘叽叽喳喳的声音："你也真敢说，人家好歹是从四品呢。""从四品算个屁，花月坊靠本事说话，我看她除了一副死人脸什么都不会。""扑哧，你说那都虞侯会不会就是嫌弃她的死人脸所以把她送回来了？""床上也死人脸？还像死人似的一动不动？哈哈哈。""肯定是，要不能混得那么惨，别人怎么着也能留下当个舞姬侍婢，有本事的早做了妾生孩子了。”“听说都虞侯这次纳的妾，不仅出身高贵，还是乾州第一大美人呢。”“怪不得呢，第一大美人？你见了没有，多美？”“我哪见得着……”

如果说人的口舌也能像弓箭，那这一堆话对小桃来说已经是万箭穿心。好容易挪到了桃苑门口，小桃吐了口气：“终于到了。”心里一松，整个人向前栽了进去。正在院子里晒东西的秀菊赶紧跑过来把小桃扶了起来，看着一脸惨白毫无血色的小桃，忙对连翘喊道：“快去找红姑，给姑娘请个郎中啊。”

连翘嗓子很尖：“哪就这么高贵了？”

小桃悠悠地缓了口气，扯着秀菊的袖子喘息着低声道：“不用，扶我回房就好。”秀菊忙用力撑着把小桃扶到了屋里的床上。小桃闷头倒下，再没说一个字。

三天了，小桃在床上一动不动，秀菊端进来的吃的，原封不动端出去。除了偶尔喝口水，再也没吃一口饭。小桃的眼睛变得更加空，原有的灵气，早不知被盘剥到了哪里去。他又纳妾了，乾州第一大美人，乾州，是月娥姑娘吧？一定是了，当初他们就合得来，一起买兵器，一起谈论墨，那么有默契。小桃的心抽得紧紧的，把自己缩在了被子里。

为什么要难受？为什么要心痛？他们都负了她，赵匡胤害死了她的孩子，杜老夫人要她装聋作哑，符雪婵要烧死她给她刺上了耻辱的刺青，现在连最后一个人也彻底负了她，整个大周也好，大宋也罢，都是魔鬼。“啊——”小桃咬着被子低低地吼着，直吼得全身颤抖，声音暗哑，唇边甜腥。

不知吼了多久，小桃没了力气，把嘴里的被角松开，眼泪不住地流了出来。门外响起了秀菊的声音：“姑娘，祁大人到了。”

小桃还没反应过来，屋门开了，一身雪白的祁正修走了进来，看到小桃的样子，祁正修怔住了，拳微微攥紧了些。忙快步走了过去，坐在床边抚着小桃的肩问道：“发生了什么事？”

小桃看着一袭白衣的祁正修，忽然觉得世间的事好奇怪，以前心心念念忘不了这身雪白，现在却就在身边也仿佛能穿透雪白看到遥远的青黑。为什么总在不适宜的时候怀念不适宜的人和事？为什么想忘记，就这么难？

小桃闭上眼，全身无助地抖着。祁正修叹了口气，随即轻柔地抬手抚上了小桃的发丝，俯身吻上了小桃的额头，声音温温：“告诉我。你怎么了？”

小桃没有什么知觉，祁正修附在她额头上的吻她似乎没有感觉到，只是麻木地看着远处，身体微微颤动，想流泪，却是心被绞来绞去地疼，又被火烧炙烤似的煎熬，却依然没有眼泪。她怎么了，她回答不了祁公子。只是过了许久，才嘶哑地问着祁公子：“我是不是特别没用？”

祁正修缓缓拍了拍小桃的背：“没有。不要乱想。没有什么事能让你否定自己。你只是需要休息。”顿了顿道，“看你喜欢写字，我拿了许多名家的字帖，你闲来临摹也好。”

小桃咬了咬唇，很木然地点着头。祁正修勾唇淡淡笑了笑，转身出去，和秀菊打听了小桃近期的情况，大致知晓了是什么事，心里有些沉沉地离去。

小桃不知道自己空了多久，直到有一天终于连病带饿晕了过去。昏沉的时候，忽然觉得死离自己好近。大周那么多人想弄死自己，可就是无法如愿。如今就这么死了，好亏。

醒来之后，小桃终于强打着振作了不少精神。吃好喝好，逼着自己练了几天的舞。跳舞很好，跳的时候，可以把所有的事情都忘掉。红姑看小桃难得这么刻苦，打趣道：“桃姑娘可算开窍了，就如今桃姑娘的舞姿，整个花月坊还真没人比得了。何不挂出牌子每晚去前头演？”

红姑也就是随口一说，之前她不知道磨破了嘴和小桃说过多少次，小桃都没有答应，如今也没抱什么希望。却不曾想，小桃轻描淡写地应着：“好啊。”

“什么？”红姑的眼睛瞪得老大，“我没听错吧？姑娘真的愿意？”

小桃依旧是淡淡的，像没了魂儿：“在哪儿跳，不都一样吗？”

“哎哟喂，对对，在哪儿都一样。”红姑拊掌叫好，得来全不费工夫。忙小步跑出去吩咐底下的，今晚就把小桃的牌子挂出去。

戌时，一更鼓的时间，花月坊依旧是热闹非凡，各路的达官显贵，都不惜一掷千金，在这里寻个官妓作陪，或是看看最新的歌舞。红姑今晚做了大阵仗，下午就用桃红的绸缎把整个花月坊大前堂布置得格外喜庆。听说有新招式，不少人都闻风特意赶了过来。

小桃在屋里静静地对着镜子给自己画着，清清淡淡的妆容，一个倭堕髻，一身桃红的衫裙，颈下桃红的胎记，一切都相得益彰，刚刚好。

一更鼓响，小桃从楼上腾空而下，宛如一只精灵，在台子上灵活得舞着。那天，她舞的是《双燕舞》，祁公子做的曲子，很好听，也很好舞。只是她许久没有舞了。小桃的舞姿生动灵活，尤其是腾空跳跃的动作，毫不吃力，简直就像轻盈的燕子在掠水飞翔。红姑看得喜上眉梢：“还真有两下子。”

一曲罢了，任底下掌声雷动，小桃没有看任何人一眼，转身回了桃苑。红姑喜滋滋地追上去，不住地说着：“姑娘真人不露相，今天一露，把底下人全震了。就跳一曲也是对的，吊着他们的胃口，日后才会总来——”

小桃任红姑说着，只是木然听着不吭声。回去把衣服换了，淡淡道：“我该睡了。”

红姑说得兴起，听小桃这么说也只得讪讪道："那姑娘便睡吧。"说罢走了出来。不禁摇头，每个姑娘都是人红脾气就跟着见长。这个小桃的变化更快，没几天就变成了这副嘴脸。不过只要能赚银子，什么嘴脸她都不在乎。

小桃的名声雷动像冬日里的爆竹，几乎是一点就着，一曲《双燕舞》每天舞几场，还不到半月，就已经京城里人人皆知。红姑趁着这股热闹劲，索性把花月坊的格调都重新布置了。小桃住的桃苑自不必说，一改之前清冷的模样，如今又添了几个粗使丫头，几个近侍。且不说家具器物，连院子里的盆栽树木都全部更换成了新的。

而花月坊的前堂全部布置成桃红的色调，并且增添不少幕景，全是配合小桃跳舞用的。并且把前堂的位置，按照离台子的远近也标了不同的价格。位置最好的，要二十两银子一桌。即便这样，也早有人提前定下。

时间久了，又有人询问红姑小桃走春的价格。在花月坊看着不过瘾，家里宴请宾客唱个堂会，要是能把当红的舞姬请回家，那才是脸面。甚至有人出了上千两银子的高价。不仅如此，还有人问做小桃的入幕之宾是什么价格。要是能长期包起来，那才更显身份。红姑深知小桃对这种要求一定反感，故而也不敢去问，只是推脱着。

但日子久了，看着白花花的银子到不了手。红姑的心难免痒痒的，问着小桃道："桃姑娘，其实去府里走春，也不是什么坏事，银子赚得还多……"

话没说完，小桃已经冷冷打断："红姑是嫌我肯去前堂跳舞了？如果是被名声所累，不如我从此不再登台？"一句话吓得红姑再没了脾气。

祁正修耳朵里也有听闻，却从没去看。陈述忍不住拽着他道："你的桃姑娘如今可是了不得的人物，咱们赶紧去看看吧。"祁正修没有拒绝，他也很想看看，如今小桃的舞技，是否真的像传说的那么出神入化。

陈述提前定了一楼一处还不错的位置，离舞台很近，又拉上徐锴，没等戌时便到了花月坊等着。看着陈述两眼放光的样子，徐锴摇头道：“我看你还是别抱太大的希望，名声大不一定是跳得好，桃姑娘从四品的封号更勾人。”徐锴仍然忘不了当年小桃从盘子上险些掉下来又用力爬回去的样子，想起来还是忍俊不禁。他可不认为一两年能有多大的长进。

陈述瞪着徐锴：“你是打我的脸还是打子介的脸？”

徐锴哈哈笑着：“当初你是没看到，子介即便没看到，也听到了满堂的笑声。”徐锴说话是不会拐弯的。

陈述撇撇嘴：“那我再和你打赌，五十两银子？”

“赌就赌。”徐锴仍不服输。

戌时是每天小桃出演的时间。还未听到更鼓敲响，四处的灯烛已经暗了，台上飘然出了十几位舞姬，人人手中一方绫纱，扯起来宛如蓝蓝的水波，起伏着，泛着光。不知为何，祁正修忽然想起了云湾村的溪水。虽然他曾经忘记过。

不多时，光渐渐强了些，舞台中间的帘幕撤去，一座九层高的莲花台露了出来，这个莲花台最下面是船的形状，越往上越小，像一株渐渐升出的清荷。底下一片惊叹，这么高的台子，仿若通了天的仙境。同时大家也在找着，小桃会从哪里出现。

这时忽地从最上面荷花的中心缓缓站起来一个人，一身水红的小桃露了脸。徐锴脸上微微绽出了笑意，和当初一样，小桃提前就站在台子上。徐锴刻意留意了下小桃的脚，咦？脚倒是没有再裹，不像以前那么小。

乐声响起，小桃在莲花台上舞着，身姿柔弱，翩然若仙。虽无差错，却也没有精彩逼人的地方。歌女的声音也响起：“闲梦远，南国正芳春。船上管弦江面渌，满城飞絮辊轻尘。忙杀看花人。”

陈述一怔：“吴王的词，难道这是专为我们唱的？”彼时先太子李弘冀已故，六皇子李从嘉被封为吴王，入主东宫。虽然还没有封太子，但所有人都知道，李从嘉做太子，甚至皇上，早晚的事。

徐锴笑道："多情！吴王的词流传甚广，怎么就是专给我们唱？"

话音刚落，小桃已经从台子上飘然而落，到了最底下的船上，叫好声一片，徐锴停住了话，不住点头："长进不小。"

小桃在船上舞着，身姿此刻变化得极快，再加上身上的绫罗绸纱来回舞动，快得让人分不清到底是人在跳舞，还是一株出水莲花在随风摇曳，而且摇曳得极有风情。大家屏着呼吸还没有把分得清到底是人是莲，随着乐声的急促，小桃越舞越快，忽然猛地向上凌空跃起，那么高的九层台，小桃只在每一层踮了一下脚，就轻松地跃上了最顶层的莲花，随后动作渐渐缓了下来，最后把身子缩起，成为了一朵含苞而收的初蕾。

半晌，大家才像回过神，叫好声雷动，几乎要把花月坊掀翻了。徐锴过了许久才回过味儿来："从没看过这样的舞，不是舞姿多曼妙，而是，有种感觉，看了就进去了，很难出来。"

陈述一边拍巴掌一边笑道："赌输了，服不服？"

"服！"徐锴摇头，他实在无法把今晚的姑娘和当初那个从盘子上险些掉下来的姑娘视为一人。

祁正修的目光仍在舞台上飘移，他的内心是震惊的，他从没看过一个人能舞出小桃这样的韵致，每一步，都让他的心随着颤动。以前小桃在他的眼里是娇俏而柔弱的，而今天，却华美地绽放。那种耀眼的光华，美得令人心悸。

小桃从台上下来，却并没有像往常一样回到后台，而是直接走到了祁正修这一桌，对着三人微微屈膝："三位大人来了。"

陈述一把拉着小桃坐下："还虚客套起来了。不过，你的舞真是没负了你这满金陵的盛名。"

小桃看着祁正修，眉眼中几丝无奈：“盛名用来求生，却也是负累。”

陈述朗声笑着：“说话也文绉绉起来。”四人就这么闲聊了许久，花月坊的歌姬舞姬通常是不陪酒的，因为有专门的酒妓会在各桌上陪酒。尤其是小桃这样平日冷艳清绝的，今天却在祁正修这里聊了这么久，不由令许多人好奇。

一个多时辰过去，陈述和徐锴要走，小桃看着祁正修道：“不知道公子可否随我到桃苑一叙？”

陈述挤挤眼睛推着祁正修：“快去吧。”说完和徐锴起身对小桃做了一礼便大步走去。

祁正修没有推辞，冲小桃微微一笑，随着小桃在众目睽睽之下穿过整个前堂，绕进了后院的桃苑。

进了屋子，小桃吩咐秀菊道：“给祁大人斟茶来。”秀菊应声而去。

屋里只剩下祁正修和小桃，小桃的神情有些疲累，转身去把头上沉重的珠钗取了下来，又把脸上的浓脂艳粉擦去，刚要转身，祁正修从身后轻轻揽上了小桃，声音很温：“今晚，你很美。”

小桃的身子有些僵，祁正修的呼吸在她耳边拂得有些痒痒，小桃的声音微颤着：“公子，我们说会儿话。好久不见公子，想叙叙旧。”

“叙旧？”祁正修松开了小桃，把小桃的身子转了过来，俯看着她温声道，“为什么是叙旧？你今晚在那么多人面前引我入桃苑，不是招我做入幕之宾吗？”祁正修的声音很柔和，却每一句都像把小桃揭开一般。

小桃看了看祁正修，扯着唇角苦笑道：“公子是天下心思最细敏灵慧的，小桃实在是班门弄斧。不过小桃的难处，不找公子又找谁呢？”

祁正修看着眼前这个变聪明的女人，忽然有点心酸。曾经他以为她变得像何之棠那么聪明，也许就不会受伤了。可如今她好像一夜之间就成长了许多，他反而更怀念那个傻乎乎的她。人，总是这么矛盾。祁正修抬手抚了抚小桃的脸，淡淡笑了：“至少你找的是我。”说罢坐到了床上，“今晚有些疲累，先休息了。你自便吧。”

小桃对祁正修感激地一笑，细心服侍祁正修把外袍脱下，放下床上的帘幔，灭了灯烛缓缓出去。

小桃把所有服侍的婢女都吩咐了出去，自己睡在了外间。觊觎她的官员不少，只凭她自己，不可能一直拒绝下去。只有找一个强大的臂膀，做自己的引幕之宾，才能断了其他男人的念头。太子去后，六皇子为东宫，而祁正修不知为何又成了六皇子的人，这是满朝皆知的事。如今虽说祁正修在朝中是闲职，却没人敢不敬他几分，所以小桃找了祁正修。她不知道自己这么做对不对，但这么做可以保护她自己。而且，她反复地告诉自己，她是喜欢祁公子的，不是吗？

那晚，小桃在外间睡得很踏实，祁正修在里面却有些辗转。小桃变了，心性的成熟转变很快，但更让他心里不是滋味的，是小桃对他的情愫，似乎也变了。不知何时，她看他的眸子，不再像从前那样有光彩，而是变得空洞。这让他的心，莫名有些慌。

第二天一早，祁正修刚刚醒来，小桃已经听到声音带着秀菊进来服侍。小桃很细致，给祁正修打的水不冷不热，在他盥洗后不早不晚地递上了巾子，柔声说道：“公子坐下，小桃给公子束发。”

祁正修浅笑着坐下，看着铜镜里小桃灵巧的双手翻飞，很快把自己如墨的发丝束好到玉冠中，比自己府里的侍婢还精巧。一袭茜色的衣裙，比昨日的水红更加柔和，就那么静静地立在自己身边，神情专注地弄着头发，祁正修一刹那有些怔忡。小桃给祁正修束好发冠，正要说话，手被祁正修猛地牵上了，看着镜中的她，祁正修想问，却还是没有问出口。

小桃也看着镜子里的祁正修和自己，一袭霜白配着一身茜色，执手相依，这不正是她以前梦寐以求的情景吗？只是当这天真正来临的时候，自己怎么不像从前那么悸动心慌了呢？也许，是自己老了。小桃有些喃喃，神情很空，像对祁正修也像对自己说着："公子，我的心，和从前是一样的。"

祁正修的心抽得有点紧，他想问的问题没有出口，小桃却像读懂了他的心一般说出了他想听的答案，可是，这答案，总觉得少了几分情意，却多了几分誓言的味道。祁正修把小桃的手放在了自己的唇边，温声道："我知道。"

小桃身子一紧，把手轻轻扯了出来，祁正修站了起来，淡淡道："晚上我再来。"小桃"嗯"了一声，把披风给祁正修披上，目送着祁正修出去的身影，竟有些心累。

祁正修一连在桃苑住了半个月，白天出去办事，晚上便在桃苑中留宿。整个金陵城便都知道，那从四品的官妓，如今是有了主的。这个主一般人还惹不起，别人也不好再去缠磨。

风月场的花边新闻总是传得很快，尤其是留心此事的事。身在汴梁的赵光义，也知道了小桃如今开始在台前出演，不仅成了金陵城的名妓，而且祁正修还是她的入幕之宾。这样的日子，是她梦寐以求的吧？艳名远播，和心爱的人双宿双栖，赵光义想起这些，心就疼得一阵阵窒息。自从纳了李月娥，他很少回府里，即便回去也只在书房独宿，除了醉，就是醉。

后来还添了一样毛病，喜欢去风月场所。以前朝中同侪邀他去那些地方，他是不屑一顾，嗤之以鼻的。但如今，他喜欢去，尤其喜欢看舞姬跳舞。虽说汴梁的歌舞实在和金陵没得比，不论是场面的精致，还是歌姬舞姬的水准，都差了金陵太多。但赵光义仍喜欢看，那满台子的红袖招，转着转着，他就仿佛看到了他的桃宜，在桃林里舞，在院子里舞，还问他好不好看。她会俏笑着画很丑的画说是他，也会一笔一画描着他的字，可她还是走了，走了！她又做了祁正修的女人！贱人，贱人，喝醉了赵光义就会心里反复地骂着，可即便烂醉如泥，他也骂不出口，他舍不得。

九月，扬州李重进举兵叛乱。赵光义再度申请带兵出战。只有打仗，才能让他觉得自己还活着。赵匡胤同意了。赵光义和石守信、王审琦等人率兵先行向南攻去。李重进的地盘在扬州一带，越往南走，赵光义的心里就有种说不出的滋味。江南风光，让他有些睹物思人。扬州离云湾村不算远，赵光义把营帐安札好之后，等着后续的军队陆续到达也还需时日，赵光义索性打马用了一天一夜的时间，赶到了云湾村。小木屋还在，只是落了许多尘土，赵光义用袖子抹了抹桌上的灰尘，在那里坐着发了一天的呆。直到日落西山，才出了木屋，迎头遇上村里戴家的下人，看着赵光义惊喜地问道："先生回来了？"顿了顿又道，"夫人也回来了吗？"

赵光义勾了勾唇，没有吭声，大步向村外走去。落日把他的影子，勾得有些落寞的长。

李重进的起兵没有坚持很长时间，加上赵匡胤十月也来到了扬州御驾亲征，大宋士气鼓舞，很快就攻进了扬州城。十一月，城破，李重进兵败，举家自焚。

赵匡胤御驾亲征的这一个多月，对李璟来说简直就是度日如年。扬州就在长江以北，紧紧挨着长江，而金陵就在长江之南，隔着一道江，李璟怎能坐得安稳？不时派人暗暗打探着边境的消息，稍有风吹草动就胆战心惊。

当初唐和周划江为界，长江以北是后周，长江以南是唐，赵匡胤夺了后周的天下，这么快就到扬州御驾亲征。李璟生怕他顺道过了江打到金陵，那他可真的无力应对。好容易煎熬着赵匡胤带兵又回到了汴梁，李璟这才长舒一口气。却也不住地后怕，好在这次赵匡胤没什么动作，但金陵作为都城的位置实在不妥。和大宋就一江之隔，万一大宋有什么异心，根本没有缓冲的地带。李璟终于下定决心，准备迁都。

春节后，李璟下诏，立六皇子李从嘉为太子，留守金陵监国。而李璟带着诸臣，逆江而上，到了洪州南昌府。正式将南昌府定为南唐的国都。祁正修虽是闲职，终究也是朝臣，随着李璟一起到了南昌府。

花月坊仍在金陵，没有搬迁。小桃不知道祁正修这一走，要分别多久。虽然有难过，有不舍，却也没有往昔那种撕心裂肺般地揪扯。小桃向红姑告了一天的假，去到祁正修的府邸帮他打点着行装。

祁公子喜欢的五福镇的纸，歙砚徽墨，小桃都一一收拾好，随口笑道："公子喜欢雨天，听说南昌府的雨，比金陵的还要多，还要大。"

祁正修的心里悠悠一荡，她还记得他喜欢什么，不由伸手覆上了小桃的手，俯下身子离小桃很近，呼吸声都在小桃的耳边清晰，温声道："别急，过一阵子，南都安顿好了，花月坊也会搬去。"

小桃一怔，垂下眸子低声道："我不急。"这倒是说的真话。还记得上次祁正修不辞而别，小桃只觉得像剜了心，可这次同样是分别，小桃倒只是酸酸的，并没有那份撕扯的痛，终究是自己长大了。

只是那话低低说出来，有几分旖旎的味道。祁正修的心怦怦跳了几下，抬手抚上了小桃的头发，微微闭上眼，俯下唇覆上了小桃的，却在刚碰到小桃的瞬间，小桃忽地把头偏了过去，想起什么似的对祁正修笑道："对了，公子，差点忘了一件事。"

祁正修睁开眼，小桃抿唇笑道："公子这一走还不知什么时候回来，万一我身上的桃花颜色浅了，就没法出去跳舞了。不如公子把颜料给我，待颜色浅时我自己去描补一番。"

祁正修转身从架子上取下一个盒子，又拿出一支细细的笔，没有说话，只是轻轻解开了小桃的衣襟，露出那片原本是刺青的地方，用笔蘸着颜料，又把那片桃花细细地描好。

小桃没有动，任由祁正修细致地在自己身上点画。而小桃，则细致地看着祁正修，不知何时，祁公子能让她这么心安，能让她这么自如。从前的害羞，腼腆，心如鹿撞，都倏然而逝了。甚至刚才躲开祁公子的吻，都可以自如而不尴尬。可是，为什么要躲呢？她是喜欢祁公子的啊。她有些迷茫。

祁正修画好了，把笔和颜料收了起来，淡淡笑道：“颜色淡的时候，我就会回来，给你描补。”说完看着小桃柔声问道，“今晚留下来吗？”

小桃的脸有些僵，看了看桌上，在想着说辞：“公子，我，晚上……”

没等她说完，祁正修已勾唇笑道：“逗你的，晚上我就要出发了。”顿了顿又道，“不早了，你回去吧。”

小桃暗暗松了口气，和祁正修告辞后回到了花月坊。

祁正修看着小桃的背影，脸上的笑容隐了下去，吩咐着下人：“把东西装到车上，明早辰时出发。”

对六皇子立为太子，小桃既高兴又纠结。高兴的是窅娘的日子越来越富贵了，纠结的是六皇子的身份越高，见窅娘就越难。这次回金陵都没能见到窅娘，只能通过祁公子传些物件给她。以后只怕就更难。

而对李从嘉做太子，大宋的反应却很意外地热情。和当初后周极力反对李弘冀登基不同，这次大宋要遣使臣到金陵恭贺。

李弘冀在后周抑或赵匡胤的眼里，都是个难对付的硬骨头。但李从嘉则不同，这位皇子从出身的那天就罩着重瞳异象的光环，听说为人清雅，谦恭有礼。但是这么多年来，除了大兴土木礼佛参禅，就是那传遍天下的小调辞赋，或者是和他那位周娥皇夫人一唱一和的闲情逸致。

赵匡胤武将出身，不懂他那些调调，在赵匡胤这里，李从嘉的所有行动都能总结为一个词“窝囊”。这样的人做南唐的太子或者皇帝，可比那个李弘冀强太多了，好控制，易操纵。

因此赵匡胤特派了使臣穆参带了自己亲手写的函件及厚礼前去金陵。赵光义听闻此事，心里不由一动，第二天在宫中给杜太后问安后，便顺道去了赵匡胤的书房拜见。闲聊之余，谈到派使臣出使唐，赵光义直截了当说道："出使唐，除了恭贺，顺便探看一番布防情形，才不枉一行。皇兄若是信得过，臣弟愿意效劳。"

赵光义的这番话提醒了赵匡胤，派些人顺便看看金陵的布防也好。只不过赵光义毛遂自荐为的什么，赵匡胤心里明白。赵匡胤点点头："好，那就辛苦你了。"

待到临出发的前一天，赵匡胤特意在宫里备了家宴给赵光义送行。除了杜太后，四弟赵光美也约了来。杜太后看了看家宴上赵匡胤的妻妾子女，连早婚的赵光美也带了妻子，只有赵光义形单影只，格外地凄凉。

杜太后听闻符雪婵在赵光义纳了李月娥后，疯癫得更厉害了。只是李月娥是李英的女儿，哪里容得下她再次放肆。符雪婵也就罢了，那新纳的李月娥她见过，又漂亮性格又好，光义还是不中意吗？都这么久了，也没半分子嗣的消息。家宴进行过半，杜太后趁旁人不注意，私下问着赵光义："月娥呢？身子还好吗？"

赵光义把手中的酒杯旋了旋，一口喝尽，扬唇笑了笑道："应该还好吧。"

"应该？"杜太后一愣，"她是你的人，你不知道？"

赵光义又倒了一盏酒，道："儿臣忙于军务，家里的事，没怎么上心。"

杜太后一急，把赵光义手里的酒按下："你都多大了，还不上心？匡胤像你这么大的时候，孩子都多大了？雪婵你不喜欢，可月娥是你自己要纳的，难道也不喜欢？"

赵光义的神情黯了黯，他都不喜欢，可是能怎么办？喜欢的娶不了，娶了的不喜欢。真是冤孽。

杜太后看赵光义伤怀，神情也缓了缓道：“这么久都没子嗣，是你的身子不好，还是月娥的身子不好？要不要找太医去瞧瞧？”

赵光义皱了皱眉，把杜太后按下的酒杯用力扯了过来：“谁也没有不好。”说完继续一杯一杯喝着。

杜太后心里发疼，却也无可奈何。都是作孽啊。早知道光义这么念及旧情，当初就不该把那个官妓撵走，又或者，至少该把那个孩子留下来就好了。想起那个孩子，想起小桃临走时笃定的那句“那个孩子，是廷宜的”，杜太后的心口更加疼得厉害，造孽啊，光义的第一个孩子。

赵光义心知第二天要出发，喝了几杯便停住了口。但是今天的酒好像格外烈些，赵光义有些头发晕，刚要起身又跌坐了下去。赵匡胤看到吩咐着宫女：“赶快扶到内室歇着去。”

赵光义被宫女扶起来走到了内室，头晕得厉害，便先躺在床上准备歇一会，却是脑袋刚挨上了枕头，就迷迷糊糊地睡了过去。

杜太后有些担心：“找太医来制些醒酒的汤药，明天还要出门，这么醒来会头疼的。”

赵匡胤笑道：“母后不用担心。光义身子好，这么几盅酒奈何不了他。今天就让他歇在这里，明天一早出发，免得夜里行走中了风寒。”

杜太后想想也好，众人又吃喝了一阵，便各自回去。杜太后临走前一再嘱咐赵匡胤一定要夜里安顿好赵光义，记得给他备好明天路上的东西。赵匡胤一一答应。

赵光义一觉醒来，眼前的帘幔红得发紫，透着缕缕的阳光，上面的金线还在熠熠闪光。赵光义腾地起身，一把把帘幔扯开，屋子里已经四处都是刺眼的阳光，赵光义不由皱起眉头，大声问道：“现在什么时辰了？陛下呢？”

门外怯怯走进来一个宫女，垂着眸子道："现在是巳时，陛下还在早朝。"

赵光义急忙披上外袍，匆匆系好带子便大步向外走去，却险些和迎面来的赵匡胤撞上，赵匡胤朗声笑道："终于起床了。"

赵光义顾不得和他寒暄，拱手问道："使臣在哪里？该出发去南唐了。"

"好了。"赵匡胤轻轻拍着赵光义的肩道，"使臣已经早就出发了。现在应该到了唐的地界，只怕离金陵也不远了。"看赵光义的脸色瞬间变得青白，赵匡胤笑道，"你昨晚贪杯了，寅时叫你起来，怎么也喊不醒。所以只好让慕容延钊代你去了，查看金陵的布防。误不了事，别担心。"

赵光义的身子微微晃了一晃，紧紧盯着赵匡胤的脸，神色清冷。赵匡胤摸了摸自己的脸，朗声笑道："不去就不去吧。如今你也不必事事辛苦，能让别人代劳的，我也不忍让你费心……"赵光义没有等赵匡胤说完，已经铁青着脸大步向前走去。

赵匡胤看着赵光义离去的身影，脸上的笑容卸了下去。那个官妓又开始兴风作浪了，听说在金陵又是出演又是接客，不就是想勾引赵光义过去吗？她想做什么？赵匡胤如今的心性和以往有些不同。没有坐到这个位子上时，虽然渴望，虽然向往，但每天心是坦然的。可自从坐到了这个位子，每天患得患失，反而比从前焦躁了许多。许多以前没有的疑虑，忐忑，如今都有了。连他以前最信任的赵光义，如今也怕，怕他手握兵权心生不轨，也怕他知道自己曾经弄死一个孽种而对他生了二心。所以，他不会让他去唐地。

第二十六章

假死遁世成软肋
杯酒释权换利益

大宋使臣和慕容延钊去了金陵，太子李从嘉自是盛情款待，不仅回赠了国礼，更是每日珍馐佳宴，丝竹歌舞，尽显其能。

大宋使臣直叹服："以前只听说唐人歌舞奇绝，却想不出来有多惊艳。如今是真看到了。"

李从嘉只是淡笑："过奖。"

慕容延钊却不屑地说道："不过，太子似乎还有珍藏保留。早听闻花月坊里有位舞姬，姿容不俗，跳起舞来，能让人心旷神怡。太子却不舍得请出来给我们一饱眼福。可是觉得我们大宋是下里巴人，没见过世面，这些就足够打发的了？"慕容延钊是武将出身，说话不管分寸。

李从嘉呵呵笑了两声，道："花月坊隶属于教坊，里面是些俗艳的歌舞，给寻常百姓看的，上不了台面。款待大宋贵宾，自然是用宫廷雅乐招待。"

慕容延钊冷哼了一声："雅的俗的，名声在外才是好的。"

李从嘉点头道："也好。既如此，通知教坊，不要再对外接客，准备三日，备好酒宴，款待大宋贵宾。"既然慕容延钊执意要去，李从嘉不便阻碍。但花月坊那种地方，他身为太子自然不便陪同，酒宴后找了七皇子李从善，吩咐他带着慕容延钊等人去花月坊，想了想，又吩咐下去，"速去南昌府，通知祁大人。"

等了三天，慕容延钊和大宋使臣在李从善的陪同下，到了花月坊。慕容延钊的装扮不同寻常，没有穿束袖的戎装，而是穿了袖子极为宽大的袍服。

花月坊自是早就隆重地准备了一番，十里外都清了场地，挂上红绸灯盏，专门围出一条路等着他们光临。里面更是张灯结彩，舞台布景也换了新的。几旬歌舞，慕容延钊迫不及待地大声道：“赶紧让那个跳舞极好的什么小桃出来，吊什么胃口？！”

红姑迎着笑道：“是，大人。”说完三击掌，灯光暗了下来。

舞台中间丛丛树林，一个灵巧的身影在乐曲中像一只精灵一般翻飞，光渐渐强了，一身大红的小桃，像一朵绽得极艳的桃花，连颈上的桃花都艳得奇绝，仿佛桃仙一样，在台上凌空腾跃。

大宋使臣张大了嘴，怪不得慕容将军非要看这个女子的舞，果然是仙人之姿，这在大宋，即便是宫宴，也没有这样灵动华美的舞姿。

这时，慕容延钊却忽地站了起来，用力拍着桌子喝道：“让我们辛辛苦苦等了这三天，就是这样的货色，你们南唐是欺负我们大宋都是些粗人没得看吗？”说完从袖子里取出一柄弓箭，飞快地搭了起来，冲着台上正在翻舞的小桃用力射了出去。

正在台上舞动的小桃应声而倒，从三层高的台子上摔了下来，慕容延钊还要大步上前，使臣穆参赶忙拦住：“将军，惩罚过后就好了，又不是什么大事——”

话没说完，被慕容延钊大声喝道：“关你什么事，拦在这里做什么？”

红姑扑了上去，慕容延钊的话音没落红姑已经号啕大叫：“啊呀，小桃没气了啊。诶哟，这可怎么是好啊？出人命了啊，怎么向教坊交代啊？花月坊再没有这么好的舞姬了……”

慕容延钊看小桃倒在地上一动不动，走上前看了看，自己的箭法还是不错的，这么远，又是动着的人，竟然也射到了心口，回去向皇上也好交代了。便冷哼了一声："下次再来这样的货色，见一个便杀一个。"

李从善在一旁早就目瞪口呆，此时才像大梦苏醒，一股燥火的气从脚底窜起，这人不过就是大宋的一个将军，来大唐已经这般招待，还找茬，给谁当大爷呢？却也敢怒不敢言，只得慢吞吞说道："没想到慕容将军看歌舞还揣着武器，莫非将军在大宋上朝也带着弓箭？"

慕容延钊被说得噎住，一时无语，片刻又冷笑道："我就是个粗人，出门弓箭不离身，皇子可是为了这个舞姬有什么异议？不过就是个舞姬，我大宋也多得是，皇子要是稀罕，赶明儿回去让陛下赏十个八个赔给你们。"李从善气得脸色青白，却也只得忍气吞声。

红姑忙让下人把小桃抬到了台后，一边走一边抹着眼泪："我好容易调教出来的姑娘啊，就这么没了，这可让我怎么活。"

慕容延钊一拍桌子："不看了。回去！"说完大步在前面走了出去。穆参叹了口气，也只得跟着出去。

李从善忙坐上马车，赶回皇宫和太子禀告。李从嘉眉头紧蹙，一拳捶在了椅子的扶手上："这慕容延钊，也太猖狂！"虽然他已经想到慕容延钊点小桃，必然是去找茬的，但也没想到他那么胆大妄为，竟然敢直接拿出弓箭就射杀。

打发了李从善回去，李从嘉忙问着幕僚沈同："祁正修回来了吗？"

沈同拱手应道："今天中午已经回来了。"

李从嘉点点头，祁正修回来，小桃应该没事。想了想又道："你带几十个府兵，去花月坊。"

下人把小桃抬回了桃苑，守在里面的祁正修立即命令把门关上，吩咐着红姑："把桃姑娘没了的消息散布出去。"

红姑忍不住问道："大人，方才你就让我说她死了，现在又这么吩咐，她到底有事没事？”

祁正修眉头紧蹙，脸色是从未有过的铁青：“先照我的吩咐去做。”说罢回到桃苑，看着一身是血的小桃，对一旁的郎中道：“辛苦了，箭上有毒吗？”

郎中仔细看了看道：“幸好没有。”说完对喘息的小桃说道，“姑娘忍着点疼，我把箭拔出来。”

小桃咬上了唇，一阵尖利的疼痛过后，小桃痛得晕了过去。郎中忙用热水和布擦了擦伤口，敷上了金创药，用麻布紧紧裹上了小桃的伤口，从伤口上方把护心镜取了下来递给祁正修道：“幸好大人做了准备，箭偏到了心口下方。否则射到心口，就是华佗再世也有心无力了。”

祁正修有些无奈地把护心镜放在一旁，看着满头是汗的小桃，心里说不上的滋味。看着慕容延钊今晚的装束，他已经有了判断，只是大唐衰败，他没有力量阻止。虽然救了小桃的命，却无法让她免于疼痛。

郎中又开了外服的汤药才离开。祁正修把秀菊也打发了出去。屋里只剩下他和小桃。夜，很静，小桃半睡半昏着，呼吸也随着伤口的疼痛时快时慢，还伴着颤抖。祁正修轻轻抚着小桃的头发，又抚上了小桃的额头，唇，眉眼……很久都没有离得她这么近了。这么多年，祁正修不知道自己一直在忙什么，明明小桃是离他最近的女人，却不知何时，又把她放得那么远。

正想着，门外传来三声不轻不重的敲门声，一声低沉的声音：“公子，马车到了。”

祁正修沉声应着：“好。”说完打横抱起小桃，走出了房门。

守在外间的秀菊追了过来：“公子……”话音没落，已经被祁正修身后跟着的黑衣男子一掌劈晕在地上。黑衣男子和祁正修一起，没有走桃苑的正门，而是撬开了守备空虚的东侧门，出了花月坊。

暗夜里的树下，停着一辆马车，祁正修抱着小桃向马车大步走去，却刚准备挑起帘子，几十个甲胄裹身的府兵从巷子口齐刷刷地围了过来，为首的一个冲祁正修一抱拳："大人，太子担心姑娘的伤势，请大人带姑娘去太子府上诊治。"

祁正修淡淡一笑，太子终究还是对他有所保留。祁正修没有拒绝，上了马车跟着府兵回到了李从嘉的府邸。

慕容延钊第二天立即向太子请罪，声称自己昨晚酒后失德误杀了花月坊的舞姬，已经发了急函给大宋的皇帝告知。

唐已经是大宋的属国，慕容延钊是大宋身份尊贵的将军，而射杀的只是一个小小的舞姬，李从嘉自然无法治慕容延钊的罪。但也没有轻易松口，只是淡淡说道："等宋皇示下再说吧。眼下还是委屈将军在驿馆先不要走动。"

慕容延钊的使命已经完成，对李从嘉的这番处理没有异议。回到驿馆没有再出去。李从嘉派了士兵把驿馆紧紧围了起来，禁止任何人出入。

几天后，赵匡胤给南唐来了国书，除了替慕容延钊求情之外，另送了数十车的金银珠宝，并二十位舞姬。用二十个赔一个，赵匡胤这面子也给得很足。只是赵匡胤在国书里还另外附带了一句"兹事鄙陋，不宜公众。"

李从嘉捏着赵匡胤的密函，不由对幕僚沈同笑道："他也怕丢人？"

沈同想了想摇头道："一则怕丢人，二则，兴许是怕赵光义知道了怪罪他。听闻当初赵光义是不肯送桃姑娘回来的。"

李从嘉"哦"了一声恍然，看着密函若有所思。想了许久，对沈同道："命人把花月坊那晚服侍桃姑娘的，都安置到别处。只对人说暴病身亡即可。"

沈同问道："红姑呢？"

李从嘉的表情依旧淡淡的："她在花月坊待了太久，早该换换了。给笔安口费，调到浣衣局。”

沈同应是，顿了顿，对李从嘉说道：“太子，祁大人那里，把桃姑娘留在府里真的能挟制住他吗？”

李从嘉摇摇头：“可我们也只有这枚棋子，不是吗？”说罢，李从嘉从面前的紫檀木架的抽屉里随手捏出一枚雕工很粗陋的玉桃，摸了摸上面简单而生硬的花纹线条，李从嘉又把它放回了抽屉。既然当初能用这枚玉桃收服祁正修，那么把小桃留在府里，就必然能挟制住他。

慕容延钊和使臣穆参安然无恙地回了大宋。花月坊在一夜之间从上到下换了人。红姑去了浣衣局，秀菊去了教坊的丝竹署，其余的下人也调走了不少。只有在小桃跟前偷懒的连翘反而因为毫不知情，又被派往别处服侍。花月坊派了新的掌事月娘负责着日常的事务。

小桃再次醒来，映入眼帘的是眼睛哭得红肿的窅娘，小桃使劲掐了掐自己的脸，险些以为是做梦。待发现不是做梦，用力扯着窅娘，眼泪早已不自觉地流了出来。急得窅娘忙叫：“别这么大力气，仔细把伤口崩了。”

说完急急地把小桃按在原处，一边抹着眼泪一边笑道：“我知道你一定觉得是做梦。我来告诉你，不是梦。这里是太子府。祁大人把你安顿在了这里，以后我们就能天天见面了。”说到后面，窅娘的眼泪也止不住。多少年了，她做梦都不敢想，还会有这一天。她能和小桃再在一处，朝夕相对。人生的际遇就是这么奇妙。

“那祁公子呢？”小桃忙问道。

“他前两天一直在。看你没什么大碍，今天赶回南昌府去了。过两天再来。”窅娘一边答着，一边从旁边的桌上把汤药拿来让下小桃服下，又端了糖水给她，“一定嫌苦吧。快喝了这个。”

小桃的眼泪滚落了下来，有多久没人对自己这么好了？小桃抱着窅娘，哭得泣不成声。

窅娘紧紧搂着小桃，连哭带笑道：“老天爷总算开眼了。如今你也算因祸得福。大宋那些人从中使坏，正好能让你解脱。太子已经吩咐下去，就说你暴病去了。如今花月坊再也没有你这个人了。”窅娘从没敢做过这样的梦，太子，祁公子，小桃和她都在一起，她最珍爱的人，小桃最珍爱的人，都在一起。

小桃却在痛哭和欢笑过后，很快地回到了现实，既然已经从花月坊脱身，为什么此刻她在太子府，却不在祁公子那里？按理，她不应该在这里的。即便是祁公子急着赶去南昌府，按理也该把她安置在陈述或是徐锴那里，尊卑有别，断不会把她安顿在太子府。如果是从前的小桃，也许只会欣喜与窅娘的重逢中，对那些理不清的关系也懒得动脑子去想。可现在的小桃，经历得太多，见识得也太多，心中已然有了自己的判断。

藏在这深不见人的侯门贵府，不知道又牵扯着什么利害关系。小桃想得头痛，看着窅娘问道：“你呢？还好吗？太子对你好吗？”

窅娘一时有些发怔，这个问题她好难回答，算好吗？太子是温和的，对她从不曾发过脾气，但太子的眼中也不曾有过她。窅娘笑得有些黯然：“还好吧。自己选的路，就是爬着，也要走完。”

小桃听了苦笑一声，只和窅娘闲话着家常。

虽说太子和太子妃一直没有出现，但是想必有过吩咐。太子府里的侍婢服侍得极为尽心，小桃在这里待着倒也舒心。

过了一个多月，伤也渐渐好了。闲着没事，和窅娘两个在府里练着舞。太子府中豢养着各种歌姬舞姬乐姬。有一个专门供舞姬练舞的场地，叫做渌台。

窅娘技法绝佳，一双小脚百般灵巧，舞得快时，整个人像仙子一样飘了起来，连脚都看不到。而小桃舞得动情，一举一动都能牵系着人走进一个故事，让看的人情不自禁入境。

窅娘对小桃的舞蹈瞠目结舌："当初你可是手脚都放不到一处，怎么如今跳得这么好了？飘高入低都不在话下，怎么练出来的？"

小桃是笑笑不语，她无法回答窅娘。她的舞技，代价太大。是用发疯的代价换来的无所畏惧。只有疯了，分辨不出高或低，才能豁得出去爬上爬下，摔了多少次，自己又怎么知道？

小桃看着窅娘笑："那你呢？脚怎么比从前小了那么多？"

窅娘笑笑，把裹着脚的布条解开，小桃也愣在了那里。窅娘的每只脚后两个趾头已经全部折断，向内收了回去，才能让整只脚像一弯新月般前面尖尖。小桃轻轻抚上了窅娘的脚，心疼地问道："不疼吗？"

"不疼。"窅娘摇头，"现在已经不疼了。开始的时候，疼得我每晚睡不着直挠墙。但是没有办法，普通的缠足只能让脚看起来小一点，而且没有弧度。只有折断骨头，才能出来这样的效果。"

小桃的眼圈有些红，这要受多大的罪，折断骨头，还要继续跳。那种钻心的疼她想着都难受，小桃叹口气："你何苦？"

窅娘把脚重新缠了起来："疼的不是脚，是心。他从没认真看过我的脚，也没认真看过我的舞。"

小桃不知怎么安慰窅娘，太子府里的姬妾太多了。她这些日子每天看得头都晕，想分清谁是谁都不容易，何况太子。

窅娘淡淡笑道："不过这是我心甘情愿的，也没什么说的。跳着跳着想着他，也就不疼了。"

小桃看说得伤感，转着话题："对了，我最近有个新招，你想不想看？"

窅娘点头。小桃跑回屋里，取出两块白色的长绢，轻盈地跳起把白绢系到了树上，然后缓缓舞了起来，一边舞，一边从树下桌上拿起笔，反手在白绢上写了起来。婀娜的舞姿配着刚劲的字体，一刚一柔相得益彰，别有一番味道。

窅娘不禁拍手叫好，待小桃舞毕，自己也拿着笔去写，却发现这个动作，看起来容易，做起来却很难。白绢是竖垂着，落笔下去没有支撑点，又要写出字来，就要求手腕要格外有力，而且要对字形纯熟于心，才能落笔不走样。同时腰肢和腿还要舞着，还要和写字的动作相协调，写字要静，跳舞要动，二者要在一个人身上同时体现出来，实在太难了。窅娘把笔放了下去，直摇头："我是服了你，这根本不可能做到。腿要动，手要静。别扭死了。我做不来。"

窅娘转身看了看小桃写的字，抿唇笑道："只是你这字，怎么像个男人写的？好有力的样子。"

小桃有些失神，她想改字体，却怎么改都是这个样子。有的东西，早已不知不觉渗入了她的骨髓，再难更改。小桃转而笑窅娘："你现在也能耐了，还能分出男人女人写的？识字了？"转而促狭地笑着，"哦，我忘了有人的夫君是全天下最有才情的，耳濡目染……"话没说完已经被窅娘追着打。

窅娘和小桃的舞成了府里一道亮丽的风景，有时跳着都会吸引来许多舞姬或是下人观看。有次李从嘉远远地也看到了，窅娘的灵动，小桃的奇巧，看得他很入神。李从嘉对美的东西素来没有抵抗力。小桃的字尤其叫他啧啧称奇，一个女子能把字写得这么铁画银钩苍劲有力实属难得。只是，写的内容却不敢恭维。有时是单独的字，偶尔一两句诗也和风景极不搭配。

李从嘉吩咐着侍从："给桃姑娘送些书过去，诗集词谱就好。"盈盈舞步，再配上风雅词句，才相得益彰。

赵光义不记得自己是什么时候在酒肆歌坊听到了小桃突然暴病死去的消息。只记得那是个春天，汴梁的桃花也开得很盛。起初，他听到有舞姬闲聊金陵城里某位跳舞极好的舞姬突然就死了，并没有在意，只是觉得金陵两个字很刺耳，不觉听得更仔细了些。

于是，他听到了那个舞姬的名字，那个叫小桃的舞姬，在一次跳舞之后，没有征兆地突然得疾病死了。可惜了她的舞，听说看的人没有一个说不好。赵光义把闲聊的舞姬一把扯过来，仔仔细细问清楚后，像疯了一样冲到了穆参的府上，听穆参仔仔细细说着他们去金陵的情形。

穆参不敢说是慕容延钊射杀的，只按照皇上吩咐的说辞，是看过小桃跳舞，只是跳了后突然就病死了。赵光义脸色惨白，全身都在微微抖着："你亲眼看见她死了吗？"

穆参从没见过赵光义这个样子，像一头会吃人的狼，眸子里都是凄凉的绝望。只得哆嗦着答道："亲眼看见了。郎中诊治后，说没得救了。"穆参说完向后退了两步，赵光义的表情，像会杀人。

赵光义没有说话，转身一步，一步，走了出去。汴梁的桃花很艳，只是在他的眼里，泣成了血。

这个世界上，再也没有了一个能让他笑得开心，恼得发火，爱得入骨，恨得痴狂，却一举一动一颦一笑都扯着他随着动的女人。他的心自由了，可他的心，也空了。

赵光义病了，一向龙精虎猛带兵打仗几天几夜都不用歇的他，这次真的倒下了。一倒下就是两个月。起初有些咳血，把杜太后吓得不轻，本就自己身体也虚弱的杜太后被赵光义的病惊得更加一病不起。好在皇宫里的御医身手不凡，宫里各种珍奇的药材也应有尽有，赵光义的身体底子也好，才渐渐好转了起来。

病愈的赵光义瘦了一大圈，本就清瘦的脸庞如今更是斧削刀劈一般见骨。眸中往日的亮色尽颓，只剩下了阴寒。而且身体也大不如前，走得急了或是动作大了，便要微微喘息片刻。御医说是精气尽损，需要渐渐补足才好。自然府里上下又是百般服侍。

李月娥看着赵光义这个样子，疼在心里，一边尽心服侍着，一边也劝着：“身子要紧，为了太后和皇上，你也得保重身体。”

赵光义只冷冷地看着远处，并不答话。突然得病死了，哄鬼呢？偏偏宋使去了就死在了跟前？他暗暗派人了解了一番，就在穆参和慕容延钊去唐地的时候，皇上派人给唐去了密函外加金银珠宝和二十名舞姬。如果是本要送给唐的，为什么穆参去的时候不带上，而要在中途送去？如果小桃的死和他们没关系，赵匡胤为什么要给唐补偿？赵光义早已猜到了是怎样的情形。只是，没人会对他说实话。

看赵光义不说话，李月娥又道：“人死不能复生……”

话没说完，赵光义已经暴怒，一把把李月娥手里的药碗摔了出去，阴阴吐出三个字：“滚出去！”“死”这个字眼，刺得他像被剥皮蚀骨般的痛。

李月娥咬咬唇，哭着跑了出去。赵光义用力揉着胸口，微微喘着靠在了床上，他不信，一天看不到小桃的尸体，他一天不信她死了。她怎么能死？赵光义把床侧的帘幔狠狠地撕碎。

赵光义的身体渐渐好转，杜太后的身体却每况愈下。宫里的御医也回天无力，只是熬日子了。杜太后看自己撑不过多久，把赵光义接到了宫里。她想临走前，多看看这个儿子。按理，赵光美最小，但杜太后最放心不下的却不是赵光美，而是这个久经沙场，帮着打下赵家的天下，她亏欠了最多的赵光义。

杜太后斜靠在鎏金凤床上，看着头顶的九凤呈祥，这辈子她没想过能走到这一步，能享受这至尊的荣耀。如果她的丈夫还活着，看到这样的盛景，该有多好，可惜，他走得早，而自己，也没有在这荣华富贵里感受多久，就要去陪他了。

帘外，兰姑轻声回禀着："太后，皇上，宰相、侍郎等大人都到了。"

杜太后回过神来，问道："光义来了吗？"

兰姑答着："来了。"

杜太后让兰姑扶着坐了起来，把床上的锦丝帘幔拉开，赵匡胤忙上来扶着，嘘寒问暖一番。杜太后的日子没几天了是大家心知肚明的事情，赵匡胤也尽量多抽时间过来陪着。只是最近赵光义在宫中，他便没有常来，如今见到赵光义，赵匡胤总觉得有些别扭，赵光义的目光阴阴的，冷冷的，从前的昆仲情深，不知道什么时候已经在他们之间再也找不到一丝痕迹。

杜太后抬手把赵光义唤到身边，一手拉着赵匡胤，一手牵着赵光义，把他们的手叠在一起，笑得慈祥："我这辈子，走到今天，很知足。你们的父亲在世时，尊敬我，在意我。他走得早，却给我留下了几个好孩子。让我这些年没受一丝委屈，我常和兰姑说，我这辈子托生来是享福的。就是现在走，也没得遗憾。"

一席话说得赵匡胤的眼圈有些红，微微嗔道："娘，说什么呢，什么走不走的，不过是场病，好了还有的福享，儿子还没给您专门修建宫殿，种上您爱的花花草草。"

杜太后拍拍赵匡胤的手："好了。知道你孝顺。眼下的福就满足了。不过，我放心不下的，也是你们。原本你和光义能够镇守一方，已经是人中龙凤。万没想到你能一步登天，成了九五之尊，得了天下。可是得江山容易，守江山难。虽然这天下姓了赵是意外之荣，但既然得了，就要守好。因此有几句话我不得不说，也好将来去底下，不愧对赵家的列祖列宗。"

赵匡胤点头："母亲请讲。"

杜太后接着道：“大周之所以失了天下，就因为皇上太年幼，孤儿寡母怎么镇得住江山？你看那朝堂上的文臣武将，皇上威武时，他们都是功臣良将，可皇上一旦孱弱，他们就反过来成了虎狼之兵，恨不得把你扑倒。”

赵匡胤听杜太后提到大周，有些尴尬地笑笑，却也承认母亲剖析得极有道理。杜太后从来就不是头发长见识短的妇人，如今这番话更是说到赵匡胤的心里，不由频频点头。

杜太后又道：“你成家晚，如今德昭和德芳年纪都太小。大宋又是刚刚建朝，根基不稳。朝里多是后周的旧臣，随时可能反扑。德昭或德芳立为储君，只怕将来会落个和柴宗训似的下场。这些天我想来想去，还是不能冒险。光义正值盛年，不如把光义立为储君，光义之后，还有光美，然后再由德昭、德芳继位，你看如何？”

杜太后的这番话像是晴天霹雳似的把赵匡胤震在了那里，他刚才听杜太后一席话还尽在情理之中，可是话锋一转，怎么把储君扯到了赵光义那里？只听说儿子继承老子的江山天经地义，哪听说弟弟继承哥哥的江山？

赵匡胤转头看看立在一旁的宰相王溥沉默不语，王溥是原来大周的宰相，赵匡胤为了稳定周朝旧臣的心，特意让王溥继续担任宰相。此刻杜太后把王溥叫来，让他想反驳都不好开口，又看了看赵普，赵普微微点了点头。赵匡胤笑得勉强，对杜太后道：“母后，这事还早着呢。”

“说早也不早了。国储早日定下来，才没有后顾之忧。如今你的肩上是一个国家的担子，凡事都要早做准备。”杜太后一边咳着，一边道。

“太后说得极是。”王溥适时地补了一句。他对谁做储君倒没有兴致，只是作为周朝旧臣，看着这篡位的皇上和弟弟纠结这么一幕也蛮有趣。

赵匡胤无法，只好勉强点头道：“既如此，母亲言之有理。儿臣听命。”

杜太后看着赵普道："这些年，你帮着匡胤打理里里外外，我也从没拿你当外人。今天的事，你要记下来。"

赵普忙应是，从一旁拿来纸笔，把杜太后所说的皇位兄终弟及的话记了下来，写好又念了一遍给杜太后听。杜太后微微点着头，赵普又落了"臣普记"三个字。

王溥看了看脸色不好看的赵匡胤，又看了看在一旁冷笑的赵光义，心里不由叹着，这皇位就是一面照妖镜，能把所有人的嘴脸都照出来。当初情深的两兄弟，如今面对皇位不也是各自揣着主意？哥哥不想给，弟弟也不让。这样的人把大周的皇位急赤白脸地抢下来，一点也不足为奇。王溥勾唇轻轻笑了笑。

赵普写完，杜太后命兰姑接过，锁在了一侧的铜制的柜里。对赵匡胤笑道："这大事定了，我就是入土，也心安了。"

赵匡胤不尴不尬地笑笑，寒暄了几句便推脱有事带着赵普匆匆离去。王溥也跟着告退。回到内室，赵匡胤一脚把凳子踹出去老远，用力捶上了书桌："母后也太偏心。"

说完不等赵普接话又气冲冲地说道："说什么德昭年幼？德昭都十三了还年幼？再说我又不是今天就要死！我至少再活十年，德昭也二十三了，年幼个什么？明明就是找借口把皇位给那小子。"

赵普急忙道："陛下，可不要信口说不吉之言。百无禁忌，百无禁忌。"

赵匡胤皱眉道："这是皇位，又不是小时候的铁球，一个玩完一个玩。真是妇人之见！"

赵普淡淡道："今天也不过就是答应了哄哄老太太开心。以后怎么做，又不是一张纸说了算的。"

赵匡胤紧盯着赵普："你有什么主意？"

赵普道："今天的事，只有陛下，王溥，光义和我知道。陛下和我自不必说，把王溥的嘴堵上，剩下光义，就看他识趣不识趣了。"

赵匡胤的心咯噔一下，随即摇头道："再看看，再看看。"让他就为这个对赵光义动手，他无论如何也做不出。

赵普笑笑，不置可否。

赵光义守在杜太后床边，目光有些空洞："娘，二哥那么在乎那个皇位，你又何必捅他的软肋？那个皇位对我，也没什么用。"

杜太后紧紧捏着赵光义的手，心里不是滋味。她的孩子她最了解，光美年幼，性格也没成型。而赵匡胤和赵光义，一个是虎，一个是狼，都不是能甘居人下的人。赵光义现在对皇位没有兴趣，但是当他知道匡胤杀了他的第一个孩子，赶走他心爱的女人，甚至杀了她的时候，还能无动于衷吗？为了得到这个江山，光义付出的代价更大。与其到时虎狼相争，不如现在就自己做主，把江山传给光义。她谈不上偏爱谁，匡胤，光义，她都疼爱，只是更心疼光义些。而她能做的，就是尽最大的努力让他们都安好，不要争斗起来。

杜太后对赵光义笑笑："他不是你想的那样，把位子让给你他是心甘情愿的。光义，不论怎样，他都是你的哥哥，是你的亲人，你不要对他心存芥蒂。"

赵光义把被子给杜太后往上拽了拽，又有些气喘，歇了歇又听杜太后讲了许多小时候他和赵匡胤淘气的事情，才退了出去。

六月初二，杜太后崩于滋德殿，走完了她尊荣的一生。赵匡胤在杜太后去世的第一时间立即派人把滋德殿封了起来，打开所有的柜子，找那天赵普写的那张传位给赵光义的纸，但是把里里外外搜了个遍，也没找到。

赵匡胤痛骂了手下蠢材，自己亲自去找，却也把所有的柜子盒子都翻遍，甚至床底下都搜了，也没有找到，不由对着赵普骂道："又被那小子捷足登了先。”那张盟约在赵光义手里，他就睡不踏实。

赵普眯眼笑了笑，没有应答。半晌才道：“谁拿着也无所谓，先把太后的后事办了要紧。如今天下已定，周朝残留的势力也清除得差不多了。该把兵权重新拾掇拾掇，免得黄袍加身的事情在别人身上重演。”

赵普的话让赵匡胤心里一颤，兵权，是该重新调整了。

杜太后的丧事办完，赵光义的身体又有些滑坡，整个人从里到外，都空空的。他派了许多人到地唐打探小桃的墓地，终于有人在六月底返回了消息。在金陵城郊的一处墓园里，找到了一座没有碑的墓。那个墓园是教坊里的歌姬或舞姬殁了后的葬处，那座墓听说就是在大宋使臣去的那几天下葬的，时间最接近。

赵光义听到消息，心被狠狠扯痛，咳了半晌，几乎喘息不过气来。许久，才把呼吸调整平顺，对回禀的人道：“三日后，你随我一起，到金陵看看那座墓。”

三天后，赵光义带着随从趁夜偷偷越过了大宋和唐的边境，又混在商队里潜到了金陵。按着之前打探的消息，找到了那个墓园。墓园没人看着，这里埋的都是些风尘中人，教坊也没有花钱雇人看守。生前有些根基的姑娘，能穿身好的装裹，置办一副像样的棺木葬了。要是生前没什么根基，又或者是下三堂娼门品流低的姑娘，也就一张席子卷着埋了，甚至几个人埋一个坑也是有的。

之前探过位置的人引着赵光义到了东南角落的一处坟头，指着道：“就是这座。是穆大人到唐地的时候，下的葬。”

赵光义的心猛地跳得很快，甚至全身有些抖。当初他在战场，看着敌人的千军万马也从没有这个样子过。赵光义蹲了下来，仔细看着坟头，伸手抓了一把土搓了搓，这是一座新坟，土是新的，上面也没有一丝杂草。

坟前有些纸灰，像是刚有人祭奠过，谁会来看她？赵光义又伸手扒了扒那堆纸灰，随从看着都直咋舌，大人真是百无禁忌。

赵光义把纸灰扒开，看到纸灰下的土比旁边的颜色更深一些，似乎有翻过的痕迹，不禁又把纸灰下的土用力刨了几捧出来，一块白玉的牌子露了出来，赵光义把玉牌捡了起来，这是一块上好的白玉，莹润无暇，价值不菲，上面的雕工很粗糙，像是一个不会琢玉之人的功夫，只是那粗糙的线条，是朵桃花的形状。

赵光义跌坐在了那里，全身变得冰凉，把那玉桃紧紧攥在手里，头低了下去，心上像有血淌过，一滴，一滴，让他呼吸不上。偶尔有风吹过，卷着坟上的黄土扑了他一身，头发上，身上，全是。赵光义却像毫无知觉般，铁人似的矗在地上，眼睛紧紧闭着。玉桃，如果不是小桃，谁会在她的坟下放一个玉桃？

赵光义的心像被摘了似的，疼得酥麻，他伸出微颤的手，抚上了坟头。如今，他终于离得她好近，她在里头，他在外头。只隔着一层黄土，可是为什么隔着的这层黄土，就这么厚？就这么把她和他永远隔在了两个世界？他从此，再也看不见她了啊。

赵光义此刻明白了万箭穿心的滋味，那是一种肝胆俱碎，疼得直喘息的滋味。随从看赵光义脸色惨白，不由上前半步扶上了赵光义的胳膊："大人！"

赵光义过了半晌才缓过了气，指着坟墓，定定道："挖开它。"

随从愣了一下，不确定地问道："挖……挖开？"

"嗯。"赵光义应了一声，管它什么风水堪舆，管它什么伦理纲常，他要见她，活着的时候没有见到，即便是死了，又有什么要紧，她还是她，是他想见的她。

随从打了个寒战，刨人坟墓的事他还从没胆子做过，另一个引他们前来的暗卫说道："姑娘已经入土为安……"

赵光义打断了他的话，声音硬得不容一丝反驳：“挖开！”没有他，她能安吗？那套虚头巴脑的什么入土为安都他妈的滚蛋，他要见她，没有什么能阻止，死，也不能。

那两人只好去附近找了铁锹来，把坟头挖开，渐渐露出了棺椁，是还不错的棺木，泛着沉沉的颜色，两人又向下深深挖了挖，露出了一多半。赵光义蹲了下去，很轻柔地抚着棺木外面，低声呢喃道：“应该给她做个墓室，会冷。”过了半晌，才缓缓站了起来，吩咐着，“打开。”

二人用了九牛二虎的力气，才把棺木的盖子打开，推到了尾侧，却是一看棺木里面，都倒吸了一口冷气，如果不是都是在沙场历练过的，此刻胃里的翻江倒海一定会喷出来。

这处坟墓经历了夏天的雨水，又处在东南位置，东南地势低，早灌了雨水进去，外加上今年多雨，雨水渗到了棺木里面，尸身浸泡了之后肿胀腐烂，早已面目全非，连肉身都所剩无几。只剩了锦袍还飘在上面，外加满棺木的尸水和漂在上面的零零碎碎。整个棺木散发着一股令人窒息的味道。侍从和暗卫都向后退了几步。

赵光义却像没有任何知觉，俯身蹲了下去。映入眼帘的东西，没有一样能说明是她，却也没有一样说明不是她。身高差不多，胖瘦差不多，别的便看不出任何东西了。赵光义伸手在尸水中摸了摸，摸到了一支珠钗，赵光义拿了出来，脑子“轰”的一声，别的他也许不认识，但这支是他亲自买给小桃的。当初在紫云台扔了出去，如今又出现在这里。

赵光义盯着那枚珠钗盯了许久，才终于缓缓抬起手，把珠钗上的污秽都擦了去，细细收到了自己的袖中。看着棺木许久，赵光义微颤着，对随从挥手道：“合了吧。细细把土抷上。”

赵光义不知道自己是怎么咬着牙出的金陵城，一路策马没有停歇，像奔命一样往回赶，刚一到大宋的地界，赵光义终于松懈了下来，停下马，一口血喷了出来，再不省人事。

金陵依旧繁华，六月李璟在南昌府驾崩，南昌府只做了三个月的国都，便又寂静。李从嘉登基，将金陵再次恢复了南唐国都的身份。而李从嘉，改名为李煜。

皇宫里，沈同向李煜禀告着："陛下，派人一直盯着墓园不错的。不出所料，赵光义去了那里。"说着把赵光义去了墓园的一举一动全都向李煜逐一汇报。

李煜手里刚写完一首词，边听沈同讲，边看着自己的词叹道："雁来音信无凭，路遥归梦难成。离恨恰如春草，更行更远还生。"说完不禁勾唇一笑，"没看出来，他还是个情种。"

沈同微微蹙眉："听说他把棺木都刨了，若是真的敬爱叶氏，怎么能不让她入土为安？"

"不。"李煜直摇头，"如果是寻常人，刨坟掘墓那是有深仇大恨才做得出来。可赵光义不是个寻常人，他不拘礼法，不循常理，他这样，才恰说明了叶小桃在他心里的分量。看来叶姑娘现在对他而言，还很重要。"

沈同不是很懂地点了点头，看着李煜道："叶姑娘现在还在琼华台住着，是否该另寻府邸安置？"琼华台是之前太子府邸的一处，李煜登基后，后宫逐步搬进了皇宫。窅娘和小桃还暂居琼华台。

李煜想了想道："过几日，将宫里的锦林殿修缮一番，把她们先接来。"顿了顿道，"祁正修还在南昌府吧？调五百青羽卫过去，注意祁正修一举一动。这个节骨眼要盯住。"

"是！"沈同领命。

侍从把赵光义抬回了府里，李月娥看到赵光义这个样子，急得直跺脚，忙去宫里请了御医出来，给赵光义诊治。直到御医说不妨事，只是心急气衰，血气没有归心，服些进补的药即可。李月娥这才放心。捂着胸口正要松口气，此时才注意到了赵光义身上的怪味道，忙命下人把赵光义的衣服换了。

李月娥捏着鼻子用木夹把赵光义换下的衣服翻了翻，掉出一枚珠钗，李月娥伸手捡了起来，还挺好看的，拿起来命下人擦洗干净，收了起来。

赵光义这次说不上是什么病，御医只说是气血亏虚，进补即可。但赵光义始终像七魂少了三魄，要么昏昏欲睡，即便醒了也常常出神游离。也不去营帐，只是在屋里冥想着。李月娥有时和赵光义说话，赵光义总是看着远处，有一句没一句地应着，但从来都答非所问。

如此这么大半个月，连赵匡胤也知道了赵光义身体不好，虽不知道是为了什么，因着赵光义去金陵是私下去的，赵匡胤并不知情。但赵匡胤向御医打听了一番，也知道了赵光义的病情。赵普笑道："此时，不正是好时机吗？"

赵匡胤点头。不日，便在宫中的玉英阁摆了酒宴，宴请了包括赵光义，石守信等在内的几个亲近的武将。赵光义身子不好，李月娥便亲自陪着入宫。一路在马车里，两人都没有什么话。

到了宫里，玉英阁还没有其他人来，赵光义便在一处的偏厅坐着，抬眸看了李月娥一眼，微微蹙起了眉头。他今晚一直都没有注意看李月娥，此刻才发现，她穿了一身桃粉，头上别的珠钗，分外地扎眼。

李月娥看他盯着自己，目光里有种从未见过的火热，不由微微低头笑道："看什么呢？"说完冲赵光义嘻嘻粲然一笑，"有人呢。"

那一笑，像极了小桃，赵光义本来想喷出的火忽然又收了回去，只是隐隐看着道："谁让你戴的这支钗？"

李月娥一愣，钗不就是给女人戴的嘛？还没反应过来，赵光义已经站起来，从她头上很快地把钗拔了去，小心地收到了袖子里，声音很冷："以后不要随便乱戴。"

李月娥看着赵光义眸中的神色从热到冷，忽然明白了原来他的热不是对自己，是对那支钗。李月娥的手脚有些凉，她明白那钗是谁的了。

李月娥有些委屈地抿了抿唇，想说什么，恰好不远处传来了几个人边走边谈的声音，想是其他的几个大臣到了，李月娥不便继续在这里待着，便由宫女引着到了后宫去见相熟的嫔妃闲聊家常。

石守信、高怀德等人陆续到了，赵光义淡淡打过招呼，坐在了一处角落，出着神。他很盼望赵匡胤今天能请来慕容延钊，那他必然会好好问问慕容延钊，到南唐都做了什么。可惜，慕容延钊不在邀请之列。

不多时，一身锦蓝常服的赵匡胤在宫女和侍卫的拥簇下，到了玉英阁。赵匡胤做了皇帝后，虽然多了几分威严，但私下比从前并没有太多变化，今夜请来的石守信等人又多是他的布衣之交，熟稔惯了的，因此也没有拘礼。随常做了个礼后便坐在一处边吃边聊了起来。

赵光义坐得较远，酒也没有多喝。而石守信、王审琦几个，都是行伍出身，早已一边大口吃着肉，一边大碗喝着酒，互相之间已经少了初见时的礼节客套，大着嗓门又笑又吵起来。

赵匡胤也有些感性，一手端着酒樽，一手搭着王审琦道："咱们几个，当初拜了把子，这些年，多亏了你们这些结义的弟兄，否则我真不知道这一场一场的仗怎么打得下来。"

高怀德干了一碗酒，抹了抹嘴道："说这些做什么，做了兄弟自然就是一辈子的照应。"转而笑着打趣道，"还记不记得老三那年打南唐的时候，为了探人家的水军，藏在芦苇丛里一夜，回去腿都僵了，咱几个给揉捏都不要，专找细皮嫩肉的小后生……"

话没说完，已经被石守信一巴掌拍了下去：“就你得意，为了给人家放冷箭，一个劲地催着往箭上淬那见血封喉的毒，结果自己的指头沾上还砍了两个。”

一时说得大家又纷纷唏嘘怀念。赵光义听到“南唐”两个字，狠狠攥了下手里的酒杯。那个在大家的嘴里像个战利品的地方，却带给他一阵一阵的刺痛。心里有一个人的滋味，就是别人提到一个和她相关的词，一个相关的地名，自己都会心悸许久。

赵匡胤笑了笑，也说道：“还是当初好，什么都不用想。睁开了眼，就是打，杀，怎么攻城，怎么夺地。反而简单。现在倒好，不用整天把头别在腰带上等死，却也多了很多烦恼，整夜翻来覆去，都难以入眠啊。”

王审琦大大咧咧问道：“陛下还有什么睡不着的，要是我，看着身边那么多漂亮的嫔妃宫女儿的，不想起才是真的。”一席话说得大家又是哈哈大笑。

赵匡胤笑过后叹气道：“是啊，你们只看到了这皇宫气派，后宫佳丽，莺歌燕舞，好像当皇帝是这世间最享受的活儿。但是每天操的心，从一个家，到一个国，也是疲累。更何况，你们都觉得当皇帝好，别人肯定也这么觉得，还不知道有多少人惦记着这个皇位呢。想坐上这个皇位，自然要想着怎么把我除掉，你们说，想到这，我还怎么睡得着？”

赵匡胤这番话说的大家面面相觑，变了脸色。刚才的欢笑氛围凝固了些，赵光义唇角扬了扬，把手中的酒杯旋着，放到唇边抿了一口。无事摆酒宴，必有说道。看来今晚的目的，在这里。

过了半晌，高怀德才斗着胆子说道：“陛下这是忧思过度，如今已经不是之前的乱世，天下都安定了，谁还敢有这大逆不道的想法？”

赵匡胤苦笑一声，叹道：“手握重兵，你们不敢想，但你们的部下敢想啊。把你们推上来，他们就成了今天的你们，不是件热血沸腾的事吗？谁不想过荣华富贵的日子，更何况，你们就是他们的榜样。所以即便你们不想，也架不住他们拼命推。”

夜，变得很静。赵匡胤的话音落后，整个玉英阁再也听不到一丝喧哗吵闹之声，好像刚才的热闹只是一场梦境似的。空气像凝滞了一般，赵光义又抿了一口酒，偌大的厅里，只听得到他啜酒的声音。

过了很久，石守信声音微颤地问道：“陛下，臣等都绝无二心。只是如今太平盛世，也确实没多想。还请陛下明示，臣几个，该怎么做，才能让陛下安然无忧？”

赵匡胤忙抬手：“不要这么紧张，继续喝着，吃着，只是闲聊。”说罢吩咐宫女去抬窖藏的好酒，给大家分杯畅饮。但大家再也不能像刚才那么毫无芥蒂了，一个个相对看着，方才喝的酒早已醒了，脸色都变得有些刷白，只是一口一口抿着，都咽不下一肚子的疑惑。

赵匡胤一边喝，一边随口说着：“我以前，总觉得建功立业这四个字，是大丈夫一辈子的追求。如今，我们哥几个，都已经是建功立业了。说来，都是光宗耀祖的人。已经把一辈子的尊荣基业都打下了。我被套在了这个位子上没办法，我常常想，要是不做这个皇帝，到山高水远的地方，做个节度使，守着一方百姓，婆娘孩子热热闹闹，才是真正的舒心啊。”

高怀德最先露出了恍然的表情，随即石守信几个也都转过了弯儿，纷纷举杯敬着赵匡胤：“陛下说得极是。”前朝的皇帝，都有狡兔死走狗烹，飞鸟尽良弓藏的毛病。生怕这些当初追随他们的猛将将来成了逆臣贼子，恨不得一个个赶尽杀绝。刚才他们几个听赵匡胤的意思，吓得差点以为老命不保。现在看来，只要他们远走他乡，就能保住性命，顿时也轻松了许多。

只是那酒，终于喝得不是滋味了。先前的开怀畅饮，缅怀过去，好像都成了笑话。赵匡胤已经成了高高在上的皇帝，如何能回到当初呢？

不多时，酒席散了，几个人都装着醉了的样子摇摇晃晃赶回了家里。只有赵光义，把杯里的酒细细喝完，很清醒地站起了身子，转身向玉英阁外走去。

赵匡胤顿了顿，大步追了上去。外面，一院的月光，照得四处清明。赵匡胤追上了赵光义，迟疑了下，喊道：“光义！”

赵光义顿住步子，扭头问道：“陛下，还有什么事？”

赵匡胤别扭地扯了扯嘴角道：“都没人了，还叫得这么生疏。”说着往前缓缓走道，“今晚天气不错，你我兄弟好久没有这么走了，走走吧。”

赵光义随着赵匡胤的步子，也缓缓向前。四周没有侍从跟随，只有他二人的脚步踩在青砖上的声音。

赵匡胤的声音有些苍凉：“老话说，打虎亲兄弟，上阵父子兵。以前打仗那会儿，觉得有个亲兄弟在跟前，真的踏实。”

赵匡胤自言自语着，赵光义只是跟在后面，两个人不疾不徐地走了一条甬道，到了一处门口，赵光义打断了还在怀旧的赵匡胤，淡淡道：“陛下，我从这里出宫了，改日再叙。”

赵匡胤怔了一下，看着赵光义道：“不如到朕的内室再长叙一番？”

赵光义依旧声音平平，没什么表情：“不必了。陛下的意思，臣弟明白。殿前都虞侯也好，大内都部署也罢，就是个虚职，不会让陛下夜不能寐的。再者臣弟身体不适，异乡客居也不适于养病。”说完向后退了退，拱手揖身道，“臣弟告退。”说完，转身向一侧大步走了出去。

赵匡胤留在原地，眉头皱了起来。赵光义这番话，便是不肯交出兵权了。大宋的兵力，主要是两支。一支是禁军，在京城护卫皇帝安全的，而另一支是各个地方的节度使，守卫藩镇。赵匡胤当初黄袍加身，就是在做殿前都点检，即属于禁军系，近水楼台先得月夺了皇位。如今他害怕的，也是这些调度着皇宫和京城守卫的禁军系，所以才在酒后奉劝那些曾经的兄弟，离自己远点儿。但赵光义却偏偏不买他的账。

赵光义出了皇宫，又派人把李月娥接回了府邸。赵光义把袖中的金钗往紧攥了攥。人心难测，交出兵权，不知道下一步等着自己的会是什么。也许就是莫名其妙地去了另个世界。权力这个玩意儿，还是攥在自己手里可靠。

第二天，石守信、高怀德、王审琦等人纷纷上书称自己身体不适，辞去了禁军里的职务，赵匡胤给他们安置了各个地方的节度使，又赐了不少金银和良田宅子。为了安抚这些曾经兄弟的情绪以免动乱，赵匡胤不惜用联姻的手段，和石守信、王审琦结了儿女亲家，又把张令铎的女儿嫁给了赵光美做平妻。

赵光美听说张令铎的女儿相貌丑陋，一百二十个不情愿，暗暗抱怨为什么让自己娶，皇上怎么不自己去娶？但杜太后已不在人世没人能帮他做主，没有任何办法，只得接受。

但唯独赵光义，没有任何动静。

赵匡胤等得着急，对着赵普直抱怨：“别人的兵权都交了，只有这一根鱼刺，卡在嗓子里，上不上，下不下的。”赵光义带兵多年，跟随他出生入死的将士并不在少数，如今赵光义不肯交出禁军中的兵权，让赵匡胤如鲠在喉，那晚的感情牌，看来赵光义完全不接受，如果硬来，大宋刚建朝，好容易按下了一桩桩起义暴动，自然不能轻易出乱子。

赵普摸了摸下巴，想了想道：“臣与光义也算有些交情，不如臣去探探他的口风？”赵普跟随赵匡胤多年，对赵家的人，都很熟识。

赵匡胤点头：“也好。试探一番，只要他肯交出兵权，不要太过分的要求，我都能答应。”赵普领命而去。

赵普去到赵光义府邸的时候，赵光义正在书房写着字。如今心性难静，他就强迫自己做一些能静下来的事，比如下棋，写字。但下棋需要对手，府里又没有几个能和他对上的。赵光义便只能以写字为乐。看着自己笔下的一幅幅字，许多画面便像梦境一样，让他恍惚得幸福。曾经有一个女人，是他手把手教过的，也能写一手和他相似的字。

府里如今都是李月娥在料理事务。符雪婵恍恍惚惚，说话倒三不着两，沉迷于做法论道，整天总想着请道士。

魏王符彦卿被赵匡胤加封了顶太师的大帽子安稳住，在李筠和李重进的叛乱平复后，赵匡胤下旨命他去驻地上任，给了个甜枣打了一棒子。魏王本就是河朔三镇的节度使，皇上下令，自然也只好去了驻地。

魏王走后，符雪婵在府里的地位更加一落千丈。赵光义索性将符雪婵禁足在后院，不得随意出来行走。虽说吃穿用度不曾减少，但是总关着不让出来，符雪婵的神情更加呆滞，渐渐有些错乱糊涂。好在李月娥也不曾亏待她，时常请个郎中过来诊治吃药。

赵光义听得下人禀告赵普到了，勾了勾唇，他们终于坐不住了？赵光义把笔放在青玉的笔洗里涮了涮，对下人道："请赵大人到松兰堂。"松兰堂是赵光义府邸会客的地方，宽敞明亮。

赵普在松兰堂里坐了小半个时辰，赵光义才缓缓从内院过来。见到赵普拱了拱手，也懒于客套，只是吩咐下人上茶。

赵普随口和赵光义闲聊着天气饮食，赵光义勾了勾唇笑了："你我相识多年，无须虚礼。如今国事初定，大人又是皇兄的股肱大臣，忙得很。想来找我不是叙旧闲聊吧？有事不妨直说。"

赵普呵呵笑了两声道："既如此，那我也就有话直说了。大宋初定，虽说是众望所归，但也的确是敏感而紧要的关头。人心还不踏实，不少后周的旧臣，邻邦敌国，都虎视眈眈。虽说没人敢出手，但是一旦大宋有个风吹草动，现在作壁上观的这些人，一定也跟着跳起来掺和，这点，您一定知晓。”

赵光义啜了口茶，抬了抬手，示意赵普继续。

赵普又说道：“所以陛下如今最头疼，也最上心的事，就是大宋的基业稳固。”

“那依你之见，如何才能稳固呢？”赵光义淡淡道。

赵普来了劲头：“当初大周先帝柴荣重武轻文，内有禁军，外有各地节度使，以至于养成了一批虎狼之师，江山不保。前车之鉴就在眼前，所以陛下准备调整军队布防。禁军听命于天子，是京城和皇宫的守卫，尤为重要。但禁军的要职，动辄就能调动千军万马，一旦有了二心，后果不可估量啊。”

“所以皇兄就把他那些禁军里的兄弟都打发去当节度使了？”赵光义的唇角划过一丝嘲讽的笑意。

赵普不置可否，继续说道：“那些位置，换了谁都不放心。所以不如干脆把那些位置撤了，重新排布禁军。相互牵制，调兵权、领兵权都分开，禁军的将领便也不能随意调动军队了。”赵普这话有点要挟的意味，意在警告赵光义，不交兵权，皇上也能强行收回。

赵光义点点头，直看着赵普目光阴沉：“你的意思是，即便我不交出殿前都虞侯的兵权，皇兄也会重新调整禁军兵力，以后，所谓的都虞侯就有名无实，空掌着一个大印了？”

赵普笑笑：“言重了。陛下绝无此意。只是其他大人都已经卸了禁军的职务，若是只剩下自己亲兄弟，难免让群臣说陛下偏私。也让别的大人心里不公。”

赵光义的声音冷冷：“兄弟情深，本就不是一般人能比。皇上除了赐我殿前都虞侯的兵力，还有泰宁军的节度使。别人，能比吗？”赵光义在征讨李重进的时候，赵匡胤把泰宁军让赵光义调度。李重进兵败自焚后，泰宁军划归了禁军，虽然不再由赵光义直接调度，但也有着牵系。赵光义此时便是在敲打赵普，如果逼得他急了，自己手下及原泰宁军的兵力，也够赵匡胤喝一壶的。

赵普的脸色有些尴尬，额角泛了层薄汗，拱手道："那自然是别人比不得。"

赵光义冷哼道："皇兄有新的想法，我自然会支持。只不过，我麾下也有一批兄弟，有失有得，我才好交代。"

赵普一听赵光义可以谈条件，这便是松了口的意思，舒了口气问道："不知有何中意的位置？"

赵光义轻轻勾唇，许久才缓缓道："先前总是带兵打仗，血腥厮杀，已经够了。今后，若能职守一方政务，体察百姓甘苦，能为民解忧，也就无憾了。只是在汴梁待惯了，又不想去其他藩镇。就请皇兄看着安排一处吧。"

赵普是何等聪明，瞬间已经明白了赵光义的意思，忙恭敬地回答道："臣一定把这番话转述给陛下。想来陛下素来惦念兄弟情分，一定会安排到最恰当、也最合适的位置的。"

"那就劳烦大人了。"赵光义淡淡笑笑。

赵普看目的已达到，又同赵光义随意聊了几句，便匆匆告辞，急忙进宫禀告赵匡胤。

赵普把这番话和赵匡胤转达了后，赵匡胤还是有些摸不着头脑："那他到底想做什么官？"

赵普叹道："陛下还不明白吗？光义是瞅上开封府尹的位置了。"

赵匡胤皱了皱眉头，开封府尹？别的还好说，这个位置就有些微妙了。虽说开封府尹也就管着汴梁一亩三分地这点事，权力看着没多大。但这和地方藩镇的长官又不同，毕竟是汴梁，天子脚下，相当于京城和皇宫都在他的行政范围内。

赵普道："汴梁也就罢了。关键是，让光义做了开封府尹，似乎意味着皇储便是他了。想当年，大周先帝柴荣被选定为皇储前，也是先做的开封府尹。"

赵匡胤用力捶了下椅子扶手："光义真是越来越狡诈了。这不是带我进坑里吗？要让他做开封府尹，不就等于向天下人宣布下一个皇帝就是他了？"

"可是不拿这个作为条件交换，他不肯交兵权的。"赵普提醒着赵匡胤，"所以陛下看如何取舍吧。"

赵匡胤沉思了许久，直到天色都渐渐黑了，终于用力一怕桌子："罢了！这次就依了他！就把开封府尹给他，手里没兵权，看他也折腾不出花样来。至于别的，谁说坐上开封府尹的位置就能得天下？要是开封府尹个个都做皇帝，那还不乱了套。"

赵普点头："陛下圣明。"眼下的当务之急是收回兵权，赵普也同意赵匡胤的做法。

过了几天，赵匡胤正式下诏，任命赵光义为开封府尹，同平章事。赵光义把手里的兵权交了出去。赵匡胤如今才踏实了，看着没了兵权的赵光义也舒坦了不少，又恢复了兄友弟恭的模样。

此时的南唐，李煜登基后，和李璟在世时的政局并没有太大改变，一切顺其自然。只是李煜把曾经跟随自己的亲信幕僚，一一在朝中提拔了起来。祁正修被封了枢密副使的官职，效命于枢密院。南唐的枢密院手握着调兵遣将的权力，而且枢密使还可以带兵打仗。祁正修被任命为副使，军政大权在握，却被派出了金陵，一直在南昌府一带领兵、练兵。

腊月时分，窅娘和小桃被接进了宫里。窅娘是李煜的嫔妃，进宫是自然。小桃本不想进宫，但无奈李煜下旨，成立了一处叫“乐署”的机构，隶属于教坊管辖，地点却在宫里的寒玉苑。说白了，就是训练皇宫里的歌姬舞姬。李煜和周娥皇都是喜欢音律和舞蹈的人，常常三天一小宴，五天一大宴，宫里的歌姬舞姬最是忙碌，时常得排练新的歌舞给他们看。

小桃进了宫里，见祁正修的机会就更少了。只有祁正修偶尔回金陵的时候，进宫拜见了皇上后，才能见小桃一面。李煜有些抱歉地对祁正修说道：“朕登基之初，需要你操劳的地方太多。等过了这阵子，便给你和桃姑娘赐婚。”

祁正修笑笑：“多谢陛下美意，我和小桃相识多年，也无须虚礼。”

李煜温声道：“子介，你这么说便不对了。即便情深，也要个名分。桃姑娘出身差些，若是就这么贸然跟了你，不止委屈了她，也委屈了你。待过些日子，给桃姑娘赐个名号，再嫁给你，不就名正言顺了吗？”

祁正修没置可否。李煜美其名曰给小桃赐名号，其实不过是以此挟制他罢了。祁正修微微挑了挑唇际，淡淡道：“也不过一个舞姬而已，何必那么大的阵仗。”

祁正修刻意的云淡风轻，让李煜不禁勾唇一笑：“桃姑娘在我这里也住了一段日子。若论舞姿，的确是世间难得，可桃姑娘的好处，不止是舞技。人更是聪明剔透，一点就通。之前我遣人给她拿了些诗词曲谱，领会得极快。现在我每每有词作，也要先拿给桃姑娘看看，她很快就能根据词曲编出套舞来。”李煜说这些的时候，眸子里闪着一丝亮光。

祁正修看得心惊，不觉微微蹙眉，细细端详李煜的眼眸，却又除了真诚的夸赞之外，也没有不敬情欲之色。祁正修笑得淡然："陛下谬赞了。臣自当早日完成陛下嘱托，也好请陛下赐婚。"

从李煜的内室出来，祁正修忍不住去了小桃的寒玉苑。小桃正在那里一边给舞姬做着示范，一边指点着她们的动作。不知何时，青涩害羞的样子已经早褪去，只剩自如。

一个转身下腰，小桃的视线里出现了一个倒着的白衣身影。小桃忙站了起来，走到祁正修身边，浅浅一笑："公子回来了。"

祁正修应着："是。"二人并肩向外走着，细碎地聊着。

小桃在寒玉苑有自己独住的房间，便请祁正修过去，煮了一壶茶细细给祁正修斟上："公子这次回来，还要走吗？"

"嗯。"祁正修拿起茶盏，看着小桃，目光有些深切，"这次走，只怕要三五年才能回来。不知道，你能不能等我？"

小桃一怔，什么事要三五年走那么久？却也不好细问。只是祁正修问她能否等他，让她的心有些着慌，随口说道："公子自然有国家大事操劳，小桃也不过是任人摆布的一个小人物，又何谈等或不等，都由不得我。"

祁正修站了起来，扶上小桃的肩，深看着她微笑道："我希望你等我。等我回来——"想说什么，却又收住了口。

"为什么？"小桃问得有些嗫嚅，垂着眸子没有抬脸。

祁正修不由把小桃往怀里拥了拥，声音很轻："有你等着，也许我会回来得快一些。"祁正修和赵光义的生硬不同，他的声音总是轻而柔的，即便是冷，也不会冷得刚硬。柔柔的声音拂在小桃耳边，让她有些痒痒。

小桃被祁正修拥得身子有些发僵，祁正修的怀抱很自然，并不紧迫，小桃只觉得很近却又很远，似乎有什么触不到，很暖却又很凉，似乎隔着什么。过了半晌，小桃微微挣了一下，看着祁正修转着话题道："公子该再给我补补妆才是。”

祁正修轻轻笑了，从袖中拿出盒子，和小桃对坐在凳子上，小桃把衣襟解开，任祁正修的笔在自己脖颈下画得仔细。画完后小桃笑道：“这次公子既然走这么久，是不是该把调色的方子告诉我？”

祁正修把盒子盖上，放到了小桃的手里，深深道：“我已经调好了一年的，以后的，会让人给你捎回来。你不必担心。”

小桃把盒子收了起来，笑看着祁正修道：“公子就是小气，什么时候才肯把方子给我？”

什么时候？也许是再也见不到小桃的时候。祁正修勾唇一笑，没有答话，站起了身：“我该走了。”小桃也忙跟着站起了身，送走了祁正修。

回到寒玉苑，却看到一脸促狭的窅娘，不知道什么时候已经到了她的屋里，正在一边喝着他们刚才泡下的茶，一边看着小桃抿唇而笑。

小桃不由挑了挑眸子：“什么事笑得这么不厚道？”

“我笑有人刚才去送自己的郎君，却没有哭天抹泪让我看出好戏。”窅娘笑得直不起腰。

“就你嬉皮笑脸会损人。”小桃扑上去呵着窅娘的痒，“让你再胡说。”

窅娘一边往后躲着一边笑道：“我可没胡说。陛下可是有给你赐封号再给你和祁大人赐婚的打算。只等着祁大人这次回来了。”

小桃猛地怔住了，站在原地看着窅娘直发愣：“你说的真的假的？不是逗我玩吧？”

窅娘站在了椅子后面，正色道：“我没有逗你。昨晚陛下去我那里，说到今天祁大人要进宫面圣的时候，说起了这事。”李煜难得去窅娘那里一次，去了就说了小桃的事，窅娘自然迫不及待来告诉小桃。

小桃呆在了原地，心扑通扑通跳得很快，脸却有些惨白。窅娘走到了小桃身边，扯着她晃了晃：“你发什么呆啊？是乐过了头吗？”看小桃还是发愣，不由又笑道，“这不就是你一直盼的吗？看，只要心里想着，一点点努力，总有一天会得偿所愿的。”

小桃有些腿软，随即坐在了椅子上，是啊，应该是自己盼着的，怎么却心慌难耐呢？窅娘看着双目无神的小桃，微微蹙眉道：“你不愿意嫁给祁大人吗？”

小桃像被刺了一样弹了起来，脱口而出：“怎么会！”察觉到自己的失态，尴尬地笑笑，“不会，没有，就像你说的，是我，是我一直愿意的。”小桃又坐了下去，心情却不太平静。祁公子要走，不知去做什么，但很显然，祁公子不回来，皇上是不会放自己出宫的。

第二十七章

一代桃娘举世惊
筹款沥盐为民生

三年，匆匆而逝。世间百态，在时间的消磨下，许多事从不平到平静，而许多事，仍无法平静。

三年间，祁正修每年都会托人给小桃捎来一盒调好颜色的胭脂膏。有时是陈述，有时是徐锴，小桃颈下的桃花，始终明艳如鲜。也许，这就是幸福的吧。小桃刻意不去想大宋的一切，除了偶尔梦回一身冷汗，或是一脸泪痕，平日里，小桃只有告诫自己，要向前看。自己的未来，在大唐。

乾德二年十月，南唐的皇宫里也不太平。先是皇后的小儿子仲宣殁了，紧接着皇后伤心过度，也跟着去了。李煜伤心不已，辍朝好几天，只守在皇后的寝殿里发呆。宫里的气氛也一片肃穆沉寂。

窅娘和小桃在一处，也没了往日的欢快："这几天晚上，皇上天天让我过去。"

小桃应着宫里的丧事，也穿了一身素白，只批了件藕色的披帛，给窅娘冲了盏茶疑惑道："皇上召你，你不开心吗？"依着窅娘的性格，见皇上一面都开心得不得了。

窅娘沉沉叹了口气道："我不知道怎么说。皇上让我去，却也不是去他的殿里，而是，去皇后的殿里，还要我跳舞。"窅娘的语气低了下去，眼圈也有些红。

小桃的心一颤，把窅娘拥紧："皇上只是心里难过。"

窅娘的眼泪落了下来："你不知道，他看我的眼神……"顿了顿，咬唇道，"就像看一个死人。"

小桃的心一紧，把窅娘拥得更紧。不是窅娘不够好，只是一旦心里走进了一个人，别人再好，也看不见。小桃沉声道："会过去的。等皇上心情好了，一定能看到你的好。"

窅娘抱着小桃，眼泪不停："他要我跳霓裳羽衣曲，我怎么会跳呢？那是皇后才会的曲子。他又把曲谱给我，让我学，可我真的不想学，看到曲谱，皇后的脸就在我眼前闪，我真的看不进去……"

小桃的眼圈也有些红，怎么才能学着去做另一个人心里的那个人呢？窅娘哭了半晌，看着小桃道："皇上如今脾气也差了，昨晚召见我过去，却又有大臣求见。我便回避在了屏风后的内室。好像是说祁大人的事，皇上发了好大的脾气，把桌上的东西都砸了。以前他从没有的。"

小桃的心一惊，忙问道："祁大人怎么了？"

窅娘摇头："我听得不太真切，也听不大懂。好像是皇上觉得祁大人不听他的话。我只听得皇上说六月份就召祁大人回京，他也不回，不知道要做什么。"

小桃的手心出了把汗，问道："皇上还说了什么？最严重的话是什么？"

窅娘仔细想了想，摇了摇头："别的没有了。皇上发过脾气后就消气了，吩咐大臣下去，再去好好和祁大人谈谈，便没有别的了，又让我出去跳舞。"

小桃的心缓了缓，既如此，那皇上还没有完全和祁公子崩裂。她不知道皇上和祁公子之间是怎样的利益交换。但是自己在宫里，无疑是一枚牵系着祁公子的棋子。小桃送走了窅娘，心情无法平静。

小桃想找机会见见陈述或是徐锴，问问祁公子的情形。无奈宫门深似海，小桃守在乐署，他们见她容易，她却很难瞅着时间碰到他们。

时近深秋，小桃倚着门看着庭院里满天的繁星，心里却空荡荡的。忽地听到院门口有声音，转过头去，一身淡青色袍子的人正立在门口。小桃定睛一看，忙快步走上前去屈身行礼：“陛下。”李煜一年也来不了两次寒玉苑，还是闲着来看排练歌舞。这么大半夜的，还是头一次来。

李煜的步子有些摇晃，进了小桃的屋子，找了一处凳子坐下，胳膊撑在桌上扶着额头。身后远远跟了几个侍卫和宫女。小桃只闻得一股浓重的酒气，忙从一旁倒了一盏茶双手敬了上去：“陛下，喝口茶解解酒。”

李煜伸手握上了茶盏，却也顺势一把拉上了小桃的胳膊，苦笑道：“我想了想，这宫里，我只能来你这了。”

李煜的重瞳在月光和烛光下，深得像看不见底的清潭，小桃不明白为什么他只能来这里。且不说这皇宫里最不缺的就是女人，李煜的后宫又是极充足的，歌姬舞姬乐姬数不胜数，就是小桃知道的，除了窅娘，也还有先皇后周娥皇的妹妹周嘉敏在宫里。皇上怎么说只能来自己这里？小桃把手抽了出来，垂下眸子：“陛下说笑了。”

李煜把茶啜了几口，又抚额坐了许久，才缓缓说道：“这里怕是只有你，才能跳得来霓裳羽衣曲了。”

原来是要看霓裳羽衣曲，小桃舒了口气。只是那曲子是先皇后在世时找到的古谱，又自己重新编了舞，小桃哪里会跳。小桃摇摇头道：“小桃愚笨，霓裳羽衣曲是难得的仙乐，我并不会。”

李煜的眸子划过一道失望，刚才眸子里的神采忽然就黯淡了下去，看得人有些揪心。过了很久，李煜才挥手道：“不管什么，随便跳一个罢。”

小桃无法再推辞，想了想，跳起了冯延巳的《长命女》。那是她曾经和李月娥比试过的曲子，“三愿梁上燕，岁岁常相见”，只是想见的人，终究见不到。

李煜看得出神，小桃的一身鹅黄，在月下像蟾宫里走出来的仙子，清雅素净，还真有几分周娥皇的神韵，却又比周娥皇灵巧、娇俏一些，上下跃动的功力也更深厚。李煜不禁从袖中拿出常带着的箫，随着小桃的舞步，徐徐吹了起来。

有了李煜的箫伴奏，小桃的舞步更加轻盈，灵动。而乾州的一幕一幕，也随着舞步都窜进了小桃的脑子里。小桃情不自禁随着自己的舞步沉沦在了记忆里。而李煜看到跳得忘情的小桃，也跟着入神，沉陷难自拔。

一曲罢了，李煜笑得很空："你跳得很好。明天我让人把霓裳羽衣曲的谱子拿来，你练练，跳给我看，好吗？"

小桃哪敢违抗圣命，只得屈膝道："是。"

李煜似乎很累，挥手对小桃道："去外面服侍吧。我有些累。先歇着了。"说完也不客气，走到床上和衣而卧。

"哎……"小桃想喊住却欲言又止，她本想说这里是她的卧房，但转念一想，这皇宫哪里不是皇上的，自然他想在哪睡就在哪睡。小桃走上前把被子扯过来给皇上搭上，又把床上的帘幔拉了下来。然后自己退出了房门，睡到了西厢。

第二天小桃起来已是日上三竿，李煜早去上朝了。小桃盥洗完毕，刚要去寒玉苑的前面排练歌舞，窅娘已经跑了进来。看到小桃，窅娘扶着门，指甲几乎都要嵌到门里，却只盯着小桃不吭声。

小桃把窅娘扯进来，笑道："一大早像个门神似的爬在门上做什么，哟，脸还红嘟嘟的，谁欺负你了？"

小桃一说，窅娘的眼眶都红了。小桃轻笑了一声要抬手去捏窅娘的脸，却被窅娘一把推开，小桃急了："你倒是怎么了？就这么急赤白脸的？"

窅娘盯着小桃开口道："昨晚，皇上，皇上是不是宠幸你了？"窅娘把“宠幸”两个字说得很低，说完脸红红的。

小桃差点跳起来：“哪个嘴上吃了砒霜的说这种话？哪里有的事？”

窅娘一愣，看着小桃道：“真的没有？”

“没有！”小桃直皱眉，“这种传闻你怎么也信？昨晚皇上过来，要我跳霓裳羽衣曲，我不会，可皇上喝多了，便歇在这里了。怎么就传成了这个样子？”

窅娘松了口气，咬唇道：“谁知道怎么回事，现在整个宫里都在传皇上昨晚临幸了一个舞姬。传得五花八门，说什么的都有。”

小桃怔在了那里，过了许久，冷哼了一声：“我没做过，随她们说什么。”

窅娘想了想，看着小桃有些担忧：“会不会……皇上动了心思？”

“不会！”小桃想想昨晚皇上一副看着她，眸子里失神想着别人的模样，怎么可能会对她动心思？

话音刚落，李煜身边服侍的宦官已经送来了霓裳羽衣曲的曲谱，又送来几本李煜自己填的词，对小桃恭敬道：“陛下吩咐了，姑娘不用急，有时间慢慢练就好。”说完退了出去。

窅娘走上前翻了翻李煜的词，有些怆然道：“皇上都从没有把他填的词赠给我。小桃，皇上只怕真的动了心思。其实，也挺好的，你我以后都能在一处了，也不是坏事，虽然我讨厌接近皇上的女人，可你和别人不同……”

小桃用力戳了窅娘一指头：“你整天都在想些什么。”说完小桃蹙着眉头想了半晌，问窅娘道，“宫里很多人都传吗？”

窅娘叹气道：“宫里消息素来走得快，只怕现在连嘉敏姑娘那里都知道了。”

小桃想了想，不由笑了，李煜的计谋，还是太明显了。小桃深看着窅娘道：“你如果信我，就帮我一个忙，五天后，带着嘉敏姑娘在晚上亥时到我这里。但不要说是我请的。”

窅娘点头：“我信。你说的，我就信。”小桃咧咧唇笑了。

接下来的几天晚上，李煜又来了两次，每次都歇在了寒玉苑。小桃便把跟着的侍卫和宫女都唤到了院子里，自己在他们的注视下走到西厢去睡，尽管如此，闲言碎语还是继续传。小桃也只是左耳进右耳出。

第四天，小桃对李煜笑道：“陛下，霓裳羽衣曲我已经编好了。陛下如果有兴致，不妨明晚戌时过来，也好品鉴一番。”

“好。”李煜笑得清澈。

第五天，戌时，李煜来得稍晚了些。带了几个侍卫，依旧守在门口，没有让进来。小桃换了一袭上边是浅黄，下面是紫色和黄色相间的襦裙。发髻是俏丽的倭堕髻。李煜看得一怔，小桃打扮起来，的确非常秀丽。

小桃给李煜端了盏茶，笑道：“陛下的词，我都看过了。尤其是红烛背，绣帏垂，梦长君不知。这句最妙，我就自作主张，在编的舞里化用了这句意境。陛下不要笑话。”

李煜含笑点点头：“能觉得这句好，已经和我心有灵犀了。怎么会笑话？”李煜都有些佩服小桃的灵气，从不识字到如今，变化得太大。

小桃又就着李煜词里的几个问题问了，李煜看小桃对自己的词这么认真，自然也细细和她讲着。小桃看时间差不多，起身对着李煜做了个礼：“陛下，就着月色，小桃这就献丑了。”说完徐徐起身，不慢不急地开始舞着。

小桃的衣裙，黄紫相间，旋转得快了，便瞬间交织在一起，泛起了华彩，五彩缤纷。李煜不禁暗暗叫绝。如今宫里还有孝，禁穿大红彩色。但小桃这两种颜色搭配着，却既出了五彩霓裳的效果，又不犯宫规。真是个聪明的女子。而且，她这套舞，真的好像娥皇。李煜出了神。

一曲眼看就要终了，小桃在旋转中渐渐退后，看着霓裳离自己远去，李煜一时控制不住自己的情绪，冲上前一把抓住了小桃的手，忘情地唤着：“娥皇，别走！”

小桃停了下来，看着李煜轻轻道：“陛下，我是小桃。”

李煜紧紧抓着小桃，看着小桃颈上的桃花，手缓缓地、无力地垂了下来。是啊，她不是周娥皇。李煜像被掏空似的，跌坐在了椅子上。

门外的周嘉敏和窅娘看得怔在了那里，窅娘不知该进还是该退，周嘉敏的脸色惨白，李煜一声忘情的“娥皇”喊得她心紧紧发疼，忍不住往前走了一步，却顿了顿，又折了回去。窅娘轻声问道：“我们还进去吗？”周嘉敏没有答话，急匆匆地跑了出去。窅娘只得跟着一起出去。

李煜那晚没有留在寒玉苑，又回到了周娥皇的寝殿去住。小桃送走了李煜，长吁了一口气。看着手边祁正修送的胭脂膏，不禁苦笑。李煜并没有对她动心思，却任由流言蜚语，不过是想激得祁正修回来。那自己又怎么能袖手旁观？

周嘉敏第二天便遣宫女把小桃叫到了她的殿中。周嘉敏是先皇后周娥皇的亲妹妹，近些年一直在宫里住着。虽然李煜没有给她明确的名分，但是她和李煜的关系，也早已是公开的秘密。所以周嘉敏虽然不是嫔妃，却在众人心里的分量比一般的嫔妃更甚。

小桃也曾远远地见过周嘉敏，虽然不及周娥皇风流婉转，却也娇俏靓丽，自有一番摄人心魄的味道。而周嘉敏也听说过小桃，一个跳舞跳得极好的舞姬，和窅娘不相上下。但她从没把小桃放在心上，一如她没把窅娘放在心上一样。这些女子空有一身技艺，出身卑微低贱，不过是供人消遣的玩意。周嘉敏早已见惯不怪，压根没把她们放在眼里。

从宫里传出李煜宠幸小桃的消息，她也只是置之一笑，直到窅娘告诉她小桃也编了一曲霓裳羽衣曲，她好奇要去看看时，亲眼看到了李煜的痴迷，心就再也无法平静了。李煜对美好的东西从来都没有抵抗力，何况是一个刻意模仿她姐姐周娥皇的人，那舞步，那身姿，都是从前她姐姐的动作。这就太可怕了，这个女人心机很深，知道模仿周娥皇就能真正走进李煜的心里。周嘉敏迫不及待要见见小桃。

可是当小桃就那么立在周嘉敏面前时，周嘉敏一肚子的窝火却发不出来。小桃一身浅碧色的衣裙，就像一株静静而立的雨后清荷，不艳不妖，头发松松挽就，整个人施了一层淡淡的脂粉，虽然低眉顺目，但是行动仪态都一副波澜不惊的样子，淡然而稳妥。这份气质，倒没有一般的小家子气。周嘉敏压了压胸中的闷气，看着小桃道："很早就听说你舞跳得很好。"

小桃微微屈膝，淡然一笑："姑娘过奖。口口相传，大多言过其实。"

周嘉敏被小桃一个软拳弹回来，想了想又道："听闻你也编出了霓裳羽衣曲？"她本想着小桃一定是谦虚一番说是，那她便可责问她是如何窃得先皇后的舞，训斥一顿也能解解心里的气。

小桃轻轻抬眸看了看周嘉敏，果然比远看更加艳丽，年纪又小，即便是想训人，眉眼里压不住火也像朵怒放的蔷薇。终究是年轻，自己从云湾村跑出来的时候，都比她大点呢。小桃浅笑答道："不是我编的。陛下怀念先皇后，想看霓裳羽衣曲，命我编一套出来，但先皇后乃是瑶池仙台一般的人物，我怎么能学的来呢？只好向看过先皇后跳舞的人逐一打听，逐一请教，把先皇后常用的舞步和动作学了来，又根据谱子把动作揉在一起。所以并不是我编，是我奉旨，整理先皇后的动作舞步罢了。"

小桃的一番话说得滴水不漏，既大大方方承认了自己就是模仿的，又把"奉旨"的帽子一扣，周嘉敏一时说不出什么。憋了许久，才半噘着嘴道："难为你花这么多心思。"继而又问道，"你还准备模仿先皇后的什么舞？"

小桃屈膝一拜：“回姑娘，模仿先皇后是奉旨而行。若是陛下没有旨意，小桃断不敢模仿任一曲舞。”顿了顿，小桃说道，“更何况小桃比先皇后资质差了好远，模仿先皇后更是东施效颦。”

周嘉敏听到周娥皇的名字总是心里刺痛，不由说道：“姐姐出身高贵，举手投足间都是大家风范，岂是寻常人能学来？何况还是教坊中人。”说到教坊中人，周嘉敏的语气带着几丝轻蔑。

小桃微微笑了：“不论出身如何，都在这宫中相聚了。殊途同归，高贵也是皇宫中片瓦遮身，卑贱也是同个屋檐。一如小桃本是卑微，如今却和姑娘一个屋里说话，还是面对面。想再回宫外的教坊，都难了呢。”小桃的眉梢扬起，一副挑衅的样子，尤其加重了“姑娘”两个字的发音。

周嘉敏果然压不住气，全身都微微颤抖起来。是啊，纵然她在宫里怎么得意，现在还只是个姑娘的名分，连一个官妓都敢在她跟前嚣张。周嘉敏紧紧盯着小桃，半晌看着小桃冷笑道：“既然你想回宫外的教坊，总不能让你失望。”

小桃笑得轻狂：“那小桃便等着姑娘给我好消息。”说完盈盈拜别了周嘉敏，出了寝殿，松开了一直紧紧攥着的手。

教坊时常有人员的流动，除了那些已经挣了名分地位的，其余的人有时被调到花月坊这些地方，有时会调到各个州府设置的楼馆。而其他地方的人也有调到宫中的。周嘉敏便对这些调动上了心，又遣人唤了宫中教坊的主事一番恩威并施，不到一个月，便把小桃混在了要送去南昌府的官妓中，遣出了宫。要送，就送得远远的，眼不见心不烦。留在金陵的花月坊周嘉敏都不放心。

小桃被遣出去时，李煜正在金陵城郊准备祭天，离宫十几天。窅娘急得又要哭出来，私下去求了周嘉敏好多次，周嘉敏只冷冷道：“是她自找的。谁能怎样？”再去求见，周嘉敏已经闭门不肯再见。

窅娘给小桃备了许多衣服干粮，依旧是满满的不舍：“这一去，又不知道多久才能见到。等陛下回来，我去求他。”

“千万不要。”小桃紧紧抱上了窅娘，无奈得空洞：“这是我用尽了心思，好容易得来的结果。我不能在宫里再待着了。”

“为什么？”窅娘不解。

为什么……自己是李煜挟制祁公子的一枚棋子，如今李煜想让祁公子回金陵，更是不停用自己做饵，如果祁公子忍不住回来，只怕等待他的会是腥风血雨，绝不可以！小桃苦笑道：“宫里是非太多，我也该避着陛下了。这就是我的命，总想逃开教坊，总不想做官妓，但绕来绕去，除了这条路，我没路可走。”

从金陵到南昌府，路途遥远。同行的都是教坊里的下等官妓，只有小桃一个算是有些身份的。虽然没人知道她就是从前花月坊的当红舞姬，赐了从四品鱼袋，但大家都听到谣传她是被皇上宠幸过的女人，得罪了嘉敏姑娘，才落得如此下场。一路上自然对她好奇，明嘲暗讽，小桃也毫不在乎。

马车白天行着，夜里便在驿馆休息。一连几天都是如此，却有一天晚上到的镇上格外热闹。小桃掀开马车的帘子问着外面护送的侍卫：“这是哪里，这么热闹？”

侍卫答道：“这叫安远镇，是三国交界，西边是大唐，东边是吴越，北面是大宋，所以往来的人多。”听到大宋两个字，小桃有些失神，抬起的帘子许久都没有放下去。

吴越王钱弘俶敕建了一座佛塔，上月落成，请了大师的舍利供奉。李煜尚佛，一早特意派了陈述等人来吴越备礼相赠，并送了佛经十卷。赵匡胤对佛塔没什么兴趣，对吴越如今的状况倒是很感兴趣，恰好也趁着这个机会派了使臣带着国礼也赶到吴越凑一份子热闹。

赵光义也和赵匡胤同样感兴趣，但赵匡胤没有派他出使吴越，赵光义便只得由明到暗，随在使臣之后也赶赴吴越。

到了安远镇，已经是日暮，街对面看着过去了几辆马车，有一辆的帘子是开着的，一道浅粉很快地划过，赵光义不知为何，心忽然怦怦跳了起来，不由多看了那些马车几眼，刚才开着的帘子此刻却放了下来。

赵光义问着跟着的侍从："那些是什么人？"

侍从仔细看了看答着："看护卫的军服，应该是南唐的人。不过是什么就说不好了，兴许是官家的家眷。大人若是紧要，我这就去打探打探。"

南唐两个字，让赵光义的眉头蹙了一下，随即道："不必了。"顿了下道，"太阳快落山了，赶快赶路吧。到了下个镇子再歇着。"说完打马向前奔去，扬起一路尘土。

小桃马车的帘子被这阵风吹得掀了开来，不由探出头去，只有扬尘的马蹄，和几个在夕阳里的背影，小桃的心无端跳得很快，想再看清楚些，那背影却在夕阳的逆光中成了剪影，小桃看着最前面的一个，心几乎要跳出来，全身的血脉都加快了，几乎要从肌肤中划破而出。只是那马奔得太快，很快就不见了踪影。小桃把帘子放了下来，摇了摇头。哪里有那么巧？一定是眼花了。

当李煜祭天回来时，小桃已经到了南昌府。李煜知道后大怒，他完全想不到，在自己的宫里，还能眼睁睁让小桃走了。可偏偏发出这个命令的是周嘉敏，让他说不得骂不得。他祭天之前已经做好了京城所有的防备，一旦祁正修回来，或是祁正修的同党要救出小桃，他都有应对。可他偏偏漏算了一点，女人的心。

周嘉敏对他哭哭啼啼梨花带雨地数落一番小桃的不是，他便发不出脾气来，只得勾唇苦笑。此时如果去南昌府再把小桃接回来，太过反常，反而引起不必要的麻烦和猜疑。李煜想了想，暗暗命二十名青羽卫立即赶往南昌府，盯着小桃的一举一动，一旦有异动，立即告诉他。兴许，小桃在南昌府，还能有意外的收获。

暗地里派了青羽卫，明面上李煜也有大的动作，给小桃重新赐名“怀袖”，御赐小桃为“掌舞”，为教坊掌管舞蹈。教坊内一般分为歌、舞、乐三种，统一都由教坊管理。教坊依据官职高低，有署丞、乐正等等名头，都是朝廷命官。掌舞这个职位是从没有的，李煜特意给小桃设立了这么一个职位，赐了从三品的鱼袋，并且专门由朝廷拨了俸银。

表面上看，小桃得到的优待简直是多少官妓梦寐以求的荣耀。做官妓能做到这个份上，也不亏了。得到了朝廷的封号，朝廷给发俸禄，和朝廷里官员可以比肩。从三品的光环，太难得的殊荣。

但也恰恰是这个封号，再次把小桃圈死了。本来小桃死里逃生，原先花月坊的小桃已经被删除了名册，不复存在。如果不是被李煜拦腰劫走，小桃能得个自由身重新活过。李煜把小桃从太子府带到宫里，虽说一直在掌管乐舞的地方待着，却也并没有下正式的旨意让小桃再入乐籍。而且他承诺祁正修，将来会给小桃赐个封号，再给他们赐婚。

可小桃如今离了金陵，李煜倒是给赐了封号，却赐的是官妓中的封号，还是个官衔不小的封号，把小桃的官妓身份再次落定。祁正修如果想娶小桃，必须要先上书李煜除去小桃的官妓身份，才能做正式的夫妻。

徐锴出京去淮南边营找祁正修的时候，把这事同祁正修讲了。祁正修只是淡淡一点头，勾唇笑笑：“怀袖，亏得陛下一肚子诗文，起了这么刁钻的名字。”

徐锴看着祁正修有些担心：“我也觉得这名字暧昧。而且宫里盛传陛下和桃姑娘的事，难辨真假。我本来想去问问，但还没等我找到机会，桃姑娘已经被发到了南昌府。你真的不去看看桃姑娘吗？”

祁正修手指在桌上轻轻扣着，苦笑道：“陛下不会。”

徐锴摇摇头：“你怎么觉得他不会？我倒觉得他什么都会。他从小到大，一直莺歌燕舞就没断过，整天身边红裳翠盖，但凡有些姿色、才艺的女人，一个都不肯放过。连先皇后的妹妹，自己的小姨子，他都能冒天下之大不韪霸占了，他还有什么不敢、不会的？何况是桃姑娘。如今的桃姑娘出落成什么样子你又不是不知道，我敢打赌，桃姑娘只要在陛下面前跳一支舞，陛下的魂儿就得被勾走。”

祁正修的指头蜷了进去，紧紧攥了一下，又松了开来，勾唇道：“他是有分寸的人。虽然多情，却不淫乱。尤其是关系社稷江山的事，他不会冒险去要个女人。”

“你对他真有信心。”徐锴无奈地叹气道，“你也真是，明明放着一条坦途，偏偏不走。”

祁正修把手边的茶盏放到唇边，笑道：“你倒说说，什么坦途？”

徐锴也把茶一股脑倒进嘴里，道：“你还不知道？！辞官，甚至不用辞官，只把兵权交出去，皇上就能给你万贯家财，再给桃姑娘封个名号，什么夫人，甚至乡主亭主的，你和她这辈子荣华富贵享都享不完，何必较这个劲？”

“陛下让你来，就是当个这么蹩脚的说客？”祁正修眉眼眯起，笑意深然。

徐锴也没有拐弯抹角，直接回答道：“是，皇上这次派我来，就是当说客劝你的。但这也是我的真心话。何必呢，你看看你，在淮南天天多辛苦。”说着把手里的茶盏磕了磕，“看看你现在喝的是什么茶叶，你家的下人喝的都比这个强百倍。回到金陵，别说茶叶，就是府邸还不是你想要哪处皇上就赐给你哪处。”

祁正修挑眉笑道："我缺钱吗？"

一句话把徐锴噎在了那里，祁正修最不缺的，只怕就是钱，徐锴缓了缓道："就算不为你，为了桃姑娘，你也得想想。桃姑娘更可怜，就为了你的执拗，她这辈子就和官妓杠上了。好容易脱身，又被李煜封了个头号官妓当着。只怕你什么时候不依李煜的，这个头衔就摆不脱。就算如今是从三品，没人敢欺负她，可哪个好好的姑娘，愿意背个妓女的头衔？"

徐锴这句话把祁正修问在了那里。祁正修的手抚在茶盏边上，没有吭声，面色却比刚才苍白了许多。半晌，才声音艰涩道："小桃，是个通透的人，不会在意这些虚扰的东西。"

徐锴嗤了一声，没有回答。过了许久，祁正修看着窗外，声音有些辽远："你以前不是这样的。"

徐锴冷笑了一声："我以前热血沸腾，激情四溢。可是有用吗？太子死了，所有的都没用了。皇上如今还在用我，却处处防着我。我又有什么必要死磕着非得对他肝脑涂地？他也不领情。还不如过点省心的日子，自己省劲儿，皇上也安心。"

屋里的空气像凝固了似的清冷，祁正修过了半晌徐徐说道："你尽心竭力，是为了大唐，不是为了谁，更不是为了皇上。"

"可大唐是皇上的大唐。"徐锴很快地反驳道，"说句不忠的话，可能难听。如果有一天大唐真的亡了，李煜也跟着完了。可我们却可以做新朝廷的臣子。所以说，大唐只是李煜的大唐——"

"好了。"祁正修打断了徐锴的话，声音不似以往那么温和，"你的确变了。"

徐锴仿佛自嘲地笑笑："人都会变。"说完这句，却什么都说不出口，祁正修和徐锴对坐着，久久都没有什么言语。

小桃被赐封的事也传到了大宋。赵匡胤对这些花边新闻没什么兴趣，赵光义听到传闻“哦”了一声，紧接着问道：“那被封的舞姬叫什么名字？”

“原名不知道，南唐皇帝给赐了新名字，怀袖。”

赵光义抽了抽嘴角，嗤之以鼻，南唐的人最是妖娆，从李璟到李煜，一味相传地附庸风雅，怀袖？长袖善舞所以怀念？还是怀里抱过那长袖？听着就是倒胃口的酸文假醋，还透着一股子的暧昧，生怕别人不知道这舞姬和皇上有些不清不楚的关系。赵光义摆了摆手便没有再理会这事。

南昌府的妓馆，和花月坊无法相比。前后两个院落，地方不小，但是却破败不堪。里面人员混杂，娼妓不分。娼门和歌姬舞姬都混在一起，时常有些找娼门的低等官员冲进来，逮着歌姬舞姬求欢，吓得姑娘们四处躲闪。甚至有些人不是官员，也给几个钱就要找姑娘也没人管。妓馆的管事是个五十多岁的老妇人，身体不好，只要有银子收，便凡事都装聋作哑视若无睹。

小桃到了这里，不到一个月已经被骚扰了好几次。好在她是从三品的封赐，亮明身份后也没人再敢乱来。一些歌姬舞姬便央求小桃能不能帮帮她们，被官员凌辱也就罢了，那些乡绅，仗着有几个钱也来揩油，实在无法适应。

小桃看着妓馆的境况实在惨淡，便一咬牙，揣着自己的从三品鱼袋去求见了南昌府的府尹。府尹并没有亲自接见小桃，轻嗤了一声：“什么阿物儿也敢前来求见，真的以为自己是从三品了？”只派了手下的县丞去前厅应接。

小桃看了看县丞的官服，并没有起身，仍旧坐在椅子上，把手里的鱼袋用力往桌上一掷，冷冷道：“今天怀袖是以朝廷从三品的身份来拜见府尹大人，自然有要事相商。如果府尹大人觉得同是从三品，只有文官武将配见大人，小小的教坊职不配的话，怀袖这就给皇上亲自上书，撤了这从三品的鱼袋。”

县丞一听小桃的口气，说得字字在理，又似乎暗示和皇上甚密，传递文书都不用经过别人之手就能亲达。县丞不敢隐瞒，忙回到后院和府尹禀告。

府尹一边皱着眉头不情愿，一边换了官服：“我倒要看看，一个教坊青楼的女子，能说出多大的理来。”

小桃见到府尹，先是恭敬地行了一礼，随即不卑不亢地坐下。府尹喝了口茶，也不想多啰唆，直截了当问道：“不知怀袖姑娘来，今日所为何事？”

小桃淡笑道：“怀袖只是来给大人讲两个故事。”

“哦？”府尹哼了一声，漫不经心道，“那姑娘还得讲快些，府衙的事情很多。”

小桃唇角扬起：“第一个故事，保大十一年，扬州官妓晴娘，被扬州司马请去家宴，却被盐商侮辱，晴娘自尽。朝廷下令严办，盐商问斩，扬州司马被贬。”小桃说话的语气有些像祁正修，温温的，但气势又很像赵光义，有种不容人辩驳的底气。她自己也不知道是怎么成了这个样子的。但是似乎在一次次和人说话的揣摩中，察觉到这种态度和方式是最容易让人接受，效果也最好的。

南昌府府尹的嘴角不自觉地咧了一下，这是什么故事？真的假的，一个小小的官妓还能惹出这事？

小桃徐徐道：“第二个故事，去年，黄州两名官员争夺一个官妓大打出手，惊动了朝廷，皇上对二人各降三级，罚俸一年。”说罢看着府尹道，“教坊是个卑贱的地方，大人们瞧不上却也离不开的地方。教坊里的姑娘们命薄如纸，人贱如柴，但是来这里的大人们却是非富即贵，都是朝廷的栋梁，如果为了这些事耽误了前程，又是何苦？想来大人也不能免责。毕竟南昌府是大人的地界。”

“你敢如此和本官说话？！”府尹用力哼了一声，看着小桃面色有些涨红，却也不得不承认小桃说得很对。教坊是个官员聚集的地方，出了事谁都不好看。

“怀袖不敢。”小桃的声音淡淡的，“只是如今南昌府的教坊却让怀袖不得不发声。管理混乱，娼妓不分，娼门的姑娘和歌姬舞姬混在一处，来的客人也没了章法，娼是当娼用，妓也当娼用，这不是逼良为娼吗？再者，官员能来，乡绅能来，过几天是不是平头百姓也能来？官妓是暗门子吗，什么人都服侍？这事要是皇上知道了，不知道是怎么的惊天动地呢。”

府尹的眉头皱了起来，这些事他不是不知道，只是他不认为是个大事，但是小桃之前说的，似乎又在理。几个官妓玩一玩，还能让龙颜震怒？

小桃看府尹不说话，继续说道：“这事看起来不大，我刚才就说过，教坊是个卑贱的地方，但是管理不善，早晚惹出人命官司，到时候就不是一顶乌纱能担待得起了。”

府尹蹙眉想了想，问道：“那依姑娘之见，该怎么办？”声音比之前已经少了许多不敬。小桃的话鞭辟入里，他即便不懂教坊的门道，也听出了利害关系。也不得不佩服小桃的口才。

小桃看着府尹诚恳道：“我既然被陛下钦点了教坊的从三品掌舞，又到了南昌府，自然就要把我分内的事情做好。南昌府的教坊，要改。院落要修整，把娼妓分开，前堂后院都要严格分明。另外进出的人一定要带着官员的鱼袋或是手书，才能入内。所以，怀袖向大人请求的，便是两个，一个是钱，一个是人。”

“怎么说？”府尹进一步问道。

“修整院落的银子，大约要一千两，如果能从府上调拨自然好，若是大人有困难，怀袖自会向朝廷上书，向皇上调些银子来；至于人，妓馆里总要有几个狎司，现在南昌府妓馆里的狎司已经没剩几个了，还要大人帮忙再调配或者招募些。至于狎司的开支，妓馆会负责。”小桃从袖中拿出一张叠着的纸递给府尹。

府尹打开一看，不由倒吸了一口冷气，纸上细细密密的字，早已列好了各项明细款项，有依据有分列，金额数目也是经过对南昌府价钱考察后写的，实在是缜密得挑不出一点毛病，而最让府尹拍案叫绝的，是那纸上的字迹，实在是漂亮，铁画银钩得像个男人的笔法，府尹不由问道：“姑娘是找谁写得这么一纸好字？”

小桃笑笑：“大人过奖了。我这一手字，上不得台面。”

府尹听了，对小桃更加刮目相看。又不舍地把小桃的字看了一遍，对小桃展开了个难得的微笑：“姑娘所需的银两和护卫，过几天自当一一送去。姑娘放心。”不过是区区一千两，要是再让小桃报到朝廷，那也太难看了。

小桃低头又拜谢了一番府尹大人，才不疾不徐地离去。看着小桃的背影，府尹又掂了掂手里的纸，不由勾起了唇角，怪道封从三品呢。

不到十天，府尹给小桃这里派了十名狎司，有两个是从府衙派的，剩余的八个是招募的。而修整院子需要的银子，不论多少，都一律从官中的账上支，不拘于一千两。

小桃大刀阔斧地开始了修整。有了花月坊的现成模本，小桃几乎不需要怎么琢磨，便能将院落如何划分区域功能，姑娘们用什么方法管理，全都是一肚子经验。小桃此刻才不由苦笑，虽然自己不愿意做官妓，但还真练就了一身做官妓的本事。

小桃给这里的妓馆起名为“云裳阁”，西侧是娼门，独立院子，独立管理。娼门也分三六九等，一一划价。东侧是妓馆，比西侧大出了三四倍，前堂是演出、吃饭、喝酒的地方，后面两重院落，是过夜、长住的地方。而进出的客人，第一次来，必须要带着鱼袋或是盖了官员行章的手书才能入内。

小桃对歌舞的编排极是尽心，无论是词曲，还是动作，都亲自督导。小桃还另外改良了一番，连续来多少天，便有赠送的绢扇、香囊等等。如此一来，客人更是趋之若鹜。

小桃有时倚着云裳阁的门，都忍不住想笑自己，活脱脱一个红姑附体，便不由咧开唇笑，笑着笑着，眼泪不由地落了下来，直落得心里空空得绞疼。这么些年，从云湾村到金陵到开封再到南昌府，什么都没有长伴着她，除了一身的舞艺，一身官妓的本领。

小桃在云裳阁的威望也极高，姑娘们和狎司自不必说，唯命是从，原先管事的老妇人也落得清闲，凡事不再操心，只躲在后院打打叶子牌得过且过。小桃对姑娘们没什么别的要求，使性子耍脾气都不怕，但是功夫一定要扎实，不论是唱歌，跳舞，乐器，都要拿得出手。这些技艺傍身，走到哪里，都有饭吃。

小桃发现，站在掌事的角度，和原先做姑娘的确有很大不同，原先不善于看人脸色曲意逢迎、讨好俏笑，现在也是察言观色八面玲珑。小桃有些无奈于自己的变化。但是有一点，在云裳阁，任何客人不得强迫姑娘做苟且之事。这也让姑娘们心存感激。

小桃在南昌府把妓馆经营得红红火火的事传到了李煜耳朵里，不由心生叹服，这样的女人，放到哪里都能像燎原的火似的活出来。

日子过得很快，乾德三年的正月很快到了。南昌府的正月也极是热闹，红袖招的生意也好得很。小桃每天忙到子时才能歇着。回到屋里，捶捶酸疼的腰，看着颈上颜色淡去的桃花，打开盒子，却发现颜料已经用光了。小桃磕了磕盒子，叹了口气。

门口传来一声哈哈大笑："这送得就叫个巧。"

小桃扭头一看，陈述拿着一个盒子正倚门看着小桃笑得爽朗。小桃一阵惊喜，忙跑了过去："你怎么说来就突然来了？"

陈述走了进来，把盒子递给小桃："还不是给你们传递信物。"

小桃的脸一红，打开盒子，果然还是鲜艳如初的胭脂膏。小桃把胭脂膏放到一旁，忙请陈述坐下，又命下人端上茶水点心，细细打问着陈述一路是否顺利。闲聊了半晌，小桃问道："祁公子还好吗？"

陈述看了小桃一眼，道："你终于问到主题了。诶，我发现你变了，以前你见我第一句就问他好不好的，怎么今天你和我扯了半天才问？"

有吗？小桃有些发愣，她并没有注意这些。只是觉得祁公子，应该是好着的吧。小桃抿唇笑笑："如果他不好，你一定早说了。"

"狡辩。"陈述看着小桃撇了撇嘴，"你不像以前对子介那么火热了。是不是变心了？说！"陈述打趣道。

"没有！"小桃下意识地反驳，却紧跟着心一疼，火热？她早过了火热的年龄。而且对祁公子，火热有用吗？还不是让自己等之后就多少年没有音信。她也早已习惯了。小桃笑笑："我已经这把年纪，还怎么火热？再者，祁公子向你问到过我吗？"

"那不一样。他……"陈述想说，尽管祁正修没向任何人打听过小桃，但他给南昌府尹写过书信交代照拂，否则银子没有下得那么快还不计数目；他也亲自来过南昌府，只不过云裳阁外面熟悉的青羽卫让他只远远地看了几眼便急匆匆赶了回去。陈述很想都说，但是祁正修一再叮嘱他不许说，陈述憋了半天才吐出一句："他不打听不表示不关心你。"

"你才是狡辩。"小桃笑得淡然，"不过祁公子要事在身，我能明白。

能记得给我调制胭脂膏，我已经很感激了。”她这番话说得真诚，陈述一时也无法应答。

小桃给他在后院安排了一处厢房，笑道：“用不用找个姑娘服侍你？”气得陈述直咬牙，小桃笑着跑开了。

乾德三年的南唐，仍然平静。但是对于后蜀和大宋，却不是那么回事。大宋沿着版图的西南方向开始逐步蚕食，前两年吞了荆南、湖南一带后，正月又把荆湖南面的后蜀灭了。后蜀皇帝孟昶和一众嫔妃都被押解到了开封府。由此，南方便只剩了南唐、吴越和南汉。

而乾德三年对于小桃来说，从中秋后的一个中午，也变得不太平静。那天云裳阁来了贵客，是从金陵来的朝中官员，到南昌府办事，顺便到了如今在南昌府名声雷动的云裳阁。来的官员是四品官阶，小桃是从三品的官妓，只差了半阶，不去接待显得太过傲慢。小桃便找了云裳阁里丝竹琵琶最为精通的乐姬给那官员演奏，小桃在一旁陪着聊了半晌。

那官员三十出头，倒也是个八面玲珑的，到处搜罗的消息还不少。小桃许久没有回金陵，便也向他打听着金陵的事。

问到窅娘，那官员眼睛发亮：“如今窅娘可不是一般的得宠，自从先皇后去后，宫里再没有善舞之人，窅娘便一枝独秀。皇上还命人打造了金子做的莲花台，让窅娘在上面跳舞呢。我是没那个荣幸亲眼得见，但据见过的人说，简直是凌波仙子一般。”

小桃听了这些，也会心一笑，窅娘幸福，她便安好。随口说道：“皇宫的手笔，素来极尽华美。”尤其是李煜那样的文人雅客，更舍得用钱去营造他喜欢的调调和氛围。

那官员摇头：“也不尽然，还是窅娘得宠。如今大唐每年纳贡支出庞大，皇上已经比从前节俭了不少。就连大宋皇帝的亲弟弟喜获麟儿，皇上备的礼也远不如前几年给大宋郡主的。”

“哦。”小桃随口应了一声，大宋皇帝的亲弟弟？忽然小桃的脸色变得雪白，眼睛里刚才的淡然一扫而空，取而代之的是几乎燃烧的灼烫，“哪个亲弟弟？大宋皇帝，不是……有两个弟弟吗？”小桃的声音有些抖。

官员哈哈大笑：“自然是如今的开封府尹，威名四震的赵光义了。那位如今在大宋的风头可不小……”

官员说了什么，小桃再没有听进去一个字，只有“赵光义”三个字，像一记重锤，狠狠砸在了她的心上。他有孩子了，他有孩子了……一刹那，小桃的脑子一片空白，完全不能思考，心也跟着停止了跳动。过了很久，小桃才嘶哑着嗓子缓缓问道：“你，你没弄错吗？”

“当然没有了。”那官员喝了一盏酒，“这种事怎么能弄错，尤其那赵光义也够有意思的，第一个儿子，不办酒宴一切从简。连大宋皇帝都看不下去了，在宫里给他办的。”

小桃急迫地追问道：“还有呢？”

“还有？”官员一愣，“没了，我也只知道这么多了。姑娘还想知道什么？”

她想知道什么？她的脑子在疯跑，她想知道的太多了，她想知道谁生的，他还有几房姬妾，甚至，他好不好，他所有的一切……可是，这一切和她又有什么关系呢，她又有什么立场去关心去关注？小桃笑了，却比哭都麻木惆怅：“没，没有了。”

台上的歌姬正在边弹琵琶边唱着“在天愿作比翼鸟，在地愿为连理枝”，在小桃听来，分外刺耳。当初似乎有人曾经握着她的手，一笔一笔地写着这句诗，她记住了。可这一记，还不如不记。如果忘了，是不是心会不这么锥心刺骨地痛？如果忘了，是不是不会全身发抖全身发疼？这句诗，如今听来，就是个笑话，哪有什么情深不移，哪有什么情笃不变，都会变，还是早就都没了？小桃忽然哈哈大笑起来，笑得上气不接下气，笑得眼泪肆意。

那官员不明就里，看着有些诧异：“姑娘，怎么了？”

小桃眉眼一挑，颤着声音笑道：“没什么，我开心。”说着站起来，走到外面的前堂喊道：“今天本姑娘有喜事，都放开了喝，我请客，能喝的豁出命喝，是男人就不要藏着掖着。”

外面叫好声一片，到妓馆还能享受免费的酒，这可是千载难逢的好事。外面立即热闹成了一片。小桃抬腿坐上了最近的一个桌子，一脚盘着，另一只脚在桌下晃着，将桌上的一壶酒冲着自己的嗓子灌了下去，辛辣得通透，连心都跟着撕裂得通透。

那画面，实在很美，颈下一枝红艳桃花的小桃醉卧桌上喝酒的姿态，早已令不少人看得酥倒，只是没人敢造次。小桃一壶酒喝完，跳下了桌子，对众人笑道：“你们慢慢喝，今天我们一起高兴。”说着摇曳着步子，走回了后院。他终于有了孩子，从此，他有了自己完整的家，妻妾，孩子。和她，算是两清了吧？

小桃醉了，连哭带吐，醒了后却病了，三个月下不了床。郎中只说心火郁积，开了方子，小桃也不肯服药，终日无神地躺着发呆。好在兰裳阁走上了正轨，需要操心的事也少了许多。

三个月后，小桃的身体恢复了，但看人的目光更空洞。时不时会出神，要旁人唤好几声才能回过神来。赵光义这个名字，小桃努力地在忘掉，这个人从此和她，应该不会再有瓜葛了。

流光容易把人抛，乾德五年的春天来得很早。小桃依旧在南昌府，用祁正修捎来的胭脂膏，描画着脖颈上的桃花。祁正修给她来过几封书信，暗暗问她“相思何寄？”她也回过几封信，却始终避重就轻，只谈南昌的生活，没有回答。她的相思，应该无从寄了吧。

此时位于中原地带的大宋，和位于江南的南唐，隔江相对，而南唐的周边，被一点点侵蚀。李煜心里的惶恐，不是一点半点。尤其大宋在攻城略地的时候，打到南唐边境的地方，遇到守备松懈的，就趁机再向南唐的地界推进百十里地，直到到达军事重防的地方才罢手。李煜敢怒不敢言，只得向边界城池的守军节度使再调派兵力做好防守。

祁正修守着北线的水军不肯撤回，李煜派了林仁肇带兵到南线防御边境。林仁肇是名猛将，到了西南边境，只用了三千人，就打退了大宋两万人的袭边。大宋这次公开对战的是后蜀，对南唐只是捎带打一竿子，揩油而已。所以被林仁肇打退也不敢有任何发声，毕竟自己不地道的事在先。

但赵匡胤终究心里有些闷闷不平，林仁肇打退宋军不说，还趁机收回了三十里防线。那三十里防线可不是寻常的三十里荒地，离铁矿很近，那才是赵匡胤真正眼红的地方，也是李煜抵死护卫的地方。好容易吞到肚子里的货再吐出来，那滋味比没吃到还窝火。赵匡胤一气之下，减了给南唐的军盐。

当初后周柴荣攻打南唐，把南唐在长江以北的城池都夺了去，扬州、泰州也在其中。而扬州是盐业重镇，以海陵盐最为规模，大大小小的盐仓不计其数，每年南唐一大半的盐都是从那里出产。当初李璟甘愿用每年数十万的上贡换取海陵盐场，但柴荣坚决不许。把控了盐，就扼住了南唐很大一部分命脉。柴荣只答应每年会给南唐三十万石的军盐。到了大宋赵匡胤，也继续着后周的做法。但是这次在林仁肇那里受的气，让赵匡胤很是不舒爽，便以疆域扩大作为理由，声称大宋的盐也不够用，给南唐的军盐减了十万石。

盐一减少，李煜很快就感到捉襟见肘了，分给各地盐仓的盐跟着骤减。南昌府也受到了影响，老百姓没了盐，时间久了，身体机能紊乱，渐渐虚弱。李煜只得从两方面着手解决，一方面花高价，从吴越买盐；另一方面，从南唐境内再开掘盐城。可这两处，哪里都要钱。而南唐国库空虚，应付大宋的进贡已经捉襟见肘，再支出这笔款项就很费劲了。

南昌府尹动员当地的富商乡绅捐些资费出来，因为离南昌府不远的路安镇已经发现了新的盐池，只要有银子，就可以雇人，造些设备沥盐。南昌府尹在官邸门前放置了捐赠箱，却是放了十多天，里面只有稀稀拉拉的几颗碎银子。府尹看得直挠头。正在愁眉不展之际，收到了下人递来的拜帖，是小桃求见。府尹忙派人请了进来。

小桃给府尹做了礼之后直截了当说道："今天来打扰大人，是为捐赠银两沥盐的事，想必大人也很发愁。"

府尹叹气道："怀袖姑娘说得不错，不瞒姑娘，这些日子来，收到的捐赠款项还不到十两银子，杯水车薪，哪里能够沥盐的耗资呢。"

小桃眸子沉沉："那些富商和乡绅都有门路，自然不愁盐用。他们哪管别人呢？更别提国家百姓了。"

下人端上茶来，府尹端起茶盏啜了一口道："钱是他们的，我也没有办法从他们手里抢过来。"顿了顿看向小桃道，"怀袖姑娘说刚才为这事来，不知道姑娘有何高见？"

小桃看着府尹淡淡笑笑："上次大人襄助兴建兰裳阁，还没有什么能报答的。这次掏银子的事，怀袖有个粗陋的法子可以试试，只是希望大人能帮个忙。"

南昌府尹的心腾地跳了起来，自己都没法子的事，这个官妓竟然有办法？急忙问是什么法子，小桃大致说了一番后，府尹频频点头："怀袖姑娘所需的，我必当竭力协助。"

三天后，南昌的茶园街上，搭起了一座高台，往来的百姓都看到了是座木雕的桃花台，雕工十分精美，但是也很高，快赶上附近最高的三层的悦祥茶楼了。又过了几天，桃花台被围了起来，里面是什么不得而知。

又过了几天，桃花台的外面贴出了一份通知，兰裳阁将于本月十六、十七、十八三天在这里举办群芳宴，欢迎各位赏光。通知很简单，传闻却很复杂。据说这次群芳宴，兰裳阁会演出之前从未演出过的节目，个个精美绝伦；又据说，这些节目也只会在这次群芳宴上演，之后不会再演，可谓孤本绝版；又据说，那位从三品封号的怀袖姑娘，也会有演出。这可就吊足了胃口，小桃在南昌府像个传说一样，大家只传闻她舞得极好，但她从不登台演出，那些被她调教过的舞姬都传言，小桃的舞技是她们从没见过的精妙，但如何精妙，没有客人有幸看过。如今传言说小桃也要在群芳宴上出演，那些富商一早已经摩拳擦掌，跃跃欲试了。

而更吊胃口的，是那二百两银子一位的价格，这个价格在金陵就罢了，但在南昌府就是天价。普通老百姓一辈子也赚不到这么多。但兰裳阁承诺，物有所值，如果哪位客人觉得不值，观看后可以直接到后台要求退款。

如此一来，就太吸引眼球。还没出演，消息已经像长了翅膀似的，不仅南昌富商知晓，连附近城镇的人也都知晓，不少人专门赶来南昌府观看。反正觉得不好可以退钱。而不去，一来掩不住好奇，二来显得自己没钱似的，丢了身份。所以南昌府但凡有些头脸的，早已约好前去观看，而且以买到第一天门票为荣。不少人还携带家眷亲朋，以显示财力雄厚。尤其有些没有官衔名头的，平日里去兰裳阁都不能，如今有兰裳阁的姑娘出来演出的机会，还不得抓紧。

十六很快到了，戌时还没到，入场宾客已经如流如织。有人发现南昌府尹竟然也在其中，不由会心一笑。

戌时一到，四下静了下来。一曲悠游的采莲曲泛起，有歌，有舞，的确与平常兰裳阁的演出极为不同。歌曲更加精致，不仅有江南小调，也有几首北方高亢的曲子，听着极为新鲜。舞蹈一直是兰裳阁的看家本事，自不必说，比平常更加好看绝伦。而丝竹器乐也是罕见的调式，听得称奇。来的人都非富即贵，按理也听过不少词曲，却对这晚的节目纷纷称奇，都是没听过的。

从戌时到亥时，不到两个时辰的节目眼看着就要结束，虽然歌舞是非常不错，但是要和二百两的价格比起来，还是略有些不值。二百两就看些这种新鲜，也未免太亏了。有几个人已经商量着准备结束后找兰裳阁退钱了。

最后的一个节目，是小桃的舞。场地里面的灯光暗了，十六的月亮又大又圆，像一个天然布景，罩在桃花台上，而月亮旁，一个妖娆的影子，像一株拔地而生的桃花似的，冉冉舒展开来。这个开场，已经让所有人屏住了气息，刚才的议论再也不闻。

那么高的台子，几乎和天上的月亮都接上了。也只有十六的月亮，才会那么大，那么低。出来那么绝妙的视觉效果。随着乐声，小桃开始翩翩起舞，身姿动作自不必说，那是刚才所有舞姬都差了几条街的。最妙的是，小桃就像月宫中的仙子，在月亮的背景之下，每一个动作，都含情几许，让人情不自禁就跟了进去。

乐声越来越急，小桃也越跳越快，灯光渐渐加强，小桃鲜红的衣裙和着颈下的桃花，就像一团盛极怒放的桃树。许多人都不禁提起了心，生怕她从上面掉下来，而小桃跳着跳着，也不见了身影。片刻才发现，她已经从最高的台子不知何时跃到了第二层。又依次向下跃去，而到了最下面的台子。

小桃一边逐层向下飞舞，一边书写着两边的长幅，待到小桃到了最下面台子的时候，两侧三层楼高的长幅上也已经是小桃的字，一副对联，铁画银钩的大字。众人不禁叫绝，许久才像从梦里醒来似的，叫好声鼓掌声几乎要把暗夜冲破。别人的表演只是表演，而小桃的表演从开始就像揪住心似的，让看的人也亲临其境。

刚才还想着退钱的人，此时也再不吭声，这种舞技，别说是南唐，走遍天下也再难看到。谁有在那么高的高台上跳舞的能耐，谁又能像仙子般飞跃得不露痕迹，关键还有一手好字？

看着底下情绪高涨的人群，小桃笑道："怀袖字迹粗陋，登不得大雅，如果哪位客官想要，可以买回去。"众人一听，纷纷开口，不到一炷香，价格已经从十两银子涨到了一千两，最后由一位姓周的乡绅以三千两的价格夺得，还为打败了别人兴奋不已。

小桃缓缓又开了口："今晚多谢各位大人的捧场，大家一定很好奇，兰裳阁为什么要办群芳宴。"底下静了下来，小桃微微笑道，"大人们一定都知道，如今百姓吃盐困难，不少地方已经有人因为缺盐得病，甚至死去。兰裳阁里虽然都是一众女流，但是也有家人，有亲人，也许也在受着盐患的苦恼。纵然不比众位大人举足轻重，但也想尽自己的一点绵薄之力。所以今晚出演的所有收入，以及怀袖方才那幅字的赏钱，都会交给府尹大人，供路安镇新的盐池沥盐用。"

说完，小桃对一旁的下人说道："去问问大人们，有没有要退银子的。"下人应声走了下去，从每一个人的身边经过，却没有任何一个人开口提退银子的事。方才是惊诧于小桃的舞蹈，而现在，每个人的心里都有些不自在。一群女人，尤其是一群可以说身份最为低贱的女人，都在为百姓出力，他们又有何脸面提退银子的事？只是这事除了劈头带给他们震惊之外，也有不少疑惑。

散场之后，难免有人会打听着银子是否真的给了府尹，是否真的用于沥盐。但也的确有人亲眼看到银子被封了起来送到了南昌府尹的官邸，连夜运到了路安镇。而南昌府尹的官邸第二天就贴出了告示，写明了哪些人捐赠了多少银子，都将载存在府志的卷宗里，日后将免除赋税、劳役等。

这一番举动，便实打实地印证了兰裳阁的群芳宴实则是义演筹款沥盐。前来观看的人更多了，甚至二百一位已经满员，观看后仍然有人打赏银子。

三天的演出，一共筹集了二十万两银子，有南昌本地的，也有附近城镇的，甚至也有人没有看上演出也捐了银子。全部运到了路安镇用于沥盐。

第三天结束，祁正修在悦祥茶楼喝完了最后一盅茶，准备结账离去。店主不由问道："公子怎么不进去看？"看眼前这人的来头和气度，绝不是付不起二百两银子的人。可是自从十六开始，三天了，每天就只在戌时过来，点一壶茶，在这个靠窗的位置看着里面的演出。可问题是，悦祥茶楼虽然很近，除了能最后看到怀袖姑娘的舞，别人的节目也看不到啊。

祁正修淡淡一笑，付了茶钱后，一身白衣翩然离去。这个位置，离那三层的桃花台最近。万一她失足滑了下去，这里可以最快地腾跃过去接上她。祁正修回头望了望守在演出台楼外的青羽卫，打马远去。

有人把这事上报给了李煜，李煜久久没有说话。谁说商女不知亡国恨，隔江犹唱后庭花呢？李煜下旨将小桃晋为正三品司舞。除了赐鱼袋，还赐了晋封的金册，这是南唐前所未有的殊荣，金册更是第一人。除此之外，还赏赐了一件宫廷御制的桃红色丝绸襦裙，南唐建国来从未有过的殊荣。

几个月后，路安镇的沥盐见得了成效，南昌府的百姓户户领到了新盐。市井里都流传着怀袖姑娘和兰裳阁筹钱沥盐的传说，传说里她们容貌倾国，心地善良。而怀袖姑娘颈下的那支桃花更为世人津津乐道。老百姓对心存感激的人，最是不吝啬他们的赞美。在他们的传言里，有着鲜红桃花胎记的小桃就是桃仙的化身，什么怀袖的他们记不住，都喊她桃娘。李煜赐封后，有人更尊敬亲切地唤她桃娘娘，反正是宫里来的。

还有文人雅客戏称当时南唐的两大舞姬，北方有窅娘，南方有桃娘。窅娘是皇上的没法惦记，但桃娘就不同了。兰裳阁的客人越来越多，许多人慕名而去。也有人不惜千金，只求小桃一幅字的。只是大家都是仰慕，却也没人敢动非分的念头。一来小桃的威望是明摆着，不仅是皇上御赐，百姓也都交口称赞；二来南昌府尹和小桃经过沥盐的事以后，交往也不少，甚至府尹家席，小桃都是座上宾。在南昌府的地界，没人敢动小桃的歪念头。

有次兰裳阁的人出去买东西，回来带给小桃一幅四联的年画，笑着道："姑娘，你看看这是谁？"

小桃拿过来看了看，每一联都画了一个女子，体态轻盈，相貌端庄美丽，都是在跳舞的姿态。共同点是每个女子的脖颈下都有一枝桃花。明摆着画的是她，小桃的心不由悠悠一荡，笑道："画的比我都好看。"

旁边的人笑道："如今不少人家都喜欢买了姑娘的画像贴在家里呢，都说有姑娘这样又貌美又心善的贵人保佑着，家宅都安宁。"

小桃不由勾唇笑了。她没有想到自己只是尽一点绵薄之力，就能得到百姓这么大的回馈。官妓是个卑微的身份，是官员的玩物，能够自保已经不易。小桃从没想过，自己能在官妓这条道路上走出这么柳暗花明的一村，不仅得到御赐封赏，还能解一方之困。是自己把官妓看低了。不经历也永远体会不到，人可以这么活着，被很多人需要，被很多人感激。这是小桃从没尝过的滋味，很开心，甚至有一点点小自豪。

小桃想到了云湾村，那里的人应该也缺盐。由于盐是政府专营，小桃特意去找南昌府尹当面请求。府尹自然不会驳了小桃，命人去路安镇的盐池将新盐装了一车，找人暗暗给云湾村送去。

之所以不能明着送，是由于各个地区的盐是由朝廷统一配给着。云湾村不归南昌府管辖，便不能由南昌府越过朝廷，直接馈赠或是买卖盐。送盐的几个衙役都穿着便装，没有穿官服，只说是桃姑娘送的。在云湾村说怀袖，没人知道是谁，但说到桃姑娘，便没人不知道。

衙役从云湾村回来，给小桃带了一串樟木珠子，只说是一位族长托他们带给小桃的。小桃看着珠子，怔了一下，放到鼻子下闻了闻，很浓的香味。云湾村里树木很多，樟树、桃树、柳树……但是樟树在云湾村里的地位很神圣，是村里的“神树”，不能随意砍伐。村头一棵据说千年的樟树更被绑上了许多红绸，谁家有什么心愿，都会在樟树上系一条红绸，跪着对樟树许愿。可如今，却砍了樟树做了串珠子给了小桃。这是十分珍贵的心意，虽无言，也早胜过千言万语。

小桃顿时明白了云湾村如今一定也非常缺盐，否则不会砍了神圣的樟树来感谢她，小桃心里说不出的滋味，把樟木珠串放到了箱子底。她舍不得戴，也不能戴。从云湾村走出来的她，无法心安理得戴着神木的串。

北方有窅娘，南方有桃娘的名气，不仅在南唐盛行，也传到了吴越，传到了大宋，甚至传到了赵光义的耳朵里。

第二十八章

窨娘代舞马脚露 江心换人旧情复

当初赵光义交了兵权，选择做开封府尹。赵匡胤原以为一个府尹，兴不起什么风浪。但他小觑了赵光义的本事。赵光义从坐上开封府尹开始，便开始广泛结交各路人物。有朝廷中的，也有不少虽然暂时没有功名，但是有谋虑有本事的人。其中的能人贤才，在赵光义的周旋下，进入朝廷为官。一时赵光义府中幕僚能人辈出，人才济济。有精通人情官吏的宋琪，能言善辩的程羽，文武兼备的贾琰、姚恕等人。

开封府俨然成了个候补朝廷，各种朝中大事，朝廷还没有反应过来，开封府里已经有了几种应对措施。而赵匡胤也惊讶地发现，不知道从何时开始，上朝的时候，赵光义的排位虽然在宰相之后，但是宰相的提议会遭到朝中众大臣的驳斥，赵光义的提议却很少有人反驳，反而是各种附和之声。

赵匡胤发了慌，武斗他还在行，这耍脑子的文斗他不行。更何况如今他是一国之君，凡事总要注意形象和影响。在朝堂上即便打压赵光义也要有理有据，可他却偏偏从赵光义的提议中找不出什么缝隙漏洞。这让他苦恼又无奈。

乾德二年，赵匡胤把原后周的宰相王溥、范质换成了赵普。如今朝中，也只有赵普有能力和赵光义抗衡。于是朝廷里便形成了以赵普和赵光义为首的两大政治集团，斗得乐此不疲。这下赵匡胤松了口气，坐山观虎斗得悠哉。还不时帮着赵普打压一下赵光义。有这么互相斗争的两派，赵匡胤这个皇帝反而轻松了，不同意哪派，只需要附和另一派就好，再也不必像从前那样绞尽脑汁想说辞。

赵光义第一次听到桃娘的名字，是府中幕僚聊起大宋减了对南唐军盐的事时，有人提起的。桃娘两个字让赵光义的心莫名地跳突了一下，不由让那人细细说说桃娘的事。

于是那人便把怀袖姑娘如何跳舞募集银子去沥盐的事说了一番，叹道："南唐还有这等刚烈有志的女子，还很有头脑。"

赵光义不禁问道："她不就是那个李煜赐了封号的官妓怀袖吗？为什么叫桃娘？"

那人回道："桃娘是老百姓给她的称呼，也有叫桃娘娘的。据说是因为她喜欢在自己身上画朵桃花。这也常见，妓馆那些姑娘都喜欢冠个花名，在身上描画。"

赵光义的眉头蹙了起来，从描述中，他看不到一点小桃的影子。他的桃宜，没有这么能干，也没有这么聪明。她只是个有些娇俏，有些柔弱，又有些倔强的丫头。更何况，她已经死了。想到这里，赵光义的心又开始绞疼。可是想起这个叫桃娘又会跳舞的女人，赵光义的心里有种莫名的滋味，不见见，终究是不甘心的。可南昌府离开封路途遥远，偷偷去还要越过国界，很难不被赵匡胤发现。赵光义问道："怎样才能见见这个桃娘？"

其中一个幕僚说道："年后不久就是陛下的寿辰，到时南唐一定会派使臣带着寿礼过来。提前和陛下提起南唐有个舞姬跳得一身绝世好舞，让南唐一并把桃娘带来跳舞献寿，想来陛下不会反对，李煜更不敢不从。"赵光义微微点头。

春节后，李煜接到赵匡胤的国书，都是些冠冕堂皇问候国祚之辞，除了国书外，还有一封手札，便是要南唐闻名遐迩的怀袖姑娘前去大宋献舞贺寿。李煜看着这封手札，眉头紧紧皱了起来。

赵匡胤素来对歌舞之事从不上心，如今突然提出这个要求实在怪异。而且指名要怀袖，怀袖就是小桃，小桃曾在开封待过，无论和赵匡胤还是赵光义都很熟悉。如果让小桃去，那么当年小桃假死是欺君大罪；可派别人去顶替，万一被人戳穿，也是欺君之罪。这可如何是好？更何况小桃的舞技，谁能模仿得来？或者第三条路，小桃不去，找个借口，病了？死了？这也太巧了，都不足信。

李煜把教坊的总掌事叫来，询问有没有舞技能和怀袖姑娘不相上下的。掌事直摇头："怀袖姑娘在高台上凌波微波的本领，微臣实在没有再见过能和匹敌的。如果说还有……"掌事住了嘴。还有一个人便是窅娘，可是他怎么敢说。

李煜已经听明白了他的意思，挥手让他下去。让窅娘代替小桃吗？也很冒险。想了几天也没有什么好办法，李煜看着侍寝的窅娘，一阵失神。

窅娘看了看李煜，跪了下来："陛下如果有什么愁事，可以告诉窅娘，窅娘愿意分担一二。"

李煜笑得澄澈："没有。"

窅娘顿了顿，大着胆子又问："是不是为了小桃去大宋献舞祝寿的事？"

李煜的眉头蹙了起来，声音也有些冷："你怎么知道？"

窅娘垂下眸子道："陛下无须知道我怎么知道。窅娘只愿意为陛下分忧。小桃的舞，我也会。更何况在高台上跳舞，我也是惯了的。只要到时遮着面，也就无伤大雅了。"

李煜没有说话，表情几分凝重。窅娘徐徐道："也没有别的办法了。小桃自然断不能去大宋。别的舞姬，没有能在高台舞的，到时大宋皇帝怪罪下来，不知道又是怎样的翻天覆地。妾身只在宫里舞过，除了大唐的重臣、皇亲，没有其他人见过，大宋的使臣也不曾见过。所以陛下大可不用担忧。”窅娘一边担心小桃，一边担心李煜，只恨不得自己能去替小桃解了南唐的危难。因此她没有敢说她入宫以前，其实是见过赵光义的。只是她揣摩着，十多年过去了，当初只是匆匆一面，赵光义一定不会记得了。就如李煜也不记得往昔在义庄她曾经见过赵光义一样。事急从权罢了。

“陛下放心，去了大宋，窅娘必有办法应对。”看李煜不吭声，窅娘又继续说着。

对于窅娘的提议，李煜不置可否。只是静静地思索着。第二天一早，李煜给教坊下了命令，选最出色的舞姬进宫。给窅娘造好的莲花金台，让她们一一上去试试，但凡有差不多的，也可以权且去冒充。毕竟赵匡胤的国书里提到过怀袖的高台舞。

但舞姬来了一批又一批，始终没人能在高台上自如地翩翩起舞，更别说自由上下了。李煜看得眉头紧皱，周嘉敏在一旁轻声劝道：“何必非得在鸡群里挑只凤凰出来呢？去大宋献舞也不是什么凶险的事。以前也有许多人去过，还不是都顺利地回来了？”

李煜的表情第一次对周嘉敏生硬中带着几丝冷漠：“是你告诉的窅娘，她才主动请缨要去大宋吧？”女人之间那点争风吃醋耍弄心机的事，还真是不论年纪出身。

周嘉敏的脸上泛出一丝尴尬，随即噘着嘴娇嗔道：“奴家也是给陛下分忧解难。陛下不领情就算了，何苦还把人家想得那么坏。我是不会跳舞，我如果会跳舞我就去，才不会劳烦窅娘，还让陛下心疼猜忌，以为我想把窅娘置身虎口。”周嘉敏的声音嫩嫩得几乎能淌出水，话音未落，眼泪已经一颗一颗掉了下来，染在一身天水碧的衣裙上，分外醉人。

李煜的心又软了下去，捏上周嘉敏的手：“又瞎猜。我哪有那个意思？嗯？”说着轻轻抚了抚周嘉敏的脸，她才破涕为笑。

选了几天，也终究没有选出一个适合的人选。眼看临近出使大宋的日子，李煜只得按照窅娘的提议，让她去替小桃。窅娘的舞技李煜自然不担心，但只怕大宋的皇亲重臣会起了邪念。李煜特意派了两百最精锐的青羽卫保护窅娘，一旦有异，不惜任何代价带窅娘回来。李煜派人去南昌府把小桃接回了金陵教坊，窅娘去大宋的这阵子，小桃是不能在南唐露脸的，否则传到大宋就全穿帮了。安顿好这一切，李煜派了沈同作为使臣，带着窅娘等人前往大宋。沈同有谋略，万一有什么情况也好应对。

南唐使臣到了大宋便直接住进驿馆，除了沈同入宫给大宋递交了国书以及李煜手书的贺寿信札之外，其他人都在驿馆一步不出。驿馆外是三层紧密的防护。赵光义的心有些跳突，他很想看看传说中的桃娘长什么样子，可走到驿馆外停驻了许久，又折了回去，他不知道自己怕什么。

赵匡胤的寿宴几天后在与皇宫一河之隔的行宫琼林苑内举行。皇宫的氛围太严肃，而琼林苑则不同，各种奇花异树，亭台楼阁，水榭假山，很是怡情。寿宴在晚上进行，赵光义刚入酉时便早早到场。他注意到在筵席正厅南面的湖里，树起了一座木雕莲花高台，上下共五层，每层都是一座莲花为台，但是台子的面积都非常小，平常人想站在上面都很不容易。难道要在这里跳舞？

出席寿宴的有大宋的朝臣，皇亲国戚，以及周边属国的使臣，如南唐，吴越等。赵光义一身黑色赤金衮边的袍子，头发用墨玉冠束着，坐在左侧下方的案几旁，微微蹙着眉，心却跳得很快。

过了一阵，前来的宾客都纷纷落座，乐舞生出演了宏大的雅乐后，开始有各种小调歌舞，气氛也舒缓起来。不时地聊着，谈笑着。赵光义却没有心思和任何人闲聊，只是缓缓地吃着菜，却吃得心不在焉。

筵席过半，南唐使臣沈同出列拱手作揖道：“国主为庆贺皇帝陛下的寿辰，特派微臣带了舞姬怀袖等人，给陛下歌舞助兴。”在赵匡胤面前，沈同只敢叫李煜国主。

赵匡胤哈哈大笑道：“快快呈上来。江南的歌舞，天下奇绝。”说着看向其他大臣道，“不知道你们是否听闻过，这次来的怀袖姑娘，在江南可是鼎鼎有名。今天都能一饱眼福了。”

立马有大臣附和盛世来朝之类的阿谀奉承之语。吴越国的使臣不屑地看了看沈同，这些北方人真是少见多怪，只知道南唐的歌舞好，岂不知越女菱歌漫舞也是一绝。只有赵光义的心紧紧抽了一下，右手的拳攥得紧紧。

丝竹的声音响起，议论声渐渐停下，月光灯影下，水中的高台顶上，缓缓摇曳起一个身影，随着丝竹的声音，婀娜起舞。舞姿身段自不必说，刚柔相济，妩媚动人。难得的是脚力相当灵活，那台子那么小，舞动的人轻盈若飘，一直在舞着，但是似乎一直在凌空而舞，那双犹如新月般的脚始终未曾全部站在台上，从而显得舞者飘飘若仙。

观看的人早已瞠目结舌，眼光全都随着舞动的女子上下左右来回转着，直到后来应接不暇眼光缭乱。月下只剩下一个旋着的桃红色影子，分不清哪里是人，哪里是衣裙，哪里是绸缎……丝竹声在高潮部分戛然而止，台上女子的舞步立即顿住，还没等人回过味来，已经飘然落到了湖心最下面的台子上，冲所有人屈膝做了个礼。

四周的叫好声像雷震，刚才还不屑的吴越国使臣也不再撇嘴，只盯着湖心的女子一个劲地拍巴掌。赵匡胤朗声大笑道：“不愧是名动江南的桃娘，名不虚传，名不虚传啊。”

有人附和着：“江南多妩媚，国主就是诗词风月的高手，上行下效，自然歌舞都不差的。”这话说来没错，但总是有些贬损的意味，沈同听着刺耳也只得受着。

只有赵光义的脸在月光下苍白失神，眸子里是绝望的空洞。不是她，果然不是桃宜。他看过桃宜的舞，虽然不见得比这个女子技巧更好，却很入心，每一个舞步都是踩到人的心里，有起有落，有承有合，不会像这个女子一鼓作气让人目不暇接，却会让人的心揪扯不已。更何况，那身形，那脚步，都不是。赵光义猛地把手里的酒樽一饮而尽。

这时湖里的渡船已经把那女子从湖心的台上渡到了岸上，赵匡胤不禁说道："快上前来，让大家看看是怎样的倾城容貌，能跳出这么灵气的舞？"

女子的步子顿了顿，向前走了几步，跪下给赵匡胤行了叩拜大礼，缓缓起身低下了头。此时众人才看到那女子脸上裹着一层纱，看不清容貌。大宋的礼官蹙眉道："见到陛下，怎么还能用纱覆面？快摘下去。"

沈同忙上前一步道："怀袖姑娘一路颠簸，有些水土不服，脸上身上都起了疹子，怕惊着陛下。"

沈同这么一说，倒更勾起了赵匡胤的兴趣："天下什么稀奇人稀奇事朕没见过，还怕小小的疹子？快揭开面纱。"

女子伸出手，把脸上的纱扯了下去，离得近的已经不由"啊"一声，真是可惜了，舞姿这么曼妙的人竟然一脸红斑，即便在月色灯影下，也倒足了胃口。赵匡胤蹙了蹙眉，干笑了两声道："重赏。"

领了赏，窅娘要退下，从赵光义身边掠过的刹那，赵光义瞟了一眼，不由怔住，别的没看清，但那双深幽的眸子太特别了，怎么似曾相识？在哪儿见过？赵光义闭上了眼睛用力想了想，原来是她。赵光义猛地出声："等一下。"

窅娘的心就是一惊，步子顿住，转过身面对着赵光义，却低下了头。赵光义的声音很沉："把头抬起来。"窅娘有些无奈，却不敢违抗，抬头看着赵光义，正要解下面纱，赵光义蹙眉道："不必了。"

赵光义紧紧盯着那双眸子看着，是她，没错了。要说也是十年前的事了，匆匆见过一面的人要记十年很难。但她是和小桃一起出现的，那便不容易忘记了。毕竟和小桃从云湾村的初见，到后面的一点一滴，他不知反复咀嚼过多少次。

记忆，本没有那么牢固，只是因为出现了一个人，那和她相关的人、事，哪怕是天气、风雨，都会牢牢定格。

而窅娘全身的鸡皮疙瘩都起来了，心几乎要蹦出来，万一他认出来该怎么办？不会把她扣押在这里吧……窅娘的脑子一片空白，也盯着赵光义六神无主。直到赵光义缓缓说了三个字："下去吧。"窅娘才松了一口气快步离去，全身都是一层汗。

赵光义又端起了酒樽，手却有些微微颤抖，这个女子应该叫窅娘吧？记得小桃曾和他说过，她跟了六皇子李从嘉，也就是如今的李煜。跟了李煜，怎么会是官妓桃娘？可如果她不是桃娘，她为什么要来？真正的桃娘又为什么不来？

答案已经呼之欲出了。赵光义几乎掩饰不住内心的激动，小桃没死吗？她没死！还有什么比这更好的消息。赵光义一杯接一杯地喝着，只是再不像从前那么颓然，而是一心的悸动。

回到驿馆，沈同问着窅娘："刚才赵光义为什么喊住了你？我离得远，没听到他说话。他说什么了？"

窅娘摇头："他什么也没说。"可是他毕竟喊住了她，窅娘心里有些不踏实，看着沈同嗫嚅道，"其实，其实，大概十年前，我见过赵光义。不过我想，他一定不记得了。"

沈同的眉头一皱，思忖了半晌道："他记不记得不好说，为避免夜长梦多，反正给大宋皇帝的寿辰已经表演完了，今夜城门关了，你明天一早就走。青羽卫会先行护送。"

窅娘问道："沈大人不走吗？"

沈同回答道："我还要奏请大宋皇帝，拿到回复国主的国书，至少还得三五天，免得再生变数。"

窅娘点点头。第二天一早，沈同便吩咐外间准备好马车，载着窅娘向城外奔去。马车行了两天一夜，一路无恙，傍晚时分便到了大宋的边境。

大宋和南唐划江为界，要回到南唐最快的是走水路，坐船过江。沈同安排的路线是从西南位置渡江，那里江面最宽，并且沿线曲折，草木繁茂，守备最为松懈。窅娘一行赶到江边，江边的芦苇丛里移过来几艘船，想来是接他们的。窅娘上了其中一艘船，后面紧跟的青羽卫上了其他的船，人员都落定后，向着对岸驶去。

刚行了片刻，载着窅娘的那艘船忽然往回行驶，而且速度极快。青羽卫在别的船上看得着急，急忙出仓准备行动，却发现和窅娘的船距离已经极远，又不敢用暗器，怕伤着窅娘，只得眼睁睁看着船靠了岸，从船舱里走出十几个大宋装束的士兵，押着窅娘以及随身护卫窅娘的两个青羽卫。原来大宋的兵一早已经潜伏在水下，只等着窅娘身边护卫的青羽卫被分散后便从船底动手。

其余的青羽卫急忙把船靠岸，但是窅娘已经被大宋的士兵牢牢攥在手里，青羽卫不敢轻举妄动。其中一个将领模样的，对青羽卫的首领说道："我们奉府尹大人的指示在这里恭候你们多时了。回去告诉你们的国主，如果想要这个女人，三日内用真的桃娘来换，否则禀告皇上，按欺君之罪处置。"

青羽卫首领问道："可是开封府尹？"

大宋将领答道："正是。我们就在这里等着，三天之内如果不来，这个女人就交给皇上。这里是大宋地界，如果你们硬来，将按犯边禀告朝廷。"

一句话说得青羽卫也不敢轻举妄动。犯边是两国的大事，他们也担当不起。无奈之下，只好先渡江回去禀告了上头再从长计议。

在江对岸等着接应的是祁正修和小桃。李煜之所以安排祁正修，只因为祁正修手里的水军是战斗力最强的，万一有了争锋也好应对。而小桃则是偷偷跑出来的。

之前她被接到金陵教坊，安排在了一处院子还不许出去行动，便觉得几分蹊跷。想办法打听了情况后就是一阵胆寒，赵光义见过窅娘，赵光义知道窅娘跟了李煜。如今让窅娘去大宋无异于此地无银三百两。只是窅娘已经出发，她来不及阻止。小桃越想越担心，会不会窅娘被赵光义扣下？会不会窅娘被别人认出？小桃简直坐立不安，在教坊终究待不住，小桃想法溜了出去。

在金陵找到陈述，陈述经不住小桃的一阵央求，带小桃到了祁正修这里商量对策。刚到就碰上了赶来报信的侍卫："大人，不好了，开封府尹把人截了回去，如果不用真正的桃娘去换，就要禀告大宋皇帝。青羽卫已经赶回金陵禀告陛下了。"

开封府尹？小桃的心一扯一扯地疼，他全知道了。小桃忽然有些慌，这么多年的伪装，改变，她以为如今的她已经和往常完全不同了，她不再是柔弱无助任人宰割的桃宜，她是坚强无摧的桃娘，为什么在听到赵光义消息的刹那就慌了呢？小桃竭力平复着自己的跳突的心情。

陈述看着祁正修问道："怎么办？要不要等陛下的旨意？"

祁正修看了看小桃，眉头蹙起："不用。陛下一定会用小桃换窅娘。"当初用窅娘代小桃是怕赵匡胤知道，现在赵光义提出偷偷换并且拿告诉赵匡胤做要挟，李煜一定会把小桃交出去。

看小桃在一旁怔着，祁正修的声音很轻，目光有丝怅然："小桃，你不愿意去宋地吧？"

小桃像被刺了一下似的弹了起来："我不去。"说完又感觉自己反应似乎太激烈了，淡淡笑了笑掩饰尴尬，声音很沉也很笃定，"我绝不去。还请公子想个主意。"

祁正修的手指在桌案上敲了敲，说道："赵光义如今就在对岸。只能想办法把宋军引到水上来，扣押了赵光义才能谈条件。如果我们过江，便是犯边，赵匡胤正琢磨着攻打大唐的借口呢，不正好落人口实？"

陈述一听皱起了眉："那岂不是要你的水军出马？如此一来，大宋也会知道我们练就了这支水军。"

当初祁正修是奉了李煜的命令，在沿江地带暗暗操练了一支水军龙翔军以备大宋从江北进犯。也正是为了把这支水军练好，李煜才把小桃在宫里扣了三年。龙翔军练好，李煜想收回祁正修的兵权，祁正修却始终不肯交，故而导致李煜的不断猜疑，却也无可奈何。

祁正修勾了勾唇："早晚都会知道。早一天晚一天没什么区别。如果现在调其他水军，时间也赶不及。"

陈述直挠头，祁正修拍拍陈述的肩："这次胜算很大。如果我们手里有人质，不仅能把窅娘换回来，还能把军盐欠缺的问题一并解决了。从吴越那里买终归不是长久之计。"

陈述想了想，转忧为喜："那就太好了。"

祁正修对陈述道："你写封短信，让士兵送到对岸。明晚亥时，在江中换人。"

陈述哈哈大笑："你真是狡猾，怕他认出你的字啊。"

祁正修淡淡一笑，不置可否。只是看着小桃道："为了救窅娘，也得委屈你了。"小桃咬了咬唇，重重点头。

晚上，士兵把赵光义的回信带回给祁正修，只有一个字"可。"祁正修勾唇笑了。

第二天晚上亥时，从长江南面，开来三艘船，从长江北面，驶过五只船，船的大小都差不多，能容纳几十人。双方在江中相会，陈述和赵光义都从中间的船舱走出来，拱手问了好。赵光义命人把旁边一艘船的帘子撩开，一脸惊慌的窅娘正坐在船里，看到陈述，用力点了点头。赵光义紧紧盯着陈述问道："桃娘呢？"声音竟然有些发紧。

陈述向旁边的船抬了抬手，帘子撩了开来。赵光义情不自禁往前迈了两大步，在火把的映照下，小桃侧身而坐，赵光义的心都揪了起来，是她，真的是她。赵光义忍不住用力唤了一声："桃宜！"那声音带着痛楚锥心的思念，让听的人都是一怔。

小桃的心疼得几乎没了呼吸，却没有回头。小桃的无声像一瓢冷水浇到了赵光义的头上，方才的悸动和忘情都渐渐平复了下去，看着小桃又缓缓道："这位就是桃娘？"

小桃用尽了全身的力气，才控制着自己的心不会跳出来，呼吸不会紊乱，声音不会颤抖，用力扯了扯面孔，猛地转头，冲着赵光义莞尔一笑："依大人看，是不是呢？"声音利索中带着一份轻佻，眸子虽然看着赵光义却似乎透过赵光义看着远处，没有聚焦。

小桃这一张口，像一把锤子砸在了赵光义的心上，他几乎要站不稳。无数夜晚在他梦里缠绕的小桃，有许多种情态，娇憨的，俏丽的，傻气的，轻盈的……却唯独没有这一种，把成熟、妩媚、风韵、放浪都糅合在一起的复杂。是她变了？还是她不是小桃？赵光义吩咐属下，让船再靠近些，他好看清小桃。

小桃索性把身侧的帘子拉到一旁，露出了更多的身形，一身艳丽的桃红衣裙，发髻上一支白玉钗，艳而不俗。小桃继续笑道："不知道大人口口声声要见所谓真正的桃娘，到底是什么意思呢？"

小桃的这副情态，让赵光义的心像堵上了什么似的，久久说不出话。

他的迫切，揪心，痛楚，在小桃的云淡风轻下，都像笑话一样。而且，她在笑，她的笑容看着很纯熟，虽然是笑，却不带任何情愫，看不出是开心还是勉强还是讥讽，似乎都不是，似乎有都有点。这是风月场所那些女人惯常的笑，他见过，却没想到有一天会出现在面前这个女人脸上。赵光义打量了小桃许久，才说出一句话："没什么意思，我只是挂念，想看看。"

这句话让小桃的心好像在刀上滚了一下，顿时疼得有些哆嗦，面上也是一怔，赵光义迅速地捕捉到了这一怔，声音是难得的柔和："我想看看，她好不好。"

小桃的眸子里划过一丝疼痛，紧接着是朗声大笑："哈哈哈……"她好得很，南唐是她的家，怎么会不好？可她又哪一天舒心快乐过？这一切又是谁造成的？小桃笑了很久，直到笑出了眼泪，终于能借着笑，把这锥心的眼泪掩饰一下，小桃用丝帕擦了擦眼角，笑道："这要是让旁人听见了，还真以为大人是个性情中人呢。指不定还埋怨被大人惦记的那个人多么不识好歹。"

话中带刺刺得赵光义心头疼痛，不由苦笑道："我不是性情中人，但我是个固执的人。我认定的人，想变，也变不了，想忘，也忘不了。"赵光义的声音有些微颤，"回来吧，桃宜。"

小桃不知道用了多少力气，才保持住身子直立着，拼命攥着自己的手心，直到掐出了血，身体上的疼才抑制了心近乎鞭笞雷打的疼。小桃侧过了脸，竭力笑道："大人是不是认错人了？我还是先和大人讲讲我的经历，大人看看是不是你要找的人再说，免得移错了情。"说完小桃开始缓缓讲述，自己是从十六岁进入教坊，如何学舞……

赵光义吩咐让船靠得更近一些，好听得更清楚些。明明知道她就是小桃，他根本没有用心去听她讲的那些鬼话，他只是想挨得近一些，看得清楚一些，一见到小桃他就方寸大乱，所有的心思谋略似乎都跑到了爪哇国。

直到身边的侍卫不得不提醒道："大人，不能再继续靠近了，这里已经过了江心，再用不了多久就到了南唐的岸边了。恐怕有诈。"

赵光义猛地回头，这才发现在自己一次次命令船靠近的时候，南唐的船在不停缓缓后退，小桃讲故事的这一会儿，已经退出了很远，离南唐的岸边已经咫尺可见了。好一个讲故事啊！赵光义看着仍然在干巴生硬讲经历的小桃，苦笑了一声："好了，不要讲了。"说完抬眸看着陈述目光阴冷，"故事我也听够了。就在这里换人吧。"

说完命侍卫把船舱里的窅娘带出来，窅娘的手被绳子从后捆着，两个侍卫手里都是寒光凌厉的刀。赵光义冷冷道："想让她活着，就别耍花样。"

陈述岂敢拿窅娘的命开玩笑，只好命人把小桃从船舱里扶了出来，两艘船靠得很近，窅娘和小桃分别立在两只船的船头，南唐这边的侍卫上前一步拉上了窅娘，赵光义扯上了小桃。

几乎是电光火石的一刹，侍卫用力把窅娘拽到了南唐的船上；陈述按计划去抓小桃的手，想在换人的一瞬把小桃扯回去。然而就在紧要关头，小桃几乎没有思考，下意识地就被赵光义扯上了船，并没有伸手给陈述。陈述不由大喊："桃娘！"

小桃的心像被油煎火燎一般，她不敢回头看陈述，也不敢抬头看赵光义，赵光义大声喝道："立刻返回！"但这里离南唐已经太近了，很快从岸边的芦苇丛里缓缓开出了战船，一只，两只……后面还有多少，在夜色的掩映下看不清楚。赵光义带来的那几只船根本不是对手，而对岸大宋那里的战船也来不及支援。

小桃咬咬牙，扯着赵光义纵身跳进了江水里。早春的江水，寒凉中带了一丝春回的温热。熟悉水性的小桃用力深吸了一口气钻进了水底，拉着赵光义向大宋的岸边拼命游着。赵光义只怔了一下，便随着小桃的方向一同游，渐渐地超过了小桃，在小桃的前面把水划开，可以让她省些力气。

陈述看着眼前突然的一幕愣住了，过了好久才像反应过来似的看着从另一只船里缓缓走出的祁正修，有些张口结舌："我，我去拉她了，不知道怎么地没拉住……"

祁正修立在船头，长长的雪白衣袂在月色下随风飘着，有些落寞地出尘。没有拉住，紧要的关头，她放了手。纵然他料到她会放手，却没料到她会跳江。如今的她，真是聪明。祁正修的唇角勾了起来，不知道在笑自己，还是在笑老天。

陈述看着笑得失落的祁正修一头雾水："子介，还追吗？"

祁正修轻轻抬了抬手："罢了。"还追什么？船好追，水里的人怎么追？一行战船又缓缓撤回了唐地，在江面上划起阵阵涟漪。一如祁正修无法平静的心，他可以算到很多事，却一直算不清那个他本该最熟悉的女人。

小桃和赵光义在江里游着，耳边的喧嚣都渐渐远去，只有水划开的阵阵声响。赵光义忍不住回头看看，借着依稀迷蒙的月光，水里的小桃像个精灵般游得轻盈。赵光义的胸中有股久违的热浪，那江水，也不觉得凉。而在这江里的拼命而逃，是他记忆里最惊心动魄的美。

过了许久，水渐渐浅了，江底的泥沙也越来越近，小桃知道要靠岸了，猛地从江里抬起头来，看了看四周的荒凉，这里应该是北岸，但不是宋军驻扎的地方，只是一处荒滩，大片芦苇丛生，远处似乎有几户人家。

两人上了岸，小桃不禁问道："这是哪儿？你知道吗？"

小桃随意的问话让赵光义一愣，这种不生分的语气，才是从前的他和她。赵光义随即答道："不知道，但是看星宿的位置，应该在驻军的西侧，离得不太远。"顿了顿，看着小桃说道，"这才像真正的你。"

小桃像被刺了一下，抽了抽嘴角，语气恢复了玩世不恭：“有什么像不像的。大人着魔了吧？”说罢看着赵光义哂笑道，“我看大人还是不要在这里说这些没用的了，赶紧把衣服弄干了回营寨是要紧。”说罢低下头把衣裙上的水拧了拧干，也没有避忌赵光义，把外袍解了下来拧干水，露出了雪白的肩和胳膊，胸以下的襦裙紧紧贴在了身上，凹凸有致的身材在月色下显得格外魅惑。

赵光义急忙把自己的外袍解了下来挡在她侧面，皱眉沉声道：“也许夜里还有人在附近进出。”

小桃哈哈大笑，把水拧干后，将外袍重新穿上，一边系带子一边满不在乎地说道：“我们这种人，被人看看又怎么了？给了银子，摸摸都行。”说完指着自己的胳膊说道，“摸这里，二两银子。”又指着脖子，“这里五两银子，也就大人的一顿饭钱。”

“够了！”赵光义皱眉用力捏上小桃的肩，“八年了，你为什么还要不停地锥我的心？如果你真能干脆利索地把我当个没用的怂包，在你心里也没有一丝我的位置，刚才你就不该拉着我跳下江，而应该看着我被南唐的人抓回去，那不才是你们的计划吗？”

赵光义的一席话把小桃的心揉捏得粉碎，所有的自如，所有的不恭，都从小桃的脸上悄然滑落，过了半晌，小桃的脸上勉强挤出个笑，看着赵光义目色空洞：“因为我贱啊。”说完木然地攥上裙角，却发现已经攥不出水了，只好笑笑掩饰着尴尬，“在你们眼里，唐人不一直都是这样？这有什么稀奇的。”

“你！”赵光义气结，捏着小桃的手不觉用力，看小桃痛得一皱眉，忙又松开手，几分苦涩地笑笑，“你总能几句话就把我的火怄上来。你明知道在我心里不是的。”

“不是吗？”小桃自嘲地勾勾唇，纵然他不肯承认，但他心里也必定是轻贱自己的，否则为什么会以为她的孩子不是他的？如果她是个像符雪婵、李月娥那样出身高贵的小姐，他还会怀疑她吗？小桃转而道，“算了，别说这些了，没意思。”微风吹来，一身潮湿的小桃哆哆嗦嗦打了两个喷嚏。

恰好有两个人扛着渔网过来，可能是附近夜归的渔民，赵光义走过去向渔民借了火折子，转而对小桃说：“找些树叶柴火，点起来烤烤火吧。这一身湿顶到天亮，非受凉不可。”

二人向着有人家的地方走去，却发现在西侧的坡下还有一片茂密的树林，挡风静谧，便一起走进去，把林中的落叶扒拉在一起，点起了火。火苗一烤，小桃也不再像刚才那样冷得发抖，围坐在火边，身上都是暖融融的。

赵光义把自己的外袍给小桃披上，小桃扭了一下想挣脱，赵光义已经不由分说将外袍覆上了小桃，微微用力按上，道：“仔细着凉。”

小桃的鼻子抽了抽，把衣服往紧裹了裹，没有吭声。赵光义挨着小桃坐下，往火中添着树枝树叶，一边拨着聚火，一边细细打量着小桃，八年的变化是不小，比从前更加成熟，也更有风韵了些。从一个青涩的女孩子，变成了一个看不穿心思的女人。赵光义忍不住伸手握上了小桃的手，声音暗哑：“这些年，还好吗？”

小桃用力挣了挣，没挣脱，喘着粗气冷笑道：“好得很。吃得好，睡得香。不用担惊受怕，不用夜夜失眠。从皇宫到南昌府，都是受着礼遇，自然好。”小桃一口气说完，还有些忍住了没说，她想说还不用被人凌辱虐待，不用被人骂唐人至贱。可这些，终究没说出口。

“可我过得不好。”赵光义缓缓接上了小桃的话，“我吃得不好，也常失眠。睡不着就得喝酒，喝多了就做梦，梦到你。”赵光义有些失神，这些年，用“熬”这个字眼不为过。他不知道小桃是死是活，理智起来他觉得小桃死了，但更多的时候，他不肯相信小桃已死。

小桃的心狠狠颤了一下，用力掐了掐自己的手心，微颤着声音道：“是吗？你过得不好？”小桃的声音滞住，顿了顿又道，“那岂不是月娥姑娘，还有你的儿子，都过得不好？”

小桃的声音很轻，却像一声闷雷砸了过来，赵光义沉默了。天边的新月如一帘闲钩，火堆在哔哔地响。过了许久，小桃的声音几分酸涩：“月娥姑娘，终究是有福的。你不该说自己过得不好。”当初李月娥就那么喜欢赵光义，为了他，什么屈尊就驾的事都肯做。和这样的女人在一起，赵光义怎么能说他过得不好呢？她已经不是八年前那个傻乎乎的小桃，这样的话在青楼楚馆骗骗姑娘还罢了。

过了许久，赵光义沉声道：“孩子，不是她的。”

“不是她的？”小桃被震在了那里，声音也开始颤，“你又纳了别的妾室？”

赵光义摇头，声音很闷：“元佐，是府里一个舞姬所生，只是生了元佐便难产死了。月娥把元佐抱了回去，视为己出，对外只说是她亲生。”

“舞姬……”小桃有些喃喃，没有问下去。她怕听到赵光义说那个舞姬和她长得相似或是跳舞相似，又或者是其他。她怕自己面临选择相信还是不信的两难。

赵光义也没有继续就这个问题说下去，说自己在小桃生日那晚喝得酩酊大醉，一身桃红衣裙、跳《长命女》的舞姬让他没有任何思考就沉浸在了幻想的欢乐中？似乎说什么都太矫情。

赵光义又道：“至于次子德明，他是冯瓒大人唯一的儿子的遗腹子。冯大人因我受累流放，我保全他家中的血脉，也是应当。”冯瓒由于依附于赵光义，被赵普视为眼中钉，设计陷害，冯瓒险些被处斩，多亏了赵光义来回周旋，才免了死罪，被流放到了登州。刚出生的孩子没法随着他去流放颠簸，赵光义便收留回了自己家中，却只说是家中姬妾所生。否则收容罪臣家眷被赵普逮着了必然又会参一本。

小桃并不知道赵光义还有一个儿子，这一番听得惊心动魄，赵匡胤当上了皇帝，赵光义的日子却没有她想象中的那么好过。似乎各种不见刀的争斗比从前还烈。小桃没有吭声，只是抱着膝坐在火边出神。

赵光义紧紧攥着小桃的手，很用力："别的，我不想再解释什么。"说完看着小桃目光炽烈，"这么多年，我没变过。"

小桃只觉得旁边的火苗真的是太热了，炙得脸烫得要滴出血。小桃往后倚了倚，轻声道："大人的确没变，还是很英武。"

赵光义微微向前俯了俯，声音是极少有的柔和："你明知道我说的是我的心。"古人说的什么我心匪石，不可转也，大概就是说的他这种死心眼吧。过了片刻，赵光义又道，"跟我回家，不要管别人，我们再造一处别苑，只有你和我，和我们的孩子。"

这句话情不自禁说出，赵光义自己也怔了一下。以前他想念小桃发狂的时候，会拼命地想她的坏，她的三心二意，她对自己的背弃，可是当他此刻面对小桃的时候，他仍然只想和她守在一处，有一个他和她的"家"。

小桃的心用力狂跳起来，如果真的有那样的情景，是不是她这辈子最大的幸福？桃林满院的别苑，绕欢膝下的孩子……可是，如今不是八年前。八年前都不可能，何况现在隔了那么多的人和事。小桃苦笑："不可能的。"

"为什么不可能？"赵光义用力攥着小桃，目光狂热偏执，"桃宜，你是我的！"赵光义伸手圈住了小桃。

小桃挣扎着，赵光义的炽烈烧得她的心痛得几乎窒息，多少年的煎熬此刻都喷薄了出来，小桃不由低吼："如果可能，我们就不会失去一个孩子，如果可能，我们就不会分别八年。现在说这些又做什么？"

赵光义的心锥疼起来，他们也曾有过孩子，他们也曾那么亲密，可他曾经怀疑过小桃，怀疑过那个孩子，在让小桃心如死灰的过程，他是个可悲的刽子手。赵光义沉默了，当初的孩子，小桃的离去，小桃的假死，桃娘的出现……太多疑问。可上天终究把小桃还给了他，他不会再放手。赵光义钳着小桃的肩："这么多年，你受的委屈，都告诉我。我不会让你重蹈覆辙。只是不要再和我分开。"

"你再这样，我便先走了。"小桃挣扎着要离开，"这么拉拉扯扯算什么。"

"不要走！"赵光义伸手把小桃圈进了怀里，揉得紧紧，全身都在微微颤抖，声音低沉得痛楚，又带着一丝祈求，"不要走……"

熟悉的气息，熟悉的怀抱，那一刹那，小桃不知怎么，眼圈有点潮，赵光义略带卑微的声音撕得她的心缕缕疼痛，小桃的挣扎停了下来，偎在赵光义的身上，不再动弹。两人就那么静静坐着，谁也不舍得动一动。赵光义害怕自己一唐突，小桃又要走，小桃却只是不舍得这月这夜这景这人。

不知道过了多久，赵光义先开了口："说说你这些年的日子，好吗？"

小桃无奈地笑笑："教坊的日子，没什么好说的。只是，终于活得像了自己。"

"像自己？"赵光义不解，他已经在小桃身上看到了变化。

"活得自在而已。"小桃淡淡地说，这些年，她终于活出了自己的风骨，不再是云湾村被人嫌弃的扫把星，不再是大小姐身边的使唤丫头，更不是赵光义的附庸，被一众人当做妖孽般欲除之而后快。从前的她，只能别人吩咐什么她做什么，可现在，她可以跳舞筹款，可以兼济天下，她可以做很多以前不敢想象的"大事"。

"细细说说吧。"赵光义把小桃揽进了胸口。

小桃顿了一下，没有挣扎："难得见面，别再说那些没用的了。"小桃心中一抹忧伤，说了又有什么用？赵匡胤做了皇帝，无论说什么，只能徒增赵光义的愁怨，却无能为力。

听小桃的口气，赵光义心里一丝不安，"什么难得见面？你会和我一直在一处，不要想着逃开。把你的委屈，你的经历，都告诉我，我来安排。"

"那就以后再说。"小桃声音故作几分轻快，抬头看着漫天繁星，伸手随便一指，"那是什么星？"

赵光义顺着小桃的目光看过去，沉沉答道："参星。"赵光义扫过一丝沉重，参星和商星，两颗永不相遇的星。不禁转而看着其他道，"还是不看这个。我教你，东方苍龙七宿……"赵光义开始缓缓讲着二十八星宿，小桃随着他的指点一一看去，只觉得哪颗星都格外好看。

赵光义的声音沉稳又温和，小桃听得入神，不禁往赵光义的怀里钻了钻，赵光义把小桃往紧搂了搂，忍不住唇际勾起。他不是个会讨好女人的人，比不得那些纨绔公子，当年李月娥只问问他是什么星，他都没有耐心回答。可面对小桃，许多事情都是情不自禁。

赵光义俯身看了看怀里的人，细细抚上了小桃的发丝，头发很软很细；又抚上了脸，比从前瘦削；顺着脸颊、耳朵，眼看要抚到脖颈，小桃支起了身体，对赵光义说道："反正也无聊，我给你跳舞吧。"

"有夜风。回去再慢慢跳，日子还长。"赵光义把外袍捱上了小桃的肩。

小桃道："就这么不动弹才会着凉呢。"说着站了起来，在火堆旁站着烤了烤，抿唇笑着："现在就给你跳，我可不是每天都有心情跳的。"

"好。"赵光义的唇角漾开一抹笑。

小桃背着身子，把衣领往上提了提，经过江水的长期浸泡，不知道颈下的桃花有没有褪色，千万别露出那黑色的刺青。小桃整理好衣服发髻，转过了身，冲着赵光义微微一笑，眼眸中都是流转的风情。

没有丝竹音乐伴奏，但小桃依然跳得有韵有律，似乎天为幕景，地为舞台，风声、江水声、树叶在火里的哔啵声，都是自然的伴奏。而小桃的舞，把这些没有节律的声音，串联成了一曲摄人心脾的舞曲。

新月帘钩，小桃像一株桃花般妖娆袅娜，冉冉生春意，在地上来回舞着，忽然一个凌波微步，便顺着一旁的树踮着脚腾了上去，赵光义的心揪起，还没来得及反应，小桃已经在树间轻盈盘旋，仿似随着春风逐次盛开的桃花，一点一点把春意皴染。

还没容他走神片刻，小桃已经从树上翻跃而下，像凌波仙子般盈盈落地，随手捡起一根树枝，在地上画着字句，连在地上书写的舞姿，都婉转缠绵。赵光义看得痴了。唐人擅歌舞，而小桃的舞又是唐人中的极致，何况是在月夜良宵。这辈子他见过最美，最动情，最刻骨的舞，也就是此时此刻吧。

片刻，小桃写完，把树枝丢下，走到赵光义身边，扭头看着自己写的字笑道："怎么样，好看吗？"

赵光义伸出手，把小桃紧紧圈在了自己的怀里，沉声而动情："很美。"小桃如今的舞技的确令他刮目相看。他在大宋是找不到能比得上小桃十分之一的。

"那是我跳得好，还是窅娘跳得好？"小桃看赵光义只简单回答一句，故意再问。

赵光义蹙眉思索了一番，两个人各有各的长处，在自己眼里当然窅娘不及小桃，赵光义在小桃耳边温声低语："她跳得让人炫目，你跳得让人心疼。你问我，你说谁好？"小桃低声笑了，正要接话，已经被赵光义紧紧箍上，"不过以后，你只许给我一个人跳。"

小桃的面上扫过一层阴霾，笑得几分僵硬："只给你跳有什么意思？岂不辜负了我好容易挣下的名号——南方有桃娘。我要跳给许多人看。"

赵光义的目光看着她清凛而郑重："不要和我开这种玩笑。我听不得。"

"听不得又怎样？你还能吃了我？咬了我？"小桃吃吃笑着，她也不知道自己哪来的淘气的情绪。只是听着赵光义那副煞有介事的样子，既暖暖又好笑。没有人，对她在意到不能容别人多看一眼。

"我会杀了他们。"赵光义勾着唇际，眸子闪过一丝寒光。没有一点开玩笑的意味，反而有种认真的庄重。

小桃的心一凛，笑意僵在了唇边，火堆渐渐暗淡了下去，天也由黑变灰，一丝丝浅亮不知何时，偷偷爬上天际。小桃搓着手，心里没来由地慌，天怎么这么快就要亮，不要，不要！

赵光义从身上摸出随身带的酒囊递给小桃："喝口吧，热热身子。"

小桃喝了两口，身上热乎了些，把酒囊反递给赵光义，赵光义一口气全喝了下去，声音几分轻快："等天亮了，我们就回开封。"

小桃心里更加跳突，不由往赵光义怀里靠着，再靠得近些吧，这一别，不知道又是何年才能相见。不见的时候，是怨，见了，又是不舍。小桃的声音不由软糯："廷宜……"却是不知道该说什么。

小桃的一声轻唤让赵光义心里一荡，酒的热力伴着小桃的软糯像一簇腾地跃起的火，让赵光义浑身燥热起来。赵光义忍不住把小桃揽进怀里，俯身噙上了小桃的唇。

轻轻的触碰，瞬间点燃了赵光义全身的激情，多少年没有对这女人有过这样的疯狂，还是那份痴狂的感觉，赵光义忍不住用力下去。小桃的全身都在微颤着，熟悉的怀抱，熟悉的感觉，她的脑子一片空白。

当赵光义的吻用力缠上小桃的脖颈时，小桃的全身都在轻轻抖着着，抵触和快乐不停纠缠。赵光义的声音低沉中带着痛楚的动情：“桃宜，我好想你。”做梦、沉醉，记忆里永远只是这个女人。让他疼醉，又疼醒。

一句话让小桃的心疼得再没了依托，只随着赵光义的动作沉下去，沉下去……她不想再挣扎了，就这样吧。小桃伸手攀上了赵光义的脖子，回应着他的吻。赵光义一怔，随即用力地揉上了小桃，挺身而入。他已经等得太久，此刻他只想把她揉进自己的身体里，化在一处。小桃只觉得身子是烫的，脸是烫的，心也是滚烫的。情浓的时候，是灼人的。

直到此刻，小桃才发现，这么多年的恩怨纠缠，心里也好身体也罢，原来等待的，早已成了这个男人。只有在他的面前，才会心跳得激烈，才会情动得炽热。

不知过了多久，赵光义的激荡才缓缓停住，在小桃唇边轻声呢喃：“你心里又何曾放下了我？”

小桃心里一恸，故作轻快道：“不说这个。我们不如聊点别的？”

“好。”赵光义扬唇笑道，“你想聊什么？”

小桃深深呼吸了一口，展出个明媚的笑：“聊聊到了开封府，你怎么待我？你不怕别人会反对我这个南唐官妓做你的女人吗？”

赵光义抚了抚小桃的发丝：“我说过，再造一处别苑，只有我们。谁有资格，谁又有胆子反对？”

小桃心中苦涩，赵匡胤怎么会容得下？小桃看着赵光义问得失神：“要不我们再回云湾村？”话音刚落又摇头，自己在扯什么，如今他家里一妻一妾，还有两个儿子，怎么能像当初那样一走了之。

赵光义的眉头微微蹙起，云湾村？赵光义淡淡摇头：“现在不同以前，躲不是办法。”没有权力在手，躲到哪里都是任人宰割的命运。更何况那个人是当今的皇上，一纸金匮盟约，赵匡胤是不会让自己活着逍遥江湖的，只会把他钉在眼皮子底下。他已经辛苦经营了八年，如今放弃与否，早已不是他一个人的事。

赵光义看着小桃，郑重地说道："我们不能走。等我能够掌控局面的时候，我会给你最尊贵的身份和荣宠。"

小桃的脸有些苍白，看着赵光义拼命摇头："我不要那些。我要不起。"她不奢望，她也不想要。大宋的人容不下她一个南唐的官妓有那份尊贵和荣宠。

赵光义握上了小桃的手，沉声道："我的女人，我说要得起，便要得起。"进而深看着小桃，"我要给你的，也绝不止是尊贵，还有这里。"赵光义握着小桃的手捶上了自己的胸口，他的心，此生早已无法再收回。

赵光义的坚定和沉重，把小桃的心震得一颤一颤，她几乎脑子空白，对着这样炽烈的情感，这样庄重的承诺，她无法不跟着醉进去。小桃偎在了赵光义的肩上，声音很轻："为什么，你会这么对我？"她从没问过，赵光义的情感是从何而来。

为什么？赵光义眯上了眼睛，仔细想了想，不由轻嗤了一声，只叹了句："不知道。"情不知所起，一往而深。只记得第一次见她，那副傻头傻脑花痴的样子，就让他印象很深刻，只不过不是什么好印象。而再次重逢，她在横尸遍地的夜里，紧紧攥着他的手没松开，让他从死亡的绝望里挣扎上来的那一瞬，也许，她就暖开了他的心吧。从那之后，再看着她傻乎乎的样子，似乎就都变得有趣好玩了，而且还是越看越有趣。而她的有趣，她的善良，她的坚韧……她的一切，在他的眼里都成了不可替代。怎么能说得清楚呢？

小桃轻轻叹了口气，没再说话。是啊，情真是个莫名其妙的东西，不知所起。一如她原本托心祁公子，却不知何时，心里被赵光义占得满满。可她的这份后知后觉的情，来得这么不合时宜，赵匡胤不会放过她，那么她和赵光义的情，何处能容身？小桃微微摇头。

地上的火堆燃尽了，天也完全亮了。远处的人家起了炊烟，陆陆续续有人走了出来。小桃从赵光义的怀里挣了出来，整理了整理衣服，对赵光义说道：“天亮了，我们该走了。我有些口渴，你可以帮我去人家要碗水喝吗？我的腿有些酸麻，不想走了。”

赵光义笑笑：“你等我。”说完大步向不远处的人家走了过去。不过就是几百步的路程，赵光义敲开门讨了碗水喝，又打听了哪里可以雇马车。便端着农户借给他的水囊走了过来。

只是树林里静悄悄的，再也没了小桃的踪影。只有地上用他的字体写了几个字：廷宜，珍重。

赵光义全身的血流都停滞了，手脚僵在了那里，那四个字像小桃唇际的一抹笑一样看着他，赵光义死死盯着那四个字，突然向树林外大步跑了出去，一边跑一边喊着小桃的名字。

可是四周都没有小桃的影子，就那么一瞬间，她就消失得干干净净。赵光义顿了顿，向着树林深处跑了进去，树林的尽处是一片山坡，小桃会不会从山坡那边跑了？赵光义顺着山坡跑了许久，越走心越慌，那条路好像没有尽头一样。

过了许久，赵光义终于停住了步子，嘶哑着声音绝望地喊着：“桃宜！”你什么时候学会了骗人？！还骗得这么狠？！从没有过的绝望，伤心，疼痛，一起涌了上来。赵光义的心跳得飞快，直跳得喘息不上的难受。赵光义紧紧攥上了拳头。何苦，到底是何苦！

赵光义木然地返了回去，又把所有的路都细细捋着找了一遍，却始终没有找到小桃的踪迹，甚至连脚印都找不到。赵光义盯着隔在面前的长江，深深地吸了一口气。只怕她已经又从江上逃了。只恨他不能把大宋的船开到南唐。总有一天，要把江那边的地，收到囊中。到时就算天涯海角，他也要把她掘出来。

小桃躲在芦苇丛中，看着焦灼的赵光义四处奔跑寻找，她不知道要拼着多少力气才能抑制住自己跑出去的冲动。心像在油锅里煎熬，全身都没有了一丝力气，唇上是咬出的斑斑血迹。心疼就是这个滋味，疼得全身都颤。小桃的眼泪一颗，一颗地掉了下来。

她怎么敢跟他回去？在大宋，赵匡胤会毫不客气地再要了她的命，赵光义为了护着她又不知道是怎样的腥风血雨，而赵光义家里的妻妾她又怎么应对？一日为妓，终身难洗。在身份高贵的赵家，她是人人厌弃的南唐官妓。

而对于大唐，李煜声称她死了还李代桃僵是莫大的欺君之罪，不知道又给大唐带来多大的灾难。大唐如今动辄得咎，护卫疆土便被大宋减了军盐，再生出这事，更是给了赵匡胤借口。更何况，昨晚的计划，都是毁在了她的手里，她又怎么心安理得地一走了之？总归，唐人和宋人，这骨子里血脉里的烙印，在这个两国对峙的时候，是无法跨越的高墙。

目送着赵光义跌跌撞撞，失魂落魄的背影渐渐远去，小桃终于忍不住捂着嘴痛哭起来。直哭得每抽一口气都心疼，才停住了抽噎。

过了许久，日头已经上了很高，四周都泛起了融融暖春的气息，小桃平息了一番呼吸，从芦苇中出来，向西沿着江水走了好久，才找到一处狭窄的江面，一头扎进了水里，向对岸游了过去。

祁正修在水军营帐里和陈述对坐着下棋，陈述抓耳挠腮根本不在状态，终于忍不住把黑子一摔："子介，我就不信你还能坐得住。还下棋，下个什么。那位姑奶奶一跑连个影儿都没有。把我们扔在这里晾虾米似的。"说着捶了下桌子，"去他的，什么事这是。"

祁正修有些出神，把棋子一颗一颗捡了起来，放到桌上，缓缓道："急也没有用。她，应该会回来。"只是语气里，再没了往日的云淡风轻，而是满满的艰涩和沉重。

“你……”陈述没有再说话，祁正修应该比他更难受，但他永远是那个样子，不管心里多痛，多难，面上总是一副悠然的笑意。陈述也不好再发火，坐了下来，敲着棋子发怔。

直到傍晚，忽然有士兵进来禀告：“祁大人，桃娘求见。”

祁正修的脸上露出了一抹会心的笑意，吩咐道：“请进来。”顿了顿，又嘱咐着下人，“端些松软的吃食来。”

陈述把棋子甩进了盒子里，扯扯嘴角：“你真是神了，她还真回来了。”

话音刚落，一头水的小桃已经被士兵带进了营帐，还没说话又是一阵喷嚏。祁正修忙命人端了个火盆：“赶紧先烤烤。”

陈述没什么好气道：“又游回来的？真没枉费你的一身好本领。”

小桃顾不上回应陈述，把下人倒来的热茶喝了个精光，这才有了一丝热气。连续两次过江，小桃又没有吃东西，只觉得江水都浸到骨头缝里了。

陈述还要说话，祁正修说道：“吃点东西。”

小桃点点头，在炭火盆边烤了一会，下人把饭食端上来，小桃很快地吃了起来，两碗米饭见底后，对祁正修说道：“公子，吃好了。”

“还合胃口吧？”祁正修微微笑问，细细打量着小桃，脸色苍白，眸子却比平时还大，里面说不上是空洞还是挣扎的凄楚。

“嗯。”小桃低下了眸子，随口应道，“有点淡。”菜的确是寡淡了些，连小桃这不怎么挑的也觉得清寡无味，不知道祁公子他们是不是就吃的这样。

陈述不由插了话来：“大小姐，你还嫌淡？如今军盐减了一半，哪里还有盐。能吃就知足吧，士兵们连你这样的饭菜都没有。”

小桃一惊，眸子有些慌乱：“对不起，我不知道，我只是随口说说。”

小桃的话惹得陈述胸中更是沉闷，不由扯着小桃几步走到大营门口，指着外面道：“你看看外面的士兵，没了盐，吃肉吃菜都食不甘味，还浑身没力气，有的还开始了抽搐的症状。可恶的宋贼把我们的盐城都掠夺了过去，现在逼得大唐的人没有活路。本来抓着赵光义可以多换些盐来，可倒好……”陈述不由得冷哼了一声，他是由衷地痛心。

“对不起，对不起。”小桃垂下了眸子，脸色更加苍白。惭愧和内疚让她的心一阵一阵扯痛。说不上是鬼使神差，但即便再来一次，也许她依然会背着良心的负罪，依旧会扯着赵光义跳进水里。

“好了。”祁正修的声音响起，移步缓缓过来，“不要怪她，要怪，该怪我们自己，没有守好我们的疆土，没有守好我们的盐城。”祁正修的声音很温和，却很有力量。

“你就惯着吧。”陈述跺了跺脚走回了大营，把桌上的茶一口喝尽，“不管怪谁，大唐的情势已经到了现在这个地步，那是不是就该尽自己的力去做点事。即便不做，也不该去破坏？”

小桃的脸更红了，陈述有些懊恼地看了看她说道：“你如果不是个女人，这就是叛国。”小桃猛地抬起了眸子，满是凄凉无助，和挣扎的内疚，紧紧咬上了唇，直到咬出了点点血迹。

“陈述，够了！”祁正修的声音第一次冰冷而没有温度，“从来国家兴亡、盛衰荣辱，都是男人的事，不要去归咎女人。”

陈述怔了一下，祁正修很少是这样的语气，他总是温文尔雅又从容不迫的。可他现在，却不讲道理，不分是非。陈述一甩袖子走出了大营。

“他生气了。”小桃抬眸看着祁正修，自责又担忧。

“不会。过一会就好了。”祁正修走到小桃面前，温声道，“去歇着吧。明天让陈述送你回去。陛下那边还要去交代。昨晚已经派人把窅娘先送回了金陵，她会知道怎么和陛下说的，你也不必多言。”

“我……”小桃的心撕扯得难受，“我真的很抱歉，我只是……”

祁正修的身子僵了一下，伸手压上了小桃的肩打断了她的话：“你只是太紧张，不要想太多。去休息吧。”

侍卫把小桃领到了另一个营帐，小桃倒在床上，便累得很快入睡。直到第二天一早起来，被陈述带着踏上回南唐的路，都还是晕晕乎乎。

一路上陈述都没有多言，到了中午歇息的时候，小桃刻意走到了陈述的旁边，见陈述还是不吭声，小桃只好堵在陈述面前好脾气地说道：“陈大人，你准备一直生我的气吗？”

陈述乜了眼小桃，看她微微的笑容，只好叹了口气：“你我相识十几年，我不会一直生你的气。但你真的变了，你拉着赵光义跳下去的时候，你就一点也没想过子介的心吗？一点也没想过我们唐人的处境吗？”

“对不起。”小桃只有这一句话。她的行为，无可辩驳。

“算了。”陈述摆摆手，顿了顿，像在解释什么似的说道，“就像你看到的，子介这些年一直在为陛下训练水军，但陛下对子介既需要又忌惮，这其中的问题也解释不清，但是他不是心里不记挂你，他也希望早日得到陛下的释怀，和你成婚。可现在……唉。”陈述一声叹息，搅得小桃心里百转千回地纠结，一个字都说不上来。

回到金陵，窅娘已经先行一步被送回了宫里。小桃回来时陈述带着入宫向李煜复命。李煜对小桃的不告而别到了祁正修那里并没有怪罪。之前青羽卫已经向李煜禀告了窅娘被赵光义劫走、并要真正的桃娘去换。李煜立即命人去教坊传小桃，用小桃换窅娘他毫不犹豫。那时才发现小桃已经私自逃了。李煜只好一边派人寻找小桃的下落，一边挑选了几个精良的青羽卫准备派去大宋再把窅娘抢回来。正在这时，窅娘已经平安无事地被祁正修派人送了回来。窅娘和李煜说了祁正修在江心换人的计谋，只是小桃太紧张，换人的时候步子不稳摔进了水里。而赵光义也跟着跳了下去。这样的理由李煜也并没有生疑。

如今小桃回来，李煜念在她救窅娘有功，对于她私自逃离的事情也没有追究。只对小桃说道：“南昌府便不用回去了，留在金陵吧。”把小桃放在南昌那么久，祁正修也没有过去，如今把赵光义招了起来，还是放在金陵的眼皮子底下更加踏实。

小桃低头应“是”，顿了顿，又抬头看着李煜道：“陛下，我有一事相求，希望陛下答应。”

“哦？”李煜几分讶异，“什么事，你先说说。”

“留在金陵，我自然该去花月坊。另外，还请陛下允许我带着花月坊的歌姬、舞姬、乐姬等人，到各州府去演出，好募集买盐的银子。”小桃说得很诚恳，“之前在南昌府，我已经尝试过，颇有成效，所以……”

话没说完，已经被陈述打断，对李煜抱拳说道：“臣以为不妥，如今赵光义已经知道桃娘就是死去的小桃，再去抛头露脸，让宋帝赵匡胤知道，便是灾祸了。”陈述说完狠狠瞪了小桃一眼，他虽然怪怨小桃关键时刻掉链子，但他绝不同意让小桃用卖艺去换银子。

小桃用哀祈的眼光看了看陈述，又看向李煜：“陛下，这次我也亲眼看到了沿路的百姓、士兵缺盐少力的痛苦，心里实在不忍。既然身怀一技之长，就想做些事情缓解如今的情形。至于开封府尹赵大人，他如果要把我还活着的事告诉宋帝，此刻也可以，又何必等将来。”

小桃的话丝丝入理，李煜听了也颇有感触。一来震动于小桃的心意，一个身份卑微的女子也肯为国为民效力；二来小桃说得也有道理，赵光义应该不会告诉赵匡胤小桃还活着的事，那岂不是让她再死一次？

看李煜点头，陈述急了，又道：“陛下，臣仍然认为不妥，去各州府招摇，知道的是募集银子，不知道的还指不定会生出什么奇谈怪论，以为陛下在纵容靡靡之风。”

“爱卿也言之有理。”李煜眉眼澄澈，想了想，对小桃说道：“你的这番心意很令朕动容，但陈爱卿所言也很有道理。不如这样，不必出京，只去花月坊，并且委你调度教坊舞姬的权力，如果你在教坊有看上的舞姬，随时可以直接带去花月坊调教。若是把花月坊经营好了，盈利的银子也可以完成你想为民出力的想法。你看可好？”

小桃想了想，金陵是天子脚下，官宦也是最多的，花月坊的生意如果红火起来，一定比南昌府盈利不止百倍。可仅赚官员的银子，也是有限，小桃便又说道：“陛下所言甚是。只是花月坊只有官员才可以出入，还希望陛下同意花月坊每月在坊外出演三天，这样除了官员，富裕的商贾也可以出资观看。”

这自然是好主意，套用了之前南昌府的经验，李煜点头微笑：“好。如果有需要银子的地方，直接报与教坊列支就好。”

走出皇宫，陈述有些心里不自在，二人一路无话，出了宫门，陈述才闷声道：“你这又是何必？我不过发发牢骚罢了，你又何苦像卖身赚盐似的。”

小桃扯扯嘴角笑笑：“我注定就是官妓的命，是否缺盐我都少不了跳舞卖笑。如今不过是跳得多些，又有什么要紧呢？再者，不这样，我只怕会内疚一辈子。”

陈述叹了口气：“若是子介知道了，心里会多难过。”顿了顿，目光几分落寞地看着小桃，“你这次都没和子介聊几句话，就匆匆去又匆匆回，却也不曾向我询问过他。他却每次在我去的时候，都会细问问你的情形。”

小桃的心揪了起来，垂下了眸子，她对祁正修一直是仰视的，从前的她，只要听到祁正修的一点动静，都会竖起耳朵，甚至追问每一个知道祁正修消息的人。她为了他，付出了自己能付出的一切，甚至性命。可是世事太奇妙，竟然有一天，她会忘了惦记祁正修，也不再追问祁正修的近况。小桃的声音很低：“时间太急迫了。而且看上去，祁公子一切都好。”

“你真行。”陈述被小桃噎得说不上话，转头对马车上驾车的人道，“把桃姑娘送到花月坊。”

“你呢？”小桃追问。

“我走回去！”陈述闷声答完转身而去。看上去都好？之前那个肯给子介割腕放血、在他看不见的时候都不离不弃的小桃哪去了？女人啊！真是种水性杨花，善变的动物。

第二十九章

珠胎结托病暗养 急事起代为做父

小桃回到了花月坊。这次的归来，是带着皇上掌管花月坊的口谕，和教坊舞姬的调度权回来的。现在的主事月娘，不敢再对小桃有所怠慢，把从前的桃苑重新修整安顿一番，又给小桃配了服侍的丫头。先前的秀菊已经重病而亡，月娘特意把连翘又拨给了小桃，只当是旧人好用。

小桃一回来便和月娘谈过，她要对花月坊重新变革。并且把她的想法和月娘一一说来，月娘听了由衷地佩服，不知道小桃哪来的那些妙想，自然对小桃的提议极为赞同。

花月坊里的姑娘都是以花命名，之前每位姑娘的花鼓被抬了出来，但不再是人人都放，而是只放九面。名头最响的九个姑娘才有资格把自己的花鼓摆出。哪位官爷要是想点哪个姑娘的节目，便去击打她的花鼓，一次二十两银子。

而且花月坊还制作了一个单子，上面列着可以选择点的节目。有歌舞，有乐器，却不是一成不变的。每个月都会出两个新节目，把不受欢迎的旧节目替掉。于是，什么“长歌当舞”“娇娘出岫”“醉里卧兰棠”……光看名字便遐想无限，却怎么也想不出是什么的节目单出世了。引得很多达官显贵都来花月坊，以先一睹为快为荣。

而每月的十六到十八，花月坊会在秦淮河边搭一处场子，每晚一场演出。这演出不再受官员的身份限制，但凡肯出银子，就能进入观看。二百两一位的价格，对金陵的显贵来说，不算大价钱。

小桃想推出新人，自己便很少去出演，只是训练舞姬。尽管如此，还是有人慕名而来，指名要点小桃的舞蹈。小桃偶尔也会出去演出一曲，却不会再跳《长命女》。

小桃时常会去教坊看看新来的姑娘，有没有资质不错的，可以带回花月坊调教出来。这一天又到了教坊，听说来了几个罪臣的家眷，小桃便在教坊管事的陪同下，向后院走去。

后院里几个衣衫不整的女眷被关在一处露天的栅栏里，小桃对那处栅栏并不陌生，以前她也被关过。几个年纪大的女人正一边抹着眼泪一边戳着一个年纪很小的女孩子的头："你就是个扫把星，自从你生下来，家里就没一天好过的。先克死你那个短命的娘，又害你爹犯事，早知道就该先把你捏死，一家子也不至于到了今天的地步。"

小桃的眉头一皱，细细打量着那个女孩子，也就是十岁左右的年纪，却比那些大人还镇静些，只是窝在那里，任凭那些人戳她也丝毫不动，但脸上却全是悲凉入骨的神色。难得她小小的年纪这么懂事，没有号啕大哭。小桃对教坊管事的问道："那个女孩子是哪来的？"

管事的答道："原是怀庆镇的一户外乡人，她爹和人争执，杀了人之后跑了，偏偏杀的又是户有权势的，一家子都跟着遭殃了，除了一个早年离家的哥哥没有音讯外，其余的都在这了。"

小桃"哦"了一声，对管事的说道："把那个女孩子喊过来，我问问她。"

不多时，一身脏乎乎，头发也乱蓬蓬的女孩子被带到了小桃跟前，嘴唇抿得很紧，只是一双黑而亮的眸子惊慌地看着小桃。

小桃淡淡笑着："叫什么名字？几岁了？"

那女孩子缓了缓神色，低声回答着："姓樊，家里人都叫我小寒，九岁了。"

"小寒？是小寒节气的小寒？"小桃好奇地问道。

小寒的脸上泛起一抹红晕："不是小寒，我是寒衣节生的，都这么喊。"

小桃摇了摇头，难怪她们说她是扫把星，寒衣节生的在常人看来是不吉利的。小桃看着这个叫小寒的女孩，不由想起小时候的自己，便生出一抹怜惜的味道，对管事说道："把这个女孩给我吧，我带回去。"

管事的自然同意。小桃把小寒带回了花月坊，取名叫青青。

青青年纪还小，小桃不舍得她去学技艺受苦，而青青对唱歌跳舞乐器之类没有一样有兴趣，小桃便留着她跟在自己身边服侍。有了青青贴身服侍，连翘更是连面都见不着。只有在小桃这里有客人来访的时候，才会做些端茶倒水抛头露脸的事。

朝廷里时常会有大臣对小桃慕名而来，有的清谈半晌，有的向小桃要几幅字，还有的来点一两首曲子。陈述有时也来找小桃磨磨牙。只有在这些人来的时候，素来瞧不见影儿的连翘会穿戴整齐，过来递茶。小桃看着皱眉。这样的情形，已经不是第一次。偏偏她又是这个样子，丢自己的脸不说，还打小桃的脸。

这天沈同也来到花月坊，向小桃细细询问了当初窅娘从大宋离开的事情。沈同当初在大宋换取国书关文不甚顺利，待回到南唐，已经比窅娘和小桃晚了十多天。偏生连翘打扮得花枝招展，一身鲜亮的杏黄衣裙，隔着二里地都看得到。沈同年纪一大把，也不由多瞅了她两眼。连翘更加肆无忌惮冲着沈同眉来眼去。

待沈同离去之后，小桃实在忍无可忍，冷着脸对连翘说道："我知道你心大，一心想傍高枝。但凡事都要有个规矩，不能任由使着手段乱来。"

连翘满不在乎地眉目扫着地，当初小桃在花月坊里的落魄样子她都见过，如今才得了脸几天就装蒜。连翘压根没拿小桃当回事。在她的记忆里，小桃是软弱的。

小桃看连翘仍然一副死性不改的模样，淡淡吩咐着下人："连翘姑娘以后不必在我这里服侍。她是想出人头地的人，到造琴阁去吧。"

连翘的脸黯了下来，造琴阁是花月坊东北角一处最为荒凉的地方，也是花月坊里难得的僻静之处，专门为表演器乐的姑娘制作琵琶、琴瑟等乐器。花月坊里摆弄丝竹的少说也有四五十人，乐器坏掉重做是常事，即便平日，调音、换弦、补漆的事也应接不暇。对别人还好，对连翘这个不甘寂寞的人来说，那儿简直是地狱，除了拿着乐器进进出出的下人，再也见不到半个旁人。连翘不由对小桃咬唇说道："姑娘也太狠心，我和姑娘相识多年……"

小桃厉声打断连翘："正是当年惯了你的毛病，现在才变本加厉。先学会做人，再去争宠！"说完不给连翘任何争辩的机会，疾言厉色地吩咐道，"拖下去！"

连翘还没反应过来，已经被几个身形健硕的狎司拖到了造琴阁。青青看得目瞪口呆，她不知道温婉的桃娘还有这么厉害的一面。从此再也不敢有一分怠慢之心。花月坊里的其他姑娘也都敬服了小桃，只是除了冰兰。

小桃对花月坊整改后的第一个月便初见成效，到了第二个月，每天的流水已经动辄过千两。李煜大喜，又给小桃赐了象牙金丝编制的鱼袋，一枚"桃娘制事"的行章，有了这枚章，不仅是花月坊，就是教坊舞姬的事，也有资格全权处断。小桃的荣宠，惊羡了不少人。舞姬能做到这个份上，也是几世难得。

为了表示心意，李煜还不时地赏赐些宫中精致的玩意，镂雕的白玉折扇，青玉片金丝枕，诗词集子，又或是稀罕的水果吃食。有了皇上的赏赐，不仅小桃的地位，连花月坊的地位也跟着上升了不少，更涌来了许多从别的州府前来见识的。

月娘也落得省心，只帮着小桃做些闲杂的事，凡是大事都去找小桃商量请示。礼部侍郎家里要摆寿宴，该派哪些个姑娘过去她心里没谱，便走到桃苑。一进门，就看到桌上摆着的新鲜西域蜜瓜，不由笑道："姑娘吃了吗？我昨天就吃了，甜得紧。"

小桃摇摇头："没吃。最近天热了，吃什么都没胃口。"说完懒懒地靠着床榻欠了欠身，"我就不起来了，你别介意。"

月娘笑着："快别，难得你歇一会儿。如今也是跟着姑娘沾光，才吃得上皇上御赐的西域蜜瓜。"看小桃懒懒的，月娘便自言自语说开去，"要说也是祁大人的功劳，把犯边的匪徒消灭了，皇上才会心情好想着赏赐我们。"

小桃浅浅笑了笑。前几天听说有大宋的水军在长江上巡查，还在南唐的军事重地采石矶停留了许久，祁正修没有丝毫留情就把水军打沉了。由于是在南唐的地界发生的摩擦，而大宋的水军也没有穿兵服，宋帝赵匡胤便称是大宋的流窜匪徒，并不是正规军队，以此来掩饰犯边的事实。李煜便也装糊涂不再追究，只是又去了国书声称这番误打误撞，让百姓的负担更重。赵匡胤又减了一年的朝贡权当补偿。

这消息传到了南唐，百姓都兴高采烈，这么多年，光打败仗了。这次虽然是剿灭的"匪徒"，但大家都心知肚明是宋军，都欢快不已。小桃也很开心，南唐胜了，减了朝贡，百姓的负担也能轻一点了。

小桃看着月娘勾唇道："既然你喜欢吃，就都吃了吧。我实在没胃口。"也真是奇了怪，以前她还很喜欢吃蜜瓜干，现在竟问着味儿就反胃。

月娘拿起一块递到小桃面前："吃一块就开胃了。东西就是这样，闻着没吃着香……"

话还没说完，小桃的鼻子里窜进了一股蜜瓜的味道，一时没忍住，侧过头干呕了起来。

月娘愣住了，半晌才反应过来："诶哟，这是怎么了，不是中暑吧，我去找郎中过来瞧瞧。"

小桃忙一把扯住月娘的袖子，脸色有些苍白："不必了，我歇歇就好。郎中来了也不济事。"

看小桃神色倦怠，月娘也不好再坚持，忙招呼下人过来把房间清理了，赶紧说了侍郎家里寿宴的事。小桃喘了几口粗气，对月娘说道："礼部侍郎喜欢听琵琶，你派夏葵和红竹去吧。其余的器乐歌舞，随便找几个还拿得出手的配着就好，不必顶尖的。"月娘得了示下，赶紧出去张罗。

小桃卧在塌边，心情再难平静，一颗心像在水井里似的，时上时下。这种感觉，很熟悉，对于已经有过一次身孕的她，很清楚地知道了自己是怎么回事。只是前阵子太忙，没有往这个方面去想。现在琢磨琢磨，月事两个月没来，那便是了。

小桃的眼圈都有些潮，又一个他的孩子，很意外，却来得很欣喜。她以为孩子会成为她一辈子的痛，她以为这一生她再没机会和他有血脉相连。可如今，一切都来得猝不及防。小桃抚着自己的肚子，思绪又飘到了那个江边之夜，那晚你侬我侬的良人良宵。

还没有高兴多久，青青进来禀告又有一位大人要拜会桃娘。小桃才猛地从刚才的欣喜中恢复了冷静。只顾了高兴，却没有去想现实有多少艰难的事。教坊是严格禁止官妓产子的。所有的姑娘都会揉用凝香不孕丸，甚至再加上事后汤药去双保险。而万一哪个官妓成了漏网之鱼怀了孩子，也一定会被教坊严令打掉。自己的这个孩子又怎么能幸免？想到这里，小桃的额上已经冒出了一层冷汗。从感受到这个生命，她没有生过一丝不要的念头。她不能再失去一个孩子，不能！

小桃站了起来，微微颤抖着写了一幅字，交给青青道："你把这幅字交给刚才那位大人，只说我今天身体不适，不能亲自去迎接。让其他姑娘好好服侍。"

青青接过字幅出去后，小桃无力地靠在了床上。怎么办？怎么才能保住这个孩子？心里仿佛有一千匹烈马在奔腾，小桃的心跳得极快。逃出教坊吗？可逃到哪里？或者离开金陵到南昌府或是其他僻静的州府避开人们的眼睛？还是找个教坊的闲职？……一晚上小桃想了不下几百种方法，却哪种都很忐忑渺茫。

直到第二天一早，一夜未眠的小桃还是没想出一个周全的办法。花月坊里的舞姬还等着她去教舞。小桃咬着牙起了身，去到了后院。别人的眼里，小桃没什么不同，依旧是神采飞扬。可小桃不再去教动作，只是口述，绝不示范。

小桃这次怀孕很快就显怀，不到三个月小腹就已经微微隆起，加上时间正好是从春到夏，衣衫单薄，细心的人不难发现。小桃无奈，除了时刻忍着想吐的冲动，从柜子里找出一块白布，把小腹裹了起来，也不敢裹太紧，外面又罩了两层厚厚的外披才遮得住些微臃肿的身形。

小桃不太敢随意走动，也担心被人看出端倪。可是盛夏马上就要来了，随着肚子的一天天胀大，再不想个办法出来，就只能成为刀俎上的鱼肉，无力反抗了。

赵光义回到了大宋。陆续派出的探子回来向他禀告着，那位桃娘已经安然到了金陵，如今在花月坊里掌事。据说她长袖善舞，据说她名声赫赫，据说她经营有道把花月坊办得银子如流水，据说她很得李煜赏识时常有御赐……每一个消息都让他的心先舒缓一下，却随之揪了起来。他的人，他想不顾一切地把她拽到他身边，看着她，守着她。

如果她愿意，他可以不顾赵匡胤的愤怒，不顾南唐的抗议，更不顾祁正修的威胁，任何代价都不惜，只要把她留在身边。可惜，她不愿意，她要躲开。赵光义不知道南唐究竟是什么吸引着小桃，是故土的情愫？还是祁正修李煜？还是花月坊的生活？她在南唐的确活得风生水起，可是那些重要吗？到底他在她心里算什么？他想不通，也猜不透。只是想起她拉着他跳进江里会心痛，为他跳《长命女》会心痛，在地上写他的字会心痛，这些痛埋得久了，摧得他身形憔悴。她是他的，这辈子是，永远都是！赵光义把拳攥紧了。

前阵子赵匡胤想刺探南唐水军的兵力派了几百人扮作匪徒去江上巡查，结果吃了败仗，赵匡胤极不甘心。如今每天退朝后和赵光义及赵普等都在商讨攻灭南唐从哪入手的事。赵匡胤的野心是一统天下，而统一天下，北方由契丹支持的北汉暂时先不能动，南方的南汉、吴越不在话下，早晚的事。最挠头的就是占据长江之险的南唐，天险加上强硬的水军，对于擅长骑马步兵的大宋来说，无疑是块硬骨头。之前在后周柴荣时期，攻打南唐长江以北的疆土还算好，陆战多，水战少。而南唐现在江北州府尽失，只剩下长江南岸。要攻南唐必先渡江。

赵光义对别的地方不甚上心，但南唐，他要定了。商量了几天后，赵光义提议从皖口、常州、润州三个地方着手。皖口是西线，常州是东线，这两个地方探测清楚兵力后，都可以修筑水军防事作为进攻的据点。而润州和扬州隔江相对，宋军已经占据了扬州，在扬州进攻最为便捷。

赵匡胤当即拍板，先以皖口为试点，增加江面巡查的宋军，探测地形，修筑军事要防。赵匡胤很有信心："料想南唐也抵挡不住三处夹击，这次再去探探风，一旦得利，就大规模地派出水军征战。”

赵光义微微点头，无论把常州或润州作为突破口，都离金陵不远了。

盛夏六月，开封还是清风徐来，金陵已经赤日炎炎。小桃只得整日把自己关在桃苑，轻易不肯出门。只到了夜间才出去走走，不免有人暗暗传她生了病。

月娘看小桃脸色泛黄，身形臃肿，不住地劝着：“还是请个郎中看看吧，有病不能硬扛。前几日红竹咳嗽不上心，硬是咳出了血，这下害怕了，只当自己没救了。可巧赶上了个越州游医，几服药下去，如今就见好了。所以有病还是得看。”

越州游医？小桃的心一动，急忙说道：“那游医还在吗？快请来看看。”

月娘看小桃松了口，面露喜色：“在，在，这几天还来给红竹看病呢。你若是同意，我这就派人去请。”说着赶忙走了出去。

不到一个时辰，背着布囊的霍仲在下人的带领下走了进来，小桃隔着帘子看着外面的人形，心里就是一酸。多年不见，竟然在这里又重逢了。

小桃吩咐下人都出去，连贴身侍奉的青青也被小桃嘱咐守在门口，不得让任何人进来。小桃轻轻拨开帘子，走了出去，看着霍仲咬唇道：“霍大夫，还记得我吗？”说完眼睛竟然有点潮。

霍仲眯着眼睛就着屋里昏昏的光线看了看，呵呵笑道：“几年不见，姑娘的变化很大。不细看，还真的险些认不出。”说着上下打量了一番小桃苦笑道，“不过这么多年，每次见你，身子都不好。如今气色更浮了。”

小桃忙请霍仲坐下，说道：“霍大夫身体可好？这些年还是一直四处云游，行医救人吗？”

霍仲摆了摆手：“老了，走不动了。以前一年有十个月在外面，还非得去些险要的地方，探探有什么稀罕的药材。如今一年最多只有半年在外了，还只去些繁华平坦的地方。现在只要能瞅些稀罕的病情，也算值得了。”边说边看着小桃笑道，“姑娘的病全好了吧？当初还差了一针，却阴差阳错地再没了机缘。”

小桃勾唇笑笑：“差不多吧。该想起来的，都想起来了。想不起来的，也许也不该记起。”

“哈哈哈。”霍仲朗声笑道，“姑娘这个说法好，豁达。人不怕得病，就怕心病难治。姑娘还像我们当初第一次见时似的，聪明通透。”

小桃听了心里一动，站起身来，冲着霍仲便是一拜，低声道：“既然与霍大夫相识多年，还请霍大夫救我。”

霍仲赶忙把小桃扶了起来，连声说：“不敢当不敢当，有什么事姑娘尽管说。”

小桃缓缓又坐了下去，伸出一只手递给霍仲道：“您帮我把把脉，便什么都知道了。”

霍仲卷起袖子，伸手搭上小桃的胳膊，只切了几下，眉头便已经皱起，看着小桃欲言又止：“姑娘，这……”顿了顿又道，“可是真的？”

小桃点点头，咬唇低声道：“所以要大夫救我？”

霍仲又细细给小桃两只胳膊都切过脉后，面露忧色：“姑娘，你之前是否已经有过滑胎的经历？”看小桃点头，便说道，“所以姑娘的身子外面看着强实，内则空虚。这一次如果再把孩子滑掉，以后就很难再要孩子了。姑娘还是三思。”霍仲明白花月坊是什么地方，这里的姑娘都是官妓，自然不敢要孩子。

霍仲话音刚落，小桃就急忙说道：“霍大夫误会了。我不是要滑掉孩子，我是要保住他，不惜一切代价，都要生下他。”

看霍仲一脸惊讶，小桃低声说道：“花月坊自然容不得我生下孩子，只怕有人知道风吹草动就会上报教坊或是太常寺找我的麻烦。所以我刚才想了一个办法，不知道是否可行，还要霍大夫帮我。”

霍仲没有犹豫便说道：“姑娘请说。”

“有没有什么药，让我服了或是用了之后，能有瘟疫的症状？但是不会伤及孩子。这样就可以上报教坊把我隔到一处僻静的地方。待孩子生下，一切的责罚我都能受，只求他能平安生下。”小桃看着霍仲，目光尽是哀请之色。

霍仲微微眯起了眼睛，仔细想了想，过了半晌说道：“我一时半会还想不起来。是有服了像瘟疫的药，但都会影响到胎儿。所以我需要回去查查古方，找个合适的，再来找你。”

小桃一阵欣喜，眼圈红红又要下拜，被霍仲扶住道：“姑娘可别折煞我了。我必当尽心竭力。”

霍仲走后，月娘急匆匆跑来问着小桃：“怎样？那郎中还行吧？怎么说？”

小桃看着月娘神色凄凄：“郎中是神医，但正是神医，才看出我的病不同寻常，不好治，说是过两天再来。”

小桃的话把月娘唬得一跳：“别吓我。到底行不行？要不要禀告皇上派御医过来？”

“那倒不必。待过两日郎中再来怎么说。”小桃勉强笑笑。

两天后，霍仲又来到花月坊。小桃依旧把人支了出去。霍仲拿出一个方形的盒子递给小桃道：“这里是配好的药。主药是一种在南方生的董棕粉末，擦在身上会起红斑，很痒。还掺了稻粉和草灰，可以把董棕的作用只隔在皮肤外面，不会进到体内伤及胎儿。用的时候，在身上先擦一层脂粉再涂抹这药，薄薄的一层即可。”

小桃捧着药，对着霍仲重重地叩拜了下去：“霍大夫救命之恩，小桃没齿难忘。”

“要谢也不必谢我，该谢……”霍仲不由地冒出一句，又收住了口，笑笑道，“姑娘保重身子要紧。若是真的能脱身，也是霍仲的功德一件。”

霍仲走后的第三天，小桃全身都起了红点，用力挠去就成了一块一块的红斑。整个人肿了许多。月娘吓得大惊失色，什么也顾不得赶忙去禀报教坊，教坊又没敢耽搁去请了御医。御医也不敢碰小桃，看了一番后，声音有些抖：“像是染了疫病，但一时看不出是哪种。”

御医没敢多待，疫病是传染的，临走前嘱咐月娘赶紧把小桃安顿好，免得传染别人。便急忙赶回宫里，禀告了李煜。

偌大的桃苑，除了青青再没人敢踏进去半步。甚至桃苑外几丈都没人敢涉足。只有青青跑进跑出，侍奉小桃尽心。

疫病不是小事。李煜得到禀报后，忙派兵去把小桃接到了金陵城南郊的紫竹台隔了起来防止传染。紫竹台是故太子李弘冀的别院，原先的排场很大，亭台楼阁，假山池塘。但自从李弘冀故去，先帝李璟没有再把紫竹台赏给别人，只派了几个侍卫看守着。近十年过去，紫竹台渐渐荒凉了下来。外间的房屋早已倒塌破败，只有后院还有一处稍微整齐些的楼阁，并外间一座假山，曲径回廊连着一处水榭。

李煜情急之下也只想到了这里，虽说破败了些，到底还是处独立的院子，也离金陵市区有段距离。瘟疫不同别的病，若是别的毛病，李煜便是把小桃接进宫里休养也不妨事；但疫病是会传染的，一个人可以毁一座城，甚至一个国。若是教坊里别的歌姬舞姬得了疫病，早就被赐死再用火焚尸好除掉病源。但得病的是小桃，是百姓称颂的桃娘，李煜不忍，也不能那样对待她。只好安顿在紫竹台，命御医定当诊治好，否则革职论处。

被派来的御医虽说都是经验丰富，但也个个战战兢兢，革职很吓人，但要是不留神沾染上了，搭上一条命就不值得了。何况这是夏天，最容易传染。命和前途比起来，毕竟命要紧。所以御医用巾子把自己的口鼻捂严实了，只是撩起小桃的袍子看了看胳膊，又看了看脸和脖颈上的红斑，搭着厚厚的巾子在小桃的胳膊上诊脉，小桃不时地咳嗽两声，又转身动动，吓得御医面红心跳，根本感触不清小桃的脉搏，只是应付着："看脉象还好，再观察几天。"便匆匆而去。出去后随意开个方子，青青派人拿了药，回来煎好给小桃端去。小桃趁青青不注意全倒在了花盆里。

紫竹台只有青青陪着小桃，还有两个花月坊派来的粗使下人在外间服侍。一来是怕传染，二来小桃也不许她们近身，所以下人也从不进到小桃住的那片楼阁中。另外便是守在别苑外面的侍卫，有原先的还有李煜新派来的。

小桃刚住进紫竹台，还有些不适应。先太子李弘冀喜好奢华，这里即便是别苑，也处处可见金光宝气的装饰，床头，桌椅，门窗，无一不是。其实在奢华的这个特质上，李煜和李弘冀如出一辙，只是李煜文雅些，奢华得颇有内涵，而李弘冀粗放些，更喜欢金光艳照。

小桃不免叹道："住在这里，真是太奢靡了，觉都睡不好。"

青青听了，脸色有些变了，过了很久才下定决心似的看着小桃："姑娘也睡不好？我也睡不好。"

"你小小年纪有什么心事还睡不好？"小桃看着青青好笑。

"不是心事。"青青吞了吞口水看着小桃道，"姑娘不觉得，晚上，尤其是后半夜，有时会有脚步声吗？"

"有吗？"小桃没有感觉。她自从搬离了花月坊就浑身舒泰，加上胎儿在腹中疲累，常常是想睡觉，没听到任何动静。但如果青青真的听到，那就有点意思了。小桃看着青青细细问道，"你确定吗？真的听到了声音？”

青青点点头，看着小桃说道：“这几天我想说也不敢说，怕吓着姑娘。但的确是，从我们搬进来的第一天就有。那晚我认床，一夜没睡。到了后半夜，四处静悄悄的，就听到好像有脚步声在头跟前走动似的。睁开眼又看不见人，吓得我赶快把被子蒙上了眼。那声音后来就没了。”

青青说得具体，小桃听得心扑通扑通直跳：“是一个人的脚步？重吗？”

青青想了想道：“不止一个人。像好几个，不重，但也不轻，就在身边头顶似的。”青青有些哆嗦，怯怯地看着小桃，“姑娘，会不会闹鬼……”

鬼？小桃勾唇笑了，她从不信有鬼。如果有鬼神，为什么她的娘，她的孩子，都去得那么决绝，不给她一丝盼头？如果是鬼倒好了，鬼没有人可怕。只怕是人，才会生出无数的恶毒。小桃思忖了一番，又问：“会不会是夜里巡查的侍卫？”

青青摇头：“不是，侍卫巡查不会到内院。而且他们的脚步都好重，一步能踩出个大坑似的。”

青青的比喻逗得小桃扑哧一笑，拍拍青青的肩：“好了，别疑神疑鬼了。自己吓自己。”但心里却有些踟蹰。

小桃夜里竭力撑着不睡，想听听是否有动静。却是一晚上也没听到一丝声响，到了黎明时实在撑不住才睡得香甜。

过了几天，小桃身上的斑点褪下。每天前来问诊的御医也松了口气，忙着向李煜禀告了这一好消息，疫病得到了控制，只要继续服药，便可痊愈。李煜派了宫里的宦官前来问候，并赐了些吃食衣服，并人参、雪莲等珍奇的药材。

小桃手书了一封信给李煜，一则感谢皇恩浩荡，二则表示自己身体已经好转，也不必麻烦御医每天都来，有异样会派人去请御医。但身体仍然虚弱，想在紫竹台休养一阵子，待身体完全康复后再回花月坊。

小桃一手漂亮的行楷早已让李煜看得心飘神荡，直看了三遍才开始琢磨信里的内容。看完后内容的冲击远远比不上字的冲击，便也心不在焉对捎信回来的宦官吩咐道：“一切依桃娘的意思，身体好了就好。”宦官忙又把李煜的口谕传了下去。御医得到圣谕不必天天去紫竹台，都松了一口气。

紫竹台内院只有青青和小桃，不用怕御医动辄装模作样的号脉，小桃的心情轻松了许多。随着带来的衣服布匹，小桃剪裁开，开始缝制小衣服，迎接这个孩子的到来。青青看到好奇，不由问着：“姑娘在给谁做衣服？”青青终究年纪小，对小桃隆起的小腹和小衣服还没有概念。

小桃不觉微微一笑：“以后你就知道了。现在别问，也别和任何人说。”那笑容里，全是甜意。

好容易从盛夏转凉，小桃熬过了那一身一身出汗的季节，肚子也越发明显，小桃有时抚着肚子，感觉着那一点一点生长的生命。她甚至能想象到孩子的小手，小脚，小脑袋会是什么样子。衣服缝了许多，有短袄短裙，小斗篷大氅，外披中衣，甚至襁褓都缝了不少，不同花色、不同厚度。

时至中秋，宫里给小桃传来了口谕。皇上要出城祭祀，顺道会来看望小桃的病情。看着前来传话的宦官，小桃的脑子就是一木，皇上要来？！小桃只看着宦官的嘴一张一合，什么也听不进去。

由于小桃声称自己还没有痊愈，所以和宦官之间隔着一层纱帘，好容易待宦官说完，小桃冲青青使了个眼色，青青给宦官塞了锭银子。小桃竭力平静地问着宦官：“皇上怎么想起来这里了？我的病还没有好利索，实在怕惊扰了龙体。可怎么担待。”

宦官嘿嘿一笑：“陛下对司舞甚是挂念。前阵子若不是为国事忧心，早来探望您了。这次恰好祭祀路过，陛下第一件要紧的事就是来这里。”

小桃嘴角尴尬地抽了抽，如此看来，李煜是非来不可了。只是他为什么要来？她并不觉得她和李煜的交情到了他要亲自来探望的地步，她也不认为一个正三品司舞的级别抑或是百姓赋予的“桃娘”称呼是他来看她的理由。

小桃想不明白，却心绪再也难安。宦官来了可以用纱帘挡着，但李煜来了总不能也挡着。被他看到如今这个身形，该怎么解释？怎么交代？他又会怎么对待她的孩子？想到这些，小桃的心就跳突不停，又焦灼又慌乱，连着几夜都睡不着。

而到了第五天的夜里，小桃也仍然神思恍惚，琢磨着应对的办法。却在似睡非睡之间，听到了几声脚步声。那脚步声很近，好像就在身边，闭上眼睛，似乎就有人在周围。小桃猛地睁开了眼，四周空无一人，只有几道清冷的月光透过纱窗像银练似的洒了进来。小桃闭上眼，那脚步声仍然在，很清晰，有时远，有时近，近的时候就在身侧。小桃的心揪了起来，轻轻喊了几声：“青青！青青！”

青青睡在外间，没有应答。窗前“哗”地掠过一道黑影，小桃立即坐了起来，披上衣服走了出去，青青在外间睡得很香，今夜看来她没听到声音。小桃站在门口听了听，方才在屋里很清晰的脚步声在这里弱了。

小桃试着往外走了走，越走越弱，正打算回去，刚顿住步子，那脚步声又渐渐清晰了起来，好像就在周围。那脚步声，不疾不徐，像在缓缓踱步。小桃四下看了看，像中了魔怔似的不由又往前走去。刚走了几步，忽然背后被人拍了一下。

小桃惊得一怔，回过了神，紧紧攥紧了拳头，却是一句熟悉的声音在她身边温温响起：“夜深，别再乱走了，仔细着凉。”

小桃站在原地，看着对面月色下白色衣冠的祁正修，在朦胧的夜月交织的光晕下，越发像从天上飘下的仙人似的。小桃不禁莞尔一笑：“原来是你，吓我一跳。”

几个月不见，祁正修似乎瘦了些，更加销骨飘逸，看着小桃的眼眸温柔而深邃，上下打量了番小桃道：“身子重，走路要小心。”

小桃顺着祁正修的目光看了看自己隆起的腹部，脸微微发烫。一时没有可以接的话，两个人相对站着，祁正修狭长的眸子深深看着小桃，小桃只垂着眼眸看着地，瞬间的静默，却似乎又有隐隐的脚步声。

小桃的心跳了一下，脸色顿时变了，猛地抬起头：“公子，周围是不是有人？”说着转身向四周看去，准备顺着自己最初的方向向前继续走。

却被祁正修一把抓住了胳膊：“更深露重，回去吧。”

“公子。”小桃有些犹豫，“这脚步声已经很久了，一定是有人在附近。今天正好公子在，何不去看个究竟。”说着执意又要往前走。

祁正修的手像钳子似的紧紧攥着小桃，脸上的笑意淡去：“你先回去，我去看就好。你如今这样，身子也不方便。”说完不由分说，用力抓着小桃向屋里走去。

“可……”小桃的话没有说完，已经被祁正修牵着，几步走回了屋里。外间睡的青青被惊醒了，赶忙起来穿好衣服进去端茶倒水。

蜡烛点了起来，照得满屋都是一片绯红。窗纱外偶尔有柳叶拂过，扫来了阵阵微风。祁正修没有再出去，屋里静静的，小桃站在窗下，指着旁边的椅子说道：“公子请坐。”

祁正修没有坐，只是俯身看着小桃，就那么静静地，沉沉地看着她，没有说话。小桃抚了抚自己的小腹，一时心里各种滋味，也不知道该怎么开口。她有些慌乱，为什么慌？却也说不上来。似乎对祁正修有种莫名的内疚。她一直以为她是爱他的，从云湾村的如痴如狂，到金陵，到濠州……她一直活在他的影子下，为他和何之棠的婚事焦心，为他的受伤难过，她做了自己所能做的一切。

可是，事情往往让人始料不及。她现在竟然怀着别人的孩子站在他面前。小桃的心提着，很怕祁正修会问她一些戳心的问题，她回答不来。

祁正修的心情很复杂，当初他听闻小桃得了怪病许久都不肯出门，便猜到她是有为难的事。金陵又没有个能信得过的郎中，思来想去，他只有派人去找霍仲，霍仲曾经和小桃打过几次交道，小桃对他应该是信得过的。

霍仲从金陵离开后向他复命，他一直担心的事终于发生了。果然小桃是有了身孕。知道消息的那一天，他对着茫茫无际的长江，坐了一夜，姿势都没有动过一丝。

不过小桃终于还是聪明了，懂得用计趋利避害。只是近来又听闻李煜要在祭祀的时候来紫竹台探望小桃，那小桃该如何遮掩？他终究是不放心，从润州赶了过来，只是一到这里，便看到了夜里急匆匆向前走的小桃。

两人相对无言许久，祁正修温声问道："听说陛下要来了，你可有什么对策？"

小桃舒了口气，还好他没问别的，便答道："没有。"顿了顿道，"实在不行，便对皇上坦明实情，以求宽恕。陛下仁厚，应当不会把我逼上绝路。"

祁正修微微蹙眉，说道："但是，你该如何向陛下禀明实情呢？陛下现在对宋帝赵匡胤处处忍让示好，生怕一时疏漏被赵匡胤抓到把柄生事。孩子一旦生下便更容易被赵匡胤发现。我想陛下不会冒险。"

小桃的脸色变得惨白，心也狠狠揪扯起来。是啊，李煜一定会问孩子是谁的，她该怎么回答？小桃的心百转纠结，又细细揣摩祁正修话里的意思，却不由脸腾地红了，从祁正修的话中，他已经知道孩子是谁的了，这让小桃更加臊得慌。小桃咬唇低头问着：“那，公子，可有什么办法？”

微风吹得小桃的发丝有些乱，祁正修抬起手想把小桃的乱发拢一拢，却是手刚抬起，又僵在了空中，最后还是收了回去。看着小桃淡淡笑着：“你不必担心。等他来了，我自有办法。”

“等他来了？”小桃的眼睛瞪大了，“公子不是一直躲着陛下不肯进京吗？如果等陛下来了，公子会不会没法离开金陵？”小桃的脑子乱哄哄的，李煜是想着法子让祁正修回金陵交兵权的啊，“不行，公子不能被陛下发现。公子还是赶紧走吧。”

看着小桃在地上来回焦躁地走着，自言自语。祁正修伸手压上了小桃的肩，声音柔得动情：“你心里，是在乎我的，是吗？”

“我……”小桃刚想解释，祁正修又笑道：“不过已经晚了，李煜用不了多久就会来了。刚才进这里的时候，我已经看到了附近的青羽卫。”

难道李煜说要来这里的目的是为了引出祁正修？不应该啊，李煜并不知道自己怀了身孕，如果自己没怀身孕，即便他来自己也是安全的，又怎么能引出祁公子？小桃越想越糊涂，脑子里只有一个概念，就是祁公子来了，李煜也要来了。

“好了，别一脸焦灼。”祁正修把小桃扶到椅子上，眸中含笑，“让我再给你描一下花色吧。如今你不能再用之前的颜料，对胎儿不好。这是我新调制的胭脂膏。”祁正修从袖中拿出一个盒子，打了开来，一股淡淡的香味已经飘过。

祁正修从小桃的梳妆台上拿起笔，站在了小桃旁边。小桃坐着，把衣领向下拽了拽，如今她的身形有些臃肿，衣服并不宽松。拽了也没反应，小桃索性把外袍脱了，只穿着抹胸襦裙，搭了一间纱质的外披在胳膊上。

祁正修看着小桃白皙如玉的胳膊，眸中的柔色更加浓郁，都说美人如玉，玉本是温润沁人的，可偏偏眼前的如玉美人，却是灼得人心疼。他只能在梦里去梦，灼疼了，便醒了。

小桃低着头，祁正修站在她身边，用笔蘸了盒子里的胭脂膏，一点一点，专注地给小桃描着。这次的配方是他特意和霍仲研究尝试了好多次，霍仲懂医理，才能帮他调制出又鲜艳，又能对胎儿无害的胭脂膏。祁正修温声道："为了孩子，也只能用这个，这个比之前那个的不足，是颜色掉得快，只怕你一个月就要补一次色……"

祁正修的话音刚落，门"砰"地被人用力推了开来。一脸慌张的青青跟着跑了进来："姑娘，我还没反应过来，这个男人就冲进来了……"却是话音刚落，也面红耳赤地僵在了原地。

屋里的场景，实在是香艳至极。一室的旖旎烛光，一身白衣像谪仙的公子，正低头给桃娘身上画着艳丽的桃花。桃娘的外袍都脱了，露着白皙如瓷的脖颈，头发像墨玉一般倾泻在肩上，真是美艳得晃眼。而最让人挪不开眼的，是那个公子满眼的深情，好像在描画一件世上难得的稀世珍宝，那份认真，那份呵护，那份小心。

小桃顺着声音看向了门口，一身黑袍的赵光义，正像铁塔一样立在门口，只是眉眼冷得像能射出利剑来。小桃的心猛地"砰砰"跳了起来，他来了！小桃几乎是没什么意识地站了起来，痴痴地向着赵光义走了过去。

赵光义看着站起来的小桃，隆起的小腹，拳头攥了起来，难怪刚才他在门外听到他说"为了孩子"，赵光义的唇角勾了起来，没有看小桃，只是直直地盯着祁正修，猛地冲祁正修抡拳就挥了过去。赵光义心里所有的愤怒，像火山一样随着拳头狠狠地砸向了祁正修。

祁正修侧着身子微微一闪躲了过去，冲赵光义温温一笑："你有胆子来这里，就不怕回不去吗？”

赵光义没有回答，只是继续又飞起一脚踢向了祁正修的胸口，祁正修又向旁边一闪，胳膊碰到了旁边的桌子，忽然血顺着白色的袖子流了下来，晕染在衣服上分外刺眼。

小桃脑子轰的一声，快步走了过去，对赵光义喊道：“住手，赵廷宜，你住手！”

赵光义停住了动作，回头看着向自己走过来的小桃，眸子全是碎裂的疼痛，又倔强地拼成了寒光锋利的刺人，看着小桃冷笑道：“这就是你逃回来做的事？”

小桃咬咬唇，指着门口大声喊道：“是，我不想看见你，赵廷宜，你走！你立刻走！”

赵光义一把钳住了小桃的胳膊，几乎要捏碎她的骨头：“你再说一次。”

小桃深深吸了一口气，贪婪地在赵光义的脸上拼命看了几眼，用力咬牙切齿道：“你走！我不想看见你。”咬咬牙，又吐出一个字，“走！”李煜马上要来，小桃恨不得立即把赵光义轰出去。

小桃的话像一把锋利的剑在赵光义的心上狠狠刺了进去，赵光义的脑子一片混沌，整个人都像被火点着了似的灼得疼痛，每一寸都疼得他锥心刺骨。赵光义紧紧抓着小桃的胳膊，手里不觉力气加重，小桃疼得直抽冷气。赵光义皱眉盯着小桃，声音竭力维持平稳：“为什么？为什么会这样？”

小桃微颤着挣扎：“你我已经毫无瓜葛，我想怎么样是我的自由。我愿意和谁一起就和谁一起，有什么必要向你解释？”

赵光义的眸子一碎，随即是锋利的冰冷：“你是我的，一辈子都是。”

小桃的心被狠狠地刺着疼痛，赵光义的话让她全身从头到脚“唰”地涌过一层激流，小桃的眼前模糊了，眼泪不觉盈了出来，赵光义总是一句话、一个动作，都能让她心神动荡，忽而上天，忽而入地。

感觉着小桃的颤抖，看着小桃泫然欲泣的神色，赵光义的手微微松了劲儿，盯着小桃道："你是不是有什么为难？"顿了顿笃定说道，"现在就和我回去，有我在，我不会让任何人伤你。"

小桃的全身又是一战，肚子里的孩子好像也听懂了话似的忽然微微动了一下，小桃下意识地忙用另一只手捂上了小腹，刚才被赵光义几句话搅得混乱的情绪稍微理智了些。小桃用力把眼泪生生憋了回去，再看向赵光义已经是清冷的厌弃："和你回去？我为什么和你回去？当初如果不是你穿了祁公子的白袍子欺瞒我，我怎么会跟着你到乾州，到越州，回云湾村？是你乘人之危，又何苦自作多情？我被你圈禁在开封府中，受着百般煎熬，没有一天开心，没有一天快乐，好容易回了金陵，你却还苦苦相逼，用窅娘要挟，我拉你跳水，不过是报答你当年带我寻医问药，最终治好我疯癫之症的恩情。"

"如今你我已经恩怨两清，我守着我爱的人，怀着我的孩子，过得很好。你为什么还要来打扰我的清静？你能不能放过我，让我好好地生活？求你了，走吧，别再打扰我了好不好？"小桃说完最后几句，几乎掏空自己的身子，只觉得脑子是空的，心是空的，空得生疼，疼得像撕开一样。

小桃这一番话把赵光义彻底打倒了，赵光义不可相信地在小桃的脸上逡巡了一周，这张让他做梦都在惦念的脸，此刻的清冷无情，是他怎么想也想不到的。小桃的话每句都像钉子一样，生生扎进了他的心里，扎得他疼得全身颤抖。赵光义的手在抖着，想说话，却发现嘴抖得张不开。过了好久，才用力挤出几个字："你不后悔？"

小桃闭上了眼睛："句句实情，无可后悔。走吧，赶快走！"

赵光义的唇角勾了上去，清俊的眉目里是绝望的凄寒，赵光义冷冷笑了两声，又笑了两声，他忽然觉得自己很可笑。看了看小桃隆起的肚子，又回头看了看深情看着小桃的祁正修，白色的袍子，哈哈，这个世界，真他妈疯了。他赵光义用了十二年的时间，画了一个“零”。

赵光义僵着身子向门口缓缓走去，小桃紧紧盯着他的背影，眼泪早已经涌了出来，小桃咬着唇，任眼泪流得满脸，没有抽泣一声。

赵光义走到了门口，侧着脸想说什么，却忽然发现自己说什么都是那么可笑，都是那么无力。赵光义没有再看小桃，大步走了出去。

小桃所有绷着的弦，终于松了下来，脚下一软，向地上出溜了下去。祁正修眼疾手快，一个大步冲上去把小桃抱进了怀里。小桃终于忍不住，抱着祁正修的胳膊哭了起来。眼泪像脱了线的珠子涌了出来，小桃只觉得心像被一把锋利的小刀来回割锯着，疼得好紧。

祁正修抱着小桃，身子僵得一动不动。心也随着小桃的眼泪，灼得生疼。越疼，把小桃抱得越紧。如果当初，他勇敢一些，用心一些，会不会不用像现在这样，看着她为别人流泪而肝肠寸断？

哭了很久，小桃才平息了些情绪，直起了身子，垂眸说道：“不好意思，让公子见笑了。”

他会笑她吗？祁正修淡淡说道：“先坐着吧，别动了胎气。”说完扶着小桃坐到了椅子上。小桃冲外面喊了一嗓子：“青青，进来收拾一下。”

在门外守着的青青早已被屋里的动静惊得心惊胆战，好容易一个男人出去，听到小桃的吩咐，青青进来把刚才打斗中弄得凌乱的桌椅重新布排好，地上的碎片扫了出去，又给祁正修和小桃重新倒了两盏茶过来。

小桃这才看着祁正修的袖子忙问道：“公子的胳膊是方才弄伤了了吗？”说着把祁正修的袖子撩了起来，“伤得哪里？重不重？”

祁正修按住了袖子，淡笑着摇头："不要紧。"在来这里之前，他就已经受伤了。

小桃还想再问，门外匆匆跑进来两个侍卫："陛下驾到！"小桃赶忙站了起来，和祁正修对视了一眼，整了整衣襟立在门口等着接驾。

不多时，几个宦官宫女在前面提着灯笼，李煜在后面缓缓走了进来。小桃和祁正修跪下来给李煜行了大礼。

李煜笑得澄澈："深夜来访，希望没有惊了桃司舞的觉。"顿了顿才像猛地发现祁正修似的，惊讶地说道，"子介，你怎么在这里？你不是在润州吗？"

小桃的心抽了一抽，李煜如果不知道祁正修在这里，怎么会专门半夜来访？这戏做得也是逼真得很。

祁正修拱手揖身道："回禀陛下，是臣疏于职守了。"

李煜朗声笑了笑，走进了屋里，吩咐跟着的宦官宫女都先下去。李煜面东而坐，爽朗道："许久没有见桃司舞，更是很久没有看到子介，让他们都下去，我们好好聊一聊。"

青青斟上茶来，李煜啜了一口看着祁正修道："子介，最近水师怎么样？宋人分三路犯我北线，可要严加防守。"

祁正修回道："润州一带，与宋人的扬州只一江之隔。但扬州商贸繁集，宋人无法派遣大量兵力交战。所以润州只留了一部分兵力较弱的水师看护，重点的兵力派到了常州，那里东临吴越，北对宋地，只怕吴越和宋勾结起来以那里作为突破点。那里水面宽阔，万一交战起来，阵法极为重要。不仅要派精兵良将，更要排布出最适合我们水军体力和优势的阵法。我军水师比起宋军，优势是灵巧，而且熟悉水战。但缺点是没有宋军体魄刚猛。所以阵法是关键。"祁正修刻意强调阵法的重要，暗指他训练出的水军换了将领便没有作战优势。

李煜笑得依旧清朗。李煜最大的特点便是不论心里想什么，面上总能露出一个澄澈明净的笑，似乎心底无一丝杂尘。祁正修继续道："至于皖口，臣想陛下定有更为高明的安排。"

祁正修拒绝出兵去皖口，却把话说得婉转入耳，李煜听着极为熨帖。祁正修真是个让人挑不出毛病的人，可这么完美的人，李煜心里从未踏实过。李煜点头笑道："皖口一带，派林仁肇去怎么样？"说完看着祁正修的表情。

祁正修没有一丝不妥，沉笑道："甚好。陛下圣明。"

李煜交代了国事，这才开始问私事："子介怎么会来到这里？"说完转头看了看小桃，愣住了。小桃隆起的腹部让他还是吃了一惊。他知道小桃得了疫病，却不知道是珠胎暗结，不由微微蹙了蹙眉头，"桃司舞，这是怎么回事？不是得了疫病吗？"

小桃急忙跪倒："回陛下，疫病已经痊愈。不过……"小桃没有说下去。

李煜的眸子有些冷："桃司舞，你素来行为有度。在宫中恪守规矩，在南昌府为民献舞，百姓敬重你，朕也很赞赏你。但你，"顿了顿说道，"你应该知道，按照我朝律例，你目前的职位和身份，是不能生子的。这如果传出去，教坊的脸面，你自己的脸面，都要放到哪？"

小桃面红耳赤，再次向李煜拜道："奴婢知罪。恳求陛下，容奴婢生下孩子，奴婢愿意接受任何惩罚。"

李煜叹了口气："朕再问你，孩子是谁的？"

小桃想了想咬唇道："是奴婢酒后失德，被客人……"

祁正修此时对着李煜跪了下去，长拜之后打断小桃道："陛下，是臣酒后失德，一时情难自禁，和桃司舞私尝禁果。"

“哦？”李煜淡淡笑了，“祁大人更是张弛有控，不是容易情绪失控的人啊。”

祁正修迎上了李煜的笑，声音虽温和却很笃定：“臣与桃司舞多年情分，臣未娶，她未嫁，经历了诸多波折如今却天各一方。上次桃司舞去救窅娘才与臣难得一见，一时控制不住情愫，还望陛下见谅。”

李煜看了看祁正修，又看了看小桃。一个白衣翩翩，容颜出尘；一个艳如桃李，娇若春花。的确是很般配的一对。而且一个是挥斥方遒、平定天下的重臣，一个是百姓敬爱、舞技卓越的佳人，都是一样的温润淡然、行为有度，让人无法有半点挑剔之词。这两个人相爱，不足为奇。更何况祁正修对桃娘的心，他多年前就已经知道。只是，这两个人都属于不好拿捏的，虽然表面上看起来都温和柔顺，内里却一个比一个有主意，一个比一个难对付，一个比一个摸不透。如今祁正修坦承孩子是他的，李煜倒要多想想。

李煜笑道：“祁大人行事素来思忖周详，可你明知桃司舞是正三品教坊职位，又如何能不顾她的身份安危而鲁莽呢？”

小桃手心的汗都湿漉漉的，祁正修对着李煜又拜了一拜，声音深沉：“臣也只是凡夫俗子，情之所至，逃脱不开。陛下定能体谅。”一句情之所至，说得小桃和李煜都是心里一颤。李煜自己就是个情种，情之所至的滋味尝尽，听到祁正修这么说，沉默了下去。

看李煜沉默不语，祁正修又道：“臣也知桃司舞身份特殊，孩子生下后，臣会带入臣府中抚养。臣至今尚未有一子，如生下是男孩则为长子，臣恳请陛下准许由长子袭了臣的爵位。”

小桃一怔，南唐的大臣有爵位的并不多。只有少数功勋卓著的人才会得到皇帝赏赐的爵位，爵位可以世袭，由自己的若干子嗣中选定一人继承。一方面有个荣誉的名头，再者还有爵位的俸禄可以拿。也就是说继承了爵位的子嗣，即便自己再无能，没有在朝廷上混个一官半职，也照样有爵位的俸禄银子拿。祁正修的爵位是继承了他父亲的，而祁家最早获得爵位的是祁正修的祖父，曾帮助南唐高皇帝李昪打下疆土，才得了这个封赏。

传到祁正修这一辈，小桃零星也在花月坊听人议论过，祁正修当年能够继承这个爵位来之不易。由于祁正修的父亲除了正妻外还有几个姬妾，祁正修的两个哥哥争斗得极为惨烈，最后惹出事端，爵位才由年纪最小的祁正修继承了。这么多年，小桃从不过问祁正修的家事，之前是不知道，后来是没机会，再后来，便是没了过问的理由和心情。可如今他为了救腹中的孩子，竟然能舍得这来之不易的爵位，小桃的心里不是不震动的。

李煜的眸子挑起，不由追问了一句："包括德兴一地，也由长子继承？"祁正修家的爵位极为特殊，除了寻常俸禄，高皇帝李昪为了感念当年祁正修祖父的救命之恩，还赏赐了德兴一地作为封地，尽享封地的税收。祁家也是诸大臣中为数不多的几个有封地的。但祁家的封地尤其让人眼红，因为德兴有铜矿，是铸钱的原料。高皇帝李昪为了让祁家历代衣食无忧特意给了这块封地。所以祁家守着钱袋子，几代都非常富有，爵位争斗也异常激烈。

祁正修没有一丝忧郁，笃定答道："是，陛下。"

李煜不禁哈哈大笑，看着小桃道："桃司舞，你好福气，祁大人是送了你一座金山啊。"

小桃一愣，她并不知道德兴的封地意味着什么。但她知道祁公子是从不缺银子的。从他随便出手，便是三千两买她的春月开始，她就了解一二。

而李煜却有些无奈，德兴的封地，他早就想收回。如今国库空虚，又得向宋朝纳贡，又得向吴越一带买盐，需要钱的地方太多。虽说祁正修也为买盐向朝廷捐了不少银子，但如果能把整个封地拿过来，钱不就全是朝廷的了？只是祁正修手里握着水军，又是个不可或缺的重臣，李煜也只能是叹气，不敢有所行动。如今连封地也肯给桃娘肚子里的那个孩子，就必然是他的孩子无疑了。

李煜微微颔首道："桃司舞腹中的孩子既是祁大人的血脉，虽有礼法，但祁家的命脉不容疏忽。祁大人就在这里安心陪着桃司舞，过些日子再回去吧。"

小桃忙说道："陛下，奴婢身体安然，无需劳烦祁大人。前方战事要紧，还请让祁大人速速回去。"李煜的意思，明摆着是要收了祁正修的兵权让他就留在这儿。小桃不傻，能听得出来。

祁正修却淡淡笑着拍了拍小桃的手，随之回道："一切听凭陛下吩咐。"

李煜笑道："战事要紧，亲人也要紧。即便到了前方，思念骨肉也难以全心打仗。不妨先歇息一阵子。"说完吩咐宫女宦官进来，说道，"时候不早了，朕先回去。"说完起身而去。

小桃和祁正修送走了李煜，小桃看着祁正修几分负疚："多谢公子，才保住了孩子的命。只是让公子白白担了污名……"

话没说完，已经被祁正修打断："小桃，不要说这些。"屋里静了下来，外面传来了来回巡查的脚步声，青青喘着粗气跑回来："姑娘，外面，多了好多兵。"

小桃沉默不语，这些兵，是李煜派来看守着祁正修的。他到底要做什么？若说从前要夺祁正修的兵权还好解释，可眼下宋朝犯边，正是用将的时刻，李煜还会这么不分轻重缓急吗？小桃不解。

但祁正修反而像无所谓似的，窗外的微风扑朔，祁正修喝了一口茶道："好久都没有时间坐下来好好休息，也好久没和你细细聊聊。难得的机会，不要再浪费了。"

小桃无奈地笑笑："公子心系前方战事却因为小桃被困在此，公子坦然，小桃怎么能坦然？"

祁正修勾唇浅笑道："不用担心，只是暂时的，过几天就好。"

"公子怎么知道？"小桃好奇问道。李煜这一阵子可没谱，谁知道他是不是想这么圈着祁正修一辈子。

"陛下如果真的想让我从此远离水军，安心归隐，便会给你脱了乐籍，赐予你我婚配。但他根本没有提给你脱籍的事，而且前方战事吃紧，过些日子还会让我回去，而把你留在金陵挟制我。如今，又多了一个筹码。"祁正修扫了一眼小桃的肚子，不禁苦笑，"只怕眼前，是想把我留在这里，引出别人。"

小桃不好意思地低头抚上了肚子，却仍搞不懂："引出别人？别人是谁？"

祁正修没有再说话，啜了口茶，过了很久，才温声说道："小桃，不管怎样是掩人耳目也好，假戏真做也罢，以后，只要我还在一天，便会善待你和孩子一天。"

小桃的脸红了，咬唇说道："方才只是在陛下面前那么说而已。公子终究要娶妻生子，即便腹中胎儿是男孩，也不能去世袭公子的爵位和封地。我只盼着他平安、健康长大，平平淡淡过一辈子，就足够了。"

祁正修微微笑了："已经说了的话，就作数的。"看着脸红垂眸的小桃，祁正修的心思飘得有些远，十二年过去，他终究把一个愿意割腕放血救他的小桃，变成了面前这个怀着别人孩子的女人。这一切，都是他自找的吧？祁正修不禁把手覆在了小桃的手上。

小桃坐在他旁边正在出神，赵光义方才那么气汹汹地走了，会不会遇上南唐的军队？不知道他能不能安全地回到宋地？千万别再出岔子。猛地被祁正修一碰，慌忙抬起头来，却迎上了祁正修温柔如水的眼眸。小桃下意识地把手猛地抽走了，却又觉得太唐突，只好转移话题："青青，拿些创伤药过来，帮公子敷药。"

祁正修却没有退缩，仍然那么温和地、细致地看着小桃，青青把药盒拿来，小桃手忙脚乱地把祁正修的袖子撩起，用温水擦净，把药粉洒了上去用巾子裹好。忽然肚子里的胎儿动了一下，小桃忍不住"啊"了一声。

"怎么了？"祁正修一边放下袖子，一边问着。

小桃不好意思地回答着："孩子，动了一下。"

祁正修有些好奇，从那日到现在，也不过才五个月多，难道就能动了？孩子对他来说是个陌生的存在。不由细细看了看小桃的肚子，却看不出哪里在动。不由问着小桃："我可不可以，碰一下？"

肚子里的孩子好像也知道有人想感觉它表演似的，又用力地动了动，小桃不由展眉笑了出来，牵上祁正修的手放到了肚子右侧，一边专注地感觉着，一边入情地说着："就这里，你看，是不是在动？"

祁正修的手放了上去，一个微弱的力量在触着他的掌心。那是一种从未有过的，奇特的感觉。祁正修感受着那软软又萌动的力量，忽然像有什么倏地把他的心融化了。这么多年，他忙于战事、斗争、权谋，心早已被锤炼得麻木而坚硬。从没有一刻，像现在一样，他的心怦怦地微动，随着那小生命的力量，他从脚底，到四肢，都涌出一股暖流。而烛火下的小桃，唇角扬着，是他从没见过的美。小桃的模样，他见过娇俏的，欢快的，羞涩的，含情的，却没见过现在这种温柔得化开，又带着一股坚强的力量。

如果说祁正修这一生，有过一刹的后悔自己的人生本不该这么过，也许便是此刻。如果这人、这孩子，都是他的，就是世上最大的幸福了吧。祁正修淡淡一笑，不舍地把手放了下去，对小桃柔声道："他很有劲儿，会是个男孩儿吧。"

小桃也柔声应着："我希望是个男孩。那样就不会像我，一辈子命运由不得自己。"

祁正修的心一颤，轻轻叹了口气。男孩的命运又何尝由得了自己？只希望等孩子生下，大唐能迎来和平，在盛世里，终归命运可以自由一些。

祁正修在紫竹台待了半个月。李煜不仅在外面增加了许多守卫，在内里也添了侍卫、宫女等人服侍。还派人对紫竹台进行了一番修整。从前的断井残垣、破旧楼台都焕然一新。

青青欢喜得四处跑去玩，小桃也有时随着一起出去走走。而祁正修除了每天练练身手之外，便一直在小桃卧房旁边的一处楼阁呆着，有时和小桃聊聊天，有时是看书，有时是出神。青青有时对小桃念叨着："那位公子好奇怪，他每天关在阁楼里不闷吗？"

小桃轻笑，逗着青青："那你要不要去问问他闷不闷？"

青青脸一红："我才不要，我不敢。"

"你怕什么？公子那么温和，还能吃了你不成？"小桃继续逗着。

青青憋了半天，才低声说着："公子，公子太好看了，我不敢和他说话。"逗得小桃哈哈大笑。

宋军分开三处对南唐挑衅，主要是试探三处南唐的兵力。如今祁正修不在，水军不知如何应对，副将命令先暂缓出兵，一切等祁正修回来再说。而宋军看南唐军队没有反应，更加放肆。有些江面狭窄看守薄弱的地方甚至已经被宋军攻了进来，对沿边的村庄抢夺劫掠，又烧又抢一顿之后，乘船又跑回宋地。而且一次比一次猖狂，来的军队也一次比一次多。

李煜被边境接二连三的战报扰得头疼，而祁正修这里也没有任何进展，只好把战报猛地摔到桌上，皱眉道："赶快去紫竹台，传我的口谕，让祁正修速去常州备战！"

李煜的口谕是半夜到的。听到动静，小桃忙披着衣服起来，一头长发也来不及挽就，鞋也没来得及穿便忙出了房门，不知道是什么急事。待知道是让祁正修出战，才松下了心。

祁正修接到圣谕后要马上出发，小桃不由向前迈了两步，焦灼道："公子，何必急在一时，让下人们去备些干粮，好歹带在路上。"说着又忙吩咐下人，"快去为公子备些干粮。"

祁正修很想立即上马就走，可看到小桃殷殷的目光，还是不忍。他很怕和小桃分别，每次分别，都让他心中一丝一丝地不忍、担忧，所以他更喜欢不辞而别。祁正修走到小桃旁边，忍不住又抬手放在了小桃的肚子右侧，那偶尔传来的律动，让他更加不舍。许久，看着小桃温温说道："照顾好自己。有事就写书信给我。"

小桃点头："公子在前方，要注意安全。"

"好。"祁正修的目光像夜幕下如华的月色般柔和，"如果生了，一定告诉我。"这时才看到小桃的长裙下露出的脚，忙一个大步上去，把小桃横抱在了怀里，低声斥怪道，"怎么这么不爱惜自己。"

小桃有些尴尬:“刚才听到夜半急令，有些害怕。放我下来就好。”

祁正修却直把小桃抱得更紧，从屋外到屋里也不过百步的距离，祁正修走得很慢，把小桃抱得很紧，俯下脸便能感觉到小桃的呼吸。让他再任性一次，一次就好。一如多年前竹林的那夜，任性一回。

〈终章〉

三更鼓 桃娘传

下

文安初心忆故人 著

中国出版集团 现代出版社

三更鼓

桃娘传

〈终章〉

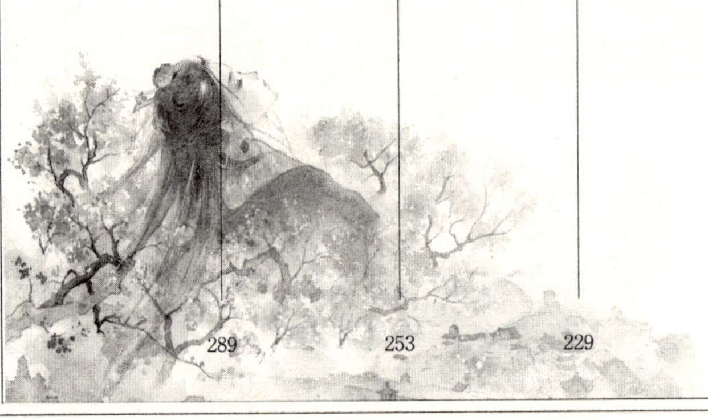

目录

第三十章

一战博得数年宁 假凤虚凰流光清

宋军看暗暗袭击了几次都没有事，便索性集结了大部的水军，准备出其不意大规模来一次，这次的目标直攻常州。如果把常州攻下，就和吴越的地界接了口。往后再攻打南唐便不用顾忌长江天险，直接有了跨越的跳板。

祁正修派水军出去打探宋军的消息，听闻在对岸的百谷峡聚集了不少船只，祁正修有了定夺。宋军也在打探祁正修的动静，却只传来祁正修没什么反应，没有集结军队，也没有铸造武器，只是每天命士兵做木工。宋军将领嗤之以鼻："南唐也就这点人才。到了这个节骨眼还做木工，造船啊？晚啦！"

十日后，宋军趁着夜色雾重，从北岸偷偷开始渡江，一只，两只……船只很有规律，借着大雾的掩护，缓缓向南岸的常州开始靠近。因为雾大，所以在南岸根本看不清后面还有多少船只。

宋军也觉得奇怪，南唐那边一点动静都没有，故而放慢了船行的速度，以免有诈。但对岸似乎很快就到了。这里也是一段峡谷，再往前是一片深潭，如果南唐水军守在那头，那么宋军一只一只地过船，只会被各个击破。所以宋军的船渐渐停了下来，待后面的船跟上，一起并行向南唐出击。过了一个多时辰，二十艘宋军的战船都靠拢在一起，准备向南唐的方向进攻。

忽然，四周火把亮起，照得像白昼一般。南唐的战船像天兵天将一样，不知道从哪里冒了出来，把宋军三面都围住了。看样子，南唐战船的数量，比宋军多不止两倍。

宋军的将领仔细一看，不由一拍大腿。都说唐人狡诈，果然不错！难怪那个祁正修在忙着做木工，原来他早就估算到有大雾，宋人会趁雾渡江，他索性来个以毒攻毒，也趁着大雾，用木工做的山石屏障，把南唐的边境向江中推进了十里。可恨雾太大，宋军又是偷偷摸摸过江不敢点火把，压根没发现还没到了南唐的地界。而那木工做的峡谷屏障后面，就是南唐的数万水师！可已经到了江中，没有办法。宋军将领一咬牙，下令："开战！"

由于祁正修用障眼法让宋军误以为这里是南唐边界，而把交战地点向江心推进了十里。离江心越近，下面的水流越急。又是晚上，潮汐引得战船不稳，来回晃悠。不善水战的宋军哪里是南唐水师的对手。

还不到半个时辰，已经被南唐打得落花流水。而大雾中南唐水师的优势充分发挥了出来，灵巧，轻盈。出其不意攻其不备。祁正修训练的这支龙翔军又是南唐水军中的精英，阵法排布围攻都是瞬间完成，攻击力更加迅猛。宋军渐渐招架不住，渐渐败退。

宋军将领眼看着打不过，不断有士兵掉落水中，哀嚎声嘶吼声不绝于耳，有几只战船也被打沉了，而南唐水师几乎毫发无伤。宋军将领心一横，决定不再纠缠，下令撤退。

南唐这边请示着祁正修怎么办，立在船头的祁正修只有一个字："追！"

南唐水师乘胜追击，一口气追到了百谷峡。百谷峡就是宋军出来的地方，但那个峡谷狭窄，出来的时候一艘一艘出来得顺利，可回去的时候，忙于流窜，再也没了章法，挤在了一处，谁也挤不回去。还没等宋军将领来得及排布顺序，祁正修已经带着南唐的水师追了过来，把挤在百谷峡的宋军杀了个片甲不留。

这场战争，是南唐数十年来最为痛快的一场。消息传回金陵，李煜高兴得拊掌大笑："果然是祁正修，没有辜负我当年费尽千辛万苦把他从楚州的战场救回来。"而南唐的百姓更是人人喜笑颜开，憋屈了多少年，也终于有了舒展的一天。

小桃听到了祁正修的捷报，也开心得紧。急忙命令青青备好笔墨，准备给祁正修写封书信祝贺。青青笑问道："公子打了胜仗，是不是就要回来了？"

小桃笑而不语，吩咐着："你去告诉花月坊的月娘，就说我的吩咐，花月坊这个月去外面的两场演出，不收银子，给祁大人祝贺。"

常州一战，南唐水师的威猛给了赵匡胤当头一棒喝。在他的概念里，南唐是软弱的。当年他跟随后周先帝柴荣攻打南唐的时候，屡战屡胜，几乎没有悬念。可是如今却落得惨败。看来南唐水师的力量的确不能小觑。不过好在这次出战南唐是偷袭，即便败了也不至于人人皆知丢人败兴。但也正因为是偷袭不那么光明正大，落败的赵匡胤虽然怒火中烧，却没法冲南唐撒气。

而李煜适时地来了国书，书信中说得很隐晦，却字字有力。只说宋地的匪寇近来屡屡犯边，不时侵扰南唐边境，扰乱百姓，令宋朝威名受损。所以不得不出兵以制，一来请宋帝见谅，二来请宋地留意约束本国匪寇。

书信没看完，赵匡胤已经气得把案几上的笔墨都摔了出去。双方都心知肚明的事，只是不点破。而李煜又善于书词，几句话噎得赵匡胤喘不上气。此外还提出要把之前宋朝削减的盐再补上，以慰民生之艰。

赵匡义撅着胡子喊道："快把赵普给我找来。"门口的侍从急忙跑出去，赵匡胤又补了一嗓子，"还有光义！"如今的他，两边的意见都要参详。

不多时赵普赶着进宫了，赵光义还没到，便和赵匡胤先聊着国事。赵普坚决不同意给南唐补盐："盐少了，自然南唐军队和百姓体力就弱，长此以往，不攻自破。"而对于下一步的计划，赵普认为应当加强大宋水师的训练，再等合适的时机攻唐。

二人聊了许久，直到两个时辰过去，快掌灯了，赵光义才晃着身子走了进来，一身的酒气。赵普皱了皱眉头，没有吭声。

赵匡胤看着赵光义这个样子一阵头疼。最近赵光义不知道怎么了，又是一副一蹶不振的样子。但他倒也不介意，反而省心。只是既然来了，赵匡胤只好把和南唐的战事以及李煜的国书同他说了。

赵光义一边喝着茶一边听，听到南唐两个字，眉头就皱得紧紧，一扫刚进门时无所谓的表情，变得凝重镇定起来。待赵匡胤说完，陷入了沉思。看赵光义半晌不说话，赵匡胤只当他没主意，便说道："丞相的意思是，不再给盐，加强水师训练。朕也以为这样很好。"

"好？"赵光义勾起唇角冷笑，"再训练，我大宋的将士也是北方猛士，多少年的生活都在北地的大山平原，几年的训练就能出一支擅长水仗、飞渡长江天险打到金陵的水军？"

一席话问的赵普也没了底气，只好说着："那也总得训练，总得打。"

赵光义抬手指着地图的南侧："何不先把这片打下来？三面环击，即便我们水师不成，打下了这片，从南边的陆地我们也能打进去！"赵光义的眸子里泛着寒光。

"你的意思是，先打南汉？"赵匡胤的眸子亮了。

"不可！"赵普阻止道，"南汉是荒蛮之地，气候终年炎热，瘴气横生。我大宋的将士都是生于北方，去了水土不服就是一大障碍。而且听闻南汉打仗用蛮人，比汉人的力气大了许多倍，还用象阵，那大象体态庞大，南汉还不惜重金，给大象做了铁甲胄，上百个人都不是它的对手。攻打南汉，太冒险了。”

赵光义站了起来，走到赵普面前，赵光义身上有种强大的压迫感，身材瘦弱的赵普不禁向后退着，赵光义声音寒凛：“什么不冒险？打仗有不冒险的吗？不想冒险怎么还派人偷袭南唐被打了个全军覆没？”

赵普被堵得说不出话，赵匡胤脸上也不好看，赵光义一转身对赵匡胤道：“南汉虽然有战象，但攻击力并不大。战象怕火，又体态笨拙，进虽然可攻，但很难退守。不如趁着眼下象阵还不成气候，一举攻下。再者，南汉朝廷靡乱，谗臣当道，忠臣被杀，战船士兵早成了虚设，就是一盘烂棋。攻下南汉，轻而易举。”看了看赵普冷笑道，“总比训练水师硬打南唐来得现实。”

赵匡胤听赵光义分析得有理，不禁问道：“你怎么知道战象的事？”赵光义在北方，怎么会知道南汉的情形。

赵光义淡淡一笑：“常年出入茶楼酒肆，耳边听的杂七杂八就多一些。”赵光义并不会说是府里的幕僚见多识广，以免赵匡胤忌惮。赵光义接着说道：“至于盐，就算给了南唐也无妨。先把南唐稳下来没有后顾之忧，才好去打南汉。否则为了盐南唐在水上闹腾，我们也无法安心打南汉。再说打仗归打仗，用克扣盐的办法压制南唐百姓，让人不齿。大宋又岂能在还没一统天下之前就失了民心？”

赵普抽了抽嘴角，说不出话。近些年，他发现他越来越说不过赵光义，常常被赵光义有理有据的三言两语就说得哑口无言。也正因为如此。赵匡胤明明忌惮赵光义，却不得不屡屡接受他的建议。眼下听了赵光义这一番话，赵匡胤立即拍板：“就依光义的办法。备战攻打南汉。”

赵光义冷冷笑了。南唐，他一定要打下来，而且要最有效、最快地打下来。可至于盐，他说不上为什么突然松口，只是不忍。可他妈的他为什么要不忍？南唐的贱人谁值得他不忍？赵光义拂袖而去。

时至冬天，小桃的肚子更大，走路都有些不方便。江南的冬天，最是清冷。李煜给紫竹台赏赐了不少炭火过冬。偶尔也会来看看小桃，聊聊诗词书法，或是聊聊祁正修、窅娘。

小桃便也陪着。李煜对诗词歌赋有着天然的灵气，也写得一手好字，故而对同样写一手好字的小桃有些惺惺相惜。有时新创了什么诗词，便拿到小桃这里，和小桃在两处各自写一遍，再把两人的字放在一起，比对来比对去，李煜总觉得小桃的字更好看，而且小桃的字体随着诗词的意境还会有变化。李煜看了更觉得妙。

有时突发奇想，李煜会让宦官穿上老百姓的衣服，把自己和小桃写的字拿到市集上去卖，看谁的卖得贵，却十有八九小桃的卖得更贵。李煜哈哈大笑，小桃却心里忐忑，搞不明白李煜在做什么。

李煜有时认真起来，也会看着小桃温温说道："其实也该给你脱了籍，嫁给子介。"说完便用那光彩四射的重瞳看着小桃。小桃不知道李煜的心思，也不敢随便答应。看小桃没反应，李煜会又补一句："不过我还真有些不舍。再说吧。"不舍？不舍谁？自己还是祁正修？小桃缓缓抬眸看上李煜，却迎上李煜也正细细看着她的深眸，小桃只好赶紧垂下了眸子。

有了李煜的常来照拂，小桃的日常起居被照顾得更加精细，连青青都找不到活可以干了，只是陪着小桃说说话，端茶倒水。

小桃有时会坐在祁正修待过的阁楼坐一坐，看看窗外，心里会微甜。有了祁正修的守护，大唐的边疆终于得到了暂时的安宁。不知道陛下会不会真的突发奇想，让自己嫁给祁公子。要不要嫁？嫁给祁公子，是小桃从前做梦都想的事，也是眼下最好的选择，可是……小桃心中烦乱，命人端上笔墨，继续写字遣怀。

写着心里也乱，字不成行，便把笔一摔。笔顺着桌子滚到了地上，钻到了书柜下。小桃艰难地把腰弯下，伸手进去摸，却没摸到笔，摸到了一个像碗的东西，小桃用力一扣，上面书柜的一个抽屉却开了。小桃的心怦怦地跳了起来，缓缓站起身，在抽屉里摸了摸，后面又有一处凸出来的木块似的东西，小桃来回拧了拧，又有抽屉打开了。小桃就这么反复试验了几次，终于最后书柜晃了晃，小桃用力挪了一下，书柜竟然毫不费劲地挪开了，墙的后面出现了一扇门。

小桃的心几乎要从嗓子眼里跳出来了。这里竟然有机关密道。以前她只听说过皇室贵胄家里大多都修了暗道以备不时之需，没想到，这里还真的有。应该是先太子留下的吧？小桃推开门，顺着里面走了进去。

里面是向下走的台阶，两侧的墙壁里点着长明灯。小桃的心里有些惴惴的，一边缓缓走着，一边听着动静。四周都静悄悄的。小桃顺着台阶走到了最下面，是一条很长的甬道。又顺着甬道走了一炷香的工夫，终于到了一处宽阔的大厅。这里应该是起居室。东西一应俱全。而且很大，即便是战乱，这里藏个几千人都没有问题。

小桃在大厅里走了许久，还没有穿过大厅，不由感慨实在是太大了。小桃边走边看，忽然在地上看到了一枚章子，忙捡了起来。细细辨认了上面的字，小桃又仔细看了看，章子上面几乎没有多少尘土。小桃略一思索，把章子揣在了袖子里。

大厅的前方似乎还有甬道，还有许多房间。小桃又往前走了走，看不见路终究会通向哪里，而且前方幽深，似乎还有好长的一截。小桃立在原处想了想，转身向来时的路返了回去。

小桃拾级而上，到了阁楼里，把门关上。抽屉和书柜都恢复了原样。小桃掩了掩怦怦跳的心，看看四下还是没人，又把袖中的章子拿出来反复看了看，终于辨认出了上面的字，却心跳得更加猛烈，手心紧紧攥着章子用袖子掩着，走下了阁楼，回到自己的房间，锁进了床边的小妆奁盒里。

小桃坐定，这才缓过了刚才一直紧绷的心，肚子却一阵一阵抽疼起来。不多时，腿间一热，裙子都湿了。小桃捂着肚子痛苦地喊着：“青青！”

青青冲了进来，一身浅藕色衣裙的小桃裙子上全是污秽，青青哪见过这阵势，赶忙又冲外面大声喊着：“来人哪，快来人哪。”

几个年纪大的妇人进来，看小桃的情形，知道是要生了。李煜之前已经在紫竹台安排了产婆以备不时之需。此刻忙有人去通知产婆，打热水的打热水，烧炭盆的烧炭盆，忙得不亦乐乎。

小桃从不知道生孩子是这么痛苦的事，那一阵阵尖利的疼痛像要把她整个人撕裂般，疼得顾不上喘气，顾不上呼吸，甚至顾不上思考，只有一阵紧似一阵锐利的疼。可肚子里那个小家伙却偏偏不肯好好合作，从下午折腾到掌灯，小桃早已全身大汗淋漓到虚脱，孩子还是生不下来。

产婆的脸也有些发白，低声吩咐着：“快进宫请御医来吧，这怕是难产了。”下人赶紧跑出去驾着车进了宫。

小桃感觉在迷离的晃晃悠悠中过了许久。似乎做了一个好长好长的梦。梦里是一树一树鲜艳的桃花，而她穿着鲜红的嫁衣在纷飞飘落的桃花瓣中像一只轻盈的燕子般舞着，旋着。梦里的她，没有疼痛，没有辛劳。而故去已久的娘就那么在桃树下看着她微微笑着。

小桃开心地冲娘跑过去，却每次要跑到跟前，娘就不见了。小桃急得直想哭，一个激灵，便醒了过来。

四周是昏暗的烛光，想来是夜深了，静悄悄的都没有什么动静。小桃睁开眼缓缓四处看了看，一个女子正坐在她床边握着她的手眼泪不住，看小桃睁眼，才面露惊喜：“你终于醒了，吓死我了。”

小桃半晌才用力憋足气说出一句话：“窅娘，你怎么出来了？孩子呢？”

“还说呢。你真是吓死人，生个孩子都惊动了半个金陵的人。昨晚陛下派了十几个御医给你连夜就诊才保住了你和孩子。孩子好着呢，小脸粉嘟嘟的可好玩了。”窅娘说着抹了抹眼泪站了起来连哭带笑道，“我这就抱给你看看。”

小桃这才反应过来自己已经睡了一天。窅娘抱了一个大红的襁褓过来，小桃用力撑起身子，看向那个小小的、软软的生命。只一眼，小桃的眼泪就不禁流了下来，所有受的罪，都值了。小桃用力把孩子圈进了自己的怀里。这是她的孩子，是她的孩子啊。她费尽千辛万苦保护好、生下来的孩子。小桃把自己的唇轻轻贴在了孩子嫩嫩的脸上，眼泪肆意，从此她有了最爱的人，她不再是孤苦一人。

小桃伸手摸了摸，是个男孩。心中更是一喜。细细端详着孩子的脸庞，还太小，看不出相貌的端倪。小桃的心，忽然就飞到了长江北岸那个人的身旁。孩子会长得像他吗？如果有一天，他见到了他的孩子，会是什么情境？小桃想到这里，心就跳突不安。

有了孩子，小桃忽然觉得人生全都不一样了。以前，她的心空荡荡的，轻飘飘的。可现在看着那个软软嫩嫩的小东西，看着他咧嘴笑，看着他撇嘴哭，看着他嘬奶，都是她的全部。对赵光义的所有思念，见到了眼前的孩子，就全都释然了。孩子在身边，就好像他在身边。

小桃给孩子取名“远”，没有取字。平日就唤小名“寅儿”，因为孩子是寅时生的。窅娘曾经打趣小桃幸亏是寅时生的，这要是丑时生的，还叫“丑儿”不成？

小桃一本正经道：“你说对了，就冲我生他差点没了命，我也得让他记着几时生的。”

流光催人老。开宝四年十月，宋灭了南汉，屯兵汉阳。与南唐毗邻相对。至此，南唐的南面、西面都是宋朝的地盘，东边吴越，北边是长江天险。李煜陷入了真正的恐慌。南面陆地多，没了地势的优势，宋军很容易从南面攻进来。看着地图四周越来越庞大的宋朝地盘，而南唐像被圈住的笼中之鸟。祁正修当年百谷峡一战换得的和平，不知道还能维持多久。

祁正修一直没有回来，他麾下的龙翔军更加庞大。南唐的水军防线，从常州一直绵延到了皖口，皖口守将林仁肇也是勇猛之将，将南唐北面的长江防线守得固若金汤。但祁正修和小桃的书信往来却频繁了许多，自从有了孩子，祁正修每封书信都会细细询问寅儿的情况，动辄就是几页。而小桃的回信也常常是厚厚的一沓，从寅儿学步到牙牙学语，都事无巨细地和祁正修说着。

小桃官妓的身份依旧，花月坊的事还需她操持。但花月坊是断不能让寅儿去的，一则小桃有子的情况不宜让人知道；二则花月坊那种地方也不该让孩子沾染。所以小桃一直住在紫竹台，隔三岔五去花月坊照应。李煜也派兵把紫竹台看得严实，时不时地还会出宫来紫竹台看看寅儿和小桃，有时也带着窅娘。这样的日子，小桃觉得分外安宁。

寅儿已经虚岁四岁，也开始了淘气。整天东跑西颠，青青追在他屁股后面都赶不及。寅儿的话也不少，看府里的下人有时带着小孩子，寅儿也凑过去和小孩玩。玩过之后便绕着小桃问个不停："娘，他们都有爹和娘，我爹呢？""娘，爹怎么还不回来？""娘，爹长什么样子？""他们说爹是大将军，是不是啊？"

小桃不知道怎么回答，逼急了就拿着祁正修的信给他看："这是你爹写的信，你自己看。"

寅儿撇撇嘴，把信纸横拿倒拿一个字都不认识，就开始哇哇哭："爹不要寅儿了……"

小桃哄来哄去也哄不好，只好说道："那娘教你识字，认了字就能看到爹和寅儿说了什么，好不好？"

寅儿抹着鼻涕笑着答应了。开始跟着小桃学认字。寅儿很聪明，悟性极高，一个字小桃教着认几次就会了，简单的甚至还能小手在地上划拉着写出来。每学几个字就跑去扒拉祁正修的信，看来看去还是不认识几个字，就又吭哧吭哧跑去找小桃学认字，动力十足。

又入了冬，江南的第一场雪很大，下在地上还积了起来，没有像往年那样落地即化。一大早小桃去了花月坊，又入了一批新酒她要去看看。青青带着寅儿在地上走着，寅儿卖弄地拿起一根枯树枝，在雪地上画着："这是儿字，这是大字……"

"这是远字，是我的名字。"寅儿用力地划拉完远字，正要和青青说话，猛一抬头，面前不知道什么时候站了一个男人。那男人霜白色的衣袍，外面罩了一件锦鼠毛的披风，头发用白玉冠挽着，一脸的温和，就那么长身玉立站在那里。

寅儿歪着脑袋打量了半天，噘嘴问道："你是谁？"

男人浅浅笑了："你又是谁？"说完也细细看着寅儿。寅儿的眉眼很像小桃，十分秀气，眸子里闪亮亮的，让人看了心就不禁随着那眸子沉了进去。而下巴和嘴巴，却有几分像赵光义，有着男孩子特有的棱角和坚毅。

寅儿用树枝戳着地上那个"远"字："喏，这是我名字，你认识吗？"

男人唇角扬了起来："远？"寅儿认真点头，男人接着问："那你姓什么？"只是这句话问得却少了丝底气，有些犹豫，又有些微微的挣扎。

"我姓祁。"寅儿大声说着，小脑袋向上扬着。

男人脸上全部舒展开来，好像雪中盈盈绽开的春天，看着寅儿声音更加柔和："那你会写吗？"

寅儿拿着树枝在地上划拉着，祁字对他来说有些难了，他刻意学了他的姓，所以认识，但写不来，勾画了半晌，懊恼地把树枝扔到了地上：

“不写了。”想了想抬眸看向祁正修，“你叫什么？”

祁正修蹲了下来，捡起寅儿扔下的树枝，在雪地上一笔一画写着。寅儿念叨着：“祁……正……”修他还不认识，读不出来。

“修。”祁正修温温地补充着。

祁正修？寅儿瞪大了眼睛，把祁正修上上下下都看了一遍，又看了一遍，然后极为不确定地伸出小手指着祁正修：“你是我爹？”

祁正修的心被寅儿软软糯糯中带着惊喜的声音冲击得有丝疼，他没有说话，伸手把面前的寅儿揽了过来：“你觉得是不是？”

寅儿愣着，面前突然出现的这个男人把他弄懵了，他日夜想念的爹就长这个样子吗？寅儿愣了半晌，才伸出小手，摸了摸祁正修的衣服，又试探着摸了摸祁正修的脸，还是很懵懂。

青青早已激动得说不出话来。当初第一次见祁正修她还是个黄毛小丫头，如今的她已经是个豆蔻年华的少女了，可祁公子好像一点也没变，四年了，还是那么玉朗风清，不染纤尘的样子。青青冲着寅儿低声喊道：“寅儿，这就是你爹，快喊呀。你不是天天念叨着要爹吗？现在站在你面前怎么倒不吭气了？”

寅儿又摸了摸祁正修的手，无所畏惧地继续问道：“你真是我爹？”

祁正修点了点头，把寅儿抱了起来，那小小的身子在他怀里他的心就又是一突，竟微微有些紧张。倒是寅儿歪着头左看看，右看看，才一门小鬼心思地说道：“我要等娘回来。”

“哈哈哈！”祁正修不由朗声大笑，他好久都没笑得这么痛快，却是被一个孩子逗的。这孩子的机灵聪慧真是绝了。

小桃接到紫竹台下人前来的禀告，祁正修回来了。手里正端着一坛酒闻着味道，不由心里一暖，四年了，他终于回来了。小桃把酒坛子在一旁稳稳放好，笑道：“这酒不错，味道好，彩头更好。就定了吧，先要四十坛存着。”说完便立即出了花月坊坐上了回紫竹台的马车。

小桃心里揣测着祁公子这些年的变化，脚步轻盈地三步并作两步回到了后院，一进门便看到一脸殷切的寅儿，揪着祁正修的袖子不肯撒手，正在磨着祁正修不知说着什么，祁正修满面笑意地一边揽着寅儿，一边刻着一块木头，寅儿还在叽咕着："快些，马儿刻出来能跑吗？"

看小桃进来，寅儿飞奔过来扑进了小桃的怀里，声音是掩饰不住的激动："娘，娘，这是不是我爹？"

小桃看着祁正修，满眼的抱歉，祁正修淡淡一笑："这个机灵鬼，非要等你回来才肯认我。"

小桃低下头揉着寅儿的头发，柔声说道："你不是盼着爹回来吗？怎么见了又露怯了？"

寅儿看小桃承认，高兴得一张小嘴扬起了老高，立马从小桃怀里钻了出去，扑到祁正修的身上，抱着大腿一个劲儿地喊着："爹，要抱抱。"祁正修把他抱起来后，寅儿那张嘴便没停着："娘，爹回来了。""青青，我爹回来了。""明天要告诉大桂，勇儿，壮哥……要告诉所有人，我爹回来了。"

祁正修看着寅儿激动得小脸通红，不禁把寅儿抱得紧紧，揉进了自己怀里。看着小桃一脸歉意："我该早些回来的。"

小桃一愣，随即笑得云淡风轻："你肩上扛着重要的事，别在意这些。"

寅儿自从确定了祁正修的身份，就片刻不肯离身。一会儿钻到祁正修怀里，一会儿让祁正修继续给他刻马，一会儿又让祁正修讲故事，一会儿又拿着书找祁正修认字，恨不得把他生活中所有的事，都一一让祁正修参与一次。直到二更，青青才把折腾了一晚上迷迷糊糊睡着的寅儿抱走到外间去睡。

屋里只剩下了祁正修和小桃，小桃不好意思地说道："真是抱歉，这孩子本不是个人来疯，今天也不知道怎么了。害你回来没得休息……”

话没说完，祁正修幽幽的眸子抬起看了一眼小桃，目光中是深不见底。小桃闭上了嘴。祁正修看了小桃半晌，才轻轻叹了口气：“和我，一定要这么客气吗？”说完伸手牵上了小桃的，眸子有几分难得的炽烈，“你瘦了一些。”

小桃被祁正修一拉，险些撞进他怀里，忙定了定脚步，缓缓把手从祁正修手里不着痕迹地抽了出来，勾出个笑：“你也是。前方战事，一定是辛苦的。”

辛苦吗？祁正修不觉得苦。有了小桃的书信和对寅儿的挂念，他甚至觉得比从前更踏实更快乐。可如今面小桃，反而觉得不似书信那么自由。祁正修微微笑道：“这次回来，也许会待一阵子。宋军在汉阳屯兵，陛下定会重新调整兵力部署。”

小桃的心一惊，忙问道：“要起战事了吗？”

祁正修摇摇头：“应该暂时还不会。陛下一直对宋人示好，眼下出师无名，必然不会大动干戈，但是一定会像当初在长江犯边一样，时不时小打小闹滋扰边境寻衅滋事。这次回京，也是陛下的意思，商讨如何应对眼下新的形式。”

小桃点了点头，看着祁正修有些愧色道：“既然公子这次回来时日长，我能否有个不情之请。”顿了顿道，“请公子住在紫竹台，多陪陪寅儿。他实在……”小桃的声音低了下去，眸子有些泛潮，“很可怜。他的心重，看到别人都有爹，他……”

祁正修抬手扶上了小桃的肩，俯身看着小桃，直看得小桃有些心神不宁，祁正修才紧紧攥上了小桃的手，声音笃定：“你是他的娘，我是他的爹，不是吗？”顿了顿，祁正修的声音有些微颤得发紧，“如果不是，那算什么？”

小桃的心慌乱起来，祁正修的气息在她耳边缭绕得几分不真实，几分迷离。算什么？是啊，她也想过许多次，到底算什么？她和赵光义已经是各安天涯，他在他的宋，她在她的唐。再无瓜葛。她也知道他近些年纳了不少妾，添了不少子女，想必已经早把她忘了。如果这样，自己的后半辈子，似乎和祁公子在一起是最合适不过的，而且简直是烧了高香地高攀。可是，她就是说服不了自己。

祁正修握着小桃的手越来越紧，眸子里的炽烈也越来越浓，他很想说自己很想她，几回做梦都是她的高台舞；他也很想说，他很想寅儿，寅儿身上有她的血脉，就有他的牵挂；他很想说，这么些年，马上船上定江山，对自己最大的犒劳就是想一想从前和她一起的往事。只是可惜回忆少得不够他咀嚼。

可最终，他什么也没说。他最大的勇气，只是问了句算什么。现在的他，不敢问自己在她心里有几分，不敢问她有没有挂念自己，更不敢问她以后有什么打算。

小桃没有抬头看祁正修，过了很久，才回答道："当初我们在陛下面前既然那么说，就别无选择只能继续下去，我自然是寅儿的娘，只是委屈了公子。小桃终生感激公子，为公子当牛做马，为奴为婢，都没法报答公子。公子问算什么……"小桃的声音很笃定，"小桃的命是公子的。"

祁正修只觉得全身颤了一下，从手脚凉到了心里，心猛地被吹得阴阴凉凉。她感激他？只是感激。

看祁正修有些凄然的神色，小桃鼓起勇气继续说道："小桃卑微，能得到公子垂怜已是幸运，没有妄想别的。公子的威名，大唐人人皆知，想来不少名姝好女，都仰慕公子。她们才是公子的良配。"小桃说着说着，有些说不下去。

祁正修的手背青筋突突直跳，狭长的眉眼冷了下去。良配？是啊，也许金陵城随便拉出一个人都比眼前这个女人称得上良配。但是，他已经无心再去觅良配了。她感激他，命是他的，心却不是他的。祁正修只觉得周身泛凉，握着小桃的手渐渐松开了。

小桃松了一口气，忽然想起什么似的，把妆奁盒抽屉的锁打开，拿出一枚章子，递给了祁正修，低声说道：“公子要把这个收好。”

祁正修眉头一蹙，声音发紧：“你在哪找到的？”

小桃咬唇低声继续着：“公子走后，我常去公子的阁楼，不留神就发现了那个去处。”

祁正修的面色很凉，把章子放到了自己的袖子里，没有说话。小桃也没有说话，憋了半晌，还是忍不住道：“这是不是就是陛下忌惮公子的原因？”那枚章子，是已故太子李弘冀的。自从小桃看到密道和章子，又想起半夜的脚步声，便猜测，李弘冀没有死。

祁正修微微点了点头，叹了口气：“但他已经疯了……陛下实在是多虑。”小桃的心揪了起来，她的揣测被祁正修证实后，更加忐忑不安：“那之前，陛下修整紫竹台，又或者故意把我安排到紫竹台，甚至来看我，都是想找到蛛丝马迹？”

“也许吧。”祁正修的声音淡淡的，“只是没找到密道而已。”祁正修看着小桃轻轻蹙眉，“以后不要去管这些事，知道得越少越好。”

小桃微微一笑，没有吭声。她也想知道得少，可惜世事不由人。想了许久，小桃缓缓问道：“那公子上次回来，是因为担心我的事被陛下知晓？还是担心密道被陛下找到？”话刚出口，又有些后悔，“公子不必回答……小桃唐突了。”

祁正修没有回答。祁正修的确不知道该怎么回答。当听到李煜要去紫竹台的消息，他的第一反应下意识地想到了怀孕的小桃该怎么向李煜解释，又怎么保住孩子。但他是用阻止李煜发现密道的理由，才说服自己抛下随时可能发生的战事、罔顾回到金陵有可能被圈禁一辈子的危险。所以他该怎么答？连他自己，都在竭力地说服自己，国家战事远远比儿女情长更重要。

过了半晌，祁正修才微笑道："我说什么不重要，你认为是什么原因，就是什么原因。"

小桃怔了一下，也淡淡笑了。他不说，自然是第二个原因，即他只是怕那密道和那密道里的人被李煜发现，这才符合他的性格。小桃松了口气，送祁正修到阁楼休息。

祁正修第二天一早便入朝拜见李煜。李煜一方面询问了他长江沿线的战事，一方面召集了朝中的大臣商议接下来兵力该如何排布。如今大唐的南面也是宋军，需要加派兵力防守南方边界。而南面陆地较多，宋军擅长陆战，更需派遣强劲的守军。商讨了一整天，李煜倾向于将林仁肇从皖口的水军防线撤下，带兵驻守在江西南昌府。而长江沿线兵力全部由擅长水军的祁正修防守。而李煜又有些不放心，增派了几个副将给祁正修一同把守。

南汉被灭，李煜像惊弓之鸟，不住地和大臣说，是否要把大唐的仪制都改一下，降低规格，表示对宋朝的尊重。免得宋朝随时起了灭南唐的心。朝中又为这些事情争执不休。

祁正修对仪制的事没有兴趣，这些只是标不是本。李煜把林仁肇放在南昌府，让他很放心。林仁肇是一员难得的猛将，而且更擅长陆战，有他防守，宋军占不了南疆的便宜。

祁正修回来，最开心的就是寅儿。他每天只要见到祁正修就缠着不肯撒手。祁正修用了两个晚上给他把木头块雕成了马，寅儿欢喜得连睡觉都要攥着木马睡。小桃想从他手里把木马取过来，寅儿却怎么也不松手，还嘟囔着："爹说了，长大了就送我一匹真马，带我一起去打仗。"

有时祁正修白天在家，寅儿会让祁正修教他认字，或者习武。祁正修拿着书温声教着寅儿，小桃在一旁给寅儿和祁正修沏着茶水，准备着点心。不时和祁正修为了寅儿孩童的话语相视一笑。那样的时光，云淡风轻，岁月沉静，是祁正修回味最久的幸福。

半个月后，朝中的大事落定。李煜将林仁肇调回南昌府，刚抵达南昌府便回击了好几撮宋军的侵扰边境。而祁正修要赶回常州。李煜为了表示对宋朝的尊重，特意派了郑王李从善带着丰厚的礼品去宋朝纳贡。由于都是向北，李煜特意命祁正修一路护送郑王到长江边界。

祁正修走了，寅儿抱着祁正修刻的木马哭了整整三天，他舍不得祁正修。虽然只有半个月的相处，但他第一次体会到了爹的疼爱。爹可以把他举得高高骑大马，娘不会；爹会带他习武打闹，再把他稳稳地接住，娘不会；爹能给他讲打仗的故事，娘也不会。想着这些，寅儿就哭个不住。小桃只好哄着他，待有时间就带他去看爹。

江南的冬天真的到了，那是小桃觉得最冷的一个冬天，阴冷得像要钻进骨头缝里。李煜不再来紫竹台，宫里的宴饮也少了许多。花月坊的生意不似从前，似乎人人心中都很郁郁。面对着未卜的前路，从李煜到朝臣，到百姓，都有些惴惴不安。

李从善去了宋朝，赵匡胤派人很热情地接待了他，专门赐了府邸作为李从善在开封的别院。不像其他的使臣来了只住在驿馆。歇息了两天后，李从善进宫面见赵匡胤。赵匡胤在宫中设宴，歌舞丝竹也依次排上。虽然宋朝的歌舞不如南唐的柔美，却也有番刚硬直爽的味道。那些跳舞的女子，别有风味的漂亮。李从善看得眼睛都不转。

赵匡胤笑道：“既然郑王喜欢，何不留下来日日欣赏？”

李从善一愣，手里举着的酒杯“当啷”一声掉到了地上，留下来？赵匡胤这算是劝降吗？李从善忙对着赵匡胤深深一抱拳："陛下，臣虽然震撼于此时的美人美景，无奈国主还在朝中等候臣回去复命。多谢陛下抬爱了。"

赵匡胤哈哈大笑，对李从善的回答不置可否。李从善的心里更加发毛。好在四周的奏乐声又响起，声音很大，掩盖了一切的不寻常。

赵光义也在一旁作陪，只冷笑看着李从善没有吭声。南汉已经拿下，吴越小国不足为患，只剩下了南唐这块硬骨头。大宋刚经历了南汉的战乱，兵力需要休养调整一段时间，此时不宜出兵南唐。而南唐已经三面都是宋军，不妨先试试文斗，从劝降开始。而劝降，就先从这郑王、李煜的弟弟开始。

顿了顿，赵光义问着身边跟随的幕僚："临风馆的画像准备好了吗？"

幕僚点头，不由低声问道："其实这出反间计，用在祁正修和林仁肇身上是一样的，而且祁正修身上更好用。为什么大人一定向陛下力荐用在林仁肇那里呢？"北江守将祁正修，南疆守将林仁肇，都不是善茬，而且祁正修比林仁肇难搞，如果这计策用在祁正修身上，一旦生了效，长江防线全面坍塌，不就对南唐立马可取了吗？赵光义每次说起南唐都恨不得立即灭国，可到了节骨眼，却尽捡避重就轻的对付。

"想不通？"赵光义冷哼。

幕僚点头："毕竟祁正修曾经是故太子李弘冀的伴读，关系亲近得不是一点半点，更容易引起李煜的猜疑。"

赵光义眯起了眼睛，表情是惯常的冷酷，沉声道："祁正修心思细致沉稳，在李煜那里素来谨小慎微，李煜不会信的。更何况，水师要紧，李煜就算心里有异也不会换人。这个法子，要么不用，要用就要有十足的把握。"

幕僚似乎有点明白，擦了擦额上的薄汗。赵光义如此思谋，已经不必用幕僚了吧。

赵光义把手里满满的一樽酒喝了个精光。虽说兵不厌诈，反间计终归不地道。他不能、也不敢用在祁正修身上。祁正修死不死无所谓，这计会害死他那留在金陵当人质的老婆孩子。老婆孩子？想到这里，赵光义又干尽了一樽。心头才没有刚才那么灼痛。对祁正修，赵光义有个执念，他一定要光明正大地灭了他，把本该属于他的人夺回来。

第二天上午，赵匡胤亲自带着李从善在宫里参观："郑王难得来一次宫里，趁此良机，一同游赏宫中园囿，也是乐事。"

李从善忙拱手道谢。他虽是南唐皇帝的弟弟，但如今南唐和宋朝的地位早已不能同日而语，赵匡胤还这么对他，不由心里感激一番。

李从善跟着赵匡胤把皇宫游赏了一番，从假山石林，到亭台水榭，到宫中的珍奇宝物，以及禽鸟猛兽，李从善看得兴致盎然。但看了一番后的感觉，依旧是不及南唐半分。南唐宫廷的奢华唯美，天下无双。

赵匡胤看李从善不说话，还以为他被震慑住了。看时机差不多，带着李从善到了一处楼馆，李从善四下看了看，这里还不错，三面衔水，楼台倒映着极为典雅。李从善颔首笑道："这个地方好。"说着正要进去。

赵匡胤忙止住李从善的步子："换个地方吧。"说着要走到一旁。

赵匡胤有些刻意的神色反而激发了李从善的兴趣，他索性走到了面南的正屋，一进门映入眼帘的就是一幅画像，那画像上的人，正目光专注地看着他。

李从善脚下一个趔趄，怎么会是他？不由问责身旁的赵匡胤："陛下，这个人……怎么和我朝林大人有几分相似？"

"哈哈哈！"赵匡胤朗声大笑，笑了很久，才敛了神色对李从善说道："你的眼力很不错，的确是林仁肇。"

李从善的心怦怦跳了起来，问着赵匡胤的声音几分底气不足："他的画像怎么会在这儿？"

赵匡胤勾唇笑了笑道："既然郑王在这里看到了，朕也没什么遮掩的。林大人已经一心归顺了我大宋。连年征战，对百姓涂炭，对军队残酷。所以林大人打算投诚。特意派人送了这幅画像作为信物。"

李从善的脑子"嗡"的一声，再没了思绪。林仁肇归顺了赵匡胤？反叛大唐？不会，不会。李从善摇头道："林大人素来忠心耿耿，他不会。"

赵匡胤笑得意味深长："林大人对唐忠心，未必对国主忠心。"

"这是什么意思？"李从善不懂，"对唐忠心不就是对国主忠心吗？"

赵匡胤哈哈一笑："那可不一定。"说完俯瞰着李从善皮笑肉不笑地说道，"你不知道，李弘冀没死吗？"

李从善不由向后跌了两步，失声问道："李弘冀？先太子？"

赵匡胤冷眼看着他："你说呢？世上有几个李弘冀？"

李从善立即摇头："不可能，不可能！一定是传言。当初皇叔李景遂的事情败露，先太子受了惊吓，疯疯癫癫了许久，后来便薨逝了。我亲眼看到他的棺椁下葬，怎么能死而复生？"

赵匡胤细细打量了李从善几眼，眯着眼睛笑道："没想到郑王在皇宫这么多年，依旧心思单纯啊。"顿了顿道，"你只亲眼看到棺椁下葬，又怎么确定棺椁里有人，或者棺椁里就是李弘冀本人呢？可朕却听人说，有人亲眼看见李弘冀出现，就在林仁肇之前驻守的皖口。"

李从善的脸色有些苍白。当年李弘冀从事发到疯癫，前后不到两个月。虽然有些蹊跷，但也没有多想，毕竟是规格隆重的下葬。如果李弘冀真的活着，那如今可是大事不好。北线的祁正修自不必说是李弘冀的换命之交，南边又让林仁肇把守，林仁肇曾经和李弘冀一同并肩作战抵抗后周的进攻，虽然不如祁正修那么亲近，也是有过交情的。不像李煜从前没有上过战场，和武将并没有战场上同生共死过的感情。如果真的要谋反，李煜可怎么抵挡？

赵匡胤看李从善愣着，继续说道：“林仁肇之前和我朝枢密使有过接触，他仍旧支持李弘冀复朝，只是在等待合适的时机。如今国主把他调到江西南昌府，正好便于李弘冀在江西先独立举兵，再逐渐攻回金陵。而我朝兵力雄厚，愿意助李弘冀和林大人一臂之力。”

“那，大宋这么做，是为了什么？”李从善的声音有些紧张得干巴。

“哈哈哈！”赵匡胤又笑了起来，“问得好。我大宋自然不做亏本的买卖。林仁肇和李弘冀答应，事成之后，将常州润州一带五个州割给大宋。如此一来，我朝和吴越接壤，鱼米之乡，不愁米粮，自然解决了我朝米粮价贵还长期匮乏的状况。”

李从善这下完全懵了。赵匡胤说得似乎非常有道理。如果李弘冀活着，有祁正修和林仁肇追随，再加上赵匡胤的支持，那么叛乱势必能成功。这么想来，是不是李煜也早有耳闻，只是没有真凭实据？否则祁正修虽是北线大将，李煜却一直用桃娘和他儿子挟制；林仁肇虽然屡有战功，李煜却不肯大行封赏，似乎总有忌惮……原来原因都在这里。只是李煜一定不知道宋朝已经答应助他们一臂之力。他应当赶快回去，把这消息告诉李煜好早做打算。

李从善干笑了几声道：“这里也看了许久，陛下，不如移步换个地方吧？”

赵匡胤点点头，带着李从善继续在宫中参观。不多时赵匡胤还有政务要处理，便先行回去。侍从把李从善送出宫，回到了赵匡胤安排的府邸。

李从善回去后，心跳突得厉害。压抑不住震惊和冲动，李从善立即把在宫中的所见所闻写了书信一字不落地向李煜禀告。书信写好，李从善派了近侍立即偷偷送回南唐宫中，面呈国主李煜。他自己则开始收拾行装，准备等赵匡胤把国书和通关文牒给他便赶回南唐。

李从善在开封待了一个多月，赵匡胤却像把这事忘了似的。再没有召见他进宫，国书也只字不提。李从善着急，派人前去打探，却始终没有音信。李从善没有办法，只得托人找到了开封府尹赵光义那里。大宋朝廷除了赵匡胤，就是赵光义和赵普最有权威。

赵光义想了想，派人把李从善请到了开封府。李从善备了厚礼，在侍从的陪同下前来。赵光义在前堂会见了李从善，一番寒暄之后，李从善直奔主题："此次朝贡的事情已经完毕，按理该早兑换了国书回去。只是不知为何，陛下迟迟不发放国书。不知道是不是政务繁忙把这事忘了，还请府尹大人多在陛下面前提点一二。"

赵光义唇角扬着笑了，啜了口茶，看着李从善道："我倒是听说一件事。听闻郑王在游赏宋宫时，误进了临风馆？"

李从善身子一颤，答着："是。这……"

"既然进了临风馆，那想必就看到了林仁肇的画像。也知道了一些不该知道的事，是吗？"赵光义的声音阴阴，李从善只觉得赵光义给他一种强大的压迫感，阴冷又瘆然，比赵匡胤还让人胆怯。

李从善答得几分怯意："看是看到了，也听陛下说了一些。"

"既如此，郑王怎么还想着回去呢？"赵光义笑着，眸子却是一片阴翳，"郑王把我朝和林大人的大计都听了去，陛下怎么能让郑王急着回去？"

李从善终于明白了，全身都泛出一层冷汗，都怪自己瞎窜什么。眼下宋朝要做什么？把自己软禁起来不让回去，还是要杀人灭口？李从善急忙说道："陛下信任我，我自然也不会负了陛下的一番情意，回去一定不会乱说，还请府尹大人千万在陛下面前帮我澄清啊！"

赵光义摆了摆手："明年年初我朝就要出兵了。这个关键时刻不能出差错，还望郑王体谅。不过郑王放心，在我大宋一日，就是我大宋的贵客，衣食住行样样都不会有差池。"

李从善的腿都软了。这趟朝贡之行，好好的却走成了龙潭虎穴，如今连南唐也回不去。李从善无精打采地回到府邸，却发现宋朝加派了一倍的兵力围住了府邸，李从善就是插翅也难飞了。李从善本想给李煜再去一封密信，禀告宋朝明年年初就要出兵助李弘冀，却发现连书信也看管得严密了起来，所有李从善的侍从都不得离开府邸，李从善只得作罢，暗暗庆幸好在自己之前在宋人还没反应过来的时候就已经第一时间把书信送了回去。

李煜坐在空荡荡的大殿上。夕阳的余光洒在了殿门口的台阶，整个大殿除了门口都是昏暗暗的，冬日的风吹在哪里，都是阴森森的。他面前的金漆案几上，摆了两封信。

一封是林仁肇的奏折，提出了一个大胆的建议：宋朝刚灭了南汉，兵力空虚。正是反攻的良机。林仁肇申请自己带兵，去攻打江北被宋军占领的扬州一带。一定能夺下数城。如果成功了自然好，万一兵败了，只说是自己叛乱，灭了他满门，以证明和李煜无关，不会让宋朝迁怒于李煜。如果单看这封奏折，似乎是个不错的主意。

而另一封是李从善从宋朝秘密送回来的书信。书信上称他在皇宫看到了林仁肇的画像，以及林仁肇、李弘冀的计谋。

李煜纤长白皙的手指，从一封奏折，缓缓抚上了另一封书信，又返了回来。奏折书信的寒凉，通过手指，渗到了他的心里。

李弘冀果然活着。之前青羽卫密报紫竹台偶尔有奇怪可疑的身影，他便已经怀疑。紫竹台是李弘冀的别院，除了熟悉那里的李弘冀，没人能躲得过侍卫在里面出入。恰好小桃声称感染了瘟疫，李煜便顺手把小桃安排进了紫竹台。如果李弘冀真的在那里，祁正修一定会出现。

祁正修出现了，却只是为了承认是孩子的父亲进而保住孩子。李煜借着修缮为名，把紫竹台暗暗上下搜罗了遍，却没有发现任何蛛丝马迹。一度李煜觉得自己是惊慌过度，判断错了。可现在看来，自己还是道行不够。

林仁肇和李弘冀谋反，那祁正修呢，他没有参与吗？李煜闭上了眼睛，把祁正修这些年的所作所为细细在脑中滤了一次，依旧没有头绪。祁正修太滑头，他的不动声色，让李煜无从判断。

李煜就那么静静地坐着，想着，那种无助的落寞又一次袭了过来。没有人可以依靠，只能靠自己去判断这两封信到底哪一封值得自己信赖。李煜拿起这个，又放下那个，一直到夜深了，还是没有定夺。李煜站了起来，把两封信都塞到了柜子里。

除夕很快过了，又到了春暖花开的季节。李从善被宋朝扣押已是不争的事实。李煜多次遣国书向宋朝要人，却次次遭到拒绝。李煜的心渐渐偏到了李从善的书信这边，如果不是因为李从善探到了林仁肇和宋朝勾结的秘密，何至于被扣押不还？

而林仁肇那边，又传来了青羽卫的密报："林仁肇已秘密集结了五万兵马，似乎在意图向长江北岸方向进发。"

李煜的眉头蹙了起来。他是等不及了吗？到长江北岸？他到底要做什么？如果和宋军勾结，在江西南昌府独立更省事，何必要北行？难道要从北面和宋军勾结，那是要直取金陵的意思吗？正在心烦意乱中，又有宦官进来禀报："陛下，桃司舞在宫外拿着鱼袋求见，说是她的孩子不见了。"

李煜忙让宦官带小桃进来，眉头不由蹙了起来，这个节骨眼，孩子不见了？这是下的怎样一盘棋？

小桃很快跟着宦官进了偏殿，李煜从雕饰华美的椅子上站了起来，小桃头发有些蓬乱，整个人形容憔悴，眼睛红肿，和一向从容淡定的桃娘简直判若两人。看到李煜，小桃的眼泪又涌了出来，顾不得给李煜行礼，便已经泣不成声："陛下，寅儿不见了，怎么找也找不到，求陛下帮我。"说着缓缓跪了下去。

李煜忙把小桃扶了起来，命人给小桃赐座："怎么会不见呢？你细细说说。”

小桃抹着眼泪，声音颤得厉害：“自从子介走了之后，寅儿就想他想得厉害。总说要去找他。我哄不住，就和他说子介过年会回来，他就欢喜地等着。除夕过了，子介没有回来，寅儿就整天闷闷不乐。我便又说等天气暖和了带他去找。最近这半个月，他整天和我说天气都这么热了，怎么还不带他走。”小桃说着说着眼泪又流了出来，“结果昨天一早，我去花月坊办点事情，上午青青就跑来找我，和我说寅儿不见了。只留了个纸条，说他去找爹了。”小桃的心像刀绞似的，寅儿连“爹”都不会写，只写对了上面的“父”字，下面就是画墨团，连祁正修给他雕的小木马也一起带走了。

李煜皱眉道：“紫竹台那么多的侍卫，他怎么能走出去呢？”

“我不知道。府里都搜遍了，没有……”小桃哭得几乎要崩溃，紫竹台前前后后那么多的侍卫，看得很紧。她也想不通寅儿是怎么走的。但寅儿向来聪明机灵，如果他真的早盘算着去找祁正修，也不愁有法子。

“一个才刚五岁的孩子，又能走到哪里去。现在必然还在金陵城里。”李煜马上吩咐下去，“告诉金陵守卫，全城搜查。每家每户都不得放过。出城进城更要搜仔细了。”说完拍了拍小桃的肩，温声说道，“别担心，一定能找到。”说完细细看着小桃，脸色蜡黄，眼睛肿胀，目光涣散，不像是装的。可是怎么会这么巧？就在林仁肇带兵向北的时候，孩子也会不见？

小桃强迫自己定了定神，对李煜拜谢道：“有了陛下的襄助，寅儿想必也能早日找到。我先回去了，万一有什么消息，也好知道。”说着就要退下。

李煜忽然伸手握上了小桃的胳膊，声音没有波澜：“不要回去了，就待在宫里吧。有什么消息，守卫一定会第一时间传回宫中。”他不敢放小桃回去。林仁肇有了谋反的苗头，祁正修不知所以，两个挟制祁正修的筹码已经丢了一个，他不敢再丢第二个。

小桃愣住了，抬眸死死盯着李煜。李煜的眸子侧到了一旁，没有和小桃对视。小桃何等聪明，立即从李煜闪躲的眼神中看出了他的心思。虽然她不知道发生了什么，但李煜此刻的想法她已经心知肚明。小桃没有说话，只是冲着李煜连连磕着头，直把额头都要磕出血。李煜赶忙紧紧攥着小桃的手，声音几分痛心："你这是做什么！"

小桃含泪看着李煜："我知道陛下担心我会和寅儿一起不见。那样陛下会对子介没了控制。"

李煜多年的谋算被小桃一句话戳穿，脸上有几分挂不住，面上恢复了严肃之色："一派胡言！"

小桃继续含泪盯着李煜："子介在润州一带已经待了近十年，操练水军，多少次击退宋军偷袭暗仗，如果他有二心，何必等到今天？如果我真的想逃，我又何必多此一举跑进宫求陛下帮我找寅儿？"

李煜没有说话，只是看着小桃眼神复杂。小桃继续说道："也许这其中很多利害关系我不懂。但是南唐已经到了如今的地步，陛下，别再让人心凉了。"说完又继续磕头。

李煜紧紧钳住了小桃的胳膊，小桃一时动弹不得。过了许久，李煜才缓缓说道："你走吧。"顿了顿，声音平平，"子介是个有福气的人。"

小桃声音微颤："谢陛下。"说完转身快步退了出去。李煜看着小桃的背影，出神了许久。

金陵的守卫搜查了三天，没有一丝寅儿的踪迹。李煜把青羽卫都出动了五百人，几乎把金陵连城中带郊外的每一块石头缝都翻遍了，也依然没有寅儿的下落。小桃已经连着四天没有合眼，人在濒临崩溃的边缘。整天待在紫竹台，见人就问："看到我的寅儿了吗？"却没有任何消息。

直到第五天，小桃的耳朵里才传进来下人的议论，说寅儿不见的那天早晨，拉出去的空水车比平常重了些。因为紫竹台原是李弘冀的别院，没有水井。每天一早会有两辆牛车拉着空的水箱到附近甘露泉把一天的用水拉回来。难道寅儿是藏在水车出去的？

小桃简直要抓狂了，又忙派人到甘露泉附近去找，却把甘露泉都搜了个底朝天，也没有蛛丝马迹。

宋朝皇宫里，赵匡胤坐在龙塌上，赵普和赵光义各坐在一边。赵普说道："听说林仁肇已经到歙州一带了，想来很快就能到淮南。不过也奇怪了，李煜还迟迟没动静。"

赵匡胤道："那个呆子，书读得多读傻了，整天办事都犹犹豫豫的。诶，林仁肇为什么要向北而行？难道真的要投诚？哈哈哈！"

"皇兄多虑了。"赵光义冷笑道，"林仁肇要是想投诚，就不会在江西一带拼死抵抗我朝滋扰了。估计是看到我军刚刚结束对南汉的战争需要调整生息，淮南守备空虚，他准备来夺淮南了。"

"那可如何是好？"赵匡胤着了急，"水军都在江北排布着。骑兵步兵还没有从南汉一带调回来。林仁肇要是真打来了怎么办？"

赵普笑道："陛下，不用着急。南唐的骑兵步兵都不堪一击。到时派几队禁军过去就能把他们消灭干净。而且就算他们攻下了淮南，待我军从南汉全部撤回，再收复淮南不在话下。"

赵光义想了想道："既然李煜没有动静，看来我们还是要把戏做足。"说完看着赵匡胤抱拳道，"皇兄，过几天按照行程，林仁肇该到了宣州。不如我带几个随从，去趟宣州，会会林仁肇。到时李煜就该笃定林仁肇叛变了。"

"不妥。林仁肇此行是带着兵的。你去见他不是自投罗网？"赵匡胤直摇头，"不妥，不妥。"

"皇兄，"赵光义声音沉笃，"林仁肇是南唐的大将，如果随便派个人过去，显得没有诚意，李煜不会相信。而且此行是秘密赴唐，不能多带兵。我对南唐的地势十分熟悉，到时随机应变，不难脱身。宣州离大宋也近。”

“臣也觉得可以一试。”赵普出了声，难得地和赵光义意见一致，“现在就差一把火，点着了就好。”

赵匡胤看赵普也这么说，又细细想了想，最终同意了赵光义的谋划。

赵光义挑了几个跟随自己多年的精锐侍从，十天后骑马到了江北。又沿着长江一路向西，到了皖口一带守卫相对松懈的地方，偷偷渡了江，到了南唐的地界。不出三天，已经到了宣州。赵光义派侍从出去打听，林仁肇的部队还在路上，约莫还得一天才能到宣州。

看来是来早了。赵光义没有住在宣州城中显眼的客栈，而是找了处城郊偏僻的客栈住了下来。休息了半日，带了两个随从到了宣州城里，在集市上不疾不徐地看着。

宣州也是南唐一处繁华的城市，虽然不及金陵，但是街上各种东西琳琅满目，还有街头杂耍，都有不少人在驻足观看。赵光义看到一处有人在跳舞，一个女子穿着桃红的衣裙正在台上旋转，不由多看了几眼，心也有丝扯得疼痛。是啊，又到了离她不远的地方了。她在做什么？赵光义的思绪飘得有些远。

忽然“啪”的一声，赵光义一怔，身边的侍从扯住了一个小孩子，怒目道：“小小年纪就做毛贼，敢偷到我家公子身上。找死？！”

赵光义一摸自己的袖子，刚才想得太入神，竟然银子丢了都没知觉。不禁看了看被随从打了一巴掌的孩子，这个孩子太小了，看身高也就四五岁，怎么能偷东西呢？看穿的，虽然又脏又破，但是还隐约能看出些花纹，不像是穷苦人家的粗布衣服。这孩子被打了一巴掌也不像寻常人哭哭啼啼，而是低着头不吭一声。

赵光义忍不住有些好奇，声音很平却带着股威严：“把头抬起来。”

那孩子缓缓抬起了头，小脸脏乎乎的，像只小花猫一块一块的，嘴巴抿得紧紧，只有一双很大的眼睛，含着眼泪看着赵光义，又倔强地不肯让眼泪掉下来。

赵光义说不出为什么，忽然心就扯了一下。有种莫名的熟悉和心疼涌了上来。旁边的侍从又抬起了巴掌："你瞪谁呢？"

赵光义下意识地把侍从的胳膊拦了下来，向那孩子伸出了手，声音没一丝波澜："银子还我。"

孩子的唇仍然紧紧抿着，把装银子的荷包攥得更紧，向后退了两步。

赵光义眉头皱起，"嗯"了一声。

孩子吞了吞口水，说道："把银子送我，好不好？"顿了顿，又扑棱着摇了摇小脑袋，"把银子借我。"

赵光义忍不住几分好笑，从没见过这样的孩子，不由追问道："为什么？凭什么？"

孩子低下了头，嘴里叨叨着："因为我没有。只有这个才能买吃的。我饿，等我找到我爹，他一定会还给你的。"

赵光义一怔："你和你爹走丢了？"忍不住抬手把那孩子乱蓬蓬的头发拂了拂。

这一问，好像把那孩子的所有伤心事都勾了起来，忽然眼泪就扑簌着掉了下来，越哭越厉害，索性扯着赵光义的袖子哇哇大哭起来。边哭边说道："我找不到我爹，也找不到我娘，有坏人欺负我，呜呜，我想我娘……呜呜……我要回家。"

又一个侍从走了过来，附在赵光义耳边说了几句。赵光义脸色一变，俯下身对孩子说道："银子我送给你，你自求多福吧。"说着转身就走。

孩子怔了一下，看赵光义走开。只顿了一下，就立马撒腿追了上去。赵光义的步子迈得很快，急着往客栈赶。孩子也紧紧跑着跟着，路上还摔了个跟头，也毫不在意地爬起来继续跟。

一旁的侍从在赵光义身边说着：“大人，刚才那个孩子一直跟着我们。”

赵光义眉头蹙得很紧：“随便他，跟不动了自然不跟了。”

赵光义走得不算远，不到一炷香的工夫，返回了客栈。从歙州一带打探消的侍从回来了，赵光义命人把门窗紧闭。侍从禀告道：“林仁肇带兵改道了。不从宣州这里走，再过两三日就到了常州一带了。只怕会和驻守在常州的祁正修会合。”

赵光义勾唇冷笑了一声：“那就到常州找他。”

侍从担心地说着：“可常州有祁正修，那里守备很森严。”

祁正修？提到这个名字赵光义心中的火气就窜了几丈，咬牙道：“不入虎穴，焉得虎子！”

正说着，外面传来了噼里啪啦的声音，夹杂着一个男人粗野的骂声，和孩子的哭声：“救命！救命啊！”

赵光义一愣，声音很熟悉，和刚才那个孩子一样，不由问着另个侍从：“是那个孩子吗？”

另个推门出去，向外头看了看回答道：“是，那小子还真行，一直追过来了。不过好像有麻烦了，有个男人拽着他要走，一边拽一边打。”

平日里这种小事，赵光义是根本无暇顾及的。他也没有那么同情心泛滥。如果在开封府，他会命手下去处理。现在在宣州，南唐的地界，更和他无关了。但一想起那孩子那双可怜兮兮的眸子，赵光义心里就有丝不忍。不由几步走出了屋子，一个穿着粗布短衣襟的男人，正用力拖着孩子往出走，还骂骂咧咧。那孩子是吃了秤砣般死死赖在地上，一边赖一边大声喊着救命。赵光义不禁大喝了一声：“住手！”

第三十一章

父子同行不相识
忠奸莫辨失良臣

那男人愣住了，待看清楚来的赵光义，一身暗色锦袍，气度不凡，身后还带着随从，便松了手。那孩子立马扑腾着从地上站起来，躲到了赵光义的身后，轻轻伸手拉上了赵光义的手：“救救我。”

孩子的手软软的，赵光义的心也被触出了几许柔色。比他的二子德明还要小一两岁。赵光义冷冷看向那个男人：“你在做什么？”

那男人被赵光义的气势镇住了，过了半晌才说道：“这是我儿子，我带他回去。”

话没说完孩子大声说道：“我不是他儿子，他是坏人，要把我卖了。”

“你这孩子，怎么胡说呢……”那男人话没说完，已经被赵光义冷冷打断：“这个孩子已经懂人事，不会不认父母。你衣衫粗制，而他的衣服虽脏，却是锦衣华袍。你的口音，是越州一带，而他的口音是金陵附近。你倒说说，你是怎么生出的这儿子？”

男人张口结舌说不出话。赵光义的声音很平：“你无非是求财。”说着看了眼侍从，侍从拿出一锭银子放在了桌上，赵光义看着男人道：“这银子我给你，就当你把孩子卖与了我。这个价格，也不算低了。”说着声音凌厉起来，“你要不识好歹，我们此刻就去报官，让官府查查看你是不是他爹？”

男人支吾了半晌，看了看桌上的银子，拿起用牙咬了咬，才一心欢喜地对赵光义说道:“既然你出了银子,那这孩子就归你了。”说完再也没看孩子一眼,揣着银子跑出了客栈。

赵光义这才转身看了看孩子,一会儿的工夫,这孩子比刚才还惨,脸上也被打肿了。赵光义对侍从说道:“带这孩子去洗洗,吃饱了,带到我房里来。”

不到半个时辰,侍从带着孩子走到了赵光义的房里。天色已晚,屋里点了灯烛。赵光义细细看了看孩子,这孩子洗干净了还长得挺好看。眉眼清秀,下巴和唇很坚毅。赵光义勾了勾唇,难得的和颜悦色:“你叫什么?”

孩子嘟着嘴说道:“寅儿。”

“怎么会跑到这里?”赵光义继续问着。

寅儿撇了撇嘴,几乎又要哭了。从寅儿断断续续的话里,赵光义知道了这个孩子要去找他爹,结果没出金陵城就被刚才那个男人盯上了。那男人把寅儿抓了打算带回越州去卖,走到宣州寅儿跑了出来,晃悠了还不到一天,偷了他的银子,又被那男人找到要带回去。赵光义不由问道:“你爹不在金陵?”

寅儿点点头。赵光义又问:“那他在哪里,你打算怎么找他?”

寅儿摇摇头,他不知道怎么找,爹说了他在北边,从金陵一直往北就能找到他。可是他不知道出了紫竹台,外面那么大。他连北在哪都找不到。看寅儿一直摇头,赵光义摇了摇头,又问着:“你怎么一直跟着我?”

寅儿直直看着赵光义:“你是好人。”肯送他银子,应该是好人,应该会帮他。

赵光义笑了,声音沙沙的,正要说话,又有侍卫进来禀告事情。赵光义便让人把寅儿带出去先休息,明天再说。侍卫发现在客栈附近有些不明来历的人,身手很敏捷,只怕来者不善,请示赵光义是否明天一早就出发。

赵光义蹙眉陷入了沉思，这次出来是秘密而行，南唐的人不可能这么快知道消息。难道是赵普那个老贼想暗中来一手？难怪他那么痛快地同意自己来宣州。赵光义冷笑了一声。如果真的是他，会要他好看。赵光义吩咐下去明天一早出发去常州。时间紧急，林仁肇已经赶赴常州一带，他必须要尽快追上。

第二天一早，还不到寅时，赵光义已经起床整装待发。侍从把还揉着眼睛昏昏欲睡的寅儿带到赵光义面前时，赵光义才猛地想起还有这么个小家伙。如果不是时间紧急，他倒是不介意把他送回金陵。但要务在身，从金陵再折到常州就太耽误事了，眼下也没个可靠的人能托付这孩子。赵光义第一次觉得自己是脑子抽了才会接下这个麻烦，可是那孩子的眼睛情态，灵慧中带着倔强，有种说不出的感觉，让他无端地就生出一种叫“不忍”的情愫。赵光义拍拍寅儿的肩膀：“今天我们要赶路，带你骑马，怕不怕？”

寅儿抿唇像个小大人似的声音坚定：“不怕。我爹带我骑过。”

“那就好。”赵光义揉了揉寅儿的脑袋，把寅儿抱到自己的马上，圈进怀里，向着常州的方向策马而去。

在马上颠了一上午，中午到了一处路边的茶摊，几人才停了马。赵光义把寅儿抱下马，寅儿一个跟头栽在了地上，腿软得站都站不起来，小脸也煞白。侍卫从茶摊上要了几碗热茶，赵光义抱着寅儿过去喂了他几口茶水，寅儿缓过些气息。赵光义声音很沉：“你不是骑过马吗？”

寅儿嘟着嘴：“没骑得这么快。”祁正修只是带他骑着玩，哪曾像赵光义这么玩命地赶路。顿了顿，寅儿看着赵光义问道，“大叔，你有儿子吗？”

大叔？赵光义哭笑不得，这个称呼真是……他很老吗？赵光义抽了抽嘴角，吐出一个字：“有。”

“那你带他们骑过马吗？”寅儿又扑闪着大眼睛问道。

赵光义想了想，他总是很忙，倒是很少陪自己的儿子们玩耍。元佐虚八岁，记得曾经带他骑过一次吧。其他的孩子就没有了。赵光义微微点头：“骑过。”

“也骑这么快？”寅儿追问道。

“没有。”赵光义依稀记得那次是让侍卫带着元佐骑的，元佐又哭又闹，他只得亲自带着骑了一圈，就命人把他送回去了。

寅儿嘟起了嘴：“看，爹是不会带儿子骑这么快的。”

原来这小家伙在这儿等着呢。赵光义忍不住抽抽嘴角笑了，伸手揉了揉寅儿的脑袋，真是个机灵的小鬼头。寅儿也笑了，笑得很甜。寅儿笑得开怀的时候，大大的眼睛就会眯起来，像小月牙似的。赵光义看得就是一怔。

寅儿又看着赵光义问道：“大叔，你要带我去哪，是回金陵找我娘吗？”

又是大叔！赵光义勾了勾唇，算了，大叔就大叔吧：“我还有些事情，要处理完才能带你回金陵，所以你要先跟着我走。”

“哦。”寅儿有些失落，嘴巴也撇了起来，眼圈有些发红，“我想我娘了。我都好久好久，没有见到我娘了。我娘一定也想我了，她一定哭了。”

赵光义看着孩子难过的样子，那莫名的不忍又窜了出来，忍不住问道：“你娘，很疼你吧？”

“那当然啊。”寅儿惊讶地看着赵光义，似乎他问了个很蠢的问题，“我娘说，所有的爹娘都最疼孩子的。”说完又嘟起了嘴，“再说，我娘是天底下最好的娘，她长得可好看了，还会给我讲故事，还会跳舞。像神仙一样……”寅儿像个小话唠一样叨叨着，赵光义也不知道为什么，竟然有耐心听个孩子嘀咕。听到寅儿说他娘会跳舞，他的心就腾的一声飘得好远，眼前浮现出一个熟悉的身影，如果是她，会不会也是这么温柔以待她的孩子，和她的夫君？赵光义甩了甩头，还想这些乱七八糟的做什么。

“前阵子我病了，我娘就守在我身边一步也不离开，哭得眼睛像个核桃，我想吃什么她都给我做……”寅儿继续叨叨着，看赵光义出神，伸出小手捅了捅赵光义，“你疼你的儿子吗？”

赵光义一愣，心里有些突如其来的慌乱，疼？什么叫疼？他不由地反问：“你爹疼你吗？”

寅儿的眼睛亮亮的：“疼啊。爹带我骑马，教我认字，写字，还会把我放在他肩上骑大马。”说到他的爹，寅儿的语气里全是自豪，又絮絮叨叨了许久，从袖子里拿出小木马，“看，我爹给我做的。”

赵光义拿起看了看，雕得很细致，看来这个孩子的爹不仅很疼他，还很手巧。自己怕是即便有心，也不会雕得这么逼真。寅儿忙又把小木马藏进袖子里，这可是他的宝贝。

赵光义揉上了寅儿的小脑袋，这是个幸福的孩子。出身富贵，享受着爹娘的疼爱。不过如果按他爹疼爱他的标准，自己这个做爹的是不称职的，没有给儿子当大马，也没空教他们念书写字。

果然那个小机灵就追问来了：“你会教你的儿子认字吗？”赵光义面无表情地摇了摇头。“那讲故事呢？”赵光义又摇了摇头。“哄他睡觉？”赵光义只好又摇了摇头，“我很忙。”

寅儿的大眼睛扑闪着看了半天看着赵光义叹了口气：“你儿子真可怜。”那语气像个小大人似的。赵光义的心也跟着扯了一扯。但寅儿随即也像霜打了似的蔫巴了：“你们当爹的，都忙。我爹也忙，几年才见一次，很快又走了。”寅儿撇着嘴低声说道，“我还想问问别人的爹是什么样的，不过，还不如我爹呢。”

店家端上了饭菜，赵光义把饭拿到了寅儿面前，夹了些鸡蛋和肉放在他碗里说道：“别顾着说了，赶快吃饭。吃完还要赶路。”寅儿到底还是孩子，看到饭又眉眼弯弯笑地开心吃了起来。

吃过饭又歇了歇，赵光义才带着寅儿继续赶路。下午的马骑得比上午慢了一些。寅儿在赵光义怀里，有时会扭头看看赵光义，伸手摸摸赵光义的胡楂。赵光义厉声道：“别闹！老实待着。”生怕他摔下去。寅儿吐吐舌头，能老实一会儿。但不出半个时辰，男孩的皮劲儿上来，忍不住又回头看赵光义。赵光义虽然心中暖暖，但还是忍不住呵斥他坐老实。

好容易到了晚上停下马找了客栈休息，寅儿还是不老实，拽着赵光义问东问西。赵光义也不知道哪来的耐心，连他自己的儿子他都没花这么多工夫回答这么无聊的问题。不过他的儿子都很怕他，见到他便向老鼠见了猫，也不会像寅儿这么无法无天地肆无忌惮。

直到晚上该睡觉了，寅儿还是扯着他的袖子不肯走，非让赵光义给他讲故事。赵光义哪会讲什么故事，只得板下脸问他：“你见了谁都这么自来熟吗？”

“哼！”寅儿恼了，气哼哼地跑出了门，回到自己房间去睡了。他才不是对谁都熟，那个娘叫“陛下”的大叔，自己每年见好几次都没话和他讲。只是，这个大叔，他也说不出为什么，就是觉得亲近。而且他能看出，他也是喜欢他的。

这孩子气性还挺大。赵光义摇摇头，无奈地去睡。

结果寅儿这小脾气上来，第二天又气鼓鼓了一整天，直到晚上赵光义主动教他看星星又抱着他转了两圈，寅儿才露出笑脸。双手紧紧环上赵光义的脖子，指着星星问东问西，赵光义也耐心地回答着。外面的夜风起了，吹在身上有些凉。寅儿把赵光义抱得更紧，打了个哈欠，窝在赵光义怀里嘟囔了句：“大叔，我困了。”

赵光义没有说话，只是把寅儿抱紧，放到屋里的床上，寅儿翻了个身，像说梦话似的嘀咕了句："大叔真好。"就沉沉睡去。

赵光义的心一震，看了寅儿好久，这个孩子真的很招人喜欢。赵光义想摸摸他的小脑袋，捏捏小脸蛋，又怕惊醒了他，只把被子给他盖上后转身出去。

路上行了五天，第六天晚上，赵光义到了常州城里，在客栈住下。派出去打听的侍卫回来禀告，林仁肇已经在昨晚就到了常州，现驻守在常州城东郊。赵光义蹙眉琢磨着，林仁肇如果要去攻打淮南，势必需要祁正修的水军襄助兵马过江。便问道："祁正修的水军有动静吗？"

侍卫摇头："暂时还没有。"

赵光义的手指在桌上敲了敲，心中思谋半晌，对侍卫说道："明日一早先去探探林仁肇的动向。"

第二天一早，留下了一个侍卫看着寅儿，赵光义到了常州城里一个茶楼的二层雅间坐着。其余的侍卫前去打探消息，直到中午，其中一个匆忙过来禀告道："林仁肇一早去找了祁正修，不知谈了什么，现在带了几个侍从在回去的路上。"

赵光义的眸子一亮，手里的茶盏捏紧了："想办法把他引到这里来。"

林仁肇和侍从从祁正修那里出来，一肚子不快。他满以为祁正修一定会竭力支持他的北上。谁知祁正修却一直摇头，劝他回去，还说不是进攻的时机。此时不攻，难道等宋贼养得兵强马壮再攻？他实在不能理解。祁正修临别时特意交代他一路疾驰回去，切莫在路上和人闲聊攀谈。林仁肇也没听进去，今天穿着便服，行到城中集市，人多不便骑马，便从马上下来，牵着马穿行。林仁肇的马是跟着他出生入死多年的战马，烈鬃奇骏，身形比一般的马高大了许多，在路上走着也难免引人多看几眼。

迎面而过了几个看着像商人的人，看了看他的马不由上前搭话："这位官爷的马看着高大健硕，日行八百里没问题吧？”

看人问起他的马，林仁肇不由满含情感地拍了拍马背道：“没问题。前几年日行千里都没问题，现在老了。”

那几个人又和林仁肇聊了几句马的事，其中一个说道：“我们也是头回做马的生意，贩了几匹，但不知道品相怎么样。听说也不见得身形高大跑得就快。看这位官爷是懂马之人，不知道能不能劳烦帮我们看看。”说完指着一旁的茶楼，“就在那后面的院子里。”

林仁肇听到有马，忍不住迈步向前，几个侍从跟得紧紧。到了茶楼后院，林仁肇扫了眼那几匹马，脸色拉了下来，冷眼看着那几个人道：“这些都是战马，你们是商人，又怎么能买到？你们到底是什么人？”

“林兄好眼力。”赵光义从茶楼一层的侧门走了出来，冲林仁肇一抱拳，“久违了。”

林仁肇看着眼前的人一时反应不来。他虽然出入战场多年，却从没有和赵光义亲自对垒过，所以他并不认得赵光义：“阁下是？”

赵光义淡淡笑道：“在下已备好茶。有要事要和林兄一同商议。”

林仁肇顿了顿，到底武将出身血气方刚，便大步迈进了茶楼，赵光义在前面引着到了二层雅间，二人相对坐下。林仁肇一抱拳：“阁下高姓大名？”

赵光义倒了一盏茶递给了林仁肇：“在下姓赵，名光义。仰慕林兄大名，特意前来拜会。”

林仁肇的眉眼顿时瞪了起来，把赵光义的手一把打开，冷笑道：“好大的胆子，敢来我大唐的地界。”

赵光义也并不恼怒，手中的茶泼了出来烫得手背一片赤红，赵光义纹丝未动：“我是一片赤诚。林兄不管是否接受，是不是应该听我把话说完？”看着赵光义烫得泛红的手背，林仁肇冷冷吐出一个字：“说。”

赵光义抬手请林仁肇坐下，开始细细从天下局势，各方兵力说起。赵光义没有一味贬低南唐褒扬大宋，而是很客观地在分析。从兵力，到政局，到经济，到百姓，到民生……连赵光义的侍从都纳罕，这辈子听赵光义的话都没有这半晌说得多，倒像是故意在找话说似的。

赵光义说得入情入理，又有几分新奇的说法，林仁肇听着便也没有打断，一边听一边琢磨着，时间不知不觉已经过去了近两个时辰。赵光义说道："我也不愿说识时务为俊杰一类的话。为国尽忠必然是林兄的节操。但是国的范畴，比起苍生百姓，又孰轻孰重呢？如果国势已是强弩之末，一味的尽忠，就是辜负百姓。让百姓早日过上安定康宁的日子，不比维持天下姓什么更重要吗？"

林仁肇没有说话，赵光义说得好像无可反驳，但又好像哪里不对。忽然从楼下冲上来一队士兵，为首的林仁肇认识，是祁正修那里的人，看着赵光义说道："哪里来的贼人，蛊惑人心？"说着举起手中的枪便冲了过来。

赵光义向后退了两步闪躲开来，林仁肇这才发现屋里的窗户不知道何时已经全都关了起来，祁正修的人一吼，林仁肇才回过神来，竟然让一个敌国的说客说了那么久，而自己还听进去了。但当时赵光义的神态、语气和气场，居然让他丝毫没有察觉。

林仁肇反应过来要对赵光义出手，一旁赵光义的侍卫已经拼力打开了窗户，赵光义和侍从飞身从二楼跃下，楼下就是他们的战马，一行人策马而去。林仁肇要冲下去追，祁正修的士兵拦上了林仁肇："祁大人说了，如果他跑了，林大人切勿去追。"

这又是为什么？林仁肇想不通。回想起祁正修嘱咐他的话，心里更加糊涂。祁正修是怎么算到会有人和他攀谈？不过既然祁正修说不用追，那就不追了。林仁肇下了茶楼，骑马回到了东郊的营帐。

赵光义和侍从骑马在常州城郊兜了个圈子，确定把祁正修的眼线甩开后，傍晚时分在城南山上的一座荒弃的破庙里安顿下来，命人偷偷去客栈里接了寅儿。

侍从问着："大人怎么知道祁正修一定会出现？"

赵光义冷笑了一声："凡是我们想到的，他总会想到。不过可惜了，生在了南唐。"祁正修就像个鬼魅似的总能不期而至，赵光义如今也习惯了，只要提防好祁正修就够了。

不多时，侍卫把寅儿接了回来。寅儿看着破庙几分好奇，问着赵光义："怎么今天住这里了？"

赵光义拍了拍寅儿的背："以前没住过吧？"

寅儿摇了摇头。

赵光义勾唇一笑："那就试试。你会喜欢上住这里的。"

寅儿四处打量了一番，正中立着的泥塑正睁着眼睛俯瞰着众生，寅儿一哆嗦，直接扑进了赵光义的怀里，再也不肯下来："大叔，我怕。"

侍从被逗得哈哈大笑，赵光义倒很自然地抱住了寅儿，对侍从吩咐着："拿着银子，去附近的人家要些吃的。"

寅儿猫在赵光义的怀里，探出脑袋去看看泥塑，又怕得用手捂住了自己的眼睛，从手指缝儿里偷偷看着。赵光义只觉分外好笑。他不知道是只有寅儿这样，还是所有的孩子都这样？为什么他自己的儿子，他没有发现这么有趣的一面呢？不由随口问道："小家伙，你这么每天趴在我身上，要不我索性把你带回我家怎么样？"

寅儿一愣，伸手摸上了赵光义的脸，竟然长长叹了口气："大叔，我舍不得你。"

这小东西，还挺挠人心。一句话说得赵光义的心一抽。赵光义不禁把他揉得紧了些，沉声道："那就和我走。"刚才那句他是在逗孩子，可这句他是认真的。以他在大宋的地位和实力，不愁给这孩子个好前程。

寅儿鼓着嘴巴摇了摇头："那不行。我要找我娘。没了我我娘会哭死的，我也会哭死的。"说着语气有些失落，"我还想我爹。我爹上次说，等我会写了祁字，他就回来了。可我已经会写祁字了，他还不回来。我好想他。"

祁？赵光义全身莫名打了个冷战，把寅儿放到地上，竭力平声道："那你写写，我看看。"

寅儿在地上，用树枝写了个大大的"祁"字，又写了个"远"字，自豪地说着"这是我的名字。"又写了个"祁正"，"修"字勾勾画画好久，也没写出来。嘟着嘴道："我还是不会写我爹的名字。"

好像一盆水，从头浇到了脚底，赵光义彻底寒凉了。天下的事，要不要他妈这么巧？赵光义蹲了下去，双手紧紧捏上了寅儿的肩，声音有些阴森："你爹是祁正修？"

"疼！"寅儿挣扎着，被赵光义的神情吓了一跳，但还是点了点头，伸出小手又要去摸赵光义的脸："大叔，你怎么了？"

赵光义腾地站了起来，皱着眉头向后退了两步，心忽然扯得生疼，不禁把面前这个孩子又打量了许久，没错了，那眉眼，那笑起来像小月牙，哭起来委屈带倔强的眼睛，和小桃是一个模子。他是祁正修的儿子？！赵光义说不上自己是个什么心情，紧紧攥着拳，一拳砸到了墙上。

寅儿吓得怔住了，过了半晌，才又颠颠地向赵光义跑过来："大叔！"

"别过来！"赵光义脱口便是冷冷的一句，寅儿站住了，一脸的惊愕。他不能理解刚才还很亲切的大叔为什么突然变了脸。赵光义的脸色像忽地罩了一层冰，心里各种情绪纠结繁复，惊讶，失落，痛楚，不可置信……混合在一起，让他几乎喘息不上，赵光义大步走出了破庙。

寅儿在后面追着："大叔，别扔下我啊，我怕。"几乎要哭了出来，脚下一个不利索又是扑通一跤。

赵光义心里一疼，却还是硬着心肠没有回头，对守在外面的侍卫吩咐着："进去把那孩子看好。"说完快步走出寺庙的院子，一直走到半山的一座亭子，才纵身上了亭子顶，坐在那心里一片荒芜。

他要怎么办？来之前他说不入虎穴，焉得虎子。可现在他竟然在半路捡了祁正修的儿子，造化真是弄人。赵光义的脑子里不停回想着寅儿曾经说的话，那些他爹他娘宠爱他到骨髓的话如今想来竟然字字锥心。赵光义坐了许久，直坐得全身寒凉，心也凉。

侍卫从山下的人家买了吃的带上来，却到处找不到赵光义。寅儿嚷嚷着饿便先给他吃了。寅儿吃着还不忘瞪着大大的眼睛问着："大叔哪去了？"侍卫无法回答。吃过饭寅儿也不再说话，抱着膝坐在角落的柴草堆里默默地等着赵光义，直到夜深困得靠在墙上睡去。

直到后半夜，赵光义才缓缓走回来，步子沉沉。寅儿一扑棱从墙角醒来，揉了揉眼睛，看清走进来的人，鼓着嘴巴憋了半晌，才怯怯地唤了一声："大叔。"

赵光义的神情变得很冷漠，很陌生。看了寅儿许久，才坐到了他旁边，却和他保持了一段距离，声音也冷冷的："快睡。"

寅儿扑闪着大眼睛就那么看着赵光义，想说话又不敢说，只好强忍着。直到天快亮了才又歪着脖子睡了过去。

赵光义没有看寅儿，那双和小桃如出一辙的眉眼让他的心疼得喘息不来。这么多年，不管他怎么劝说自己释怀，都无济于事。只要想到她，就有一股燃烧起来的火焰要把他吞噬。没有她的日子，过得苍白一片。如今又见到寅儿，他心里那股狂热又被点得炽热，直烧得自己噬骨的疼痛。

天快亮了，赵光义一夜未眠，头有些发沉，正要闭上眼睛，忽然耳边一凉，一个警醒睁开了眼睛，擦耳而过一把匕首。几个黑衣人猛地从破庙门口窜了进来，守值的侍从也反应过来，追进来和黑衣人打在了一处。赵光义顾不得打斗，一个箭步上去把睡在角落的寅儿一把抱了起来向外冲去。门外还伏着几个黑衣人见赵光义出来立马扑了上来，赵光义一手抱紧寅儿，一手抡起一杆长枪和他们打在了一起。

赵光义带着寅儿终究不方便，和黑衣人交战了半晌，渐渐难敌围攻，有些顾及不上。屋里的侍卫把闯进去的黑衣人打倒后及时冲了出来给赵光义解围，赵光义终于有个喘息的机会，急忙抱着寅儿冲到了院门口，拉起一匹马飞上疾驰而起。黑衣人想追却被侍从拦着，情急之下冲着赵光义飞出去几把匕首，又被侍从挡住揪打在一处。

赵光义的马跑得极快，不多时到了一片密林，赵光义勒马停住，把寅儿抱下马后，靠着树坐了下去。寅儿看了看赵光义已经全是血的袖子，和自己身上的血迹，吓得说不出话来。赵光义冲他摆摆手，低声道："别说话。"

寅儿赶紧捂住了自己的嘴巴，看着赵光义苍白的脸色和遍身的血迹，大大的眼睛里全是惊恐。赵光义的胳膊刚才在打斗中被匕首扎了，此刻情况缓解过来，疼痛才一阵一阵地袭来。赵光义把袍子下摆用力扯了下来，缠在了胳膊上止住了血。

过了大概半个时辰，有两个侍从找到了这里，看到赵光义赶忙跑过来，禀告着那些黑衣人已经被打倒大半，剩下的在和其他侍从纠缠打斗。他们担心赵光义有事，在附近沿途找着，才找到这里。看到赵光义负伤，不由担心道："大人，要不要先去找个郎中诊治一番？"

赵光义皱眉摇头："不必了。此地不宜久留，今晚趁着夜色，速速回开封。"

侍从看了看寅儿，为难地问道："那这孩子……"

赵光义在脑海中迅速盘算了一下，眼下情况紧急，自己很明显被人盯上了，这里是南唐，一旦暴露身份处处招敌。去金陵显然不可能。如果把孩子给祁正修送去，等于自投罗网，祁正修随时会要了自己的命。赵光义果断地说道："先带回开封。"

侍卫点头应是，又问道："回去的路途还是从皖口吗？"

赵光义蹙眉想了半晌，心中细细思量。这群黑衣人会是哪里的势力？林仁肇或祁正修都是带着兵的，如果知道他的行踪要伏击他，肯定不会只带这么点人。李煜？更不会，那些黑衣人招招致命，恨不得立即杀了他而后快。如果他死在南唐的地界，岂不是给了大宋一个出兵南唐的借口？李煜不会这么蠢。南唐的人顶多想抓着他要挟大宋，不会这么致命。剩下的，就只可能是赵普老贼了。

如果真的是赵普，他清楚自己来时的路线，再从皖口走太危险，可这里又被祁正修的水师严守，唯一能走的地方，只怕就是一路向东，过几个镇子，就是吴越的地界。吴越臣服于大宋，到了吴越，就安全了。赵光义答道："取道秀州，过华亭，从水上回大宋。"这条路，赵普老贼应该不会想到。

金陵城内，李煜接到了青羽卫的禀告，林仁肇带兵去了润州，见了祁正修。不过祁正修没有什么反应，水军并没有调动的迹象。但林仁肇在回去的路上，见了赵光义，两人还在茶楼里关着窗户秘密地聊了两个时辰。

两个时辰？李煜的心一阵阵阴冷，他们会聊什么？李煜忍不住问道："然后呢？"

青羽卫回禀道："然后赵光义和侍从把我们甩开了，不知他们去到哪里。但是赵光义的侍从回一个客栈带走了一个孩子，那孩子，似乎是桃司舞走丢的儿子。"

李煜只觉得一股凉气从脚底窜了上来，直到胸口，身子都僵了似的：

“确定吗？”

青羽卫答道：“夙墨见过桃司舞的儿子，他说确是。”

“为什么不跟着把孩子抢回来？”李煜的眉头蹙紧了。

“陛下之前吩咐切莫打草惊蛇。”青羽卫有些为难地看了看李煜，之前他吩咐盯着林仁肇不要有任何举动以免打草惊蛇无法判断林仁肇到底是忠是奸，遇到桃司舞的儿子的确是意外。而且侍卫带着孩子绕到了山上几下就不见了踪影。也确实跟踪不来。

李煜闭上了眼睛，无数的情形在他脑海里来回切换着。林仁肇的画像挂在宋朝的皇宫里；林仁肇未经允许，私自带重兵北上，打着打淮南的名义却和大宋重臣赵光义私会；祁正修的儿子恰巧不巧地就丢了，还更巧的是在赵光义的手里。桃司舞啊桃司舞，你说朕别让人的心凉了，可你们却让朕的心凉了。

看李煜许久不说话，铜壶滴漏在一点一滴地滴着，更显得深宫幽静。青羽卫问道：“陛下，夙墨他们还在润州等着陛下的吩咐。”

李煜的眸子猛地睁开，声音像是被掏空的疲惫：“带我的两份手谕给林仁肇，一道命他撤兵。如若违抗，便是第二道手谕。”最后一句带着刀剑般的肃杀。

青羽卫立即明白了过来，问道：“如果第二道手谕下了后，林大人同意撤兵，是否收回第二道手谕？”

李煜的眸子很空：“不必。那时，就太晚了。”他不能拿江山做赌注，他也要杀鸡儆猴。“对了，让青羽卫继续搜寻赵光义和孩子的下落，决不能放走孩子。”

青羽卫领命而去。李煜吩咐守在殿外的宦官进来，说道：“告诉桃司舞，她的儿子找到了。”

不到一个时辰，宦官便回来传话，桃司舞执意要见陛下，已经在宫外候着。李煜没有什么表情:“传。”不多时，小桃快步走了进来。这半个多月，小桃每天度日如年，瘦了好几圈，身形枯槁，几乎要撑不下去，好容易有了寅儿的消息，她无论如何也坐不住了。见到李煜，小桃已经跪了下去，声音急切:“陛下，是不是有寅儿的消息了，他在哪里？”

李煜看着小桃，这个多才多情又温柔的女子，此刻满脸除了焦灼和憔悴，他再也看不见昔日的一点光彩。她是真的不知道，还是演技超群？李煜盯着小桃道:“在润州。”

润州？小桃的心几乎跳了出来:“他真的去找他爹了？”她根本想不到，一个五岁的孩子，怎么能跑那么远的路？

李煜的眸子依旧笑得澄澈干净:“找爹，那他为什么在赵光义的手里？”

跪着的小桃忽然像被抽断了脊梁瘫在了地上，寅儿怎么会在赵光义的手里，不由焦灼地问道:“陛下，寅儿怎么样？他好不好？”天啊，为什么会和赵光义搅在一起？他并不知道寅儿是他的儿子啊，他会怎么对他？小桃不敢想象。

李煜摇头:“不知道，我也只有初步的消息，所以我打算派人把寅儿找回来。”

“陛下，求你让我一同前去。”小桃的声音颤抖着，她要尽快见到寅儿，她不能让任何人伤害他。

“好。”李煜笑得温温。他这次不再阻挡小桃离开金陵。他要派五百青羽卫、五千禁军好好“护送”她过去。一旦林仁肇或祁正修产生哗变，立即后续增援部队镇压。

小桃顾不得怎么收拾，随便带了两件衣服便跟着禁军前往润州。紧急行了两天一夜，直到第二天傍晚才到了润州，直奔祁正修的大营。

祁正修看到和禁军青羽卫一起来的小桃，脸色枯黄憔悴，瘦得像久病未愈，不由问道："出什么事了？"

小桃紧紧抓着祁正修的手，声音颤着："寅儿不见了。陛下说，有人在这里看到了他。"

祁正修的心腾地悬了起来："多久前的事？"

"寅儿已经丢了半个多月了。"小桃的眼泪掉了下来，"他说要来找你，我没想到，他真的能来……"

祁正修捏上了小桃的手："你怎么不早点告诉我。"如果早知道寅儿丢了，那么寅儿在一踏上润州的时候他便能发现，而不至于像现在手足无措。

此行禁军的首领向祁正修抱拳行礼。祁正修看了看首领身后人数庞大的禁军以及青羽卫，微微蹙了蹙眉头。陛下不会派这么多人来找寅儿的。略微思索了一下说道："各位一路辛苦，如今已经到了润州的地界，不妨先歇息片刻。"说完扶着小桃的肩温声道："你先休息一下，吃点东西。我这就派人在润州四处搜寻寅儿的下落。不过我现在有点事情要先出去一趟。你等我回来，千万不要着急，嗯？"

小桃晕晕乎乎地应着。禁军首领带着其余的士兵在祁正修的营地安了营帐。青羽卫留了几人看守着小桃，其余的人也随着去安顿住处。小桃奔波了这么些天，却一点不觉得累。反而到了润州的地界，心揪得更紧。寅儿就在她身边，可她却寻不到他，简直要抓狂。

祁正修出了营帐骑马赶往林仁肇的营地，此行这么多的禁军，明显是防止哗变的前卫，只怕陛下要出手了。他必须赶紧去找林仁肇以防不测。耳畔的风声紧紧，祁正修只恨不得立即飞到林仁肇那里。

小桃在营帐里坐立不安，尽管祁正修让她好好休息，但她哪里有心思。正在纠结乱想着，忽然进来两个青羽卫，对着屋里守着她的青羽卫在耳边嘀咕了几句，听的人皱了皱眉头。小桃立马惊觉地问道："是有寅儿的消息了吗？”

青羽卫顿了顿，一个为首的冲小桃一抱拳：“桃司舞，有消息回来，赵光义带着孩子出现在大唐和吴越的边界。现在那边的青羽卫正在周旋拖着他们。等祁大人回来，禀告大人看如何是好。”

小桃一听到寅儿的消息，恨不得插着翅膀飞过去，哪里还等得及祁正修，立马从椅子上弹了起来：“事情紧急。再等就来不及了，万一到了吴越怎么追？我们立即出发，留下人告诉祁大人便好。”

事不宜迟，青羽卫留了两个人给祁正修传信，其余的人和小桃一起出去。小桃看着安营扎寨却没有动静的禁军不由问道：“他们不走吗？”

青羽卫没有表情：“他们此行来是有别的任务在身。”禁军是用来阻止祁正修和林仁肇哗变的，不会随意出动。小桃虽有些担心自己带的人太少，但情况紧急也顾不得计较，和青羽卫一起策马而去。

青羽卫的马行得飞快，后半夜时分已经早出了润州过了两个村庄，到了和吴越边界毗邻的九泉瀑。这里地势偏高，有九处泉眼，水汇在一起向下冲去便形成了瀑布。瀑布落下顺着河再过一个村子便到了吴越的地界。青羽卫首领从袖中拿出一个哨子，几声尖利而短促的哨声划破长空，不多时，便从远处快马奔来两个青羽卫，冲小桃等人一抱拳。小桃忙问着：“孩子呢？你们看到孩子在哪儿？”

过来的青羽卫答道：“昨天下午在这里发现赵光义带着孩子和几个侍从准备去吴越，便在这里截住了他们。但是打斗中他们跑进了九泉瀑后面的山里，就不好找了。”

“孩子有没有受伤？”小桃的声音是抖着的。

“没有。我们也怕伤到孩子。”青羽卫回答道。

小桃一直紧绷的弦这才松了下来。青羽卫很快分了几十个组，五六个人为一组，分头开始绕着山上去包抄。还有十几个人留在小桃身边守护。

小桃本想跟着一起上山，但山上夜深路险，走了几步就滑了下来，只好作罢。留在九泉瀑这里心焦地等着青羽卫的消息。

时间一点点地过去，天上的半弦月一点点向东滑落，依旧没有返回的消息。小桃的心也随着一点点又提了起来。忽然，从东面传来了打斗声，有着兵器抨击的声音渐渐传来，小桃不顾一切地跑了过去，在山脚的坡地，几匹马像疯了似的狂奔而来，跑在最前面的隐约看着像是赵光义的身形，后面跟着侍卫，以及拼命追赶的青羽卫。

小桃大声喊着："寅儿，寅儿你在哪儿？娘在这，寅儿！"

果然最前面的马上传来一声孩子带着哭腔的高喊："娘！我在这儿，娘，救我！"

小桃立即向着寅儿声音的方向跑过去，冲上去横在了赵光义的马前面。赵光义把马打得飞快，猛地听到小桃的声音，还没反应过来，一个纤弱的身影已经飘到了自己的马前，赵光义拼命去勒缰绳，想把马扯到一边，但马的冲力太大，揪扯之间眼看着马就要撞到小桃的身上。

电光火石间，一个白色的身影一把抓过小桃一个海底捞月，把小桃抻到了自己的马上。小桃扭头一看，祁正修带着人马恰好赶了过来。此刻赵光义的马也勒住了，在原地转了两圈，停在了那里。寅儿大声喊着："爹，娘！"全是激动和兴奋，还带着丝丝劫后余生害怕的颤抖。

小桃早已忍不住眼泪，向寅儿用力抻着胳膊："寅儿！"转而看向赵光义，心腾地揪了起来，月光下的赵光义，一身深色衣袍，正冷冷地看着她，看着祁正修。追在后面的青羽卫也停了下来，等待着祁正修的命令。

祁正修看着赵光义，声音很平，却很清冷："把孩子给我。"

赵光义没有应声，却仍在看着小桃，昏昧的月色下，隐约看到小桃一脸的泪痕，头发衣衫都凌乱着。赵光义的心一丝一丝疼了起来，直搅得整个心都在绞痛。他原以为，这么多年过去，他再看到她，能镇定一些，能淡然一些。然而，一如从前，无法控制。

小桃的眼泪止不住流了下来。看着寅儿在赵光义的怀里，她说不出的滋味。而此时寅儿看到自己的爹娘已经按捺不住，在赵光义的马上也不肯老实地坐着，一个劲扭股着："大叔，我要下去，放我下去！"

赵光义仿佛没有听见，依旧用力圈着寅儿的腰，不肯松手。寅儿的小手用力去抓、去抠赵光义的手，却纹丝不动。寅儿一急，张嘴去咬。赵光义终于有了反应，抬手把寅儿的嘴甩开，猛地喝道："老实点！"

小桃的心像刀割似的，泪眼凄迷地冲着赵光义喊道："不要，不要伤他啊。"

祁正修的拳攥紧了，盯着赵光义用力说道："把寅儿给我，我放你走！"

祁正修和小桃紧张的样子，扎得赵光义的心好疼。好像一袭冰冷的江水，从脚底袭到心口，让全身寒凉；又好像有一把烈火，从头顶烧到脚底，让全身沸腾。一冷一热汇聚，便是刻骨的疼痛，让赵光义几乎要喘不上气的疼。赵光义用力捏上了寅儿的肩，寅儿疼得大叫："疼，大叔，你捏疼我了。"

赵光义勾唇冷笑了一声道："放我走？祁大人，你不是该一见到我，就生擒活捉的么，怎么舍得放我走了？"

小桃听到寅儿的话早已疼得五脏俱碎，恨不得立刻下马扑到寅儿身边。祁正修用力圈住小桃的腰，低声道："别动。"此刻小桃到了赵光义旁边，还不知道他会怎么样。可这个动作被对面赵光义收到眼底，眸中更是碎裂的疼痛。

祁正修淡淡道："只要你把孩子放下，我不会为难你。"

赵光义把寅儿捏得更紧，冷冷看了小桃半晌，才缓缓道："前面再过一个村子就是吴越的地界，你别过来。"指着小桃道，"你随我到吴越边界，我把孩子还你。”

“那不可能！”没等小桃说话，祁正修已经一口否决，“赵光义，此刻你没资格和我讨价还价。”小桃忙扯上了祁正修的袖子，几乎是低低哀求：“子介。”祁正修看了小桃一眼，眸色清凉。

“是吗？”赵光义的脑子一片混沌，小桃对祁正修的温柔旖旎像有无数的利箭刺着他的胸口，让他理智全无。赵光义一把掐上了寅儿的脖子，冷声道：“你说有资格吗？”

寅儿扑腾着，小桃不可相信地瞪大了眼睛，随即撕心裂肺地冲着赵光义大声吼着：“你松开！松开！赵光义，你不是人！你松开他啊！”小桃像疯了一样要挣扎下马，祁正修用力才抱住了她，对赵光义冷声喝道：“我答应你！你松开他！”

赵光义这才把手松了开来，寅儿脸色青紫，一个劲地咳嗽着。小桃的眼泪早已溢了满脸，看着赵光义目光像能迸出刀子：“赵光义，你这个疯子，你不是人……”

赵光义重新揽上寅儿的腰，声音寒凉：“既如此，那祁大人就退后吧。”

祁正修一抬手，身后跟着士兵纷纷向后撤退，直到撤出视线外一里之外。青羽卫也纷纷退了下去。但青羽卫毕竟是训练有素，给了祁正修一个眼色后，分成几路后退，形成梯队，有几个便隐藏在附近的灌木丛中。

祁正修看着赵光义道：“她不会骑马，须带几个随从过去。”

赵光义冷冷看着他们，不置可否。祁正修把小桃从马上扶下来，抱到一个青羽卫的马上，又喊了几个青羽卫上来，护在小桃身边。赵光义打马缓缓在前面开始行走，小桃骑着马摇摇晃晃跟在后面，祁正修向后撤了撤。

一行人一前一后走了半晌，行到九泉瀑边，祁正修一抬手。跟着小桃的青羽卫何等聪明，立即飞身上前跃到赵光义马前，一人伸手去抱寅儿，一人掏出袖中的匕首向赵光义刺去。而藏在灌木丛中的青羽卫腾了出来，冲向赵光义身后的侍卫。赵光义一手紧紧揽上寅儿不撒手，一手挥臂去挡冲来的匕首，鲜血顿时扫了寅儿一脸。寅儿吓得尖叫着：“爹！娘！”

小桃连滚带爬跌下了马，冲赵光义的马跑过去。青羽卫又一次发动进攻也冲向了赵光义的马，赵光义单手扯着缰绳向一旁用力扭去，青羽卫挥着匕首扑来恰好马扭过了身子，扎到了马的大腿上。马疼得扬起蹄子，一个扑棱，赵光义揽着寅儿的胳膊本就有伤，另只胳膊方才也受了伤，此时用不上力，寅儿像个球似的被甩了出去。

小桃“啊”的一声尖叫着扑上前去抱寅儿，却是使尽了力气伸长胳膊，恰好和寅儿的衣服擦肩而过。寅儿被甩到了九泉瀑里，湍急的水流立马把他冲下了瀑布。小桃像疯了似的要扑进九泉瀑里，赵光义飞身下马用力把小桃按住，小桃挣扎着还要冲向九泉瀑，赵光义喝道：“你疯了，跳下去会死的。”

小桃红着眼睛瞪着赵光义，里面是疯狂的炽热：“赵光义！那是你儿子，你儿子啊！他掉下去了，你让我怎么活！”

赵光义的脑子“砰”的一声炸了开来，小桃的话像一个火把，点燃了他所有的疯狂，赵光义的声音微颤着：“我的儿子？”

小桃没有理他，继续用力挣扎着向瀑布伸出手去，飞奔过来的祁正修紧紧抱住了小桃，温声道：“别急，马上让人下去找！”

赵光义没有来得及思索，纵身跳进了九泉瀑中。

祁正修一怔，一种无奈的悲凉从指尖泛上了心里。小桃的眼睛死死盯着跳进去的赵光义，像魔怔了似的一动不动，都不眨一下。

夜里的水流很急，赵光义跳下去的时候还准备去抓前方的寅儿，但很快就被湍急的漩涡冲到了瀑布的边缘，随着瀑布的水流冲到了下游。

小桃站起身快步随着向前跑了几步，但瀑布下就是山崖，小桃不顾一切向下扑了过去，却被祁正修紧紧地拦腰抱紧了，祁正修的声音沉定："小桃，这里是山崖，你跳下去会没命的。"

小桃的目光依旧死死盯着瀑布的下游，拼力挣扎着大喊："寅儿都掉下去了，我还要这命做什么！"

祁正修依旧不肯放手，语气里几分痛惜："寅儿只是掉下去，是什么情况还不知道。你这么贸然扑下去，寅儿没事，你倒出了事，你让寅儿怎么办？"祁正修险些脱口而出"让我怎么办"，却觉得此情此景，自己这句话既多余又可笑，还没出口就下意识地刹住了。

寅儿，寅儿！小桃的心头只有这一个执念，她不能出事，她要去救她的寅儿。小桃转身对祁正修喃喃道："我们下山，我们赶快看下面怎么样。"

祁正修牵过小桃，一起上了马向山下策马而去。这道瀑布很高，马绕了山路走了半晌才下去。瀑布下游的深潭里，水花四溅。不仅没有寅儿的身影，连赵光义也没了踪迹。小桃跌跌撞撞跑到潭水边，四下看着，寅儿和赵光义都从瀑布上被水冲了下来，为什么丝毫影踪全无？小桃又绕着潭水边来回跑了好远，依然没有一丝痕迹。小桃无助地瘫坐在了地上，狂乱地呼喊着："寅儿，你在哪，你应娘一声啊。寅儿！"寅儿不见了，赵光义也生死未卜，小桃只觉得整个心都被摘了去，扯得生疼。

祁正修吩咐青羽卫分了八组，顺着下游沿途细细搜寻。连河边的山石角落都不要放过。瀑布下来的河九曲回延，绕过一处峡谷，又绕过一片水田，绕过一个村子，最后到了吴越的地界。青羽卫沿着河一直向下走着，尤其在山谷处格外认真细致，恨不得把沿河的每一块石头都翻开看看。

小桃呆呆地坐在地上，目光发直紧紧盯着河水流动的方向。一动不动，等着消息。祁正修把自己的披风给小桃披上，站在一旁静静地陪着她。

夜风渐渐停了，天亮了。惊心动魄的一夜过去，太阳晃得小桃直发晕，小桃垂下了头，脑子里像有一百匹马在狂奔，晕晕沉沉却又紧紧绷着所有的弦。直到中午，派出去的青羽卫才纷纷回来，有几路没有消息。顺着河流的青羽卫向祁正修禀告着："赵光义已经到了吴越的地界。我们眼看着要追到了，却被迎头来的吴越的军队截了回来。"

祁正修的拳攥紧了，每次他总能化险为夷，真不知是运气还是天意。顿了顿问道："孩子呢？"青羽卫摇摇头，这一路搜寻，一直没有踪迹，直到过了村子快到吴越的时候，才看到一身湿透的赵光义已经过了吴越的地界。就一步之遥。

不多时，最后一组青羽卫回来了，手里拿了一只孩子的小鞋，还有几片碎布，小桃颤巍着站了起来，几步挪到了青羽卫旁边，青羽卫看着祁正修回禀道："大人，所有的地方都找过了，只找到了这个。"

小桃夺过鞋子一看，上面的小老虎图案正是她一针一线绣上去的，而青羽卫手里的碎布片和寅儿的衣服面料一模一样，上面还沾着血。小桃的脑子"轰"一声炸开，一口气没上来，晕倒在地。

祁正修俯身用力摇着小桃，却毫无反应。又使劲地按着人中掐了许久，小桃还是牙关紧咬，只有微弱的呼吸。祁正修没有再犹豫，留了几十个青羽卫在这里继续搜寻，把小桃抱上马疾驰而去。

回到润州，祁正修立即请了军中的大夫给小桃诊治，又是熏又是施针，小桃才缓缓地醒来，悠悠吐了一口气。睁眼看了看周围的人，郎中，服侍的下人，一转眼看到祁正修，小桃立马不知哪来的力气，扯住祁正修的袖子着急地问道："寅儿呢？找到寅儿了吗？"

祁正修拍了拍小桃的手，温声道："还在找。别急，一定能找到。"小桃绝望地闭上了眼睛，衣服和鞋子都找到了，上面还带着血，只怕凶多吉少，眼泪又一次涌了出来。

祁正修的青羽卫沿着河水找了半个月，小桃起初还眼巴巴地盯着每个回来的青羽卫，到后来，已经完全绝望。她不敢想象寅儿遭遇了什么，只存着一点点幻想，会不会寅儿被河畔村庄的人家救了，只是不愿意还给她？一定是的。小桃抱着寅儿的小鞋子，眼泪不止。

祁正修这些天也很忙，白天常常不在，只有晚上才回来，甚至很晚。但只要回来，都会到小桃的身边守一会儿，言语宽慰一番。小桃只问一句：“有寅儿的消息吗？”看祁正修摇头，便木然地看着窗外，祁正修说的话，她一个字都听不进去，也不想再看祁正修一眼。看着小桃迅速瘦下去的脸，祁正修的声音很沉重：“你要保重身子，听下人说，你不肯吃饭。这样怎么能行。”

小桃依旧木木地看着窗外，没一丝动静，像尊雕像似的一动不动。祁正修叹了口气，紧紧攥上了小桃的手，温声问道：“你是不是在怪我？”

小桃还是没有反应，过了很久，才缓缓地摇了摇头。她不想问自己该怪谁，她只是一肚子的不甘和恨，她恨死了赵光义用寅儿做人质要挟祁正修，他是寅儿的爹啊，他怎么能做出这样的事？即便他不知道自己是孩子的父亲，他怎么能忍心用她的孩子做筹码？想到赵光义掐着寅儿脖子的样子，小桃就是一身一身的鸡皮疙瘩，如果赵光义现在站在她面前，她只恨不得扑上去把他撕碎。如果他肯把寅儿还给她，寅儿就不会出事。而祁正修不顾寅儿的安危硬要去抢孩子也是她心里的刺。可对祁正修，小桃的心却一片麻木，终究是一个外人罢了，该怪什么？

祁正修看小桃不说话，缓缓说道：“那天是我鲁莽了。我只是怕一路去吴越边界路程辛苦，想尽快把寅儿救回来。”顿了顿道，“而且，只有你和几个青羽卫随他过去，我不放心你的安全。”

小桃把头别了过去，声音颤抖：“别说了。”眼泪早已又落了下来。什么都买不来一个后悔，如果能，她一定倾其所有去换回寅儿。

祁正修长长叹了口气：“这几天，我很想每天陪在你身边，更想和青羽卫一起去找寅儿，但是我不能。”说完声音有些清寒，“陛下下旨，把林仁肇大人赐死了。”

小桃的胸口被狠狠砸了一下，林仁肇？她听说过，当年她还在南昌府的时候，大唐南部的宋军滋扰就是林大人平息的，当时人人拍手称快。竟然被赐死了？！小桃的脑子一片混乱，喃喃道：“怎么会？”

祁正修的眸子全是苍凉：“林大人赤胆忠心，却不拘小节。这次本想趁着宋军攻打南汉兵力空虚的时候把淮南夺回来，上书陛下，陛下不准，便私自带兵准备去攻打淮南。这无疑会让陛下起疑。我曾劝他速速返回，还劝他不要随意和人闲聊。但是，宋朝派来了赵光义。”

“赵光义用了奸计，和林大人在茶楼里聊了许久。想必，这就是陛下赐死林大人的原因了。擅自调兵，和敌国重臣勾结，没有诛九族已经是陛下仁慈了。如今林大人去了，我大唐的骑兵步兵，再没有能统帅之人。这大唐的江山，只怕也去了一半。”祁正修的声音几分喑哑，这几天每天一早就给李煜上奏疏，请示林仁肇麾下士兵的调整行进方向。林仁肇死了，手下的士兵要回金陵重新由李煜分派。白天再负责清点士兵，按部就班地调遣他们返回。

小桃终于扭过了头，看了看祁正修。才几天，祁正修竟然有几丝白发，在烛光下格外扎眼。一股莫名的悲凉，从脚底泛到了全身。是不是赵光义狠毒的事情做多了，所以上天才要惩罚她的寅儿？小桃的身子微颤着，眼泪又忍不住滑落。

祁正修用力捏了捏小桃的手：“你要怪我，也是应该的。我从来就没有把你护好。”

小桃把手抽了出来，抹了抹眼泪，声音很平：“公子，不早了，去歇着吧。明天你还有事情要做。”

祁正修苦涩地勾了勾唇，站起身随即走了出去。小桃把袖中的小鞋紧紧握着，辗转反侧。

又是半个月过去，依旧没有寅儿的消息。一天一天等待的煎熬，却伴着一天一天渐渐凉去的心，小桃彻底病倒了。躺在祁正修的营帐中，没有一点力气。吃不下睡不着，瘦得只剩下一把骨头，每天唯一的一句话就是：“有寅儿的消息吗？”

祁正修把林仁肇带来的队伍分批次逐步地遣回金陵，由李煜再行安排。为了避免李煜起疑心，祁正修每天都给李煜去奏疏请示，得到批复才着手行动。最后的一批，是五千将士，会押送着林仁肇的棺木回到南昌府。

那天狂风大作，夹着被狂风吹卷凌乱的大雨，吹得满地狰狞。祁正修一早便已起身赶到了林仁肇的大营。小桃那天也强挣扎着坐了起来，换了一身白色素服，不顾自己动一动就大喘气的身体，吩咐下人用轿子把自己抬到了西北城门处。卯时，林仁肇的棺木会从这里出城，回到南昌府。

润州的百姓已经赶来了许多，李煜不相信林仁肇，可老百姓却不信抗击宋贼的林大人会叛乱。不少人扶老携幼，一起站在道路两侧，等着送林大人最后一程。小桃也由下人搀扶着，站在人群里。风雨把小桃身上浇得湿透，下人劝着：“姑娘，先在轿子里待着吧，待会再出来。”

小桃摇了摇头，执拗地站在了原地。她只恨不得风雨能更大些，自己把赵光义作的孽赎罪赎清了，心里会安宁，上天会不会也宽恕了她的寅儿？

卯时，林仁肇送葬的队伍缓缓走了过来，由于林仁肇是获罪致死，因此规制极为简单。没有执绋没有幡子，更没有鼓乐，只有静默的士兵护送着一口黑漆漆的棺椁。棺椁还是祁正修特意派人去找了上好的柏木装殓。士兵们在盔甲外套着白色的丧服，有人还不时抹着眼睛。虽说都是上了战场不惜性命的铁骨汉子，但一直跟着林仁肇东征西讨，感情早已超过了言表，否则林仁肇这次攻打淮南也不会带着来。却落得如此结局，人人唏嘘。

道路两旁的百姓纷纷跪了下去，抽泣声，风雨声，混杂成了一片哀鸣。小桃也随着跪下，狂风吹得她脸上生疼，仰头看着灰蒙蒙的天，小桃早已分不清雨水和自己的泪水。

祁正修立在城楼上，望着林仁肇的灵柩越走越远，出了城向西南方向行去。祁正修把身边的酒壶拿起，倒了三杯酒，冲着空中洒了出去。死，不可怕，可没有死得其所，死得冤枉，才是人生最大的悲剧吧。

寅儿依旧音信全无，青羽卫回来禀告道，他们发现有宋军也在偷偷寻找寅儿的下落。祁正修心里一沉，赵光义也在找寅儿，这么多人找了这么久依然没有下落，可见真的凶多吉少了。

李煜却不肯再等了。外焦内困，宋朝的屡屡挑衅，李弘冀隐藏的势力，都让他像惊弓之鸟。虽说林仁肇被赐死，将士没有哗变，祁正修没有异动，李煜悬着的心踏实了些。祁正修一直给他上奏疏说是由于孩子下落不明，小桃病重，无法赶路。可已经快两个月，还不回金陵。小桃一天不回来，李煜便一天不能踏实。李煜给祁正修来了手谕，让青羽卫即日护送小桃回京。

祁正修攥着李煜的手谕，想了很久，到了营帐里小桃的卧房。小桃正斜靠在床头咳嗽着。祁正修大步过去拍了拍小桃的背，眉尖微蹙："还是咳着吗？这个郎中的方子又吃了七服了，还是不见好。"

小桃无所谓地摇了摇头："慢慢来吧。好或不好，也就这样了。"

祁正修轻轻叹了口气，静静看着小桃。自从孩子出事，林仁肇去世，祁正修往日的云淡风轻都悄然不见，取而代之的是渐渐沉重的心事。不是没经历过生离死别、悲欢离合，可从前年轻气盛，总觉得日子还长。现在却是真正有种末路穷途的凄惶，自己、大唐都如此。半晌，祁正修开了口：“陛下来了手谕。”

小桃抬起了眼睛，李煜已经杀了林仁肇，还要做什么？正等着祁正修的下文，忽然门口传来青羽卫的声音：“祁大人，夙墨有要事相告。”

小桃不由眸子一亮说道：“是不是寅儿有消息了？”

祁正修对着门口说道：“进来说吧。”

门被推开，夙墨走了进来，看了看小桃，有些迟疑。祁正修站了起来，准备出去和夙墨说。小桃一把扯住祁正修的袖子，看着夙墨急切地问道：“是和寅儿有关吗？”

夙墨想了想，回道：“有关，也没关。”

什么意思？小桃顾不得那么多：“直言无妨，关于寅儿的，哪怕只有一个字，我也想知道啊。”

夙墨看看祁正修，祁正修微微点头，夙墨回道：“绕溪村被血洗了。”绕溪村便是九泉瀑的水流最下游，挨着吴越边界的村子。从九泉瀑下面潭水下去，先是峡谷，后是水田，都没有人烟。唯一有人烟的地方就是再下面的绕溪村，而绕溪村再往下，就是吴越。水流过了绕溪村进到吴越的地界就分流成三股，而且由于土质含沙多，渗漏得极快，水流到了吴越就变得又浅又窄，根本不可能把一个孩子冲走，所以寅儿最后的落脚地极可能在绕溪村。

祁正修寻找的位置也一直是峡谷水田和绕溪村。由于峡谷和水田搜寻几天就搜遍了，最近这一个月的重点就是绕溪村附近。祁正修甚至派青羽卫挨家挨户地去打听，可始终没人看到有个孩子。可现在，绕溪村却被血洗了。祁正修一怔：“怎么回事？”

夙墨回答道：“前阵子我们在绕溪村打听没有结果，便又顺着水流向上去水田附近看看。这几日想想还是不甘心又回到绕溪村，就看到全村的男女老少，都被血洗一空。看起来用的兵器是刀和枪，恐怕是宋军。他们也一直在绕溪村附近偷偷摸摸找寻。估计是找不到，一怒之下便杀了百姓。”

小桃还没有听完，已经又晕了过去。祁正修赶忙又去请郎中。

夜，很静。屋里的蜡烛灯芯噼啪的声音都清晰在耳。祁正修坐在小桃身边，看着这个骨瘦如柴的女子双目无神，只能把她的手握在自己的手心里，好给她一点温暖，哪怕只有一点。

小桃暗哑着声音缓缓开了口：“明天送我回金陵吧。”她在这里一天也待不下去了。绕溪村被血洗，灭了她心头最后一点期盼。寅儿没找到，却作了更深的孽。她不想再看也不想再听这些事情，只想走得远远的。

祁正修沉默不语，只是握着小桃的手更紧了些。半晌说道：“回去的时候，让郎中把药做成丸，你带着路上服用。”

小桃冷冷地勾了勾唇角。还需要药吗？不如早早死了，去陪着寅儿。

祁正修用力攥着小桃的手，声音沉笃：“小桃，虽然绕溪村没有寅儿，但是也许有路人把寅儿捡去，带到了别的地方。时日久了，总能找到的。”

“会吗？”小桃麻木地问着，眼睛都没有动一动。那天一直有青羽卫沿着水流找，怎么会有那恰好捡到孩子的路人。

“会！”祁正修声音很稳，“小桃，保重自己，所有的事才有希望。要是把自己的身子糟践坏了，便什么都完了。寅儿只要一天找不到，我们都不能放弃，不能做最坏的打算。”祁正修的话，重重砸到了小桃的心上。只要一天找不到便不放弃吗？小桃的心，又动了起来。

夏过秋至，小桃回到金陵已经半年，李煜派了宫里的御医给小桃诊治，调理了几个月才渐渐恢复。李煜专门调拨了二十个青羽卫给小桃，去各地找寅儿，祁正修也仍然在润州常州一带找寻，还是没有消息。

小桃在紫竹台发了几个月的呆，秋末冬初，回到了花月坊，振作精神重又打理起了花月坊的生意。她要赚钱找寅儿。每个月末，花月坊都会送出五十套极好料子的孩子衣服。都是男孩穿的款式，而大小，小桃是比着寅儿的大小让人做的。衣服是免费送的，但是要领衣服必须带着孩子亲自来，大人不能代领，也不能反复领，一个孩子只能领一套。小桃打算先在金陵这么试着。待金陵的男孩子领完衣服，就去宣州、常州、歙州……所有大唐的地界，她都要走遍去看看。

祁正修托陈述给小桃送去了万两银子。尽管他明知小桃这大海捞针的做法只是图个心理安慰，寅儿十有八九已经遇了不测。但不给小桃希望，又怎么让她活下去？但陈述说得口水都干了，小桃却没有收银子。陈述给祁正修去了信一通抱怨，祁正修看着信发了很久的呆。她和他，终究还是生分疏离了很远。

第三十二章

弃故国无义投诚
了终身长别水大

小桃拼尽了所有的力量去找寅儿。花月坊是侍奉官家的，凡是有从外地来的官员小吏，小桃都会亲自献舞，再去敬酒攀谈，打问有没有谁家新领了孩子。有时有所收获，便立即派青羽卫前去查实。但大多数情况一无所获，因为凡是来金陵的外地官员，多是职位较高的刺史、别驾一类，对于谁家添了孩子这种小事并不知晓。

小桃走在路上，看到乞讨的孩子、卖艺杂耍的孩子，更忍不住多看几眼，心也跟着疼起来。不知道她的寅儿此时在哪里受着罪。小桃在金陵城郊的安化寺设了粥棚，每个月的初一十五，都会免费施粥，给那些无家可归、孤苦伶仃的孩子。

月娘劝着小桃："桃娘，也别这么有枣没枣打一竿子了。如今情势不好，钱难赚，你辛辛苦苦赚些银子，哪经得住这又是衣服又是粥的施舍？战乱流离，许多边境的难民都跑到金陵来呢。这就是个无底洞，任你砸多少银子，都不够的。"

小桃长叹一口气："我心里有数。"她能做的，实在微不足道。她做这些，只希望良心能好过些。更重要的是，她希望老天有眼，佛祖有眼，能把她做的这些看在眼里，保佑她的寅儿不管在什么地方，能同样有好心人给他一口饭吃，给他件衣裳穿。

"唉，"月娘也叹口气，"你心里有数就好，我再多句嘴，现在人多口杂，你施粥施衣服自然有不少百姓感念你的恩德，但你频频招待那些从地方来的官员，也惹了不少闲话。有人把话传得可难听着呢。”

小桃冷冷笑了:“花月坊还怕闲话？咱们这是什么地方，不就是卖笑卖俏吗，难道还指着在这里立个贞节牌坊？”为了找寅儿，豁出命都不足惜，还怕名声吗？月娘摇摇头，长叹一声。

日子如白驹过隙，一年又一年过去。小桃把金陵、常州、宣州、池州一带都找遍了，依旧没有消息。每找完一处，小桃心里就更沉一分，就好像心里点了十几只蜡烛，每找过一个州，心里的蜡烛就吹灭一支。小桃好怕等所有的蜡烛都吹灭了，还有什么能支撑她活下去？

而关于赵光义的消息也偶尔会传来，花月坊最是能传小道消息的地方。听闻赵光义在各处寻找一个五六岁的孩子，这孩子和他是什么关系无人知晓。赵光义主要在挨着润州一带吴越的地方寻找，如有人能提供线索有重赏。也听闻赵光义比从前铺张奢华。从前赵光义很少在府中大肆兴办宴席，如今却是每个子女的生辰都要庆祝一遍，一个月就能过好几次。还邀请朝中同僚、或是地方官员带着子女前来赴宴。

也听闻赵光义终于把赵普斗倒了。这年的八月二十三，赵普被赵匡胤罢了相。据说赵普被罢相主要是三件事。

第一件是赵普和枢密使李崇矩的关系太为密切。李崇矩打算把他的女儿嫁给赵普的儿子，和赵普结为儿女亲家。这件事是最触了赵匡胤大忌的。赵普是丞相，文臣中的至高权位，而枢密使李崇矩有调兵权，如果二人勾结起来，后果不堪设想。赵匡胤知道这事后极不高兴，特意把上朝前丞相和枢密使的休息室分了开来。但有人私下说，其实这门姻亲，还是赵光义在李崇矩面前建议的。

第二件事，根据大宋的法令，禁止私自贩运秦陇一带的大型木材。赵普却居功自傲，私自差遣官吏去秦陇一带运了木材回来修盖房舍。有人便在赵匡胤面前告了赵普这一状，赵匡胤命人一查，这些木材中夹杂了不少禁贩的大木，而这些大木的来源，没人说得清楚。赵匡胤自然以为是赵普胆大妄为，公然抗法。

而第三件便是压死骆驼的最后一根稻草，在赵匡胤大为光火之际，有人弹劾朝中一系列“胡赞、李可度受贿枉法”“刘伟假造摄牒得到官位”等等都得到赵普的包庇。而弹劾的人据说和赵光义的一位幕僚关系甚密。

大发雷霆的赵匡胤把赵普的丞相位置罢免了，贬为河阳三城节度使。而就在赵普被罢免后的二十多天，开封府尹赵光义被晋封为“晋王”，位次在宰相之上。赵光义和赵普十多年的明争暗斗，终于以赵光义全胜为结局。此时赵光义的势力，已经不仅仅是开封府那个小朝廷，而是蔓延到了赵匡胤的大朝堂之上，如水渗入，无孔不及。

小桃听到这些消息的时候，心总会跟着一扯一疼。这些事应该和她都没关系了吧。那为什么她的心情还是会跌宕起伏？他的孩子那么多，一个月里都能给好几个过生辰，可她呢，她只有一个寅儿，还生死不明。想到这里，小桃的心就疼得喘息不上。

这年的十月，又传来消息。被扣押在宋朝的郑王李从善，被宋朝赐了官位泰宁节度使，还在汴阳坊赏赐了一处大宅院。这一消息震动了南唐的朝野。堂堂一国的亲王，还是国君的亲弟弟，竟在异国受封官位，这是南唐的耻辱。

不少大臣在朝堂上公然愤慨：“郑王成了那宋贼的臣子，把陛下置于何地？岂不是陛下也成了他的臣子？”

李煜坐在龙椅上，看着底下争得面红耳赤的大臣们，全身都冰凉得没一丝热乎气息。这么多年来，他谨小慎微，不敢在明面上招惹宋朝一分一毫。尤其是南汉灭国后，他把朝廷里的官职改了，只要和宋朝一样的官位，都改成降低一规格的名称；把宫里的建筑、摆设的规制也降级了；甚至连自己下的旨意，也不敢叫“诏”，而改成了“教”。还要他怎么样？李煜烦躁地把面前案几上的一堆奏折推了下去。

底下的大臣安静了，看着突然爆发的李煜，不知所以。李煜缓了口气，问道：“郑王可接受了宋朝的封赐？”

有人出列答道：“回陛下，已经接受了。郑王已入住了新居，宋朝还赏赐了不少仆从和侍女，另外还赏赐了几个美女，郑王已经纳为妾室。”顿了顿又道：“宋帝还遣人传了口谕，问陛下是否……”那人没敢说完，赵匡胤的话太欺负人。无非是把李从善招成了宋臣，暗示李煜也该举国投降，接受宋朝的册封。

自己要是举国投降，想必赵匡胤一定能给个好封赏吧？给个什么侯爵，还是豪华宅院？李煜冷冷笑了，看着殿上的大臣，既悲凉又沉重：“不过是死罢了，战死总比羞愧而死要强。”

殿上的大臣被李煜悲绝的口气刺得有些疼痛，国家从交到李煜手里就是个烂摊子，能撑到现在已经不易。而李煜的外柔内刚，表面虽然臣服，内里却一直抗争。如今更是一派视死如归的样子，也震动了群臣，不由齐声应道：“是。”

退朝后，李煜把沈同留了下来，吩咐道：“命人立即去郑王府查点人数，尤其是郑王的妻妾和子女，全都看守起来，不许跑出一个。”李从善已经被宋朝招安，那么他留在金陵的家眷必须要紧急看管起来，否则还指不定会出什么乱子。

夜里，沈同来找李煜禀告着查点李从善家眷的情形：“所有人都查过了，除了这些日子被撵出去的粗使下人、丫头、侍婢，妻妾子女都在，就是少了一个豢养的姬妾。”

李煜一皱眉：“谁？”

沈同道："就是他从花月坊带回去的那个，采樱。原来叫何之棠，前朝罪臣何士忠的女儿，陛下可有印象？"

李煜点头，他和何之棠还是从小相识。只是何之棠由于父兄的关系，一直和太子李弘冀一派走得很近。后来何士忠叛变家中发生变故后不久，何之棠就被李从善接到了家里豢养起来。这些年也不曾听闻有什么动静，要不是今天沈同提起来，李煜几乎要忘了这个人。

"何之棠……"李煜的手在案几上敲着，闭上眼回想着何之棠的模样。只记得从前是一副大家闺秀的样子，和祁正修定过亲，但后来何家获罪便不了了之了。

"听说从前是郑王极宠爱的。"沈同补充道，"不过这几年就淡了许多。郑王走后，听说在府里也不好过。眼下不知道是逃了，还是被人收拾了。"

"有子嗣吗？"李煜问道。

沈同摇头："没有。"

李煜松了口气，道："吩咐下去，金陵各城门守值多加注意，别让她出城就好。"眼下朝堂乱成了一锅粥，李煜也没把心思放在一个没子嗣所出的姬妾身上。他只是担心李从善的子女也跟着到了宋地，那李从善就真的心无旁骛一心侍奉宋帝了。沈同领命而去。

小桃在花月坊跳过一支双燕舞，回到了后院。今夜宾客难得的还多些，生意不错，直到快子时还人声鼎沸。折腾到半夜，也有些饿了，便往厨房方向走去，看看还有些什么吃的。厨房在花月坊后院的西北角，稍微有些偏僻。小桃正在小径上走着，忽然身后传来很细碎的脚步声。小桃心里一毛，顿住了步子。身后的脚步声也停了。

小桃又向前缓缓走着，脚步声又起。小桃猛地一转身，迷蒙的月色下，一个黑漆漆的身影就站在离小桃不远的地方，看身形很瘦削，像个女子。小桃低声问道：“是谁？”

那人没有吭声，小桃立在原地冷声道：“再不说话，我可喊人了。这附近都是狎司，还有侍卫。”

那人迟疑了片刻，向小桃移了两步，开了口：“是我，桃宜。”声音有些有气无力，还带些沙哑。

小桃一怔，这声音听着耳熟，但一时又想不起是谁，小桃不由也向前走了两步：“你是？”

那人缓缓抬起了头，小桃在月色下看到那张熟悉的脸，竟然猛地一怔忡，脱口而出：“大小姐——”

话没说完何之棠忙“嘘”了一声，向四下看了看确定没人后，对小桃低声说着：“带我去处僻静的地方，我们好说说话。”

小桃点头，心中却抑制不住的跳突。和大小姐已经十多年没有见了。本以为她在郑王府过着荣华富贵的日子，现在却突然这么形容憔悴地出现在面前，一时反应不来，只是在前面带着路，从侧门回到了桃苑，把下人都打发了出去，屋里只余何之棠和小桃两个人。

小桃细细打量着何之棠，岁月在她脸上留下了很重的痕迹。当年那个细腻白净、温婉如兰的大小姐，现在竟然是满脸沧桑，瘦得皮包骨头，脸上的颧骨都凸了出来，衬着发黄的肤色，倒像四五十岁的妇人。一身下人的短打扮衣裤，料子粗糙。小桃紧紧握上了何之棠的手，声音都有些微颤：“大小姐，你怎么会在这里？”

“我对这里本就熟门熟路，哪个门哪个时辰几个守值，都清楚得很。想再进来，并不难。”何之棠脸上一丝带着戏谑的冷色。

小桃忙摇头：“不是，我不是这个意思。我是说……”时至今日，小桃在何之棠面前仍然缺乏一丝底气。在小桃的概念里，大小姐一直是那个出身高贵，博学多才的女子，而自己在她旁边，就像一颗无知的尘埃。

何之棠淡淡一笑："我知道你想问什么。"何之棠在窗下的椅子上坐了下来，缓缓道，"想必你也知道郑王被宋朝招抚的事情吧。"

小桃点了点头，花月坊进进出出都是朝廷的大小官员，自然这些事情都是最先得到的小道消息。她也知道李煜把郑王府封了起来，四周都是重兵把守，听说正在盘点人数，要把李从善的妻妾和子女送进宫里关押起来。小桃问道："那大小姐是自己跑出来的？"

何之棠反问道："难不成还要再被抓一次，再被关到教坊，再从头来一次花月坊？郑王被招抚，陛下不怒的时候，把我们关押起来做人质，陛下发怒的时候，我们也许又被发配成官婢官妓。"也许是太久的压抑，何之棠的话都是那么不太顺耳。

小桃却并没有在意，只是担心着何之棠的安危："那你是如何打算的？万一被陛下抓到了，是重罪啊。"

何之棠叹了口气，无奈地摇了摇头："我就是这么个贱命。当初跟着郑王回到府里，以为能过几天好日子，没想到命运待我真是不薄，相同的活法又一次转了回来。好在这次郑王在准备被招抚之前，已经提前给我来了书信，让我去开封找他。"

"那为什么现在还没走呢？"小桃不由问道。

何之棠很久没有说话，半晌，才冷冷说道："自从郑王被宋人扣押，府里那些个不得宠的姬妾，不但不伤心半分，倒像是得道的狐仙，可算是腰杆子硬了起来，仗着自己有个一男半女，都骑到了我头上。郑王带回来的书信我还是偷偷才看到，却始终没机会从府里逃出来。只得趁着朝廷去盘点郑王府人数的乱当，我才跑了出来。"

小桃心中恍然，看来自从李从善被扣押，大小姐在府里的日子过得很惨淡。这才两年左右的光景，就成了现在这个样子。小桃忍不住还是问了个自己都觉得很俗的问题："郑王待大小姐，好吗？"

何之棠凝神看着桌上的蜡烛，没有说话。好吗？刚开始是好的，但几年下来，玩够了，看厌了，再好的珠玉在他眼里也就是个鱼眼珠了。再加上李从善本也不是个痴情恋旧的主儿，府里新来的丫头姑娘多了去。只是好在何之棠是个有手段的，在李从善府里一堆女人争宠夺利的激烈斗争中还算能立得住脚。却也因此得罪了不少人，李从善刚一被扣押，她在府里的日子就立马难过起来。许久，何之棠看着小桃微微笑道：“还算好吧，否则也不会单单让我去找他。”

小桃舒了口气，如此就是最好了，不禁问着：“那大小姐是打算去开封找郑王？”

何之棠转眸看着小桃，神色凄迷：“是。但如今金陵的守卫重重，我哪里能出得去？我这两天已经在几个城门处都徘徊了很久，可每个出城的人都被细细查问，我肯定是出不去的。所以我来找你，你如今是陛下眼前的红人，只有你能帮我了。还求你看在我们曾经姐妹一场的情分上，帮帮我！”何之棠说着就要给小桃跪拜行礼。

小桃赶紧把何之棠扶了起来，有些无措道：“使不得，大小姐。”这些事情来得太快，小桃接受得有些吃力，过了半晌说道：“你先在我这里住着，我来想想办法。”

何之棠站起身来，看着小桃柔柔笑道：“那就全拜托你了。你这里人多口杂，我不便打扰。我住在安化寺附近的一户农家里。三天后，如果你想出了法子，就到安化寺去找我。我会一直等你。”

小桃想想也对，忙从袖中拿出两锭银子塞给何之棠，又取了两身衣裳也而要一并给她，何之棠把银子收了，把衣裳推开笑笑：“衣裳是用不着了。就这样行动也方便。”说完转身出去。

直到门外已经没有一丝脚步声，小桃才回过了神。方才简直像一场梦。和何之棠的过往种种，竟然有种前世今生的恍惚。小桃坐在椅子上，看着跳跃的烛火发愣。还记得当初来到金陵，入了何府被打得七零八落，是大小姐第一次救了她，又把她收留在身边。教她读书认字，诗词曲文。还给她过生日，行及笄之礼，送她簪子……这一切都像是昨日之梦，美得几分不真实。

那夜小桃整夜未眠，直到天微微亮，小桃才从一夜的回忆中清醒了过来。大小姐如今只是想出城去开封找李从善，并不是什么危害社稷国祚的事。于情于理，都该帮一把。小桃蹙眉想了想，不如再向陛下请求，再去常州一带给孩子派送衣服，便能借机把大小姐带出去。而至于过唐宋的边界，润州有祁正修在，应该也不是难事。

小桃打定主意，便像从前去其他州府一样，托青羽卫给李煜传了书信。李煜没有起疑，给小桃带了口谕，准许出城，但必须在半月内回来，且需要青羽卫随行伴护。小桃获得李煜的口谕，立即去了城郊的安化寺，借着施粥的机会，找到了何之棠。

小桃在安化寺见到了何之棠，告诉她七日后将会趁马车出城，去常州一带。何之棠有些担心："为什么要那么晚？多待一天，我便多一天的风险。"

小桃温声细语和她说道："现在正是风口上，陛下对各个城门查得都严。此时出去才是风险重重。所以我才刻意拖了拖时间，过几日，他们看查不到什么，陛下又不追问，自然就松了。"

何之棠点了点头，还记得当年分别时，小桃是个疯疯癫癫的样子，也从没有过聪明的时候。可现在，难怪名冠京城，又得陛下青睐，果然是滴水不漏得很。人，原来都会成长。只是为什么小桃成长成了现在这样根深叶茂的一棵大树，而自己却仿佛枯萎了的明日黄花？何之棠有些失神。

小桃继续说道："现在大小姐住的地方可还方便？如果不方便就住在我那里，我在紫竹台还有一处住地，很隐秘。"

何之棠冷了冷唇角："不必了。七天后，我会去花月坊找你。"她可信不过小桃，住在她那里万一被瓮中捉鳖，她哭都来不及。

小桃看何之棠主意坚决，便也不强求。只嘱咐何之棠如果遇到麻烦，随时可以去花月坊或是紫竹台去找她。

小桃回去把这些日子准备的衣服收拾好，装在包袱里。反正要出去，顺便再去常州润州一带找找寅儿。想到寅儿，小桃的心就是一阵抽疼，抱着衣服无法再撒手，眼圈又是红红。

七天后，小桃备了马车，带了两个粗使的丫头，两个下人，还有几个青羽卫，并何之棠一起，从花月坊出发。青羽卫看了看何之棠，只觉得眼生，不由又多看了几眼。小桃淡淡说道："这是教坊新来的侍婢。"教坊的人流动很大，青羽卫便也没有太在意，只是觉得这侍婢的年纪也太大了。估计是哪个犯了事的家眷婆子。

马车行到东边城门，守值的士兵看小桃前前后后几辆车，拦了下来。青羽卫向士兵出示了腰牌，小桃又把陛下赐的出城令牌给守值看了，守值没有敢细盘查，忙把一行人放了出去。

马车很快行了出去，到了城郊，何之棠对小桃说道："这次就谢谢你了，如今我已经出了城，就不再麻烦你了。等到了下个歇脚的地方，我们就别过吧。"何之棠的口气很疏离。

小桃轻轻叹了口气，握上何之棠的手："前面离润州还很远，即便是乘马车，也要两天，你一个弱女子，又怎么过去？既然已经出了城，就一起走吧。到了润州，过江也是难事呢。如果祁大人不允许，你又怎么去江北的宋地呢？"

"祁大人？"何之棠的神情有一刹的惊愕和慌乱，但很快便镇定下来，只是声音微颤："你说的是祁正修？"

小桃点头："正是。"说罢柔柔地看着何之棠。何之棠别过了头，马车疾驰，侧面的帘子不时被翻起，风吹得何之棠脑子一片混乱，没有再提单独走的事。

祁正修这个名字，在何之棠听来，久远得像一幅尘封的沾满了尘土的画。却又震得她的心颤悠悠地疼痛。这么多年，她离祁正修，既遥远又亲近。遥远的是，她没有一丝祁正修的音信，只是从别人嘴里的只言片语，她知道祁正修做了大官，驻守着边界，也听人传过祁正修和小桃的闲言碎语。那些闲话，刺得她的心很疼。说亲近，多少回梦里，她都记得在濠州城那一起看画，谈诗的过往。她弹琵琶给他听，他盈盈浅笑看着她。如今提到祁正修，她是种复杂的情绪，既想见，又怕见，一种复杂的情怯，但终究是想见占了上风。

两天里，何之棠很少说话。小桃有时问问，她也答得言简意赅。小桃却不在意她的冷漠，依旧关切地问长问短，为她作着日后的打算。

润州很快到了，小桃命马车直接向祁正修的大营驶去。何之棠的全身都开始微微颤着，两只手紧紧攥着拳，手心都是汗。到了大营，门口的守值进去通传，何之棠猛地把小桃的手攥住了：“你先进去吧，把我的事和他说说。我还是休整后再去见他……哦，不，祁大人。”

小桃一怔，旋即明白了何之棠的情愫。她自己又何尝没有过这样的在乎和怯意。小桃答着：“好。”待守值回来，便让青羽卫和下人及何之棠留在了外面，自己进了祁正修的大营。

祁正修依旧一袭白衣，立在大营门口，远远地看着斜阳中款款走来的小桃，身上都带着光晕，由远及近，祁正修不觉勾唇浅浅笑了，心也随着舒展开来。看小桃走到跟前，温声道：“你来了。”自从寅儿丢了，他没再敢奢望她还会主动来找他。

小桃微微向祁正修行了个礼，迎上了他的目光，答着：“我又来打扰公子了。”

祁正修牵上了小桃的手，把她拉进了营帐：“和我，不要客气。”

下人端来了热茶，小桃坐下，喝了口茶淡淡道："我这次来，又是有事烦劳公子。"说完把何之棠的事开门见山地直接和祁正修说了，"虽然唐宋不睦，但是大小姐毕竟是个无辜的人，如今落魄得很，在金陵已经待不下去，开封是她唯一的活路，公子念在旧情，也该帮帮她。"

"旧情？"祁正修的声音很淡，他和何之棠哪里有什么旧情。所谓的旧情里，倒是小桃更出彩，整天偷偷地跟着他，看着他，惦记着他。祁正修不由看着小桃眸子有些炽热。

小桃侧过了头，声音高了几分："公子，倒是怎么打算？"

祁正修回了回神，语气比方才淡了些："放她出去不是难事。但开封真的就是她的活路吗？未必吧，我听说宋帝赐给了郑王好几个美女，左拥右抱得不亦乐乎，又怎么会惦记故人？"顿了顿问道，"是何之棠和你说，收到了郑王的书信，要她过去？"小桃点头。祁正修想了想道："你把她带进来，我亲自问问她。"

小桃几分为难："她有些疲累，不如等她歇息后再见也好。"

祁正修微笑道："也好，先去歇着，待晚上吃饭时再说。也该备些好酒菜给你们接风洗尘。"

祁正修安排了下人带着小桃和何之棠等人住进了另一处营帐。小桃一路劳顿，进去收拾停当便斜靠在榻上睡了过去。待一觉醒来，已经是夜幕低垂，下人等着请她们过去吃饭。小桃看到何之棠，怔了一下，这么半晌功夫，何之棠像是脱胎换骨了般，身上的衣裤换成了袅娜的鹅黄色长裙，头发挽就了松松的高云髻，而憔悴枯黄的脸上也涂了脂粉，虽说比不上从前，但比起刚见小桃的情景，已经是判若两人。果然女为悦己者容。

看小桃惊愕，何之棠也懒得解释，只是淡淡道："见故人，总不能太落魄。"

小桃随口道："应该的。"小桃简单把头发拢了拢，镜子也没有照，便起身走了出去，何之棠紧随其后。

下人把小桃和何之棠带到了祁正修的营帐，看到祁正修的第一眼，何之棠的眸子瞬间浮起了一层雾气。一身白衣的祁正修，和从前的温润俊朗没有二般，岁月在他身上没留痕迹，反而多了几分沧桑的味道。

小桃没顾得上看祁正修，只看到分成三个案几的菜肴很丰盛，抬眸看了看何之棠痴缠的目光，又转眸看向祁正修，祁正修正看着她浅笑，她便回了个微笑。

祁正修这才看着何之棠抱拳道："之棠，别来无恙？"

何之棠心里好像一千把小鼓槌在擂，勉强挤出个笑，声音微颤着："还好。祁大人还好吗？"

"一切安好。"祁正修答着，"之棠的风韵气度，一如从前。"

何之棠脸上竟泛起了些绯红，半晌才答着："祁大人过奖了。"两人你一言我一句地寒暄着。

小桃不想打扰他们的气氛，自己又着实也饿了，便先坐下开始吃面前案几上的菜肴。而祁正修和何之棠与其说吃饭，倒不如说叙旧。从当年的濠州风景聊到金陵旧事，一些不开心的话题都刻意地避免开来，譬如何之训，譬如何府获罪。又聊到何之棠在郑王府的往事。但何之棠却不愿多提，只是粗浅应付了祁正修的问题。

小桃没有插话，专心地吃着东西。直到她已经吃饱了，那两人面前的饭菜谁也没动一筷子，祁正修关切地问着何之棠的身体："看你气色欠佳，想必也颠簸劳顿。去宋地不是什么大问题，但不要急于一时，先休息一段再去吧。"何之棠看祁正修语气诚恳，便答应了。

小桃把面前的几只蟹都吃得干净香甜，最后一只有些凉了，不过不要紧，依旧是美味。小桃慢慢剔着蟹肉，有些口渴，端起旁边茶盏正要喝。祁正修终于忍不住开了口："不要再喝那凉茶了。螃蟹已是寒凉，再配着凉茶肚子会难受。”转而吩咐着一旁静待服侍的下人，“快去煮些热热的姜茶来。”

何之棠说了一半的话被祁正修打断，怔了一下，眼底浮上一抹苦涩，将面前的凉茶一饮而尽。原来一切都只是错觉而已。她以为祁正修是关心，才与她叙了那么久的旧，却没曾想他只是客气，否则他怎么会在和她畅聊的时候，还能注意到小桃吃了什么，茶是凉的？这要怎样的细致和专注才能察觉到这些？原来，他真的是爱她的。

小桃有些不好意思，待姜茶上来后，匆匆喝了一碗，便起身道：“今天一路劳顿，我先回去歇着。公子和小姐许久没有见面，定有不少话要聊。我便不打扰了。”说完快步退了出去。

祁正修微微一笑，继续和何之棠聊着近些年的境况。

小桃一觉睡得很香，不知什么时候何之棠才回的营帐。待第二天小桃醒来，祁正修已经派人准备带着小桃和何之棠去润州集市上转转，看是否有什么需要置办的。小桃没有心思去逛，带着下人和准备好的衣物，找了一处寺庙，给孩子布施衣裳。一边分发着衣裳，一边打问着有没有谁家捡到一个六七岁的男孩子。却依旧是失望重重。

何之棠倒是在润州的街市上转了一天，买了些胭脂水粉和钗环首饰。

晚上回去，祁正修在大营中又备好了饭菜，问着何之棠可买到了什么中意的。何之棠笑笑：“不过是些女儿家的东西，我们大唐的首饰胭脂，细腻精致又好用，听说开封的东西比大唐粗糙了许多，一次买好了，去了那里就不用再买了。”

小桃怔了一下，随即说道：“不是住一阵子吗，小姐何必急着买？”

何之棠看了看小桃，淡淡道：“不了。已经休整得差不多了。再待着也没什么意思。终归是要去开封的。早点安顿好早点去。”

小桃有些为难地看着祁正修，昨晚何之棠明明答应得好好的会再待一段时间，怎么突然又要走了？这一去就是经年，还不知道今生能不能再见。纵然再见，又会是何年何月？

祁正修倒没有太诧异，只是静静看着何之棠道："你想好了吗？"顿了顿又道，"许多事，一旦做出抉择，便没有再回头的余地。"

小桃有些听不明白祁公子的话，但大小姐似乎听懂了，只略微沉吟了一下，便浅笑着回答道："这个选择，也许对我来说，是最好的一条路。"

"你确定吗？"祁正修追问了一句。

何之棠勾唇："不确定，但总要试一试。人这辈子，也就是跌跌撞撞碰运气。"

祁正修轻轻叹了口气，看着何之棠道："既然如此，我明日一早派人送你过江便是。"说完，目光几丝怔忡。

何之棠浅笑："多谢公子。"

回到营帐，小桃看着在一旁收拾的何之棠，心中纠结："小姐，真的要这么急去吗？何不多待一阵子呢，也好叙叙旧，我们再见不知道又是什么时候。"

何之棠捏了捏小桃的手："再住多少天，也终究要分别，都是一样的。"她不想再住下去了。看到祁正修，她就会有不切实际的幻想。对她来说，是一种煎熬和折磨。如果说在初见到祁正修时，他的关切还带给她一丝希望，但那丝希望在祁正修专注留意着小桃时便已经破碎成泡影了。与其这样，不如尽早离开。

小桃看何之棠去意坚决，有些失落。沉默了半晌，忽然想到方才祁正修说的话，不由问道："公子方才是什么意思？话里好像别有深意。"

何之棠停下了手中的动作，看着小桃，几分游离，过了许久才缓缓说道："他和我说，郑王在开封又纳了几房姬妾，对我未必真心，劝我三思。"

小桃的眉头蹙了起来。郑王的品行她自然知道是个什么德性，只是她以为人总有例外，再放荡不羁的人也会有个真心相待的人。现在祁公子这么说，那就有些问题了。小桃说道：“既如此，小姐又何必去那里受委屈？”

何之棠笑得淡漠：“委屈？在哪里不受委屈。我也没有你的好命，有人把你捧在心里。我只能把命系在一条绳上，拼命爬上去找活路。”

小桃没了话语，脸有些发烫。微微低下了头。何之棠从手边的包袱里挑出了一支银钗，放到了小桃手里，语气有丝温和：“今日在集市上，看到了这个。我知道你现在不缺名贵的珠玉钗环。这个对你来说，已经太粗陋了。但我觉得，这个和当年我送你的那支，真的好像。”何之棠的声音有些微颤，把头别了过去。

小桃把钗拿在了手里，心中一时波涛翻滚，前尘旧事涌上心头，眼圈早已泛红。是的，现在的她，各种金银玉簪，珍珠玛瑙，已不是什么稀罕物。但大小姐当年在她及笄时送的银钗，却是她人生的第一件首饰。只是她的人生也颠沛流离，那钗早已不知了去向。小桃把钗别到了头上，紧紧攥上了大小姐的手，声音梗在了喉咙里：“小姐……对不起……”她觉得她一直欠大小姐一句谢谢，和一句对不起。谢谢她把自己从一个大字不识的野丫头，调教成了一个粗识文墨的人；却也为了祁公子，她亏欠了大小姐一辈子。

何之棠的笑有些别扭，拍了拍小桃的手，声音难得的柔和：“你只要不怪怨我就好了。”顿了顿道，“好了。早些休息吧。”她没有办法继续和小桃聊下去，所有的过往，有的让她心痛，有的让她愧疚，有的让她后悔，有的让她挣扎。

小桃有些不舍地看着何之棠收拾好东西，拉上帘帐，只余均匀的呼吸。而小桃却辗转反侧，无法入眠。

第二天一早，小桃随着何之棠起来。何之棠一身鹅黄的夹袄襦裙，头发挽就松云髻，很是端庄好看。

祁正修已经备好了车马，小桃执意要去送何之棠，便也一同上了马车。小桃一直紧紧攥着何之棠的手。行了不到一炷香的时间，已经到了长江边。祁正修下了马，小桃和何之棠从车里下来。江边已经备好了一艘小船，一个穿着铠甲的士兵在船上等着。祁正修说道："待会他会从西侧带你渡江。那里少有宋军的守备，你上了岸也方便些。"

何之棠屈膝对祁正修拜道："多谢公子。"说罢，在小桃的搀扶下上了船。看了看祁正修，又看了看小桃，眸子泛起一层雾气，声音颤道："都回去吧。"

"大小姐，保重！"小桃捂着嘴眼泪已经落了下来。

祁正修的目光一直静静随着何之棠，眼看着士兵要解开绳索划船而行，祁正修忽然像想起什么似的："等等！"说完大步走到了船跟前，把身上的披风解了下来，递给何之棠："江上风大，披上这个吧。"

何之棠怔了一下，接过披风，紧紧咬着唇，看着祁正修的目光有无限的柔情和纠结，最后化成了一汪眼泪，一颗颗落了下来。

船，终于还是划走了，在浩渺的长江中渐行渐远，直到成了一个点，化在了天际。

祁正修看着还在眼泪肆意的小桃，轻轻揽上了小桃的肩："走吧。"

小桃没有挣开，随着祁正修往回走着，怔怔问道："人为什么要离别呢？"

祁正修没有回答，只是揽着小桃的手更紧了紧。无缘才要离别，有缘，便是千山万水，也无时不在心里。

小桃回到营帐，身子受了些风有些犯懒，便没有再出去布施衣服，静静躺了一天。第二天一早，还没起来，就听到外面有士兵来回进出的声音，脚步很是紧急。小桃忙起来披上了衣服，看到匆匆往外走的祁正修，不由问道："公子，发生了什么事？"

祁正修的面色有些泛青，眸子全是清寒，看着小桃顿了顿，还是说道："有人在江边看到了之棠。"

小桃只觉得头一晕，踉跄了一下，忙追上了祁正修的步子。小桃被祁正修骑马带着，很快就到了江边。眼前的场景，小桃一辈子都忘不了：浩渺的长江上，水和天都连在一处的辽阔。那只小船，就那么漂在江边，来回荡着。披着祁正修银白色披风的何之棠僵硬地斜靠在船上，头向后仰着，面色是一片平静，平静得像背后的长江。而披风里鹅黄的衣裙上，全是干涸了的血。

那情景，平静如江天流云，却让小桃寒凉彻骨。小桃跌坐在了地上，眼睛酸酸的，却流不出泪水。江风吹得小桃头发散乱，也毫无知觉。大小姐昨天还好好的，怎么会成了这样，怎么会……

祁正修快步过去，命人把船拉得靠了岸，抬手抚了抚何之棠的胳膊和脸，闭上了眼睛。半晌，吩咐着侍从："抬回去吧。"声音是从未有过的沉重和悲凉。

侍从问道："回大营吗？"

祁正修想了想摇头道："不必。大营东侧的柴院收拾收拾，先停放在那里。"顿了顿又道吩咐着，"再去寻副好的棺木来。"

小桃不知道自己怎么被祁正修抱上马，带回的大营，只是一路都痴痴呆呆的。直到一起去了柴院，看着被人搬来搬去的何之棠，小桃的心才一下一下疼痛，恢复了知觉。柴院的西厢有一处简陋的木床，何之棠就被放在那里。小桃跪在床边，伸手紧紧握着何之棠已经冰凉发僵的手，眼泪扑簌着落了下来。祁正修站在小桃身后，拍了拍她的肩："别哭坏了身子。"

小桃抬眸看着祁正修，眸子全是疼痛："大小姐怎么会……是谁这么狠毒？"

祁正修的声音有些暗哑："送她去的士兵昨天下午就回来了，说是之棠已经安全上了北岸，到了宋地。附近没有村庄，没有田地，只是离得不远处有宋军的防守营地，但那已经是防守最弱的一处了。顺着路走两个时辰，可以到集镇上。他是亲眼看着她平安走出的视线。”

小桃忍住了眼泪，紧紧咬着唇，想了半晌道：“但大小姐是被扔在船上漂回来的。说明害死大小姐的人离江岸不远。昨天夜里风向南吹，才把小姐吹回了江这边。”说完又摸了摸何之棠身上，虽然银子不在了，但珠钗玉环都在，小桃的声音颤着，“如果是劫财，为何不把珠玉都劫了去，那比银子还值钱。”

“别想了。”祁正修轻轻叹了口气，“早些装殓好，让她入土为安吧。你先回去歇着，昨天你身子还不好，别再生了病，便更不值了。”

小桃心中翻江倒海，酸涩疼痛，哪里肯回去。小桃伸手把何之棠的衣裙抚得平整，对祁正修道：“我不回去。生前，我和小姐主仆一场，如今，我只想再守着她，这也是最后一次了。”顿了顿，小桃声音有些哽咽，“吩咐下人烧些热水来吧，我帮小姐擦擦身子。怎么着也得干干净净地走，再让人去寻身新衣服吧。”

祁正修沉默了许久，嘶哑地吐出一个字：“好。”说罢转身出去，吩咐下人烧水准备衣服。

小桃含着眼泪在何之棠头正对的下方点了三炷香供着。转过身来，把何之棠的衣服解开，蘸上热水细细擦拭起来。想着何之棠这一生，小桃除了心疼只剩唏嘘。大小姐比她的出身高贵那么多，本来该是和她天差地别的人生，却阴差阳错地走在了她前面，还是这种死状。

大小姐从前是多么温婉贤淑，知书达理，死后却像一叶浮萍般随波逐流，想到这里，小桃的心就疼痛得喘不上气来。小桃认真擦拭着何之棠的身子，都说人死的第一件事要净身，也好干干净净去上路。小桃只盼着大小姐去了那里，能比这一世活得容易些。

何之棠的伤口在腹部，那里血迹最多。小桃仔细擦了很久，伤口很小，却有两处，还有被从里翻出的肉。小桃颤抖着手仔细擦干净，看着像是箭伤，箭射进去又拔了出来。用弓箭的，除了猎户，就只有士兵了。可江北也没有深山老林，哪里来的猎户。那便一定是宋军。小桃不禁从脚底到手心的寒凉，宋军为什么要杀了大小姐？不过是一个弱女子而已，踏上宋地又能做什么？怎么就容不下她？可是想想自己从前在开封的经历，小桃不觉凄然，是啊，人离乡贱，唐人到了宋地，便不再是“人”了，没人会拿你当人。

给何之棠擦洗好，小桃把下人买回来的衣服给何之棠穿上，又把头发梳好，在脸上施了脂粉。何之棠躺在那里，容颜是生前都许久未见的平静。小桃的眼泪止不住，又握着何之棠的手落泪许久。从前那些一起欢笑的日子，摧得小桃五脏都生疼。小桃的头晕晕的，实在撑不住，被下人扶回了营帐。梦里，全是过去的事，和大小姐嬉笑的日子，大小姐教她读书认字的日子。

一梦醒来，小桃发现自己脸上全是泪。屋里黑漆漆的一片，只有月光洒进了半片。小桃迷迷糊糊晕了整整一天，此刻却格外清醒，再也睡不着，小桃披着衣服起身，本想去柴院看看大小姐，又没有人指引夜里寻不到路。小桃来回转着，不知怎么，走到了祁公子的营帐外。祁公子还没有睡，营帐里有灯火。守值的士兵看是小桃，也没有阻拦。小桃走了进去，怔了一下。

祁公子正坐在凳子上，面前是一个炭火盆烧得正旺，祁公子手里拿着一卷纸，对着炭火不知入神地在想着什么。小桃轻轻咳了一声。

祁正修抬起了头，看是小桃，面上没有任何波澜，只温温地问道：“怎么起来了？头还晕吗？”

“好些了。”小桃走到了祁公子身边，看着他手里的纸张不禁问道，“公子这是？”

祁正修没有回答，脸上的表情有些凝重。过了半晌，才缓缓道：“没什么。”说完把纸张塞到了袖子里。看着小桃问道：“饿了吗？睡了一天，要不要吃些东西？”

小桃在祁正修旁边的凳子上坐下，也看着炭火盆出神：“不饿，吃不下。”两人静默许久，小桃突然问道：“是宋军把大小姐杀了，是吗？”

空气像凝固了，很久，祁正修沉声答着：“是。”

“其实，”小桃犹豫了半晌，终于问了出来，“公子是不是早就料到，大小姐去了宋地会有不测？”小桃虽晕，却不傻，如今早已人情练达的她，会想起祁正修竭力劝何之棠不要去宋地，甚至临别时的披风，都不是他惯有的情态。祁正修在离愁别绪上素来是冷漠的，和小桃多少次都是不辞而别。如果不是明知最后一面，他不会那么反常。

祁正修顿了很久，才喑哑着声音又答道：“是。”

“为什么？”小桃的眼圈又红了，“如果公子早告诉大小姐，她也许就不会去宋地，也许就不会死。”

“我提醒过她，但她愿意一赌。”祁正修的声音很平，没有什么情绪。

“可公子只说郑王在开封又纳了姬妾，大小姐怎么会想到有生命之虞？”小桃的声音不觉有几分激烈，祁正修没有答话，便是没有否认小桃的话。小桃终于压抑不住憋屈的情绪，“公子即便不念旧情，也不该眼睁睁看着大小姐送死啊。公子是个冷情冷性的人，小桃不知这相识的十多年来，到底谁能让公子动一分怜悯之心，是不是有朝一日小桃贸然去送死，公子也能含笑看着我离开？”小桃不知道哪里来的悲凉，一口气说了出来。

祁正修闭上了眼睛，脸上依旧是温和的神情，只是手背的青筋跳突了几下。过了很久，祁正修把袖中的纸卷拿了出来，递给了小桃：“因为这个。如果我把话说明了，不会改变何之棠的决定，我却拿不到这个。”

小桃接了过来，展开后借着烛光看着，是一幅地势图，却和一般的地图不同，上面有些图形标注，还有数字。小桃不由问道："这是什么？"

祁正修沉声答着："大唐的水军布防图。所有大唐的水军、水闸、战船、修建的战事工程，水上的及水下的，都在这里。"

小桃只觉得一股凉气从后脊背窜了上来，脑子轰的一声像炸了开来，过了很久才喃喃问道："郑王刻意让大小姐去宋地，就是给他送这个？"

祁正修点头："郑王也算是苦心孤诣了，没想到还留着这么一手。竟然早已借四处巡查之机，偷偷绘了一幅水军布防图以备不时之需。只是他被宋朝扣押时，应该没有料到宋朝的举动，也没有想到自己会投诚，才没有随身携带着这布防图。眼下既然已经归附了宋帝，自然要拿出诚意来讨好宋贼。否则，按他的性子，怎么会念着何之棠？"

小桃这才明白祁正修和何之棠的叙旧并不是单纯的叙旧，早在话语间已经探测出李从善对何之棠并没有多少情分，那么非让何之棠去开封的动机就很可疑。小桃不由问道："那他为什么要大小姐去送？郑王府有那么多精兵护卫，何必一个弱女子？"

"弱女子才不引人注意。之棠没有子嗣，陛下也不会计较。而更重要的是，只有何之棠可以很容易地从我这里渡江。"祁正修微蹙的眉梢眼角，仿佛藏着雷霆万钧。

小桃的头有些晕，大小姐到这里也不过一天一夜的时间，祁公子竟然已经谋算了这么多，思虑了这么多。小桃不由问着："那，这布防图怎么会到了公子手里？"

祁正修勾了一下唇，语气沉重："她在这里毕竟待了一天一夜，总会有机会拿到的。"

小桃了然，祁公子既然这么说，那便是偷偷得的。那么重要的东西，大小姐应该会带在身上。但大小姐是有一天在这里下人的陪同下去逛了集市的，那便一定会被有心人偷偷拿去。只是布防图既然已经被偷走，大小姐难道发现不了？除非……小桃不可置信地看着祁正修：“公子难道绘了一幅假的布防图给大小姐以假乱真？”一定是换了，那些山川地势，密密麻麻，不是将士出身是根本看不懂，更别提分辨出其中的不同。

祁正修轻叹了一声，有些无奈道：“否则怎么办，难道让她把真的带出去吗？这布防图要是到了宋军手里，我大唐就真的只剩国破家亡了。”水军布防图是军事绝密，关系着国家安危，祁正修事后也惊出一身冷汗，但凡疏忽一点，后果都不堪设想。

小桃咬唇低下了头。何家的叛国似乎是个不能解脱的魔咒，何士忠何之训投降了后周，何之训被李璟鸩杀，何士忠不久也病死，只白白把忠勇军便宜了后周。现在大小姐罔顾前车之鉴，又带着布防图去投靠宋军。为什么会这样？当初是大小姐教自己的仁义礼智信，教自己的礼义廉耻，怎么大小姐自己却忘了呢？难怪大小姐会拼命想赌一把，她一定以为手里的布防图能给自己换来一个身份地位。只是刚踏上宋地，就被宋军识破了真假反而送了命。

屋里的空气仿佛凝固了，夜的寒凉渗透到了骨头缝里，小桃缩着肩，身体和心都在颤抖着。祁正修往炭火盆里加了些炭，声音清冷：“我可以容忍很多事，也能不在意很多事，但我不能容忍叛国。你知道有多少人在用命守着江山吗？”

小桃把唇咬得一股甜腥，才从刚才的混沌中清醒了些，小桃沉声说着：“公子，我懂。”

祁正修盯着火盆中跃动的火苗许久，缓缓开口：“近日边界不是很太平，常常有宋军挑衅。如今大唐的周边已经都被宋军攻下，而宋军休养生息也差不多了。只怕战事又在眼前。大唐的气数越来越危在旦夕，之棠去宋地，如果不是偷带布防图，也没什么错。女人，总该活得安逸一些。”小桃听着祁正修这些奇奇怪怪的话，不知他想说什么，只是抬眸看着祁正修。

顿了许久，祁正修看着小桃开了口："如果你也想去对岸，我可以放你走。"

"公子是什么意思？小桃不懂。"小桃的眉头微蹙了起来，看着祁正修的目光有些锐利。

祁正修目光温和，像流水一般轻柔看着小桃："我说的是肺腑之言。和别人我可以虚与委蛇，虚妄试探。和你，还需要吗？我只希望你平安，快乐。"顿了顿，祁正修的目光有些辽远，"你只是个女子，那些国家存亡、护卫山河的事，本就是男人做的。女子在乱世更加辛苦，不如提早找个安稳的去处。"

小桃苦笑失神："公子觉得对岸是我的安稳去处，是吗？"

祁正修的心有些麻，他不愿意承认，却不得不承认，开封比起金陵，安全得多。更何况，她的心，一直在对岸，又何必和大唐一起做僵死之鱼？祁正修声音很沉："开封起码不会受到战事波及。而且，如今赵普失势，他已封为晋王，朝堂的第一把手，可以护你周全。"祁正修不知道自己是怎么说出的这些话，窝囊又屈辱，但确是实话，实话往往很残酷。

说到赵光义，小桃的心像在滴血一般。他已在一人之下，万人之上，朝堂上呼风唤雨，可一切都回不去了。小桃缓缓说道："如果是十七年前，小桃还在云湾村的时候，的确，在金陵和在开封，对小桃来说都一样。那时我只知道吃饱穿暖。字不识一个，道理不懂一点。"说着看了看祁正修，"可是就因为和公子的一面之缘，小桃从云湾村走了出来。一路走到现在，读书识字，就像一个学会穿衣服的人，是无法再把衣服脱了行走的，因为会羞耻。如今公子让我去开封，就像让我扒了衣裳走在集市上，那样很羞耻。我虽是女子，却也是唐人，也不是没脊梁骨的人。以后公子还是不要和我说这些了。"顿了顿，小桃又道，"眼下我只想把寅儿找到，别的都不想再想。”

祁正修的胸中涌起了一股暖意，不禁看着小桃眸子一抹亮色。他对小桃的情感是复杂的，有怜爱，有愧疚，有感动……他也说不上小桃到底是哪一点在他心里挥之不去。可现在，他却明白也笃定了是什么让他念念不忘、心有动处。柔弱的小桃，始终有着自己的坚守。

祁正修伸手覆上了小桃的手，紧紧攥进了自己的手心里。如果不是战乱，和她一起的日子，该是幸福的吧。小桃怔了一下，很快把手抽了出来，转着话题道：“对了，刚才我进来时，公子为什么对着那布防图发愁，还点了这炭火盆？”

祁正修勾唇摇了摇头：“我在想怎么处理这幅图。水军的布防是我和林仁肇大人当年亲自督建布防的，包括水军排布，水师工程的建造。因为是绝密，所以并没有留图纸，就怕落入贼人之手。可现在，林大人已经故去，知道布防的只有我，如果我也……”

小桃立即打断了祁正修的话：“公子不要乱说，不会的。”

祁正修扬唇一笑：“那好。不说。但总之，是该留一份图纸，万一我……”祁正修顿了顿道，“陛下也好根据图纸重新布防。”

“那何不现在就把图纸交给陛下？”小桃问道。

祁正修浅笑着摇头：“这些水军排布是我和林大人仔细商议后决定的，是防守长江天险的最佳布阵。陛下生性多疑，现在把布防图交给他，只怕他又会被人干扰乱了阵脚，重新调度水军排布，那就在自毁长城了。”

“所以公子刚才在犹豫要不要烧毁布防图？”小桃问道。祁正修点头。小桃想了想，鼓起勇气道：“如果公子信得过我，我可以帮公子收好布防图。”

祁正修对小桃的提议怔了一下，他想过把布防图给许多人，陈述？性子直爽，交友又多，这么绝密的东西给他不放心；徐锴更不用提了，早已心意变了；给李弘冀？那就是颗随时会炸的炸弹……正是思前想后都没有可以托付的人，祁正修才想着烧毁。但他的确没有想过小桃，一点一丝都没想过。如今小桃提出，他倒也觉得是个办法。一定不会有人想到布防图在一个女子身上，还是金陵整天迎来送往的女子。只是小桃虽说有着正三品官阶，到底是个女子，护着图有些困难。祁正修想了想，对小桃道："留着纸张在手里总归危险，不如你学着把图画出来。这样即便将来有不时之需，你就能解水军之困。"

小桃点点头："好。"

祁正修把水军布防图拿出来，并没有给小桃讲解什么符号是什么意思，只是就图形线条给小桃大致讲了讲。天色已晚，两人边看着图边聊了一会，小桃便先回去休息。

何之棠就葬在了润州城西，和金陵遥遥相对。站在何之棠坟前，刚好能看到回金陵的路。人死难回乡，也是哀伤。

将何之棠葬了后，小桃便每天白天去城里找寅儿，晚上回到祁正修的大营学着描布防图。由于小桃并不理解那图中的意思，只是照着图生涩地记忆，更加难记。但小桃用尽了心思，一点一点细细地描摹，又问着祁正修这条线的粗细有没有什么意义，那座山的高矮有没有什么说法，只是五六天的光景，小桃已经能把布防图画得七七八八差不离。

李煜给小桃的时间只有半个月，直到小桃回到金陵时，已经能把南唐的水军布防图画得一分不差，甚至将每处的形状大小、粗细、点皴全部细细画尽。

临行前一晚，小桃抛开原图，凭借记忆，毫无磕绊地将布防图画得流畅。画完后看着祁正修眸子亮亮的："公子，我画得可对？"

祁正修双眸含笑："不差一分。"说罢从袖中把原图取出，扔到了炭火盆里，"以后便再不用这个了。让它化了灰，比留在哪一处都安全。"

看着布防图在火盆里化成了灰烬，小桃心里还是有一丝微颤。祁正修的心思是细密周全的，总是百般谋算，不肯出一点疏漏。这绘着大唐江山防守的图，他终究不愿留一点落入他人手的危险。小桃看着祁正修，问得几许没底气：“如今大唐知道水军布防的，除了公子，就只剩我。公子，可相信我？”

祁正修负着双手，静静看着小桃，微微笑了：“认识你，已经十七年了。短吗？”小桃也笑了，心中难得一丝暖意。

开封，李从善等了多日都没有等来何之棠，不免起急。让手下去探问，但如今的手下都是赵匡胤赏赐给他的宋人，没几个能使唤得动。实在无法，李从善又花了些银子，才找到门路去求见赵光义。如今赵光义是朝堂的一把手，要是他能帮着推一把，他在大宋才能待得稳。

李从善见到赵光义的时候是晚上，赵光义正在开封府的后院中自斟自饮喝着酒。看到李从善进来勾唇冷冷一笑：“原来是郑王，坐下来一杯。”说着命侍婢又端来一个酒杯，放到了桌案的对面。

李从善有些忐忑地坐下，看着赵光义勉强挤出个笑：“晋王真是好酒量，一个人自解千愁。”

赵光义失神道：“千愁？我没有千愁，我只有一愁。”

“那是——”李从善不由问道。

赵光义摆了摆手，盯着李从善目光如炬：“郑王，哦，不对，如今你已是我大宋的节度使，节度使大人到本王这里，不是要听本王有哪一愁吧？有话直言无妨。”

李从善恭敬地抱了抱拳道：“还是上次和晋王提的那事，从前在唐地的时候，绘了些重要的机密图纸，如今既然得了陛下恩惠，总想投桃报李，为陛下效力。”顿了下凑近赵光义说道，“我已派人将那图纸带来，听闻已经到了宋地，不知怎么还没过来。”

“哦？机密图纸？”赵光义冷哼了一声，把杯中的酒一饮而尽，又冷冷笑了两声，直笑得李从善心里发毛。赵光义不说话绷着脸冷笑的样子，比赵匡胤的气场还强大。过了半晌，赵光义从袖中拿出一张纸，摔到了李从善面前大“你说的就是这个图纸？！”

李从善一惊，赶忙从桌上捡起图纸，就着蜡烛一看，脑袋发了蒙。那图纸是原来他借着探访之名，在各处派人偷偷绘制而成，仗着他的郑王身份，别人也不敢阻挠。虽然不是他亲手绘的，但他也看过许多次，李从善不禁说道：“这图，怎么有些不大对劲呢？”

“你也觉得不对劲是吧！”赵光义从李从善手中把图纸扯了过来，拍在了桌上，指着一处说道，“皖口，是南唐的重兵部署，这里居然只标了一处水事工程，几千兵马，骗谁呢？蒙谁呢？！”又指着另一处，“润州，祁正修驻守的重镇，别忘了他在这里的百谷峡打得我大宋水军死伤无数，竟然在这里没有水事工程？那大雾之夜南唐的水军是从天上掉下来的吗？！”说罢看着李从善冷笑：“你倒说说，是你们唐人会打仗，还是当我们宋人是傻的？”

李从善口齿都不清楚了，看着赵光义六神无主，又拿起布防图仔细看了看，慌张地说道：“这图，这图一定是假的，晋王这图是从哪来的？”

“从江南名妓——何之棠那里来。”赵光义勾唇笑了笑，“她是你派来的人吗？”

李从善的脸都白了，府里的几个人，只有何之棠最是有心机手段，又和守着南唐边界的祁正修有些瓜葛，他才想着让何之棠送过来，怎么还没轮得上自己摆功，倒先到了赵光义的手里。李从善看着赵光义声音有些发颤：“为什么晋王先从之棠那里拿到了图？之棠，她来开封了吗？”

赵光义把那图纸放到蜡烛上点着烧了起来，冷冷道：“你上次说要有宝物进献给陛下，我自然要费心帮你接好人，免得到了我大宋行路艰难。

只是没想到，你进献的是这个东西。”

李从善脑子一转，忙说道：“一定是被人掉包了。原来的图不是这样的。我虽然记不全，但还是有印象的。”

“掉包？”赵光义看着李从善的目光直烈，“大人说是掉包，那就是掉包吧。”说完冷冷看着假的图纸化为灰烬，再没吭声。

李从善心中忐忑得厉害，赵光义这个不阴不阳的态度让他极为胆寒，他接受了大宋的封赐，就是为了在这里博个荣华富贵，反正李唐已经是末日江山了。但要是这回表功不成反受过，那可就全完了。李从善想了想道：“晋王不如把之棠带来，我好好问问她到底一路是怎么来的，可能会被谁掉包。”

赵光义冷冷回了一句：“这种废物还留着做什么？”

李从善怔在了原地，过了许久才回味清楚赵光义话里的意思。何之棠被他杀了。李从善顾不得品咂悲伤，眼下他更急的是这事如何向大宋交代。牛吹出去了，不好收。半晌，才又道：“大唐的几处水军防守，以润州、常州、皖口三处为要。润州常州有祁正修不好对付，但皖口，主要是布阵精妙，那里当年是一个叫樊若水的人绘制的，不妨让他再把那里绘制一次。虽然没有全部的布防图，但有一处也行啊，起码有了突破口。”

赵光义勾唇笑了，把桌上的酒杯递给李从善：“果然是良才，这是个好主意。”虽然不能拿到全部的水军布防，有一个突破口就好。顿了顿又道，“这樊若水，就劳烦大人去联络了。”

“好，好说，好说。”李从善把酒喝了，又与赵光义客套得聊了几句后便告退了。

看着李从善毫无伤怀的背影，赵光义冷冷笑了。何之棠，死了比活着好。

第三十三章

机要密图藏勾栏
佞臣外敌双夹击

小桃回到了金陵，依旧是每日花月坊里的忙碌。世道艰难，银子不好赚。花月坊的一些名目也不得不降价招揽生意，还得不停推陈出新。但每到晚上，小桃会在屋里一个人静静把布防图再画一次，免得遗忘。画完了就立即把图纸用烛火烧了。

这一日花月坊生意冷清，亥时刚过客人已经走得七七八八。小桃跳了一曲《双燕舞》，又在白绸上写了字，下面的看客不住鼓掌叫好。待小桃跳完，客人们也没别的期待节目，纷纷离开。小桃叹了口气，看门庭冷落，便回到桃苑，把下人吩咐出去，自己在烛火下铺开纸张，准备描绘。刚画了几笔，忽然门被用力推开了，陈述的大嗓门喊着："这才什么时辰，就偷偷溜回来做什么？赶紧出来……"

小桃赶紧把桌上的纸折了起来，但陈述早已步子快，走到了小桃桌前，看了看图，又看了看小桃："你这是画什么呢？"

陈述进来的同时，还带了另个人，此时那人也跟着陈述的步子缓缓走来，看了看图，目光有些复杂："姑娘画的符号像是行军布阵图，只是刚画了几笔，看不出是哪里。"

"布阵图？哦？"小桃的声音轻快起来，"下午来了个客人丢在这里一幅图，又急慌慌地带走了，我好奇打开看了看，以为是驱鬼符呢，刚才正想凭记忆力画着来看看，可巧你们就来了。对了，这位是？"

陈述大大咧咧拍了拍那人的肩膀："给你认识一个新兄弟，樊若水。刚才看你跳舞，非要拜会一番。"

小桃冲那个叫樊若水的微微屈膝一拜："樊公子见笑了。"

陈述朗声道："你可别瞧这位樊兄弟像个女孩似的腼腆，却是个过目不忘的能人，又饱读诗书，只是时运不济，才未能中第。从前在各个大人府上做事，现在到了我的府里。以后我便轻省了不少事。"

小桃点头明了。读书人不少，但能考中的太少，剩下的便有在各个官员府上做幕僚或是参事，也好养家糊口，奔个前程。这樊若水便是个没考中的。

樊若水脸微泛红，冲小桃一抱拳："落魄士子罢了。承蒙陈大人不弃之恩。"

陈述忙说道："若水兄弟不要过分自谦。你的学识是有目共睹的。你看你随便看看，就知道桃娘画的是布阵图。她自己都不知道是什么鬼画符呢。"

樊若水微笑道："从前在潘将军府上做过事，故而识得些符号。一般只有武将才看得懂。"

小桃几分好奇，指着图上的几处问道："那公子倒说说，我现在画的这几处是什么意思呢？"

樊若水仔细看了看，指着图纸道："这是山，想必能看得懂，上面画了横线的，指的是有路，粗的是官道，细的是小径，细的上面打斜道便是荒径，但也能走。这是指水流，对应着比例可以算出河的宽度，上面画实心圆点，是指水下有做好的桩，能系船；要是空心圆圈，是指障碍桩，用来搁浅敌船的；若是一排圆点，是有水栅栏，防御敌军；若是月牙形，是堤坝，根据图形差异能看出是沙土坝，还是石头坝，还是木头坝，还是铁块坝。中间画叉的地方，是有路可走；另外画十字的地方，是有士兵防守，一个十字是一千人马，几个十字便是守军多少……”

那樊若水说得滔滔不绝，一边说着还一边用笔在纸上画着。小桃一边听，一边飞快地在脑海里把记住的水军布防图过了一遍。里面所有的符号和图形都细细回想过，瞬间便豁然开朗了起来。原来光凭记忆的图，现在便清晰地知道是什么意思了。待樊若水讲完，小桃想了想，还有三种图形她并不知道是什么意思，便指着樊若水画的图道：“公子说这符号，是战船的意思，要是好几个符号连起来，就是一排战船吗？”

樊若水看着小桃摇摇头，若有所思地说道：“连在一起，是专门修的战船道，下面有机关有小路，供水军操作用，这种水事工程是最为复杂的一种，据我所知只有皖口和润州有，不知道姑娘是在哪看的？”

小桃心一惊，这个樊若水鬼得很，忙笑笑：“我就是好奇，照你刚才说的推理罢了。我个妇道人家，懂个什么。”其余的两个图形，小桃不敢再问，怕被樊若水看出端倪。

陈述把两人推着离开了书桌：“行了行了，我们是来聊天的，不是大半夜忧国忧民讲军事图的。别说桃娘个妇道人家，我这个文臣也看不懂什么是什么。赶紧聊些正经的。你方才不是急赤白脸让我给你引见桃娘吗，现在又讲这些乱七八糟的。”

樊若水脸一红，对小桃笑笑：“方才看桃姑娘一舞，果然名不虚传。《双燕舞》舞得荡气回肠，那字更是铁画银钩，不像寻常女子的笔力。不知是师承何人？”

陈述笑道：“你这人就是啰唆，从舞问到字，人家就不兴自己学的啊？我就没听说她跟谁学的字。”陈述想了想道，“何家小姐，那字全是女儿的娟秀，完全不像；子介的？也不像。陛下的？更不像。就这么些人，她还能和谁学？和我的字更是八竿子打不着，所以定是自学的。哈哈哈。”

樊若水看着小桃若有所思：“只是姑娘的字，我觉得有些眼熟而已。”

樊若水的目光让小桃有几分不适，小桃只看着他微微含笑，吩咐门外的青青快去沏茶。樊若水盯着青青的背影看了几眼，又回过了头。陈述坐下和小桃闲聊着，又听说小桃近日去了润州，便又探问了许久祁正修。闲聊许久，陈述带着樊若水便要离开：“也不叨扰你了，赶紧歇着吧。”

小桃对陈述笑道：“聊了这半晌也精神了。以后大人得空便常来。”又扭头看着樊若水，“公子也是，不要见外。”

陈述哈哈大笑：“那你这里要是有什么温顺又乖觉的姑娘，可要给若水兄弟留意着，不能光嘴皮上客套。”

小桃笑笑称是。待他们走后，把门紧紧闭上，又把布防图细细画出来。这樊若水来得巧，这回倒是完全清明了，什么地方有布防，如何布防，布置了多少人马、战船，哪里有工事，全都一清二楚。小桃不由心怦怦跳，从图上能看出，祁正修守的润州布防是最多，也最宏大的。那就说明这里最为重要。攻破润州，离金陵便不远了。小桃把图纸烧了，心中说不出的滋味。

小桃只当是陈述带着樊若水来逛逛图个新鲜，其余不过是客套话。却没想到，陈述不怎么来，那樊若水却跑得勤快。隔三岔五便来花月坊听曲子，又看看小桃的舞。每次还会递进来拜帖要和小桃聊聊。小桃只觉得诧异，这人总是来做什么？

青青掩嘴笑道：“依我看，他十有八九是癞蛤蟆想吃天鹅肉，看上姑娘了。你看，别人呢是晚上来，这位樊公子不仅晚上来，白天也来，白天又没什么歌舞，他就来和姑娘聊天。那不是看上姑娘是什么？”

小桃瞪了青青一眼：“我看他是看上了你，每次来和你说的话也不少。”

青青撇撇嘴：“他那么大个人了，和我个毛丫头就是聊上三天三夜也聊不出什么。而且我看他恨不得把花月坊都逛个遍，真是眼馋肚饱，少见多怪的。”

小桃一怔：“他还去其他地方？没人拦着？”

青青想了想道：“前几天去后院转了转，因为他总来，也没去什么禁忌避讳的地方，便没人拦着了。”

小桃眉头蹙了蹙，虽说有些客人好奇喜欢到处转转，只是这樊若水从见他的第一面，小桃就总觉得不安。他虽然腼腆，但看人的目光很阴沉，好像要看进人的内心似的。小桃吩咐道：“以后命各处看守严些，别让人到处逛，免得惊了其他客人。我们这种地方，就是要在该热闹的地方热闹起来，该幽静的地方幽静下去。”

“是。”青青应道，向外头一瞥，对小桃挑了挑眉毛，“经不得念叨，说着这不又来了。”

小桃扭头一看，果然樊若水又来了。只好吩咐青青去倒茶。对着樊若水点点头：“公子来了。”

樊若水也不管小桃沉着的脸，依然很熟络地坐下，和小桃东拉西扯了几句，对小桃道：“今天来找姑娘，主要还有一事相求，希望姑娘能卖个脸面。”

小桃一愣：“公子先说说什么事，若是真能帮上，也无可推辞。”

樊若水笑道：“对姑娘来说，就是一句话的事。”顿了顿道，“这院子里，有位连翘姑娘，若是一直待在那修琴造琴的地方，便埋没了。”

小桃不由心中一堵，那连翘果然是个最会招蜂引蝶的，这樊若水才来了几趟，竟然又勾搭上了。真是好手段。但樊若水开了口，小桃也不好明着拒绝，便道：“既然公子开口，那我便命人把连翘带来，看是不是公子说的人。”说完吩咐人把连翘从造琴阁带来。

不多时，一身素衣的连翘被带到了小桃面前，对着小桃规规矩矩跪了下去，行了礼。小桃问询了几句，连翘都回答得很有分寸。看来这几年造琴阁的磨炼，性子终究是收敛了。小桃便也轻松，既如此，不妨卖给樊若水个人情，也省得他总来找自己烦扰。便说道："很是妥帖。那便依了樊公子，连翘不必再回造琴阁。只是不知道连翘姑娘想去哪里？"

连翘对着小桃拜了拜："连翘不会别的本事，桃娘如不嫌弃，让连翘做个酒妓，也好见见世面。"

小桃点头同意，酒妓不是什么需要训练的，只要能喝，肯喝，服侍好客人喝便好。

连翘做了酒妓，樊若水来得更勤，只是不再去找小桃，全在连翘那里了。小桃松了口气，又有些担心，这样的人帮着陈述做事，只怕带累陈述。旁敲侧击过几次，陈述却大大咧咧不放在心上。

开封，李从善又去拜会赵光义："晋王，樊若水我已经联系到，几番书信往来，他愿意为大宋效力。但是他想亲自拜会晋王。"

赵光义看着李从善目光有些阴沉："你觉得他配吗？"赵光义最烦这些还不知道几斤几两便先摆出谱的。

李从善避开了赵光义的目光，讪讪道："他说有两份厚礼送给晋王。"

李从善说完，从袖中拿出一张叠着的纸张，赵光义皱眉接了过来打开，那纸上只书了几个字"海上生明月"，字迹和自己的几乎如出一辙，小桃的字！赵光义方才还随随便便拿着纸的手绷得紧紧，微颤着拿到烛光下小心仔细地翻来调去地看，除了那五个字再没别的。看来是小桃平日练字扔掉的废纸。

赵光义把纸叠起来放到自己的袖中，看着李从善的目光阴冷似冰刀："他什么意思？"

李从善看赵光义的面色变得瘆人，忙说道："我可不知道。他只是让我把这个交给晋王，说是第二份厚礼和写这字的人有关，您一定也知道是谁。第一份厚礼自然是皖口的水军布防图。只是他要和晋王亲自见一面。”

赵光义皱眉想了半晌，道：“既如此，你带他来便是。但是，”赵光义的声音凌厉起来，“他要是敢打别人的主意，你告诉他，他会死得很难看。”李从善还没见过赵光义这么疾言厉色的样子，连连点头应是。

半个月后，李从善带着樊若水到了晋王府，赵光义在后院的花厅里接见了他们。樊若水对赵光义抱拳揖身，行了个礼。赵光义冷冷扫了这个人一眼，身形清瘦，面色发黑，虽沉默腼腆，目光却阴阴泛寒，看着便心术不正。赵光义淡淡道：“来了？从哪来的？”

樊若水答道：“皖口，绕了个远，所以现在才来。”

李从善怕赵光义怪罪，忙解释道：“走润州虽近，但祁正修守着不好渡江。好在他对皖口的水军布防很熟知，所以便从那里偷偷过来了。路上才耽搁了时间。”

樊若水沉声道：“大人不必解释，晋王之所以这么问，便是想到了这一层。”

赵光义冷笑了一声，看着李从善道：“我想和他单独聊聊。”李从善忙揖手告退，到了前院待客的厅堂坐着。

花厅只剩下赵光义和樊若水，赵光义把下人也遣得远远的，看着樊若水道：“皖口的水军布防，如今变了没有？”

樊若水微微笑着：“已预计晋王会问这个问题，故而这次借道皖口时，特意耽搁了几天，又详细丈量了皖口要塞采石矶的江面宽度，江下泥沙沉积的情状。晋王一定也知道，每年的雨水气候都不一样，采石矶处的水文一定和前几年有些区别。不过水军工事，基本没有变化。”

赵光义问得直接：“那照你的看法，从采石矶打过南唐去，可行吗？”

樊若水一抱拳："待到过几个月长江枯水期到了，架起浮桥，一定可行。"

赵光义勾了勾唇道："浮桥，我大宋也不是没想过。但架设浮桥，需要对采石矶的水面及南唐的军事防守有充分了解，才能迅速把桥架起来而不被南唐水军攻灭。所以，你的图很重要。我会和陛下引荐你，不知你是想要名，还是利？"

樊若水定定说着："若水一介读书人，自然是高中功名才是这辈子的梦想。只是在南唐，多少年来这个愿望也实现不了。如今既然一心归附大宋，希望能得偿所愿，把我从前的遗憾弥补。至于金银利禄，若水倒不苛求。"

赵光义淡淡道："如此也好。我大宋欢迎能人巧士在朝堂效力。你有这个心最好，如果你的图的确能解我大宋之困，别的我不敢保证，起码大宋正四品以下的官职，随便你挑。这个主，我做得了。"

樊若水的心狠狠颤了一下，正四品，这是他从前做梦都不敢想的。但凡在南唐能做个九品芝麻官他已经满足了，可惜他都未曾考中过。可来了大宋，竟然一砸就是个四品官。樊若水竭力掩饰着激动的内心，对赵光义沉声道："在下必当尽心竭力。"

赵光义啜了口茶，又开了口："第一份厚礼，谈妥了。我想问问第二份厚礼是什么？"

樊若水垂下了眸子，语气平静："晋王，第二份厚礼一定是晋王想要的。只是现在还不能说，得第一份厚礼生效后，才好说第二份。"

赵光义冷哼了一声，看着樊若水神色阴寒道："你不要和我耍花样。要是她有一点差池，别说官位，你的命也休想保得。"

樊若水心里反倒踏实了，他那过目不忘的好记性真是帮了他不少忙。樊若水曾经看过赵光义的字，那天一看到小桃的字便觉得眼熟，他只是纳闷一个南唐的官妓怎么会和宋朝晋王的字如出一辙，便忙让陈述带他见小桃。待到后来偶然邂逅了连翘，知道连翘曾经服侍过小桃，便求情让小桃放连翘出来，这些日子他和连翘厮守的时候，别的且不说，小桃的八卦他可知道了不少。再加上他打听了一番赵光义从前的旧事，便基本猜了个差不多。只是小桃这个幌子还真管用，不但见到了晋王赵光义，连谈条件都顺畅了。

樊若水看着赵光义微笑道："晋王多虑了。我既然诚心诚意投奔大宋，那么对晋王在意的人，只会拼力保护，又怎么会乱打主意。只是第二份厚礼实在要等到第一份生效，还望晋王见谅。"

赵光义冷冷道："那就把第一份备好。我随时接着。"

十天后，樊若水把皖口的南唐水军布防图托李从善交给了赵光义。赵光义呈给了赵匡胤。赵匡胤大喜，直呼道："这下再攻打南唐，可一点都不愁了。"说罢对赵光义朗声笑道，"快快封赏那个樊若水。光义你看赏什么合适？"

赵光义沉声道："那樊若水只对官位感兴趣。陛下可以手书个密函给他，许他个六品官位。待他把剩下的机要也呈上来，再晋封也不迟。"

赵匡胤一愣："还有机要？不是就水军布防图吗？那小子还藏了什么？"

赵光义道："皖口采石矶素来水流湍急不测，所以才是关塞险要。一半在南唐的防守，一半在水文情况。那樊若水留了一手，只给了我们布防图，却没给水文资料，采石矶的宽度、水深、水流速度等等他都有资料，却没交出来。"

"唐人奸诈。"赵匡胤皱眉道，"那依你看，怎么办？"

赵光义说道："给他六品官位的手书，吃颗定心丸。我朝不日就可以备军向皖口进发，到时樊若水一则能给我们做个内应；二则有了他的水文资料，搭建浮桥就轻而易举了。”

“好！”赵匡胤当即允诺。多年来攻打南唐苦于无门，如今送上门来一个缺口，真是老天开眼。赵匡胤立即给樊若水写了密函，交给了赵光义。想了想又道，“凡是兴兵打仗，总要有个由头。李煜这个软柿子这些年谨小慎微到了极点，朕也是实在拿捏不了他的短处。”低眸苦想半晌道，“要不就来个忤逆谋反？”

赵光义淡淡勾了勾唇：“南唐本就是我大宋的附国，有自己的军队，哪来的谋反？而且李煜一直恭敬，这个理由难以服众。”说罢看着赵匡胤道，“臣弟有一个主意。入了冬就该准备祭祀了，往年南唐也是这个时候来朝贡。不如今年陛下下旨，让李煜亲自来开封朝贡，并祭天。他要是来了，李从善的下场就是他的下场，我们还省了兵力，擒贼先擒王；他要是不来，那不就是现成的攻打南唐的借口吗？”

赵匡胤仔细想了半晌，猛地一拍桌案：“好，就这么办。”

赵光义抱拳对赵匡胤道：“只是，臣弟想亲自做这个使臣，前往南唐，诏命李煜来我大宋祭天。”

“你亲自去？”赵匡胤有些玩味地看着赵光义，“为什么？”可以派去出使南唐的人多了去，何必要开封府尹兼晋王这么紧要的人物？

“一则表我大宋的诚意，二来，臣弟想亲自去探看一番沿路的唐军守备。”赵光义答得坦然。他已经想了好几天，这一趟，他必须要亲自去。

顿了顿，赵匡胤说道：“只是眼下李从善被我们押在了这里，你去南唐会很危险。万一他们要拿你来换李从善可怎么办？”

赵光义坦然道：“李从善已经接受了我大宋的封赐官职，便是大宋的朝臣。如今他可是自愿留在这儿的。李煜要是真想拿我做人质和李从善交换，那不正好给皇兄发兵的理由了吗？更省了事。”

“话虽如此，还是派几个身手矫健的禁军跟着吧。”赵匡胤看着赵光义笑道。

“不必了。我会带府中的侍从。”赵光义说得云淡风轻。赵匡胤却是心中一梗，禁军听命于赵匡胤，本想让禁军跟着一来保护赵光义，二来也好监督他的一举一动，可赵光义却警惕如此，只带自己府里的人。兄弟二人，终究是面上昆仲情深，若不是为了把国家和朝堂这盘大棋下好才彼此依附，内里早已隔膜深厚了。

五天后，赵光义带着国书，和朝臣梁迥一同带着人马到了金陵。赵光义见过李煜，在南唐的朝廷上正式提出了希望李煜去开封面见大宋皇帝赵匡胤，并一同祭天。朝堂之上一片沉默，李煜的脸色变得惨白。这是大宋最后的通牒吗？

许久，才有大臣进言道：“国主去开封祭天，也并非不可。只是金陵距开封路途遥远，国主的身体恐怕承受不住啊。”李煜沉默不语。

赵光义勾唇一笑：“大人许是不常出门，开封听起来远，走起来也只需要四五天，还是一路放马从容行走。要是急行，两三天就能到。”

另一个大臣说道：“国主若去，必须是轿辇，那岂不路上就要近十天，眼下气候又近秋冬，北地寒冷，国主已病了些日子，定是难撑下来的。”

赵光义沉声道：“不急，你们先商量着，待商量定了，写了国书交给我，我会呈给皇帝陛下。”

朝臣散了后，李煜在宫里给赵光义安排了住处，准备设宴款待。赵光义推辞了，只肯住在宫外的驿馆。李煜便也没有强留。

到驿馆安顿好没多久，天色已经暗了。赵光义和梁迥在驿馆吃过晚饭，赵光义随口问道：“梁大人准备歇着了，还是出去逛逛？”

梁迥似乎有些不好意思，但还是照实说道：“回晋王，臣听闻这金陵最是富贵温柔乡，既然来了，还是想出去看看。不知晋王可有什么吩咐？”

赵光义淡笑道：“我也听闻如此，所以晚上准备去那久负盛名的花月坊。不过，我想一个人去看看。”

梁迥明白，抱拳答道：“那是自然，自然。”他岂会不识趣地跟着？更不会也去花月坊。

夜间的花月坊，灯火烛影，映着秦淮河，满楼红袖招，实在像仙宫胜境一般引人入内。赵光义带了两个随从，要了二楼一间清静的包厢，看着楼下来来往往的人。门口的花鼓不时有人敲着，也有歌姬舞姬在表演着。这是他第一次认认真真在花月坊看歌舞。这个小桃每天生存游走的环境，就是这样。

小桃有时也会出来，亲自带几个客人到包厢中，那应该是南唐品阶很高的官员，小桃随在他们身边笑意盈盈，一切都行云流水般。曾经叽叽喳喳的小丫头，现在倒把曲意逢迎这一套化到了骨子里，还不时有下人俯首帖耳听着她的吩咐，她倒是成了这里的管事。赵光义的眉头紧紧蹙了起来。

这些年，他不敢想象她的生活，他只知道她过得不错，却不敢去想一点一滴细节。他甚至都不敢去想她。他对她的情绪，太复杂。她对祁正修的情感，就那么强烈吗？甚至怀了他的孩子都不愿意和他在一起，而宁肯和祁正修在一起？可是老天没有给他时间思考这个问题，就带走了寅儿——他的儿子，那个可爱、聪明、又调皮的孩子。

他懊悔，愤恨，他恼怒她为什么不肯告诉他那是他的儿子？如果他知道那是他的儿子，怎么能让他遇到危险？他只和寅儿相处了几天，却要用几年来回忆和那孩子相处的一点一滴，想起他吼那孩子，掐他的脖子，他就浑身战栗似的疼。他拼命地去找，又怕惊动赵匡胤。他甚至在府里给自己的子女频频过生辰，只为了看看其他官员带来的孩子里，有没有他的寅儿。他始终相信寅儿一定还在，否则他找了那么久，怎么什么都找不到呢？可是找不到寅儿，他又不知道怎么面对小桃。可事到如今，无法面对，也还是要面对。

正在出神，楼下的掌声叫好声已经如雷翻滚，赵光义从上面看下去，小桃正在台上翻飞跳着《双燕舞》，跳得真是好。双燕复双燕，双飞令人羡。赵光义静静看着，面色一片沉静。小桃舞完，又在白练上写了字，令人眼花缭乱的身手，和他如出一辙的字，赵光义的手紧紧攥了起来，胸口闷闷地疼，过了许久，命侍从把花月坊的下人喊了进来。

下人讨好地问道："官爷什么吩咐？是要酒妓来陪吗？"

赵光义指着从台上下去的小桃，冷冷道："让她过来。"

下人面露难色："您说的是桃娘？她是正三品的封赐，只，只陪侍官阶高的……"

话没说完，赵光义冷冷打断："你只告诉她，一位故人要见她，她自然会来。"

下人看赵光义气势威严，不像一般普通官员，也没敢再支应，赶紧跑去找小桃。小桃沉吟了半晌，问道："他是拿着哪里的官府令牌来的？"

下人答道："鸿胪寺发的令牌，应该是别国的使臣。"

别国？不是吴越就是大宋了。小桃的心跳得有些快，想了想，还是提步随着下人走到了包厢门口。下人把门打开，看着意料之中的人影，小桃的心还是止不住乱跳起来，在门口定了好久的神，才缓缓走了进去。

屋里赵光义的侍从也识趣地走了出去。只剩小桃和中赵光义相对而立，小桃唇角一勾，冷冷道："别来无恙？"

赵光义的眸子疼了一下，对小桃淡淡道："坐吧。"

小桃也没有虚客气，坐在了赵光义旁边的椅子上，没有说话。空气像凝滞了一般，赵光义上下细细打量着小桃，很瘦，眼角有了细纹，是不是日子过得并不像看着那么风光？不过一瞬，赵光义的脑海里已不觉想出了许多种可能。

小桃过了很久才把气息调稳，出口问道：“晋王来这里，不是为了和我静坐吧？有什么事不妨直说。”

“好。”赵光义声音很沉，看着小桃道，“和我回开封吧。”

“寅儿找到了？”小桃一下弹了起来，情不自禁抓起来赵光义的胳膊，眸子里都是闪动的亮光。那一瞬间，方才还是憔悴带着疲惫的神情早已一扫而空，全身都散发着夺人的光彩。

赵光义的心先是一震，接着是深深的疼痛。赵光义摇摇头，吐出一个字：“没。”

小桃刚才还满是神采的眸子顿时碎了开来，攥着赵光义的手也松了下去，跌坐在椅子上双眸发直，喃喃道：“还是没找到。还是没有……”说着眼圈红红，垂眸用袖子擦了擦眼角。

赵光义反手握上小桃，说道：“我也在找。”

小桃用力把手甩了出去，过了半晌，冷冷勾唇笑道：“既然不是找到了寅儿，那就是要打仗了，是吗？”

赵光义沉默不语。只定定看着她：“我希望你和我回去。”

回去？小桃的心扯得一丝一丝地疼，十几年过去了，回去这个词对她已经太陌生。开封的赵匡胤、符雪婵就像她脖子上的刺青一样，虽然被桃红颜料遮掩了，但是当颜料褪去，却是她永远抹不去的疼痛印记。而这十几年，反倒是大唐的情分，一丝一缕，嵌入了她的骨髓里。让她真真切切感觉到，自己是个唐人。小桃摇了摇头：“那是你的开封，不是我的。正如这是我的金陵，也不是你的。更何况要打仗了，我更不能走。”她的手中，还有全盘的水军布防图。这大唐，除了祁正修，只有她有。

“你不走是吗？”赵光义攥住了小桃的胳膊，冷声问道，“为什么？舍不得谁？”

小桃转眸看着赵光义，轻声问道：“那如果让你和我回云湾村，你愿意吗？”

赵光义一怔，云湾村？不禁蹙眉道：“什么意思？如今怎么可能再回云湾村？”

小桃执拗地问道：“怎么就不可以？当初你可以，现在为什么就不可以？你又舍不得谁？你舍不得的，就是我舍不得的。”

好一张利嘴，赵光义叹了口气：“你变了。”

小桃淡淡道：“谁会不变呢？你也变了。你更是早就变了。”

赵光义被小桃说得心中一痛，自己是变了吗？从前的确是想抛下什么就可以抛下，军功可以不要，官位可以不要，一身热血浪迹天涯又何妨？可现在却不可能了，是自己老了吗？也许是。也许也是因为从前的自己是根独苗，倒了不会影响任何人，可现在，在朝堂布局了十几年，其中的利益早已纠缠错综，盘得像老树下的根，自己若是再任性走了，跟着一树的人都会倒下。一如当年的冯瓒。而且，他不想躲，为什么要总要躲走？躲永远不是办法，权力在手才能制衡。赵光义苦笑：“不是我变了，只是我明白了一些道理。”

“道理？是权力的道理吗？”小桃问得一针见血，赵光义沉默了。小桃接着说道：“是不是觉得权力在手的滋味，远比身在江湖要爽利得多？是不是操纵别人命运，甚至性命的感觉，远比当初在云湾村教人读书写字痛快得多？”

“桃宜！”赵光义的语气加重，“你是这么看我的？”

小桃紧紧抿着唇，过了许久，看着赵光义问道：“对林仁肇大人用反间计，是不是你的主意，还亲自出马？”赵光义沉默。“绕溪村的百姓，是不是你杀的？”赵光义沉默。小桃的声音发抖：“大小姐，是不是你让人杀的？”赵光义依旧沉默。

空气像凝固了似的，一丝声响不闻。许久，小桃才把裙摆正了正，端坐在椅子上，声音平淡却坚定：“我不去开封，如果晋王要我去，那便用你的权力把我弄去吧。”

赵光义的拳微微攥了起来，额角的青筋突突直跳，过了半晌，看着小桃语气艰涩：“桃宜，我们是不是不能好好说话，必须要这么针锋相对？”

这回是小桃沉默了。还记得刚认识他的时候，自己是个小话唠，什么都愿意和他唠叨。可慢慢地，想说的说不出，想解释的无力解释；再到后来，许多事变得不能说，不必说；而现在，却成了相对而坐，句句碰撞得激烈。

赵光义平息了一番胸中的激荡，对小桃说道：“和我回开封吧。金陵不再安全。”

小桃摇了摇头，凄然一笑：“生死有命，富贵在天。认命吧。”

“我不想认命。”赵光义攥起了小桃的手，沉声道，“你的命，不是给这个病入膏肓的南唐陪葬。”

小桃的心一紧，正要说话，门外传来了下人的声音：“桃司舞，陈大人来了。”

下人嘴里的陈大人是陈述。陈述来花月坊一般是白天，专门找小桃聊天叙旧，晚上花月坊演节目的时候一般不来，即便有时和别人一起结伴来，也不会找小桃。现在却不知为何？小桃忙站起了身，快步走了出去。

赵光义在身后冷笑道：“你不舍的是不是就是在花月坊呼风唤雨的感觉？”

“是啊。”小桃回眸一个粲然的笑容，眸子却冰冷，“给这位客官上最好的贡茶，别忘了再送珠圆玉润一套，飞燕玉盘一套。”说罢小桃已经不见了身影。

赵光义眉头皱得紧紧，什么珠圆玉润、飞燕玉盘的，都是些什么玩意？很快从门外进来了几个姑娘，为首的一个年纪看着也不算小了，却依然容貌娇媚，只是眸子里还有些不羁的神色，看到赵光义勾唇一笑，目光肆无忌惮地打量着：“桃娘大人就是阔，说请客就请客。”说罢来到赵光义面前微微屈膝算行了礼，毫不客气地坐到了赵光义的旁边椅子上，招手把下人唤来，抬起酒壶扬得高高倒入杯中，一滴不漏。端到了赵光义面前，娇笑道：“客官，先饮了这杯。”说着几乎要贴在赵光义的身上。

赵光义往后挪了挪，说道：“你还是先演珠圆玉润吧。”

“好。”那女子笑得盈盈，伸出纤纤玉指从盘中捏出一颗葡萄含入口中，又倒了一口酒含在嘴里，缓缓用舌尖揉了两下，便忽地俯身，冲着赵光义的唇贴了下去，赵光义毫无防备，被那女子吻了个正着。气息一紧，那女子嘴里的酒都送入了赵光义的嘴里。葡萄也要落入赵光义的口中，赵光义急忙用牙齿抵住，一把把女子推开。

那女子吃吃笑着：“官爷这是怎么了？”

赵光义的拳攥起，喝道：“荒淫无耻！”

“哈哈哈。”女子朗声笑道，“官爷这不是说笑吗，都来了花月坊还嫌什么荒淫。”说罢又贴在赵光义身侧，吐气如兰，“还是官爷嫌冰兰服侍得不好，要桃娘亲自服侍？我偷偷告诉你，桃娘的珠圆玉润做得没我好，是诓银子的。我这才是真材实料……”

小桃也做这个？赵光义脑袋嗡嗡响，负着手大步走了出去。

“没劲。”冰兰嘟囔着，吩咐着下人把东西收了。

小桃去到陈述的包厢，陈述正一脸愁容坐着喝茶，看小桃进来，忙问道：“不好意思，知道你晚上忙还来打扰。我就是想问问，看到若水了吗？”

小桃想了想，答着：“有些日子没见着了。往常他是最能来找连翘的，现如今连翘也不新鲜了。”

“我也是纳闷，他最近去哪了。这人也是，不吭一声就到处走。”陈述叹了口气。

小桃咬唇沉思道：“上回来，好像还是半个月前，和连翘在一处待了许久。连翘倒是每天都在花月坊，要不叫她来问问？”

陈述忙说：“好，好。”

小桃看着陈述道：“即便他再不回来了，也不过是个幕僚罢了，你这么着急做什么？”

“唉，你有所不知。”陈述直皱眉，“我和子介来往密切，所以陛下常命我去润州给子介传话或是办事。子介的大营是军事要区，进出需要通传等待。有时万一子介出去巡查水军，要两三天回来，我就得在外面等两三天。为了方便，陛下赐给我一块令符，可以自行出入军事要区，在里面住宿。可这块令符如今不见了。”陈述还有些不好意思，本该用人不疑，但手下其他人都是跟了陈述已久的，只有樊若水是新人，还突然失踪了。

小桃心中一凛：“那块令符是只能进出润州，还是其他的军事要区也能去？”

陈述想了想道：“我没有去过别的地方的军事要区。但陛下当时说是通用的，都可以去。”

正说着，连翘被带了来。小桃赶紧问道：“樊若水去哪里了，你可知道？”

连翘拢了拢头发，答得自然：“上次走的时候说是回老家了，家中老母生病便急着赶回去了。”

陈述松了口气：“没说什么时候回来？”

连翘笑笑：“应该再有十天半月就回来了。”说罢，小桃便让她退下了。

陈述说道：“既然如此，那就等他回来再说。”

小桃微微蹙眉：“我总觉得那个樊若水有些怪。”

“怪？”陈述几分好奇，“怪在哪里？很稳重妥帖啊。”他并不觉得，只觉得樊若水学识渊博。

“就是太稳重妥帖了，现在看来，倒像是一步步算计好了的。”小桃沉吟道，“他恰巧做了你的幕僚，又恰巧到了这里，恰巧认识了连翘，可现在，你的令符不见了，他也恰巧不见了，连翘给他打着掩护。如果说老母亲病了，怎么没时间和你说，倒有时间巴巴跑来和连翘说？而且他又那么懂那些军事布防图，自然要令符是最有用的。”

陈述眉头皱得紧紧的：“会不会想多了？”心里却也有些打鼓。

小桃说道：“还是赶紧进宫禀告陛下吧。”

“哦，好。”陈述随口支应着。私盗令符是死罪，樊若水是个人才，万一其中有什么误会，他实在不忍。

小桃送走了陈述，略一思忖，忙问着下人：“刚才那位官爷呢？在西厢包房的。”

“刚走。许是冰兰服侍得不好，气冲冲走的。”下人恭敬答道。

小桃赶忙提着裙子跑了出去。到了花月坊门口问着守值，知道赵光义往东走了，便赶忙也向东跑去，跑了快一炷香才追到赵光义，气喘吁吁地喊道：“等等！”

赵光义听到背后熟悉的声音，心里一动，定住脚步转过身来。月光下，一袭衣裙俏丽的小桃正站在自己对面，急促地喘着气，脸也红红的，分外娇俏。赵光义忽然有种想抚上小桃的脸的冲动，不觉目光柔和，唇角微微向上扬起，心竟然也微微跳突，莫名地有了些期待。这种情愫，多少年都未曾有过，却在此情、此景下突然萌动。

小桃却顾不得揣摩赵光义的表情变化，待气息平稳后，定定问道："我想问你一句话。"

"你说。"赵光义声音温和。

"你认识一个叫樊若水的吗？"小桃直截了当。

赵光义的眉头蹙了起来，刚才悸动的心现在成了躁动，声音也冷了下来："你就是追来问这个？"

小桃点头："不要骗我。"赵光义没有答话，只是默默地看着小桃，眸子里的光一点点黯淡下去。

"我想我知道了。"小桃凄然一笑，"真是无所不用其极。"说完转身便走。

赵光义下意识地一把拽住了小桃的胳膊，想说什么，却突然发现说什么都是徒劳，但仍然不肯放手，就那么僵在了那里。小桃没有回头，用力甩开了赵光义的手，头也不回地跑了回去。

小桃回到花月坊，左思右想仍然觉得不妥，一夜未眠，第二天一早去找陈述，但陈述却不甚确信，犹豫道："会不会又像林大人的事一样，是宋贼的反间计？"

小桃无奈地说道："就樊若水一个平头百姓，至于吗？"

看陈述犹豫，小桃下午便进了宫，面见了李煜，小桃没有提樊若水，怕陈述跟着受牵连。只说自己借了陈述的令符准备去润州却弄丢了，恳请李煜通知各地军事区，将令符收回去。

李煜略思索了一番，只看着小桃眸子认真："是你弄丢的吗？"

小桃点头："是。"却不敢回看李煜澄澈的眸子。

李煜微微蹙眉，既如此，原因他也暂时先不追究。给陈述的那种令符一共有十二块，已经分发给了各处将领。陈述的那块是刻着蛇形的铜符，李煜立即给各处军中下了密旨，将蛇形铜符作废，再有人持着铜符进出，立即抓捕起来。

小桃松了口气，正要拜别离去，李煜叫住了小桃，声音温和：“你先别走。许久不见，聊聊吧。”

小桃只好把步子顿住，李煜命人给小桃赐了座，端上了一些进贡的吃食。对小桃说道：“如今事务繁忙，也很少能去看你。”

小桃客客气气道：“陛下国事为重，自然忙碌，不过仍时常惦记着小桃，还差人送吃食布料，小桃已经感激不尽了。”

“那些东西放在宫中也是闲着。”李煜和小桃随意地聊着，说着站起身到书桌边，指着一幅字道，“这是朕最新做的词赋，你来看看，不妨也誊写一遍。”

小桃移步过去，李煜的词作一向精良，从前也是李煜写出来，小桃誊一遍，然后侍从把两人的字幅都拿到集市去卖。那样的日子，也曾很有趣。小桃一边写着，一边淡淡笑了。

李煜轻声叹道：“还记得朕曾经和你写同一首词拿到集市去卖，你的常比朕的卖得好。”

空中氤氲着暖暖的气氛，小桃笑道：“亏得陛下，小桃才对诗词有些进益。”

李煜也微微笑了笑，看着小桃的字声音有丝郁郁：“你的字愈发写得好了。只是朕从前没有注意，你的字和宋朝晋王的字，非常像。”

方才还暖暖的气息一瞬凝固了，小桃脸上的笑散了去，手里的笔停下，静静看着李煜。她和赵光义的前尘旧事，李煜不会不知道，现在说这个却是为何？

李煜看着小桃道：“晋王今早特意来朕这里，要朕把你赐给他。”

小桃的脸色变了，他果然开始用他的权力了。李煜接着道：“朕想听听你的意思。你愿意吗？”

小桃微微摇了摇头：“小桃只习惯在大唐生活。”

李煜轻叹道：“朕是尊重你的意见的。只是现在情形有变，唐宋一战，迫在眉睫。”赵匡胤让他去开封，去，必然被当做人质押起来，不去，有了借口打仗。这次宋朝是决意一战了。顿了顿道：“如果真的打起来，我朝的水军虽然力量雄厚，但是宋军这些年也在训练水军，还在原荆楚的地方新建了不少战船。实力也不可小觑。只是，如今宋地三面把大唐环绕起来，他们了解大唐甚为深入。我朝却对宋军的消息知之甚少。”

小桃隐约明白了李煜话里的意思，不过却依然没有吭声。李煜接着道：“现在晋王在朝廷上的地位独一无二，你如果去了，必然能护你周全。你若对大唐有心，在宋地也能对大唐尽心。”

李煜的话反反复复有点绕，但小桃还真听明白了。李煜是让自己去宋地做细作。小桃温声说道：“陛下如何回的晋王？”

李煜看小桃没有表示同意，也没有表示反对，一时摸不准她的意思。便道：“朕只说听从你的心意。”

小桃没有犹豫，扑通跪在了李煜脚下：“既然陛下愿意听从小桃的心意，小桃只愿在大唐。”

李煜叹了口气，声音有些僵：“那好。”

“陛下，宋地再好，也不是我唐人的故土，小桃真的不愿去。”小桃的眼圈有些红，不论是逃离，还是去当细作，小桃都不愿意再踏上开封一步。

“朕，不会勉强你。”李煜说得几分艰难。看着小桃瘦弱的身形，李煜心里几分绞得难受，说不上的情绪。他本该是能护着她、护着他的子民的。

“谢陛下。”小桃一拜再拜，她知道李煜为难。此时唐宋实力悬殊太大，宋朝又在找南唐的错漏，李煜此刻能驳了赵光义的面子，实在需要勇气。

“好了。”李煜俯身止住了小桃，眸子哀凉中有丝茫然，握着小桃的手指凉得像冰一样，不知想着什么出神。

过了许久，小桃似乎也要被李煜的凉传染，全身都发冷起来，轻声唤道：“陛下，陛下……”

李煜这才回过神，松开了手，勉强微笑：“退下吧。”

李煜不知道自己是怎么硬着头皮回绝的赵光义。他的心情是复杂的，身为一个君王，拒绝奉上一个女人本该是义正词严的，但国弱无奈，他又渴望着一份安定和平。赵光义倒是没有暴怒，只是冷冷扫了一眼李煜，拱手道：“既如此，那就待下次再说。祭天一事，也望国主正式回复国书作答。”

开封是断然不能去的。李煜便正式答复国书，称病不能赴往开封祭天。赵光义看了看李煜交给自己的国书，勾唇淡淡道：“国主可是想好了？”

李煜面色苍白：“对大宋，我朝已经尽心竭力了。如果非要强人所难，除了以死求个平安，也没有别的办法了。”

“国主傲骨令人钦佩。”赵光义依然淡淡，“国主保重。相信不久后便可以再会。”说罢赵光义退了出去。李煜瘫坐在了椅子里，凄然望着窗外倏然而至的深秋。

十几天后，采石矶一带的水军工事地带发现了有人带着蛇形铜符请求进入，立马把那人抓了起来。却在第二天要提审的时候，那人不知被什么人劫走了。当地防守士兵赶忙把这事层层上报。李煜收到密报后，心里开始着慌。拿着铜符的人绝不是普通百姓，冲着采石矶而去是别有目的。李煜急忙下旨召祁正修回金陵商量重新排布采石矶一带的水军，但已经晚了。

赵光义回开封不久，赵匡胤便以李煜抗拒旨意为名，发兵十几万，三路并进，正式攻打南唐。东路命令吴越从杭州一带北上响应，攻打与吴越接壤的常州一带；中路为主力，由曹彬率领水陆军十万由江陵沿长江东进，赵光义监军；西路由王明保障战船的调度，牵制南唐军，保障主力东进。

润州是比采石矶更为要紧的边界，祁正修收到李煜旨意的时候，吴越东路的兵力也已经攻了过来。祁正修顾不得回金陵，拼死守着常州、润州一带，和吴越对战。

而宋军从第一战的湖口大捷，到攻下池州，只用了一个月。又过了八天，已经攻下芜湖、当涂二城。

李煜收到军报的时候大惊失色，他没有料到南唐的队伍这么不堪一击。此刻才懊悔得身心剧痛，早知道这样，当初悔不该硬着头皮打仗，当初悔不该杀了林仁肇。沈同进来禀告事情，李煜还坐在椅子上，纤长的手指扣着桌子，看着沈同双目茫然："如果不杀林仁肇，是不是池州一带还能扛个一年半载？"

沈同一路陪着李煜走来，心中有些不忍："林仁肇是否有反心，也未必可知。陛下既然已经防患于未然，就不必后悔。"

"可是还能派谁去阻止宋贼？！"一向温和有度的李煜忽然有些控制不住地暴躁，这是从来没有的情绪。李煜看着挂在前方的地图，痛苦地闭上了眼，声音沙哑，"宋贼下一步就到了采石矶，你告诉朕，朕该找谁？该找谁去守城？"顿了顿，忽然睁开眼看着沈同有丝疯狂，"让祁正修去，让祁正修去守采石矶！”采石矶已经距离金陵非常近了，而且采石矶是最后一道长江屏障，如果过了采石矶，金陵岌岌可危，李煜最近整夜睡不着。

沈同轻叹了口气道：“陛下此言差矣。祁大人没有分身之术，如果让祁大人去采石矶，那润州谁来守？润州若是被攻下，金陵也同样岌岌可危啊。”

李煜痛心地闭上了眼。大唐真的就这么不堪一击吗？为什么，为什么会这样啊？辛辛苦苦经营十几年，怎么还是这么个结果？

忽然有宦官进来禀告道，陈述求见，说是有要事禀告。李煜眉头一蹙，命宦官宣了进来。陈述拜见过李煜后，从袖中拿出一封书信双手呈了上去：“陛下，这是子介从润州派人快马送来的急报。”

李煜仿佛抓到了救命稻草，赶忙打开了信，以祁正修的才智，一定会有办法的。一定！但是在烛火下李煜先是快速扫了一眼信笺后，又细细逐字逐句地看了一番，脸色冷了下来。

沈同看李煜脸色的变化，想把信笺拿来看看，李煜却很快地把信笺收了起来。祁正修啊祁正修，现在终于忍不住了吗？这么多年来，他明知道李弘冀没死，但派了多少青羽卫，愣是找不到他在哪。先是怀疑李弘冀在紫竹台，后来又怀疑和林仁肇在一处，最后最不放心的就是祁正修那里，但无论青羽卫怎么查，却始终找不到祁正修和李弘冀一丝一缕的联系。以至于李煜自己也糊涂了，他甚至说服自己，祁正修是死心塌地效忠自己的，和李弘冀再无瓜葛。可现在祁正修终于肯跳出来了。其实想也该想到，要不是祁正修的脑子，谁能把李弘冀藏得那么密不透风？李弘冀一定和祁正修有来往。

如今在这举国危难的时刻，祁正修在来信里告诉自己，李弘冀活着，只是神智有时会糊涂，但行军打仗如果有军师相辅佐，便绝没问题。李弘冀曾经在做太子前，当时还是面对后周，就成功防守了润州。现在两处危急，祁正修恳请让李弘冀守润州，自己去采石矶防守宋军的入侵，恳求李煜把采石矶一带的调兵权给他。

这个主意，听起来似乎是可行的。李弘冀对防守润州有过成功的经验，而祁正修擅长带领水军，又有着一个随机应变聪明绝顶的头脑，在采石矶对战绝对能扛下来。可是李弘冀是谁？一心想当南唐皇帝的人，祁正修说他疯了就真疯了？李煜可不敢相信。

陈述看着李煜阴晴不定的神色，一时也不知是什么情况，便说道："陛下，臣虽不知道子介信中说的是什么，但子介让臣为陛下捎一句话，国家危难，陛下心中忌惮的人个个都是能豁出命守国的人，恳求陛下不要再犹豫。"

李煜心里狠狠激荡了一下。祁正修果然是擅长揣摩人心的，这句话还真让李煜方才犹豫的心定了半晌，如果李弘冀要行动，的确早就行动了。可是李煜看了看说话的陈述，方才刚安定的心又开始悠荡。陈述？那个铜符就是在他手里丢的，他派人偷偷查过，根本不是小桃借走，而是到了一个叫樊若水的手里，那樊若水，现在已经在宋地领了俸禄，这次攻打南唐，樊若水也在宋军曹彬的手下。这也未免太巧了。陈述、祁正修、李弘冀本就是穿一条裤子的人。到底是巧合，还是他们合起来的计谋？谁能保证李弘冀和祁正修不会趁着宋军攻来的时机和宋军勾结在一起谋反？

就这片刻，李煜的脑子里已经反复奔腾了无数的想法，陈述和沈同都不无担忧地看着李煜。许久，李煜才说道："你们先退下吧，我再想想。"

陈述和沈同退了下去，李煜盯着蜡烛想了一整夜。李弘冀，这个既熟悉又有些陌生的名字。本来他是叫李从冀，自从做了太子后便改成了弘冀。这几个兄弟中，不同于李煜的阴柔温和，李从善的懦弱风流，李弘冀最为凶悍勇猛。从小便跟着上战场，也打了不少胜仗。虽然李弘冀没什么谋略，但性格豪爽，而且最是个有骨气的，当年面对后周便抵死不肯服输，李璟为了不得罪后周还不得不把李弘冀在东宫禁足才罢。也有人说李弘冀当年的死，是周人做的手脚，只是不想这个强硬派做下一个南唐君主。如果这么说，李弘冀是绝不可能和宋军勾结灭了自己的国家的。可是，谁又能笃定李弘冀不会变呢？

李煜就这么反反复复想了一夜，还是没有拿定主意。一会儿想想采石矶无强将防守心中不安，一会儿又回忆从小到大李弘冀的所作所为判断他到底会不会趁着国难谋反，一会儿又开始揣摩祁正修的品性。就这么纠结徘徊了一夜，直到天亮，抬了几次手想取出调度采石矶兵力的兵符，始终没有拿出来。他不敢，他不信。而且李煜心存侥幸，采石矶水流湍急，宋军没有办法渡江吧？

祁正修在润州等了三天，没有等来李煜的旨意。不由望着地图上的金陵凄然一笑，他始终不肯信他。转而看看采石矶，祁正修沉痛地勾了勾唇，传说李白死于在采石矶捞月亮，看来大唐也要亡在采石矶。只要宋军一渡江，就什么都完了。

不到十天，李煜收到了采石矶战报，宋军沿江搭了浮桥，已经全部渡江完毕，击溃了唐军两万多人，战船五百多艘。李煜跌在了龙椅上，手脚都在微颤："怎么会这么快？"

沈同无奈地禀告道："听说宋军中有人极为熟悉采石矶的水文水势，用了三天时间就搭完了二里地的浮桥，且一寸都不差，便这样渡江了。而且宋军似乎早已熟悉我军的部署，连夜偷袭，直中要害，才那么快便击溃了守军。"

"我不想听这些。"李煜抚着额头，手指越发苍白无力，怎么会这么快？早知道会这样，是不是该让李弘冀守着润州，让祁正修去守采石矶，他一定不会让宋贼架上浮桥……一定不会……李煜痛苦地闭上了眼。

腊月时，宋军已经一路攻下鄂州等地，驻兵在了金陵城南十里。金陵已经早关闭了城门，把城墙加固又加高，开始备好粮草，大举备战。可李煜心里是忐忑的，敌军就在金陵城外十里，只是在挣扎日子罢了。金陵城里的守军和宋军对抗，不知道还能撑多久。

金陵城里的百姓虽然没有过分慌张，却每天说的话题都和战事离不开，一时人人心中担忧。

小桃在花月坊门口放了一个箱子，今后花月坊所有演出的打赏也好，银子也罢，都统一投到箱子里，用作给城中百姓运输粮食、盐茶的费用。战事一起，宋朝给大唐的盐是彻底切断了，只得从大唐新开的盐田往金陵运输盐、粮草等。

百姓自然感念桃娘的好处，李煜也几分感慨。乱世，从来是男人争夺抢斗的时代，却罕有女子也能有这份心系百姓的情怀。在李煜看来，女人大抵不过几种，平平常常的最多，有些才华，或是有些姿色的已经是难得的佳品，可像桃娘这样的，有些家国情怀的，几世也不见得能出一个，不由时常感慨："桃娘真是奇女子。"

宫里的小周后周嘉敏每每听到李煜这么说，心里总有些酸酸的滋味。李煜对桃娘，她总觉得怪怪的。有没有苟且之事她不好说，但李煜对桃娘的确是一直有点欣赏钦慕的感觉。这种感觉李煜对她却不曾有，似乎只有对她的姐姐娥皇曾经有过类似的情愫。从开始桃娘跳周娥皇的《霓裳羽衣舞》，到后来桃娘的一手好字，到桃娘的舞，现在又出来什么情怀。周嘉敏不由哼了一声，一个妓女，能有什么情怀？！

这年的除夕，金陵城中过节的气氛比往年淡了许多，小桃一早在花月坊及金陵城郊的几处寺庙都布施了粥和衣服，给逃难或是受了战乱无家可归的百姓。看着纷纷赶来的衣衫褴褛的百姓，小桃心中有些扯痛，问着寺庙的僧人：“现如今已经有这么多人流离失所了吗？”

僧人微微叹气：“前阵子从南边逃过来不少难民，现在城门关了还好些，否则姑娘就是布施多少也不够的。”

小桃想了想道：“往后也别逢初一十五了，每天都在早晨布施两大锅粥吧。总得让他们有饭吃。现在谁的日子也不好过，城也出不去，除了这里，他们又能去哪里吃饭呢？”

僧人看着小桃微笑道：“阿弥陀佛，姑娘真是菩萨心肠。”

小桃正准备从寺庙中回去，却迎头碰上了微服前来的李煜。李煜也素来尚佛，修建了不少寺庙供奉。看到施粥的小桃，回头看看自己命宦官带来的佛经，心中各种滋味。此时到底是抄送佛经，诚心恳求佛祖保佑普度管用呢？还是像小桃这样踏踏实实给百姓布施度人管用呢？李煜回答不了自己，只是吩咐小桃等等。

小桃在外面边等着李煜，边在四处看着。不时有过来的难民领粥，还有些脏乎乎的孩子。小桃不由盯着每个孩子都细细看着，每次她看到孩子都不禁目光痴痴，渴望看到寅儿小小的身影，却每次都是失望。忽然，不远处有人惊呼起来。瞬间一群人都抬头看了过去。

不远处的佛像有些残损，寺庙搭了木架准备修缮，此时修缮的人已经回去，木架没有拆，却不知什么时候有个孩子爬了上去，远看着也就五六岁的光景，不知道怎么那么淘气就顺着木架上去。现在却站在顶上手足无措，不知道自己该怎么下。

寺庙内有一条浅浅的河，是寺庙背后山上流下的泉水，绕着佛像蜿蜒流过，那水不深，但对于一个五六岁的孩子来说，那水足够危险。孩子若是掉下来，便会掉进水中，看着就悬。

小桃身边一个刚领了粥的女人"啊"的一声哭了出来:"我的虎子啊,那是我的虎子,怎么爬到那上面了?"说着慌乱看着周围,随手扯着身边一个男人哭道,"求求你,救救我的虎子,求求你……"

那佛像足有屋顶那么高,男人有心无力,看着孩子嗫嚅道:"太高了……"话没说完,孩子已经摇摇晃晃试图往下爬,周围的人又是一阵尖叫。

小桃顾不得多话,急忙冲着那佛像跑了过去。小桃平日跳舞就跳上蹦下,那佛像对小桃来说本不是难事。但就在小桃刚跑到河边,那孩子已经从佛像头顶摔了下来。小桃情急之下,把自己腰上系着的带子一把解了下来,像平日自己跳舞时甩白绸似的把腰带甩出去,那腰带像一座桥一样从小河这边横跨过了小河那边,小桃的力量极大,那腰带碰到孩子的一刹那,孩子被颠得微微向上了一下,就乘着这点时间,小桃纵身向上一跃,把孩子抱进了怀里,稳稳落在了河这边。孩子有惊无险,冲着小桃嘿嘿笑了。人群不禁一阵喝彩叫好声,小桃把孩子交给了他母亲,那妇人抱着孩子给小桃跪下不住磕头:"谢谢桃娘娘救命之恩。谢谢……"小桃忙把那妇人扶起来。

一旁的僧人道:"阿弥陀佛,真是位女菩萨,好人一定会有好报的。"

小桃淡淡笑了,对着不远处的佛像心中默念,如果真的有好报,不用报在她身上,都报给她的寅儿就足够,让他此刻安然无忧,有饭吃,有衣穿。

李煜不知何时从寺庙中出来,和住持交代完毕那佛经供奉在哪里之后,刚好看到小桃救人的一幕,不由笑着叹道:"真是一出壮观的《长虹卧波》。"小桃的腰带飞出去跨在河两边,比哪场舞都漂亮。四下的百姓又纷纷叫好桃娘娘的这《长虹卧波》。李煜对小桃说道:"许久没去花月坊了，今日去看看吧。”

小桃和李煜并肩回到了花月坊。坊间已经开始传着刚才小桃救人的壮举，不禁人人脸上都是得意的喜色，还有不少客官提名要看看小桃是如何表演《长虹卧波》的。

小桃把李煜安排在了二楼西边的包厢，整个西边都命侍从守卫起来，不许任何人进来。花月坊的歌舞有新有旧，小桃吩咐今晚的曲子大部分都是李煜的词作。李煜默默坐在窗口，看着楼下的表演，心里莫名的酸涩。他不知来过多少次花月坊，他对音乐、诗词素来有着独特的天赋，每每听到自己的词作被人流唱总是不免得意。可现在，他却无比痛苦，为什么他的天赋不在治国，不在打仗？他已经努力了，也很尽心了，为什么依旧是这个结局？

小桃在台下舞了一曲《长虹卧波》，这是根据下午的动作改的，从前的绸子都是从上向下舞，而长虹卧波是平甩，更需要臂力，却格外有冲击力。小桃又换成了彩绸，看的人声声叫好。

跳完后，小桃到了李煜的包厢亲自服侍：“陛下，还需要些什么？”

李煜笑笑：“没有。”指指旁边的椅子，“坐下吧。”顿了顿有些失神，“你觉得金陵还能守多久？”

小桃一愣，自己一个妇道人家怎么敢说这些国政大事？小桃还没想好怎么说，李煜又说道：“宋军就屯兵在金陵城南，金陵城内的守军，和宋贼对抗不知道还能扛多久。但宋军是会不断有援军的，我军却是越战越少。子介在润州拼战，无力顾及金陵。”李煜也不需要小桃回答，更像自言自语，把国事缓缓说完后长叹一口气：“要是有援军就好了。”

小桃不由好奇：“哪里还能有援军？”

“契丹。”李煜定定道，“吴越指望不上，素来和宋贼沆瀣一气。契丹和宋相邻而对，素来为敌，现在只怕求助契丹还有一线希望。”

“契丹……”小桃缓缓重复着，她没去过契丹，但听说那是在宋地还北的地方。不由说道，“契丹那么远，现在金陵又封城，怎么求助呢？”

李煜轻叹：“要是有人能带着求助援兵的国书去契丹就好了。”顿了顿，缓缓看着小桃道，“你，可以帮我，帮大唐吗？”李煜没有用“朕”，而用了我。“可以让青羽卫护送你。只有你，才能穿过宋地，抵达契丹。”李煜的眸子有丝热烈的恳求。

小桃恍然，大唐和契丹中间隔着宋，寻常人很难穿过宋地的边界去到契丹。可她可以，她可以借助赵光义的力量。小桃沉默了，她全身都有些冰凉。此刻，她才是真正的纠结，按理，她该毫不犹豫地答应，这是为了大唐，她的国、她的君王、她的乡人，她有责任和义务为了守护国土做任何事。可，可她为什么会有不安？

看小桃犹豫，李煜又道：“前天，赵光义派人送了书信，如果把你赐给他，可以暂停攻打金陵六个月。”

赵光义的确又给李煜书信了，临近攻打金陵，他必须把小桃带走，否则他无法安心攻城，他无法想象那些乱箭、流火射进金陵的时候，会不会哪一支不长眼刀枪箭就戳上小桃，那还不如直接要了他的命。

已经兵临城下的宋军对金陵休兵六个月，这对李煜来说是足够大的诱惑。六个月，可以备战，可以调运粮草，可以请求援军，可以调度兵马，可以重新布防……可以做太多太多的事。可李煜和小桃提这件事，终究很难心安理得。他是个男人，还是个一国之君，这让他情何以堪。但难开口也还是要开口。

小桃的头有些晕，赵光义又来要她？她该怎么办？答应李煜并给契丹传去书信？还是拒绝？小桃不知所措，半晌，只对李煜说道：“陛下说的，太突然，容我想想。”

“好。”李煜的声音干涩，“不过，不要想太久，战事经不得拖延。”说完勉强挤了个笑离开，只剩下小桃呆坐在椅子上脑子纷乱。

国家危在旦夕，去请援兵小桃本该义不容辞。她不是怕苦，更不是怕死。可是，这请援兵的过程却必须要借助赵光义之手，如何借助呢？小桃可以对别人虚与委蛇运用计谋，可是和赵光义，她怎么用？小桃手脚冰凉。

这个除夕，小桃过得魂不守舍。外面的爆竹声声也没震得她回过神来。一天，两天，三天……小桃一直没有回音，李煜在宫里等得焦急。战事紧急，每一天的等待都让李煜心神不宁，他又不好催促小桃。小周后看李煜心神焦灼的样子，也知道他为什么烦忧，便冷笑道：“陛下何必优柔寡断，这么些年陛下给桃司舞的恩情，也足够她结草衔环报答的了，却临到紧要关头还推三阻四。要我说，陛下就是太惯着她了。”

“依你说该怎么办？”李煜冷冷看着小周后。

“陛下该拿出些威严，若是不去就让她去陪林仁肇大人便是。”小周后浅浅笑道，这句话她是思忖了许久才说的，一来想试探试探小桃在李煜心里的位置，二来说到林仁肇，也是催促李煜该像当年对付林仁肇那样当断则断。

李煜方才清冷的眸子变得锋利，看着周嘉敏喝道：“放肆！”紧接着难得的声色俱厉道：“同样是妇人，你如今怎么能这么蠢！”说罢拂袖而去。李煜从来没对小周后这么凶，周嘉敏跌坐在地上，眼泪扑簌着落了下来。

素来温和的李煜火冒三丈，林仁肇本就是他心头的痛，只是身为君王不能去公然承认自己的错，可他早在采石矶无人能守的时候就已经悔得肠子都断了，现在周嘉敏竟然用这个来戳他的心。

这么些年，周嘉敏独霸后宫，把自己亲近的女子撵的撵轰的轰，就连谨小慎微的窅娘也被她驱逐到了离自己很远的采月台。国事烦扰，他没时间和她计较这些。只是有时他也在纳闷，那个当初一身天水碧的盈盈女子哪去了？她比他小许多，他一直让着她宠着她，她喜欢奢华，他就用珠宝玉石给她装扮“锦洞天”，他只想把对娥皇的亏欠都补到嘉敏的身上。可她，越来越让他陌生。国家缺盐缺钱的时候，一个妓女都在想办法捐资开发盐田，而他的皇后，还在向他建议建造宫殿用来开夜宴。此刻又出这种馊主意，别说他不忍杀小桃，就是他忍心下手，祁正修能饶了他？还是赵光义能饶了他？百姓也会骂他昏君。

想到祁正修，李煜微微蹙眉，把小桃赐给赵光义的事该瞒着祁正修，还是该告诉他实情？想来想去，还是给祁正修去了一封书信，讲了其中的原委利害。只说赵光义要人，并没有说让小桃去契丹求援的事，只怕祁正修会横加阻挠。

不觉已到了元宵节，这些日子小桃还是浑浑噩噩，除了每天一早去寺庙看看布施粥的情况，就是晚上应客官要求去跳那新制的长虹卧波。想什么都是糊里糊涂。花月坊的元宵节，除了被客人点了的，其余的女子都跑到街上去看花灯。小桃跳完长虹卧波，正要回去，下人禀告道：“有位年轻的公子求见。”说着拿了一个令牌给小桃看。小桃一看是沈同的令符，忙让人请到包厢。

小桃推门而入，里面是一个身着天青色袍子的年轻公子，眉眼风流俊俏，腰间一幅双鱼玉佩摇晃着，彰显着主人的身份非富即贵。小桃细细打量了番五官，和沈同有些相似，便微微屈膝道：“沈公子。”

那公子微微一怔，冲着小桃抱拳道：“桃司舞果然冰雪聪明，在下沈尉。家父乃是沈同。”

小桃请沈尉坐下，又命人上茶，问道：“从未见过公子，可是头次来花月坊？”

“那倒不是。”沈尉笑道，“只是从前和朋友来，不曾叨扰过桃司舞。今日一见桃司舞的《长虹卧波》，真是惊艳绝伦，沈尉佩服。”

小桃笑道：“那公子今后更要常来捧场。”

如此寒暄了几句，沈尉从袖子里拿出一封信递给小桃：“下午陛下急着找家父进宫商议要事，家父回来后便说要来给桃司舞送一封重要的信，却刚出门的时候又被冯大人急事找了去，便只好让我速速把信送来。还望桃司舞不要见怪。”

小桃淡淡笑道：“怎么会？”说着把信打开，里面是熟悉的字迹。祁正修的亲笔书信，并不长：“小桃：见字如面。战事紧急之中收到陛下急书，要你赴宋。还望你从速。一则，你本一介女子，无谓家国仇怨。于唐，你既无亲朋，又无眷顾。与陛下、与我、与任何人都无任何瓜葛。多你无益，少你无怨。而你孤身一人，寄居勾栏，鱼龙混杂，淫秽不堪，身心俱疲，有何不舍？二则，宋军肯以你换六个月停攻金陵，若你真心怀百姓，心怀大唐，舍生取义赴宋，以换金陵安宁、战事转机，又有何不可？再勿纠结犹豫。子介书。”

祁正修的信很短，却字字寒如冰，利如刀，刺得小桃的心生疼。祁正修的无情，她不是第一次领教，但这次却最为彻底。他彻底斩断了所有的丝丝缕缕，统称为“无任何瓜葛”。她对大唐不重要，和他没瓜葛，若是按照他信里的逻辑，她简直应该立即打包好行李奔赴宋地，大唐多她不多少她不少，离开了还能换金陵安宁。简直是无比顺畅的逻辑。

沈尉什么时候走的，小桃都没有意识。又把信反反复复看了几次，无奈地摇摇头。这些年纵然没有情缘，总有些情分，可祁正修就是这么利落，斩得一丝不落。看来，她真的该去宋地？

小桃还没想好，赵光义却已等不及了。十七，曹彬率着宋军开始攻打金陵城池。南唐水陆军十余万人防守，前依秦淮河、背靠金陵城。赵光义一鼓作气，不等渡河的船齐备，就率领骑兵直接涉水进攻。而其余步兵等也坐船渡河后，直接逼到了金陵城下。

曹彬问着赵光义："晋王，将士士气正旺，应当继续进攻。现在又是天干物燥，用火攻城最好。唐军是两层防守。第一层在城下，第二层在城楼上。不如我们用带火的箭镞直接射杀城墙上的士兵，不仅可以灭掉士兵，火箭积少成多燃起火灾，金陵城也再难防守。"赵光义看着前方厮杀成片的唐宋二军，不置可否。

城楼上，李煜披着锦鼠披风，看着城下的战事脸色惨白。不多时，士兵进来抱拳道："陛下，桃司舞带到了。"

李煜点了点头，小桃随着士兵进来，正要行礼，李煜摆了摆手，向前走到城楼箭楼南侧，指着下面道："你看看。"

小桃走到李煜身边，不多时，紧咬着唇脸色也惨白。小桃素日只在城中，城外的战事她并不知道，只知道这两天花月坊的客人少了，街道上时常有匆匆忙忙跑着前行的军士队列。可此刻站在城楼上，她才知道有多惨烈。

城下的将士，不时有人中箭，中刀，有摔到秦淮河里的，有从马背上摔下来的，鲜血、尸体，越来越多，转眼之间一个鲜活的生命也许就再不动弹。小桃的手脚冰凉着。

李煜的声音苍凉："照这么个攻法，不知道金陵还能撑多久。朕从皖东调了些人马，可惜只怕也赶不及解金陵之困了。"

小桃站在那里，心怦怦跳得激烈。过了半晌，小桃跪在了李煜面前，神色清肃："陛下，小桃愿去宋地。"

"真的？"李煜一怔，声音却也并无多少喜悦。

"是。"小桃说完，向着箭楼外走了出去。箭楼外是城墙，小桃立在城上，衣衫随风飘曳，神情是一副视死如归的决绝。城下曹彬看赵光义没有说行，也没说不行，试探道："那，要不先放流箭试试？"说罢吩咐下去，士兵搭好弓箭正要发射，忽然看到城墙上出来一个纤瘦的身影，不像是穿着铠甲的士兵，曹彬揉了揉眼睛正要看仔细。赵光义一声喝令："把箭都给我放下！"

第三卷

三更鼓：往事成空如一梦中

三更鼓·桃娘传

第三十四章

负重任出坊离乡 仿字迹偷送国书

门口传来跌跌撞撞的脚步声，青青没有进来禀告，便放任那人进来。小桃看着进来的女子，眼圈红了：“你来了！”她特意和李煜恳求过，在她临行前，让窅娘见她一面。

窅娘把门关上，紧紧握上了小桃的手，眼泪扑簌个不住，却说不出话。

小桃的眼泪也一颗、一颗掉了下来，强撑着声音微颤说道：“又不是死别，总有一日还会再见的，你在宫里一定要保重。”

窅娘点点头，伸手擦了擦小桃脸上的泪，也强作笑意：“不论怎样，今天你出坊，也算你的于归之喜，要高兴一点。这么多年了，他还能坚持这份心意，也是难得。”窅娘实在不知道该恭喜小桃，还是该劝慰小桃。这天下求亲的方式有千千万，唯独小桃的方式是杀气腾腾，兵临城下来的。

那日小桃一个弱女子走到城楼上，只定定说了一句：“桃娘虽是一介教坊女流，恳请替金陵受难，委身求宋。”这一句话又把赵光义气得够呛。

宋军停止了攻打。不多时，李煜派了使臣出城，和宋军谈判许久，同意赵光义带二十名侍从入城，把小桃接走。本来李煜答应，小桃需要回去安顿几日，花月坊的事情还要交代处理完毕，再把小桃送出城。赵光义却怕李煜磨磨蹭蹭又生变化，和使臣一口咬定三日后自己亲自入金陵城去接小桃出来，并且要用迎亲大礼。

曹彬有些担心，问着赵光义："唐人会不会使诈，诱晋王入城？"

赵光义冷笑："他们没这个胆子。我们的兵就在城下，如果不想死得更快，他们不会。"

赵光义不怕李煜使诈，也不怕唐人设计，终于等到兵临城下攻城破唐的时刻，他可以堂堂正正从金陵把小桃带走，他也要让金陵所有的人、天下所有的人知道，他的桃宜，从此和这片勾栏瓦肆再无瓜葛。

"于归之喜……"小桃喃喃重复着，目光有些失神的迷离，低声细语，"还记不记得，在云湾村的时候，我们第一次看到大户人家嫁女儿，那天才知道什么叫于归之喜。"

"记得，"窅娘的声音哽咽，"那天是戴家嫁女儿，你还抢了两个喜饼。给了我一个，你却舍不得吃另一个，要留给你娘。"十几年过去，窅娘依然记得清晰，宫里寂寞，和小桃的回忆是她记忆里唯一的温暖。

小桃的眼泪落了下来，攥着窅娘的手更紧，眼泪落道："窅娘。"说完把窅娘紧紧抱住。她依然记得，那天的天蓝得像湖水，桃花瓣瓣落着，她第一次知道于归之喜，却不知道自己将来嫁人会是什么情景。这么多年，她慢慢地以为，自己不会再有这一天，这一天却又不期而至。只是这到来的时刻，却少了欢愉，多了伤心，多了悲怆。过了许久，小桃的声音颤抖，"窅娘，如果时光倒流，你我重新选择，你还会选择从云湾村带我逃出来吗？"

窅娘抚了抚小桃耳鬓的碎发，抹了抹早已倾泻的眼泪，轻声却很坚定地说道："会。"

"为什么？"小桃喃喃失神，"为什么不做个平淡的窅娘呢？"做个平淡的女子，找个平凡的人成家，生子，过自己的小日子。又何尝不好？窅娘卷进这宫里的是是非非，自己卷进这乱七八糟的国仇家恨，又有什么意思？

窅娘凄然笑笑："如果不曾遇见陛下，做个平淡的窅娘也未尝不好。

但是遇到了，就知道了遇到他的好，知道了心心念念为一个人，拼尽所有守在一个人身边的滋味，是那么好，便不想再回去了。”说完看着小桃问道，“你呢？你会吗？还是会留在云湾村和叶广成亲？”

小桃也凄然笑了，这么多年流的眼泪，消磨的心境，有时想想，宁愿谁都不认识，也便不用经历这些苦痛。

门外又传来重重脚步声，小桃匆忙擦了擦眼泪，从头上取下一支发簪插到了窅娘的头上，低声说道：“这支发簪是特别做的，中间是空的，放了东西。我这次前行，不知道什么时候能回来，也不知道回不回得来。这支发簪你千万要保存好，到了必要的时刻，交给陛下。这事关大唐的生死存亡，你一定不能糊涂、不能轻心，一定要在必要的时刻交给陛下。”

窅娘用力点点头，问道：“什么是必要的时刻？”

小桃咬咬唇道：“祁公子万一……不在了的时刻。只要祁公子在，这支簪子就保存在你手中，不要告诉任何人。”

窅娘吃了一惊，随即定定说道：“祁公子怎么会有事？这簪子一定是用不着的。我只替你保存就好。你不用担心，我就是拼尽性命，也会护得它稳妥。”

小桃抿唇点头。随即整理了整理衣服，门被用力推开了。外面的侍从抱拳道：“姑娘，走吧。”

小桃用力捏了捏窅娘的手，一步三回头看着窅娘，窅娘捂着嘴流着眼泪追出去，看着小桃的身影一步一步消失在视线里，消失在花月坊的灯影绰绰中。青青使劲跑着追着小桃，边跑边低声哭喊着：“姑娘，姑娘——”

小桃顿住步子，含着泪又一次揉了揉青青的肩，颤声道：“记得我的话，日子不好过就去云湾村，有那樟木手串，他们会善待你。”当日她在大唐缺盐时为云湾村送去救命盐，云湾村回赠了她一串樟木串，如今，只希望能给青青一个庇佑。

青青紧紧抱着小桃，眼泪涟涟，不顾一切地说着：“姑娘，带着我，带着我吧，青青只想跟着姑娘，哪怕做最卑贱的奴婢都好啊。”

小桃的心疼得丝丝抽气，闭上眼顿了许久，忽然一把把青青扯开，头也不回地大步走了出去。

门外，正是子时三更鼓的梆子响了。金陵的凤凰台、朱雀桥、劳劳亭、秦淮月依旧默默倚着，随着早春的气息化开，再化开。小桃出了花月坊，却怔在了那里。

金陵的百姓，也不知从哪里听到了小桃要出坊去宋地的消息，不少人都聚了过来，男女老幼，黑压压站了一片。看小桃出来，没有人议论纷纷，没有人交头接耳，只是默默看着小桃，目送着她。花月坊外的道路红毯两侧站着鹰隼般凌厉的赵光义侍从，百姓无法再离小桃近一些。

小桃不敢看两旁的人群，只是一步一步向红毯尽处的马车走去。只是那路，变得分外长。

忽然，一个中年大婶对着小桃颤声道：“桃娘，保重啊。”是那个她曾以一曲《长虹卧波》救过她孩子的大婶吗？还是布施粥布施衣服的大婶？小桃分不清，随即又有人纷纷说着：“桃娘，保重。”小桃的眼泪不知何时已经流了满脸，她望了望四周陌生又熟悉的脸庞，有关切，有惦记，有感激……小桃喉咙里像堵了棉花般说不出一句话。忽然向着马车大步跑了起来，很快跑到了马车上，小桃放下了帘子再不看外面一眼。心，却像滴血般疼痛。

赵光义蹙眉看着外面，又看了看小桃若有所思。他似乎有点明白小桃曾经对他说的那句“那是你的开封，不是我的，一如这是我的金陵，也不是你的”。默默看着小桃哭了许久，赵光义伸手攥住了小桃的手。

小桃把手猛地抽了出来，对赵光义冷冷道：“你打算把我安顿在哪儿？不会就这么带着打仗吧？”

赵光义勾了勾唇，他当然不会带着小桃打仗。他擅自做主金陵休兵六个月，必须得回开封向赵匡胤亲自解释。另外他也想过，金陵休兵对宋军来说也是好事。南唐坚壁清野，金陵城前临秦淮，背靠两重城郭，如果强攻也很难打。关键是宋军粮草供应也有困难。不如趁此休兵期间，将金陵附近的袁州、江阴、白鹭洲一举拿下，周围全攻下，不仅粮草供应有着落，而且只剩金陵孤城一座，也不必担心外援内外夹击宋军。另外吴越攻打润州一直不下，祁正修这块又臭又硬的石头，待把袁州江阴拿下，应当派兵把润州拿下，和吴越会师后一起攻打金陵，便是座石头城，也能打下来。赵光义看着小桃沉沉道："我带你回开封。"顿了顿，"满意了吗？"小桃嗤了一声，没有答话。

润州，祁正修刚刚又打退一拨吴越的进攻。这次又是小股散兵游勇分头击破。不得不说，宋军此次的进攻还是动了一番谋略的。派吴越对付祁正修守的常州润州，吴越也属江南，同样擅长水军，在水上作战习惯小股出击，灵活机动，比宋军优势多得多。祁正修守得倒并不艰难，但吴越时常这么出来骚扰，故意拖延时间，让祁正修这里的水军陆军都疲于应付吴越，没法调人马回去支援金陵。

这日打完一仗，祁正修刚进了营帐，连续两天船上指挥杀敌没有合眼，祁正修的眉眼里都是倦意，卸了盔甲，换上袍子。侍从拿了一封信递给祁正修："陈述陈大人的急信。"

祁正修打开信，匆匆扫了几眼后又细细看完，忽然觉得前所未有的疲惫和倦怠。她走了，真的走了，被赵光义接走，应该是去了开封吧。从此后，山长水阔，便是真的后会无期了。这不是他期望的吗？金陵被围攻，性命都是威胁，是他写的那封绝情断义的信，他不是恨不得立时三刻就把她轰走吗？如今她真的走了，他怎么又怅然若失呢？

祁正修跌坐在了椅子上，手扶着额头，任那封信被营帐里的微风吹着翻滚了几圈。已经是早春，怎么这么冷呢？从四肢都凉到了心里，凉得几乎都待不住。小桃天真的笑脸，盈盈的笑意，看着他含情脉脉的眸子，冲着他嘿嘿傻笑的样子，手足无措的呆笨情态……都一一在他眼前闪过。心，从丝丝疼痛，到阵阵抽疼，到那种前所未有的痛湮没了整颗心，像巨浪一样袭了过来，让他无法呼吸。

祁正修猛地起了身，向营帐外大步走去。第一次，他的脑子里什么都没想，只想追过去看看，她是不是真的走了，走到哪了，还能把她追回来吗？祁正修很快地走到了马厩旁，解开缰绳，纵身翻上了马背就要策马而行。

侍从追了出来，问道："大人要到哪里去？夜间的兵力还是部署如旧吗？"

好像一瓢冷水，把祁正修这辈子唯一一次冲昏了头的热浪浇得清醒，祁正修失神地看着远处，过了很久，才缓缓叹了口气说道："如旧。"说完打马出了营帐。

马儿飞奔，祁正修漫无目的地策马沿着江畔疾驰着，风在祁正修脸的两侧呼啸而过，直把他的身心都吹得麻木。越是想忘却，小桃的脸却越是影影绰绰就在他眼前晃悠。祁正修的心也跟着越来越疼，终于负荷不住，祁正修勒住了马。立在江畔，刚升起的月亮悬在天边，江畔何人初见月，江月何年初照人。祁正修负手而立，一身修长雪白的袍子随着江风吹动着衣袂飘逸。身边，只一匹孤独的马。

望着江对岸，祁正修紧紧抿唇立了很久。缓缓地从袖子里拿出了一支笛子，吹起了《双燕舞》。当年，在濠州城的涡口，在赵光义的营帐外，他也是这么吹，而她用树叶答着。"双燕复双燕，双飞令人羡。"记得小桃的双燕舞，跳得是最美的。一个人就能幻出两只燕子。只是，今生怕是再也见不到那样美的舞，那样美的人。

赵光义带着小桃，从皖口一带回到了宋地，不出几天就到了开封。赵光义的府邸已不再是从前的赵宅，自从封了晋王，赵匡胤又赐了赵光义另一处府邸，更加奢华、规制更高。

赵光义先进宫里拜见了赵匡胤，讲述了休兵金陵的事。他自然不会说是为了小桃才休兵六个月，只说攻打金陵艰难，供给匮乏。而且润州久攻不下，也无法再调兵过来等理由。

赵匡胤点头听了许久，忽然问道："听说，你带回了个女子？"赵匡胤的表情看不出阴晴。

赵光义淡淡一笑，他早知道赵匡胤一定会派人在暗中窥探他的行踪，果不其然："是。说起来，皇兄也曾见过，桃娘。南唐官妓。"

赵匡胤点点头："见过，还曾来过开封献舞。"说着仿似沉入了回忆，"记得那高台舞，跳得美艳绝伦。"说完，也没有再继续桃娘这个话题，转而同赵光义说起了战事，"既然补给艰难，将荆湖一带的军粮调到金陵。另外命曹彬急速拿下袁州江阴等地，免得陷入四面楚歌的境地。"

赵光义称是，顿了顿道："这次回来，一来向皇兄汇报前线战况，二来开封府中的事务也许久没有打理，只怕公务堆积，无法抽身继续去金陵监军。不如皇兄再改派他人过去。"

赵匡胤眯着眼睛笑道："中途更换监军有损士气。更何况贤弟此次和曹彬配合得天衣无缝，一举攻下采石矶直逼金陵。所以还是不换为好，若是开封府公务堆积，大可先处理一阵，又或是派人暂代开封府事务，都是权宜之计。"赵光义没有反驳，只沉沉允诺。先不做回应，看看情势再定。

晋王府里的姬妾一早已听闻赵光义回来的消息，还听说带回来一个女人。李月娥的心里便咯噔了一下。打从搬进来这新建的晋王府，她便知道赵光义在自己的书房旁边留了一处小院子，小桥流水的江南格局，平日里都上着锁。看来现在，这锁该开了。

下午时分，侍从进来向李月娥禀告着："晋王已走到马市街一带了，估摸着再有一炷香的工夫就到了。夫人请准备着。"

李月娥点头："知道了。"说罢又去命人通知其他的姬妾。

赵光义和小桃坐着马车在开封的街市上行走，马车的帘子挑起，赵光义随口问道："还记得马市街吗？从前，你在这里逛过。"

小桃没有抬眸，只淡淡道："忘了。"空气再次凝固。

过了片刻，马车穿过两座牌楼，到了晋王府的正门，赵光义和小桃下了马车，小桃淡淡问道："侧门在哪儿？我自己进去就行了。"

赵光义没有说话，一把抓着小桃的手，大步从正门迈了进去。

李月娥带着一众姬妾，在后院已经等了半晌，看到鱼贯而入的侍婢侍从，知道赵光义已经回来，分列在道路两边，低头屈膝行礼等着赵光义进来。不多时，李月娥抬眸，被晃得有些睁不开眼，高大的赵光义，身边站着袅娜娇俏的小桃，一身大红喜服，倒像是刚成亲的元配夫妻。小桃一如当年的模样，有着江南女子独有的婉转娇媚，只是那眉眼，更多了几分成熟的妩媚和清冷。

看完小桃，李月娥又转眸看了看赵光义，紧抿的唇，棱角分明的脸庞，经过这一番征战眉梢眼角有几分倦意，但是，他的整张脸上都焕发着一种掩饰不住的光彩，这在她嫁给他的这么多年时光里，她从没见过的光彩。就连眸子深处，都是一种让人心醉的柔软。

李月娥有些无奈，又有些伤怀，却也有几分释然。众人行礼后，赵光义对大家说道："这位是桃夫人。"有几个姬妾面面相觑，看着一身大红的小桃不明所以。这女人看着也不年轻了。

李月娥已走上前去，紧紧拉上小桃的手："桃宜，你还记得我吗？"

说完眼圈有些红红，“上次分别的时候，说好了再见时，我教你剪纸，你教我跳舞的。”

小桃的心一片酸涩，李月娥在府里的地位一目了然，一众姬妾中她是站在最前头的。不过以她对赵光义的用心，站在最前头也是应当的。小桃勾唇笑道：“月娥，真的又见面了。”

李月娥转而对赵光义说道：“晋王不必事事操心，桃宜的住处我已经安顿好了。就在书房边的望江楼。”

赵光义点点头：“妥帖便好。”说完挥了挥手，“都回去歇着吧。”向书房走去。

李月娥挽着小桃向望江楼走去。小桃看着微微有些发福的李月娥，问道：“这些年，还好吗？”

李月娥的脸上没了方才的光彩，眸子间有些空洞：“算好吧。”说着把小桃带进望江楼。这是一处独立的院落，和外面的建筑风格截然不同，白墙灰瓦，小桥流水，四处植着桃树柳树，只是还没有开花。李月娥看着小桃道：“从这府邸建起，他就留了这个院落。如今你终于来了。”

李月娥的表情淡淡的，不悲不喜。小桃看着她问得恍惚：“你不介意吗？”

李月娥细细看了看小桃，笑得落寞却也坦然：“快二十年了，即便介意也早释怀了。再说还介意什么，他喜欢的，我也喜欢，他爱的，我也会跟着爱。他高兴了，我才能高兴。”说着拍了拍小桃的手，“先休息吧。”说着转身出去吩咐着下人打点。

小桃走进了坐北向南的正屋中，屋里也是江南风格的布置。坐在雕花的大床上，小桃靠在枝叶连连的床棱边，闭上了眼睛。心，好累。不知过了多久，小桃睁开了眼睛，却发现自己不知道什么时候已经躺在床上睡着了。此时天也黑了，屋里点着蜡烛，照得光亮。小桃忙起身把身上的喜服脱下，换了一身碧色的衣裙。

刚换好，门被推开了。一身紫袍的赵光义走了进来，看了看小桃没有说话，径直坐在了桌边的椅子上。小桃也没有说话，坐在了梳妆台前，把刚才换衣服时弄乱的头发重心挽就了发髻，又对着镜子描了描眉眼。

赵光义走到了小桃身边，伸手抚上了小桃的背，又滑到了脖子，声音有些微颤的干涩："桃宜。等这一天，我等了很久。"

小桃的手一颤，眉毛画出来一块，赶忙伸手去擦掉，又拿起碳笔，却怎么也画不上。赵光义把笔拿了过来，用力抬起小桃的脸，细细描了上去。

小桃僵着身子，看着赵光义冷笑道："你现在也学会了服侍女人，学张敞画眉呢？"

赵光义蹙了下眉，他何曾服侍过女人？但他又确实有不少女人。当他在金陵紫竹台亲眼目睹祁正修和小桃厮守在一处你侬我侬的情形后，回到开封他确实疯了好一阵。那些女人有朝堂大臣为了和他交好献给他的，有侍婢下人他看着顺眼随时兴起收了的，也有平定荆楚南汉赵匡胤从搜罗的那些后宫中选了貌美的赐给他的。他推辞不过来，又不能总推辞驳了面子，索性一并拢进府里。他堂堂晋王，何时缺过女人？需要去讨好服侍女人吗？他这辈子肯不停为之犯贱伏低的女人，只有眼前这个偏不领情的女人。赵光义捏着小桃脸的手向后滑去，手指用力插进了小桃的头发里，微微向后一扯，小桃便仰脸看着他。赵光义的声音几分微颤："你说呢？你应该知道，我是什么样的人。"

小桃别过了脸，苦笑道："我当然知道。"这么多年，他的阴狠、暴戾、残忍她早已领教过了。就在前几天，她还在城楼上亲自看着他指挥宋军镇定自若地杀人如麻。她怎么会不知道。

赵光义俯身看着小桃，依然楚楚生动的眉眼，虽然有了些岁月的沧桑，却还是他魂牵梦萦的模样。多少次他梦里都是她的盈盈的笑意，如今，梦已成真，她真的就坐在他的身边。赵光义另只手把碳笔放下，抚摸上了小桃的脸，滑到脖颈，滑到肩，开始解小桃的衣襟。

小桃用力向后躲闪着，眉目中露出一丝轻蔑的冷漠："晋王变得急色了。"

赵光义被这神色刺了一下，勾唇冷笑道："是。难道你不愿意？"说罢已经用力揽上了小桃的腰，呼吸在小桃耳边清晰可闻，声音沉沉却有几分情动，"你现在，又是我的了。"

小桃挣扎着，无奈力气终究不是赵光义的对手，几番用力撕扯扭打只把自己弄得头发散乱狼狈不堪，赵光义还岿然不动，只把她推到墙边，腰揽得更紧，赵光义看着小桃娇喘微微，脸红扑扑闪着光彩，早已克制不住，不管不顾地俯身压了上去。在小桃耳边低声呢喃："如今你还有什么不情愿？放不下什么？嗯？"说着揉上了小桃，动情地吻上了小桃的唇，强行撬着她的唇齿。

小桃只觉得从后背一层层的鸡皮疙瘩，全身都在颤抖着，猛地想起袖子里的匕首，小桃一把拿了出来抵在了赵光义的胸前，憋出一声低吼："你放开我。"

赵光义的冲动被一瓢冷水浇得脑子一凉，看着小桃抵在自己身上的匕首，心，忽然铮铮地疼。赵光义的眸子寒凉了下去，却依旧执拗地不肯松开小桃，任手背的青筋突突跳着，看着小桃冷笑道："你就这么恨我。"

小桃脸色惨白，拿着匕首的手不停抖着，另只手也赶忙拿了起来一起攥紧了匕首。

赵光义的眼眸都是碎开的疼痛，声音很沉："既然这么恨我，那就捅下去。"说完一手握上了小桃举着匕首的手，用力朝自己的胸口戳下去，声音低吼道，"这样能解了你的恨，我成全你。"

小桃急忙下意识地用力往后缩着手，匕首的尖还是划破了赵光义的衣服，却并没有伤着身体。赵光义看着小桃苦笑："怎么不动手？不是恨我吗？”

小桃无力地闭上了自己的眼睛，眼泪滑了下来。刚才只是一时情急的冲动，她又何曾能下得了手。小桃攥着匕首的手松了开来。

赵光义把匕首扔到了地上，看着小桃眉眼清寒：“你怪我打南唐、反间诱杀林仁肇、打金陵，可我是宋朝的晋王，你要我怎么办？你怪我杀了何之棠，可你又知道何之棠做过什么？你怪我屠了绕溪村，可你知不知道，寅儿当时就在村里，却没人肯告诉我，还有人从中作梗弄得寅儿不知去向。”赵光义声音步步紧逼，直逼得小桃气紧到说不出话。

赵光义的声音缓了下来，声音沉痛：“我唯一懊悔的，就是没能保护好寅儿。若是为这个，你杀了我，我也无憾。”寅儿是小桃和他的孩子，就是让他用命去换，他也情愿。但可惜他的命换不回那个可爱的孩子。

“寅儿——”说到寅儿，小桃的眼泪早已忍不住落了下来，靠着墙滑坐到了地上，抬眸看着赵光义，“寅儿到底在哪儿？在哪儿啊？”

赵光义蹲下去，握住了小桃的手：“我一直在找。没有坏消息，就是好消息。”

这一次，小桃没有挣扎他的手。她的脑海里都是寅儿的模样，寅儿那像她的眉眼，像他的下巴。人啊，为什么要有情感纠缠，有了孩子，那其中的牵牵绊绊竟然让该有的恨恨不起来，该有的爱却也爱不下去。

小桃不知道自己在墙角坐了多久，夜渐渐凉了。开封的早春还冷，下人进来添了几次炭火。赵光义就那么握着小桃的手相对而坐。过了很久，才把小桃抱了起来，放到了床上。两人和衣而卧，小桃整夜头痛未睡，赵光义也在一旁辗转难眠。直到天已蒙蒙发灰，两人还是不能入眠。小桃忍不住开口问着：“你说大小姐做过什么，指的是什么？”

赵光义心里一紧，胸口有些憋闷，闷声道：“不是什么光彩的事。有什么可说的。”

小桃没有说话，过了半晌。院子里渐渐有人的动作脚步，应当是下人起床了。还有一个低低的女声，问的似乎不太确定：“晋王，昨夜一直在这里睡着？”声音很轻，小桃却听得清楚，不由对着赵光义冷冷说道：“你该起床了。你的那几十房姬妾是不是要挨个给你问早安呢？”

赵光义的心里一荡，那话里浅浅的酸意像是砰的点了一把烈火，烧得他身子发烫，喉头发干。赵光义用力把小桃抻到了自己怀里，俯身覆上了她的唇。小桃想挣扎，却被赵光义压得更紧，声音动情地在她耳畔喘息：“我只想要你。”

小桃恨不得自己化成一只猫躲开，用力缩了缩，赵光义愣了愣，温声道：“那我先去开封府了。你再睡会。”

小桃点点头：“我起来需要做什么？”

赵光义拍了拍她的手：“什么也不必做，只做你想做的就好。”

小桃的嗓子有些发涩：“许久不练字了，我想再写写字。”

赵光义心里一动，抚上了小桃的脸庞轻声问道：“还在练我的字吗？”小桃轻轻“嗯”了一声。这一声却让赵光义心里酥麻，仿佛一夜之间，干涸沉寂了多年的心就倏地化开，赵光义竟然像毛头小子似的又悸动起来。赵光义忍不住又紧紧揉上了小桃，覆上了唇，声音沉沉得像能钻进小桃的心里：“那我把平日的字都拿给你，练个够。”

小桃连日劳累，再次醒来，已经日上三竿，屋里都亮堂堂的了，小桃赶忙穿好衣服，换了件藕色的裙衫，早有下人进来服侍着盥洗完毕，把早餐送到了屋里。小桃吃完，李月娥已经一身清爽地进来笑问着小桃道：“休息得可好？”

小桃倒有几分不好意思，看李月娥脸上并没有嫉妒或是不满的神色，才自然些：“很好，都很周到。”

“那就好。”李月娥又命人搬进来一些常用的家具物件，甚至一些细节的笔墨纸砚妆镜台烛台等都想得周全。小桃自然又感谢一番。

小桃问道:“需要我做什么吗?”

李月娥摇头:“不必。家里的事情，慢慢熟悉。至于其他的姬妾，就看日后生活在一起的缘分，再论走得疏远亲近。如今，也不必刻意走动。”

小桃点头微笑。她本来也没什么心情和赵光义的姬妾们论姐妹交情。李月娥笑道:“何况，她们大概需要一阵子时间来适应你。”

“适应我?”小桃微蹙眉。

李月娥浅笑道:“晋王在府中过夜，都是在后院自己的卧房，很少让姬妾来陪侍。即便叫了姬妾侍奉，侍奉完后就送回她们的卧房，晋王是绝不留宿的。但昨晚晋王一直在你这里。想来她们也需要一阵子适应了。”说完又和小桃闲聊了几句便离开。小桃心中有些莫可名状的震动，盯着李月娥的背影发了好一阵呆。才走到书桌旁，看了看赵光义留下的字幅，蹙起了眉。

小桃下意识地捏了捏腰上的玉佩，这是她答应到宋地时，李煜给她的。一块青玉桃花，下面是两个金丝攒的花形香囊。只不过一个香囊里是香片，而另一个香囊里是防水的蜡丸。蜡丸里面是李煜手书给契丹的求救国书，求契丹出兵襄助抗宋。

李煜还派了青羽卫暗暗护卫着小桃，一旦小桃拿到大宋的出关令符，便由青羽卫把求助国书送到契丹。只是这出关令符可怎么拿，小桃连那东西长什么模样也不知道。

苦思无聊，小桃发了一会呆，便又拿起赵光义的字，照着描画了起来。这些年赵光义的字也有些变化，比先前更加苍劲，在勾折转画处也更见功力流畅。小桃把这些细节又照着描了描，看着自己的字，又看看赵光义的字，心里一种说不出的滋味，很暖，却又有丝酸楚、愧疚，莫名的复杂。小桃不知道自己练了多久，只听得身旁一个沉沉的声音:“连我自己都分不出是谁写的了。”

小桃一抬眸，一身紫袍的赵光义不知什么时候已经回来了，负手立在桌旁，眉眼里都是笑意。

小桃被他看得有些心里发毛，低下头继续写着，淡淡道：“怎么这么早就回来了？”

赵光义缓缓走了两步走到小桃身后，伸手拥住了小桃，沉沉的呼吸在小桃耳边低声道：“因为你回来了。”一手握上了小桃执笔的手，在纸上继续写着，“腕上要再用些力，收放自如些。”

小桃被赵光义带着写字，心思恍然回到了多年前，那时还是在赵家的旧宅，赵光义也是这么握着她的手，写着《长恨歌》。小桃有些失神地问着：“还记得吗？曾经你也这么教我，写着‘汉皇重色思倾国，御宇多年求不得’。”

赵光义的手顿了下来，看了看小桃，沉声道：“记得。”说完牵着小桃的手向外走去。

“做什么？”小桃回过神来问着，赵光义却没有回答，只是继续紧紧攥着小桃的手向院子外走去。院子里的下人都诧异地发怔。晋王素来清冷，除了和李夫人李月娥还话多些，会就府里的事情商量一二，对其余的姬妾，恩宠也不过是多唤两次到房里服侍，除了家宴甚至都很少在一处吃饭。何曾像现在这样，紧紧拉着一个女子的手公然进进出出。看得下人都有些面红耳赤，纷纷低下头去。

小桃有些脸红，想挣又挣不脱，只得随着赵光义走出了望江楼，这院落旁边挨着的便是一处守备森严的院子，赵光义带小桃走了进去，小桃进了房间看看四周问道：“这是你的书房？”

赵光义点头，从书柜的顶端拿出一个盒子，打开盒子，是一幅卷起来的字，展开后，那幅《长恨歌》便展现在小桃的面前。看着上面的字迹，小桃的心只觉得被什么狠狠冲了一下，小桃伸出手，轻轻抚着末尾“桃宜，赵廷宜，于丁巳年”，眼睛浮起一层雾气，声音都在微颤：“在天愿做比翼鸟，在地愿为连理枝……已经这么多年了吗？”从丁巳年到现在，整整十八年，这幅字都有些泛黄。小桃抬眸看着赵光义，人也不是十八年前青葱的模样，彼此都满是岁月的痕迹。

赵光义心中一疼，把小桃拥进了怀里，轻轻叹了一口气：“是，那时你还是个话唠般的小丫头。”

“现在呢？”小桃声音几分哽咽。

“还是我的小丫头。”赵光义把小桃拥得很紧，心里酸涩却也是前所未有的踏实，她又回到了自己身边，那所有的付出，都是值得，所有的等待，也是值得。“这辈子，我不会让你再离开我。”赵光义说得沉笃。

小桃心里一颤，挣开了赵光义的怀抱，勉强挤出个笑：“今天还出去吗？”

“不了。”赵光义答着，“在府里也是一样的。”吩咐门外候着的下人把从开封府衙带回的文书放到了房里。今天记挂着小桃，赵光义去了府衙匆匆听了一番简单的汇报后便把文书都带了回来处理。

小桃立在书桌旁问道：“那我在一旁服侍你？”

“求之不得。”赵光义眉眼舒展开。虽然他的书房素来守备森严，决不许任何人进来。但小桃对所有事来说，都是个例外。

赵光义坐在了椅子上，开始翻开着文书，小桃立在一旁默默地研墨，帮赵光义润笔。赵光义看过一卷，便会在上面进行批注，再放到一边。小桃没有出声，只细细地把赵光义批注完的文书整齐地归集好。屋内，暖暖的气息，是赵光义多年都未曾有过的安心。

赵光义看过几卷文书，目光便忍不住在小桃身上环绕着，要很艰难才能再把目光收回，纵然如此，也仍贪婪地享受着这份安宁和喜悦，这是不是就是“幸福”的滋味？小桃被他看得几分不自然，随口说着话转移道：“你会一直在开封待着，还是过些日子还去……大唐？”

赵光义微微蹙眉：“不一定。陛下的意思，还要我去。”

小桃不由问道：“带我吗？”

赵光义摇了摇头：“行军打仗很苦，带着女眷不方便，也不允许。”

小桃的心没来由地又有些慌乱，没有赵光义在的开封，对她来说就是人为刀俎我为鱼肉的案板。她不知道又会有什么事发生。手里研着的墨也溅了出来。过了半晌才问道：“如果，我想去找你，可以吗？”

赵光义看小桃神色变得凝重，心中几分了然，缓缓说道：“如果有事，可以让人给我传信，或者你自己去找我都可以。”说着覆上了小桃的手背，“没人可以伤害你。”

找他？小桃脑中忽然闪了一下，咬咬唇问道：“我如果去找你，怎么过关口？士兵是不是要通关令符才能放我过去。”

赵光义摇头：“除了行军打仗过军营，一般人是不用令符的，只需通关文书。文书可以是陛下批示的国书，或是各个州府批示。”说完看着小桃沉声道，“如果我真的要去唐地，我会给你安排妥帖。”

小桃不自然地笑了笑，点点头。既然各个州府都有批示文书的权力，那赵光义是晋王兼着开封府尹，一定也有权力批示出关的文书吧。再次帮着赵光义整理他批示过的文书，小桃便开始留意，是否有出关的文书样件，能让她看看。

赵光义的午饭和晚饭，都是在书房里吃的。下人把餐饭端到书房里，小桃便陪着赵光义一起吃。小桃问道：“平日，你也在书房吃饭吗？”

赵光义摇头：“平日我都在开封府衙处理公务，自然也在府衙吃饭。”说完不由唇角勾了勾，看着小桃眸子几分灼烫，“又动什么小心思？！”小桃那似有若无打探他和其他姬妾关系的话语让他心里很受用，她的在乎也是一种幸福。小桃的脸有些发烫，很快地把饭吃完继续坐在一旁翻看着文书。赵光义勾唇浅笑。

赵光义做监军攻打南唐的这段日子的确积了不少文书。赵光义每天早晨退朝后便到开封府衙，把已经批示好的文书和其他官员商量后交予执行。下午和晚上便回到府里继续处理未看的文书，小桃便一直陪在他旁边整理着。

三天后，小桃终于看到了一封出关文书。那是一个姓杨的开封府衙的执事，本是吴越人，因为母亲病故要回乡守孝，申请回到吴越。赵光义亲手批示了一封出关文书。小桃似无意地研着墨，暗暗看着赵光义写字，默默记下了字体的大小、书写方式以及用词，又看着赵光义从随身的锦袋中拿出章盖了上去。

看着这一套流程，小桃的心几乎要蹦出来。出关的文书原来这样就可以做到。小桃不自觉地攥紧了自己腰下的玉佩，那里面的蜡丸，求救的国书，是不是终于能想到办法弄出去了？小桃的手心里都是汗。

赵光义看小桃的脸色突然变得有些白，站了起来问道："怎么了？不舒服吗？"

"没有。"小桃咬咬唇，看着赵光义道，"只是忽然想起了大唐。大唐……近日可还安好？"

赵光义微微蹙了蹙眉，没有作答。金陵是休战了，但袁州、江阴一带已经开始了攻打。半晌，赵光义抚上了小桃的肩："有些事，只能顺其自然。"

顺其自然？小桃无奈地叹了口气道："自然就是你们宋人永远不能满足自己的地盘，总要通过杀人掠地把别人的家都划到自己口袋里吗？"

小桃口气虽平和，话语却锋利，赵光义不知怎么说。赵匡胤和他的宏图大业，在这个弱小的江南女子面前无论讲什么，都是伤害。赵光义换了话题："累了便先回去歇歇吧。来了开封这么久，也没带你出去逛逛。明天去吧？”

小桃看着烛火出了很久的神，半晌“嗯”了一声，转身走了出去。抚着腰下的玉佩，小桃的心紧了紧，大唐的前途都系在自己身上了，多耽搁一天，她的愧疚就多一分。

回到屋里，小桃把下人支了出去，飞快地铺开纸张，模仿着方才看到的出关文书的字迹、大小、布局，以及行文的措辞语气，写下了一封出关文书。只是出关的地点把吴越的婺州改成了契丹的幽州。写这封文书的时候，小桃的手都是颤抖的，用左手紧紧握着右手缓了许久才写成。边写还边竖着耳朵听着窗外的动静，心跳得极快，几乎要蹦出来。半晌，才书写完毕。字迹虽然由于紧张并不十分流畅，但和赵光义的字还是极度相似的。

小桃把文书放在蜡烛边来回烤着，好让墨汁尽快干了。文书是写成了，可赵光义的印章怎么办？该怎么才能拿到？小桃正想着，门外传来了脚步声，小桃慌忙把写好的出关文书折叠起来放入袖中，在纸上飞快写了几句行草的诗词。待到赵光义进来的时候，小桃已经写了两幅字。

赵光义推门进来，勾唇笑了：“这么勤奋，回来还继续写着？”说着走到了小桃的身边，看着小桃笔下的“双燕复双燕，双飞令人羡。玉楼珠阁不独栖，金窗绣户长相见。柏梁失火去，因入吴王宫。吴宫又焚荡，雏尽巢亦空。憔悴一身在，孀雌忆故雄。……”眉头微微蹙了起来。

这是小桃在花月坊表演《双燕舞》时，每天都写的句子，自然最是熟悉。方才情急之下下意识地就写了出来。赵光义对这句诗是熟悉的，是小桃第一次告诉他“双燕复双燕”的美好，只是后面的几句，竟然是这么悲凉的结局。赵光义捏上了小桃的手，把她手中的笔扯了下去，沉声道：“不要再写这种句子。不吉利。”

小桃勉强牵着唇角笑了笑，赵光义伸手揽上了小桃，把小桃拥进了怀中，小桃偎在赵光义身上，有些出神道：“廷宜，你有没有后悔教我写字？”

廷宜二字已经叫得赵光义心中柔柔化开，他把小桃抱得更紧，在小桃脸侧低语道：“傻气，怎么这么说？”他怎么会后悔，看着心爱的女人写一手和自己一模一样的字，那种得意又伴着温情，会把所有的理智都摧得化开，只觉得她便是他的一部分，今生舍不得，来世放不下。

小桃一心愧疚，紧紧咬了咬唇，直咬得唇上的疼痛掩过了心里的疼痛。转过身来伸手圈上了赵光义，却无意碰到了赵光义腰下系着的锦袋。心里一怔，这个锦袋他随身带着，那印章也是随身带着的吗？

正出神着，赵光义已经覆上了她的唇，动情地辗转。小桃紧绷的身子向后一闪，本想挣脱，但想到印章，就离自己这么近，今晚是不是可以趁着赵光义睡着把印章偷出来盖上？

小桃本想推开赵光义的手松了下来，随着赵光义顺承婉转，赵光义忘情地低呼着小桃的名字陷入，小桃脑子全是空白，被赵光义带动着，从麻木到热情，小桃分不清是愧疚还是心动。

激情退去，赵光义揽着小桃在床上睡得呼吸均匀。小桃只觉得身上又酸又软，赵光义每次都专注而动情，似乎用着全部身心和激情，不仅是索要她，更像是点燃了一把火，把自己和小桃都忘情地烧在了一起。这种感觉惊心而动魄，烧得小桃不仅脸颊发烫，身心也战栗。而这种战栗和亡国的危机交缠在一起，就好像有两根绳子扯着小桃，在向相反的方向用力扯着，扯得她心痛得要滴血，呼吸不来。

月色盈盈洒了满屋，看着身旁的赵光义睡得酣畅，小桃的心扑通扑通猛地跳得好快，小桃披了中衣，下了床，把方才散落在地上的衣袍捡了起来。赵光义的腰带上系着那锦袋，小桃摸了摸，里面硬硬的，印章就在里面。怎么把它拿出来盖在自己撰写的文书上？

小桃脑子在飞转，不如把衣服也一起带出去，只说是出去缝补，然后盖上？不好，还是只拿锦袋？小桃正想着，赵光义的声音在暗夜里沉沉响起：“桃宜？”

小桃一个激灵，手脚都像冰一样，稳了半晌才缓缓答道：“睡不着，想起来找杯茶喝，顺带把地上的衣服捡捡。”

赵光义温声道：“把下人唤进来就好了。”

小桃尴尬地笑笑：“怕把你吵醒。”

赵光义也披着衣服下了床，把小桃手里的衣服扔在了一旁的桌上，攥紧了她的手声音满是沉沉的宠溺：“又傻了。”说着向外唤着，“来人，奉茶。”

第二天一早，赵光义去上朝。小桃也无心再睡，起来换了件鹅黄的衣裙，头发松松挽就了发髻。今天赵光义说要带她出去逛，不知能不能有什么机会拿到印章。想到这个，小桃的心就像压了块巨石，沉得喘不上气。

刚吃过早饭，李月娥便又来探望小桃。李月娥每天早晨都会来看看小桃，问问她有没有什么需要的。虽然只是几句，却绝不是敷衍，而是实实在在的关切。小桃这几天在晋王府，也听下人议论起府里的事。那些姬妾，虽然有了子女，却并无一个十分受宠的，只是轮流偶尔侍奉着赵光义。赵光义最敬重、聊得也最多的只有李月娥，所以李月娥在府里的地位最尊崇。但李月娥却从没侍奉过赵光义，仅有的一个儿子元佐也几乎人尽皆知是个舞姬生的，只没人敢在元佐面前说而已。所以李月娥虽地位最尊却也没人嫉妒，毕竟一个从不侍寝的女人，也并不值得嫉妒。

小桃知道李月娥对赵光义的情意，更佩服她这么多年能坚持自己的执念，并且真的做到了以赵光义的爱好为自己的爱好，以赵光义的喜乐为自己的喜乐。一如她对自己的关切，只是因为赵光义对自己的爱。

小桃随口和李月娥聊了聊开封都有哪些好玩的地方，李月娥淡淡笑着：“说实话，在开封这么多年，晋王也从未带着我出府去逛。我还真不知道哪里好玩。只是听人说起，开封城南有座山，俗称石头山，那山上每到早春梅花开得极好。还有处寺庙，常常有文人雅士在那里集会。你若是想去，那是个不错的去处。”

小桃心里闷闷疼了一下，记得李月娥曾经也是个爱玩的，还常常带着赵光义出去买兵器、笔墨之类，而现在，也安于室。正想着，一个十岁左右的半大小子跑了进来，一头大汗滚进李月娥的怀里：“娘，您答应给儿子的弓箭呢？”

小桃一怔，随即明白这应该就是元佐。不由上下打量了一下，这孩子很壮实，和李月娥也很亲近。李月娥揉了揉元佐的头，柔声嗔道：“没头没脑闯进来，也不叫人。”

元佐这才整了整衣服，冲着小桃行了个礼，朗声道：“桃夫人。”说完扫了两眼小桃，又钻进了李月娥的怀里。看得出来，李月娥对这个不是自己的亲生的儿子疼得紧。小桃对李月娥又多了几分钦佩。小桃从妆奁盒里拿出了两个金锞子给了元佐算做见面礼。

李月娥正要推辞，赵光义已经下朝回到府里走了进来。李月娥便将金锞子收了起来，元佐更是见到赵光义刚才的淘气劲儿一点也没了，立马木了张脸低着头全身都恨不得缩起来，看来是怕极了赵光义。李月娥忙带着元佐和赵光义行了礼后便匆匆离开。

小桃整了整衣襟对赵光义笑道：“方才听月娥说，城南的石头山不错，你若是有空，不妨吃过午饭后，去那里看看。”

赵光义点头微笑：“好。”

石头山在开封的城南，山势并不高，便是寻常的书生，也只需半个时辰就能爬到山顶，也有小道可以骑马上山。山腰有座槛外寺，里面只有一老一小两个和尚。山顶一片梅林，这些日子开封的气候开得正艳，不少文人雅士在梅林边的亭子里集会，作诗画画，颇有兴致。午饭后，赵光义带着小桃和两个侍从，骑马绕过市集，不过一个时辰，已经到了石头山底。赵光义本想骑马上山，小桃却说天气暖和，还是爬上去更有趣。赵光义自然应允，拉着小桃的手缓缓向山上爬去。

一路走走歇歇，小桃走两步便要歇一歇，却仍坚持不肯骑马，直到快日落，才到了山顶。还有几个书生在对着梅花吟诗。小桃便和赵光义坐在一旁，静静听着他们吟诗作对，相视一笑。

小桃被李煜熏陶了那么久，也对诗词知道一些，听得那些书生的诗句实在无趣，不由也插了一句“清香更何用，犹发去年枝”。

赵光义听得这句奇巧，不由问道：“这是谁的句子？”

小桃折了枝梅花笑道：“你猜。”

赵光义想了想，这句子清香二字再结合眼前此情此景，定是写梅花，但整句却又借梅花写意，不是寻常人的笔法，除了那位不会打仗倒写得一手好词的李煜，也是没旁人了。赵光义不由冷笑了一声：“刁钻取巧。”

小桃知道赵光义猜了出来，挑挑眉道：“明明技不如人。”江南的诗词雅韵，别说李煜，就是普通士子做的诗词，也比那几个开封书生强。

赵光义也不再争辩，宋人不及唐人风雅是事实。过了半晌，看小桃还没有赏玩够的意思，便笑道：“还不够，要不今晚住这里？”

小桃的心一突，手心又出了层汗，答道：“好啊，我正有此意。”

小桃说罢，没有直视赵光义的眼睛，转身去旁边饶有兴致地拿着手中的梅花端看，细细去嗅闻。一身鹅黄的衣裙，浅粉色的披风，盈盈立在梅花边，便是一首风韵的小诗。一旁的几个书生看着小桃已经转不开眼，纷纷说着要以这清雅的女子为题作诗。赵光义冷冷扫了几眼书生，站在了小桃身边。那些书生看赵光义气度清寒威严，自然不敢再明着看向小桃，看天色已晚，便也相约下山。赵光义方才本是一句玩笑，看小桃认了真，便沉声问道：“真想住在这儿？”

小桃点点头，一边抚着梅花，一边有些落寞：“人生无常，难得此时你我闲暇，又有此刻良辰美景，若不珍惜，不是辜负了这份时光？”

小桃说得轻柔，让赵光义心中不禁动容，是啊，他和小桃已经浪费了太多的时间，余下的日子，纵然还有漫漫一生，他也不舍得浪费一点一滴。赵光义揽上了小桃的肩，温声低语："好。"说着吩咐着跟上来的侍从，让他们到山中的寺庙处去打问，请僧人给他们行个方便借宿一晚。

落日余晖脉脉，暮云在山间开合，映着远山层层叠叠，小桃偎在赵光义的怀中，看着远山层云，安心地闭上了眼睛，缓缓说道："廷宜，这辈子这么宁静的日子，好少。"

赵光义把小桃拥紧，沉沉笑了："今后的日子，都会是这样。"

小桃身子微颤了一下，没有接赵光义的话，反而呢喃道："我真想念我们在云湾村的日子，比如今还安静，心也静。"

赵光义的心顿了一下，声音有些喑："我还是喜欢现在，那时的你还在病中。"赵光义没有把话说得太白，那时的小桃脑子不清楚，心中的情感到底是给了他还是给了祁正修，他并不确定。

小桃勾唇笑了："是啊，那时是病着。但那时的情景却烙在了脑子里，反倒再也忘不了了。"

赵光义被小桃的话震了一下，心思倏地转开。自己真是蠢，为什么要纠结当初她心里把自己当成了谁？总之从那以后，她记得的，便都是自己了。赵光义猛地把小桃揉进怀里，力气没来由地大。心也跳得几分快，在小桃耳边动情地低声问道："唐人大多温柔多情，又风流多才，你怎么还会忘不了那时？"

能诗词擅歌赋的李煜，会谱曲能弄笛的祁正修，倒真是温柔多情风流多才。小桃俏然一笑："总有那不开眼的，偏忘不了心思阴沉、又直爽暴戾的呆子。"

赵光义闷闷地笑了，把小桃用力揉着："你眼里的我就是这样？"

小桃浅笑，向山下走去。赵光义跟在了身后，迎头遇到了已探问回来的侍从，禀告着同僧人说好，可以借宿，并捐了些功德。赵光义点点头，揽着小桃到了山腰的寺庙中。

在寺庙中吃过斋饭，月圆如盘。山寺的夜晚有些凉，条件简陋又没有炭火可以取暖。小桃冻得直搓手，赵光义把小桃的手放到自己宽厚的手掌中笑道："非要在山中留宿，贪图清幽，这下冻得闲情逸致都没了吧？"

小桃沉吟一笑："才不会，依然有。我还有个新主意呢，不如我们去买些酒，在月下边喝酒边再上山赏梅，喝了酒身上就热乎了。你敢不敢？"

赵光义哈哈大笑："我有什么不敢的。只是你竟敢在这寺庙里提喝酒，岂不是污了佛祖的耳朵？"

小桃挣开赵光义的手跑了出去，回眸一笑："所以我们赶紧走，别在这里对佛祖不敬。"话音刚落，已经轻盈地窜出了院子，跑出了寺庙。赵光义吩咐侍从下山买酒，追着小桃又上了山。

到了山上，赵光义不禁屏住了呼吸。这趟石头山游玩，到了月下观梅，才算是不虚此行。他从不知道，梅花可以这么美。平日里在阳光下看的梅花，只能算是皮毛，只看到了形态。只有这月夜下，梅花的清幽、淡雅、傲骨，才在月华的映衬下，把那份韵致凸显无疑。

"美吗？"小桃看着赵光义微笑。

赵光义直直看着小桃，目光中的火苗已经燃起，沉声道："美。"顿了顿，牵上了小桃的手，"我看过的美景，都是你发现的。"他的性子素来沉寂，十几岁跟着赵匡胤行军打仗，除了国策兵书，脑子并没装太多的风月良景。可是自从遇到了小桃，就像撩开帘子，看到了一幅幅藏在后面的美景。七里溪初见的清朗峡谷，雨后月夜下骑马的云追月影，云湾村如雨的桃花……都成了他忘却不掉的景致。到底是小桃带他看到了美，还是因为有了小桃才变得美，他分不清。

侍从买了酒回来，小桃和赵光义喝了几口，身上便热乎起来。小桃不禁挥起了长袖，在月下的梅林间翩翩起舞。赵光义看得出神，这支舞他没见过，很短，却很传神，柔婉中又带着刚硬，和她之前在江畔给自己跳的又不同。那时的舞是柔婉无骨的，而现在这舞，柔中带刚，有种很坚定的力量。赵光义不禁问道："这是什么舞？"

小桃没有答话，一舞终了，把赵光义手中的酒囊拿起喝了一口，酒果然是驱寒的好东西，转眸看着赵光义笑得凄然："《长虹卧波》。"

赵光义的眉蹙了起来，没有说话。他不敢去想《长虹卧波》是什么，但在他心中，总觉得应当是和他在花月坊见的那淫乱女子表演的什么"珠圆玉润"是差不多的。他没有想到是一曲这样的舞。

小桃继续缓缓道："最初，只是因为我救了一个孩子，情急之下用了腰带，如练似虹。后来依照当时的情形做了新舞长虹卧波。这舞虽短，却让我觉得最为不同。"

赵光义心有些扯得麻，是他误会了。他误会的不仅仅是一曲舞，也许他误会了很多东西。小桃的心里，已经装了太多的东西。赵光义叹了口气，声音很沉："跳舞，可以舞出情，一如你从前的舞。也可以舞出骨，一如你现在的舞。是吗？"

小桃的心酥麻了一下，赵光义的话说到了她的心里。小桃沉默了，赵光义也沉默了。过了半晌，赵光义紧紧攥上了小桃的手，声音听不出情绪："你给自己背负的太多了。"

小桃答得苍凉："这都是注定的吧。"转而浅笑道，"我说的是跳舞，你扯到哪去了。"

赵光义沉沉笑了："我说的也是跳舞。"顿了顿又道，"我还想说，你做了我的女人，我的妻子，以后便不需要再跳舞了。好吗？"

小桃怔了一下，妻子？她哪有资格做妻。至于以后不再跳舞……小桃没有看赵光义，轻轻点了点头。

赵光义心中轻松了起来，挽着小桃又在山上赏了半晌的梅花，喝了不少酒，直到子夜过后，摇摇晃晃的赵光义才在侍从的搀扶下回到了寺庙。佛门要清静，给小桃和赵光义分别安排在了西侧和东侧的厢房。

小桃扶着赵光义进了东厢房，把门关好。小桃把赵光义的外袍脱了，又加了两床被子，不多时，赵光义的呼吸变得均匀沉重。小桃把赵光义的外袍捡了起来，腰带上的锦袋还带着，摸上去里面硬硬的，印章还在。小桃掩着自己几乎要跳出来的心，把锦袋攥在手里，轻轻推开东厢房的门，回到了自己的西侧厢房。

借着月光，小桃颤抖着从袖中把早已写好的出关文书拿了出来，从锦袋中取出印章，又从袖中取出自己的胭脂，将印章在胭脂中压了压，在文书末尾用力压了上去。

简单的几个动作，小桃已经全身都像水洗过似的湿透了。小桃把出关文书揣回自己的袖子，又走到东厢房，把锦袋和印章给赵光义系到了腰带上，把赵光义的被角掖了掖，走了出去。

小桃一夜未眠，凌晨一早，便来东厢房把赵光义唤起来洗漱过一起下了山。赵光义急着赶到宫里上朝，小桃便由两个侍从护送着回府。走到马市街一带，小桃对侍从说道："从前我记得这里有家玉石店铺，今天恰好出来，我想到那铺子里买些东西。"

侍从不敢违拗小桃的意思，便护送着到了马市街。小桃来回看了几家玉石店铺，也都没有看到满意的。最后走到一间茶楼进去歇歇脚，让侍从在一楼等着，自己上了二楼的雅间。前后不过是一盏茶的时间，又袅袅从二楼走了下来。对侍从笑笑："也看乏了，没什么好东西。回去罢。"

回到了晋王府，小桃全身都好像被抽去了什么似的瘫到了床上，一层冷汗。握着玉佩上已经空了的金丝香囊，小桃哆嗦着手加了些香片干花进去。这样两个香囊里便都是香片了。李煜交给她的那个比山还重的任务她终于完成了。李煜派的青羽卫一直暗暗跟着她，方才在那茶楼的二楼，她把已经盖好章的出关文书和李煜求助契丹的蜡丸国书都交给了青羽卫夙墨，由夙墨带着骑快马出了宋朝边界到契丹求援救兵。早一日，大唐便能多一分希望。她只盼望着她记挂的人，祁正修、窅娘、李煜、陈述、青青都能平安无事。

躺了许久，下人看小桃好久没有动静，忙去禀告了李月娥。李月娥一早已听侍从回来禀告昨夜赵光义和小桃夜宿山寺的惊世骇俗之举，但对她来讲，赵光义就是为小桃把星星摘下来也不稀奇，何况只是在荒山破庙陪她住一晚。李月娥估摸着小桃大概是冻病了，忙让厨房准备了姜汤，自己亲自带下人送去。

小桃晕晕沉沉，头疼得要裂开，身上又忽冷忽热，李月娥进来握上小桃的手，眉眼间都是关切："先喝些姜汤，我已经命人去请郎中了。别是中了风寒。"

小桃摇摇头浅笑："不用，只是夜里受了凉。"顿了顿问道，"元佐呢？"

李月娥眉眼舒展笑开："那孩子，一刻也安静不得。除了在晋王面前不敢喘大气，其余时候上蹿下跳没个老实时候，今天得了弓箭，又跑去狩鸟去了。"

小桃随口问道："晋王，对孩子很严厉吗？"

"晋王性子清冷，你也知道的。"李月娥叹口气，"做父亲又望子成龙，对孩子要求苛刻些，所以孩子们都怕他。元佐淘气，自然更怕了。"

小桃笑笑："好在你性子好，又疼元佐。"

李月娥有些失神，看着小桃道："你一定知道元佐不是我所生，没了亲娘，于情于理我都该多疼他些。何况他是长子，晋王即便嘴上不说心里也是最看重的。这几个孩子里，他对元佐要求最是苛刻，亲自带他骑马，为他早早聘了先生教学。我自然也该对他多上心。"顿了顿，看着小桃道，

“听说，你也有个儿子……”

这消息她不是听赵光义说的，赵光义不会在她们面前讲小桃的一丁半点。她还是这几天听府里的其他姬妾讲的。自从小桃入了晋王府，那一直锁着的望江楼开了，清冷的晋王、从不留宿姬妾的晋王，每日和小桃厮磨在一起缠绵缱绻，活脱脱像脱胎换骨变了个人。其他的姬妾自然有羡慕有妒忌的，也都对这个从天而降的桃夫人无比好奇。有人打听到这桃夫人原是南唐的官妓，还曾生过一个儿子，听说那儿子还是唐人的。

小桃的眼圈红了，想到寅儿她的心像被针扎似的刺痛，小桃眼前一层雾气，低声道：“我没有你的福气，我的孩子，丢了。”

李月娥的心颤了一下，她没有想到是这样，几分歉疚地握上了小桃的手，温声道：“对不起，我不知道。”她忽然明白了为什么从前两年开始，赵光义开始到处找一个五六岁的孩子，还频频给子女办生辰宴席，她还以为是赵光义想借机结交朝臣，原来答案在这里。过了半晌，李月娥看着小桃挣扎许久还是问了出口，“孩子是晋王的吧？”她不信那些传闻说孩子是唐人的。如果孩子是唐人的，赵光义怎么会那么焦灼，那么急迫？

小桃点点头，眼泪不觉已经落了下来：“他叫寅儿。”许久看着李月娥缓缓道：“如果有一天寅儿回来，你会疼他吗？”时隔这么多年寅儿都没有音信，小桃心里早已明白是凶多吉少了，却还是不肯死心仍抱着一线希望。

李月娥一愣，小桃这个问题有些让她不知所措，也有些莫名其妙。李月娥攥紧了小桃的手笃定说道：“自然会很疼他。且不说晋王对你的情意，你的孩子自然是晋王心尖上的，怎么会让他受一分委屈？晋王在意的，我自然疼得紧。更何况你我的情分，从十几年前的相识，到今时今日，我都不曾变过。你怎么倒问起这傻话了？”

小桃勾唇勉强挤出个笑，李月娥又断断续续回忆起当初在乾州的日子，那些起初打打闹闹互相看不惯，到了后来却情意深重的日子。小桃也渐渐露出了丝笑意，当初李月娥为了约赵光义出去，可是想了不少法子，又是看兵器，又是看墨。小桃不禁问道："他现在还是喜欢松烟墨吗？"

李月娥摇摇头："晋王不是挑剔的人，不是必须得用什么。不过这些年晋王的书房从不让人进去，笔墨纸砚也都是下人服侍。我便不知道他喜欢用什么了。"

小桃"哦"了一声，又和李月娥聊了一会。喝了姜汤后发了层汗，身上也好多了。李月娥出去后，小桃睡了一会儿，到了下午醒来，赵光义还没有回来，小桃便带了两个下人出去，在开封的集市上转了一圈，挑了些上好的笔墨纸砚回来。如今她的字也写得不错，自然也懂什么样的是好的。

赵光义今日开封府衙的事情不少，处理后回来已经是黄昏。到了小桃的屋里，却怔住了，地上罗列排布了不少大大小小的盒子，本来很宽敞的屋子倒被挤得满满。赵光义一边笑着一边走上前道："今天去哪了？买了这么多东西。"说完走到一摞盒子面前，打开了一个，道："胭脂水粉还是珠玉钗环？"却在看到盒子里的东西时怔住了，盒子里是摆放得整整齐齐洁白如雪的一沓纸。

小桃笑盈盈走过来，对赵光义说道："这是开封闻墨斋里最好的纸张了，洁白如雪，又不晕染，用来写文书是最好不过了，字迹清楚又节省地方。这纸是吴越一带产的呢，叫雪云纱。"

说完小桃又打开了另一个盒子，里面整齐地码着六块墨，小桃说道："从前，你是最喜欢松烟墨的，这便是上好的松烟墨，色泽正、浓，写起来又润滑，不会涩笔。"

小桃又打开几个盒子："还有歙州的砚，天下闻名，你自然知道它的好，我只挑了这一款，有桃有兰，君子如兰，很衬你。"

小桃今天的话格外多，赵光义有些恍惚，好像一转眼又回到了十八年前那个小话唠在他耳边叽叽喳喳。心里好像"腾"地生起一股莫名的暖流，从心口一直暖到了手脚，甚至暖到了每一寸肌肤。赵光义情不自禁攥起了小桃的手："君子如兰，我在你心中算个君子？"

小桃的脸有些发烫，缓缓道："情人眼里出西施，癞蛤蟆在情人眼里也是白天鹅呢。"

赵光义用力捏了捏小桃的手，笑嗔道："你就是煮熟的鸭子，嘴硬。"转而看了看四周的盒子里的笔墨纸砚，心中暖暖地问道，"都是给我买的？"

小桃"嗯"了一声，"虽然你用东西不挑，不过好东西用着总是更趁手。你也能更舒心些。"

赵光义拥上了小桃，动情地把她揉紧，沉声道："怎么对我这么好？我觉得像做梦。"小桃对他的些微用心，都能让他身心皆荡，何况是这么用心。

小桃第一次主动转身环上了赵光义的脖颈，柔声道："我只想珍惜当下，尽我所能对你好。"说完，踮着脚覆上了赵光义的唇。

赵光义一怔，小桃的主动好像一簇火苗，猛地把他点燃，他没有一丝犹豫，俯身同她唇齿缠绵，揉上了她，解开了她的衣襟。她的吻细致缠绵，像藤蔓一般缠上了他，缠得他呼吸不上却又挣扎深入。而他的深沉他的强势，又如烈火焚烧一般，把她化在了他的热情和激烈里。他的生命，有了她，才有了激情，有了盼头，有了笑意，有了温存。才能算生活。以前，都只能算活着。

情深退去，赵光义从空白中恢复，把小桃揽得紧紧，唇再次覆上了小桃的脖颈，低语道："对我这么好，会要了我的命。"

小桃抿唇笑得无心："那就拿来你的命。"

"你舍得？舍得就拿去。"赵光义俯身看着小桃沉声问道，一手抚上了小桃的脸。

小桃扑哧笑出了声："谁稀罕。我自己的都多余。"话没说完，已经又被赵光义堵上了唇。

第三十五章

东窗事发陷囹圄
地牢相见方寸无

日子一天一天，美好得几乎不真实。赵光义不顾赵匡胤明着暗着几次让他去南唐，依旧在开封没有动静。每天下朝，回到府里，看着小桃前前后后忙着给自己端茶递水，铺纸研磨，缝制衣裳，一种从心底溢出的幸福和满足，让赵光义都情不自已恨不得每天都能再长一些。

赵光义看着坐在一旁做女红的小桃，不禁笑道："最近一直看你在缝衣服，怎么有了这个闲心？"

正要再说，忽然门外传来了急促的脚步声，下人在门外说道："晋王，宫里来旨了。"

赵光义眉头一皱，大晚上的，宫里来旨做什么。小桃手里握着的荷包还差几针，小桃身子一颤，荷包上的针把手指戳出了血，滴到了荷包上。荷包是浅粉色为底，桃粉色为花，血滴到上面是狰狞的鲜红，小桃忙去擦，慌乱中却又擦得更加凌乱。小桃索性飞快穿了两针，将最后的几针草草收尾。

赵光义没有注意到小桃手中的动作，吩咐着外头："快请。"说罢，下人已经打开书房的门，门外站着几个宫里的宦官，为首的是赵匡胤身边最为亲近的王继恩。看到赵光义后，躬身行了个礼道："晋王，陛下有旨，传桃娘进宫。"

赵光义眉头紧紧蹙起，素来沉稳的他心却猛地提了起来，赵匡胤大晚上的让小桃进宫？于情于理，他都不该专门给自己的姬妾下道旨。这其中是什么缘由？赵光义看了看王继恩，这几年他在赵匡胤身边也动了不少心思，王继恩就是他下了大力气结交过来的人。王继恩微微摇了摇头，一脸沉重。赵光义的心更沉了下去。

小桃听到这个旨意，却好像紧绷的一根弦终于松开似的缓了口气，把手里刚才匆匆缝就的荷包放到桌上，对王继恩微微屈膝道："还请中贵人给我一点换衣服的时间。"

"是。"王继恩说着退了出去。赵光义看小桃并无异样的表情，心里一沉，正想开口，小桃对赵光义笑笑："你也出去吧，我换件衣服。"赵光义只得出去。

小桃站在屋子中央，看着四周堆满的笔墨纸砚，应该够赵光义用好久了。柜子里是她亲手缝制好的赵光义的衣袍，礼服她缝不来，只缝制了常服的衣袍大氅，棉的夹的单的都有，四季皆备。还有一件给寅儿。她本来是想给寅儿一直把从小到大的衣服都缝好，但没想到时间已经不等人，这么快赵匡胤的旨意就到了。从她把那封伪造的出关文书交给青羽卫的时候起，她的心就悬在了嗓子眼，她怕文书被识破，怕青羽卫出不了关；也怕那封文书落到宋人的朝廷上。一旦被识破，伪造文书是砍头的罪，她知道得很清楚。如今，赵匡胤让她进宫，如果是发现了伪造的文书，她活不成；如果发现她还活着，估计也凶多吉少。

小桃起身换了一身桃红色的襦裙，脖颈上的桃红印记已经褪了些颜色，祁正修给小桃特制的胭脂膏已经用完了，小桃不知道这颜色什么时候就会褪得一干二净，露出下面的黑色丑陋。也许，当粉饰的太平被撕开后，一切又会像从前一样周而复始让她陷入万劫不复的境地。想到这里，小桃全身就是一个冷战。不由又取出一件银色的披风披在了身上才好些。装扮完毕，小桃推门出去，冲着赵光义微微一笑："我这就去了。"说完便要迈步前去。

赵光义一把挽上了小桃的手，定声说道："我随你一起。"

王继恩有些为难道："这个，陛下说只宣桃娘觐见。"

赵光义冷笑着勾唇："皇兄那里有任何责怪，我一个人担着。你放心。"

王继恩想了想，只好带着赵光义和小桃一起进宫。

夜，才刚刚开始。往常宫里这个时候，是笙歌曼妙的时候，赵匡胤喜热闹，入夜会安排小型的宴席，和宫里的嫔妃们一醉一乐。今晚，一切都静悄悄的，赵匡胤坐在承明殿里，面前顶着硕大狻猊的香炉袅袅吐着烟雾，在清冷的承明殿里环着，愈加寂寥。赵匡胤眉头皱成了一团，这个妓女，还真是野火烧不尽，怎么弄都弄不死。早就知道她是个祸害，却还是到了今日。

正在出神，门口的宦官禀告着："陛下，晋王和桃娘到了。"

"晋王？"赵匡胤一蹙眉，不耐烦地挥了挥手："罢了，让他们都进来吧。"

片刻，一身紫袍的赵光义和红衣白披风的小桃走了进来。对赵匡胤行了跪拜礼，看着下面跪着的那个娇小却清秀的女人，赵匡胤的右眼突突跳了两下，唇际泛起一个阴阴的笑，这么多年，倒没怎么变，也没显老。

赵匡胤没有让他们起来，只是冷冷看着小桃，哼了一声道："桃娘？叶小桃？"说罢猛地把手里的纸摔到了小桃的脸上，喝道，"这是不是你干的好事？"

小桃拿起了那张纸，头就是轰的一声，果然是她伪造的文书，怎么会落到赵匡胤手里，那夙墨呢？出关了吗？小桃失神地垂下了手，全身都瘫软了。

赵光义拿起小桃手里的纸，只扫了一眼，眉头已经蹙起，脸色变得青白。心猛地跳得很快，果然是这样，可，怎么会是这样？一股苦涩忽地涌上胸口，赵光义只觉得闷闷疼得厉害。

赵匡胤伸手指着小桃吼道："说，是不是你干的？你费尽心思接近光义，是不是就是为了给你的国主去通风报信，求敌施援，灭我大宋？是不是？！"

"是。"小桃看了看赵匡胤，淡淡答道。

赵光义心里好像有什么轰然坍塌了似的，脑子一片空白。双手紧紧攥成的拳青筋暴跳，不会，不是这样。赵光义看着小桃，眸子裂成了一片一片，低吼道："不要乱说！"

赵匡胤猛地一拍桌案："光义，乱说的是你！早就和你说过，唐人狡诈，你偏偏不听，一头扎进去。现在怎么样？出关文书白纸黑字，盖着你的印章。"说着眉梢一立，冷笑道，"不要和朕说这发往契丹的通关文书是你写的。"

小桃咬了咬唇，沉声说道："是我写的，也是我偷了晋王的印章盖上去的。和晋王没有半分关系，他完全不知情。陛下要杀要罚，只冲着我来就好。"

"好！"赵匡胤大声喝道，"朕等的就是你这句话。既然你认了这文书是你写的，那朕就告诉你，揣着这文书的人，并不知道这文书有去的和回的之分。竟然拿着这份文书还要回来。被边境将士发现异常，从他们身上搜出了向契丹求助的国书。看来契丹并没有理会你那国主的请求，连人带国书都轰了回来。"说完朗声大笑了几声，俯身对小桃阴阴说道，"朕现在教给你，回来的通关文书，章是盖在最前头的，如果从吴越回来，是不用回来的文书的。"

小桃淡淡勾了勾唇，回来如何，已经不重要了。能把那封求助的国书送出去，她的任务就完成了。至于怎么回来，她想不了那么周全，时间也不允许她去琢磨。而契丹不肯援助大唐，才是让她心痛的地方，她那么拼力，却依然没有什么用。小桃凄然一笑："任凭陛下处置。"

赵匡胤的手一挥："来人，拖出去，斩——"

话没有说完，已经被赵光义低吼着打断：“皇兄！”赵光义站了起来，走到赵匡胤面前，脸色惨白道，“皇兄，不要，她是臣弟的人，求皇兄交给臣弟回去处置。”

赵匡胤冷笑：“光义，不是为兄不讲情面。任何罪，为兄都可以不追究，你的人，自然交给你发落。但这是伪造文书通敌卖国的大罪，是该凌迟处死外加株连九族。现在能给她个痛快，已经是看在你的分上的从轻发落了。你是当朝晋王，不会不知道这个罪名若是还能转圜，这天下就再没有什么罪能处罚了。”

赵光义把手里小桃伪造的文书揉得粉碎，盯着赵匡胤，声音也同样阴沉：“皇兄，臣弟再求你一次。文书已毁，契丹也并没有对李唐施援，一切都没有造成什么不可饶恕的后果。皇兄想要的，臣弟都可以奉上。”

“哦？”赵匡胤没有说什么表情地问道，“你有什么是朕想要的？”

赵光义对着赵匡胤拜了一拜：“臣弟有的一切，爵位，官职，晋王之名，开封府尹之职，以及金匮之盟，臣弟都可不要。”

“金匮之盟”四个字打得赵匡胤的心狠狠动了一下，金匮之盟是他做梦都想甩开的，当年杜太后临终前办的好事，成了他这么多年的梦魇。当初赵普在朝，他需要赵光义和赵普制衡。之前赵普被罢相，他一直盘算着该如何进行下一步才能让自己的儿子德昭继位，没想到赵光义此刻竟然说出这种话。只是，他这不要金匮之盟的话，可信吗？而且眼下的当务之急，还不是谈金匮之盟的事。

看赵匡胤犹豫，赵光义再次拜道：“臣弟恳请皇兄绕了叶氏，明日一早，臣弟必定奉上辞呈，再不入朝。”

赵匡胤没有说话，过了半晌说道：“这和金匮之盟没什么关系，为兄也不是那个意思。事出突然，朕也是急火攻心。这样，”赵匡胤缓缓道，“时候也不早了，明日一早再说吧，今晚都先住在宫里。”

话音刚落，门外已经出现了几个全副铠甲的侍卫，看来赵光义和小桃是同意也得留下，不同意也得留下。赵光义苦笑道：“皇兄又是何苦，臣弟遵旨便是了。”

赵匡胤打着哈哈：“贤弟不要误会，这是保护你的安全，没有别的意思。”说完冲侍卫使了个眼色，侍卫带着赵光义和小桃到了承明殿后面西侧的应鸾阁。赵匡胤需要理理自己的思路，原本想的事态不是按照这个样子发展的。

赵匡胤坐在龙椅上，揉着眉头。脑海中浮现出小桃娇俏的模样。那个女人倒是十几年如一日的清秀漂亮。纵然宫里这么多女人，也没一个像她那般，岁月在她身上好像没留什么痕迹，反倒增添了几分韵致。平心而论，他实在是没必要总和一个女人过不去。可这个女人就是这么怪，起初因为她，赵光义抛却一切，什么都不管不顾，让他在军中孤立无援，失了臂膀，他便烦透了她；后来赵光义又为了她和符雪婵势不两立，进而影响了魏王的态度，直接决定着他陈桥兵变的结果，他又得想法子弄走她；而她唐人官妓的身份，和唐地官员千丝万缕的联系，不清不楚的怀孕，让他更是想除之而后快。如今想想，他之所以总要拿小桃做文章，归根到底只有一个原因，她是赵光义的软肋。

他派慕容延钊去南唐射杀了她，本以为就那么一了百了。没想到南唐那个盛名高张的桃娘竟然就是她耍的把戏。他竟一直被蒙在鼓里。直到反间林仁肇那出戏，赵光义去了南唐，赵普也派人去了南唐。从赵普的嘴里，他才知道那桃娘就是小桃，竟然还有了个儿子。当赵普把那个孩子带到他面前的时候，他的心头就是狠狠一震。长得和那女人太像了，嘴和下巴还有几分像赵光义。那孩子怯生生地看着他，他就是一阵烦，质问着赵普：“把他带回来做什么？”

赵普只是笑得心有城府：“机缘巧合。陛下留着，总会有用途的。”他依了赵普的话，为了避免被人发现，把孩子扔在了宫中的地牢里。那里关着的都是犯了错的宫女宦官或是姬妾，能进去的人基本也出不来了，绝对隐秘。

这一扔就扔了两年多，要不是这次赵光义把那个女人从南唐带回来，他几乎忘了还有这么个孩子。从小桃回到大宋的第一天起，赵匡胤心里就不舒坦。有她在赵光义耳边嚼舌根子，他总觉得是埋了个炸雷一般。而且这女人若是心里有光义，为什么不早回来？偏偏在宋军攻打南唐节节胜利的关键时刻到了宋地？必定有着不能言说的勾当，他只冷眼旁观。

果然，当守军把这封通关文书层层上报交到赵匡胤手中的时候，他冷冷笑了。原来是这个目的。通敌卖国？她是活腻了！赵匡胤毫不客气地立即把小桃宣了来，赵光义也来了，很好，他倒要看看赵光义知道那女人的所作所为后会是个什么反应！

只是他没有想到，赵光义会那么蠢，竟然要为了这个女人，什么都不要。他是瞎了还是中了那个女人的蛊？那女人接近他是为了给南唐通风报信啊。赵匡胤简直想不通赵光义的脑子里都想的什么。什么都不要，爵位、官职赵匡胤不在乎，但金匮之盟，这可戳到了赵匡胤的心窝上。用金匮之盟换那女人的命，值还是不值？

赵匡胤来来回回想了许久，直到夜已深沉，还是没有理出头绪。忽然，他腾地站了起来，命人把禁军统领连夜召进了宫。

应鸾阁很大，皇宫的气派终究还是比晋王府大多了。以至于大得整个房间都是冰冷的。有宫女进来奉上了茶水，又退了出去。屋里只有赵光义和小桃，和跳突的几支蜡烛。门外是严守的皇宫侍卫。

赵光义坐在椅子上，冷冷看着窗上摇曳的竹影，没有看一眼小桃。

小桃心中惭愧，站在赵光义身边，手指来回绕着，不知道说什么好。自己的命竟然还有转圜的余地，她没有想到犯了通敌的罪还能留一条命。可赵光义却因此要付出他的全部，他的所有。过了许久，小桃缓缓出了声："值吗？为了我这条命，你毕生的心血都要拱手捧给他？"

赵光义没有回答，一动没动。又过了许久，小桃又问："金匮之盟是什么？"

赵光义依旧没有回答。小桃识趣地闭了嘴。

夜，在铜壶滴漏中一点点，一滴滴地过去。不知过了多久，小桃没有一丝睡意，依旧直直立在赵光义身旁。直到天色已经泛白，赵光义才动了动手指。嘶哑着开了口："值吗，我也在问自己，值吗？"说着微微侧身，看着身边的小桃。

在蒙蒙亮的晨光中，小桃看到了赵光义一脸的倦容和疲态，神色里竟有些苍老的凄凉。小桃抿了抿唇，心扯得阵阵疼痛，回答不上。

赵光义的声音有些沉痛："我想了一夜，我都想不明白，你怎么能这么做？！"赵光义没有看小桃，只盯着桌上燃尽的蜡烛说得失神，"你在我身边服侍我写字、批文书，当我在看着你的身影欣慰时，你却想着怎么找到你要的出关文书。你带我去赏梅，当我看着你跳舞的样子沉醉时，你却想着怎么把我灌醉偷我的印章。"

赵光义的声音并不激烈，却有种悲哀的寂寥，直渗得小桃心里发疼。小桃的眼泪一颗一颗流了出来，看着赵光义，她一个字都说不出口。赵光义看着流泪的小桃勾唇一笑，笑得凄然："你都做得出来，又哭什么呢？嗯？"

小桃见过赵光义很多种样子，暴怒的，阴冷的，发脾气砸东西的，她都见过，却都没有现在这种凄凉让她这么害怕，又这么心疼。小桃紧紧攥着自己的衣襟，任眼泪流着，只喃喃说出一个词："对不起。"

"对不起？"赵光义抬手捏上了小桃的下巴，"你现在和我说对不起？但是让你重新选一次，你还是会那么做，是不是？"

小桃哭着点了点头。她没有别的选择，当李煜把那封牵系着南唐国运和千万百姓性命的国书交到她手上，她已经别无选择了。

赵光义冷冷勾了勾唇，想挤出个笑，却失败了，只是把小桃的下巴捏得更紧："我教你写字，你写了一手和我一模一样的字。我像个傻瓜一样高兴，可你，却用我教你的字通敌，一招瞒天过海鱼目混珠，桃宜，我就想问问你，你是怎么做到的？你在侮辱我的字，还是侮辱我的蠢，还是侮辱我对你的情分？"

小桃的心像撕裂了般疼痛，赵光义的话扎得她心中血流不止，她怎么做到的？她捂着胸口忍着疼痛做到的。

赵光义的眉眼全是碎裂："我提醒过你，做了我的女人，就不要再背负那么多。你答应过我，为什么又要骗我？"

小桃咬唇竭力止着颤抖的声音："你既然知道，为什么不阻止我？"

是啊，为什么不阻止她？他明明觉察到小桃问文书异常热情的反常为什么还允许她整理文书伺候笔墨？他明明知道小桃夜里碰过他装印章的锦袋，为什么还肯和她一起夜宿山寺还和她酩酊大醉给她偷印章的机会？他不是没知觉，他只是太相信她。他不敢去想他爱了十八年的女人，苦心孤诣地接近他就是为了利用他。

赵光义长叹了一口气，问得艰难："桃宜，你，是不是从来就没爱过我？"

小桃身子僵在了原地，赵光义问完这句话没有看小桃，却缓缓闭上了眼睛。小桃的眼泪又落了下来，自嘲似的嗤了一声，低低说道："我说什么，你都不会再信了。我也不配再让你相信。"说着擦了擦眼泪，她不爱赵光义吗？她宁愿她能少爱他一分。少爱他一分，就不用忍受多年孤寂，也不用夜夜梦里是他，更不用这么愧疚。纠结犹豫了许久，小桃别过头去，背对着赵光义定定说了一个字："爱。"

赵光义的心怦地跳了一下，随即又沉了下去。如果是从前，听到这个字他会欣喜若狂，可如今，这个字并不真实。赵光义失神地勾唇笑了一声，声音很空："也许吧。"顿了顿摇了摇头，"这个问题已经没意义了。"

他的心，到了今天，终于凉了。她用那一手和他一样的字，助了她的国，毁了他的心。

但他还是要救她的，无论如何，他没法做到看着她死。就当还她十八年前在那个遍地尸体的院子里对他的救命之恩吧。尽管这恩，他已经还了许多次。按理早已两不相欠。

“没意义……”小桃默默念着这三个字，泪流不止。

门外传来侍卫的声音：“晋王殿下，陛下有请。”

赵光义微蹙了下眉头，站起了身，没有看小桃说道：“和我一起。”说完大步在前先走，小桃顿了下，跟在了赵光义的身后。

赵匡胤坐在承明殿中，昨夜他想了一整晚，那个女人的命换金匮之盟值不值？答案是非常值。一个女人，换他的江山后继有人，非常值。但他仍然不信赵光义会这么轻易就把他手里的所有都奉上，为了一个女人光义真的能抛下一切？他连夜唤了禁军首领来，他要确定赵光义有没有私下暗暗调兵，用金匮之盟做幌子拖延时间，偷天换日来逼宫。

禁军首领领命后连夜在皇宫及京城四周围查，寅时末回来禀告赵匡胤并没有异动。赵匡胤摸了摸下巴，一颗心放了下来，光义真是迷了心窍，竟然是真的为了那个女人不要荣华富贵，甚至连皇帝的宝座也不要，真是中毒不浅。赵匡胤踏实了，这才命人再次传唤赵光义，一个女人换自己的子子孙孙继承江山，傻子才不干。不过赵光义如今在朝堂上也颇有威望，此次攻伐南唐又是他的监军，如果把他的王爵和官职都撤了，此时恐怕会引起朝局动荡，人心惶惶，又让那狡诈的唐人乘虚而入。他不能冒这个险，只要拿到当年的盟约，王爵和官职以后再说。

赵光义和小桃到了，赵匡胤微微皱眉道：“光义，你我兄弟有事商量，桃姑娘还是先回避一下吧。”

赵光义抬手护在了小桃前面，淡淡道：“不必了，皇兄与臣弟没有什么需要防着人谈的。皇兄要说什么尽管说便好。”他可不放心让赵匡胤把小桃带走，哪怕一刻也不行，谁知道赵匡胤会不会突然起了杀心？他对赵匡胤一点都无法相信。

看着赵光义强硬地护在前头，赵匡胤也无法，只得皱了皱眉道：“既如此，也罢。”顿了顿，看着赵匡义和颜悦色道，“光义，朕想了很久，你提的金匮之盟，虽说朕并不是特别情愿，但若你坚持，朕也只好勉为其难地答应了。”

勉为其难？赵光义心中冷冷扫过一缕寒意，不过既然他同意那也好。赵光义一拱手：“皇兄英明。”

说罢，两人都没有说话，像在期待什么似的互相看着对方。过了半晌，赵匡胤等不及了，先开口问道：“贤弟既然要拿金匮盟约来换桃姑娘的安全，那便拿出当年的盟约吧。”顿了顿又道，“若是没有带在身上，朕命侍卫随你回府里拿也是可以的。”

赵光义一怔，对赵匡胤道：“那盟约不是由宫中专人看管吗，怎么会在臣弟手中？”

赵匡胤心中咯噔一声，看着赵光义阴阴笑道：“贤弟，不要说笑话了。那盟约当年本是一直在母后房中锁着，但母后薨逝后却在房里怎么也找不到那盟约。里里外外都搜遍了也没有，若不在贤弟那里，会在哪里呢？”赵匡胤心中不满，提出金匮之盟换那南唐女人性命的是赵光义，如果舍不得就不要提，何必又耍这诈？

赵光义的眉头皱紧了，当年金匮之盟是在赵普和王溥的见证下杜太后留下的诏书，杜太后薨逝后，按理这遗诏不是应该由皇宫内府交到中书省，由专门的官员保管吗？怎么倒找他来要。赵光义眉梢一凛：“按大宋律例，该在哪里便在哪里。不在中书省，倒怎么在臣弟这里？臣弟手中的确没有。”

“荒唐！”赵匡胤忍不住拍了一下面前的案几，如果在中书令那里，自己早就想方设法把那遗诏弄到自己手里了，还用等到今天？赵匡胤用力过猛，桌上的茶盏应声落地摔了个粉碎，茶叶也泼了赵光义一身，赵光义冷冷扫了赵匡胤一眼。赵匡胤察觉到自己的失态，缓了缓口气道：“也罢，既然贤弟不愿意用盟约来换，那就当朕没有提起过。叶氏的事，依律例办就是。”

赵光义上前一步，道：“皇兄，臣弟是诚心诚意愿意舍弃那盟约。若是皇兄不肯拿出盟约，或是盟约已丢，臣弟写一封手书就是。让朝中大臣作证，臣弟无德无能，甘愿放弃盟约所定之事，即便今后找到盟约，也是作废。皇兄看可好？”

赵匡胤看着赵光义笑得玩味，原来在这儿等着呢。还是不肯放弃皇位啊。又想要人又舍不得江山，便想出一招死不认账，不肯承认盟约在他手里，反而写一封手书，到时他要是不认手书，自己也不能把他怎么样。毕竟杜太后遗诏的效力远远大于赵光义的手书。赵光义倒是算盘打得精明。赵匡胤摆摆手：“罢了罢了，手书也不必了。”

赵光义起急，上前一步跪在赵匡胤面前，声音寒凉：“臣弟没有半分虚言，还请皇兄成全。”

赵光义声色俱肃，若是自己硬来和他扯破脸，赵光义把从前义成军的旧部召唤了来，再联合朝臣搞场政变，后果还挺无法预料的，尤其现在是攻打南唐的节骨眼儿。赵匡胤仔细思量了一番，恢复了笑意：“光义，不如这样吧。盟约呢，的确在母后仙逝的时候便不见了。兴许母后当初临终前托人传给你，你却不知情呢？朕给你一个月时间去找找，如果找得到，到时带着盟约来便可。至于桃姑娘，朕一定帮你照看好。宫里你若是不放心，可以交由大理寺，你看如何？”

如今石头碰石头，赵匡胤也奈何不了赵光义，便想了这出转圜之机。大理寺卿陈元和赵光义交往很密，把人放到大理寺，赵光义应该会放心。而这人是他亲自交代过去的，想来陈元也不敢私自放人，自己再加派几个禁军严加看守，便可万无一失。

赵光义纵然心急如焚，但他终究不能把小桃硬生生从这皇宫里带走。想了想，赵光义点头了。把小桃放在大理寺，有陈元内应，应当是安全的。赵光义对赵匡胤抱拳道："臣弟这就去查访那盟约的下落，必定一个月内给皇兄个交代。也请皇兄恪守承诺。若是桃宜有分毫的差池，臣弟也必然不会顾及任何情面，拼死一搏。"最后的一句，赵光义说得掷地有声，透着寒凉和威严，让赵匡胤都不寒而栗。

赵匡胤勾了勾唇："那是自然。"说着命侍卫进来，押送小桃到大理寺。赵光义亲自跟着侍卫护送小桃过去。

大理寺卿陈元接到了赵匡胤的圣旨，又看是赵光义亲自送来的人，自然不敢怠慢，专门腾出了一间朝南的房间，并不潮湿，还有阳光，屋里也干净整齐，不同于一般的地牢。准备好后对赵光义一抱拳："晋王看是否满意？"

终究是牢房，赵光义也满意不了，不过比地牢强多了，赵光义也揖手道："还请陈大人多多照拂一些。"

陈元不必问也知道这女子和赵光义的关系不一般，哪里敢怠慢，忙应是。赵光义又道："陛下可能有些误会，若是陛下有什么旨意，还请陈大人立即通知我。"

陈元了然，点头道："在下定当尽心竭力。"

赵光义淡淡点点头，侍卫把小桃带进了这间囚室便退了出去守在门外，陈元也退了出去。屋里只剩赵光义和小桃，小桃坐在了硬木的凳子上，看着赵光义自嘲笑道："我应该是这大宋待遇最高的囚徒了。"

赵光义蹙蹙眉，没有看小桃，匆匆说着："我会尽快让你出去的。"顿了顿又问道，"你有什么需要的？我让人送来。"

小桃想了想笑道："这里也没有看书写字的雅兴，晋王若是方便，让人把我在府里的针线带来，我再做些衣裳罢了。"

赵光义微微点头，转身像逃似的快步离开。他不能继续待着，每多待一刻，心中便撕扯得疼一分。

到了下午，晋王府的下人已经带了小桃没做完的针线布料过来，守值的侍卫查了一番，没有发现什么不能带的禁物，又是晋王府的人，也不敢阻拦，便放了进去。

大理寺的囚徒生涯，并不难熬。对小桃来说，这里反倒是难得的清静。她可以什么都不想，什么都不念。每一天都不知道是不是她这辈子的最后一天。也许赵匡胤哪天一个不高兴再把她杀了也未尝可知。小桃索性把心放得踏实，每天一早起来便开始做针线活儿。之前便想给寅儿做些衣服都没有时间，现在正好。小桃一针一线地缝着，竭力地不去想任何事。

赵光义回到府中，把自己关在书房里不许任何人进来。他顾不得去咂摸小桃带给他的伤怀，只是不停思索着那金匮之盟到底会在什么地方。当年杜太后薨逝，身边服侍的兰姑也已经作古，还有谁会知道盟约的下落？这简直是大海捞针。他总不能挨家挨户去搜查。而拿了盟约的人也必定不会去声张，又让他从何查起？而且到底是出于什么目的才会拿走盟约？

赵光义思来想去也没个头绪，时间一点一点过去，焦躁越来越充斥着赵光义的内心。时间不等人，赵匡胤只给自己留了一个月，他必定以为自己手里揣着金匮盟约不愿交出，到时若是还拿不出，赵匡胤一定会拿小桃做手脚威胁自己。只要盟约一天到不了赵匡胤的手里，他都不会踏踏实实放过自己。纵然自己带着小桃逃到天涯海角，他也不会罢休。更何况，辛苦基业十几年，为什么要逃？赵光义的拳攥了起来。

赵光义对着地图开始细细算着兵力的排布，如今大宋的兵力主要都由曹彬带着攻打南唐，其余的兵力一部分在开封的禁军，一部分在各地的节度使。多年来的苦心经营，再加上禁军里本就有义成军的旧部，如果要起事，需好好谋划一番，找些可靠的旧部，从禁军内部潜入皇宫挟制了赵匡胤，才能图谋大事。一旦把赵匡胤挟在手，开封是不愁的。毕竟自己担任开封府尹多年，开封城的守卫将士调度不成问题，用来对抗禁军里的顽固保皇派绰绰有余。唯一害怕的是其他地方的兵力围攻开封救援，那自己在开封的兵力抵挡不了多久。

赵光义在地图上来回划着，西南一带有李英的兵力，北部是符彦卿的旧部，这些都是自己能掌控的，可以压着附近其他藩镇。现在最担心的就是曹彬率领的正在攻打南唐的将士，那是大宋的精锐，一旦他们发现开封有异，赶回来支援，自己就完了。

赵光义负手而立，站在桌边许久，闭着眼，脑海里仿佛已经有千军万马在厮杀。这一拼，既是多年心血累积的爆发，又是迫不得已为之。矛盾、挣扎、盘算，都绕得他脑子一片混乱。这盘棋，抵上了他全部的身家。猛地，赵光义睁开了眼，吩咐下人进来，说道："把程德玄唤来。"顿了顿又道，"拿着拜帖，去请禁军上军孙大人。"孙大人当初同他一起带领义成军东征西战，曾是他的副将。下人领命而去。

十天后，曹彬在金陵城南的白鹭洲收到了赵光义的手书。手书的大致意思是如今金陵附近的袁州、白鹭洲也已收复，而金陵休战六个月且固若金汤久攻不下，与其在这里拉锯战消耗兵力，不如调兵前去润州一带，和吴越会合后把常州和润州拿下。然后集中全部兵力围攻金陵，方可一举成功。

曹彬对着赵光义的手书有些发愣，赵光义说得不错。虽说当初是赵光义答应的对金陵休战，但金陵攻起来也的确费劲，城池坚固，李煜用的又是坚壁清野的战略，守着秦淮和城关，有着先天的优势。曹彬也打得极为吃力。所以对金陵休战后，他便连着攻下了袁州、白鹭洲，先把金陵的周边肃清了。现在赵光义命他去润州一带和吴越汇合，他也正有此意。吴越打仗素来是雷声大雨点小，如果没有宋军去协同监军，吴越一定是只出假把式应付。所以想拿下常州润州必须得宋军也亲自出马才好。

润州是南唐最北面也是最重要的关口，一旦把润州拿下，南唐北面的长江屏障就被全线攻破，宋军再也不必绕着皖口才能入南唐，而是可以从北面长驱直入，杀奔金陵。南唐灭亡指日可待。所以拿下润州是势在必行。

曹彬正在出神，侍从通报樊若水来了。曹彬挥了挥手命他进来。自从樊若水帮助宋军在采石矶搭上浮桥成功渡江后，樊若水在宋军中的地位便与日俱增。他对南唐的军情熟悉，又善于谋划，如今赵光义不在，曹彬更是视他为心腹智囊，凡事必和他商量一番。

樊若水进来，看曹彬面上神色沉重，拱手问道："不知大人为何事忧心？"

曹彬拿着赵光义的信递给樊若水："晋王来了指示。"

樊若水拿着信扫了一眼后细细读了起来，读完后看着曹彬说道："晋王所言极是，大人却怎么好像心事重重？"

曹彬叹口气道："晋王虽然在信上说得清楚明白。我只是纳闷为和晋王不亲自过来？晋王虽然名义上是此次攻打南唐的监军，但依照晋王的身份，其实也是总指挥，他的命令，没人敢不听。但他怎么回了趟京城就再也不来？打仗没他坐镇号令，这仗怎么打？何况这是去打常州润州的要塞，并不是袁州、白鹭洲这样的平常地方。"

樊若水眸子转了转，点点头："大人顾虑的也是。晋王不来，陛下也无指示，如果这么贸然去了润州，只怕有什么纰漏。但晋王的命令也不得不听。"顿了顿，眸子泛光道，"不如这样，大人先向润州一带缓缓行兵，这样也不算违抗晋王的命令。但行军速度慢些。我这就快马奔会开封拜见晋王，探问清楚原因，再赶回来在路上和大人会合，可好？"

"那再好不过。"曹彬哈哈大笑，"这主意甚妙。"

当天晚上，樊若水便整好行装，只带了一个侍从护卫，快马加鞭从皖口一带绕回了宋地。樊若水到了开封后，并没有直接去见赵光义，而是辗转到了李从善的府邸。虽然他在曹彬面前拍着胸脯保证去找赵光义核问清楚，但一来赵光义不一定愿意接见他；二来赵光义不一定告诉他实情。他还不如从别人那里先探测些消息也省得一点头绪都没有。

李从善住在赵匡胤赐的奢华大宅院中，如今大宋和南唐开战，他的日子也不好过。他本是南唐的皇亲国戚，又领了宋朝的俸禄接受了宋朝的任命，如今两国交战，他在中间不尴不尬。又没什么能向宋朝供奉的，本想献张布防图还没成功。索性也不怎么出门，在府里醉生梦死。

樊若水来见他的时候，他已经又喝了不少。看着樊若水抬着眼皮阴笑道："听说你如今很是风光，成了宋军的香饽饽。"说着摇晃着站了起来，问着樊若水，"带人打自己国家是什么滋味，是不是很过瘾？"李从善喝多了，嘴便没个把门的。

樊若水心里冷笑道，还不是彼此彼此，你拿着宋军的银子也不手软。面上却是微笑："郑王笑话臣下。"说着扶着李从善坐下，给他倒了盏茶，就着别的话题闲聊了半晌，看李从善稍稍缓和了些，樊若水旁敲侧击道："最近晋王在京城，不知您有没有来往？"

李从善挑着唇际冷笑："我能攀得上晋王倒好了。我肯和他来往，他也不肯和我来往。"

樊若水讪讪笑了，又道："晋王也是怪了，打仗打着打着跑回京城竟然再不去了。还是头回看见这样的。"

"哈哈哈！"李从善忽然朗声大笑起来，笑得樊若水都有些发毛。笑了许久，李从善一口酒气压低了声音，对樊若水说道，"这事别人不知道，我可知道得清楚。我只告诉你，你可不能外传。"顿了顿说道，"听说，晋王的美人儿被关在了大理寺。估计晋王现在满脑子想的都是怎么救他的美人儿，哪里还有心思去打仗。"小桃被关在大理寺，看守的衙差轮流换值，加上打扫清理送饭的下人，人多嘴杂，便有那嘴巴不牢的把这事传了出去。偏偏又有些好事的，知道小桃是唐人，便传到了李从善的耳朵里。李从善对樊若水笑道："你知道那个美人儿是谁吗？"说着拿起食指晃了晃，"你绝对猜不到，那是我们大唐的官妓，官妓……哈哈哈……"

樊若水在他一说美人儿的时候便已猜到了是谁。当初金陵休战时，就听闻赵光义从金陵接回一个官妓，想来一定是同一个人，他见过的，写一手和赵光义一模一样字的桃娘。樊若水问道："郑王可知是什么缘故关了起来？"

"我哪儿知道。"李从善摇了摇头，又笑道，"我知道这些就不错了。"

樊若水低头思索了一番，勾唇笑了，当初答应赵光义的第二份厚礼，看来该送了。

樊若水又和李从善边喝酒边闲聊了半晌，李从善问了问南唐的战况，知道金陵已经被围攻，也不免唏嘘。当得知润州还没被攻下时，不由含笑说道："润州是祁正修在守，"说着看向樊若水哈哈大笑，"你们想攻下他？做梦去吧，对祁正修来说，你们都不是对手……"李从善趁着酒劲儿笑得肆无忌惮，他也不知道自己是个什么心思，想在大宋谋份荣光，却又总隐隐对大唐有一丝不忍，终究他姓李。

樊若水漫不经心地暗暗冷笑一声，他才不信南唐有什么攻不下的城，打不败的人。祁正修又是个什么？！应付着李从善喝得酣畅，头晕眼花被下人扶进了卧房。樊若水撩了撩袍子下摆，出了李从善的府邸。风一吹，喝了些酒的樊若水脑子有些晕，随便找了间客栈住下，闭上眼缓缓琢磨着。赵光义想救桃娘，他倒是有个办法。但是赵光义在这个时候还要曹彬的部队去打润州——樊若水的脑子一个激灵，赵光义该不会是有了反心？曹彬的兵力要是到了润州和祁正修纠缠起来，祁正修又擅长作战，那就必然不是一天两天甚至一月两月能攻下的，曹彬和祁正修长期拉锯战，对赵光义有什么好处？必然是一旦赵光义在京城有了异动，曹彬的兵力也无暇从南唐返回京城援助。而且润州攻不下，即便曹彬想撤退从皖口一带返回开封，皖口距离润州比皖口距离金陵远多了，军队行军时间又拖长了许久。赵光义这步棋布得巧妙啊，而且还不动声色，表面上看让曹彬去润州是再合理正常不过了。

想到这里樊若水心里开始焦躁，他弃南唐投奔大宋就是为了有个好前程，要是大宋内部出了乱子，他该投奔谁？站在谁的一边？樊若水一夜辗转反侧，到了凌晨，猛地坐了起来，他得先去探探赵光义的口风，如果真的要谋反，他就要立即投奔赵匡胤，毕竟那位才是正主儿，又是刚打下的江山，胜算大多了。否则将来再以谋反之罪定了，那还图个什么荣华富贵？

赵光义又在书房待了一夜未眠，同孙大人密谈着京师禁军该如何布置才能不动声色，却扼住咽喉。直到凌晨，才商量出初步方案。没有歇两个时辰，赵光义已经醒来，正准备出去，下人禀告樊若水求见。赵光义蹙起了眉头，虽然樊若水在攻打南唐中功不可没，但他对卖国求荣的人并无什么好感。不过还是吩咐下人道："让他进来。"

赵光义到了府邸的客堂，在那里接见了樊若水。命下人奉上了茶，看着樊若水淡淡道："你怎么回来了？南唐战事可好？"

樊若水恭敬道："战事平顺，想必晋王也知道，袁州、白鹭洲都拿下。晋王的手书曹大人也收到了，正在率军赶赴润州。"

赵光义点点头，看着樊若水问道："那你此番回来是为何，曹彬让你回来的？"

樊若水答着："正是，在下奉了曹大人的命令回京。因曹大人许久没有看到晋王，担心晋王的身体，特意命在下回来探望。"

赵光义冷哼了一声，道："我很好。你若是探望完了，可以回去复命了。告诉曹彬，把心思用在打仗上，别整天惦记些有的没的。"

樊若水看赵光义不耐，又并没有探出个一二，只好讪讪道："军中将士军心纷杂，都在惦记晋王何时返回南唐监军。"

赵光义扫了一眼樊若水，冷冷笑了："很快。"说罢问道，"还有什么事吗？如果就是这个问题，让曹彬好好打仗，我过几日就回去了。"

樊若水想了想，笑道："好，那在下就放心了。"说罢起身揖手退了出去。赵光义想了想，命人跟着樊若水，这家伙莫名其妙，不知道安得什么心。

出了晋王府，樊若水微微抹了抹额上的薄汗，他面对赵光义强大的气场每次都是强作镇定。这番探访，樊若水暗中观察，并没有察觉出赵光义的异常。难道是自己多心了？

樊若水走到一处茶楼，进去要了盏茶和几盘茶点，边缓缓吃着，边琢磨着。门外就在一盏茶的工夫已经过了两拨士兵，樊若水不由问着店小二："这里每天士兵换岗都这么频繁吗？"

小二挠了挠头，仔细想了想道："好像这两天比以前频繁些，不知道。我们普通百姓哪管他换岗勤不勤。"

樊若水心里咯噔了一下，赵光义任开封府尹，开封的守值调动这么勤，只怕自己的猜测是真的，真的要有异动。樊若水的手心又潮潮的了。如果就以赵光义调曹彬的军队去润州和京城军队调动频繁去向赵匡胤告状，没有真凭实据，这种调动表面看起来又是正常，怎么能让赵匡胤相信？而且关键的是，他怎么能见到赵匡胤？

樊若水缓缓地喝完了一盏茶，下定了决心。本来准备送给赵光义的厚礼，看来要改送赵匡胤才有前途。赵光义不是想让曹彬的军队和祁正修在润州蘑菇而不能分身回开封吗？那他就让宋军攻下润州的速度再快些。到时看赵光义怎么谋反？！樊若水想明白了，在桌上留了一粒碎银子，急匆匆回到了李从善的府邸。

下午，赵匡胤在花园中散着步，连日来和赵光义的较劲扰得他脑仁疼。派出去的禁军回来禀告赵光义没有什么异动，他悬着的心也踏实了些。这个光义，提出用金匮之盟换那女人的是他，临到头反悔的还是他。不过这回他可不能再心慈手软，一定要把那纸盟约拿回来。正琢磨着下一步如何较劲，宦官进来禀告道："泰宁军节度使李从善大人求见。说有要事禀告。"

他能有什么事？赵匡胤蹙了蹙眉，道："宣。"

宫里一重重旨意传下去，又搜了身确定没有带兵器，等李从善带着樊若水走进来时，赵匡胤已经从御花园回去坐在承明殿喝着茶了。李从善和樊若水对着赵匡胤行了五体投地的跪拜大礼。赵匡胤抬手："好了。"说完扫了眼樊若水，"这位是？"

樊若水揖手道："草民樊若水。"之前赵匡胤给他的手书中只是允诺赐封他六品官位，但还没有正式加封。所以樊若水只能算"草民"。

"哦！"赵匡胤恍然，不由细细从头到脚打量着樊若水。这名字他自然是熟悉得很，却从没见过本人，原来是个这么不露声色的书生。赵匡胤点头笑道："有智有谋，不可多得的人才。"

"陛下谬赞，草民惶恐。"樊若水赶忙低下了头。

赵匡胤看向李从善，不明白他带樊若水来是什么目的。李从善慌忙禀告着："陛下，若水虽是一介草民，但对大宋忠心义胆。在采石矶一战中尽心竭力，也是有目共睹的。他此次前来进京，对臣说有重要的机密要向陛下当面呈上。故而臣不敢怠慢，忙带他进宫面圣。"

"机密？"赵匡胤来了兴趣，"你倒说说，是什么机密？"

樊若水恭敬答道："大宋攻打南唐，分三路进攻。吴越攻打常州润州，我跟随曹大人从采石矶皖口一带攻到金陵，王大人从西路辅助。如今曹大人已攻打到金陵外城，且把附近的袁州、白鹭洲也全部攻下。但吴越却以十万的兵力，攻打常州一个弹丸之地久攻不下。曹大人已率兵去协助吴越，但常州润州水军防守之严密，想必陛下也有所耳闻。”

赵匡胤点点头，祁正修的本事他自然知道。吴越和祁正修耗持了那么久一点便宜也没占到，虽然其中有吴越光打雷不下雨的原因，但更重要的是祁正修难打。赵匡义笑道：“难不成你又有什么妙计？”

樊若水沉声说道：“妙计不敢。常州润州有南唐干将祁正修守着，就一夫当关万夫莫开，祁正修善于谋略，排兵布阵疑阵重重，寻常人不是他的对手。而且长江天险，南唐又在润州一带布了许多水军工事，这就更加难打了。”顿了顿樊若水道，“草民此次冒着大不韪前来，是想告诉陛下，有一个人手里，便有南唐在润州的水军布防图，若是她能把水军布防交出来，那打南唐还不是无往不胜？”

赵匡胤来了劲儿，急忙问道：“谁？你快奏来。”

樊若水看了看李从善，李从善识趣地退到了承明殿外，殿里只有赵匡胤和樊若水。樊若水压低了声音道：“这人陛下想来也认识。原是南唐的官妓，桃娘。”之前他不肯告诉赵光义，非要等他的第一份厚礼说出才肯交上第二份厚礼，是因为他知道小桃会画南唐的水军布防图，万一她把采石矶一带也画出来，那不就没他樊若水什么事了吗？所以樊若水必须等着他已经把第一道功建了，才敢说小桃。可世事生变，他本想告诉赵光义，现在却成了禀告赵匡胤。

“她？”赵匡胤眸子一转，意味深长看着樊若水，“你怎么知道？南唐水军布防是绝密，怎么会到了一个官妓的手上？”赵匡胤不相信，这不是荒唐吗？李煜再糊涂也不会把布防图都交给一个官妓吧。

樊若水看赵匡胤不肯信他，忙说道：“草民一直由节度使李大人引荐，之前不便直接找陛下，故而先找了晋王。可如今大宋攻打南唐正是关键时刻，草民也盼望能以最快的速度拿下润州，可由于桃娘和晋王的关系，草民不敢去支会晋王。故而迫不及待前来禀告陛下。”看赵匡胤依旧神色无动于衷，樊若水又道，“当初在金陵的时候，草民看到过桃娘画水军布防图。起初她还不肯承认，但看她那笔法的走向，以及图上的标识，分明就是常州一带的水军布防。上面明显地画了一道堤坝，只有常州一带，当年在先帝李璟的时候，就修了一道堤坝防止水流过快冲击了那里的水栅。其他地方都没有这个特征。”

赵匡胤眉头蹙了起来，这樊若水说得有板有眼，不禁问道：“你确定？”

樊若水点头：“我确定。当年虽然我绘出了采石矶的布防图，但是对其他地方的布防，也略知一二，只是并不详尽，无法为陛下效力。但是甄别的能力还是有的。至于陛下猜测到底为何桃娘会知道布防图，草民也不知。但是桃娘在南唐的地位并不是一个普通的官妓，官至正三品，百姓尊崇，和国主李煜以及祁正修的关系都是说不清道不明的密切。这其中的缘由，草民就不知道了。”

“倒是可以试试。”赵匡胤被樊若水说得动了心，试试也没坏处。万一还真的能拿到润州的布防图呢？祁正修那块难啃的硬骨头就有了办法。否则光是在润州消耗的兵力，就让大宋元气大伤。

樊若水揖手道：“还请陛下早做决断。早一日攻下润州，就早一日打下南唐。曹大人也可早日班师回朝，护卫陛下京师的安全。”樊若水暗示了京城的异动，但赵匡胤却并没有想那么深，只听明白了早做决断。

赵匡胤一抬手：“那是自然。”说罢看着樊若水笑道，“你为大宋立了不少汗马功劳，待过些日子朕手边的事情忙完了，必然要给你个封赐。”

樊若水喜不自胜，急忙给赵匡胤跪倒道：“草民先谢过陛下。”

赵匡胤笑得得意：“不必客气。你需知道，凡是为大宋，为朕效力的人，必定会得到该有的荣华富贵，朕能给你打这个包票。”

樊若水又是千恩万谢，心里才踏实，暗暗庆幸自己幸好是选择了赵匡胤。否则和那个阴晴不定的赵光义还指不定是个什么结果。

李从善和樊若水走后，赵匡胤想了想吩咐着侍从：“来人，把桃娘从大理寺带到宫里。”想了想不对，大理寺卿陈元和赵光义关系密切，一定会及早告诉赵光义，打草惊蛇。还是自己亲自去大理寺为好，去探探那个桃娘到底知不知道。

想到要去见桃娘，赵匡胤也是一个头两个大。这个女人又贱又狡猾，不动点脑子还真不好收拾她。而且她为了给李煜通风报信还利用光义，自己就这么直刺刺地去问她，她绝对不会说实话。赵匡胤抚了抚额头，怎么才能撬开那女人的嘴？赵匡胤把茶盏的盖子在桌上敲着，一下，两下……威逼？利诱？忽然，赵匡胤想起了地牢里那个孩子。哈哈，赵匡胤不禁用力一拍大腿。赵普果然是眼光长远，未雨绸缪。留着那个野种，还真有用得上的一天。虽然不知道那个野种的爹是谁，但娘一定是那女人，虎毒不食子，就不信她能不管孩子的死活。这就是贮备的妙处啊。

赵匡胤换了身常服，只带了一个心腹侍从，没有带宫女和宦官，去了地牢。看赵匡胤亲自来了，守卫的士兵忙打开了地牢带着赵匡胤进去。地牢又潮又黑，只点着几盏昏黄的油灯。两侧的石头墙壁上都是长出来的青苔和到处爬着的虫蚁。不时有几声呻吟和哀号声，听得骨头都瘆得慌。赵匡胤走到最后一间，看到那偌大的牢房里，缩着一个小小的身影。

赵匡胤命令士兵把油灯提得近一些，他好看清楚。却还是怔了一下，那孩子瘦得像一根柴火，身上的衣服破破烂烂，一缕一缕，腿以下的都露着肉，不知道哪个守值的好心给了他一床厚被子，那孩子就缩在被子里取暖。头发也蓬乱肮脏，脸黑乎乎的，只露着两个乌溜乌溜转动的眼睛，手里不知道攥着一个什么在扒拉着。

赵匡胤嫌恶地皱了皱眉，忍着往前走了两步，孩子把手里的东西攥得更紧了些。赵匡义忍不住问道：“那是什么？”

士兵走过去用力攥起孩子的手，一把把那东西扯了过来递给赵匡胤，是个小小的木头雕的马，已经被他玩得黑光油亮了。孩子看木马被人抢走了，站了起来扑上去抢，被士兵一把推着跌在了地上。可他也不哭，只是恨恨地瞪着赵匡胤。

赵匡胤没有接那个木马，士兵看赵匡胤脸色不好，忙解释道："这个是他自己带来的，当初关在这里的时候，他腰里就揣着这个。"

赵匡胤眉梢一挑，俯身看着孩子问道："这是谁给你的？"

孩子看了看他，太久没和人怎么说话，口舌都有些不利索，吭哧了半晌才回答道："我爹。"

赵匡胤又问道："你爹叫什么？"

孩子警觉地看了看赵匡胤，没有回答，把头撇过了一边。赵匡胤冷冷笑了，命令一旁的侍从，指着那个木马道："把这个带上。"他现在还不想把孩子带出地牢，以免动静太大惊动了赵光义，他要先去探探那个官妓的口风。说罢走了出去。

小桃一早起来，右眼皮就开始突突地跳，做针线也有些心不在焉，扎了好几次手。是赵光义有什么事吗？想想自己在这里也待了十来天了，赵光义一次也没有来看过她，也许，他真的再也不想看见她了。

正出着神，忽然有人把门打开，屋外的阳光刺得小桃就是一晃眼，下意识抬手挡在了额上，待看清楚来人，心怦怦地又是狂跳。冲着来人跪了下去："拜见陛下。"

赵匡胤一抬手，带来的侍从退了出去，把门带上了。屋里只剩下赵匡胤和小桃。赵匡胤唇角扬了上去："看来你在这大理寺住得不错啊。"

小桃低头没有应声。看着小桃沉吟不语的样子，赵匡胤心里就是一阵反感。他也不想和她绕圈子，直截了当开了口："听说你会画南唐的水军布防图？"

小桃的心几乎要跳了出来，看着赵匡胤阴森森的脸，小桃飞快地揣测着他到底知道几分？面上却立即现出一副愕然的神色：“布防……图？是什么？是张画还是块布？”

装傻充愣？还是真不知道？赵匡胤绕着小桃踱步走了半圈，一把掐上了小桃的脖子，咬牙道：“别跟朕耍花样，别以为光义被你迷得五迷三道我就奈何不了你，我要弄死你和碾死只蚂蚁没什么区别。”

小桃脸憋得青紫，恨意从脚底蔓延到头顶，这个刽子手又来作恶，却不得不依旧是一副漠然的表情：“小桃……真的……不知道，陛下在说什么？”小桃被赵匡胤捏得气都喘息不上。

赵匡胤看小桃的眼睛都开始向上翻着，却还是不肯吐口，贱人！赵匡胤愤愤把手松开，小桃捂着脖子跌坐在地上大口大口喘着气，赵匡胤这一把险些要了她的命，头都麻嗖嗖的。

赵匡胤冷冷哼道：“看来你是不见棺材不掉泪。”说完从袖子里拿出木马，扔到小桃面前，“你还认识这个吗？”

只扫了那木马一眼，小桃像被定住了似的，过了半晌，小桃才确定自己不是在做梦，颤抖着手拿起木马细细抚摸着，反复看着，忽然猛地把木马扔了，扑到了赵匡胤的脚下，像疯了一样扯着赵匡胤的袍子，大声喊着：“陛下，我的寅儿在哪儿？求求你，告诉我寅儿在哪儿？”

赵匡胤挑起唇际，俯身看着小桃：“你原来也有怕的？朕还当你什么都不怕呢。”

小桃的眼睛发红，扯着赵匡胤死死盯着他：“你怎么会有这个，寅儿在哪儿，快告诉我，告诉我啊！”

赵匡胤淡淡一笑：“我只能告诉你，他还没死。但是，”赵匡胤的声音幽幽的，“活得也不好。你要是还想知道别的，你就老老实实告诉我，水军布防图，你会画还是不会？！”

小桃的唇哆嗦起来，全身都在抖着，红着眼死死盯着赵匡胤一个字都说不出。她的脑子在疯跑，寅儿，她的寅儿。小桃听到赵匡胤那句“活得也不好”已经肝胆俱碎，心都在一滴一滴地滴血。小桃抱着赵匡胤的腿，声音也几乎要滴出血：“陛下，求求你，让我见见寅儿。让我见见他。”

赵匡胤俯身抬起了小桃的下巴，阴阴逼问着她：“会，还是不会？”

小桃的唇抖着，她几乎要被逼得疯癫，会还是不会啊。寅儿是她的命，可是那布防图是大唐所有人的命啊。小桃的唇被自己咬出血来，绝望地看着赵匡胤：“陛下，我真的不会。我不知道那是什么。”

赵匡胤缓缓直起身子，一脚把小桃踹到了墙角。小桃肋下一疼，一口血咳了出来。小桃顾不上疼痛，又爬到赵匡胤脚边：“陛下，那是廷宜的孩子，求求你，让我看一眼，那是赵家的骨肉，你怎么忍心看着他受苦？！”什么自尊，什么尊严，小桃什么都顾不得，只是又扑过去求着赵匡胤。

“哼！”赵匡胤阴森着冷笑一声，“你还懂羞耻二字怎么写吗？你是个千人骑万人睡的妓女，孩子是光义的？你当谁是傻子？还是认准光义就是个好蒙的王八？孩子几岁？光义这些年何曾去过南唐？你要再敢说这种话，我让你这辈子都见不到那个孽种！”

小桃的心疼痛不已，噤了声。她不敢再说，可她的心已经被赵匡胤撕扯成了一缕一缕。小桃脑子一片空白，只好低低反复说着：“陛下，我真的不知道什么图，真的，求你让我见寅儿，求求你。”小桃的样子近乎癫狂，让人看得凄厉又害怕。

难道她真的不知道？赵匡胤晃了晃头，让自己清醒一些。这个贱婢素来会装模作样，否则光义也不会被她迷成那样。赵匡胤一摆手，冷冷道：“好了，不要在朕面前演戏。想见那孽种你就老老实实和我说实话，把南唐的水军布防图给我，我就让你母子团圆。否则你要是再这么拧巴，你那孽种的日子可就更不好过了。”

赵匡胤的话让小桃几乎疼得透不过气，半晌才缓和了一些道：“陛下这又是何苦步步紧逼，别说我真的不知道那是什么图。陛下只拿着这木马过来，我又怎么能确定陛下是不是真的知道寅儿在哪里？我已经苦苦找了寅儿近三年，却常常是有了消息又空欢喜一场。早也不抱希望了。”小桃情急下激了赵匡胤一句。

好一副尖牙利嘴。赵匡胤冲她阴阴笑道，“看来给你几分颜色看看才行。”顿了顿道，“你想见那个孽种是吧？那就随我来。”

赵匡胤起身大步向外走去，吩咐着侍从：“把她带到宫里。”说罢上了轿辇，沉着脸不再说话。侍从押着小桃，塞到了后面的轿子里抬着进宫。大理寺卿得知消息急忙抹了额上的冷汗，命人赶快给赵光义通风报信。这也不知道是凶是吉搞哪样。

从大理寺到皇宫的这一路，小桃身上的痛和心中的痛一起撕扯着她，全身由于紧张一层一层出着冷汗，赵匡胤要带她去见寅儿吗？太好了，寅儿还活着，不知道他长高了没有，长胖了没，会是什么样子。胡思乱想着，小桃的眼泪早已忍不住潸然而下。不到一个时辰，到了皇宫。赵匡胤命人把轿子停在承明殿，只带了一个贴身侍从和小桃一起到了地牢。

小桃从没在大宋的皇宫里转悠过，只跟着赵匡胤走了许久，从亭台楼阁花草树木遍布的地方越走越荒凉，绕过一片荒弃的宅院，又绕过一片很小的峡谷，小桃只觉得走了很远，从富丽堂皇的宫殿好像走到了郊外般，才终于在一片戒备森严的院墙前停住了脚。进了院子里，小桃又跟着走到了后院，顺着台阶下去，两侧都是石头墙壁，越来越暗，小桃的心也越揪越紧。寅儿在这里吗？这里……怎么能住人？

那长长的台阶好像没有尽头般，向下走了很久，终于到了最下面。小桃明白过来这里是一座守备森严的宫内地牢。走到一排牢房的最后，赵匡胤停住了步子，看着小桃阴笑：“好好看看。”

小桃只觉得脑子轰的一声，心里像有十只猫一起抓上了她的心，挠得鲜血淋漓。那是她的寅儿吗？小小的身子，缩在一片破被窝里。几乎没长个，身子瘦成了一条，兴许是长期吃得不好，脑袋显得很大，摇摇欲坠。头发蓬乱肮脏，脸也黑乎乎的，只一双闪亮的眸子目不转睛地盯着她，好像在辨认着什么。

“寅儿……”小桃的声音哽咽着，几乎不敢相信。

话音刚落，那个孩子已经像只脱了缰的小野马一样扑了上来，一头扎进了小桃的怀里，大声嘶吼着嚎哭着：“娘！娘……你怎么才来！娘！”

小桃把寅儿瘦小的身子紧紧搂在了怀里，眼泪像决了堤的河水，小桃全身都像被针扎了似的疼痛，喃喃道：“寅儿，我的寅儿，娘来迟了。佛祖保佑，娘还能见到你。”

过了半晌，小桃和寅儿才都好些，小桃蹲了下来，细细从头到脚打量着寅儿，双手不停在寅儿的小身子上抚摸着，看看又没有伤痕。万幸，身上没什么伤，只是好脏，又瘦得全是骨头。小桃心疼不已，眼泪落着：“寅儿，你一直在这儿吗？”

寅儿紧紧勾着小桃的脖子，再不肯松手，一边抽泣一边点着头，像把这几年憋着的呼唤一起释放了似的不停地喊着娘。听得小桃心撕裂了般的疼。

赵匡胤等得几分不耐，看双方情绪都好些，命侍卫过去一把把寅儿扯了过去。寅儿手脚乱蹬地扑腾着要找小桃。赵匡胤皱眉道：“把他给我捆上。”

两个士兵过去手脚麻利地三两下把寅儿用绳子捆了起来。小桃心疼地朝向赵匡胤：“陛下，有什么事冲着我来，不要为难个孩子。”

赵匡胤冷笑着向小桃走了过来：“这下，你信了吧？孩子就在这儿，是死是活，都在你这个当娘的手里了。”

小桃的声音抖着，扑通跪倒在赵匡胤脚下：“陛下，我真的不知道布防图是什么。陛下想想，我只是个官妓，怎么会知道那么多？”

话没说完，赵匡胤已经转身向外走去，小桃这才注意到，就在刚才她和寅儿抱头痛哭的时候，外面的空地上已经点起了一盆炭火，小桃不寒而栗。这里是刑讯逼供的地方吧 两侧板子、棍子、铁钩应有尽有。还有许多小桃都不知道是做什么用的。小桃紧紧盯着赵匡胤，全身汗毛都竖了起来。

赵匡胤走到那盆炭火前，把里面插着一根铁条拔了出来，小桃这才看清楚，那铁条前面还有一个铁块。赵匡胤命人把寅儿拖到身子跟前，看着小桃笑得阴森：“朕没有时间和你较劲。你要是不老实，朕只能想办法让你老实了。”说罢勾了勾唇，“你不知道南唐的布防图是吧？”手里的铁块冲着寅儿挥了过去。

“不要！”小桃凄厉的声音几乎要穿破整座地牢，冲着赵匡胤扑了上去，侍卫眼疾手快，没等她扑上去已经把她死死拽住。眼看着赵匡胤火红的铁块要贴上寅儿，小桃绝望地嘶吼着，“我知道，我知道，你放开他啊！”

赵匡胤的手顿住了，扭头看着小桃笑得大声：“哈哈哈，早这么不就省事了？贱妓就是贱妓，和你们南唐人一个德行，总是要耍花样。”说完把手里的铁块扔回了炭火盆里，吩咐着押着寅儿的侍从：“把他再关进去。”

侍从毫不费力地像拎小鸡一样拎着寅儿丢到了牢房里，寅儿稚嫩的声音嘶号着，用力扒在牢房的窗口冲着小桃哭叫：“娘，娘，不要丢下我。我要和娘回去！”

小桃的心都要被寅儿哭碎了，挣扎着想去寅儿身边，却被士兵押着动弹不得。赵匡胤使了个眼色，在前面先行走出去，士兵押着小桃紧随其后。寅儿的哭叫被渐渐甩在了小桃身后。小桃不停地回着头，来时那条长长的台阶却很快被走完，不一会儿小桃便被扔到了地牢外的空地上。

赵匡胤看着小桃说道："人你也见了，布防图你也承认会画了。现在你就和朕回去，把图画出来。朕不会亏待你。待到我大宋军队成功拿下润州之时，朕便会放孩子和你团聚。"说罢俯身看着小桃阴阴道，"你要是耍花样，敢画假的给朕，发现一处，朕会都抵在那个孩子身上，剜一块肉或是直接卸了胳膊腿，你自己掂量。"

赵匡胤的话让小桃全身汗毛都竖了起来，不停摇着头，低低哭道："不要，不要。"

忽然一个侍从跑了过来，在赵匡胤耳边说道："晋王进宫了。侍卫拦不住，等着陛下的旨意。"

赵匡胤心里一凛，赵光义这么快就来了。大理寺卿陈元和赵光义的关系还真是不错。赵匡胤眉头紧皱着，转而看向小桃厉声道："你要是不想让那个孽种有任何差池，就别和光义提一个字！听到没有！否则你就看看是光义的动作快还是朕的刀快！"

赵匡胤神色凌厉，小桃心中揪成了一团，但她又怎么能让寅儿陷入危机之中。小桃咬着唇点了点头。赵匡胤看着小桃那副楚楚可怜的样子就心烦，低声喝道："那还不赶紧收起你那副哭丧脸！"说罢大步向前走去。小桃忙抹了抹眼泪跟在赵匡胤身后，一步三回头地看着地牢。

赵匡胤走了半晌，出了地牢的院子，到了宫殿区，想了想转身向御花园东侧的茶室走了过去，对侍卫说道："让晋王来这里吧。"顿了顿又道，"让费夫人也过来。"

第三十六章

挟子威逼低折腰
求助花蕊遭离叛

赵光义一早便得到陈元的消息，赵匡胤把小桃带到了宫里。虽然不知道是为了什么，但只怕凶多吉少。赵光义急忙命人通知了禁军的孙大人迅速集结一千死忠之士在晋王府等候他的指示，自己则带了两名功夫高强的侍从急匆匆地进了宫。赵光义心下焦灼，自己还没有准备好，赵匡胤难道提前动手了？

到了赵匡胤常在的承明殿，却没有踪迹。即便是在赵匡胤身边服侍的宦官王继恩也并不知道赵匡胤去了哪里。赵光义一横心决定闯到后殿，被王继恩死死拦住了："晋王殿下，老奴这就派人去找陛下，但晋王万万不能私闯后殿，那是大罪啊！"

私闯后殿，罪同谋反，是砍头的大罪。赵光义被王继恩拦着却又心神不宁，几回都险些不管不顾地冲出去。好容易等到有宦官跑回来禀告着，陛下在茶室，请晋王过去。赵光义顾不得思索，直接带着侍从冲到了御花园的东侧，看到小桃安然无恙地立在茶室，这才把刚才一直悬着的心放了下来。对赵匡胤揖手一礼，声音略有不满："皇兄，之前不是以一月为期，臣弟去找盟约吗？为何皇兄又私毁约定？"

赵匡胤站了起来，走到赵光义身边拍了拍他的肩："瞧把你急的。朕只是有些不明白的事，特请桃娘过来问问，并没有毁约啊。"

"皇兄有何事还需问一个弱女子？"赵光义挑起眉梢。

赵匡胤眸子一转，笑道：“桃娘的舞技天下闻名，这宫里自然也有不少女子倾慕，想要学习一二。也不知怎么的，宫里传开了桃娘就在大宋，后宫好几个嫔妃都缠磨着要见桃娘学习跳舞，朕没法，也没法告诉她们桃娘被关在大理寺，万一她们问起缘由，朕也不知道该怎么回答，只得把桃娘传进了宫。是吧？”说着看向小桃。

小桃咬唇点点头：“是这样。”

赵匡胤这个借口可真够烂的。赵光义冷笑了一声：“那嫔妃呢？难道是皇兄在和桃宜探讨舞技？”

赵匡胤一挥手：“还没来得及告诉她们。”说着顿了一下，赶忙吩咐道，“快去催催费夫人，怎么还没到。”

赵光义侧头看向了小桃，小桃勉强挤出个笑，对赵光义轻轻摇了摇头，低低说道：“我没事。”赵光义的表情有些复杂，眼眸深处是止不住的关切和担忧，却又要覆上一层寒冰不知要遮掩什么。

不到一炷香的工夫，在宫女的簇拥下，走进来一个身穿缃色长裙的女子，头发高高挽就，金步摇摇曳晃动着分外明艳，仿若神仙妃子一般。小桃看得一怔，费夫人的大名她也曾耳闻，听说是已故后蜀皇帝孟昶的妃子。因为长得美，被人称为花蕊夫人。后蜀被大宋灭了后，孟昶和花蕊夫人都被掳进了宫里。孟昶不久就死了，花蕊夫人便顺理成章地成了赵匡胤的妃子。听说美得不可方物，而且极有才华，吟诗唱曲都是一流。小桃不由多看了几眼。

赵匡胤眼里难得地浮现出一丝柔色，看着进来的女子温声道：“初蕊，你来了。”初蕊应该是花蕊夫人的闺名吧。小桃又看了眼赵光义，赵光义似乎对这进来的花蕊夫人无动于衷，还在看着赵匡胤揣摩着他的神色。

花蕊夫人给赵匡胤和赵光义屈膝行了礼，站起身后看着小桃微微一笑：“这位应当就是天下闻名的桃娘吧。”说着缓缓牵上了小桃的手，声音柔得像早晨的云雾，“果真是袅娜兼娇俏，绝代有佳人。”

小桃回了个礼：“夫人过奖了。”

花蕊夫人是个冰雪聪明的，宦官把赵匡胤的旨意一宣，她已经猜到该扮演什么角色。自己并没有要去学舞，但既然赵匡胤说自己想向那位桃娘学舞，那就去把这个角色演好。而且桃娘的盛名，她也听说过。如今亲眼见了，才明白传言不虚，虽不明艳，却是个婉约耐人寻味的女子。不由一笑：“一直想向桃娘讨教舞技，只可惜没有机会。如今好容易见到，不妨请桃娘在宫里住些日子，我也好细细讨教。陛下说可好？”说着看向赵匡胤。

赵匡胤简直要暗暗给花蕊夫人叫个好，好个聪明的女人！说着看向赵光义：“朕自然愿意。但是要看晋王的意思。”

赵光义眉头皱得紧紧，别说是花蕊夫人，就是说出花来他也不能把小桃放在宫里，那和把鱼肉放在砧板上有什么区别？赵光义冷冷道：“皇兄，还是按照我们原先约定好的行事吧。如果费夫人想学，可以去大理寺学。”

花蕊夫人看了看赵匡胤，赵匡胤清了清嗓子道：“既然初蕊是真心想学，不如这样，今晚就让桃娘在宫里住一晚，难得有机缘逢在一处。以后就让初蕊去大理寺找桃娘学可好？光义要是不放心，也可以住在宫里。桃娘，你说呢？”说完眯着眼看着小桃，唇角挑了上去。

小桃被赵匡胤阴沉的眼色瞪得心中就是一寒，全身一个激灵，寅儿在他的手里，小桃哪有置喙的余地，只好低头道：“好。”说着转而看向赵光义，眉眼里都是哀求的痛苦。

赵光义只好点头同意。花蕊夫人笑道：“如此最好了。”说着牵着小桃向外走去，“既如此，我便迫不及待要向桃娘去讨教了。”小桃只好跟着花蕊夫人亦步亦趋走了出去。

刚出茶室，便有宦官带着花蕊夫人和小桃走到了皇宫东侧习雅轩，恭敬道：“陛下有旨，让夫人和桃娘今天就在这里歇着。”

花蕊夫人挥挥手让宦官下去，牵着小桃走进了习雅轩，屋里只有她们两人，花蕊夫人卸下了刚才明艳的笑，显得有些落寞，缓缓开了口：“恕我多言。我虽然不知道陛下把你留在宫里是为了什么。不过，我还是想劝你一句，最好还是依着陛下的旨意去做。挣扎无益，整个大宋都是陛下的，怎么能逃出陛下的手心呢？”说完幽幽叹了口气。

小桃知道花蕊夫人为什么叹气，南唐的坊间都传言，孟昶的死就是赵匡胤下的毒手，只为占有花蕊夫人。小桃看着花蕊夫人试探着问道：“陛下对夫人恩宠有加，想来你已经完全释怀了。”

花蕊夫人的全身颤了一下，看着窗外神情疏离：“释怀？你觉得我现在过得不错，是吗？”

小桃说道：“看起来，陛下和夫人，鹣鲽情深得很。”

花蕊夫人面上一丝嘲讽之色：“鹣鲽情深……”不由叹了口气，“宋宫再好，但和蜀宫比起来，不及一分。”当年她和孟昶是何等恩爱，孟昶温润如玉，眼底没有一丝纤尘，看着她的目光永远都是柔情似水。赵匡胤对她，不过是像狼捕获到猎物一样的攫取。可孟昶死在赵匡胤的手下，说不恨，是不可能的。但她还得活下去，要想活下去，就得把仇恨咽在肚子里，再含笑去讨好仇人。

花蕊夫人竟然敢和自己说宋宫不及蜀宫，小桃有些讶异。想来即便赵匡胤宠爱，到底心里意难平。小桃方才对花蕊夫人的戒备消了下去，心中焦灼和痛苦一起袭了上来，想到寅儿，小桃的心一横，豁出去也要试试。

小桃抱着花蕊夫人的手跪了下去：“夫人仁厚，夫人的无奈，和小桃的无奈一模一样。还求夫人能体会小桃的心情，给晋王传个信，告诉他我在这里，求他偷偷来和我见一面可好？求求夫人……”

小桃的眼睛上一层雾气，花蕊夫人看着小桃心中凄楚，但让她去给赵光义通风报信，打死她也没那个胆子。看花蕊夫人犹豫，小桃继续哀求着：“小桃的性命都系在夫人身上了，求夫人赏小桃一条活路……”

花蕊夫人被小桃恳求得心酸，可她又怎么能违拗赵匡胤的意思。花蕊夫人面色苍白地直往后退：“你别为难我，如果陛下知道怪罪下来谁也担当不起。”

小桃跪着给花蕊夫人连磕了三个响头：“求求夫人，如果不是事情紧急，我也不会为难夫人。夫人如果不肯帮忙，我真的只有死路一条。深宫大院，我谁也不认识。只有夫人能帮我这个忙。只要帮我偷偷告诉晋王就好，陛下又怎么会发现呢？”

花蕊夫人赶忙去扶小桃，为难道：“你这不是折煞我吗？”又转眸看向小桃泪眼涟涟跪地不起，只好答道：“好，我答应你，今晚找到机会一定向晋王转达。”

小桃这才舒了一口气，对花蕊夫人再三感谢。花蕊夫人又和小桃闲聊了几句家常，已经有宫女过来，传赵匡胤的旨意让花蕊夫人先行离去，只留小桃在这里。花蕊夫人只得先走。临别小桃握着花蕊夫人的手恳切地哀求着：“小桃的性命全系在夫人的身上了，夫人一定要帮我。”

“好。”花蕊夫人定定看了小桃一眼，转身离去。

小桃看着花蕊夫人离去的背影，心中稍微舒缓了些。小桃把一颗心都寄托在了花蕊夫人身上，直盼望着她能把消息带到。

赵匡胤把赵光义留在宫中，吩咐御膳房备了酒席，和赵光义在窗下边喝酒边聊着。赵匡胤没有叫宫里的歌姬舞姬过来奏乐歌舞，只是他们兄弟二人，对着月色静静地坐着。

赵匡胤旁敲侧击地问道：“贤弟想必已经知道盟约在何处了吧？”

赵光义勾唇一笑：“皇兄切莫着急。臣弟只能问问当年服侍母后身边的旧宫人，慢慢找找线索。现在已有些眉目，约莫到了一月之期的时候，也差不多了。”

两人又随口聊了几句，赵光义的手在酒杯上旋着：“二哥，记得从前，你我都没有成家的时候，也常常两个人相对坐着喝酒，那时你便豪气干云，一心想做番宏图伟业出来，如今，你也算如愿了。”赵光义的语气有些柔软，他很少用这种语气说话。

赵匡胤听得也有些动容。他和赵光义的感情本来是极深厚的，从小一起玩闹，长大又先后从军，是在战场上用命护着彼此的情分。他非常欣慰有这么一个英武能干、左膀右臂的亲兄弟，可也正是他的能干，反而让他们的感情一步步走到了今天的地步。赵匡胤把杯里的酒喝干，叹了口气：“光义，你要知道，我做的一切，都是为了你好。”

赵光义摇摇头：“二哥，你并不知道我想要什么。如今对我而言，权力、地位，并不是我最想要的。”说着恳切地看着赵匡胤，“我只想让小桃平平安安，我知道她做了错事，但只要她能安然无恙，我可以放弃一切。我和她的情分，已经十八年，把十八年所有的情感放在一个女人身上，二哥还有什么不信的？即便那盟约找不到，我已经处江湖之远，二哥又有什么不放心的？”

赵光义说得推心置腹，赵匡胤听得心里也是一动，但听到最后一句“即便盟约找不到”心中还是一紧，但无论如何，今晚必须要保证不出乱子。赵匡胤勉强挤出个笑，拿着酒杯和赵光义一干为尽，说道：“既如此，那为兄也不勉强你。盟约先找着，朕向你保证，会让桃娘安然无恙。可好？”

“谢皇兄成全。”赵光义把杯中的酒喝得干净，眸子一抹亮色。二人又喝了半晌，赵匡胤直说自己醉了，扶着额头回到了后宫去睡，给赵光义安排在了西侧的披芳殿。

花蕊夫人回到自己的寝殿，晚饭也没有胃口吃。一直斜靠在贵妃榻上，身子都是紧绷着。她在纠结，要不要帮桃娘？找个借口去找赵光义倒不是难事，她只是怕万一赵匡胤知道了，自己会是什么个下场？她忘不了孟昶喝了赵匡胤赐的一杯酒就身亡，她也忘不了自己被赵匡胤强压着身子占据，她可以一怒之下写下“十四万人齐解甲，更无一个是男儿”的诗句，也可以为了偷偷祭奠孟昶而指着孟昶的画像骗赵匡胤那是张仙送子……当年的她，也曾意气用事，也曾阳奉阴违。如果是当年的她，肯定会毫不犹豫地为小桃传这个信。

可时间真是个可怕的东西，一年一年岁月如梭，当年身上的傲气被消磨殆尽，她和这宫里所有的女人一样，不再计较赵匡胤粗糙黝黑的皮肤远不及孟昶的白皙细腻，也不再计较赵匡胤说话粗声粗气大嗓门远不及孟昶温和儒雅，也不再计较赵匡胤每天都在不同妃嫔的宫里就寝远不及孟昶只守着她一个人。

她开始描画着眉眼，粉饰着装扮，克制着谈吐，甚至学些媚术，用些蜀宫特有的香料，按着赵匡胤喜欢的路子，和这宫里的其他女人去抢一个从前她连正眼都不会打一眼的男人。没办法，既想活着，想活好，就不得不拼了力气去争。她用了多少辛苦才争来了赵匡胤对她的青眼，为了一面之交的桃娘就毁掉，值吗？虽说已经答应了桃娘，但诺言又怎么比得上后半辈子的荣光重要？花蕊夫人的心渐渐收了回去。还是收起同情，好好做赵匡胤的女人吧，自己还有那么漫长的人生路要走。

正在沉思，忽然门口响起了重重的拍门声，花蕊夫人抬头一看，赵光义不知何时潜到了这里，正立在敞开的殿门口，不知道他怎么躲过了重重的侍卫。屋里服侍的宫女惊慌失措要叫人，花蕊夫人忙抬手：“不必慌乱，晋王驾到，好生服侍便好。快去奉茶。”说着站起身来，脸上恢复了盈盈的笑意，往旁边的香炉里加了一把香片，走到了赵光义面前，微微屈膝行礼，柔声道："晋王殿下。"

赵光义大步走了进来，对花蕊夫人一抱拳，沉声道："夫人，光义不得已打扰夫人，只是想问问，是否知道桃娘在哪里？"

花蕊夫人心中一怔，没有回答。赵光义冒着闯进后宫的罪名寻找桃娘，看来桃娘的确不同寻常。顿了顿，花蕊夫人问道："陛下呢？陛下没有同晋王在一起吗？"

赵光义微微摇头："皇兄喝多便去歇息了。夫人不是要和桃娘讨教舞技吗？为何现在又独自一人？"赵光义本就不放心小桃在宫里，赵匡胤一走，他便赶忙来打探小桃的下落。

"哦，这个啊，"花蕊夫人眸子一转，心里有些抽紧，随口支应着，"讨教完了，我便回来了。至于桃娘，兴许是被别的妃嫔请去讨教了吧。"

"是吗？"赵光义的脸沉了下来，追问道，"被谁请了去？"

看着赵光义阴沉发寒的脸，花蕊夫人又是一身冷汗，竭力撑出个笑意："我也不清楚。"正好宫女端了茶进来，花蕊夫人赶忙接过茶来，递到赵光义面前，"晋王请用茶。"

赵光义猛地一抬手，花蕊夫人手里的茶摔到了地上，顷刻便碎了一地。赵光义面色阴狠："夫人，那你就慢慢讲讲你和桃娘是在哪里，怎么分别的吧。"

门口的宫女吓得愣在一旁，花蕊夫人忙暗暗给宫女递了个眼色，宫女正要跑出去，被赵光义挥手一甩，桌上的毛笔应声扎到了门板上，再偏一分就插到了宫女的身上。宫女吓得立在原地，一动不敢动。

赵光义的力道吓得花蕊夫人面色苍白，但不多时便缓了过来，对赵光义勉强挤出丝笑容道："晋王又何必这么疾言厉色的。"说着吩咐宫女把门关上。门关上后屋里的香气味道渐渐浓重了起来。

花蕊夫人缓缓说道："桃娘之前在我这里，我讨教过后，陛下便下令把她带走了，至于带到哪儿，我也不知道。也许是别的什么夫人要见她吧。”说着转眸静静看着赵光义，说实话，赵光义比赵匡胤俊朗英武得多，这样的人又这样深情，那桃娘倒是个有福气的。可是，她再欣赏、同情这两个人，终究抵不过她的前程。

赵光义只觉得花蕊夫人殿中的气息都是一股香得甜腻，嗅了几口，眼前花蕊夫人的容貌便有些模糊，只余她头上的步摇一晃一晃，赵光义急忙向殿门口冲去，却浑身无力，刚用力推开殿门走出去，已经摇摇晃晃。

花蕊夫人急忙吩咐着宫女和侍从：“快扶晋王进来休息。”说着又派了一个机灵的侍卫，“速去找陛下，就说晋王在这里。”

赵光义甩了甩头，想把那晕沉的感觉甩掉，却有心无力。都说西南瘴毒、奇香多，没想到这花蕊夫人入宫这么多年，身上还有着后蜀宫里的玩意儿。几个侍从上来扶赵光义，赵光义想挣开，却一丝力气也没有，只任他们把自己拖到了披芳殿的侧殿里。

花蕊夫人走到侧殿，冲着赵光义微屈膝行了一礼：“晋王，对不住了。”说着命人把侧殿的殿门锁上。当年她和孟昶被赵匡胤俘虏，临行还卷了不少后蜀宫里的宝物，这化骨软香片是西南特有的奇香，让人闻了全身的筋骨都像被抽了似的酥软无力，花蕊夫人也带来了宋地。她以为她这辈子只用得到催情的香料，没想到这香却在今天派上了用场。只是这香的功效只有两个多时辰，到时赵光义恢复体力，她可没办法。只好把赵光义先锁起来，再赶紧派人通知赵匡胤看怎么办。

小桃在屋里等了许久，从下午到黄昏，一直到月上中天，还是没有赵光义的身影。小桃正在焦灼，门外传来了脚步声。小桃的心噌地揪了起来，整个人都从椅子上弹跳起来，门外赵匡胤正急匆匆大步走了进来。小桃的头皮都倏地麻了，门猛地被推开，一脸冷色的赵匡胤对小桃阴笑道：“休息好了吧，现在去画图吧？”

小桃迅速地想了想道：“就在这里画吧。命人备些纸笔，这里清静，我也好想清楚，否则神思乱了，那图又复杂，我怕想不清画错了。”花蕊夫人给赵光义传信了，在这里画兴许能等来赵光义。

赵匡胤料想小桃也玩不出什么幺蛾子，便道：“好。不过你不要耍花招。你的儿子还在地牢里。你的图画出来，朕会命人带去战场，有一处不对——”赵光义眸子一凌，“你知道后果。朕说出做得出。”说着吩咐道，“来人，拿纸笔来。”

只片刻，已经有宦官进来把纸笔铺好。小桃握着笔，全身都在抖着，大唐的水军布防像一幅一幅缓慢的图画在她脑海里闪烁而过，那是她的国啊，她要亲手把她的国推上万劫不复吗？小桃痛苦地闭上了眼。

门外忽然又传来了脚步声，一个宦官小步跑进来对赵匡胤说道：“陛下，晋王到了费夫人那里，费夫人已经把晋王锁在了侧殿，求陛下的旨意。”

小桃听到宦官的话，头就是轰的一声，心里仿佛一座塔轰然倒塌。花蕊夫人，你纵然不帮我传信，又何苦雪上加霜往死里逼我！

赵匡胤拊掌大笑，好一个冰雪聪明的花蕊夫人。赵匡胤指示道：“让她把晋王拖住，再派几个侍卫过去协助费夫人。”宦官领命而去。赵匡胤看着呆立在原地的小桃，用力敲了敲桌子，厉声道：“还愣什么，快画啊！”

小桃的手抖着，看着赵匡胤神情凄迷，眼泪不住地落着：“陛下，我……我真的想不起来了……”

赵匡胤一把掐上小桃的脖子：“又来了？！”说罢恨恨道，“收起你的眼泪，你这套对光义管用，对朕没用。唐人至贱，朕不会信你一个字。”

小桃被赵匡胤掐得出不上气，边喘息边痛苦地说道：“陛下，如果你不信我，就，就掐死我，或者，或者剁了我的手，我都心甘情愿。”

剁了她的手？赵匡胤冷笑一声，松了手：“朕不会剁你的手，更不会掐死你。”说完阴阴挤出个笑，“朕会剁你儿子的手。”说完一挥袖子，冲身边的侍从说道，“去地牢把那个野种的手剁了，带来给他娘看看，兴许能催起她的记性。”

“不要！”小桃几乎歇斯底里，紧紧扯着赵匡胤的袖子，“陛下，不要，我画，我画……”

赵匡胤用力把小桃甩开。小桃把纸铺开，手都在抖，怎么办，再也没有时间了。她只有两个选择，画一幅真图，然后想办法把真图截住，或者告诉祁正修改变布防，可布防能随便改吗？士兵可以动，可船呢？水事工程呢？那些怎么动？第二个选择，画一幅假图，然后告诉赵光义想办法救寅儿。这个似乎更合理，可是把寅儿置于危险中，她这个当娘的怎么能狠下心？小桃的心几乎要被这两种情绪扯碎。

赵匡胤不耐烦地又咳了两声，赵光义指不定能生出什么事来，他现在只想速战速决，赶快把布防图拿到。

小桃被赵匡胤咳得一个激灵，颤抖的手在布防图上慢慢地画着。为了拖延时间，她先画皖口一带，赵匡胤却在小桃画了十几笔后已经从山势河流的走向看了出来，一把抓住了小桃的手腕，声音阴狠：“谁用你画皖口的？皖口已经早攻下了。赶紧画润州的，那是你们南唐最重要的一道水事屏障。再拖拖拉拉，朕可真的不客气了。”

小桃没有办法，只好一笔一画细细描摹着。每画一笔，小桃的心都在滴血，当初祁公子把这布防图交给她，就是把自己的身家性命、大唐的身家性命都交给了她。她也曾想过就是死也会守好这有关国运命脉的图。可为什么赵匡胤偏偏不要她的命，却拿她的寅儿来威胁她？她可以不要自己的命，却没法不顾及寅儿。所以她不敢故意画错，不敢画假的，作为一个母亲，她无论如何下不了手画一幅把自己儿子逼上死路的图。

润州的水军布阵是最为复杂的。毕竟祁正修在那里守了十多年。从答应李煜置龙翔军开始，他就下决心操练一支最强大的水军。所以祁正修借用润州常州一带的自然地势和水流，再根据实地情况，修筑了大量水事工程，进可攻退可守。灵活多变，却又攻击力强悍。祁正修十多年的心血，给南唐的北端建立了一个最强硬的水上屏障。所以小桃的布防图对宋军来说就是制胜的法宝。小桃一边画一边在犹豫，士兵的布局她基本如实画了，将来给祁正修报信是可以尽快做调整的；可水事工程，她实在不忍都画出来，那等于把南唐的门户都连根拔了起来。小桃挣扎许久，还是留了三处关键的水事工程没有画。一来那三处都是靠近润州城里的，打仗初期不易发现，二来那三处都在水下，也极为隐蔽。

可即便没有那三处水事工程，小桃看着纸上细细密密的布防情况，心里还是被愧疚压抑得几乎喘息不上。那三处只是个心里安慰吧，她已经把自己国家的山河拱手送了出去。

赵匡胤看小桃停了笔，拿起纸细细看了看，没看出什么纰漏，看着像是真的，无论从地形、地势还是布防的合理性，都像是一个深谋远虑的人的手笔。有几处还真让他拍案叫绝，只是可惜了，是个唐人，若能收为他大宋所用，满朝堂还真没一个人能与他比肩。

赵匡胤看了看失神落魄的小桃，眉眼间都像被抽空了似的没有一丝生气，赵匡胤冷笑道："一个妓女，还做出一副忠君爱国的模样，真是可笑。"顿了顿道，"图是真是假，到了润州、上了战场才知道。要是有一处不对，朕都会要你儿子抵偿。"

小桃忍不住回口道："时隔这么久，我记得哪能那么周全？"

赵匡胤冷冷看着小桃道："你就没一句真话。起初不是还不会画吗？朕给你想的时间，想起来，随时告诉朕补充。"顿了顿道，"你的儿子，朕会派人好好看着，等润州顺利拿下，朕保他平安无事还给你。不过，还是那句话，你要是敢和光义说一个字，朕就只能让他彻底消失，才不影响朕和光义的兄弟情深。明白了？”

小桃泪眼涟涟：“我不会说，但也恳求陛下，好好待我的孩子。”

赵匡胤不耐烦地挥了挥手，命人把布防图叠起来带着，转身走了出去。只剩小桃无力地瘫坐在椅子上。

赵光义迷迷糊糊不知道昏沉了多久，才睁开了眼睛。外面已经蒙蒙亮了。赵光义全身瘫软，用力挣扎了许久才站了起来，想起昨晚的事，不由怒火中烧，站起来冲到偏殿门口用力拍打着。好一个狡诈的花蕊夫人，果真是赵匡胤的好帮手。门很快开了，侍卫对赵光义一抱拳道：“陛下有旨，晋王醒来可去正殿，陛下在那里等着。”

赵光义怒气冲冲走进了披芳殿的正殿，赵匡胤坐在椅子上不紧不慢地啜着茶，看赵光义进来朗声笑道：“贤弟终于醒了。昨夜可是受惊了？”说着转而向在立在一旁的花蕊夫人道，“初蕊，快给晋王赔个不是。一惊一乍的，失了分寸。”

花蕊夫人垂眸走了过来，对着赵光义微微屈膝，柔声细语道：“晋王大人不计小人过，昨晚初蕊也是一时心慌，又不知陛下在哪，情急之下冲撞了晋王，还望晋王原谅。”

赵光义怒极反笑，昨夜的事竟然让她一句轻巧的冲撞就解释了？不过他没时间和他们磨牙，赵光义冷冷问道：“桃娘在哪儿？”

“哦，桃娘，”赵匡胤一抬手，“快去请桃娘过来。”

不多时，小桃在宫女的带领下到了披芳殿，在清冷的殿堂上，小桃的身子分外瘦削，随着步子衣衫都在飘忽。赵光义看得心有些针刺似得难受，这一夜，他不知道赵匡胤耍这把戏是对她做了什么。

小桃走到赵匡胤身前，正准备行礼，却脚下踉跄，整个人都几乎站不住向前扑了过去，赵光义赶忙冲上去扶住小桃，小桃的脸上没有一点血色，白得像一张纸，手凉得像一块冰。

赵匡胤一摆手："罢了罢了，礼数就免了吧。"转而向赵光义笑道，"人不是好好的吗，你就是瞎担心。朕答应贤弟桃娘会安然无恙，君无戏言，贤弟怎么总是担心？是吧，桃娘？"赵匡胤说着紧紧盯着小桃唇角抽了一下。

小桃竭力让自己声音不抖，吐出一个"是"字。

花蕊夫人盈盈笑道："晋王是关心则乱，过于紧张在意罢了。"

小桃看着笑得自如、毫无一丝难色的花蕊夫人，脸色更加苍白，只紧紧盯着花蕊夫人。人怎么能言而无信？如果不是花蕊夫人答应了她，也许她还有时间想别的办法，却是信错了人，把所有的希望寄在了这样一个两面三刀的人身上。花蕊夫人装作没看到小桃的神色，只是侧过头浅笑看着赵匡胤。

赵光义看小桃神色不对，对赵匡胤一抱拳："既然皇兄这里没什么事，我带她回大理寺去。"

赵匡胤点点头，微笑道："好。那贤弟便送桃娘回去吧，得闲再找找盟约。"说完看着小桃，"桃娘也需保重身子，否则让光义一直记挂，无心国事，也是大宋的损失。嗯？记着了吗？"赵匡胤刻意咬紧"记着"两个字提醒着小桃。

小桃忙连连点头，寅儿在他手上，无论让她做什么，她能不记得吗。

赵光义没有再多话，揽过小桃，向外走去。赵匡胤派的侍卫也跟在后面，连护送带挟持地把赵光义和小桃请到了宫里的马车上，向着大理寺奔去。小桃全身紧绷的弦这才稍微松懈了下来，心里五味杂陈，昨天被赵匡胤踢的一脚现在才像缓过劲来似的狠狠疼着，额上一层薄汗。昨天一直担心焦急寅儿，连疼痛仿佛都没了知觉。

赵光义迫不及待地问道："昨晚到底怎么回事，皇兄带你进宫做什么？”

小桃的心一噔，恨不得立即告诉赵光义，但话到嘴边又咽了下去。赵光义能救出寅儿吗？万一救不出反而打草惊蛇不是害了寅儿？小桃心里矛盾着，便随口敷衍着：“没什么事。”

“是吗？”赵光义沉着脸，如果没什么事，她会是这副失魂落魄的样子？赵光义冷冷道，“你自己夺量吧，我能做的，已经为你做了。如果你觉得我还值得你信任，就说，如果不值得，就算了。”

“不是——”小桃刚说了两个字就胸中一阵气紧，紧着咳嗽了好几声，小桃从袖中拿出帕子掩在嘴上，却是嘴里一阵甜腥，鹅黄色的帕子上一簇鲜红。小桃的心凉了下去，赵匡胤的脚力真够狠。看赵光义看了过来，小桃忙把帕子攥在手心里塞回了袖子，舔了舔嘴唇，把那一口甜腥咽下。

马车里是无言的沉默，赵光义的担心、不忍，小桃的害怕、焦灼，都压在了无尽的沉默中。过了半晌，小桃缓缓问道：“陛下让你找的盟约，找到了吗？”

赵光义摇头，淡淡道：“找是不可能找到了。时间这么急，又一点头绪都没有。不过，”赵光义看了眼小桃，声音很平，“我不会让你有事的。”

小桃一怔，赵匡胤说的用盟约换她的性命，如今因为她会画水军布防图，赵匡胤一时半会肯定不会要她的命。但赵光义并不知道这一消息，又怎么保证她不会有事？难道他心里已有盘算……小桃看着赵光义有些吃惊：“你要做什么？”

赵光义沉默，半晌说道：“虽然时间有些仓促，但也顾不得了。也许早晚都得走到这一步，但我不想取他的性命。”无论赵匡胤怎么对他，他何曾忍心真正取了赵匡胤的性命。即便是昨晚，他借着喝酒的机会，和赵匡胤再次推心置腹，表明了他只要小桃的态度。原本以为赵匡胤能成全他，但看昨晚花蕊夫人的手段，今天赵匡胤的态度，一切都是白谈。

小桃的心一惊，脑子整个炸了开来，赵光义是要谋反吗？万一失败了，可是要掉脑袋的。小桃用力覆上了赵光义的手，声音都在颤抖："千万不要。不要为了我舍下自己的身家性命。我不会有事，陛下不会杀我的。"

"为什么？"赵光义盯着小桃问道，"你是通敌大罪，为什么你笃定他不会杀你？"

小桃挣扎着缓缓说道："也许是看在你的面上，或者还有别的用处，总之……陛下不会杀我。"

小桃吞吞吐吐的样子让赵光义更加起疑，赵光义忍不住紧紧攥上了小桃的胳膊，阴沉道："你到底是有什么不能说的！还是又在谋算我什么？！"

谋算？！小桃的心狠狠扯了一下，真是活该。自己的所作所为如今就遭得这个报应，他不会再信她了。小桃紧紧咬住了嘴唇，别过了脸。她原本就不敢说，现在更是不想说。

赵光义看小桃梗着脖子别过了头，冷笑了一声偏过了身子，真累！

把小桃送到大理寺，赵光义连马车都没有下，挥了挥手命人把马车赶回晋王府，自己在书房坐了一整夜。

第二天上午，李月娥带着府里的侍婢要给各处换窗纱，到了赵光义的书房外头命人进去通传，赵光义回过了神，摆了摆手："让她进来吧。"

不多时，李月娥带着侍婢，捧了两批窗纱进来，笑盈盈地问着赵光义："廷宜，你觉得哪个颜色好？绿的这个倒是夏天用的，看着清爽，颜色也不似往常那么俗气，有抹清新的烟茶色；银红的那个也不错，更适合你这里的色调……"

话还没说完已经被赵光义不耐地打断："随便吧。"

赵光义的不耐让李月娥的脸色僵了一下，满脸的春色也被他沉到了井底。李月娥没有再说话，只是吩咐着下人轻手轻脚把那银红的展开，比着尺寸裁剪了给这里换上。

赵光义也觉察到自己方才不耐地失态，这些年，他对李月娥虽谈不上多少情爱，却有尊重。为了解尴尬，赵光义轻咳了一声问道："已经该换窗纱了吗？"

"是啊。"李月娥淡淡笑笑，"晋王忙碌不知节令变化，现在已经是四月底暮春，很快就入夏了。"

李月娥的话音落了，赵光义也不知道该接什么，两人沉默得有些尴尬。过了许久，赵光义轻声叹道："这些年，委屈你了。"

"委屈？这是从何说起？"李月娥忽然听赵光义这么说，一时摸不着头脑。看着赵光义几分歉疚的神色，才明白他指什么，不由淡淡一笑，"所以说晋王多虑，我都不知道委屈什么，又怎么会觉得委屈？"

赵光义勾了勾唇，沉声问道："没后悔过吗？"

李月娥的心怦地跳了一下，赵光义很少和她交流内心的东西，说这话是这么多年头一回。李月娥不由地心如鹿撞，过了半晌才柔声回答道："有过难过，有过懊恼，有时也问自己图什么。"

李月娥这几句话好像说到了赵光义的心坎里，不由紧紧盯着李月娥等着下面的话。李月娥垂下眸子面上几分潮红："但还是忍不住去关心，忍不住去付出。这样才会开心。既然如此，又何必和自己非较劲，争个长短，反而让自己不痛快呢？"

李月娥的话说得赵光义感慨万千，是啊，自己在斤斤计较什么？又能忍得住不去管她吗？赵光义眸子一亮，正要说什么，忽然侍从进来禀告着："晋王，大理寺卿陈元陈大人差人来报，桃娘在大理寺病了，请晋王的示下。"

赵光义几乎是从椅子上一下子弹了起来，匆匆对李月娥道："你的话对我很有用。谢谢。”说完头也不回地大步向外走了出去。

李月娥怔在了原地，看着赵光义发亮的眸子远去，不由苦笑，果然他这番思索、懊恼，依旧不是为了自己。

赵光义匆匆到了大理寺，陈元立即带着赵光义到了小桃的房间，絮叨着：“昨晚听衙差说桃娘身子不好，这里的郎中已经看过了，却不见好，赶紧通知了晋王殿下……”

赵光义一抬手，陈元知趣地闭上了嘴退了出去。屋里只剩小桃和赵光义。小桃眼睛紧闭，脸色涨得通红，嘴里低低说着胡话：“求求你，你已经害死了我的一个孩子，放过我的寅儿……”

赵光义的心好像被狠狠砸了一锤子，先是钝得麻木，忽然像裂开似的疼痛得几乎滴出血。第一个孩子？寅儿？赵光义的脑子一片混乱，孩子是被害死的，同一个人还拿捏着寅儿，寅儿还活着……一时间，赵光义反应不来，不由俯下身子，抚上了小桃的额头，烫得像一块炭，不知道是受了惊吓还是受了风寒。赵光义的心一阵麻麻的疼，伸手把被子又往上扯了扯，给小桃盖好。

小桃烧得糊涂，嘴里呢呢喃喃说着赵光义听不明白的话，表情痛苦而挣扎。只是偶尔蹦出几个词“不要，放了我”“放了我的孩子”“求你”反反复复，每一句都在拷打着赵光义的心。自己这么多年，究竟为她做了什么，让她又陷入了这种惊惧和危难之中。赵光义抬手把小桃鬓角的乱发往一旁拢了拢，低声问着：“桃宜，到底发生了什么，你告诉我。我是你的丈夫，你为什么要和我这么生分？”赵光义把小桃的手紧紧攥进了自己的手里，痛苦地覆在了额头上。

小桃被赵光义攥得有些紧，下意识地动了动身子，嗓子一痒，又咳了几声，唇际泛出了血丝，滴落到了衣襟、被子上，赵光义只觉得五脏六腑都绞在了一处，疼得几乎呼吸不上来，不由冲外低吼道：“来人！”

陈元走了进来，恭敬地问道：“晋王殿下有什么吩咐？”

赵光义沉声道：“命人速速去请赵太医，只说晋王府要用，带到这里。一刻不得耽误。”陈元赶忙领命而去。赵光义又对自己带来的侍从说道，“回府里，告诉李夫人，唤几个侍婢过来，再寻些人参、灵芝一类的药材过来。”

不多时，太医过来给小桃诊了脉，对赵光义说道：“夫人脉象紊乱，涩滞不消，恐怕是受了惊吓所致。另外，”太医顿了顿说道，“晋王殿下不妨检查下夫人身上是否有伤痕，似乎有气血阻滞的迹象。”

赵光义忙让太医到外间，自己解开小桃的衣衫，细细看着，却被小桃肋下触目惊心的青黑震得心都要碎裂。赵光义的手都在抖着，轻轻抚上了小桃的伤处，小桃虽然在昏睡中，还是痛得微微一颤。赵光义忙把手拿了下去。给小桃把衣衫系好。把太医传进来，赵光义的声音低沉中带着一丝狠戾：“是有伤痕。”

太医拈了拈胡须，挥笔写了一个方子，边写边说道：“夫人的病症有些严重，须得用些活血化瘀的药，再辅以安神宁气。至于热证，就自然退下去了。”

赵光义点头：“不论什么药，只要对病症有益只管开来。”太医了然。

李月娥匆忙带着婢女赶到大理寺的时候，一进门，便看到赵光义正坐在小桃的身边，用一块巾子蘸着盆里的水在给小桃擦拭着唇际和脸。素来清冷阴沉的赵光义，此刻却是满目柔情，看着小桃的目光似乎能泛出一层光晕。李月娥心里揪得生疼，这样的目光，从前她便见过。只是时隔多年，她甚至忘记了赵光义还有这样的神情。眸子里的深情像积淀许久的陈酿，仿佛小桃的一个呼吸、一声轻咳都牵系着他紧绷的神经一般，却又溺得化开，让人醉进去。府里的姬妾，也有服侍过赵光义多次的，他对她们有褒奖、有赏赐，却从不曾见过他用这种神情看过任何一个女人，这种目光，足以让任何一个女人沉沦进去，躺在床上的那个女人，有多幸运。李月娥忙快步走了进去，冲赵光义微微一屈膝：“晋王，我来吧。”

赵光义抬抬手，沉声道：“我自己来。”

李月娥把衣袖挽了上去，走到赵光义的身边，柔声道：“我更方便一些，另外桃姑娘脸上烫得泛红，需要微微用些力，再用热水擦拭，出一层薄汗，能好不少。”

“哦？”赵光义一怔，这个他倒是不知道，便把手里攥紧的巾子递给了李月娥。李月娥蘸着热水，想了想又吩咐下人道，“找些酒过来。”

酒？赵光义更惊讶了，声音有一丝不确定：“用酒做什么？”

下人很快把酒找了来，递给李月娥。李月娥微微笑道：“这晋王便有所不知了。我在娘家时，有时受了风寒发热发烫，年长些的婶婆便会用巾子蘸着酒给我擦拭，身上凉凉的，很舒服。过一夜便会退烧。晋王何不让我试试？”

赵光义点头，目光却丝丝牵系地看着李月娥的动作，生怕出一丝纰漏。李月娥细细给小桃擦拭着，只要他开心，她又有什么不能做的呢？何况还是小桃。李月娥擦拭着小桃的脸，脖颈，轻轻抬手把衣领解开，向胸口擦拭着。小桃脖颈下的桃花颜色有些发乌，李月娥顺手也把那里擦了擦。那胭脂虽能防水，但见了酒，很快便褪去了颜色，露出了下面的乌黑。李月娥的手顿住了，不由向后闪了闪，惊讶地问着：“这是什么？怎么会这样？”小桃那块青黑有些触目惊心，看着让人胆寒。

赵光义几乎不敢相信地俯身去看，脑子一片空白。李月娥不认识，他却认识。这是给囚犯常用的一种刑罚，叫“黥刑”，即刺青。用细针蘸着墨汁一点一点刺上去。赵光义不敢想象这么大一片刺青，小桃是怎么忍受下来的。赵光义颤抖着手抚上去。不是的，小桃这里原来只是胎记，还记得在七里溪第一次见她，她害羞地不停用脖子上的巾子捂着。许多人都说那是桃花劫，可在他看来，却可爱得紧。为什么会变成这样？难怪祁正修会给她在脖子上描画……赵光义的拳头紧紧攥了起来，目光阴得像藏着冰刀利刃。谁下的狠手？他会让他们加倍奉还。

赵光义的神情让李月娥有些害怕，看着小桃的脖子喃喃道："这可怎么办？"万一小桃醒来，看到自己脖子下的桃红变成黑色，可怎么是好。

赵光义的声音沉得像要堙没："找胭脂来。"

胭脂还能掩饰得住这个？李月娥也用胭脂，寻常的胭脂一擦就掉了。涂在这里怎么会管用。但看赵光义凌冽的神情，李月娥不敢多话，急忙命人去集市上买些上好的胭脂回来。

胭脂买回来了，赵光义用笔蘸着，细细给小桃描画着。但寻常的胭脂，怎么能固得住色呢？只要用手一擦，就会掉。赵光义描了擦，擦了涂，却仍然一点用都没有。赵光义的动作越来越烦躁，李月娥忧心忡忡地说道："晋王，不要再画了……"

话没说完，赵光义已经一声低吼："滚出去！"李月娥的心一颤，赵光义虽对她没有情爱，却从不曾这么严厉。李月娥心里像一团乱麻一般，默默退了出去。

屋里静悄悄的，窗外已经群芳吐蕊，春的气息都来了，可躺着的小桃，却一身疮痍。到底谁给她的这么多伤害？是唐人，还是宋人？赵光义一拳砸在了床的棱上，每呼吸一下心都抽痛得厉害。

小桃昏昏沉沉，梦里依旧是赵匡胤对她围追堵截，一会儿是一碗药狠狠灌进她的嘴里，一会儿是用刀逼着寅儿让她画图。小桃只觉得整个人像在江水里一样飘忽游荡，想上岸却怎么也上不来。自己是识水性的啊，怎么却像要被淹没？小桃拼尽力气挣扎，猛地一睁眼睛，所有的浪涛、江水都不见了，只余一身疼痛。

赵光义一脸憔悴，握着她的手坐在床边，屋外淅淅沥沥的声音，滴到窗檐下。赵光义的声音满是疼惜："醒了？"

小桃有些失神："外面下雨了吗？"

赵光义点头，把小桃的手攥得更紧："身上还疼吗？"

小桃动了动身子，说道："好多了，轻泛了不少。再歇息几天就好了。"

赵光义温和地挤出个笑，对小桃说道："要不要吃点东西？"

赵光义久违的柔声让小桃的心一突，不禁脱口而出："你不生我的气了？"

赵光义的心抽得一紧一紧，他现在还怎么忍心、怎么舍得和她生气。赵光义抚了抚小桃的脸："又说傻话。"

小桃抬眸看着赵光义，叹了一口气："我睡了多久？"

赵光义微笑着勾勾唇："不久，一天一夜。"说着吩咐下人端着吃的进来。有粥和开胃的小菜，对小桃说道，"先吃点东西。"

小桃撑着身体坐起来，尽管没有一点胃口，但看着赵光义殷殷的神情，还是强挣扎着吃了一碗粥和几口菜并两块酥软的糕点。吃过后，小桃虚弱地咳了几声，对赵光义说道："我已经吃好了。天色已晚，你该回府里了。"这里终究是大理寺的牢房。

赵光义命人把药端进来，看小桃喝完，下人端着空碗走了出去。赵光义走过去把门关紧，重坐到小桃身边，紧紧握上了小桃的手，沉声开了口："告诉我，寅儿在谁的手里？"

小桃一愣，全身的鸡皮疙瘩都竖了起来，声音微颤着："你在说什么，我，我怎么会知道，我也找了许久……"

赵光义痛心地攥紧了小桃："是谁？告诉我，我知道你知道。"他已经想了整整一天，可能的人都被他一一滤了一遍。李煜？难道是李煜为了胁迫小桃偷他的印章传递求救契丹才抓了寅儿？不会，李煜不可能也没有立场要害死她的第一个孩子。祁正修？更不会。那唯一一个可能的人已经呼之欲出，他不愿相信却也许不得不承认。

小桃的脸色突然惨白，他知道了什么？小桃有些张口结舌："我，我真的不知道。廷宜，你不要这样……"

赵光义攥着小桃的手越来越紧，小桃都能感觉到他额头凸起的青筋，过了半晌，赵光义缓缓吐出："害死我们第一个孩子的，和抓走寅儿的，都是他，是吗？"

小桃怔在了那里，紧张地盯着赵光义一个字不敢再说。赵光义的心几乎被煎烤着，这些年无论赵匡胤和他如何明着暗着争斗、利用，他从未想过对赵匡胤动杀心，更没想过对他的子女动一丝一毫，因为他们也是他的亲人。可赵匡胤，早已对他的至亲动了手，而他却没有能保护得到她一分。

赵光义追问道："是皇上，对不对？"赵光义的心几乎要滴血。看小桃依旧不吭声，赵光义腾地站起身来，"既然你不肯说，那我现在就去问皇兄，问他把寅儿关在了哪里！"

赵光义刚一转身，原本虚弱的小桃不知道哪来的力气，一下子从床上几乎腾了起来，飞扑上去就抓住了赵光义的袖子，低低哀号着，声音泣血："不要啊，廷宜，你去问会害死寅儿的。"

赵光义立在了那里，心里翻江倒海地疼痛。当事实终于揭露出来时，心怎么能疼得麻木到没有知觉？赵光义转身用力把小桃揽紧，沉沉的声音全是痛惜："桃宜，你就算心里没我，你也该知道我一定会拼尽全力地护着你，你怎么能傻到把所有的事情都自己扛着不告诉我？难道我在你心中不但没有情分可言，连信任都没有吗？就算那个人是我的兄长，我也会毫不犹豫地护着你和孩子啊。"

小桃被赵光义揽得紧紧，这两天的纠结、痛苦，自己拿不定主意的心累，此刻全找到了依托的地方，心一下跌回了身体里。小桃抬眸看着赵光义，说得心酸：“廷宜，也许你从没有过在生死之间的犹豫挣扎。不是我不信你，更不是我不爱你。而是爱到深处，只要有一丝力量，一线希望，都希望你爱的人能平安活下去。对你，对寅儿都是如此。我不能让你们陷入一丝危险之中。”

赵光义的心一恸，把小桃抱得紧紧：“那你也该告诉我。你又能有什么办法？”赵光义忽然想到赵匡胤让小桃进宫，不由蹙眉问道，“他让你进宫做什么？难道要你做什么事？”

小桃低着头咬着唇，声音凄然：“他让我画南唐的水军布防图，否则就杀了寅儿。”

赵光义震惊了。小桃竟然知道南唐的水军布防图？但他没有时间和精力去探究小桃是如何知道的。只是紧锁眉头问道：“你画了？”问后又觉得自己问得实在多余，寅儿被赵匡胤捏在了手里，小桃怎么可能不屈服。赵光义只觉得全身的气血都涌了上来。

小桃凄然地勾唇道：“我能怎么办？我有不画的权利吗？我能眼睁睁看着寅儿被他用烧红的烙铁逼着吗？可我已经是南唐的罪人。南唐的千万百姓都因为我也许要承受亡国之痛。我是罪人，死都无法赎罪。”

“不要这么想。”赵光义心痛地紧紧握着小桃的肩，“你画了哪里的图？润州？常州？金陵？”

“润州！”小桃痛苦地闭上了眼。祁正修教他的水军布防，原本用来以防万一，现在却被她用来反攻他。她怎么有脸去说，怎么有脸面对祁正修？

赵光义定定看着小桃道：“你不要胡思乱想，我会去想办法。眼下曹彬等人在润州，皇上纵然拿到水军布防图，也不会这么快就交给曹彬他们贸然行事。万一是假的，也许就是宋军的一败涂地。他一定会安排好再行动，所以我们还有时间。但眼下要紧的是寅儿。我现在就进宫去。”

小桃看着赵光义凄凄地哀求着：“你不要冲动。寅儿就在他的手里，你一步不慎，寅儿都可能受到伤害。”

赵光义的拳头攥紧了。他的确不能冲动行事，赵匡胤为了要挟小桃，肯定不会杀了寅儿。但是为了警示，也难免不会伤害寅儿。无论是哪里伤到了，都是他无法容忍的。顿了顿，赵光义拍拍小桃的肩：“好了，你不必担心。我回去想想如何行事。”

小桃的心这才有了一丝安定。虚脱一般在靠在了床棱上。

赵匡胤在宫里总有些心神不安。虽说布防图已经到手了，但真假还需要辨识。赵光义这些天来自称一直在找盟约，可并没有拿出来的意思，总说自己还没找到。如果他真的有心用盟约换小桃的命，何不现在就拿出来？拖着有什么必要？还是他已经暗暗有所动作？这些年来他也有所耳闻赵光义把开封府经营成了一个小朝廷般，笼络人才，朝堂之上也多是他的党羽。尤其自从赵普罢相之后，更是赵光义一人独大。他本想找个能和赵光义抗衡的重臣继续赵普的作用，和赵光义相互制衡，但他留意了几个，也培养了几个，都太不中用，压根不是赵光义的对手。只是兵权这块自己一直牢牢攥在手里，不曾给赵光义，才从根本上缓了后顾之忧。所以这几天他一直问着赵光义有没有什么异动，回复的人总说没有，他也没有多想。

可现在布防图到手，自己关着那个小孽种的事情也被小桃知道了，如果那个贱女人脑子糊涂告诉了光义，那他还是要做好防备。想到这里，赵匡胤吩咐着近侍王继恩道：“给朕备好车马。好些日子一直在宫里待着，今日各处去看看。”他要亲自看看，这禁军、这开封城，是不是像下面人禀告的那么平静。

王继恩赶忙领命而去，不久便备好了车马。赵匡胤换了一身青灰的常服，带了侍卫随从，出了宫。

开封的市集上人流攒动，熙熙攘攘，倒是也繁华热闹。赵匡胤也没看出什么不妥。命马车走到了各个城门，将守城的将士也都暗暗查看了一番。待查到东北边城门的时候，武将出身的赵匡胤察觉出了一丝问题，吩咐着王继恩："把这个城门的守将给朕唤来。"

不多时，守城的将领过来拜见了赵匡胤，是一张生面孔。赵匡胤问道："你原是哪处的？"

那将领如实地答着："在下原是义成军中的。义成军被重新编制后，便做了禁军。之前在守先帝的陵园。"

果然如此。赵匡胤心里震了一下，他从前也上过战场，还曾经在赵光义被柴荣夺了兵权后带过一阵子义成军。所以他一眼便能瞧出来是新兵还是老兵，有没有在他的麾下待过。赵匡胤问道："什么时候来守的城？"

那人答着："不久，半个月前才来。"

赵匡胤心里一凛，刚才就已经觉得不对，不由又问道："如今城门守值是多久一换岗？"

那人想了想答道："我也是刚来不久。对从前的事情不是很了解。但听说之前是四个时辰一换岗，但现在换得勤了些，一个时辰便一换。"

赵匡胤冷冷笑了，继续问道："但人是不是没增加，还是原来的人数？"

那人一愣，皇上什么都懂，立即应道："是。"尽管他也不明白为何现在做这样的调整，还是那些人，谁守几个时辰不是一样的。何必把一整块的四个时辰，拆分成一天的几个时段。

他虽不懂，赵匡胤却懂。当年他陈桥驿兵变的时候，这技码赵普已经教过他，赵光义也学得神似。想起兵之前，城门是必须守好的。只要守城换上了自己的人，那么内应和外援，想进就进，想出就出。换岗越频繁，起事的时间越好把握。好，很好，看来赵光义是耐不住性子，想动弹了。

赵匡胤忍着气又去禁军中巡视了一圈，回到了宫里。晚饭时赵匡胤在花蕊夫人那里一起进晚膳，没有吃几口便放下了筷子，他心里实在是平静不了。如果不是心血来潮出去看看，他真不知道还要被蒙蔽多久。他现在才明白了所谓的一叶障目是多可怕。自己坐在了皇帝这个位子上，每天数不清的国事繁忙，打仗要操心，外交要操心，治理国家要操心，漕运、赋税、科考、礼仪忙不完的事，根本没有精力去注意一些小事。

他知道必然会有那些欺上瞒下、作奸犯科的，但他没想到连谋反这种事竟然赵光义也有本事瞒得他密不透风。之前他还特意派禁军首领去查探有没有异动，问过几次，都说没有异动。到底是禁军首领太迟钝？还是他也是赵光义的人？赵匡胤无法确定。的确，他如果不是沙场出身，又策划的一手陈桥兵变，他也不会对城门换岗这么留意，瞬间便能看出端倪。如果就因为这个换了禁军首领，一则打草惊蛇，二则没有合适的理由，反而引得禁军内部混乱人心惶惶，更容易被赵光义利用策反。

赵匡胤心神不宁，花蕊夫人看得清楚，不由笑道："陛下是为何事烦忧？连饭都吃不好？"

自从小桃的事，赵匡胤对花蕊夫人是刮目相看。从前都是些宫闱小事，女人间的争风吃醋小打小闹，赵匡胤不放在心上。可小桃这件事，花蕊夫人真是表现得让他吃惊。

首先她有极强的领悟力，自己只是派了个侍从简单告诉了她缘由，她就能立即来在赵光义面前演一出好戏，顺利把小桃留在了宫里；同时她还有极强的执行力，赵光义找她的时候，她一个弱女子竟然能把强硬的赵光义锁在偏殿，虽说用了迷香，但手段不重要，重要的是结果；再次，第二天面对赵光义，她面不改色心不跳，这种担当不多见。花蕊夫人这般的冰雪聪明，赵匡胤也愿意和她推心置腹，叹口气道："还不是光义的事。"

“晋王？”花蕊夫人一怔，随即笑道，“晋王素来是陛下的左膀右臂，听说如今的朝堂，晋王也算一人之下万人之上了。不知还有什么不可满足，让陛下烦忧的？”顿了顿又问道，“是和那位南唐的桃娘有关吗？”

赵匡胤眉头紧蹙：“有关吧。光义自从和那个南唐官妓在一起，就像被下了降头，做事极为不理智。那个官妓和南唐的人勾结，心怀不轨。光义却还偏偏事事宠着她。如今更是为了她，连朕这个兄长都不放在眼里，暗暗做了不少手脚。让朕都不知该如何是好。”

花蕊夫人微微蹙了蹙眉，不由问道：“陛下是一国之君，自然说一不二，晋王再有权威有功劳，也毕竟是臣子，陛下怎么还会这么为难？”

赵匡胤摇摇头：“都说帝王一言九鼎，其实也不尽然。站在朝堂顶端，但凡所有决断都要有原因，有目的。晋王如今这番作为，朕虽然不满，但他偏偏把事情做得让人找不到把柄。这就是朕忧心之处，坐任不管不行，但手段太严厉又怕出了乱子。唉。”如果不是怕把赵光义逼急了真的明目张胆造反，他真是恨不得把他也关进地牢。但他现在还摸不清楚赵光义到底是怎么布局，手里有多少棋子，所以他也不敢轻举妄动。此刻，他有些想念赵普了，如果赵普在，起码身边还有个出谋划策的。

花蕊夫人抿了抿头发，陷入了思索。赵匡胤的话说得似是而非，花蕊夫人不知道他具体指什么。但很明显，赵匡胤对赵光义不满了，甚至在想着除掉他。只是慑于赵光义在朝堂的威望。花蕊夫人浅浅一笑，赵匡胤的心理摸好了，话便也好顺着他说了。花蕊夫人开口道：“陛下何须犹豫不决。陛下还有千秋万世的基业，且不说后宫这么多嫔妃需要倚仗陛下，尤其德昭德芳，更要陛下为他们把前路铺好，才不论谁继承大统，都能把天下坐稳。所以陛下就算为子孙基业着想，也要果决些。”

花蕊夫人并不知道有金匮之盟这一说，但这一番话更是敲到了赵匡胤的心里头，他比刚才还不痛快，德昭德芳才是赵匡胤的心病，如果不是那劳什子的金匮盟约，这天下本就该传给他的儿子。凭什么他辛辛苦苦打下的天下要给光义？不由眉头蹙得更紧。

看赵匡胤不吭声，花蕊夫人也没有再多嘴。屋里一时沉默。过了很久，赵匡胤突然沉沉说了一句："朕和光义昆仲情深，本来并不想和光义大动干戈，但如今，他实在功高震主而且行事太过分了些。"

花蕊夫人勾了勾唇，赵匡胤总是这样，自己想说的话偏偏总是让别人说出来，不知道是他没底气，还是想借别人的口减轻自己的负疚。花蕊夫人何等善解人意，只微笑道："陛下心善仁慈，但若是真到了存亡的关头，妇人之仁只会让陛下后悔莫及。"

花蕊夫人果真是个剔透的人，句句都说到了赵匡胤的心坎里，赵匡胤没有再说话，心却是更加笃定起来。赵光义不仁，就别怪他这个当兄长的不义。谋反？自然不能放过。只是，该用个什么法子？该如何动手？那晚赵匡胤休息在了花蕊夫人的寝殿，一夜都睡得不安稳。

第三十七章

国忧亲忧两作难
战谋权谋齐详参

第二天一早，赵匡胤亲自下圣旨，找了个借口，只说宫中一个内侍盗了皇家的物件逃了，命禁军中自己最为亲信的一支分为几队，辅助守着城门。这样一来，不显山不露水地给各个城门处安插了自己的人，万一有什么异动也好立即得知消息。他还不敢把那个负责城门调岗的孙大人换了，免得在朝廷里生乱子。

上午赵匡胤刚发了圣旨，傍晚赵光义便进宫求见。赵匡胤正在花蕊夫人的宫里看着歌舞，如今他恨不得日日都来花蕊夫人这里，能有解语花相伴，心情也能放松不少。看赵匡胤的恩宠与日俱增，花蕊夫人也只觉得自己的一切都是值得。

听了内侍的禀告赵光义求见，赵匡胤脸上的肌肉僵了一僵，自己还没想好下一步怎么对付他，他倒先找上门来了。也罢，赵匡胤挥了挥手："宣。"

赵匡胤吩咐歌舞都撤了，命花蕊夫人也到屏风后的内室里。不多时，赵光义一身紫袍，头上束着青玉冠走了进来。一步一步脚步沉着有力，全身似乎比往日带着一股肃杀之气。赵匡胤心里惊了一惊。

赵光义行了礼后，开门见山地说道："陛下，臣弟入宫，只为一件事。攻打南唐本是臣弟负责监军，如今也许久没有返回战场，臣弟恳请入南唐。"

入南唐？赵匡胤没搞明白。赵光义不是一直不想去南唐吗？怎么这下没头没脑跑进来要去南唐？这才是奇怪。突然变卦，必定有利可图。但图什么，赵匡胤想不明白。

难道是小桃告诉了他实情？应该不会，如果他知道了实情还能老老实实在这？肯定早跳着脚和他要那个小孽障了。赵匡胤心里忐忑，脸上虽然挂着微笑，心里却已经迅速地开始了盘算。

今天一早他把各个城门的守城将士增加了大量自己的禁军亲信，那么赵光义布好的人就受到了挟制，他如果要谋反，城门便不是由他控制了。外面有援军也进不来，里面有内应也出不去。如此看来，他在开封城里的势力并不多，一定抵不过禁军，否则他可以继续增加守城将士内应人数。

那据此，他要去南唐的战场，说是监军，其实是想把兵权攥到自己的手里，要么到时杀回来，要么自立门户反叛，一定是这样。想到这里，赵匡胤皱皱眉头："不必了吧。开封府不是还有许多事情要贤弟处理吗？"

赵光义冷冷一笑："皇兄真是朝令夕改。之前还盼着我去南唐，现在却又不肯让我出了开封城。我并没有其他想法，只是盟约一直找不到，陛下给予的期限快到了。我实在没法，正在发愁，忽然发现桃娘知道润州的水军布防，所以恳求陛下，让她将功赎罪，如果真的按她提供的消息攻了润州，陛下就将她释放如何？"

"她知道水军布防？"赵匡胤的眼睛眯了起来，那女人嘴紧得很，怎么会让赵光义发现？不由问道，"怎么可能，你怎么知道？难道她主动和你说的？"

"自然不是。"赵光义淡淡道，"她不留心漏出来的。前几日臣弟便知道，顺势劝她不妨戴罪立功。但她并不同意，可是前天进宫后，好像突然想通了，便同意了。臣弟也纳罕，她怎么就突然这么明白了，早如此，省了多少事。"说着定定看着赵匡胤。

赵匡胤没有说话，看赵光义沉稳的目光并无闪烁，倒不像在说谎言。四目相对了半晌，赵匡胤勾了勾唇打着哈哈："贤弟突然这么说，倒让朕不知如何是好了。本来打算近期交办给贤弟的开封府一些事情，既然贤弟又有上阵攻打南唐的打算，朕还需想想，想好了会给贤弟答复。"

"好。那臣弟便等着皇兄的圣谕了。"赵光义淡淡回答后，又与赵匡胤闲聊了几句，转身出了殿门。

赵光义前脚刚走，花蕊夫人后脚便从屏风后头袅袅走了出来。赵匡胤扶额坐在椅子上，沉吟不语，半晌自言自语道："他这是什么意思？怎么突然又想去南唐了？"

花蕊夫人把备好的银耳雪梨汤递到了赵匡胤的手里："陛下，天气一天天热了，仔细暑气伤身。"

赵匡胤接过汤，抬眸问着花蕊夫人："你说说，他是为什么？刚才你在屏风后也看了。"

花蕊夫人抿了抿鬓角，浅笑道："晋王同陛下说的都是军国大事。妾身一个小女子，哪里知道这其中的玄机。只是，"花蕊夫人顿了顿。

赵匡胤迫不及待地问着："只是什么？"

花蕊夫人笑笑："妾身说得不对，陛下可不许责怪。"她可不敢担上后宫乱朝的罪名，伴君如伴虎，她得把话先说清楚。

"朕让你说，自然不会怪你。"赵匡胤喝了一口梨汤说道。

"晋王素来沉稳，凡事不予言表，所以尽管妾身在屏风后看到了晋王，也看不出晋王的神情和意图。但妾身觉得，晋王又不是武将，武将才需要到战场上立功，回来好封个侯爵。晋王已经万人之上的尊位，又何必去冒那个生命危险呢？妾身才疏学浅，又不懂军国大事，唯一能想到的，就是晋王一定不是真正想去建功立业，而是借此机会要做什么事情。"花蕊夫人侃侃而谈，"如果陛下准许呢，恐怕中了他的圈套，可如果不许呢，又怕防不胜防他再想别的计谋。陛下在明他在暗，陛下不好掌握，是不是？”

赵匡胤不禁频频点头，道：“你说得没错，这也正是朕为难的地方。”

花蕊夫人轻轻一笑：“要我说呢，陛下就是杞人忧天，这并没有什么为难的啊。”

“哦？怎么说？”赵匡胤兴趣盎然。

“他不是说那桃娘知道南唐布防图吗？那就让他去打啊。桃娘会画布防图，对陛下来说，是天大的好事啊。有了布防图，那攻打南唐还愁什么？若是只让桃娘画出布防图，命别的将领去打，万一布防图是假的，不是毁了宋军？可如果晋王去打，这风险就小了许多，桃娘总不至于给晋王一幅假的布防图让他自寻死路吧？我看晋王对那桃娘情深义重，桃娘再狠也不会让晋王去赴死。这是其一。”花蕊夫人慢慢悠悠地说着。

“对啊！”赵匡胤一拍大腿，“朕怎么就没想到这一点。”早就该派光义去打润州，战场刀剑无眼，吃了败仗有可能死的就是光义，那女人能忍心害死光义？只是——赵匡胤思绪又转了个弯，“可你有所不知。兵权是个很可怕的东西，攥在谁的手里都必须要提防。如今光义有了二心，把兵权放到他手里，万一在润州打了胜仗，他带着军队反攻回开封，那朕便措手不及。京城禁军这点力量，和那支军队没法比，太悬殊了。”赵匡胤最大的顾虑也是这个，把兵权给了赵光义，万一他要造反，正好手里有现成的军队。

虽说当初杯酒释兵权，把调兵权和领兵权分了开来。即调动兵力的权力在枢密院，而带兵打仗的权力在各个武将。所以这样权力分开，是减少功高震主的武将造反的最佳方案。这一制度在没有战争的时候是非常适用的。驻守在各处的军队，没有枢密院的命令都不得被武将随意调度。但现在是打仗时期，俗话说将在外军令有所不受。这支队伍就格外危险，完全可以不受枢密院控制便随时调整攻打的方向。所以要是把这支队伍的兵权给了赵光义就真的是羊入虎口了。这些他没有和花蕊夫人说，说了只怕她一个妇道人家也理解不了这其中的权力制衡。

花蕊夫人唇际轻扬："陛下真真是正人君子，凡事都从大面着想。什么兵权啊，禁军啊，反攻啊，听得初蕊头都晕。但在初蕊看来，都是简单的事。"

"简单？"赵匡胤不明所以。

花蕊夫人声音很轻很低："就是件再简单不过的事嘛。让晋王去打南唐，打输了要么就死要么做了南唐的俘虏，对陛下来说不就解决了吗？若是打赢了不更好，南唐被陛下收入囊中，而晋王的姬妾孩子都在开封府，他会毫不顾忌？"

赵匡胤摇头，赵光义为了那女人自己的命都可以不要，何况府里的姬妾孩子……孩子？诶，地牢里的那个孽障倒是一步好棋。赵匡胤眸子一亮，到时如果赵光义真的有反心，那个孽障就是逼退他的筹码。

"再者，战场上刀枪无眼，说句不吉利的，晋王还不一定能平安回来呢。"花蕊夫人笑得花枝招展。

赵匡胤醍醐灌顶，对啊，开封不好动手，但在战场上，派几个心腹，一旦发觉不对，还愁收拾不了他吗？连初蕊都知道用迷香，虽说这手段下三滥了点，但也是个手段，关键时刻还真管用。什么胜之不武，胜了就行。赵匡胤一把把花蕊夫人揽进怀里，声音起腻："你可真是个尤物，朕只后悔从前只看到了你的美貌，怎么就没看到你的智慧呢？"说罢喜上眉梢，连连命人给花蕊夫人厚厚的赏赐。

赵光义从宫里出来，直接去了孙大人那里。自从知道寅儿在赵匡胤的手里，他的心就像被绳子系上了似的时时都扯得疼。之前由于找不到金匮之盟，他打算借助孙大人，暗暗排布些禁军的兵力，把小桃从大理寺劫出去后，直接冲进皇宫胁迫赵匡胤就范。但如今知道寅儿在赵匡胤的手里，这个计划便很明显行不通了。到时赵匡胤手里攥着寅儿，无论自己带了再多的兵都得乖乖撤退。而赵匡胤只要拖延时间，用不了三天援兵就会赶到开封救驾，即便自己防守着城门，也不好说能否抵挡住援军。别说救寅儿和小桃，自己也身首异处了。

所以要想起事只有先救出寅儿。可他怎么救？他连皇宫的地牢在哪里都不知道，而且他也无法明目张胆在皇宫里搜索地牢的位置。就连他收为心腹的王继恩，也只是听说过地牢，却并没有去过。

他本已安排了王继恩在宫里暗暗打探地牢的详细位置及兵力部署，他好安排人行事。但赵匡胤的动作也不慢，把城门守城将士加上了他自己的心腹。由此看来，赵匡胤已经察觉到了自己的意图。如此一来就太危险。一则赵匡胤一定会加强皇宫的防守，起事就更难。二则城门不由自己控制，一旦有问题逃都逃不走，这个计划基本也就作废了。

如此一来，只能另想办法。既然赵匡胤起了疑心，那他索性躲出去。不在开封、不在皇宫晃悠，赵匡胤的防备之心便会降低，他也好赶紧让王继恩赶快找到寅儿，这才是重中之重；另外他去攻打南唐，那小桃画的布防图是对是错，自己也有机会帮着找补一下，减少寅儿被赵匡胤伤害的风险；最重要的，兵权握在了自己手里，只要寅儿一救出来，立马带兵反攻开封，把赵匡胤制住。他不能再等，再手软下去，不仅是寅儿和小桃，连他自己，性命也堪忧。

赵光义与孙大人暗暗商量："我此番前去南唐，命王继恩在宫里找寻孩子。如果找到，需要大人襄助，还望大人可助一臂之力。"

孙大人点头："那是自然。"虽然他不知道那是谁的孩子，顿了顿说道，"只是，陛下如今对城门防守已经起了疑心，不仅把守城的将士增加了他的心腹，还来禁军中巡查过几次。我琢磨着，他只怕也想找机会动动禁军里的人。只是现在还不便立即行动，怕引起乱子。如果你去了南唐，我看他下一步一定会把禁军的将领也做一番调整。”

赵光义眉头紧皱：“我也是担心这一点。所以特意来找你商量。万一他把你调离禁军或是调到一处新的统领，没了你旧时的心腹，该怎么办？会不会不便在宫里行事？”

孙大人摇头道：“倒不至于。若是没有合适的理由，陛下即便想调禁军也只能微调，否则容易出乱子。陛下一定也会谨慎。再者，即便把我调离禁军，还有些我的死忠属下，定能帮上些忙。但是为了避免万无一失，到时一旦有了孩子的消息，我会再派人和晋王联系，想出一条万全之策才好。”

“好。”赵光义拍了拍孙大人的肩，“那就有劳你了。”

赵光义又同孙大人仔细捋了捋当初在义成军营如今在禁军中的将士的名字，一一核对无误后，大致筹谋了几种可能，到时如何排布这些人，都先商量好。安排周全后，赵光义方才离开。

赵匡胤一直拖到要赵光义找金匮之盟的一个月期限到了，才把赵光义宣到了宫里。赵光义被宦官带到了承明殿，赵匡胤正在和一个孩子玩耍。那孩子也就是六七岁的模样，远远看去赵光义险些以为是寅儿，差点就箭步飞过去。但还是强克制着自己忍住了，只是不疾不徐地走进了殿中。

到了殿里才看清，和寅儿身形大小差不多，却根本不是寅儿，也不是德昭德芳。幸好自己刚才没有冲动地扑上去。看来赵匡胤是要探测自己是否知道寅儿在宫里。赵光义定了定神，拜见了赵匡胤，勾唇问道：“这是谁家孩子？皇兄怎么有兴致留在身边？”

赵匡胤哈哈大笑坐在一旁的椅子上，把那孩子揽进自己怀里看着赵光义说道：“你看像谁的？这模样，和他老子一模一样。”

赵光义细细打量了一番，淡淡说道：“若说模样，和曹彬曹大人倒有几分相似。”

“好眼力。”赵匡胤一拍大腿，朗声说道，“前几日命妇入宫拜见皇后，曹彬的夫人带了这个小儿子，看着着实喜人，皇后便把这孩子留下了。”说完对孩子说道，“快去拜见晋王。”孩子藏在赵匡胤身后不动弹。赵匡胤又是哈哈大笑。

赵光义淡淡一笑，没接赵匡胤的茬，他想看看赵匡胤弄了这么个孩子到底想在他面前演什么把戏。

赵匡胤看赵光义没说话，不由问道：“贤弟不关心朕为何要把孩子带在身边？”

赵光义坐下啜了口茶：“不是觉得讨喜好玩吗？”

“那是皇后，朕怎么会像个女人。”赵匡胤摆了摆手，看赵光义依然没兴趣，只好自己解着谜题，“朕是觉得，曹彬带兵攻打润州，虽说用人不疑疑人不用，但兵权事大，总归手里要有些执掌，才能放心。”说白了就是人质。赵匡胤对曹彬原本是放心，但既然准备派赵光义去润州，那就要做好准备避免曹彬被赵光义策反一起反攻自己。

赵光义扬唇冷冷笑了一声，赵匡胤既然如此，那便说明是有打算让自己去润州才会这么杀鸡儆猴。赵光义说道：“陛下有谋略，这么做甚好。”

赵匡胤看赵光义对孩子始终是淡淡的，不论自己说什么都好像无动于衷。看来那个南唐妓女还算识相，没把孩子在宫里的事告诉光义。如此一来，自己也不用太过紧张。如今看孩子的地牢他都增派了一千人的兵力，看来不必这么夸张。

赵匡胤转而问道：“对了。今日就是一个月的期限，盟约找得怎么样了？”

赵光义抱了抱拳：“陛下恕罪，臣弟实在是找不到。该走访的该打探的都问过了，没有一丝线索。臣弟真的无能为力了。”

赵匡胤沉着眉头："看来贤弟还是没有尽心。"说罢幽幽盯着赵光义。

"皇兄这话实在让臣弟惶恐。"赵光义拱了拱手，"如果一纸盟约就能换回桃娘，臣弟又何须大费周折去打仗呢？纵然我大宋现在的兵力对抗南唐绰绰有余，那也是把命拴在腰上。陛下想想，臣弟何苦舍易求难？"顿了顿对赵匡胤将了一军道，"若是陛下觉得风险大，那就让桃娘把图画出来，再把图给曹彬曹将军，不就好了？反正曹将军的孩子在宫里，陛下一定觉得他比我这个亲兄弟更放心。只要陛下肯把桃娘放了臣弟便再无所求。"

"唉，光义，朕哪有那个意思。你可不要多心。"赵匡胤忙安抚着。既然赵光义死活不交金匮盟约，那他也只好按照花蕊夫人的建议，让光义亲自上战场了。反正战场刀剑无眼，更能由着自己。赵匡胤接着说道："这些日子朕也考虑了你的建议，你亲自带兵攻打润州是好事。朕只是担心你太辛苦，毕竟你是朕从小到大至亲的兄弟，朕不舍得你再去受军营之苦。"赵匡胤做出了一副伤怀的样子，眼眶有点红，"但既然你执意要去，那朕也盼着你能给大宋建功立业，只好同意你去。兵力呢，朕就不再增加了，你就和曹彬一起，争取尽快把润州拿下。"

"是！"赵光义应道，"还恳求陛下把桃娘放了，让臣弟带走。有她在身边画布防图，正好让她戴罪立功。"

赵光义一定会想方设法带走小桃是赵匡胤早预料到的，小桃跟着他上战场可以，正好用她脑子里装的水军布防图打南唐。只要那个小孽障握在自己手里，就能扼住他们。赵匡胤皮笑肉不笑地扬了扬唇际："朕怎么能让贤弟失望呢？既然贤弟要带她，那便带吧。"顿了顿，又开始安顿赵光义在润州要注意安全，保重身体之类的虚客套。

赵光义一一应着，同赵匡胤也虚与委蛇地寒暄了半晌，出了皇宫。

回到府里，看着这一大家子大大小小，赵光义有些负疚，他带着小桃去润州是准备拼了这辈子所有的身家的。他可以把小桃带在身边再救出寅儿，但他无法把这一家子人都顾及周全，她们只能留在开封，像今天看到曹彬的那个孩子一样，被赵匡胤随意揉捏。可凡事总难事事周全，他如今只能护得了比他自己生命还重要的人，别人实在管不了许多。

赵光义吩咐下人通知了各房姬妾，晚上一起吃饭。这是这么多年除了逢年过节都从没有过的。下人赶忙去各院一一通传。

已经开始入夏，天阶月色如水，满架荼清香，赵光义命下人把桌子摆在了后院水榭里，周围是映着月色的湖水，还有烛火的点点辉映。赵光义站在水榭一侧，看着四处的灯火，不时走来的姬妾和子女，有一些竟然一下还叫不上名字，有几个连容貌都看着生疏。赵光义苦笑着摇了摇头，吩咐下人道："命府里的乐姬到这里来，演些曲子给大家看看。"

李月娥是来得最早的，方才忙碌着给众人布座，看赵光义似乎有心事立在一旁，自己的心思也沉重起来。今天这餐饭吃得不寻常，那要不要把符雪婵也叫来？想了想还是把那主意压在了心里，符雪婵已经早疯疯癫癫被圈起来了，何苦还惹他。

赵光义缓缓坐回了桌前，也没有多说什么。不多时乐姬和歌姬来了，琵琶和筝笙的声音响起，才把这安静清凉的气氛缓和了些。每个人都不知所以地吃着，看着赵光义没什么表情的脸揣测忐忑。这顿饭不像一顿家宴，倒比那水中的月还要凄凉几分。

一个多时辰，宴席也差不多了，各房姬妾回到自己的院中。李月娥和赵光义并肩在院中走着，李月娥不由担心地问道："廷宜，是有什么事吗？怎么觉得你心事重重？"

赵光义沉默许久，看着李月娥沉声道："得了空，和你父亲通通书信吧。过几日我便要去润州，和曹大人一起带兵攻打南唐。万一京中有变，李大人虽远在乾州，却还能护得你安全，但也不必说得太明。”

李月娥的心一揪，点了点头，看着赵光义不无担心地说道：“我的安危你不必挂怀，前去战场，你一定要保证自己的安全。别的都不要考虑，如果真的有变，我会及时和父亲联络，不仅是我，府里的姬妾孩子我也会努力护着。”

赵光义唇角扬起，拍了拍李月娥的肩：“谢谢。”他欠她的，也远不知该如何补偿了。

李月娥的心一酸，面上却笑得柔柔的，她想要的，从来就不是一句谢谢。可是他能给的，除了谢谢，早已没别的了。

十天后，赵匡胤给大理寺下旨，把小桃放了出来。同时下旨，命赵光义前去润州，并且命宫里的画师照着小桃画的水军布防图又临摹了一幅，用蜡纸封好，连同自己的秘密手谕，一起派人先行快马加鞭送到润州曹彬手里。赵光义也没有耽误，小桃被放出后的第二天，便带着小桃起身赶赴润州。

在赵光义来之前，曹彬在润州和祁正修已经持续交战了许久，都没有进展。吴越从水路攻击，曹彬从陆战夹击，却依然攻不下一个小小的润州。曹彬也是纳了闷，明明如今大宋和吴越的兵力加起来已经足可以抵得上润州的两倍了，怎么润州还是岿然不动？祁正修的计谋层出不穷，把兵法应用得无孔不入，隔山打牛声东击西瞒天过海每次都不重样，再加上润州独特的兵力布防，曹彬自然毫无办法。

曹彬正在一筹莫展，先后收到了赵匡胤的旨意和家里来的家书。曹彬先是赶快打开了赵匡胤的密信，看到那幅水军布防图就是一阵欣喜，这可真是雪中送炭。有了这个，祁正修再有本事也难逃他的掌心。曹彬粗粗把水军布防图扫了一眼，从前觉得像迷宫似的地方此刻都豁然开朗。唐人的脑子就是厉害，巴掌大的润州都能被他们排布得这么无孔不入。难怪他这么久都没摸着门道。

曹彬一心欢喜地又开始细细看赵匡胤的信笺，却是看着看着手开始发抖。刚看到半截，额角已经出了细密的汗珠。陛下竟然有了除掉晋王的意图。这是他做梦都没有想到的。曹彬也很早就随军打仗，不仅同赵匡胤，也和赵光义都有着不同寻常的生死之交。让他背后算计赵光义，他实在不知道怎么出手。而且赵匡胤和赵光义素来兄弟情深，赵匡胤当上皇帝后，赵光义在朝廷的地位更是一日千里，飞速上涨。怎么一下就成了水火不容？曹彬一片混乱，思前想后半晌也没琢磨出个门道，赶紧把这封密信藏在袖子里。还是先等等，观望观望再说，别自己一冲动，陛下又后悔，到时拿他算账，他可担不起。

放下赵匡胤的信，曹彬又拿起家书。这封信却看得他火冒三丈，一拳砸在了桌子上。赵匡胤也逼人太甚了，且不说他的旨意自己一定会遵照，即便有疑惑，也一定会和他再商量。怎么赵匡胤就一声不吭突然就把他的小儿子带到宫里了？说是喜欢留下来，其实不就是做人质吗？欺人太甚，欺人太甚了！

曹彬在营帐里来回地走着，身心焦躁，孩子在宫里还不知道能不能习惯，会不会受什么委屈！曹彬像只困兽在营帐里来回地走着，过了半晌才冷静了下来。不能慌乱，如今孩子被赵匡胤捏在了手里，自己更加不能轻举妄动。万万不能让赵匡胤有什么误会。曹彬想了想给家人回了一封信，告诉家中妻儿都不要慌张，谨言慎行，自己会安排宫里相熟的宫人照顾孩子，更不可随口妄议。

几天之后，赵光义带着小桃到了润州西南曹彬的大营。曹彬忙亲自出来迎接，又安排了酒宴给赵光义接风洗尘。小桃身子一直不好，虽有御医调理，但整个人面色苍白，精神涣散，吃不下又睡不着。曹彬安排的酒宴小桃也无心出席，只是在营帐里一直睡着。

赵光义和曹彬边喝酒边聊着近期的军事，曹彬不由仔细打量着赵光义，想从赵光义的眉眼中看出些端倪，不由也旁敲侧击着他和赵匡胤到底有什么矛盾：“晋王一回开封就走了这么久，在下还以为陛下不让晋王再回来了。”

赵光义只不动声色，淡淡笑道：“陛下留我在京中，只是商量该如何排布兵力，才能尽快拿下润州。毕竟已经攻了这么久还不见成效，这只是个小小的润州，当初攻南汉南平也比这快多了。”

曹彬脸一红：“是，润州的布防实在奇怪……”

“润州的布防，是南唐的精髓所在。难打也是自然。”赵光义眉梢一挑，“不过，现在不同了。我们手里已经有了很大的胜算，所以我亲自前来，只要不出娄子，应该很快能拿下润州。”

曹彬心里一突，赵光义嘴里的“现在不同了”是指的水军布防图吗？看来他也知道？曹彬有些糊涂，不知这兄弟俩到底在耍什么把戏，但嘴上只好顺口应着：“是，是。”

“眼下更要稳扎稳打，不要耍小聪明，反而失去了先天的优势，最后被人反攻，那就难看了。”赵光义声音沉沉，“所以我要事先说好，不论如何出兵，是偷袭也好，硬攻也罢，一切都要按照我们商量好的方法来，如果谁擅自行动，没有报告就改了路线，那必然要最严厉的军法处置。”

“是，晋王殿下所言极是。”曹彬点头。这是在明摆着立下规矩要兵权啊。曹彬没有权力反抗，只得听从。谁让晋王比他的地位高得多。再说赵匡胤只说情形不对时对赵光义下手，可没说让他不听指挥。曹彬自然唯命是从。

赵光义又和曹彬把酒言谈了许久，从润州的战势谈到吴越，又谈到金陵，直到夜深，赵光义才回到了营帐。

小桃还没有休息，看到赵光义回来，声音有些迫切："寅儿的事怎么样了？有进展吗？"

赵光义心头一痛，拍了拍小桃的手："别乱想了，我会安排的。没有这么快，我们不能图快，必须要保证寅儿的安全对不对？"

"嗯，安全最重要。"小桃连连点头，目光空洞而凄凉。

赵光义把外袍脱下，坐在了床边，小桃忽地攀上了赵光义的胳膊，想说什么，又闭上了嘴。

赵光义反手握上了小桃的手，声音温和："你想说什么？"

小桃的目光游离开，勾了勾唇际："没什么，只是，觉得好快。又到了润州。"

赵光义怔了一下，又到了润州？赵光义的表情有些僵："你，是想去唐人的军营吗？"按照小桃的性子，她给赵匡胤画了南唐的水军布防，此刻一定是想赶快去告诉祁正修的。

小桃的眸子一亮，赵光义恰好戳中了她的心思，可是怎么可能？如果她去大唐的军营，别说祁正修不一定肯见她，即便肯见她，这边的宋人又会怎么看她？这些人里一定有赵匡胤的心腹，要是有人偷偷告诉了赵匡胤，还指不定会怎么折磨寅儿。想到这里，小桃眸子里的光黯了下来："算了。还是不要再给人把柄了。"顿了顿，小桃看着赵光义问得犹豫，"廷宜，你会不会生我的气？"

赵光义摇了摇头："不会。你是唐人，有这样的想法，也正常。"他不能责怪一个爱着自己国家的人，何况这个人是小桃。想了想，赵光义说道，"明天早晨，我骑马带你去润州东边城外的市集，那里离祁正修的军营不远，他会注意到你的。他是聪明人，你想让他知道的事情，他一定能猜到。"

小桃心里一阵激荡，如果是那样就太好了。只要祁正修能改变水军布防，她心里的愧疚也会少一些。

第二天一早，天刚蒙蒙亮，祁正修走出了营帐，正准备去巡查水军，忽然有侍从进来报告，润州城的东南方向有一行人有些反常。

“怎么反常？”祁正修问道。

侍从答道：“城东南原来每天早晨有市集，不少百姓会去赶早市。但战事起了，所有的城门都关了。所以看得格外清楚，那行人在城外的半山坡上立着，有男有女，好像在等什么，快一个时辰了，也没有动静。派了守城的将士去问，说是要等人，也不肯说等什么人。但人在城外，并不在城里，没有理由把他们抓起来。”

祁正修的心里一动，有男有女？他立即翻身上马，向着城东疾驰而去，到了城门，祁正修大步走上了城楼，从上往下看下去。初夏的早晨，一身桃红色衣裙的女子，和一个紫袍的男子并肩在城外的坡上立着。女子的身体似乎有些孱弱，不时地靠在男子身上。后面是几个精明强干的侍从。

虽然城楼太高看不到女子的容貌，但那熟悉的身形，祁正修不可置信地微微闭上了眼，又再次睁开，贪婪地看着女子，她不是去宋地了吗？怎么又到了润州？身子怎么那么弱？打仗怎么她还会来？……祁正修有无数的问题涌上心头，他本来平静的心情在看到小桃的一刹那，纠缠在了一起，搅得疼痛。

赵光义抬眸看了看城楼，眉头微微蹙起，揽着小桃的手力气不觉大了。小桃猛地一个激灵，向上抬眸看去，城楼上的一袭白色衣衫临风而立，不是祁正修又会是谁？小桃远远看着祁正修的轮廓，心里各种滋味都绞在了一起，欢喜，熟悉，激动，内疚，惭愧……最后还是低下了头。她没有脸面再见祁正修。等她再抬眸的时候，城楼上的白色身影已不见了踪影。

小桃心中愕然，立在原地不知所措。赵光义拍拍小桃的肩：“走吧。他应该知道你要说什么。”

小桃又向城楼望了许久，祁正修依然没有再出来。小桃心里有失落更有负疚，看到她和赵光义在一起，又到了润州的战场，还特意赶来，以他那么聪明的头脑，一定已经猜到了吧。那他必然是生气了，气恼她是软骨头，禁不住宋人的威逼利诱，就把自己的国家拱手奉上。

小桃脸色有些苍白，看了看赵光义，正要离去，忽然城门开了，一个士兵快步冲着小桃跑了过来。小桃连忙定住脚。那士兵给了小桃一个木盒子，没有说话，转身又跑了回去，城门在士兵跑回去的一刹那轰然关上，把小桃和润州再次隔了开来。

小桃看着木盒子有些惊讶，急忙打开，木盒里有一个胭脂盒，还有一张纸。小桃打开，上面是“胭脂花，苏方木，桂油，赭石”等一些胭脂配料的名字。字体很潦草，似乎是方才匆匆一挥而就写成的。小桃颤抖着手打开那个胭脂盒，胭脂似乎已经调好有些日子了，最上面没有从前那么鲜亮，边上有些发干。小桃的头轰的一声炸了开来。

赵光义担心在这里久留会招来不必要的麻烦，忙把小桃扶上了马车。小桃整个身子都是木的，坐在马车里，外头的阳光在初夏山坡上的树林里洒着斑斑驳驳的光点，小桃的心却压抑得沉重。小桃把祁正修写的那张纸反反复复看了几遍，除了配料，再没有一个别的多余的字。

这配料，就是祁正修研制给她专用胭脂的吧。还记得当初自己和祁正修打趣，嫌他小气不肯告诉自己配方，只是隔一段时间就把调好的胭脂托人带给她。可现在，他终于把胭脂的配方给了自己。为什么？是他不愿意再给自己调胭脂了？还是他再也不想看见她了？应该是再也不想看见她了吧，祁正修直到最后，也再没有露过面。

小桃的眼泪一颗一颗落了下来，滴在了手里的纸上，晕染出了一片片的墨渍。赵光义把小桃手里的纸抽了过去，叠好放在了盒子里。这想必就是可以掩住小桃颈上刺青的胭脂配方？赵光义心里有些说不出的滋味，有酸涩有懊恼也有丝莫名的触动。祁正修也算有心，不过本就轮不到他给小桃调制胭脂。

小桃无力地靠在了赵光义的身上，眼泪不住地淌了下来，过了许久，才颤着声音低低问道："廷宜，我是不是个罪人？"说完没有等赵光义回答，又自言自语道，"我是，都是我的错，我如果当初……"她说不上来，她也不知道自己当初怎样才能避免这些事情发生。纵然回到当初，她又怎么能舍得儿子的命？

赵光义把小桃揽得很紧，沉声道："别乱想。什么罪人不罪人？要论罪人，也该是李璟李煜，关你什么！一个女人，不该背负这些。"

小桃的心疼痛得要滴出血来，话虽如此，但她的确做了不可饶恕的事情。小桃把脸捂在了手里，任眼泪从指缝里滑落了下去。赵光义心疼地抚着小桃的头发，却只觉得自己词穷。半晌说不出一个字。赵光义的沉默让小桃更加难受，小桃低低地抽泣着："廷宜，你不要也怪我。"她似乎两头都不讨好，对南唐自不必说，从她站在城下的时刻起，估计祁正修就对她失望至极。对赵光义，她也全是愧疚，可谁让她是唐人啊。

"我不会。"赵光义的声音很沉，却很笃定。当责任和情感冲突的时候，他不知道自己该怎么解释。纵然他也想攻下南唐，但像赵匡胤那样手段龌龊，他还是觉得不齿。可他不齿的原因，也只是因为小桃。如果不是小桃，也许他也会觉得这只是兵法计谋，可有了小桃，在责任、道义、情感这三者之间纠葛，让他时常会恍惚怎样才是对的？到了后来，他已经不知道什么是对，跟着自己的心走而已。

如果早知道到了后来会陷入这么多的纠葛，也会给小桃带来这么多困扰，也许当初，他就该认清形势，不要去爱上一个唐人。可是，如果不认识她，没了这么多的缠绕，那又像白活了一样。

赵光义往紧拥了拥小桃："你要记着，不论发生什么，我都不会责怪你，更不会后悔和你一起。"

小桃的心用力跳了两下，刚才的情绪缓和了些。伏在赵光义的胸口，还能听到他的心有力的跳动。小桃有些迷惑："为什么？为什么你不会怪怨我？"

赵光义勾了勾唇："爱着一个人，时间久了，会觉得她就是你自己。有时心凉、恼怒一阵，却很快就会找到原谅的理由。"他自己也觉得怪，对别人，一个不顺心他都恨不得一辈子不想再见；可对小桃，纵然她从前让他误会多多，甚至偷了他的印章，他却是心寒一阵，懊恼一阵，痛苦一阵，愤恨一阵，最后都化成了不绝如缕的牵挂。也许这就是爱吧，求全责备，却又分不出你我。

小桃没再说话，赵光义的话让她的心沉沉的，却又暖暖的。这样的感觉，她又何尝不是？当初从宋地回南唐的愤恨，恼怒，对赵光义再纳妾生子的酸涩、麻木，对赵光义对南唐做的一切卑劣狠辣的事情，却也终究难抵骨子里的忘不了、解不开、化不掉的惦念。

祁正修回到了营帐，换了衣服，立即马不停蹄去巡查水军布防。小桃和赵光义这番莫名其妙的探访，虽然开头让他有些讶异，但仔细想想，行军打仗不得带女眷，赵光义敢带来小桃必然是得到了赵匡胤的圣谕。而赵匡胤不是个被情感打动的人，之所以能冒着大不韪让一个女人到阵前，除非是她有用。小桃的用处，再加上她今天像负荆请罪似的立在城下，想来已经把水军的布防图告诉了赵匡胤。

祁正修的心有些压抑，他不是没想过小桃到了宋地的危险。只是他本以为赵光义可以把小桃护好，却还是出了纰漏。祁正修一边巡查水军，一边想着该如何调整。已有的水军工事是没有办法改变了，那就等于之前的布防很多都废了。就这么些人马，这么些战船，该怎么调？祁正修的眉头紧紧蹙了起来。

直到深夜，祁正修才回到了营帐。又是他一个人的夜，寂静得让人发狂。和陈述徐锴把酒畅谈的日子，好像已经是上辈子的事了。那些在秦淮边喝得酩酊大醉不顾形骸，在自己小院里的曲水流觞饮茶品茗，甚至在酒肆歌坊听听曲看看舞的日子，都早已远离自己。

十年，还是十五年，他也记不清了。从前小桃在金陵的时候，他还觉得心里有丝念想，甚至李煜拿小桃当人质的时候，他会想着自己有妻子、有孩子在金陵等着他。纵然是枯燥的训练水军，设计布防，天天被江风吹得四肢麻木，但心是动的，有记挂，有牵绊的。

可自从小桃去宋地后，连这唯一的惦念，也彻底绝了。就像他小时候一样，满地的血，他最亲的人撒手去了。那种绝望和孤独，在多年后，他再次品味得到。他的心，本已经不想容纳任何人，却被一个卑微的小女子渐渐走了进去，却又猛地走了出去。留着他自己一个人靠幻想撑着那份孤独。可到最后，连幻想也无情地砸碎了。

还记得小桃曾经和他玩笑说他小气，问他什么时候肯把胭脂的方子给她。他没有答话，心中却想着，只要能见到她一天，便会给她一直调着胭脂。他能给她做的，也只有这一点微不足道。但如今，他还是把方子给了她。不能怪她，她交出水军布防图一定有她逼不得已的原因。只是短期改布防，他回天乏力。今天这一别，战事一起，他不知道和小桃还有没有重逢之日。祁正修拿出笛子，吹得声声悲凉，四下孤寂。

赵光义派人暗中打探，半个月过去了，祁正修并没有什么大动作。润州南唐的水军依旧如前。只是有一两艘船从和常州接着的渡头调到了北面的象山谷。船体也不大，不像是承载了很多士兵过去。赵光义有些纳罕，是祁正修没有领会了小桃的意思，还是他别有想法？

曹彬已经等待不及，自己的儿子被赵匡胤捏在手里，他恨不得几下攻下润州好让孩子安全。不停地催促着赵光义发兵攻打润州。赵光义被曹彬聒噪得烦扰，派了五千人跟随着曹彬，从润州西边的水栅试图攻击。

这个攻打方法是曹彬给赵光义的建议，因为从赵匡胤给他的水军布防图来看，西边的水栅实际是个幌子，并没有多少兵力，为的是和皖口一带的水军遥相呼应。但现在皖口已经被宋军攻了下来，这个幌子就成了薄弱的入口。而且如果祁正修要补足这个入口，就要从东部调大部分的兵力过来，这样的话又给在东边守着的吴越留了缝隙。

没有水军布防图的时候，曹彬直以为这里有重兵把守没敢轻易攻打，屡次进攻都绕过了水栅，早知道是个纸老虎，他早就攻打了。赵光义同意了，他也想看看，祁正修这次会如何应对。

三天后的夜里，曹彬带了五千人，分成了十艘战船，从水栅处浩浩荡荡开始了夜袭，水栅那里守着的几百唐军，还在睡眼蒙眬中就被宋军打了个措手不及。第二天一早，赵光义还没有起床，就已经传来了捷报。宋军顺利地攻下了水栅，现在宋军的战船已经驻守在那里，唐军全部撤退。小桃在珠帘后听着，心被扯得生疼。

赵光义急忙起身，策马赶到了水栅处。这里似乎没有经过太激烈的战斗，有些丢弃的盔甲，还有些被弃掉的小船，虽然破败但是并不惨烈。宋军的战船已经整整齐齐顺着水栅的方向向里纵向排布着。

一脸兴奋的曹彬对赵光义说道："晋王，这里果然是宋军的空隙，偷袭后毫不费吹灰之力就拿了下来。原来他们这里的守军连二百人都不到，而且不经打。"

赵光义走上宋军的战船，来回查看了一番地形，定住了身子，看着曹彬勾了勾唇："你觉得唐军再缺人，会只在这里布二百个人？"

曹彬一愣，不明白赵光义说的是什么："可是，这不是已经攻下来了吗？"

赵光义指着东侧说道："长江在这里的支流地形是狭长的，水栅只是个入口，攻下了入口，再往里深入，并不知道会有什么排布，更不知道会是什么地形，所以攻下水栅有什么用？"顿了顿，赵光义叹了口气，"只怕是诱敌深入的计策。"

曹彬有些不大高兴，带着弟兄们辛辛苦苦干了一晚上，晋王不但没有犒赏，反而犹犹豫豫好像自己打了败仗似的，真扫兴。自己没面子不说，弟兄们也没了热情。辛苦打仗的还不如窝在营帐里看热闹的。曹彬话说得几分意气用事："既然晋王担心，那还是由在下继续带领兄弟们深入腹地，看看唐军到底要什么把戏。"一来首战告捷，曹彬确实受到了鼓舞，迫不及待地想继续攻打；二来自己的儿子在赵匡胤手里，早打完仗早踏实。

赵光义看曹彬意气满腔，冷冷扫了他一眼道："你真的想继续？"

"想！攻下了水栅不继续攻进去，怎么能甘心。"曹彬答得斩钉截铁。

"好。"赵光义淡淡道，"那你就带着将士们去吧。一万以下的兵马，你自己调度。若是一万以上，你须告知我。"

曹彬心里一动，大声应是。

小桃在营帐里焦灼地来来回回走着，怎么办，唐军败了。是不是她的水军布防图坏了事？难道祁正修没有弄明白她的意思吗？怎么还是不改呢？小桃又是自责又是内疚，心里像揣了一个爆竹，砰砰乱炸。好容易等到中午，赵光义回来。小桃急忙冲过去问道："怎么样？消息准吗？唐军真的败了吗？"

赵光义把披风解下，面色阴晴不定，半晌才说道：“唐军是撤退了，但是，似乎并不是真正的撤退，反倒像诱饵。”

小桃怔住了，打仗的事她不懂。但听赵光义的意思，唐军虽然败了但情形并不糟糕。小桃没有继续打听，她的身份本就尴尬，唐宋交战，她舒心的时候，赵光义必然糟心，而赵光义舒心的时候，她就该自责痛苦了。小桃把赵光义的披风默默地收在了一旁，赵光义反手揽紧了小桃，两人拥着，却都没有说话，只余心思沉沉。

曹彬一战成功，便想乘胜追击。赵光义又给了他一万以下兵马的权力。曹彬白天顺着江边向东乘船巡查了一番，船行不过几里，就是唐军的第二道关口，是一处荒弃的渡口白凌渡，原本集中着不少唐军的战船，这里是守护润州的第二道屏障，再穿过去过了象山谷就到了润州水军的核心部分，如果打到那里，会有一场激战。

白凌渡现在的战船远远看去也不是很多，想来是昨晚攻打水栅后，唐军向后撤退，觉得白凌渡无险可守，索性继续后撤，准备集中力量防守象山谷之后？曹彬来回巡查了几番，看到白凌渡的战船还是慢慢悠悠不断地沿着回象山谷的水道行走，更加坚定了自己的看法。之前和唐军也不是没交战过，唐军虽然灵活，但是孱弱，这是天生的弱势。所以集中在一处还有些招架之力。这么一想，曹彬更下定了决定趁热打铁，把白凌渡也占据了。反正循序渐进，能占一点是一点。

两天后，曹彬又调了五千兵马，设计好路线、进攻的方式，谁做先锋谁做后援，一一交代排布好，准备两日后的夜里继续偷袭。曹彬还是去到了赵光义的营帐打招呼，赵光义没置可否，徐徐说道：“你执意要去，我不会拦你。但我只有一句嘱咐，占领了白凌渡，切不可贪大喜功，继续深入。以防有诈。”

曹彬抱拳应是。说罢转身出了营帐。他虽然嘴上答应，心里却不以为然。赵光义连战场都没去好好看过，坐在这里纸上谈兵。他好歹也和南唐打了几个月，赵光义一动不动，来了就是止步不前。带兵这么久，后蜀南汉都打过，还怕区区南唐？

赵光义的营帐用纱帘隔成了前后两部分，前面集书房会客于一体，后面是卧房。曹彬来的时候，赵光义也不避讳小桃。只让小桃进了纱帘后面。曹彬走后，小桃从纱帘后出来，有些担忧道："你既然觉得不妥，又为什么会让曹大人出兵？"小桃理解不了的赵光义的稳坐泰山。纵然他再包容她、爱护她，总不至于在唐宋交战的时候弃宋护唐，他为什么会眼睁睁看着曹彬犯错？

赵光义的声音淡淡的："不由着他，他心里会有怨气。由着他，是胜是败，他自己负责。"更何况曹彬若是真的能吃点教训，他还有别的谋划。

小桃似懂非懂，心却揪得紧紧的，再无睡意，陪着赵光义在营帐里等着曹彬的战报。

第三十八章

不世之略谪仙才
抵死之情红颜殇

曹彬带了五千精锐，又分十艘战船，这次战船有大有小，白凌渡的岸边是江湾，有的深有的浅，船的大小不同好灵活靠岸或者转方向。趁着夜色，子时刚过，曹彬便率先带着水军沿着水栅过后的江路，向白凌渡靠近。

白凌渡防守的唐军远远在月色下看到了宋军，急忙擂起战鼓，迅速地集结好士兵。就在宋军靠近渡口的半晌功夫，已经列好了十几艘战船应战。

曹彬让小船在前面先攻，小船灵巧，很快地靠到了唐军的船边，宋军体格健壮，迅速地攀上了唐军的船过去厮杀。后面的大船跟着靠近，援助前面的小船。待船连成了片，宋军唐军都厮杀在了一处，也不管在谁的船上，开始了激战。

曹彬站在最后面的一艘大船上，看着两军对阵。起初唐军的灵巧占了一定的优势，而且唐军熟悉水性，在战船上厮斗和在平地无异。但宋军便需要调整一番才好。但是宋军的体力的确强于唐军，不到两个时辰，唐军就开始节节败退，向自己的船上渐渐撤去。

月亮渐渐偏东，唐军坚持不住，已陆续有不少人掉进了江中。将领一声令下，剩余的人便飞快地跃上自己的船，向着象山谷一带奔逃。下属问着曹彬："大人，还追吗？"

曹彬看着唐军已经溃不成军，像一群丧家之犬一样向里撤着，早已把赵光义嘱咐的话抛在了脑后，大声喝道：“追！”一声令下，宋军的战船立即排布整齐，调转船头，向着象山谷的方向猛地追去。

象山谷是一道峡谷，在润州的西侧，连着象山，而象山的另一边就和润州城中的焦山相连，如果能攻下象山谷，士兵沿着山势，很快就能攻进润州城。

月色下的江水，粼粼泛着波光，没有雾，很清晰的夜色，曹彬明明看着前头一丝障碍都没有，船也行得顺风顺水，但是刚刚进入象山谷，却忽然几下绕着就迷了方向，刚才还在前头的唐军船只像忽然从水里消失了似的。整个象山谷里，只有曹彬的十艘战船孤零零地依次行了进来，四周好几条水路，曹彬忽然分不清自己是从哪里进来的。曹彬心下暗道不好，立即吩咐调转船头，向相反的方向赶紧撤离。

但是已经晚了，从四周忽地涌出二十几艘战船，像瓮中捉鳖一样把曹彬的水军团团围住，想跑已经早没了退路。曹彬的小战船还好，大战船连船身都调转不开，数不清的唐军像天兵天将似的涌向宋军。

祁正修立在船头，眉眼温和。

夏夜的荼蘼，顺着江畔的风，缓缓吹入了营帐里的罗幕。赵光义的桌前点着蜡烛，营帐里点着一炉香，小桃不时心不在焉地走过去丢一些香片进去，熏得袅袅娜娜满室的香。

赵光义坐在桌前，盯着一幅润州的地图反反复复地看着。润州自古以来便是兵家必争之地，焦山金山北固山，三山形成的三角，正好作为屏障紧紧守着城。山外又有长江天险，峡谷无数，进可攻退可守，有足够的空间玩战术。赵光义越看越有几分赞赏祁正修了。

难怪他十几年来非要守着这里，眼下光看着润州以北的地形，再结合着水栅后的布局，赵光义即便不知道南唐在这里的水军布防，也料到善于谋略的祁正修一定在这里布置了数不胜数的水事工程，把这里谋划成了一盘随时可以灵机变动的活棋。要想打下这里，可不是曹彬莽莽撞撞带着些人马就能成功的，必须得揣摩着祁正修的心思，一点点抽丝剥茧，才能逐步占领击破，最后把他逼到一角，才有胜算。否则润州的地盘这么多可倚仗的先天优势，祁正修再布开阵势，能被他玩儿死。

小桃看赵光义看得认真，把跳动的蜡烛芯剪了剪，看着地图，小桃的心一紧，不由问着："我画的水军布防图，陛下是否给了你？"

赵光义摇摇头："没有。"顿了顿又道，"他应该给了曹彬。"

小桃的心揪着："那，你没有看过吗？"

赵光义看了看小桃，没有回答。他到目前为止还没看过，但不代表他不想看。打仗不是儿戏，不能意气用事。他很想豪气冲天地说"不靠这布防图也照样可以光明磊落地赢"，但他说不出口，因为事实上，也许他做不到。祁正修的布防精细灵活，不是他能一一解开而无疏漏的。过了半晌，赵光义说道："我会尽量不看。但无论如何，我不会让你为难。"说完紧了紧小桃的肩。

小桃勉强挤出个笑，心情忐忑不安。赵光义看了看营帐外蒙蒙亮的天，冷冷笑了声道："看来待会回来的，不会是捷报了。"曹彬子时出发，此刻还没传信回来，一定是好大喜功，过了白凌渡又继续向前打了。

话音还没落，外面急匆匆跑进来一个士兵上气不接下气地禀告着："晋，晋王，大事不好了，曹大人，曹大人回来了。"

"慢慢说！"赵光义腾地站了起来，眉头紧蹙，声音很硬。

士兵喘息了片刻，急忙理顺了说道："曹大人打了败仗，被唐军追赶，撤退时曹大人负了伤，现在被抬了回来。"

赵光义急忙起身，跟着士兵走出了营帐。曹彬已经被抬回了营帐，正躺在床上昏迷着，全身是血。赵光义到的时候，随行的军医已到了先行诊治。赵光义忙问着怎么样。

军医答道：“曹大人身上大大小小擦伤刀伤不少，不过最要紧的是两处，一处是胳膊被刀砍伤严重，需要些时日才能恢复筋骨；再一处肋下中了箭，也需要调养气血。不过好在都不致命，恢复些日子便能无大碍。”

赵光义点点头：“务必请用心些，不论什么药，拣好的用上。尽快让曹大人康复。军中前线还需要他。”说罢又安排了些侍从在曹彬身边服侍。

赵光义走出营帐，问了问昨夜随着曹彬出战的士兵当时的详细情形，心里有了数。果然不出所料，象山谷有诈，这曹彬不知死活，把自己的叮嘱当作耳旁风，不知进退，贪得无厌，被唐军大败。要不是有几个机灵的士兵看着曹彬已经负伤严重，趁着混战偷偷把曹彬扶上小船赶快逃了回来，也许曹彬的命也保不住了。好在祁正修没有死追不放。如今倒好，白凌渡和水栅也被唐军趁势占了回去。

直到下午，曹彬才醒过来，服了药又把外伤用药包好，全身动弹不得，尤其是被砍伤的右胳膊，一动不能动。看赵光义进来探望，曹彬面上有些不好意思，如果昨晚听赵光义的劝，拿下白凌渡就撤回，也不会发生这种事。但曹彬心里也有些不满，如果不是赵光义限制，只率领了五千士兵，兴许还败不了呢。

赵光义询问了番伤情，对曹彬说道：“先养伤吧。军中的事务，暂时先别操心了。”

曹彬问道：“不知晋王有何打算？”

赵光义道：“我军刚刚被唐军战败，需要一段时间恢复，不仅是恢复体力，也需要恢复士气。润州的打法，不宜着急，需琢磨好了，慢慢进攻。”

曹彬脸上挂不住，不由回了一句：“昨晚若是多带些人马，兴许就不是这样的结果了。”

赵光义的脸冷了下去：“你这是怪怨我不曾给你援兵，作壁上观了？”曹彬不吭声，赵光义哼了一声，声音冷厉：“糊涂！你也是行军打仗之人，打仗是硬拼的？若是靠人多就能制胜，那还要战略战术做什么！象山谷你知道能容纳多少唐军在里头布阵就敢硬闯？两万人！藏两万唐军你都发现不了！竟然还不知反思悔改，我若是昨晚派了援兵，只怕你我现在都被唐军关在了营地！没有脑子的东西！”赵光义动了真气，句句生硬清冷。曹彬听得面红耳赤。赵光义半晌才缓和了神情，“我看曹大人需要时间好好把兵法理一理，顺带把身体调理调理，宋军今后的排布出战，还是由我亲自上阵吧。”

赵光义说得入情入理，曹彬哑口无言，许久才闷声道：“在下听从晋王安排。”再不服他也动弹不了，能怎么办。

宋军在润州的兵权自从曹彬身体动不了后，便尽握在了赵光义的手里。此刻小桃才明白赵光义所说的另有谋划是什么意思。原来夺取兵权也可以有一招“借刀杀人”。难怪赵光义明知道曹彬是去送死还不肯派援兵出手。

润州的军情需每天向赵匡胤禀告，曹彬不敢写由于好大喜功最后反被唐军打败，便在给赵匡胤的军情报告时避重就轻，只说是战略部署有些偏差，更没敢说自己重伤的事。赵匡胤便也没有再派新的将领来润州。

赵光义把曹彬手里的兵权一齐夺过来之后，对照着地图，反反复复地琢磨，甚至不惜耗费时间精力，又求得了一幅更加详细的润州地势地形图，他在揣摩着按照这种地势，他会怎么布局兵力，借此来推断祁正修会怎样想。

整整一个月，赵光义没有任何动静。赵匡胤着急，不好催问赵光义，便直接给曹彬去密信催促。同时曹彬收到家书孩子一直在宫里，现在都不让进宫去探望。

曹彬心里着急，撂下书信直接冲进了赵光义的营帐。随便点了个头就算行礼，他的右胳膊还是动不了，曹彬气粗："晋王，我军已经在这里驻守了一个月了，一动不动，要说恢复士气和身体，也足够了吧。炎炎夏日已经到了，再不打，秋天就该到了。"

"到了就到了，有什么着急的？"赵光义坐在桌前，用笔在桌上点着地图，眸子也没有抬。

"怎么不着急？驻守在这儿，耗费的军饷不算啊？多等一天就多一天的粮草，也不能一直浪费着。"看赵光义不慌不忙地看着地图，曹彬心里更加焦急，看着这么个破地图能看出个屁！就算看一年，也看不穿人家唐军是怎么排布的。

赵光义清清淡淡的样子惹得曹彬火气上窜，一个忍不住，不由用还灵活的左手从袖中扯出一张图拍在了桌子上："晋王，要看就看这个，看那个有什么用！"说完不待赵光义回答用左手把图纸扒拉开，指着图说道，"这是南唐的水军布防，你看看，这里，象山谷，原本只是布了三千人，没想到祁正修好像算到我们要偷袭似的，竟然不知从哪又偷偷调了人去，但是南唐的军队一共也就那么些人，在象山谷布了士兵，那么在别的地方便一定顾及不暇。"

曹彬指着外围，"你看，清淮岭就一定没多少人，这里也能上焦山，而且焦山没有修筑防御工程，其实很容易攻下来的，只要能攻下一条去焦山的路。"曹彬一旦开始了便口若悬河，根本没有给赵光义说话的机会，噼里啪啦，不到一炷香的工夫，已经把南唐的水军布防图解释了个清清楚楚。哪里多少人，哪里多少船，哪里是工事，哪里有水栅堤坝通道……一一说清。

等小桃从外头端了蒸好的茶叶糕进来，就听见曹彬在里头说着一句话：“晋王，这就是南唐所有的水军布防，这不是比光看地图有用多了？如果能及时打过去，用不了一个月就打下润州了。”小桃的身子一颤，手里的茶叶糕散落了一地。

赵光义听到动静一震，抬眸看到小桃一脸的苍白绝望，心不由跟着疼了一下。曹彬回眸看了看愣在门口的小桃，还在继续滔滔不绝地说着。赵光义摆了摆手冷冷道：“好了，不要再说了。”曹彬这才停下，看着赵光义清冷的表情，把手底的南唐水军布防图收了回去。愤愤转身出去。

小桃直直看着赵光义，心绞痛得厉害，他说过尽量不看布防图，可如今，他还是看了，那再攻打南唐的水军，岂不是就容易了？小桃一片混乱，转身跑了出去。

赵光义迈开步子想去追，却是走了两步又停住了脚，即便追上去又该说什么？已经看了布防图，再解释都是枉然。赵光义微微闭上了眼睛，一旦看过，便不由得记住，如今南唐的布防已经尽在他脑海里了。虽说祁正修现在也许有改动，但大的水事工程，他已经基本知悉，而这些是动不了的。如果要攻唐，只能从这些水事工程上想办法。但这已经是一场不公平的战争，赵光义心中矛盾，却也无奈。

小桃冲出了营帐，跑得很快，只想把烦扰都甩到脑后，可负疚惭愧却如影随形，无论她跑多快，都像噩梦一样缠绕着她。小桃跑到了江边，看着波涛翻滚的江水停住了步子，小桃大口大口喘着，全身都在抖着，忽然几声剧烈的咳嗽，嘴里又咳出了血。小桃擦了擦嘴，凄凉地看着江水，有的错，一步错就步步错。把图画给赵匡胤，就该料想到总有一天赵光义也会看到，那时他亲自用自己画的图去打南唐，她不知道该怎么面对他，怎么面对自己。小桃滑坐到了地上，对着江水不知道木然地坐了多久，赵光义走到小桃的身边，给小桃披了件披风：“江风大，回去吧。”

小桃猛地抓住了赵光义的手，近乎哀求地说道：“不要这么急着打，再，再给大唐一点时间好不好？求求你……”兴许再有些时间，祁正修就能重新布防的更好呢？这么打不公平，一点也不公平。

赵光义声音很艰涩：“打仗不是儿戏。”看着小桃的眸子黯淡了下去，赵光义于心不忍，张了张嘴，又把话收了回去。能给多少时间呢？现在宋军已经修整了一个月，再没有动静，赵匡胤也不干。而且寅儿还没有消息，他再等下去，也是危险。可是看着小桃凄凉的神情，赵光义心里又难受，能拖就再拖拖吧。

赵光义又蘑菇了一个半月，期间也曾派兵从清淮岭的陆地战场上试了试兵，探了探那里如今的驻军多少，在小桃画的水军布防图上，南唐的布兵在那里是不多的，但宋军很快就被打败了。清淮岭唐军的数量成了谜，是多是少，没探出来。

除此之外，赵光义还派兵在其他的几个军事点试了试水，大致探了探都是什么兵力，祁正修是如何利用地势布置兵力或是运用兵法的。但几回试探，赵光义就更不由对祁正修有几分钦佩。同一个地势，祁正修每次的部署都不一样，也不知道这人读了多少兵书，能如此变化多端。赵光义不得不更加小心，既想试探求稳，又要防止被祁正修一锅端，二人虽然都没有亲自上战场，却在一场场的揣测、度量中琢磨着彼此的战术和心思，宛如棋局对弈。

赵匡胤却在开封等得不耐烦，曹彬几次寄回来的战报都无关痛痒，感觉赵光义一直在外围打圈子。明明已经有了布防图，却还按兵不动，他在等什么？还是想借此机会把攻打南唐的宋军收到自己麾下？赵匡胤有些不耐，又等了半个月，正想派人亲自去润州看看，忽然想起了一个人，那人就在曹彬麾下，还曾向自己提供过小桃知道布防图的机要，此刻不用他更待何时？赵匡胤传了封密信到润州，把樊若水召回了京。

樊若水收到赵匡胤的密信简直受宠若惊，急忙连夜赶回了开封复命。

赵匡胤召见了樊若水，详细询问了润州的情形，才知道曹彬早在三个月前就负伤了，到现在胳膊都不利索，没法上阵指挥。所以现在宋军基本成了赵光义的。

赵匡胤暗暗抽了口凉气，曹彬的兵马落到了赵光义的手里，还不攻打南唐，天天在外围晃悠，粮草多一天都是浪费，而且他带兵的时间越长，那些士兵就越容易对他信任，万一他要是哗变，后果也够难堪。赵匡胤详细问过之后，把樊若水打发了下去，临走时又喊住了他："过两日你再来我这里一趟，我有东西要你转交给一个人。"

八月到了，润州渐渐开始转凉，小桃自从那天开始，咳嗽又不见好。赵光义请了军医过来诊治，也只说小桃是焦虑过甚，气血不凝。小桃的脸色一天比一天苍白，衬得眼睛更加大而无神。赵光义想发火又无处可发，只好问着小桃："桃宜，难道打不打南唐，润州能不能保得住，比你自己的命还重要？"

小桃回答不上。每天她都在提心吊胆，又怕润州守不住，又怕赵光义出危险，这份焦灼，随着赵光义对南唐布防渐渐深入的探测，更加强烈。一触即发的最后决战，随时都有可能点燃，小桃更像是绷在绳上的蚂蚱，没有挣扎的力气。谁都不想伤害，却注定要看着一方受伤害。

这天下午小桃正在营帐里靠着床边躺着，门外的侍从进来通报樊若水求见。小桃一怔，吩咐让他进来。

樊若水拜见了小桃，对小桃笑道："桃娘，别来无恙啊。"

小桃冷冷一笑："樊公子，哦不，应该很快该叫樊大人了，您才是一帆风顺，别来无恙。我这个样子，已经快病入膏肓，怎么还能无恙。"对于一个出卖背叛国家的人，小桃正眼都不愿瞧一眼。

樊若水倒是依然面不改色，又笑道："怎么着也算旧人，再说姑娘不也身处宋营，和我又有什么差别？若论对大宋的贡献，姑娘和若水应该不分上下，彼此彼此。”

樊若水的话一针扎在了小桃的心上，小桃脸色一红，用力猛地咳嗽起来，她和樊若水怎么能一样？樊若水是卖国求荣，她是迫不得已啊。可若论结果，好像也的确是，小桃心里上火，一口血又咳了出来。不由抬手指着樊若水，有气无力道：“滚出去，我不想看见你，滚！滚！”

樊若水脸色依旧不变，对小桃拱了拱手道：“姑娘还是气性大。若水要不是有要事，也不想讨姑娘的厌恶。”说罢从袖子里拿出一个小木盒，也就一个胭脂盒的大小，对小桃说道，“前几日陛下密信召我回京，临别时交给我这个木盒，我没有打开看过，不知是什么。”说完把木盒放在小桃身边的桌子上，“陛下给姑娘的东西，兴许是记挂姑娘了。不过陛下吩咐姑娘切莫让晋王看到。姑娘慢慢看，在下先行告退。”说罢转身走了出去。

小桃咳嗽了半天才止住，手里捏着的帕子上都咳上了点血渍，小桃渐渐缓和了气息，带着一腔疑惑，把木盒打开了。木盒中间，是一截小小的手指。“啊！”小桃惨叫一声，眼前一黑，一口血喷了出来，晕了过去。

赵光义刚巡完水军回来，才走到营帐外还很远，就听到小桃的惨叫，急忙大步跑了回来，却看到了两个下人手忙脚乱地扶着小桃，小桃的胸前是一片血渍。赵光义忙三步并作两步冲上前低吼着：“怎么回事！”转而吩咐外头，“传军医！快！”

一个下人捧着木盒到了赵光义面前：“夫人就是看了这个，就晕过去了。”赵光义看到手指，不可置信地盯着看了半晌，才颤抖着手把小手指拿起，断处很齐，是被利器砍下来的，应该是小指的前半截。赵光义的眼睛闭上了，全身的血脉都像逆流一般奔涌狂放。过了好久，赵光义睁开了眼睛，红得像要滴出血来。

赵匡胤是在逼他，逼他赶快向南唐开战！好，打，打赢了再把寅儿救出来，他要找赵匡胤一一把这些账要回来。

很快军医到了营帐，给小桃掐了许久人中，又拿了一个药袋放在小桃的鼻下，半晌小桃才悠悠缓过气来，双目木然地睁开，看到守在她身边的赵光义，眼泪淌了下来，声音嘶哑地几乎没气力："寅儿，寅儿啊！"

赵光义紧紧攥着小桃的手，鬓上的丝丝白发有些刺眼，声音苍厉："我知道。"赵光义心里翻腾着巨浪，疼痛得也几乎喘不上气来。

小桃和赵光义四目相对，却都无语凝噎。赵匡胤逼着打南唐，已经给了他们最尖刻的教训和威胁，纵然赵光义愿意再等等，再拖拖，纵然小桃恨不得就这么一直对峙下去，宋军再不伤害唐军半分，但在寅儿面前，这些都不免分量轻了。

小桃的眼泪止不住，全身都在抖着，只低低反复说着"救救寅儿"。作为一个母亲，她恨不得用自己的命去换寅儿，可却那么无力，看着寅儿受苦她束手无策。赵光义的心前所未有地疼，寅儿让他疼，小桃让他疼，赵光义用力按了按小桃的肩："一切都交给我。你好好调理身子。"说完狠狠心，起身走了出去。

赵光义到了另一个营帐，只有他一个人，对着润州的地图来回勾画了半晌，快到黎明，赵光义把新提拔的副将郑晋唤了过来，吩咐道："调度三万人马，分三路进军。第一路，五千人，用大船，明天晚上子时后，依然是从水栅出发，攻下水栅和白凌渡，后天晚上直攻象山谷；第二路，五千人，从清淮岭出发，向焦山攻进。"顿了顿赵光义道："至于剩下的两万兵马，"说着赵光义指着地图道，"这里，润州靠近常州的地方，这里有个地方叫九泉瀑，把兵马派到那里。"

郑晋怔了一下，问道："晋王的意思是，把这里作为我们攻打南唐的主力？而其他两处只是疑阵用来干扰唐军？"

赵光义点了点头，象山谷已经去探过一次了，那里深不可测，易守难攻，断然不能主攻；清淮岭虽然唐军兵力少，而且离焦山很近，可是清淮岭是个山坡，只能陆军出战，从下往上攻难度极大，所以也只能是用来扰乱唐军视线用。而真正的主力，赵光义这些日子一直在想从哪里作为主战场进攻，思前想后许久，赵光义想到了当年寅儿丢失的地方——九泉瀑。

九泉瀑在润州城东，且离吴越很近，而宋军的营地是在润州城西，如果从九泉瀑进攻，等于绕着润州兜了大半圈，从常理来看，凡是长脑子的都不会那么做。但是赵光义这几天一直在想，当初寅儿顺着九泉瀑冲下来，水流那么急，自己是紧跟着寅儿跳下去的，为什么就一直没看到寅儿？而且九泉瀑离绕溪村还有些距离，一个孩子从九泉瀑一直冲到绕溪村一路被水连泡带冲还生命无忧，那简直是奇迹中的奇迹，除非寅儿是从九泉瀑掉下去就被冲到了一处安全的地带。所以赵光义就对九泉瀑上了心。

这些日子他派人四处查探，也着重查看了九泉瀑，果然发现九泉瀑的瀑布掩盖的山壁，有一处缝隙，顺着缝隙向里，便是极大的一处山洞，而沿着山洞向里走一会儿，从另一边穿出去，便是润州城东的一处荒滩。赵光义之前并不知道这处荒滩唐军会不会布置兵力，但从曹彬给他看的水军布防图来看，那里并没有多少布防。那么攻下荒滩，沿江向西两个渡头就能攻到润州城东门处，直接兵临城下。

选这边做主战场的好处在于，这条线路没有峡谷、山坡等天然险要可利用，一路都是平坦的江水，视野好，进可攻退可守。除了瀑布那里算是天险，只要能过了瀑布，隐蔽地把兵力调到荒滩处，再往前就不愁了。可问题也随之而来，九泉瀑的地势陡峭，一两个人穿过还可以，大批量的军队可如何抵得过瀑布穿进山洞呢？万一冲到了下游，还没打仗就已经折损兵力了。

果然这个问题郑晋也向赵光义提出了：“两万士兵怎么穿过瀑布进入

山洞呢？”

赵光义沉声道：“所以这两天要派几个人先去那里，眼下是秋季，一些枯藤正是韧性足，让人把藤蔓结成绳索，到时从瀑布上面垂下来，下面的人就可以扯着穿过瀑布了。等到这边的士兵后天晚上攻到象山谷，那边也差不多编好藤蔓准备进攻，几处并进。”之所以用藤蔓，一来军营里没有那么长的绳子，现找也来不及；二来绳子见水没有藤蔓结实，而且长短也能调节。

郑晋恍然大悟：“哦，这样便可以扰乱唐军，让他们分不清我们的主力到底在哪儿，应接不暇？”

赵光义勾了勾唇：“快去准备吧。”郑晋刚转身要走，赵光义忽然又喊住吩咐道，“等一下，在攻打象山谷的时候，大船上装几块大石头。”

郑晋一愣：“大石头？”仔细想了半晌才猛地一拍脑袋，叹服道，“晋王果真计谋深远。有了石头吃水深，熟悉战船的唐军看了一定以为我们船上的士兵很多，便会多调兵派到这里，这便是声东击西啊。”

郑晋退下后，赵光义又写就了一封书信，命人带到了吴越的营地。如果从九泉瀑进攻，少不了吴越的帮助。

两天后，亥时末，祁正修正在营帐里对着地图思索，忽地有人进来禀告着：“大人，宋军二十艘船开始向象山谷驶进。是否按照计划，将我军的主力调过去应战？”

祁正修微微蹙了蹙眉，问道：“除了象山谷和清淮岭，别的地方还有没有发现宋军？”

来人想了想道：“下午有人发现在九泉瀑的山边，有几个宋军。”

“九泉瀑？”祁正修的眉头紧紧锁了起来，神经都绷直了，“在山的哪一边？挨着瀑布下游的一边，还是挨着荒滩江水的一边？”

来人回禀道："荒滩的一边。"

"为何不禀告？！"祁正修的声音严厉起来。

来人有些害怕回禀道："大人下午太累在营帐里睡着了。副将大人说不要紧，只是几个散兵，派人去应付了。想让大人多休息一会便没有禀告。"

祁正修只觉得手脚有些发凉。他早有耳闻赵光义的谋略比起曹彬深远得多，但这样神不知鬼不觉地就发现了九泉瀑的山洞还是让他惊讶。清淮岭肯定不是宋军的主力，象山谷已经把曹彬战败一次，难道宋军还会把这里作为主战场？比起象山谷，按理九泉瀑那里更像是宋军新发现的主战场。但是九泉瀑山洞狭窄，可攻却不好退，赵光义会自断后路地这么干吗？祁正修很犹豫，想了想问道："象山谷的宋军有多少？"

来人回禀道："前方回来的战报是，根据吃水的深度，一艘船上应该有一千多人，二十艘船。"

二十艘船，两万多人？祁正修的眉头锁得很深，宋军肯派这么多人到深不可测的象山谷？祁正修猛地站了起来，把披风一扯系在了身上："赶快到象山谷。"

祁正修的小船飞快地行到了象山谷附近，祁正修让船靠着峡谷旁边的一处石头，祁正修几步下了船顺着石头攀到半山，看到了宋军的大船正缓缓地向这边行驶，根据船行的速度和吃水，的确每艘船近千人。

祁正修吩咐道："命两个人驾驶小船，快速向最前头的大船撞过去。"

侍从没有听懂，不由吃惊地反问着："撞，撞过去？"

"快去！"祁正修少有的严厉清寒。侍从急忙领命而去。

两个士兵驾驶着一艘小船，沿着峡谷的侧壁，悄悄行到宋军的船队前，飞快地撞了一下船头，祁正修在半山上紧紧盯着宋军大船的动静，船头微微晃了一晃，左右来回轻轻上下浮动后，再没有任何动静，连船附近的水都只起了一丝波澜后便化开轻轻的涟漪再无波动。

不好，这船上的重量是靠重物压出来的，并不是有那么多人。如果船上是士兵，被小船撞击了后，一定会有人在船上来回走动，那么船不可能没有任何摆动便恢复了静止。只能说明船上的人并不多，被撞击后很快便恢复原样。

祁正修急忙从半山下来，冲到自己的小船上吩咐道："赶快回营帐，在象山谷留五千人，再调三万兵马，从润州城东发兵堵住九泉瀑。"

船行疾疾，两岸生风。

寅时，祁正修收到了战报，宋军派了两万兵马从九泉瀑攻打，如今已经攻下了荒滩，在那里驻兵。而且趁着战乱，吴越从九泉瀑逆着水流牵引上了二十几艘战船援助宋军。等唐军到达的时候，宋军已经人船齐备，等着开战。一夜激战，各有胜负，现在以前湾渡为界，唐军宋军各持一方。

祁正修的全身都有些泛凉，赵光义选的九泉瀑是任何人都很难想到的一个进攻点，一则有天险瀑布，二则宋军的战船都在城西，根本无法调到城东。可是偏偏这一切会这么快，毫无迹象，毫无征兆地在一瞬间逆转了。

祁正修吩咐下去，在润州东边继续增派兵力。这是祁正修最不愿意进行的一种打法，因为论体力，唐军往往打不过宋军。祁正修只能用计谋利用天时地利进行对抗，可现在赵光义选的这条战线，平平坦坦一条江，无险可守。祁正修只能根据九泉瀑的地势难以进出的特点，先派兵把宋军尽快截杀住，以防宋军或吴越的兵力或战船增援。

然而在战场的搏杀打斗中，唐军依然不及宋军。这场激战进行了二十多天，双方的死伤都很惨重。宋军的兵力虽不时地前去增援，但九泉瀑本身地形狭窄，穿行费时，一支五千人的军队都要几个时辰，对于战事紧张的前线来说，还是太慢。而唐军也损伤严重，润州城被围攻，补给已经大半年送不进来，只靠着城中的储备到现在也有些捉襟见肘。

赵光义在城西，每日收着战报，有胜有负，不免也重重担心。这步棋是把自己逼入绝境的做法，眼下宋军没有多少兵力可增援，一旦唐军再加大攻势，彻底把宋军灭掉，再堵上九泉瀑的入口，那便彻底完了。可好在祁正修也难以估测自己的兵力，所以也没有倾城出动，不知还能坚守多久，有无什么转机。

这日傍晚，赵光义正在营帐里和小桃闲聊着，属下急匆匆进来禀告：“荒滩那里传来战报，祁正修被我军的流箭射中了，现在伤情不明。”

小桃心里一紧，脑子就是轰地一晕，急着咳嗽了几声，又见了血。赵光义心里抽紧，把军医唤来后，忙出了营帐问着属下详情：“祁正修负伤属实吗？”

属下回禀道：“属实，战报说是李冉少将射中的。”

赵光义微微点头，李冉是个年轻的小将，但箭法很准，被他射中不足为奇。

属下退下后，赵光义想了想走进了营帐，握着小桃的手道：“桃宜，我要去荒滩那边的战场去亲自督战。”

小桃刚平息的情绪又腾地窜了火上来，剧烈地咳嗽了好久之后，小桃低低哀求道：“军中那么多将领，你何必要亲自出马呢？流箭无眼，连祁公子都不能幸免，你要是也受了伤，我怎么办？”

小桃的一句“我怎么办”让赵光义心里一荡，盈盈地化出一阵暖流。赵光义把小桃的手攥得紧了紧道：“我答应你，我不会受伤。”

小桃用力地摇着头，眼圈红红，这岂是他答应就能保证的？而且小桃还有一句话没说出来，当初她给赵匡胤画水军布防图的时候，有三处水事工程她没有画，其中有一处就在这里，当时她觉得这里在九泉瀑的山对侧，应该不是重点防守或进攻的地方，因为唐军在这里的部署兵力非常少。可现在风云突变，虽然她不太懂，也从这几天赵光义和属下的对话里听出了究竟，如今这里是唐宋交战的主战场，那个水事工程就变得非常重要了。

小桃哀哀地恳求着："你为什么要亲自去呢？你去不去不也是一样地打吗？"

赵光义沉沉说道："从前一样，现在不一样。现在唐军将领受伤，正是军心不稳的时机，此刻我亲自去督战，一鼓作气，能拿下润州城东最近的后湾渡，便能兵临城下，这是非常重要的一个环节。拿下这里，以后我们再有援军或兵船，就能直接从陆地上增援，而不用像现在这样要穿过九泉瀑的山洞，就可以完全从被动到主动。"

赵光义缓缓地解释着，脸上不惊不喜，只是很稳，很认真地向小桃解释着。也许小桃并不能完全明白，但他还是要细细说给她听。这样她的担心和纠结也许会少一些，因为他明白，即便她不问，她的心也早已揪扯成了好几瓣。

小桃的手心里都是冷汗，她知道赵光义决定了的事是不会改变的。可是他越是这样，小桃越觉得不安，因为他已经预料到了他能预料的事才会如此判断，如果他知道还有个水事工程，也许就完全不同了。尽管她并不知道那个水事工程会起什么作用。她要不要说？说了，会不会赵光义利用这个攻打南唐，祁公子已经受伤了生命垂危，此刻她要说了便真成了落井下石，那样除了以死谢罪，她该如何原谅自己？可如果不说，赵光义因此有了什么差错，她也同样无法活着。思来想去，小桃看着赵光义定定说道："既然你执意要去，那你要答应我一件事。"

赵光义唇角勾了上去，抚了抚小桃鬓角的乱发，温声道："什么事，你说。"

小桃咬了咬唇道："派一个你亲信的侍从，每天都告诉我你的情况。

我要知道你一直安全。”

赵光义的眸子眯了起来，有人惦念的感觉，就像融融化开心的春风，让他有些沉醉。赵光义把小桃的手放到了自己的唇上，沉声应道：“好。”

赵光义没有一刻停留，当晚便去了九泉瀑，又带了五千兵马的援军趁着夜色进了荒滩，赶到了前湾渡的战场。士兵看到赵光义亲自上阵，又来了援军，士气都受到极大的鼓舞。

曹彬由于负伤，一直没有上阵，现在统领将士作战的是郑晋。赵光义问着郑晋：“祁正修负伤，负责指挥南唐将士的是谁？”

郑晋摇了摇头：“不认识，不是南唐的名将。但是士兵似乎对他很服气，以前我们和南唐对阵的时候也从没见过他。”

赵光义的眉头蹙了起来：“从没见过？”南唐会派一个新人来带兵？不会，应该是个老将，但南唐还有什么老将？赵光义琢磨了一番还是没有想到。

这时郑晋忽然又说道：“对了，他打仗很凶猛，不像一般的唐人孱弱，连我们大宋的士兵都不是他的对手。而且总感觉他怪怪的，好像哪里不太对。”

“怎么个怪法？”赵光义挑眉问道。

郑晋答着：“就说下午吧，打仗他就冲在最前头，打得很猛，把我军逼退了十几里，还要再追，却被他身边的另一个人挡住了。不知和他说了什么，便撤军了。这不是很奇怪吗？谁带兵便谁决定，怎么他反倒要别人来劝。”

赵光义的心咯噔一下，难道是他？！不好，赵光义急忙把身边的侍从唤来，他本来是赵光义准备派了给小桃每天报平安的，此刻急忙吩咐道：“带几个人，快回营帐，把桃姑娘接到这里。”想了想又道，“另外告诉曹彬，立即在营帐四周点起火把，记得前面要多，后面要少，后面要让人看不清，然后命令后面营帐的士兵做出些嘈杂的动作。不论前方如何，后面都要按兵不动。”

侍从不知道赵光义在说什么，但只是牢牢把赵光义的话记住，立即往大营回赶。郑晋看赵光义脸色突变，不由问道：“晋王这么排布是为何？难道，是怕唐军偷袭？”

赵光义眉头紧锁：“唐军虚虚实实，不知真假。如果祁正修真的中了流箭负伤，他不可能派那个人上前线。因为在他的眼里，那个人的命应该比他重要，之所以派他来，兴许就没有准备和这里的宋军真正开战。他可能调了主力趁着我来这里，声东击西去围剿我们的大营。”

郑晋一拍脑袋：“我怎么就没想到呢。这下糟了，我们大营没多少兵了。万一他把大营端了，又在这里把我们堵住，就真的完了。”顿了顿，郑晋问道，“晋王刚才告诉曹大人点起火把，是不是想故布疑阵，表示我们还有很多援军可以增派？”

赵光义点了点头：“是。但祁正修这只狐狸老奸巨猾，会不会上钩就要看运气了。”

郑晋想了想道：“可为什么要把桃姑娘带到这里呢？”

赵光义没有回答，他什么都可以赌一赌，唯有小桃，他不能赌。

天色微明，小桃被两个侍从抬着的软轿送来，心里隐隐有些不安，战事只怕超出了赵光义最初的预料，真的到了最紧急的关头。

赵光义急忙把小桃扶回营帐，并问着侍从：“带桃姑娘出来没有被唐军看到吧？”

侍从摇头：“没有。一路都刻意走的小路，而且给桃姑娘披着战袍，应该不会被唐军发现。”

赵光义心中舒了口气，没有被祁正修发现就好。如果他知道小桃到了这里，一定能猜到城西的大营里实际上已经没有多少兵力了。到时如果真的攻下大营，自己在这头孤立无援，就吉凶难测了。

祁正修在营帐里披上了衣服，肩上的箭伤又渗出了血。军医过来给祁正修重新敷上了药包扎好。祁正修无心自己的伤势，只是问着侍从："前去宋军大营的人回来了吗？"

侍从答着："已经回来了。"

祁正修点点头："让他进来。"说完站起了身，披上了披风。祁正修的伤情不算严重，流箭擦过，没有伤到骨头，还能扛得起兵器。但祁正修却一直没有出营帐，刻意让宋军摸不清自己的动态。

不多时，前去宋营的副将进来，对祁正修抱拳道："大人。末将已经去了宋军在城西的大营，但是看情形，大营里似乎还有不少的兵力。如果要袭击宋军大营，兴许还是凶多吉少。"

祁正修微微摇头："不可能。宋军的编制共有厢、军、营指挥、都四级。一厢辖十军，一军辖五营，一营辖五都。每都一百人。即一军是两千五百人。这次来润州的，根据宋军占据营地的大小，往往五十人一个营帐，依照营帐的数目，大约宋军派来的是十五军，不到四万兵力。再去掉这些日子小打小闹的折损，在象山谷惨败损四五千人，这些日子和我军交战的大约有两万五千多人，那宋军兵营里还能剩多少？只怕连五千人都不到了。"

副将听得目瞪口呆，他只顾打，这些日子打了多少仗他都数不清了，只觉得几天几夜睡不上觉是常事，半夜突然起来冲锋是常事，哪里还有脑子去算打了几场，每场宋军损失了多少，进而还能推算出宋军来了多少，灭了多少，还剩多少。副将对祁正修佩服得五体投地，难怪军中都说祁大人神机妙算，计谋堪比诸葛，果不是虚言。副将说道："既然如此，我军还有几万兵力，不如调去灭了宋军老巢，剩下荒滩那里的宋军孤立无援，看他们还有什么能耐！"

祁正修沉寂了很久，忽然问道："晋王带来的那个女子，还在大营吗？"

副将一愣，那女子和打仗有什么关系？但还是恭恭敬敬地答着："应该还在，没人看到有女子出去。"

祁正修勾了勾唇，赵光义做戏还真是够足。小桃还在大营，就能表示大营兵力充足吗？不过既然小桃还在宋军城西的大营，那就更好行事了。祁正修吩咐道："告诉李大人，在荒滩不必死守，渐渐败给唐军，把唐军引到后湾渡。"

副将倒抽了一口冷气："为什么？不是要攻打宋军老巢吗？"怎么不但不打宋军大营，反而要在前湾渡装败？打死他也想不通为什么。

祁正修淡淡一笑："我从没说过要打宋军大营。宋军大营只有五千左右兵力，无惊无险，即使把宋军大营占领，又有什么意思？"

"可是，"副将不解道，"占了大营，再把九泉瀑的山洞堵上，宋军就没有后援了，这样我军集中兵力猛攻，就能把宋军灭掉啊。"这不是最正常的一个想法吗？

祁正修摇头："我军与宋军交战多日，都没有占到便宜。现在又要去打宋军大营耗费一部分兵力，剩下的疲惫之师再和宋军交战，哪有什么赢的把握？我们的兵力也不足了，如果有后援自然不愁，可我们现在只有城中这些兵马，无能为力。而且再僵持几日，只怕赵匡胤会从开封再调兵过来，我军一点便宜也占不到，只是白白损失兵力。"

副将这才恍然，问道："那我们只是装装样子攻打宋军大营？"

祁正修勾唇："对，只要派几百兵虚张声势就好。然后命李大人那里节节败退，赵光义才会毫不疑心地向后湾渡进军。"

副将依旧不解，为什么要把宋军引到后湾渡？打不过就是打不过，引到后湾渡也还是打不过。不过副将没敢继续问祁正修，他既然如此吩咐，那定然有计谋。

赵光义在军中守阵，宋军节节胜利，唐军步步败退。只两天的功夫，已经从前湾渡打过中滩、潮白湾，很快到了野荷渡，下一个地方就是后湾渡。赵光义虽然没有亲自领兵冲锋陷阵，但是也在阵后静静看着两军对垒。

唐军的将领果然是他，李弘冀。当年就知道他是块硬骨头，赵匡胤想尽办法想除去他，却没想到那药都没能置他于死地，只是有些疯癫，可现在看来，这疯癫也毫不影响他打仗。一上战场依旧是一员猛将。祁正修让李弘冀上阵，应该就不是真心和宋军打，难怪唐军会节节败退。可是如果唐军真的要打宋军大营，宋军大营也没多少兵力，就算疑阵布得再好，也不可能一点交战的消息都没出来啊。难道是曹彬给赵匡胤去书信要来了救兵？不会，没有那么快。那就是唐军没打宋军大营？可不打宋军大营，唐军不停败退是什么意思？

赵光义心里疑惑，在揣摩着祁正修的心思，太容易得来的胜利反而让他疑窦丛生。行到野荷渡，赵光义命军队停下来歇歇，不要再继续向前了，他要等等润州城西大营的消息。

小桃看着赵光义的宋军不停向后湾渡行进，心里有些慌乱。那里有一处险要的水事工程，如果真的过去，她该怎么办？眼看着到了野荷渡，看赵光义停了下来，小桃才缓了口气。

而在前方一直挑动着宋军不停干仗的李弘冀，看赵光义的部队在野荷渡停了两天都没有动静，心里着急。第三天一早清晨，带了几个侍从，潜到了宋军的营地，准备再次攻击宋军，诱使宋军向后湾渡进军。李弘冀在营地附近四处偷偷看了看，没有发现什么可以适合进攻又便于撤退的地方。正在焦急，忽然看见了一个女子缓缓从营帐里走了出来，身子看着很弱，出来四下走了走，像在活动身子。李弘冀只觉得这个女子有点眼熟，好像在哪见过，却一下想不起来。

李弘冀不由蹙眉想着，在哪见过呢？这么用脑一想，本就有些疯癫的症状，又揪着了。侍从看李弘冀的目光呆滞，知道这位大人又犯病了。虽然他们不知道这位大人的真实身份就是南唐已故的先太子，却是祁正修吩咐无论如何要保证安全的人。侍从忙扯着李弘冀低声道："大人，走吧，祁大人让大人先回去。"李弘冀犯起病来，谁都架不住，但是一提祁正修的名字，李弘冀便会老老实实。

可这次提到祁正修，李弘冀反而两眼放光，声音很大："对，祁正修，她是祁正修的女人。"李弘冀对于中毒之前的事记得还算牢，当初在濠州和小桃的一面之缘，他还有印象。小桃听得旁边有声音，不由一怔，看向了李弘冀的方向，李弘冀却是好身手，几下窜过来扑上来扯着小桃就往外走："走，找子介去！"

小桃还没反应过来是怎么回事，已经被李弘冀扯着向外跑去，宋军守营的急忙赶过来和李弘冀打在一处。无奈李弘冀的疯癫发作力气极大，十几个人都不是他的对手，外加还有侍从在一旁帮忙，不多时就已经瞅个空档从一旁纵马奔走。

赵光义一早起来正在东侧集结军队，忽然守营的士兵跑过来禀告道："不好了，晋王，唐军……进来把，把桃姑娘劫走了！"

赵光义眉头一皱，纵身上马喝道："出发！"刚集结好的将士，便跟着赵光义一起冲向了唐军的营地。

李弘冀带着小桃上马狂奔回营，还没缓过气来，士兵便禀告道宋军已经攻打过来了。李弘冀一听打仗，把小桃扔在一旁，转身出去集结将士准备迎战。

这次是赵光义自从和唐军开战以来第一次亲自上阵，李弘冀自然冲上去迎战，两军打得难解难分，从上午打到傍晚，李弘冀的疯癫也逐渐恢复了正常。这才想起祁正修的嘱咐，不要胜，要败退，把宋军引到后湾渡。

李弘冀急忙命副将在前方顶着，自己带着营中的人马先行往后湾渡撤退，顺带把小桃带走。赵光义看到有唐军撤退，情知小桃一定被带走了，此刻也顾不得唐军的圈套还是计谋了，带着人马把撑着的唐军副将一枪挑下马，冲着后湾渡的方向追去。戌时，赵光义带着两万兵马已经到了后湾渡，江水很平静，从西向东缓缓流着。

后湾渡是从九泉瀑到润州城最后一个渡口，也是紧邻着润州城的要塞，如果把这里拿下来，那么宋军便能兵临城下，而且可以从城西快速调兵过来援助，无需再经行九泉瀑。所以如果拿下后湾渡，也就拿下了半个润州城。只是江水流到后湾渡的时候，是一个非常大的弯，微微打了个斜坡，如果要过后湾渡，必须渡江。而此时唐军已经到了江对岸的润州城下，并准备安营扎寨。

赵光义追到江的这头，不多时，宋军的水军也跟着追了过来。赵光义来不及歇息，便命战船立即布好阵型，修整了不到一个时辰，便擂起战鼓，向对岸冲了过去。

唐军的战船就停在对岸，却没有迎战的意思。江面很宽，看着对岸没有动静的唐军，赵光义心里焦灼。不知道那个疯疯癫癫的李弘冀把小桃带走会做什么？此刻，赵光义再难镇定，心中腾起了簇簇的火苗，完全无暇顾及其他。甚至没有注意到这里江面的倾斜，和船行到这里的渐渐放慢的速度。此刻副将郑晋却发现了不对劲，对赵光义说道：“晋王，这里的地形不太对啊。江面是斜的，但水流却很缓，而我们的船越走越艰难了。”

赵光义一怔，这才开始细细打量四周，船已经行到了一半，到了江心，站在这个角度，才猛然发现后湾渡的这个弯有多大，因着这个弯的作用，本就宽阔的江面，要到达对岸就更费力气。而且这里的斜坡使得战船行得狠吃力，赵光义忙命令船放慢速度，命人找了船上铁制的工具，用来探探这里江水的深浅。又向周围绕了绕，也用工具探了周边的深浅。

铁钩扔下去许久没有触底，有几次触底的，但再拿上来，上面竟然没有沾多少淤泥。赵光义的眉头皱了起来，如果没有淤泥，看样子这底下应该有唐军的水事工程。赵光义闭上了眼睛，用力回想着当初曹彬给他看的南唐的水军布防图，这里有水事工程吗？他明明记得是没有的啊。

祁正修出现在了润州城东的城楼上，一袭白衣格外的醒目。郑晋愣了一下，他对祁正修自然是熟悉的，此刻看到他却像是看到像他们招手的阎王，郑晋的声音都有些不稳：“晋，晋王，祁正修。”祁正修的伤势原来不重，也没有去攻打大营，而是就在这里等着他们，那岂不是中了他的计？

赵光义的心一紧，祁正修在这里等着瓮中捉鳖？可小桃就在对岸，他是过去还是退回去？如果就这么退回去，又要什么时候才能过江？赵光义沉了沉心思，起身走出了战船，站到了船头的最前头，抬眸看着祁正修的方向。

一身白衣的祁正修在城楼，一身黑色战衣的赵光义站在船头，两人都长身而立，隔着半条江遥遥地望着。退是不可能的，小桃就在对岸，无论如何赵光义也不会扔下她退回去。赵光义下令，自己的船就立在江心不动，其他的船赶紧散开，有多远往开散多远。对岸是长长的沿江线，只要分散着，就不可能被水事工程一网打尽。而且擒贼擒王，只要自己还没进圈套中，祁正修就不会下令收网。

后面的战船很快呈“八”字形向江对岸驶去，几艘行得快的不到一炷香的工夫已经到了对岸和李弘冀带领的南唐守军厮杀成了一片，后续的战船也不停地向里靠了过去，却是零零星星，毫无规律。

祁正修站在城楼上，看着江面上的船只就像一颗颗棋子，在从棋盘的边缘向着棋盘中间移动过去，眼看着战船越来越密集地集中在了棋盘中央，而且最大的那颗棋子——赵光义的战船就在中央，可是很快，却又都分散了开。战船又从棋盘中央散到了一边。

祁正修勾唇笑了，赵光义的智谋也足够深远，不过，有多少船过来都不重要，他要捉的，就是赵光义的战船。眼看着大部分战船都已缓缓渡江，赵光义的战船也在最后向对岸驶来，祁正修的眸子猛地变得凌厉，手一抬："放！"

赵光义的船正在全速向前驶着，忽然船身一晃，紧接着船身翻天覆地一个旋转，赵光义猛地腾起身子，却被瞬间翻转的船身带着卷进了水里。刚才微微倾斜的斜坡此刻猛地向相反的方向倾斜过来，把赵光义的船以及附近的几艘战船全卷了进去。

赵光义的心一沉，这就是传说中最凶险又最难做的一种水事工程，鱼梁坝。利用堤坝的原理，在江底用石头做垒，把水流分成几股，然后在靠近江面的部分用浮木搭起，上面铺好铁板。一旦敌船进了范围，把浮木一抽，铁板猛地倾斜，巨大的水流漩涡瞬间能把多大的船都卷进江水里。这种堤坝赵光义从前只在上古的兵书里看到过，但实际战场上，别说他没见过，赵匡胤没见过，就是从前隋唐时期也没有听说过有人能复原这种鱼梁坝。

这种水事工程是极其难做的，每根浮木承受的力量，加上水流的浮力，还得考虑四季水流水势的变化，都要计算精准，才能做到这种水势工程不是像普通的堤坝一样静止在那里，而是可以像水中的鱼背一样，一旦触动，立即翻转，从而造成巨大的军事攻击力。只要进入鱼梁坝的攻击范围，再大再稳的船都没有转圜的余地。赵光义从没想到，祁正修竟然能把这个复原。纵然他是对手，赵光义也不由地叹服。这样的人，不知道多少年才能出一个，在军事才能上如此登峰造极。

只是此刻，自己却成了这个精妙的水事工程下难以挣扎的战利品，赵光义用力抓着倒在江水里的船，船已经栽在了一旁，船体里进了水正在渐渐下沉，赵光义用力攀上了船的最高处，四下看着哪里还可以再扶着。但是船一个晃悠，赵光义再次被甩到了江里，半天没露头。周围的船更是七扭八歪，不少士兵都泡在了江里，四处挣扎着找着能靠岸的法子。

小桃在江的对岸，李弘冀早已带着唐军和方才已经靠岸的宋军开始了打斗，无暇顾及她。小桃跑了出来，在江边看着赵光义的船翻了，身子就是一颤，眼看着赵光义爬上船顶又滑了下去，小桃的心被扯得麻木，脑子一片空白，没有任何思考就跳进了滚滚的江水里，向着赵光义游了过去。

祁正修在城楼上看着一个纤弱的身影投进了江里，心口用力一扯。一旁的侍从好奇地“咿”了一声，“怎么还有女人？”顿了顿，问着祁正修，“大人，现在按下第二道阀门吗？”

祁正修在上古记载的鱼梁坝的基础上又进行了改进，在利用鱼梁坝把水流瞬间反转的冲力下击翻战船后，再次按下阀门，原本埋在江心的木桩会升起来，把人卡在中间，无法游动，最后或者被活捉或者水流湍急的时候活活被淹死。这些木桩不是一次升起，而是接连一片一片地升起。

祁正修从没有脑子这么乱过，本来这一切在他的意料中，可是小桃的突然出现让他乱了方寸。怎么回事？不是说她在润州城西的宋军大营里吗？为什么她会在这里？那接下来怎么办？如果按下阀门，有可能会把小桃困在里面有生命危险，可如果不按，不少宋军都识水性，早晚会游到对岸来，那这么大费周章的兵力部署、水事工程全是白费。而且宋军一旦攻上来，现在润州城的兵力撑不了多久，润州亡，大唐亡！祁正修额上的青筋在突突跳着，目光紧紧盯着在江里费力游着的小桃，唇抿得很紧。这是他这辈子，最难做的一个抉择。

侍从等了许久，都没有等到祁正修的指示，不由小声提醒着：“大人，宋军很多游了过来，还，还按阀门吗？”

祁正修的拳紧紧握了起来，全身冰凉，看着江里的小桃，回头望了望远处已经要坠下去的夕阳，把天边染得一片血红，那抹血红，狰狞地像无数死在战场上的唐军将士的鲜血，也像南唐家庙里供奉的那块沁了血色的玉璧。他的国，他爱的人，祁正修闭上了眼睛，脑子里轰轰作响，伴着耳边呼啸的风声几乎要炸开。

过了很久，祁正修缓缓地，沉沉地挥了一下手，没有说话。但那个手势，是按下阀门的意思。

阀门一按，一片一片的木桩拦了过来，赵光义再次扒上了一块船板浮了上来，却有五根腾起的木桩拦在了周围出不去。赵光义身上全是水，已经没有力气腾空跃起冲到木桩之外。赵光义四下看了看，却猛地看到了向自己游过来的小桃，心一扯，大声喊着："回去，别过来！这里危险！"

小桃听到了赵光义的呼喊，可她什么也顾不得，她怎么能眼睁睁看着他去死？

四周的木桩连成一排不停地升着，每升一次，赵光义紧绷的神经都几乎要断裂，他生怕会砸到小桃的身上。他目不转睛地看着小桃，只看着小桃游的速度渐渐有些慢，是啊，她的身体还没好，夜里还总是咳嗽，哪能游过来。赵光义像一只疯狂的困兽一样拼命推着木桩，可那些木桩像被钉在了那里似的一动不动。

好在小桃的水性是从小练出来的，虽然游得辛苦，很快已经游到了赵光义的身边，那些木桩并没有打到小桃的身上。小桃想钻过木桩，却也无能为力，只好和赵光义隔着木桩说着话："廷宜，"却是话没说完，已经是剧烈的咳嗽，刚才憋着一股劲游了过来，现在猛地停下来咳个不停，直到嘴里又是一股甜腥。

看着嘴角渗出血丝喘息着还紧紧抱着木桩不撒手的小桃，赵光义的心都要扯碎了，从木桩的缝隙里一把抓住小桃的手，沉声道："快回去，这里很危险。”

“廷宜，”小桃也紧紧攥着赵光义的手，急迫地说着，“怎么才能救你？你身上有没有剑或者匕首，把这些桩子砍断？”

赵光义无奈地摇头，现在身上的力气能让自己浮着不沉下去已经不易，哪里还有多余的力气去砍木桩，何况他手里既没有剑也没有匕首，赵光义深深看着小桃，深邃的眸子里溢着一抹柔色，想用力甩开小桃的手，“桃宜，不要白费力气。回去吧。这是一种最为凶险的鱼梁坝，你我都无能为力。到了现在，只能生死由命了——”

小桃听到生死由命这四个字几乎是嘶吼着：“不要这么说！你的命不该这么轻易就放弃的，”小桃死命拽着赵光义的手，眼泪落了下来，“我不放手，要是生死由命，你死，我就跟着你去死。”

赵光义的心猛地震动着，一如十八年前的那个除夕的夜里，他被人刺伤后，她也是那死不撒手的样子，让他濒临死亡的绝望时，感受到了一簇温暖的火苗。而这份温暖，成了他一辈子想追逐的暖意，暖着他的孤寂，暖着他的清寒。如果说当年的小桃不肯撒手只是道义，可现在她不肯撒手的这份情义，让赵光义更加动容。这么多年，他懊恼过，郁郁过，他有时会问自己图什么，和小桃之间这份掏心掏肺却又伤心伤肝的纠缠，可现在，所有的付出，都是值得的。因为有这样一个爱人，这一生，来得匆忙，走得不悔。赵光义的声音温和，倒没有多少濒死的恐慌：“不要说傻话，还有寅儿需要你照顾。如果你心里有我，要为我、为孩子活下去，而不是和我一起赴死。”爱一个人，哪怕只有一线希望，也是要她活，绝不是和他一起去死。

小桃的眼泪凄迷，想到寅儿，小桃的心就是一颤，可是此刻，看着被激涌的江水不断冲击的赵光义，小桃哪里有心思想别的，拼尽全力也只有一个想法就怎么能把赵光义救出来。可是怎么才能救呢？无法砍断木桩，赵光义就出不去，纵然他会水，可是现在由于鱼梁坝的水事工程作用，江水湍急，很快赵光义就坚持不住了。该怎么办？小桃的脑子里拼命地想着，回忆着这里的水事布防图，有没有什么机关能出去？

又急又乱地想了半晌，忽然灵光一现，小桃想起来这里的地形，在鱼梁坝下面应该还有一个通道。当初她以为这是一个工程，可是坝的图形和通道的图形是不同的，现在鱼梁坝翻转后有了水流的旋涡和落差，可那个通道并没有现出来，会不会通道还在坝的下面？小桃不由说道："这下面应该有条通道，我记得图上有。"

赵光义微微蹙眉，通道？祁正修在这里修通道是为什么？鱼梁坝和木桩已经可以把敌军困死，再耗费人力物力修筑水下的通道，是为了遇到危机逃走？还是运输粮草？都不可能啊。赵光义还在思索，小桃却已经等不及，用力深吸了一口气，潜到了江水下面，记得图上那通道就在坝的下面。小桃进了水底，来回摸索着，却除了木桩的下面和石头的鱼梁坝身以及反转的铁板，再没有别的发现。

小桃摸索一会，便浮上水面缓口气，不顾江水的冰凉又钻了下去，反反复复，赵光义看得心疼，低吼道："不要再浪费体力和时间了，非要把一个人死变成两个人亡吗？"

小桃没有任何动容，只是拼着一口力气在不停地潜下去，又浮上来。水流的漩涡还在继续，小桃只觉得身子越来越轻，扛不住水流的力量。明明看得到的地方，却就是有力气使不上靠不过去。小桃的心急得简直像一把火在烧着一样，在哪，那个通道的入口在哪儿？

忽然小桃摸到了一处平滑的地方，不是石头的垒砌，也不是铁板，好像是磨平了的长石，还有弧度，小桃顺着摸了下去，半晌发现了一处像阀门一样的东西，小桃用力拧了拧，那个阀子很牢固，小桃用尽了全身的力气拼命拽了拽，又使劲拧了拧，那阀门缓缓地动了起来。可是紧接着铁板也动了起来，向相反的方向缓缓转动。

赵光义察觉到了水里的动静，自己身下的水流漩涡明显地小了，赵光义猛地明白了，祁正修的这个鱼梁坝的水事工程做到了极致，并不像古书里记载的，只是用一次，而是可以多次利用的。击败了敌军后，只要在水下把阀门拧开，铁板翻转，再把浮木重新搭建，就可以用一次两次甚至多次。而看水流向中间翻转的方向和速度，刚才小桃说的那个通道，是用来回流水的，一旦润州城里大旱，还可以用江里的水回流回去灌溉润州的作物。这种法子，一定是祁正修参照了后蜀的都江堰想出的主意。

赵光义大声喊道："桃宜，不要再动了，不要！"再动下去，水流翻转，会把小桃冲走的。

小桃听到了赵光义的声音，急忙从水下浮了上来，问道："为什么？"说着向四周看了看，猛地明白了，以木桩为界，铁板刚才翻转的弧度，让水势渐渐向自己的方向移动了。

赵光义蹙眉答着："你在白费力气，那么旋转下去，我这边会沉得更快。"他不敢说真实的原因，他怕小桃会更加奋不顾身去做。

小桃笑了："廷宜，你又在骗我了。明明你那里水位低了，怎么会沉得快。"顿了顿道，"放心，我水性好，从小在水里长大，像鱼似的，一旦我这里水势大了，我会很快地游回去。"

说着又要往下沉，赵光义急忙喝道："等等。桃宜，你听我说，这是水事工程，不是自然水流，一旦水流翻转，瞬间的力量会非常大，即使你水性好也根本游不上去，更何况你身子不好。"

看小桃仍然不为所动，赵光义咬了咬牙说道："而且你刚才说的那个通道，应该是祁正修为防干旱的年馑润州缺水，用来回流江水的。你再拧下去，会把润州城淹了。"

小桃怔住了。她自己不要紧，可是润州城淹了，那润州的百姓，祁公子，大唐……她不敢想。她已经成了大唐的罪人，难道还要罪孽深重吗？小桃的身子都僵在了水里。

赵光义不在乎润州淹不淹，可他知道小桃在乎，她在乎南唐的百姓，她也在乎南唐的危亡。而他，只在乎小桃不要去送死。赵光义声音强硬：“不要再去冒失，不要为了我一个人，去毁一城人的性命。快回去！”

小桃的脑子像要炸了一样，为什么总要让她做这么难做的抉择？一边是润州的百姓，一边是赵光义，她只恨这个可恶的鱼梁坝为什么要这么古怪？由于小桃停下了阀门，赵光义那边的水位又开始上升，长期的体力消耗也使得赵光义的脸色更加苍白，周围的一些士兵已经有人撑不住陆续沉进了江里，死人，越来越多。

小桃的心开始不停地抖，闭上眼睛，眼前就是江水滔滔和人的哀号，小桃又是一阵剧烈的咳嗽，过了半晌，小桃才稍微好了些，抬眸看着赵光义神色凄然，目光却坚定，带着一丝缱绻的温柔和深情，声音不高却稳稳说道：“这一切，都不及你。”顿了顿，又道，“廷宜，照顾好寅儿。”

说完，小桃深吸了一口气扎进了水里，再次摸到了阀门，毫不犹豫地拼命拧动了起来。水下，像死一般的宁静。忽然，四周的水铺天盖地像天崩地裂一样冲着小桃冲了过来。小桃几乎没有任何反抗的力气和余地，已经被水流卷到了通道的门口，通道打开，江水向通道涌了进去，小桃想抓着通道边缘，但连日来的缠绵病榻再加上方才游了那么久已经耗费了小桃的全部力气，小桃没有一丝挣扎，就像一叶小船一样被甩进了通道里，随着水流向前滚去。随着铁板被阀门带动后的翻转，赵光义旁边的柱子也倒了下去，赵光义像疯了一样潜进了水底。

祁正修在城楼上看到了水势瞬间的变化，本来以木桩为界，赵光义那里高。可是瞬间是小桃那里高，像是江水被突然翻转了流向一般。祁正修心下暗道不好，小桃一定是知道了水军布防图里各种符号的含义，知道了鱼梁坝下的疏水通道。那通道原本是仿照都江堰的原理，在润州城大旱的时候能回流灌溉，保个鱼米丰收，可现在却被小桃摸到了机关，翻转了局势。

祁正修只觉得手脚都有些僵硬，这下是真的不妙了。赶忙命令侍从立即采取紧急措施，制动关闭通道。当初做这个水事工程的时候，由于通道很长，为了避免淤塞，保持畅通，做了两个阀门来控制水下通道的门，一个在润州城里，一个在水下。为的就是防止一个失灵，另一个还可以备用。毕竟这条通道疏通的是江水，一旦发生了差池，江水回流，是会把润州城淹了的。所以祁正修很早就想到避免润州城被淹的措施，就是做两个制动口。此刻看到江水水势的瞬时变化，祁正修自然立即命侍从把润州城这边的阀门关闭。但心仍然悬了起来，毕竟那是江水，只需要哗啦啦一下子，就可以把半个城淹了啊。也不知道方才流了多少进来。

赵光义潜到了水下，眼睁睁看着通道的门紧紧关上，赵光义拼命想冲过去却被周围的水流冲得没了方向，赵光义的心被扯得滴血似的疼，沉沉的水下，满是死亡的气息。那个弱小的女子，把生的机会，拼命地留给了他。

通道的门已关闭，宋军已经被鱼梁坝击得死伤无数，部分上岸的也被李弘冀带领的唐军杀得惨败，只是不知道赵光义的死活，祁正修一边命人去江中搜寻，一边带着人到了通道的另一头。

那条水下的通道，一头在水里，一头在润州城里，水里的有门，而润州城里的出口没有门，直接连着农田。为了便于控制水量，祁正修把通道修得两头宽，中间窄。两头淤泥多，修建得宽可以防止淤泥堵塞，便于清理，中间狭窄好控制水流，以免水流太大淹了城。

祁正修带着侍从赶到农田这边，他首先要看看刚才瞬间流到这边多少水，有没有庄稼或者农舍被淹。其次看看通道里有没有赵光义的身影。

到了农田，祁正修微微舒了口气，好在自己动作快，看样子并没有多少水出来，虽然庄稼地里水量多了，却还没有淹没农舍田庄。祁正修命侍从执起火把，走进了通道。通道越往里越窄，火苗也越来越小，走到中间，祁正修怔住了。身后跟着的士兵也定住了步子。

通道的中间狭窄，有六七处凸出来的木桩，可以里外调整以便控制水流。纤弱的小桃，一手紧紧抱着木桩，而脚蹬着对面凸出的木桩，用瘦小的身体挡着从江中冲过来的水流。所以江水才没有那么猛烈地冲到了这边的农田。

祁正修身后的士兵非常小声地说了一句："难怪没淹了农舍。"

祁正修只觉得心钝钝地疼，过了不知道多久，祁正修想迈步，却发现迈不动，手脚都完全失了方寸，没有一寸肌肤能听自己的。祁正修的人生中，第一次感觉心被摘走了，全是空的，剩下的就是血淋淋的疼，疼得他锥心刺骨，全身不停地颤抖着。

过了不知道多久，祁正修才缓缓走上了前，抬手抚上了小桃的脸，手颤抖着探上了小桃的鼻子，那一瞬间，祁正修希望老天爷能给他个奇迹，让这个女人活过来。可是，只有脚下冰凉的江水，和没有一丝气息的小桃。

从祁正修合上阀门，到现在已经半个时辰过去了，小桃的脸色在火把下泛着青，全身都湿透了，手脚撑着木桩，人已经僵硬了。祁正修费了很大的力气，才把小桃从木桩上掰了下来。不知道是祁正修手抖还是小桃太僵，把小桃的手掰下时还弄断了一截小桃的指甲。祁正修的心像被那指甲划过一样，疼得淅淅沥沥血流肆意。

祁正修抱起了小桃，声音是前所未有的温柔："小桃，我们回家。"

那夜，风声很大，夹着江水奔涌的声音，一声声，都像在哭泣。

祁正修没了修整军队的心情，那一夜，他只想做一回祁正修，不想做南唐的枢密副使，也不想做守着润州的将领。他只想要一夜，一个心里只有自己和小桃的夜。祁正修把小桃放在了自己的床上，点了十几支蜡烛，把床上照得如同白昼。祁正修的手划过小桃的眉眼，小桃的唇，最后紧紧握上了小桃已经僵硬的手指，放到了自己唇边，再不松开。

第三十九章

三千里地河山破
五十弦翻缱绻歌

赵光义和残余的宋军退回到了前湾渡，赵光义命人回开封请求援军，而自己则守在江边，一夜之间，白发横生。

赵匡胤在开封接到战报，知晓了这次战争的惨烈，但是他又不肯给赵光义太多的兵力，思前想后，赵匡胤又增派了两万兵马，并派了大将丁德裕监军。五天后，丁德裕带着兵马到了润州城西的大营和曹彬、赵光义汇合，见到赵光义的刹那，丁德裕几乎不敢相信自己的眼睛。不过是几个月没见，赵光义竟然像老了二十岁，而且身形憔悴不堪，只有一双眸子灼热得像烧红了似的凌厉急迫。

丁德裕的兵马一到，赵光义没有给任何喘息的机会，立即集结起兵马从九泉瀑地带进入，准备像从前那样继续攻打南唐。虽然祁正修的鱼梁坝坚不可摧，但既然他已经知道了后湾渡的江水下有一条通道，他就是让人拆也要把那个通道拆掉。他不管那水能淹了哪里，更不管那一城润州的百姓如何，他只要他的桃宜，尽管已经凶多吉少，他也要活见人死见尸。

但是这次，祁正修没有故技重施。既然赵光义已经知道了水下通道的秘密，那么再让他从前湾渡打到后湾渡就太冒险了，祁正修在九泉瀑的入口处增派了大量的兵力，从源头阻止宋军进入。

可赵光义已经濒临疯狂，唐军的阻止赵光义压根不放在眼里，带领兵马强势攻入进去。没有了水事工程的优势，祁正修的心沉了下去，这一仗，也许从开头就注定了结果，他能做的，只是让这一天来得慢一些，晚一些，但他终归没有回天之力，不能改变战争的结局。宋军又来了援兵，可润州城里的唐军却已经是经历过几次两国交锋，体力早已吃不消，修整了这几天，也没有明显的改善。

从九泉瀑，到前湾渡，到后湾渡，又像多少天前宋军和唐军交战一样，走着同样的路线，宋军节节胜利，只是不同的是，之前是唐军故意败退，引宋军到鱼梁坝，可现在是宋军主动攻击，唐军几乎没有反手之力。

再次攻到了后湾渡，赵光义联合了吴越的兵力，吴越的将士擅长水性，赵光义命吴越的将士潜到了水里，把那条通往润州城里的通道阀门打开。将士们潜下去摸索了许久，好容易找到了通道，但是通道做得极为巧妙，祁正修在润州城那边合上阀门后，这边无论是旋转，撬动，推动，都纹丝不动。

赵光义没有时间继续蘑菇，吩咐道：“如果撬不开门，从明天开始，直接把通道的墙壁，无论用什么办法，弄开！”通道的墙壁是用磨平的长石做的，只要假以时日，就是用锤子锤，也一定能凿个口出来。

宋军攻占前湾渡后几天没有动静，祁正修心知肚明他们在动通道的主意。赵光义已经捏到了他的软肋，又怎么不会反击？祁正修定定发出了命令：“布阵，在江上对宋军出击。”为了避免宋军把通道凿开反淹润州城，祁正修在江上先发制人。只要宋军迎战，便没有精力再去琢磨水下的事。

唐军的战船集结到了江中，开始对宋军击鼓叫阵。赵光义停止了对付通道，也布置好战船，和唐军在江上摆开了正面对战。江风四起，两国的战旗都在随风飘着，不知所以。

赵光义之所以敢应战，是因为唐军的战船已经到了江心。如果唐军故技重施，再次用鱼梁坝的水事工程，那么两国的战船交织在一起，水流的旋涡也会冲走唐军。所以这应该是祁正修害怕自己将通道凿开而主动出战。

唐军的战船很大，几艘并在一起如履平地。迎战的宋军也把五六艘战船连在一处，和唐军在江心中央厮杀不停。赵光义亲自上阵，带着将士杀红了眼，此刻除了杀人，他不知道还有什么试能让他静下心来。

从白天打到夜里，江风的方向渐渐有了变化，从开始吹向南方唐军的位置，到了北边宋军的位置。忽地，唐军的船里扔出无数的火把，投到了毗邻的宋军船上。那船只“忽”地一下，火苗就窜出了几丈高。赵光义不由冷冷一笑，祁正修果然到了绝境还是有办法。

赵光义命士兵不必惊慌，下令迅速将将士转移到后面几艘没有着火的战船上，自己则和其余的士兵一起，将着了火的战船向着唐军开去。不就是死吗？他如今还在乎什么！同归于尽不是更好！

赵光义奋不顾身的勇猛感染了将士，没有人肯转移到安全的战船去逃离，反而大家齐心协力一起把战船开动向唐军的战船冲过去。火，越来越烈，宋军的战船像疯了一样撞击着唐军的战船。

就在生死存亡的关头，忽然，风向转了。本来是吹向北边的风猛地转了方向猛烈地吹到了唐军的战船。宋军先是一愣，继而大喜过望，趁着火势把唐军打得落花流水。唐军只看火势向着自己这个方向呼呼扑来，还没反应过来，已经有不少人被火势逼退了下去。

战情迅速反转，本来处于劣势的宋军转眼占了上风，把素来善于水战的唐军杀了个片甲不留。赵光义没有动手，站在船后的甲板上，望着空中猛烈而来的顺风，赵光义抬起了眸子，桃宜，是你吗？是你在冥冥中帮我吗？赵光义只觉得心空了，可空的位子，全胀满了酸痛。

祁正修站在城楼上，看着江中战情的瞬间反转，不由勾唇一笑，眉眼里都是空洞，这是天意，他无力回天。但他，已经豁出去一切，尽力了。

祁正修转身下了城楼，一袭白衣，格外苍凉落寞。

回到营帐，祁正修坐在了小桃身边，反反复复细细看着这个女子，只想把她的眉眼永远刻进自己心里。从云湾村的初相见，到如今的生别离，人生就像一场梦。他早就知道了梦的结局，却不曾想是这么惨烈，也不曾想，会这么让他撕心裂肺。

小桃的尸身僵硬了，却没有任何腐败的迹象。那脸庞，依旧清秀精致，只是那双清澈的眉眼，再也没有睁开。祁正修把小桃的发丝剪了一缕下来，紧紧放在自己的胸口的衣襟里。她是值得他敬爱一生的女子，从对他的真心，到对百姓的真心，如果不是怕淹了润州城的百姓，也许她不会拼死挡在通道的洪水里。这样的女人，他祁正修是何其有幸能遇到，能被她曾经放在心上。

祁正修俯身，在小桃的唇上落上了沉沉的一个吻，转而把小桃抱起，放在了早已备好的棺木里。那是一副樟木棺椁，据说可以让尸身不腐。本来他是留给自己的，但没有想到小桃先走一步。祁正修派了自己最亲近的侍从护送着小桃的灵柩，从润州城南，趁着夜色赶赴金陵。鸟飞反故乡兮，狐死必首丘。他的小桃，应该回到金陵，葬在南唐。

除此，祁正修命李弘冀也回到了金陵，润州即将城破，他不能眼看着李弘冀也跟着没命。祁正修派侍从带着他的手书，带着李弘冀到金陵去找陈述。当年的七兄弟中，也只剩陈述还靠得住了。

宋军连夜渡江，到黎明的时候，已经兵临润州城下，开始攻城。

没有了长江天险作为屏障，润州城的守备变得极为艰难。连日的征战下，守城的士兵不足一万人，祁正修亲自上阵指挥，但粮草的匮乏，兵力的羸弱，孤城难守，在宋军连续二十多天的攻打后，润州城中除了老弱妇孺，没有了再能上阵杀敌的男人。

农历九月初九，开封城的赵匡胤爬上了宫中的假山，和花蕊夫人喝着菊花酒，畅谈着这些年的舒心悦事。而赵光义带着两万兵马，经过一夜的鏖战，在天微亮的时候，用石条，撞开了润州紧闭的城门。

城门被破开的一刹那，祁正修骑着马，带着不足五百人，立在攻进来的宋军面前，有些势单力薄的悲凉。

赵光义一身黑色战袍，看着一身白衣的祁正修，眉眼冰冷。祁正修依旧温文尔雅，淡淡地看着赵光义。

两人对视了半晌，赵光义冷冷问道："怎么不穿战袍？"祁正修这一身白衣，弓箭不敌，不像来打仗，倒像来寻死。

祁正修勾唇一笑："穿和不穿，有什么区别？"

赵光义眉头蹙了蹙，又问道："桃宜呢？是不是在你这里？"

祁正修的心一疼，看着赵光义正色答道："回金陵了。"赵光义的心刚刚点起一丝希望的火苗，祁正修接着说道，"她是唐人，应该葬在金陵。"

小桃真的死了……虽然早已料到，但祁正修说出真相的一刹，赵光义还是"轰"的一声，五脏六腑全都绞碎了，心抽痛得久久说不出话来。半晌，才咬牙说道："她是我的妻子，我孩子的娘，你有什么资格送她去金陵？"

祁正修眉眼一丝痛色，声音也清冷下来："她是为了润州百姓才挡在通道里，她值得唐人敬仰祭奠，为什么不能留在唐地？"

赵光义被堵得说不上话，脸色铁青，许久，才沉沉说道："敬仰？祁正修，英雄、敬仰这种词是该留给男人的，你为什么要让她背负这些东西？你为什么要把布防图让她保存？她只是个连自己都保护不了的弱女子，你怎么能忍心？如果南唐连一个女人都要利用起来，那真的该亡。"

祁正修的心瞬间被刺得鲜血淋漓，如果有办法，谁愿意？！可是他有什么办法，南唐的危亡，脆弱到了要依靠一个女人的地步，又何曾是他愿意的？祁正修冷冷回道："你该担心宋朝危亡的那天，还能不能找到像小桃一样有担当的女子。"说完祁正修没有再废话，冲着赵光义挥枪冲来。

五百士兵对付宋军的两万人马，无异于以卵击石，不到半个时辰便已经伤亡无数，宋军很快围成了一圈，把祁正修和赵光义围在了中间。

能手刃祁正修的这天终于来了，可赵光义却没有任何的快感，只是说不出的悲凉和心酸。小桃死了，他如今就算敌过祁正修，又给谁看？过了半晌，赵光义开了口："归附我大宋，以你的才华，就算在宋廷，也是将相之才。"

祁正修勾唇笑了，他的概念里，只有死，没有降。祁正修腾地跃了起来，挥枪刺向了赵光义。赵光义转身刚要躲闪，后面的士兵眼看情势危急，副将郑晋立即下令："射！"

无数的弓箭，射在了祁正修的身上。祁正修从空中落下，重重地砸在了地上，砸在了他守护了一生却无能为力的唐地。祁正修身上的箭密密麻麻像刺猬一般，只有胸口被他用胳膊挡住了没有被箭射穿，那里，有小桃的发丝。

祁正修的一身白衣，瞬间被鲜血染得不剩一丝白色，临闭目前，祁正修的脑海里，只有自己小时便常常背错却被先生纠正了无数次的那句"醉卧沙场君莫笑，古来征战几人回"，和那年云湾村七里溪的一溪清浅。

赵光义怔住了，没有胜利的喜悦，没有夺城的欢欣。只是本已绞痛的心更加悲凉伤怀。这就是唐人结束的方式吗？一个比一个惨烈，一个比一个悲壮？良禽择木而栖，也说识时务为俊杰，可为什么，他们都要这样决绝地殉国殉城？赵光义恨他的迂腐，也敬他的骨气。过了许久，才定定吩咐了一句："厚葬祁大人。"

润州失守的消息传到金陵，李煜三天没有上朝。南唐最后的门户丢了，祁正修战死，大唐真的要完了。李煜走到了宫里的冰室，祁正修把小桃送回了金陵，李煜把小桃放到了这里。这里温度极低，小桃的容颜还和生前一模一样。祁正修在信中说小桃是为了润州百姓才堵在了疏水的通道中，恳请葬在金陵的松柏园，那里埋葬着不少战死的无名将士。

可是李煜有些犹豫，按理小桃为国而亡，是该葬在那里，也是荣誉，可是之前赵光义把小桃从花月坊赎走，会不会赵光义又来找麻烦？思来想去，李煜决定还是把小桃先放在冰室，再从长计议。

李煜看着小桃面色如生的清秀，不禁有些失神地低喃："桃娘，朕是不是真的要亡国了？"

"陛下，"一旁传来一个女子带着哭腔的声音，李煜吓了一跳，定睛一看，不知何时窅娘已先进来，早已对着小桃的尸身哭得眼睛都肿了，只是方才看到他躲了下去。现在又站了出来，走到李煜身边，把头上的钗拔了下来，递给李煜道，"陛下，这是小桃临去宋地之前给我的，说是如果祁大人先走，这个要交给陛下。"

李煜一怔，从钗中取出大唐的水军布防图，不由心神悲凉。如今只剩下金陵，就算知道布防，又能如何改变整个局势？只是想想祁正修和小桃的一番用心，李煜不知该欣慰还是该心痛。

李煜拍了拍窅娘的手背，长叹了口气，过了半晌，说道："和我说说小桃吧。"李煜的心情太复杂，他攥着窅娘的手，却抵不过命运的流转。他的国，他的城，他爱的人，他惦记的人，他钦佩的人，他敬重的人，都一一远去，再不回来。

尽管有了水军布防图，但是已经到了病入膏肓的时刻。李煜垂死挣扎了三个月，十二月底，金陵城破。守将全部战死，李弘冀偷偷率兵出城夜袭宋军，被十几个宋军用枪挑死在马下。直到此时，李煜才终于明白，在国家危亡的时刻，夺位、争权都不再重要，他终究还是小瞧了李弘冀的气度。

祁正修死了，李弘冀死了，徐锴投降了宋军，宋朝的军队已经在金陵城外围攻了三个月，如今金陵已经兵尽粮绝，朝中大臣纷纷劝他写表请降。李煜在书房，对着空白的纸，一个字也写不出来。这是他的耻辱，是大唐的耻辱，可是再打已经没了力气，就连这皇宫里，这些日子也已经慌作了一团，跑的跑，走的走，李煜从墙上拔出了佩剑，用手在剑锋上来回摸索着，是不是，他也该自行了断？

李煜闭上了眼睛，把剑横在了自己的脖子上。忽然脚下一紧，窅娘不知道什么时候跑了进来，紧紧抱着李煜的腿，眼泪涟涟：“陛下，不要。不要啊。”如今宫里的人少了许多，小周后每日心慌乱，在宫里四处点查着宝物有没有被逃走的宫人夹带走。正好便利了窅娘可以每天看着李煜，窅娘担心李煜会想不开，没想到日夜提防，还真到了这个时候。

李煜凄然一笑：“已经到了这个地步，还能怎么样？”

“不要。”窅娘拼命摇着头，“小桃走了，祁大人走了，陛下再走，剩下这么多人怎么办？”

李煜叹了口气，抚了抚窅娘的头：“自求多福吧。”

“陛下，不要这么说。”窅娘含泪哽咽道，“从前窅娘生活困窘，讨过饭，被人打过，骂过，那时觉得吃饱一顿饭就足够，谁曾想能进宫，能陪伴陛下这么多年，能衣食无忧这么多年。如果窅娘当初就一死了之，哪有这么些年的幸福？所以陛下怎么能放弃，只要活着，就有希望，也许有一天，陛下想要的，想做的，又能做到呢？”窅娘说不出太多大道理，可她知道活着就有希望。

李煜有些失神，看着窅娘问道：“你觉得跟着朕的这些年，是幸福？”他不记得给过这个女子太多的温情，他只知道她的舞跳得好，她和桃娘是生死之交，她重情重义为了桃娘可以在他屋前跪好几天，也是这些，让他些微给了这个女子几许青眼。可要说多么爱恋，不及娥皇十分之一，也远远不及嘉敏，甚至不如桃娘知心，到底自己给过这个女子什么，能让她觉得幸福？

“是的。”窅娘的眸子都是温柔，“从义庄第一次遇到陛下，到现在，都是幸福的。在遇到陛下之前，没有人会怜惜我的脚。”

李煜苦笑着抚了抚窅娘的肩，这个傻姑娘，自己只给了她一双鞋，她却还了自己一双脚，为他跳了一辈子舞，把脚缠得瘦小疼痛，还觉得幸福。李煜声音凄凉：“再为朕跳一曲吧。”说着命人把教坊的乐姬唤来，在琴瑟丝竹的伴奏下，窅娘跳了一曲《双燕舞》，虽然没有小桃跳得传神，但窅娘的技艺不在小桃之下。看着窅娘的轻歌曼舞，李煜一瞬间恍惚，如果这是十年前，该多好。

一曲终了，李煜命人都退了下去，他再次到了冰室。坐在小桃的身边，李煜的声音低沉：“桃娘，朕真的要请降了。对不住你，也对不住子介，更对不住大唐的百姓。可是朕得活着，只有活着，才有希望。”李煜心中酸涩得不是滋味，大唐的江山，葬送在了他的手中，他有何颜面去见列祖列宗，又有何颜面面对黎民百姓？甚至，他还不如躺在这里的小桃。李煜的眸子里有丝雾气。

周嘉敏在后宫中巡查了一番，正要回到自己的寝殿，迎头撞上了急匆匆进宫的老臣，对着周嘉敏拱手一拜，也顾不得虚礼，直接问道：“宋军又开始攻城，现在已无多少士兵守城了，大伙托老臣进宫请陛下的示下，可在宫里找了半晌，也不知道陛下哪去了？皇后可知？”

李煜不在宫里？不可能啊。周嘉敏急忙带着大臣在宫中李煜常去的几个殿里都找了个遍，也没有李煜的身影。想了想，周嘉敏冷哼一声，那就只有一个地方了。自从桃娘的尸身运回来，李煜倒像自己的魂锁在了冰室。

周嘉敏转身带着大臣到了冰室，果然小桃躺在冰床上，李煜正定定地坐在一旁，把小桃垂下的衣袖细心地叠了上去，眸子里竟然还有泪光。周嘉敏看着气就不打一处来，冲过去直截了当地说道：“陛下，宋军已经攻到了城下，朝中大臣乱作一团等着陛下指示，没想到陛下还有心思在这里和死人聊天。”

李煜的脸上有些挂不住，对周嘉敏低声喝止道：“你在乱说什么？！大呼小叫，成何体统。”

“陛下心中只有这个有体统的官妓，何曾能看到臣妾的体统？”周嘉气急，也顾不得体统了，她早就怀疑小桃和李煜的关系不正常，现在看来，只怕早有龌龊之事。

李煜眉头紧蹙：“放肆！身为一国皇后，你哪还有一丝尊贵？你的优雅、你的才华、你的温柔、你的体面都哪去了？你的确不如桃娘。”李煜说罢拂袖而去。大臣赶忙追了上去上报宋军攻打润州城的事。

周嘉敏愣在了原地，看着躺在冰床上的小桃，周嘉敏用力把刚才李煜扶上去的袖子狠狠扯了下来，却没想到用力过猛，一下把衣服都扯了下来，露出了半个膀子，身子也歪在了一旁。露出的肌肤依旧白皙，周嘉敏看着扎眼，喝着宫人道：“死了还不知害臊。还不给她盖上！”

宫人四下瞅瞅，哪有什么能盖上的东西？除了地上的土。看周嘉敏目光阴冷，宫人不敢多嘴，只好低头捧着土撒到了小桃露出的肩膀和胸口上，算是盖上了。周嘉敏看了看狼狈不堪的小桃，冷哼了一声转身离去。

李煜回到书房，大臣禀告着宋军已经再次攻城，架着云梯，东侧的城门已经被攻下了。看来除了投降，再也没有选择。李煜缓缓说道：“去告诉宋军，明日，朕亲自去请降。”

大臣退下，李煜去家庙拜别了祖宗的牌位，已经哭不出，心中全是沉痛的干涸。

李煜回来草草写了一封降表，扔在了一旁。窗外的夜色，在一点一点褪去。黎明到了时，便是大唐亡国之时。李煜的心中波涛翻滚，再难平静。提笔写了一首《破阵子》“四十年来家国，三千里地山河。凤阁龙楼连霄汉，玉树琼枝作烟萝，几曾识干戈？一旦归为臣虏，沈腰潘鬓消磨。最是仓皇辞庙日，教坊犹奏别离歌，垂泪对宫娥。”

第二天上午，李煜带着降表，出城投降。南唐历经三代统治，画上了句号。李煜投降的时刻，陈述在自己的府中悬梁自尽。

赵光义接下降表，只有一句话：“桃宜在哪？”

李煜怔了一下，半晌苦笑道：“冰室。”原来攻城略地，在眼前这个男人眼里，都抵不过那个躺在那里的女子。

当赵光义走进冰室的时候，小桃静静躺在那里，面色如生，只是肩上和胸前衣服不整，还被弄上了沙土，头发散乱着，赵光义疯了一样跑上前去，把土扒开，但是太晚了，小桃已死，身上的肌肤把细土渗了进去，无论怎么擦，还是泛灰。赵光义的眼睛发红，声音有些微颤：“谁弄的？”

几个宫人怯生生地答着：“皇，皇后。”

“哦。”赵光义阴阴应了一声，勾了勾唇，无力地挥了挥手：“你们去吧。”他只想安静一会儿。

冰室里只剩下了小桃和赵光义，赵光义把战袍解了下来，轻轻盖在了小桃身上。她一定很冷。赵光义紧紧攥住了小桃的手，脑子一片混乱。他用力搓着小桃的手，想把她暖过来。只要她有了热气，会不会就能活过来？

不知道过了多久，赵光义疯狂地用力搓着小桃，却始终没有把小桃暖过来，赵光义越抓狂，越无力，反而自己的手也渐渐寒凉。赵光义的心疼得滴滴渗血，握着小桃的手低吼着：“桃宜，你醒来，你醒来啊。”

小桃的眼睛闭着，面上一副安然。赵光义忍不住把小桃紧紧抱在了怀里，心疼得像被揉紧，又被割成了一条一条，赵光义抚着小桃的头发，唇贴在了小桃的脸颊上，眼泪落了下来。这辈子，这是他第一次掉泪。从前哪怕是他濒临死亡，他也不知道落泪是个什么滋味，似乎泪是只属于女人的东西。可现在，他也不知道为什么，就像在一条孤寂的道路上走了许久，那缕他赖以生存的一点光也灭了，锥心的痛，刻骨的伤，直让他的理智完全崩溃，再也找不到方向。

南唐宫殿里的事，赵光义没有过问一丝。

南唐国破，教坊不再。曹彬突发奇想从教坊里选几个姿色尚可的带回去献给赵匡胤，樊若水忙跟了去。却是挑来选取，只有青青连翘入得了眼。曹彬叹气："都说南唐女子姿色妖娆，也不过如此。"

连翘心里一怔，抬眸看着樊若水。她倒是不担心，樊若水曾向她许诺，会带她走。如今樊若水来了，她没什么可惊慌。

月娘在一旁理了理发丝，没有回答。而金陵城破前，她已经命教坊里所有的姑娘狎司，能逃命的都逃了出去。沦落风尘已是不幸，又何苦再做亡国奴被异国的权贵亵玩？冰兰去城郊的水月庵做了姑子，她说这么多年，累够了。其实月娘知道，自从祁正修战死的消息传来，冰兰就存了这个心思。而青青和连翘是各怀主意并未离去。连翘在等人，青青在等桃娘的棺椁落定。

樊若水在一旁道："还求大人给若水一分薄面，赐一位姑娘与我，若水再无其他请求。"

连翘的心怦怦跳了起来，樊若水如今在宋营很有分量，自己跟了他，只怕荣华富贵享用不尽了。不免眸中几分得意之色，当年还是独具慧眼，识得他是风尘里的英雄。

曹彬哈哈大笑："若水战功连连，陛下都颇为赏识，我岂敢不卖你的面子。看上了哪个？"

樊若水的手一指："青青姑娘。"

曹彬一愣："她？这个……"曹彬有些为难，"这些人里头，她还算个翘楚，本想着献给陛下。”

连翘和青青也惊呆了，看着樊若水不知所以。

樊若水向曹彬拱手作揖：“不瞒大人，青青原是我失散已久的妹子，求大人网开一面。”

“哦？”曹彬来了兴趣，“怎么之前没听你说起过？”不仅曹彬惊奇，连月娘都是一副不可思议的神色，青青更是一脸的惊讶。

“实不相瞒，当年若水屡试不中，便留在金陵一带，不敢再回老家。那时舍妹还小，只有四五岁光景。后来听说父亲犯了事情，家人都被带累，更不敢与家里有一丝半点的联系。再后来，做了唐人陈述的幕僚，打听到家里有人被充到教坊，便来教坊打探。可当时已有了投奔大宋的心思，更不敢相认。如今也算苦尽甘来，还请大人赐个圆满。”樊若水作势要给曹彬下跪。

曹彬急忙把樊若水扶了起来，想了想道：“既然如此，那自然是要一家团圆。”

樊若水忙感谢不尽。

青青的脑子一片空白，樊若水的话让她反应不来。她早年失散的哥哥和眼前的这个人实在画不来等号。难怪当年他会和陈述一起来花月坊，难怪他会老和自己聊很久盘问许多，还只当他是眼馋肚饱见人就下套，没曾想竟然是这样的缘故。青青张口结舌，一句话也说不上来。

连翘冷笑道：“樊公子，那我呢？”当初的海誓山盟，这个男人一句都不提了。

樊若水拱手道：“连翘姑娘也是旧相识，但大宋清明，陛下仁慈，想必姑娘入了大宋的宫廷，更会有个好前程。”说完再不敢看连翘一眼。

连翘忍不住向樊若水扑过来，却被侍从拦住。连翘大骂：“你这个卑鄙小人，当年要不是我……”话没说完就被侍从拖了下去。

樊若水对青青说道：“收拾收拾，和我走吧。到了开封，会让你过上好日子。你这些年受的苦，都会补偿回来。”

青青此刻才像反应过来似的，看着樊若水几分疏离：“大人还是先回去吧，我需要收拾一阵子。”说完转身进了花月坊再不出来。

第二年正月，李煜以及宫里的所有人，全被押解着到了开封。赵光义带着小桃的尸身行在最后，青青跟着樊若水见到赵光义后，跪下自荐恳求护送小桃，赵光义同意。赵光义全程命人马不停蹄送着冰块，青青一路陪护着小桃，换冰擦洗格外尽心。小桃被完好地送回了晋王府，赵光义特辟出一处冰室安放小桃。

青青在晋王府为小桃守了七天七夜，回到樊若水家中后第二天便不知所踪，身上带走了小桃送的樟木串，只留下一张字条，希望樊若水不要再去找她，生而为他的妹妹，她很羞愧。樊若水心里不甘，几次派人四处寻找，却没有任何音信。

赵光义一病不起，每天除了睡觉，就是不停在冰室里握着小桃的手说话。他常常恍惚，小桃还活着，只是醒不来，但他说的话，她一定都听得到。

晋王府里人人害怕，想着府里的冰室就摆着一具尸体，更是流言蜚语满天飞。被关起来的符雪婵更加害怕，不停地喃喃自语：“她一定是回来报仇了。她一定是怪我给她的脖子上刺了青，怪我让她跪着……”

符雪婵疯疯癫癫说的话，被有心人传到了赵光义的耳朵里。赵光义阴阴一笑，下令给符雪婵的颈下也刺上一道刺青，不论什么图案，只要复杂。那一夜，整个晋王府都是符雪婵声嘶力竭的嘶吼和嚎叫，听得人心中战栗。没有人敢求情。第二天，赵光义命人把符雪婵屋里的所有摆件都撤去，只留下了满屋的镜子。

三天后，符雪婵悬梁自尽。

符雪婵去后，李月娥一病不起。赵光义变得让她越来越不认识。府里的人都说赵光义疯了，也许从小桃去后，赵光义就疯了。也许赵光义从来就没清醒过。李月娥以为人的一辈子很长，她总能等到她想要的，她坚持去爱他，甚至去爱他喜欢的一切，可到了最后，上天只赐给她一个越来越疯狂，越来越执迷的赵光义。甚至连小桃的死亡，都不能让他清醒，反而痴得更深。李月娥彻底绝望了，这辈子，没有人能把赵光义从对小桃的痴迷中拉出来。这种绝望，把李月娥打倒了。

赵匡胤听说符雪婵殁了，给赵光义的府邸赏赐了不少厚礼，算是聊表心意。符雪婵出殡一个月后，赵匡胤把赵光义唤到了宫中，摆了酒宴，花蕊夫人也作陪。如今南唐已灭，剩下的北汉不足为意。天下大统的格局已定，只是这次灭南唐之战，赵光义在军中的威望更盛，而且从南唐归来后，并没有把手中的兵权交出。

赵匡胤心中不安，想借着酒宴，一则听说赵光义病了，看看如今恢复的情况，二来探探口风，能不能把兵权收回。

赵光义坐着软轿去赴宴，如今的他，身形都憔悴了不少。赵匡胤看到赵光义这个样子，放心了不少。酒过几巡，赵匡胤和赵光义闲聊了半晌，试探着说道："如今贤弟身体需要休养，巴蜀一带，气候宜人，贤弟何不带着家眷，去那里做个闲散王爷？"

赵光义勾了勾唇，没有多说。赵匡胤面上挂不住，举起酒杯道："贤弟喝酒，喝酒。"

赵光义端起茶盏，咳嗽了几声："如今臣弟的身体的确是不行了。从前可以拉动的弓，现在也拉不动了。飞鸟尽，良弓藏。"

赵匡胤看赵光义这么说，有些不好意思："贤弟这是哪里的话？"说着把身旁侍卫的弓拿到了自己手中，向不远处射了一箭，一只雀儿应声而落，“朕整天不碰弓箭还宝刀不老，何况贤弟。”说着把弓箭递给了赵光义。

赵光义拿起箭，揣摩了一番。拿起箭冲着远处瞄准了一番，忽然猛地转身，对着花蕊夫人就是一箭，直中胸口。花蕊夫人还没来得及说一句话，已经瞬间毙命。

赵匡胤大惊失色，急忙站了起来，赵光义把弓箭上的土吹了吹，对赵匡胤笑道：“抱歉皇兄，臣弟眼神不太好。不过，皇兄近日把精力都放在了美人身上，对国事反倒一叶障目，尽是荒唐。”赵光义的话一语双关，赵匡胤想让他交出兵权去巴蜀？花蕊夫人的下场就是他的态度。当年如果不是这个女人，小桃不会被逼着画出布防图，也许就不会死。

赵匡胤怔住了，赵光义是疯了吧？可是看他的样子，也不像疯了。赵匡胤心中又惊又惧，却摸不清赵光义的谋划，只得勉强勾唇笑道：“的确，女人，是误国。”

赵光义站了起来：“今日也叙得差不多了。皇兄，臣弟先告退了。”说罢坐着软轿出了皇宫。

赵匡胤这才像刚回过神来，抱着花蕊夫人的尸身，心里钝钝的麻木。他对花蕊夫人有宠爱，倒并没有多少深情，与其说他为花蕊心痛，不如说他对赵光义的惊惧。

赵匡胤后悔，当初润州攻下，就该派人暗暗结果了赵光义，只怪自己不够手辣，又贪图他能带兵攻打金陵。攻下金陵，得知桃娘已死，赵光义也并无谋反的征兆，赵匡胤便也放松了警惕，只道他是死了心，能做个安乐王爷。没有料到，赵光义可以猖狂至此，可见他的势力不知不觉扩大到何种程度。不能，他不能允许事态发展成这样。

五月和八月，赵匡胤去洛阳巡查了两次。如今开封已经处处是赵光义的势力，实在掣肘，迁都，也许是他最后的抉择。只是迁都工程浩大，从宫殿到兵力部署，都不甚艰巨。赵匡胤派了几个心腹到洛阳前期筹划，却也阻力重重，赵匡胤不禁头痛，心中火大，他打下的天下，凭什么让他迁都？明的不行，就来暗的。

十月十九，赵匡胤把赵光义唤到了宫中。赵光义进宫时，往来的侍卫似乎比平日勤了不少，还有几个生面孔。赵光义心中一紧，命自己带着的一个侍从抄小路立即赶赴禁军孙大人处调兵过来。看来今夜，还是个鸿门宴。

赵匡胤在云轩殿中设了酒宴，只有他兄弟二人边饮酒边叙旧。赵匡胤有些善感，不知不觉已喝得头晕脑涨，看着赵光义借着酒劲说道："光义，我这个做哥哥的，有没有一点对不起你？你说说！"

赵光义喝了一杯酒淡淡道："你醉了。"

赵匡胤摇着头："我没醉。光义，我一点都没醉。我做了皇帝，该给你的荣耀，权势，富贵，什么没给你？可你呢？你没良心。你对我有二心！"说着用力捶着桌子。

赵光义没有说话，只是又喝了一杯酒。

赵匡胤低吼道："你怎么不说话？是不是良心发现了？从来皇位只有子承父位，哪有兄终弟及？光义，你只要肯交出兵权，做个闲散王爷，巴蜀全是你的，我可以给你巴蜀独立的兵权。巴蜀多美女，哪个都能比的上那个南唐女人，你去了巴蜀，要风得风，要雨得雨，我保你子子孙孙荣华富贵。你又何必非得逼我，这天下，是我打下来的。"

赵光义冷冷笑了一声："看来你真的没醉。"原来又是借着醉话劝服。

赵匡胤有些不悦："你这是什么态度？难道你还不愿意？从古至今，哪有我这样仁至义尽的兄长？"

赵光义腾地站了起来，看着赵匡胤声音阴冷："我是得感谢你，托你的福，我妻亡子散。"说着一步步逼近了赵匡胤，"要我做闲散王爷，可以，把我的儿子还给我。”

赵匡胤蹙紧了眉头，想了想道：“我可以保他平安富贵，但是我不能把他交给你。”赵光义在巴蜀起兵了怎么办？他必须要留着那个孽种捏着赵光义的软肋。顿了顿，赵匡胤笑道，“再说，你怎么知道那是你的儿子，那个南唐女人是个官妓……”

话没说完，赵光义已经一拳抡了上去，打得赵匡胤后退了几步。赵匡胤仿佛不相信似的看着赵光义，骂道：“你他妈的是疯了？”顺起手边的一把玉斧冲着赵光义砍了过去，那把玉斧是赵匡胤十分喜欢的礼器，没事便拿在手边把玩。

赵光义一躲，赵匡胤又操着玉斧追了过去。有问题，明明在云轩殿埋伏了侍卫，约定以玉斧为号，如果赵光义不听劝，挥起玉斧，便要抓捕。怎么玉斧已经挥起这么久，门外还是没动静？赵匡胤咬咬牙，已经骑虎难下，只能招招毙命。赵匡胤的玉斧砍在了赵光义的胳膊上，还有些生疼。赵光义猛地抬手，冲着赵匡胤的太阳穴挥手就是一拳，赵匡胤一个没撑住，跌在了柱子旁晕了过去。

赵光义定定站在一旁，所有的气血都涌了上来。他等够了，受够了，如果不是处处受制于赵匡胤，他的小桃就不会死，他的孩子也不会这么久都找不到，而且孩子还要被赵匡胤继续挟制。他真的受够了。他疯了，他是疯了，从小桃死的那天，他就已经疯了。

赵光义看着赵匡胤，声音沉沉，仿佛鬼魅：“这辈子，我只爱了一个女人。孩子是她留给我的唯一血脉。你要还给我。”说完，赵光义抬手捂在了赵匡胤的鼻子上，一炷香的工夫后，赵匡胤再没了气息。

赵光义走了出去，服侍赵匡胤的王继恩过来说道：“孙大人已经率禁军把门外的侍卫制服了。下一步晋王要去皇后和德昭皇子那里吗？”大事已行，按理该是准备继位了。

赵光义摇头："不用。让他立即带兵在整个皇宫搜查，就算掘地三尺翻遍了，也要先找到孩子。"

寅儿在第二天晚上被送到了赵光义的身边，又瘦又小的寅儿，小指断了半截，受了惊吓的孩子早没了当初见到赵光义的灵气，只是呆呆地看着赵光义发愣，看了许久，才怔怔问了句："我娘呢？"

只这一句，赵光义心里已经翻江倒海，几乎落下泪来，赵光义蹲下来，把寅儿紧紧搂在了怀里，倾尽一生，他最后只剩下了这个孩子，这是小桃和他的孩子，就是他的命。他只想把自己所有的爱，所有的愧，都偿给这个孩子。

宫中有孙大人的禁军守护，宫外开封城都是自己的势力，还有手中的兵权，这场政变有惊无险，水到渠成。赵光义对外宣告赵匡胤得了急病驾崩，二十一日上午，赵光义即位。

傍晚，赵普紧急求见。皇宫的密室中，赵普用自己当年私藏的金匮盟约，换了再度为相。当年赵普藏起金匮盟约，就为将来有一日，如果赵匡胤胜，赵光义败，那么他藏起金匮盟约，便是阻止赵光义名正言顺篡位；万一赵光义胜了，他手里的金匮盟约更是赵光义渴望的登基理由，以堵住悠悠之口。赵普的老谋深算，给自己留了最后一招。赵光义答应了，他对赵普没什么好感，但是他手里的金匮盟约，可以堵住所有质疑他皇位来路的人的嘴。

赵光义把晋王府里的冰室移到了宫中，小桃依旧静静地躺着，只是身子渐渐有些变色。赵光义每天晚上会去冰室和小桃说说话，告诉她寅儿渐渐在好转，御医给寅儿瞧了病，服了中药调理后，长高了，也长壮实了，他会带着寅儿骑马，教他写字。寅儿恢复了聪明机灵，只是不像从前那样天真，常常会一个人发呆，睁着迷茫的眼睛问他，娘在哪儿。

赵光义握住了小桃的手，声音温和深情：“桃宜，我该不该告诉他，你在这儿？”顿了顿，赵光义闭上了眼睛，把小桃的手放在了自己唇边，“如果你还活着，该多好。不，你只是睡着了，睡吧，这辈子，我都会陪着你。”

赵光义没有和小桃说，为了让寅儿有个正式的名分，他给寅儿改名叫赵元侃，对外只说是李月娥的儿子，好给他一个显赫的出身。纵然他有那么多子女，但寅儿的意义，不只是孩子，甚至是他活下去的理由。他活着，只是希望能照顾好他和小桃的孩子，把他能给的一切，都给了这个孩子。让他有权利，有资格，去过自己想过的人生。

从南唐宫中拿来的珍宝书籍，宫里都在整理着。一天，整理书卷的官员看到了南唐宫廷的帝王起居注，不由一页一页翻看起来，这里记载的都是李煜每天的日常起居生活。不得不说，李煜的生活是丰富而有情调的，官员越看越手不释卷，继续前翻着，却忽然看到了关于桃娘的记录，官员有所耳闻这位桃娘曾经和当今陛下有些渊源，不敢耽误，急忙呈报了上去。赵光义看了后，不由冷笑，小桃曾经在宫中住过，李煜还曾在小桃那里留宿！这些他曾经有所耳闻，只以为是谣传，却没想到李煜还让宫里把这些龌龊都记下了。

赵光义把这份记录丢到了火炉里，吩咐下去，不论是南唐或是大宋，所有关于桃娘的记录，一律烧掉。他的小桃，该是纯洁如云湾村村头的桃花，而不是那些文人笔下任人赏玩侮辱的官妓。

要不是这份记录提醒，赵光义险些忘了被软禁起来的李煜。赵光义阴阴冷笑了一声：“都说旧唐的歌舞绝佳，那小周后尤其善于品鉴，不妨请进宫来，教习教习宫里那些歌姬舞姬。”

周嘉敏被宫人唤进宫，还不知所为何事。待看到眼前的赵光义，一身紫袍，英气逼人，屋里又只有她和赵光义两人，不由面红心跳，缓缓屈膝跪拜，声音温柔娇媚：“不知陛下唤罪妇前来，有何事？”

赵光义冷冷笑道：“宋人不善歌舞，听说夫人多才多艺，不如去我宋廷的教坊，教习那些蠢材？”

周嘉敏脸上的绯红凝滞在了那里。她曾经也是堂堂的皇后，现在却要给宋朝教坊的官妓去教习歌舞，把她当成什么了？周嘉敏尴尬了半晌，才僵着身子道：“旧时在唐宫，只会品鉴，自己却不会。如何能指导？再者，教坊那种地方，纵然罪妇如今是戴罪之身，也是清白人家的女子，恕罪妇不能从命。”听说旧时花蕊夫人在宫里就是一句“四十万人齐解甲，更无一个是男儿”的傲气俘获了赵匡胤，想必不奴颜媚骨，或许才是这些皇帝的兴趣。

“那种地方？清白人家？呵呵，”赵光义阴阴笑了几声，“你也知道教坊是那种地方？！你也知道清白人家的不能去那种地方！”赵光义突然爆发，腾地站起身指着周嘉敏喝道，“那你回去问问李煜，再问问李璟，他们为何要把桃娘放到那种地方！为何不顾桃娘的清白？而你又为何那么毒辣，人死了还不肯放过她，让她的尸首不能安宁，还要继续受你的侮辱！”

周嘉敏瘫在了地上，早听说这个皇帝喜怒无常，怎么在这里等着她？

赵光义冷笑一声，向周嘉敏一步步走了过去，周嘉敏紧张地把自己的衣襟紧紧攥了起来，赵光义哼了一声：“我对你没兴趣。”说完走了出去。

周嘉敏刚松了口气，门接着打开，进来几个侍从，把周嘉敏拖到了后室，撕扯下了她的衣服。周嘉敏声声哀号，却无人理睬。不多时，进来一个又瘦又黑的画师，对着她边看边画着，周嘉敏往后缩着，想找个东西盖在自己身上，却没有一寸布能遮身。身边的侍从摆弄着周嘉敏做着一些羞辱的姿势，画师悉数画下。周嘉敏的眼泪流了出来，目光呆滞：“为什么，为什么要这么对我，为什么？”没人回答。李煜的起居注既然写了小桃，赵光义又怎么不会画周嘉敏的图作为回报？

不多时，画师画好出去了。有宫人进来给周嘉敏送来衣服，送她回了李煜那里。李煜看到周嘉敏头发散乱，眼睛红肿，不由问道："出了什么事？"

周嘉敏步子一顿，看着李煜先是定定站了片刻，忽然猛地又哭又骂："什么事？我只恨我没能像我姐姐一样早早去了，也不必跟着你这个窝囊废受这种侮辱。堂堂七尺男儿，你既保不了国家，连个女人都保护不了，除了风花雪月诗词歌赋一无所长，我当年真是瞎了眼……"说完捂着脸哭着跑了进去。

李煜的心一紧，站在原地，久久缓不过气。当初，她不是这么说的，她说自己的"手提金缕鞋，一向偎人颤"是那么美妙。

李煜四处托人打听到底发生了什么，过了许久，曾经是南唐旧臣的徐锴来看李煜，李煜才从徐锴的嘴里得知，市井不少人都盛传小周后被赵光义宣进宫侮辱了，还有各种画本春宫，栩栩如生。李煜怔住了，过了许久才摇摇头道："他不会。"赵光义只是想侮辱他罢了，把曾经小桃遭受的，通通还给他。

这下徐锴怔住了，他还以为是真的。当今皇上和旧唐的皇后，坊间不知道流传得有多香艳。顿了顿才说道："国主如今可还好？"

李煜淡淡笑道："一切尚可。"

曾经的君臣间一时尴尬，徐锴又问道："可有什么新作？"

李煜站起身，把新填的一首《虞美人》递给了徐锴："春花秋月何时了，往事知多少。小楼昨夜又东风，故国不堪回首月明中。雕栏玉砌应犹在，只是朱颜改。问君能有几多愁，恰似一江春水向东流。"

徐锴不由赞道："登峰之作，无人可及啊。"

徐锴从李煜那里出来，进宫向赵光义复命，今天去探望李煜也是奉命而去。赵光义想看看，他的皇后被侮辱，李煜可还安好？虽然他自己的名声也被带累，可名声这些虚无的东西，对他又有何用？！

徐锴将李煜的言语复述了一遍，赵光义听到李煜的词“问君能有几多愁，恰似一江春水向东流”时，整个人瞬间狂怒，把桌上的茶盏扫得遍地都是。李煜在讽刺他，是啊，就算侮辱了周嘉敏，可她还在李煜的身边。自己呢？小桃已经被江水葬送了生命，自己的心，都随着一江水再无生还的可能。一江春水向东流！

三天后，七夕，李煜的生日。赵光义赐了李煜和周嘉敏一杯毒酒。故国不堪，故人不堪，他倒看看，他们如何生离死别。

赵光义命人把窅娘接进宫里，窅娘却趁着侍从不备投湖自尽，追随李煜而去。

赵光义有些怅然，握着小桃的手问道：“桃宜，窅娘是你的姐妹，我本想善待她，可看来，我似乎错了。桃宜，我错了吗？”这些年，赵光义似乎在本属于自己的轨道上越偏越远，他变了，变得易怒，变得暴躁，变得残忍，变得不像自己。唯一没变的，是对小桃的深情。李月娥曾说他走进了自己的执念，如果小桃活着，看着他这样一定不开心。

“桃宜，你真的会不开心吗？”赵光义问着小桃，也在问着自己。如今，李月娥也病故一年了，赵光义似乎真的成了孤家寡人。赵光义固执地攥着小桃的手，“你不会，你永远都不会放弃我。”

岁月如梭，一年一年，时光飞逝。吴越和北汉都先后归附了大宋。除了北面的契丹，大宋终于把四分五裂的天下都归一。钱弘俶被赵光义赐了毒酒，钱弘仪被赵光义关进地牢，用了半个月一刀刀凌迟。

所有的过往，在许多人的心中都已过去，只有在赵光义的心中，所有的岁月，都停留在了南唐覆亡的那一年。停留在小桃的笑靥如花的岁月。

赵光义依旧每天去冰室和小桃说话，风雨无阻，而冰床上曾经面色如生的女子，随着岁月流逝，只剩下了一具枯骨。多少欢爱都源于姿色，色衰爱弛，可在赵光义眼中，一切都从没改变。她依然是那个容颜如花的女子，那个肯为自己豁出命的女子。这世上，再不会有人如她那么纯净，那么善良，那么娇俏，那么深情待他。

赵光义的皇后之位空了八年，群臣纷纷建议，国不能无后，为了后宫安稳，也该立后。甚至契丹传来国书，想与赵光义联姻。赵光义思虑许久，立了开国元勋、武将李处耕的女儿李明若为后。一则李处耕是朝中手握重兵的要臣，二则，也是最重要的一点，李明若长得和小桃几分相似，穿上皇后的吉服，真有丝小桃当年的神韵。只是自己比李明若大了二十一岁，父女的年纪差距，何来情分可言？

立后那晚，赵光义在冰室陪了小桃一夜。做了皇帝，依旧有不能顺遂自己心愿的时候，依旧有不能随心所欲的时候，而他能做的，是把前方的障碍都清理，给寅儿铺一条平坦的路。赵光义看着小桃，温声道：“知道吗，我们的儿子看上了一个叫刘娥的姑娘，他问我可不可以娶她。刘娥出身贫寒，没有煊赫的背景，还曾嫁过人，可是寅儿说很爱她。如果是你，你会同意吗？”

小桃无法回答，赵光义长叹了口气：“我同意了。我们这辈子受的罪，不要让他继续受。我拼尽一生，就为了我们的儿子将来可以娶他想要的女人，想爱的女人，而不用去琢磨其中的利害关系。这下，你是不是放心了？”顿了顿，赵光义又道：“寅儿都要娶妻了，我也老了。我真的该把皇位给他，去找你。桃宜，你想我了吗？我好想你。”

小桃依然没有回答，赵光义的头深深埋在了小桃的手中，痛苦无声，桃宜，哪怕你能回答我一句啊。

至道三年，赵光义驾崩。死的那天，三月桃花正夭，赵光义死在了种满桃树的万岁殿。桃花拂过，赵光义走得安然，临终前，只喃喃了一句话：“我竟然活了这么久。”

赵光义驾崩之前已经命人把小桃的枯骨安放在他的棺椁中，生不能同室，死总要同穴。为了寅儿，无法给小桃名分，无法单独成棺椁，那就和她葬在一起，生生世世缱绻纠缠在一起。

赵光义去后，朝中流言四起，称太子赵恒赵元侃是南唐祁正修和桃娘的子嗣，无权继位。但在一众赵光义托付的老臣的力保下，太子赵恒得以顺利登基。赵恒继位的当年，就下令修编史书，将所有有关祁正修的唐史全部删掉。从此唐史再无祁正修。只是赵恒的床头，始终摆着一只又小又脏的木马。

十年后，赵恒正在崇明殿里批着奏折，宦官匆匆跑来禀告：“陛下，刘妃和李妃都生了，刘妃生了一位皇子，而李妃……”宦官吞吞吐吐道，“生了一只狸猫。”

赵恒一怔，淡淡挥了挥手：“退下吧。”生狸猫？说什么笑话。不过又是一出争宠的大戏。他曾经深爱的刘娥，何时也变成了这副面目？赵恒放下纸笔，如今他也写得一手和他父皇一样的字。赵恒没有去刘妃的殿中，也没有去李妃的殿中，而是去了宫里的家庙。

进了家庙，赵恒准确地找到了赵光义的牌位，静静地立在牌位前，用手抚了抚上面的灰尘，轻声问道：“爹，你曾说手中有了权力，就可以守护自己的真心。如今，儿子手中权力在握，可为何再也找不到当初你和娘那般的真心？”微尘不语。

图书在版编目（CIP）数据

三更鼓·桃娘传.终章 / 文安初心忆故人著. —北京：现代出版社，2017.8

ISBN 978-7-5143-6347-0

Ⅰ. ①三… Ⅱ. ①文… Ⅲ. ①言情小说—中国—当代 Ⅳ. ①I247.5

中国版本图书馆CIP数据核字（2017）第188703号

著　　者	文安初心忆故人
责任编辑	杨学庆
出版发行	现代出版社
地　　址	北京市安定门外安华里504号
邮政编码	100011
电　　话	010-64267325　64245264（传真）
网　　址	www.1980xd.com
电子邮箱	xiandai@cnpitc.com.cn
印　　刷	三河市金泰源印务有限公司
开　　本	710mm×1000mm　1/16
印　　张	40
字　　数	512千字
版次印次	2017年11月第1版　2017年11月第1次印刷
标准书号	ISBN 978-7-5143-6347-0
定　　价	72.00元（全二册）